Elisa wächst in den 60er und 70er Jahren im Herzen des Ruhrgebiets auf. Bald merkt sie, dass ihre Familie anders ist, als das bürgerliche Umfeld. Während ihr Vater eine verrückte Geschäftsidee nach der anderen produziert und damit die Familie regelmäßig in den Ruin treibt, tyrannisiert die Mutter alle mit ihrem nicht feststellbaren Herzfehler. So muss Elisa sich ihren Platz in der Welt hart erkämpfen, sich in der Ausbildung und im täglichen Leben durchsetzen, was oft gar nicht so einfach ist. Schließlich lernt sie Alfred ‚Freddy' Gimpel kennen. Obwohl er alles andere als ein Traumprinz ist, heiraten die beiden. Was Elisa nun mit Freddys merkwürdiger Familie erlebt, spottet jeder Beschreibung und versetzt selbst ihre hart gesottenen Eltern in Erstaunen.

Schonungslos, ehrlich und mit viel Humor erzählt Angie Pfeiffer eine ungewöhnliche Geschichte aus dem Ruhrgebiet.

„Leben lernen" ist ein Roman über Macker und Tussis, Döppken und Blagen, Hallas und Halligalli, Fissematenten, Sperenzkes, und ein ganz schönes Schlamassel.

Statt Traumprinz einen Gimpel

Angie Pfeiffer zieht die Aufmerksamkeit des Leser auf ganz alltägliche Familiengeschichten, gewürzt mit dem Charme der Region in der damaligen Zeit. Kohle, Maloche, einfaches Leben. Es ist spannend, davon zu lesen und entlockt sicher so manchem ein „ja, so war das damals". Pfeiffer erzählt gekonnt von Familienfreud und -leid, kleinen zwischenmenschlichen Tragödien, falschen und richtigen Entscheidungen. Ein schöner Roman, der einen schmunzeln lässt, aber auch mal nachdenklich stimmt.

Katrin Zill (women's edition)

Angie Pfeiffer

Leben lernen

Obwohl dieser Roman autobiographische Züge hat, entspricht nicht die gesamte Handlung der Realität.
Einige Charaktere sind frei erfunden, jede Ähnlichkeit mit lebenden oder toten Personen oder Persönlichkeiten rein zufällig und nicht beabsichtigt.
Auch ist der zeitliche Handlungsablauf nicht immer korrekt.

Angie Pfeiffer

Leben lernen

Roman

Deutsche Erstausgabe
1. Auflage
by Angie Pfeiffer
Bereits als einzelne Romane unter den Titeln
Ruhrpottklüngel, Ruhrpottliebe,
Ruhrpottherzen, Ruhrpottabschied
erschienen.
Gekürzte Fassung
Copyright-Hinweis:
Der Roman ist urheberrechtlich geschützt.
Nachdruck und Vervielfältigungen, auch auszugsweise, bedürfen der schriftlichen Zustimmung der Autorin.
Herstellung und Verlag:
BoD - Books on Demand,
Norderstedt
Printed in Germany
ISBN: 978-3-7431-8085-7

„Da kommen meine Eltern mit dem neuen Kind."
Peter, der auf dem Hof spielte, war ganz aufgeregt.
„Meine Mama war nämlich im Krankenhaus, weil meine Schwester eine Problemgeburt ist. Jetzt haben sie sie rausgelassen, meine Mutter und meine Schwester auch", erklärte er seinen Spielkameraden.
Vorsichtig näherten sich die Jungen Peters Eltern, die aus dem Auto gestiegen waren. Tatsächlich hielt Ilse Jollenbeck ein Baby im Arm, das fest in eine Decke gewickelt war.
„Frau Jollenbeck, zeigen Sie mir mal das Problem ... ähm ... Problemdings?", fragte ein vorwitziger Knabe.
Ilse musterte ihn irritiert. „Was möchtest du?"
Peter hatte sich vorgedrängelt und stieß seinem Freund den Ellenbogen in die Seite.
„Er will wissen, wie sie aussieht", erklärte er. „Wie heißt die noch mal?" Er konnte sich den Namen seiner neuen Schwester einfach nicht merken.
Kalle, Peters Vater, hatte amüsiert zugehört, jetzt mischte er sich ein. „Dein Schwesterchen heißt Elisa. Wenn du es sehen möchtest, dann musst du mit in die Wohnung kommen."
Er legte seiner Frau fürsorglich den Arm um die Schulter. „Komm, Liebes. Deine Mutter wartet sicher schon auf uns."
Er scheuchte die Rasselbande auseinander, die immer noch um ihn und Ilse herumstanden, um einen Blick auf die Problemgeburt zu erhaschen, denn keiner konnte sich etwas unter diesem Begriff vorstellen.
„Jetzt ist es aber gut, macht gefälligst Platz. Und du, Peter, kannst mit nach oben kommen."
„Och nö, ich spiele lieber weiter." Peter fand die Schwester, die auch noch angefangen hatte wie am Spieß zu brüllen hässlich und langweilig.

In der geräumigen Wohnküche angekommen wurde das Ehepaar bereits vom Ilses Mutter Anna erwartet. Behutsam nahm sie ihrer Tochter das Kind aus dem Arm.
„Ich kümmere mich schon um die Kleine", erklärte sie. „Du bist nach den Strapazen bestimmt noch schlapp und kaputt, Kind. Zudem musst du auf dein schwaches Herz Rücksicht nehmen. Leg dich ruhig ein wenig aufs Ohr. Ich bleibe hier so lange es nötig ist. Dein Vater kann ausnahmsweise noch eine Stunde ohne mich auskommen."
„Ach, Mutter, was sollten wir bloß ohne dich anfangen", lächelte Ilse.
„Blödsinn", brummelte Anna. „Ich passe doch gern auf meine Enkel auf. Schließlich bist du meine einzige Tochter. Und jetzt haben wir auch noch ein Mädchen bekommen."
Sie wandte sich wieder dem Baby zu, das in ihrem Arm eingeschlafen war und betrachtete es andächtig.

Ruhrpottklüngel

„Was, du willst nicht hören? Na warte, dir werde ich's zeigen. Wegen dir habe ich schon wieder Herzschmerzen." Kurzerhand packte Ilse ihre kleine Tochter, stieß sie in die Besenkammer und schloss energisch die Tür. Das tat sie immer, wenn die Kleine nicht gehorchte.

Elisa schnappte nach Luft. Sie fürchtete sich vor der Dunkelheit und der Enge. Die Wände schienen immer näher zu kommen, sie zu erdrücken. Erschrocken kniff das Kind die Augen zu, bedeckte sie mit den Händen. Es versuchte tief einzuatmen, doch die Lungen wollten sich einfach nicht mit Luft füllen. Elisa nahm die Hände von den Augen. Obwohl es stockdunkel war wusste sie, dass die Wände der Kammer immer näher rückten, sie bestimmt gleich zusammenquetschen würden. Während ihr die Tränen über das Gesicht liefen, begann sie zu schreien.

Es klopfte. Die ältliche Nachbarin steckte den Kopf durch die Wohnungstür. „Frau Jollenbeck, ist etwas passiert? Wir hören Elisa deutlich schreien. Mein Mann hat gesagt, ich soll mal nach dem Rechten schauen."

„Gar nichts ist passiert", erwiderte Ilse erbost. „Überhaupt schreit das Balg gar nicht mehr." Sie öffnete demonstrativ die Besenkammer. Elisa saß zusammengekauert in einer Ecke und schluchzte leise vor sich hin. „Ich schlage meine Tochter eben nicht, ich sperre sie einfach in die dunkle Kammer und schon pariert sie."

„Aber Frau Jollenbeck, die Kleine ist doch erst drei Jahre alt. Soll ich sie eine Weile mit zu mir nehmen? Dann können Sie in Ruhe Ihre Hausarbeit machen und das Kind läuft Ihnen nicht zwischen den Füßen herum."

Ilse zuckte mit den Schultern. „Wenn Sie sich das antun wollen. Elisa ist heute wieder besonders bockig."

Die Nachbarin reichte dem kleinen Mädchen sanft die Hand. „Magst du mitkommen? Ich will einen Kuchen backen, du kannst mir bestimmt gut helfen."
Zögernd ergriff Elisa die dargebotene Hand, stieg dann schnell aus der Besenkammer, bevor sich die dunklen Wände noch einmal um sie schließen konnten. Sie holte tief Luft, zog dabei die Nase hoch und nickte heftig. Die Nachbarin griff in ihre Schürzentasche und zog ein Taschentuch hervor. „Jetzt putzen wir dir erst einmal die Nase. Dann backen wir zusammen einen tollen Kuchen."

Bis auf kleine Unstimmigkeiten war die Nachbarschaft gut. Man traf sich regelmäßig auf dem Vorderhof zum Schlachten, was letztendlich immer in einem Trinkgelage endete. So manches Huhn flatterte kopflos bis zur Dachrinne, weil es in letzter Minute losgelassen wurde.
Das Leben lief, dreizehn Jahre nach dem Ende des zweiten Weltkriegs, endlich in geregelten Bahnen. Kalle hatte eine Anstellung als Anlagenfahrer in der Kokerei. Die Werkswohnung war akzeptabel, bestand aus einer Wohnküche und einem Schlafzimmer. Zwar war der Toilettenraum nur über den Flur zu erreichen und man musste ihn mit den Nachbarn teilen, doch hatte das Klosett eine Wasserspülung.
Natürlich gab es kein Badezimmer. Gebadet wurde einmal in der Woche in einer großen Zinkbadewanne, die unten ganz nippelig war, sodass man nicht darin herumrutschen konnte, ohne sich den Podex aufzuschubbern. Zuerst ging der Hausherr in die Wanne, dann seine Frau und zuletzt die Kinder. Das Wasser wurde im großen Einkochkessel auf den Kohleherd erhitzt und dann vorsichtig umgeschüttet.
Ilse und die Kinder besuchten täglich die Großeltern, um dort zu Mittag zu essen, wobei Ilse meist einen Topf Suppe für ihren Mann mit nach Hause nahm, was die lästige Kocherei überflüssig machte. Die Hausarbeit in der Zweizimmerwohnung hielt

sich in Grenzen, sodass Ilse genug Zeit für sich hatte und ihrer Lieblingsbeschäftigung nachgehen konnte. Sie verschlang Liebesromane aller Couleur.

Wenn Elisa auch ab und zu störrisch war, was zur Folge hatte, dass sie weiterhin in den dunklen Schrank gesperrt wurde, entwickelte sie sich doch in Ilses Sinn. Das Kind hatte gelernt, dass es seine Mutter möglichst wenig stören durfte.

An den Wochenenden ging das Ehepaar Jollenbeck aus und überließ es dem fünf Jahre älteren Bruder, sich um die Schwester zu kümmern. Wenn Karl und Ilse dann mitten in der Nacht nach Hause kamen, hatte Peter die Kleine in sein Bett geholt, und die Kinder schliefen eng aneinander gekuschelt. „Die hat so geheult, Mama", erklärte Peter. „Ich wusste nicht, was ich machen sollte, da habe ich sie zu mir geholt."

Wenn kein Tanzabend angesagt war, traf man sich samstags bei Ilses Bruder Gustav und seiner Frau Betty zum Kaffeetrinken. Gustav war, wie so viele Bergleute, an Silikose erkrankt und Rentner. Er geriet oft in Atemnot, hustete, spuckte Schleim. Neben der Sofaecke, in der er meist saß, stand ständig ein Eimer mit undefinierbarem Inhalt. Trotzdem war er immer gut gelaunt und freundlich, half, wenn er konnte.

Elisa liebte diesen Onkel heiß und innig. Er zeigte ihr mit unendlicher Geduld alle möglichen Kartentricks und brachte sie zum Kichern. Oft ließ er sie ihre selbst erfundenen Geschichten erzählen. Dabei tat er so, als würde er jedes Wort für bare Münze nehmen. „Du hast den Osterhasen gesehen? Da hast du aber Glück gehabt. Wie hat der denn genau ausgesehen?"

Nach dem Kaffeetrinken kamen die Spielkarten auf den Tisch, man spielte ‚Klammern', wobei Kalle und Ilse ein Team bildeten und gegen Gustav und Betty antraten. Bevor es losging, schickte man Bertram, den Sohn des Hauses, zum Kiosk an der Ecke. Er besorgte ein paar Flaschen Bier, einen Schoppen Klaren und ein paar Zigaretten Marke Eckstein. Im Laufe des Abends ging Kalle dann noch einige Male zum Kiosk, denn mit

einem Schoppen und ein paar Flaschen Bier kam man nie aus. Wenn sie genug getrunken hatte, konnte Betty meist nicht mehr an sich halten: „Jollenbeck mach mich'n Kind, der Gustav hat ja bloß eines hingekriegt."
„Elisabeth, halt die Schnauze, ich hab mein Bestes getan", ließ sich Gustav vernehmen. „Und überhaupt, achte lieber auf deine Terze." Schließlich spielte man immer noch Karten.
„Jollenbeck, biiitte", Betty war nicht zu bremsen, während Kalle grinste: „Aber Bettykind, sei froh, dass du bloß ein Kind hast. Aber wenn du drauf bestehst …"
Ilse schaute inzwischen ziemlich gräsig, Gustav war genervt: „Pass auf, ich versuch nachher noch mal dich den Gefallen zu tun, aber jetzt halt endlich die Schnauze und lass uns weiterspielen."
Sonntagnachmittags besuchte man Elses Eltern. Kalle machte sich häufig einen Spaß daraus, seine Schwiegermutter zu ärgern, indem er gegen den Bundeskanzler wetterte.
So auch heute.
„Der Adenauer, der kann höchstens ein beleuchtetes Stopfei erfinden und das hat er noch abgekupfert. Schau dir bloß an, wie viel braunes Gesocks jetzt wieder etwas zu sagen hat."
Mehr brauchte es nicht, um Anna auf die Palme zu bringen: „Wähl du ruhig deine SPD, den roten Herbert und den sauberen Herrn Ollenhauer, der ist 1933 auch ins Ausland abgehauen. Da lobe ich mir den Kanzler, der ist hier geblieben und die Rente erhöht er auch immer anständig."
Kalle setzte zu einer Erwiderung an, aber dazu kam er nicht mehr, denn Ilse griff ein: „Mutter, du hast ja zwei Kuchen gebacken? Ist das nicht ein bisschen viel?"
Anna ließ sich schnell besänftigen: „Nachdem Elisa am letzten Sonntag so geweint hat, weil ich Peters Lieblingskuchen gebacken habe und ihren nicht, da dachte ich: sicher ist sicher. Ihr könnt den restlichen Kuchen mitnehmen."

„Danke liebe Oma", Elisa strahlte ihre Großmutter an, was diese schmunzeln ließ. „Gern geschehen, mein liebes Mädchen."
„Was für ein Theater wegen der Heulsuse", brummte Adolf und fixierte seine Enkeltochter streng. Elisa machte sich ganz klein. Sie fürchtete sich immer ein bisschen vor dem grummeligen Großvater, seiner lauten Stimme und seinen buschigen, ständig gerunzelten Augenbrauen.
Überhaupt war das Kind seltsam versponnen, dachte sich Geschichten aus, an die es selbst zu glauben schien. Es stellte seine Puppen nebeneinander auf, unterhielt sich anschließend stundenlang mit ihnen, statt mit den anderen Kindern im Hof zu spielen. Es aß nicht richtig, war spindeldürr und oft krank. Anna versuchte ihre Enkeltochter mit Lebertran und Milchsuppe aufzupäppeln, aber Elisa verweigerte solche Mästungsversuche mit dem ihr eigenen Starrsinn.

***

Man schrieb das Jahr 1960, die Jollenbecks zogen ins Grüne. Kalle hatte mit viel Mühe eine Neubauwohnung ergattert. Wieder eine Werkswohnung, dieses Mal mit einem richtigen Badezimmer und einem Balkon. Auch die Kinder bekamen ein eigenes Zimmer. Das war ein Riesenunterschied zu der vorherigen Bleibe mit seinem schmuddeligen Hof, den Ställen, in denen die Ratten mit den Schweinen aus einem Trog fraßen und den nahe gelegenen Bahngleisen. Die Wohnungsmiete war zwar höher, aber das stellte kein Problem dar. Kalle verdiente etwas dazu, indem er, zusammen mit einem Arbeitskollegen die Kohlen verkaufte und auslieferte, die von dem großzügigen Deputat, das jedem Kokereiarbeiter zustand, übrig blieben.

„Verdammt, du betrügst mich, gib es schon zu."
„Was soll ich machen? Du willst ja nicht. Soll ich's vielleicht ausschwitzen?"

„Wer ist die Schlampe dieses Mal, sag schon. Bestimmt treibst du es mit Betty. Pfui schäm dich, die eigene Schwägerin."
Es rumpelte, Kalle wurde um einiges lauter. „Was redest du? Als ob ich Gustav das antun würde. Wofür hältst du mich eigentlich. Du und deine ständige Eifersucht."
Elisa schreckte aus dem Schlaf auf. „Peter hast du auch was gehört?"
„Ja, Papa schreit und Mama auch. Wenn du Angst hast darfst du in mein Bett kommen." Großmütig rückte Peter etwas beiseite, insgeheim froh, dass die kleine Schwester zu ihm ins Bett kroch. Ilse murmelte etwas, dann war es ruhig.
„Ich glaube jetzt sind Papa und Mama nicht mehr böse aufeinander. Ich schau mal nach." Elisa krabbelte aus dem Bett und ging zur Tür. „Kommst du mit?"
„Nö, ich bleibe lieber hier. Papa meckert bloß herum, wenn ich auftauche. Auf dich ist er ja nie böse", stellte Peter fest. Er wickelte sich fester in seine Decke.
Elisa huschte in den Korridor und schielte um die Ecke. Die Eltern waren augenscheinlich vom Kegeln gekommen. Beide waren stark alkoholisiert, standen sich in der Küche gegenüber, stierten sich an. Ilse lehnte mit verschränkten Armen vor dem Küchenschrank, während Karl den großen Einkochkessel wie einen Rammbock vor sich hielt. Plötzlich nahm er Anlauf und versuchte seine Frau damit umzurennen. Er verfehlte sein Ziel. Der Einkochkessel landete in der Scheibe des Küchenschrankes, die in tausend Scherben zersprang.
„Da siehst du, was du anrichtest", kreischte Ilse. „Alles machst du nur kaputt, du Versager." Sie griff sich an die Brust. „Ich bekomme schon wieder Herzrasen. Du wirst mich noch unter die Erde bringen. Dann hast du endlich freie Bahn."
Elisa brach in lautes Schluchzen aus, was Karl dazu veranlasste, den großen Kessel loszulassen. Er fiel mit einem Scheppern zu Boden. Für einen Augenblick starrte er vor sich hin. Schließlich machte er einen Schritt auf seine Tochter zu und nahm sie auf

den Arm. „Komm her Spatz, ist schon gut. Hör auf zu weinen", versuchte er das aufgelöste Kind zu beruhigen. „Wir machen bloß Blödsinn, ehrlich."
„Ja, du machst nur Blödsinn und ehrlich bist du doch noch nie zu mir gewesen, du Mistkerl." Das war ein Abgang nach Ilses Geschmack. Sie warf den Kopf in den Nacken und stolzierte aus der Küche. Im Hinausgehen blickte sie noch einmal verächtlich auf ihre kleine Tochter. „Wie du dich bloß von deinem Vater anfassen lassen kannst, der stinkt doch."
„Papa, habt ihr was gespielt?", fragte Elisa verwirrt. „Dann hast du aber ganz schön Ärger gekriegt. Kein Wunder, wenn du alles kaputt machst."
„Du weißt, wie Mama ist. Sie wird manchmal ziemlich böse wegen einer Kleinigkeit. Ich glaube, dass ich inzwischen ziemlich viel kaputt gemacht habe", murmelte Karl, putzte sich umständlich die Nase und wischte sich dabei verschämt über die Augen.
Elisa schaute ihn aufmerksam an. „Du musst nicht traurig sein. Wenn du alles wieder heil machst, dann ist Mama auch nicht mehr böse auf dich." Sie stockte, schaute ihren Vater abschätzend an. „Du hast ganz schön Glück. Mama kann dich nicht in die Besenkammer sperren, dazu bist du zu groß."
„Ich glaube darüber sollte ich einmal in Ruhe mit Mama sprechen", sagte Elisas Vater nachdenklich. „Vielleicht bist du in Zukunft auch zu groß dafür. Aber jetzt bringe ich dich wieder ins Bett und decke dich ganz fest zu. Kleine Mädchen müssen nämlich viel Schlaf haben."
Im Kinderzimmer verrieten Peters all zu regelmäßige Atemzüge, dass er sich schlafend stellte. „Schau, dein Bruder hat gar nichts gehört", ging Kalle darauf ein. „Jetzt aber hopp ins Bett." Er deckte seine Tochter zu und gab ihr einen Gutenachtkuss. Schon schlaftrunken schnüffelte Elisa an seiner Wange. „Papa, du riechst ein bisschen komisch, aber stinken tust du nicht."

***

Heute war Elisas großer Tag, sie kam in die Schule.
Peter hatte schon vorher die Spielregeln festgelegt: „Wenn du mir hinterherläufst, dann kannst du was erleben. Ich blamiere mich doch nicht vor meinen Kumpels mit dir kleiner Kröte. Wenn du zu Hause petzt, dann boxe ich dich." Das erschien ihm dann doch zu hart. „Wenn dich einer hauen will, dann kannst du mir Bescheid sagen, dann boxe ich den. Meiner kleinen Schwester tut nämlich keiner was", setzte er großzügig hinzu. Elisa erkannte ihren großen Bruder in der letzten Zeit kaum wieder. Er war komisch geworden, ließ seine Schwester kaum noch mitspielen, kam sich sehr erwachsen vor und kommandierte sie herum.
Neulich erst hatte er Elisa einen furchtbaren Schreck eingejagt. Eine Schnake hatte sich ins Kinderzimmer eingeschlichen, torkelte unbeholfen durch die Luft und machte schnarrende Geräusche. „Ihhh, das ist aber eine ekelige Spinne. Mach sie bitte weg. Mama schimpft nur, wenn ich sie jetzt störe", bat Elisa und verkroch sich unter ihrem Deckbett.
„Nö, mir ist das Vieh egal", war die Antwort.
„Wenn du die Flugspinne nicht wegmachst, dann sage ich Mama, dass ich dich mit Gudrun im Keller gesehen habe und was ihr da gemacht habt." Gudrun war die Nachbarstochter, etwas älter als Peter. Was die Zwei miteinander getrieben hatten, das hatte Elisa nicht so genau sehen können, aber das es verboten war, dessen war sie sich sicher.
„Olle Petze, dann sag´s doch. Ich schlafe jetzt. Wenn die Spinne dich drei Mal sticht, dann stirbst du. Sie ist höllengiftig", mit diesen Worten löschte Peter das Licht.
Elisa schauderte, sollte diese Flugspinne wirklich ein so gefährliches Tier sein? Möglich wäre das schon, schließlich gab es giftige Spinnen, das hatte sie neulich im neu angeschafften Fernsehapparat gesehen. Sie zog sich die Decke noch weiter über den Kopf, ließ nur die Nasenspitze hervorlugen. Trotzdem spürte sie

genau, wie das, inzwischen ins Unermessliche gewachsene Untier Anflug auf sie nahm. Es steuerte genau ihre Nasenspitze an. In heller Panik kreischte sie auf.
Die Tür wurde aufgerissen, beide Elternteile stürzten ins Zimmer. „Was ist passiert", japste Kalle. Elisa schluchzte und warf sich in seine Arme, während Peter ganz cool blieb: „Die hat Angst vor 'ner Schnake, die dumme Heulsuse."
Die Sache war schnell erledigt. Kalle erlegte das fürchterliche Spinnentier. Anschließend ermahnte er seinen Sohn, wobei seine Mundwinkel zuckten. Ilse erklärte ihrer Tochter, dass eine Schnake weder giftig, noch gefährlich wäre, was Elisa ihr nur bedingt glaubte.

Doch jetzt begann für Elisa der Ernst des Lebens. Angetan mit ihrem besten, fürchterlich kratzenden Wollkleid, den Ranzen auf dem Rücken und der Schultüte im Arm ging es los. Kalle hatte die Schicht getauscht, sodass er seine Tochter zur Schule fahren konnte. „Es ist mir ganz egal, dass sonst nur Mütter ihre Kinder auf dem ersten Schultag begleiten, ich jedenfalls werde das Kind fahren, was, Spatz?" Er hatte vor einiger Zeit einen nagelneuen, knallroten VW Käfer gekauft, in den Vater und Tochter jetzt einstiegen. Elisa platzte fast vor Stolz, als sie vor der Schule anhielten. Das Fräulein, jung und adrett, gefiel Kalle über die Maßen gut. Geduldig wartete er den Schluss der ersten Schulstunde ab, um seine Tochter wieder nach Hause zu fahren.
Ilse hatte zur Feier des Tages Elisas Leibgericht gekocht. „Na, Fräulein, wie ist die Schule so, hast du denn etwas gewusst?", erkundigte sie sich beim Essen.
„Ja, alles", war die Antwort. „Die Lehrerin hat mich sehr gelobt."
Das klang vielversprechend, schließlich sollte das Kind, wo es immer so gut Gedichte behielt, später die höhere Schule besuchen.

Auch weiterhin schien Elisa zu den Klassenbesten zu gehören, denn sie erzählte ständig, wie sehr die Lehrerin sie gelobt habe. „Der Uwe-Andreas, das ist der Klassenbeste, der Udo, der ist am Zweitbesten, dann komme schon ich. Die Lehrerin hat auch gesagt, dass ich die Drittbeste bin weil ich immer alles weiß", pflegte Elisa ihre Mutter zu informieren. Das stimmte nur bedingt. Elisa, schon immer in ihrer eigenen Welt zu Hause, wusste tatsächlich fast alle Fragen zu beantworten, meldete sich aber nie. Sie starrte die Lehrerin an wie das Kaninchen die Schlange, schien ihr auf telepathische Art mitteilen zu wollen, dass sie sehr wohl die Lösung der Aufgaben wusste. Leider kam das bei der zwar jungen und adretten, aber wenig telepathisch begabten Lehrerin nicht an. Auf die Idee, sich in der Schule nach den Fortschritten des Kindes zu erkundigen kam Ilse nicht, so wie sie auch nie auf einen Elternsprechtag ging. Kalle, dem die hübsche Lehrerin außerordentlich gut gefiel, fehlte zu seinem Bedauern die Zeit für ein intensives Gespräch.
Umso größer war Ilses Entsetzen, als das erste Zeugnis ins Haus flatterte. Elisa wurde in allen Fächern mit einem ‚ausreichend' benotet.
„Aber du hast doch gesagt, du wärst die drittbeste Schülerin?"
Elisa ließ sich nicht beirren. „Ja, das bin ich. Ich weiß auch nicht, warum die Lehrerin das nicht gemerkt hat."
Kalle nahm das Zeugnis gelassen hin: „Nun lass das Mädel erst mal in Ruhe, sie wird schon auf deine verflixte höhere Schule kommen."
„Das kommt gar nicht infrage, wenn sie gelogen hat, dann Gnade ihr Gott. Ich werde morgen in die Schule gehen und mit diesem Fräulein Lehrerin reden."
Am nächsten Tag stürmte Ilse, ihre Tochter fest an der Hand, in den Klassenraum und stellte die Lehrerin zur Rede.
„Ja das stimmt schon. Die von Elisa genannten Schüler sind wirklich die Klassenbesten. Aber ihre Tochter gehört leider nicht dazu. Sie meldet sich niemals. Wenn ich sie anspreche, dann

schaut sie, als ob sie am liebsten unter die Bank kriechen würde und gibt keine Antwort. Auch muss ich sie ständig ermahnen, nicht mit der linken Hand zu schreiben. Immer wieder versucht sie es. Es ist mir nichts anderes übrig geblieben, als ihr jedes Mal einen Klaps auf die Hand zu geben. Im Übrigen stellt sich Elisa mit der rechten Hand sehr ungeschickt an."

Auf diese niederschmetternde Auskunft hin konnte Ilse sich nur noch verabschieden. Sie verließ wortlos die Schule.

„So, so, die Drittbeste", mit einem mitleidigen Lächeln wies das Fräulein Elisa auf ihren Platz. „Da hat sich deine Mutter aber ein bisschen geärgert, was."

Als Elisa mittags nach Hause kam, servierte ihr ihre Mutter wortlos das Essen und sprach anschließend den ganzen Tag kein Wort mehr mit ihr, was das Kind mit stoischer Gelassenheit hinnahm. Elisa war froh, dass ihre Mutter sie seit dem Abend, an dem der Vater den Küchenschrank kaputt gemacht hatte nicht mehr in den Besenschrank sperrte.

***

Von einem Samstagsbesuch bei Gustav und Betty war Elisa besonders fasziniert. Gustav hatte einen Bandwurm und dieses in epischer Breite geschildert:

„Da war ich auf'n Klo und dat war ganz komisch, als ich unter mich geguckt habe. Bin dann gleich in die Stube, hab' Betty gefragt, ob wir Nudeln gegessen hätten. Hatten wir aber nich'. Bin ich also zum Doktor und der sacht mich glatt: Herr Jungherr, sie haben einen Bandwurm. Ich sach euch, ich weiß nich', woher ich dat gekricht hab'. Jedenfalls muss ich jetzt immer rohet Sauerkraut essen und meine Kacke nach'n Doktor bringen. Dat heißt, dat macht der Berti schnell auf'n Weg zur Arbeit. Wir, der Doktor und ich, müssen jetzt warten dat der Kopf von den Bandwurm rauskommt, dann bin ich geheilt."

„Onkel Gustav, darf ich dann den Kopf von dem Bandwurm sehen, bevor du ihn zum Arzt bringst?"

„Ach ne, Spatz, dat is mich schenant!"

Zurzeit machten sich Gustav und Betty ernsthafte Sorgen. Ihr Sohn Bertram, schon über zwanzig Jahre alt, hatte immer noch nichts mit dem anderen Geschlecht am Hut.
„Weiße, Jollenbeck, wenn der Junge wenigstens mal irgendein Mädel hätte. Meinst du, der ist vom anderen Ufer?" Gustav hatte sich zu einem vertraulichen Gespräch mit einem Experten durchgerungen. „Kannst du den Berti nicht mal mit innen Puff nehmen, da kommt er vielleicht auf'n Geschmack."
„Lass man, Gustav, dafür habe ich noch nie bezahlt", Kalle war entrüstet. Er und ein Bordell besuchen, so weit musste es wirklich nicht kommen, die Weiblichkeit war willig genug. „Vielleicht ist der Junge ein Spätzünder, hübsche Mädel gibt es genug. Mach ihn doch mal auf eine aufmerksam, dann braucht er bestimmt nicht in den zu Puff gehen. Vielleicht sollte die Betty ihn auch nicht so betuddeln."
Mit dieser Bemerkung hatte Kalle Recht, denn Betty gluckte tatsächlich. Dass sie ihrem Sohn täglich seine Kleidung herauslegte, mochte noch angehen, aber dass sie ihn nach der Arbeit wusch, erschien schon recht merkwürdig. Berti war als Betriebsschlosser in einer Schraubenfabrik untergekommen. Kam er von der Arbeit nach Hause, so erwartete ihn seine Mutter bereits mit der vorbereiteten Zinkbadewanne. Er stellte sich, nur mit der Unterhose bekleidet, hinein, breitete die Arme aus und seine Mutter wusch ihn. Anschließend wurde er von ihr abgetrocknet. Kalles Bemerkungen fielen auf fruchtbaren Boden. Gustav beratschlagte mit seiner Frau. Ihr fiel auch gleich ein Mädchen ein: Ihre Schwester, in Remscheid verheirate, hatte eine Tochter, Ulla, die im heiratsfähigen Alter, aber noch unbemannt war. Das es sich um Cousin und Cousine handelte schob man beiseite, es blieb halt alles in der Familie. Betty führte Verhandlungen, die Kandidatin zeigte sich nicht abgeneigt. Rustikal, wie sie war, packte sie ihren Kram zusammen und zog bei Onkel und Tante

in Gelsenkirchen ein. Berti wurde nicht gefragt. Als er von der Arbeit kam, wartete nicht seine Mutter mit dem vorbereiteten Bad auf ihn, sondern Ulla, die ihn mit sachkundiger Hand wusch. Da die Wohnung nur aus zwei Zimmern bestand, hatte man für den Sohn ein Mansardenzimmer angemietet, in das Ulla praktischerweise gleich einzog. So war Berti ohne viel Mühe zu einer Freundin gekommen.

Bald darauf kamen die Jollenbecks zu Besuch, um die hilfsbereite Cousine zu begutachten. Elisa staunte, denn sie hatte noch nie eine so dicke Person gesehen. Hinzu kam, dass Ulla für gewöhnlich einen Nylonkittel trug. Da es scheinbar unmöglich war, eine passende Strumpfhose zu bekommen, lüftete sie in regelmäßigen Abständen den Kittel und zerrte sich die zu kleine Strumpfhose über den Bauch. Elisa schaute fasziniert zu, erinnerte sie Ullas Unterteil doch an einen gewaltigen Globus.

Betty war glücklich. Nicht nur, dass die Schwiegertochter in spe sich gleich eine Arbeit in der Heißmangel gesucht hatte, sie machte ihr auch noch nebenbei den lästigen Haushalt, denn damit hatte Betty so gar nichts am Hut. Auch Gustav war erleichtert und erzählte seinen Schwager Jollenbeck auch gleich warum: „Stell dich bloß vor, Jollenbeck, da will ich wat mit meinen Sohn bequatschen. Gehe ich also rauf in sein Zimmer. Klar, ohne Anklopfen, aber dat mach' ich auch nicht mehr! Ich mache also die Tür auf und da steht die dicke Ulla splitterfasernackt vor'm Bett, der Berti liegt drauf, auf'n Bett meine ich, nich' auf Ulla, und krault ihr dat Ruhrgebiet. Siehst du, der Bengel is doch nich' vom anderen Ufer. Und eines will ich dich mal sagen, die Ulla, dat ist eine gewaltige Frau!"

***

„Wir fahren in die Schweiz!"
Dieser Satz ging Elisa gar nicht mehr aus dem Kopf. Das erste Mal sollte sie ganz alleine mit ihren Eltern in den Urlaub fahren,

denn Peter wollte die Sommerferien lieber mit seinen Freunden in einem Ferienlager verbringen.

Für Elisa wurde es ein wunderbarer Urlaub. Die Eltern tranken nur in Maßen Alkohol und stritten sich während des ganzen Urlaubs nicht. Die Vormittage verbrachte man an einem idyllischen Bergsee. Ilse sonnte sich und klebte Blätter auf die Nase, damit sie dort keinen Sonnenbrand bekam. Kalle brachte seiner Tochter mit unendlicher Geduld das Schwimmen bei. Einmal, als Elisa ausnahmsweise allein in Ufernähe herumpaddelte, kreuzte eine schillernde Wasserschlange ihren Weg. Sie fand das Tier wunderschön, versuchte ihm zu folgen. Sie konnte gar nicht verstehen, dass die Eltern in helle Aufregung gerieten und Kalle ins Wasser hechtete, um sie an Land zu bringen. Einmal am Tag trieb ein Schäferhund seine kleine Kuhherde an den See, auch das war ein Erlebnis für das Stadtkind.

Als während des Urlaubs ein Gewitter mit infernalischen Blitzen und furchterregendem Donner über dem San Salvatore niederging, nahm Kalle Frau und Tochter in die Arme. Elisa fühlte sich sicher und beschützt wie nie zuvor.

Der Urlaub ging viel zu schnell vorbei, allerdings brachten die Eltern ein ganz besonderes Souvenir mit nach Hause. Ilse war wieder schwanger.

„Wirklich Ilse, das ist die Gelegenheit überhaupt. Der Lastwagen ist spottbillig, weil ich den Käfer in Zahlung gebe." Kalle war Feuer und Flamme. Die Plackerei auf der Kokerei hing ihm gründlich zum Hals heraus. Jetzt ergab sich die Gelegenheit, günstig einen LKW zu kaufen, was ihn auf die Idee brachte, ein Fuhrunternehmen zu gründen.

„Aber Karl, was ist, wenn du keine Aufträge bekommst?", wagte Ilse einen Einwand.

„Das wird nicht passieren, ein Bekannter hat mir seine Hilfe zugesichert. Die Firma, bei der er beschäftigt ist, vergibt Fahrten an freie Unternehmer. Er will dafür sorgen, dass mein Wagen

immer gut ausgelastet ist. Dafür kriegt er ab und zu eine Flasche Schnaps."
„Aber wir leben in einer Werkswohnung. Wenn du kündigst, fliegen wir dann nicht achtkantig aus unserer Wohnung? Gerade jetzt, wo ich schwanger bin." Ilse wies auf ihren bereits beachtlichen Schwangerschaftsbauch.
„Du siehst alles viel zu schwarz, Ilsekind. Bei so vielen Kokereiarbeitern fällt es gar nicht auf, dass einer gekündigt hat", tat Kalle die Bedenken seiner Frau ab. „Wenn alles gut läuft, dann kaufen wir einen zweiten LKW und stellen einen Fahrer ein. Überlass ruhig alles mir, du musst dich um nichts kümmern, das lässt dein schwaches Herz ja auch nicht zu."
Kalle ließ sich durch nichts und niemanden bremsen. Er kündigte den Job, gab den Käfer in Zahlung, unterschrieb einen Kreditvertrag und war bald stolzer Besitzer eines kleinen LKW.
Leider waren seine Pläne von Anfang an zum Scheitern verurteilt. Er bekam niemals genug Fuhren zugeschustert. Der Bekannte hatte wesentlich mehr als eine gelegentliche Flasche Schnaps erwartet. Auch bei anderen Firmen konnte er kaum lukrative Aufträge ergattern.
„Das ist die Durststrecke, die wir überwinden müssen", erklärte er seiner skeptischen Frau. „Wenn ich erst einmal Fuß gefasst habe, dann werde ich mich vor Aufträgen nicht retten können."
Richtig schlimm wurde es, als die Wohnungskündigung ins Haus flatterte, denn natürlich war es nicht unbemerkt geblieben, dass er nicht mehr für die Kokerei arbeitete.
Die Eheleute suchten fieberhaft nach einer neuen, günstigen Wohnung, was mit zwei Kindern und einer deutlich schwangeren Ilse nicht leicht war. Schließlich fand Kalle ein abgelegenes Haus, das sich aber immerhin noch im Gelsenkirchener Stadtgebiet befand. Zwar stand die Immobilie eigentlich zum Verkauf, doch gab sich der Eigentümer vorerst mit einer Vermietung zufrieden. Wenigstens bot das neue Haus genügend Platz, sodass Peter und Elisa jeweils ein Zimmer bekamen. Elisa hatte endlich

ein eigenes kleines Reich. Sie baute ihre Puppen im ganzen Zimmer auf und fühlte sich wohl.
„Kommt Zeit, kommt Rat. Bald geht es aufwärts mit dem Geschäft, dann kaufen wir das Haus", gab sich Kalle optimistisch.
Noch eine weiter finanzielle Belastung kam dazu, an die weder Karl noch Ilse gedacht hatten. Die Familie war nicht mehr krankenversichert. Für eine private Versicherung reichte das Geld nicht. Kalle kam ins Grübeln. Wie teuer wohl die Entbindung sein würde? „Du hast doch unseren Peter zu Hause bekommen, Liebes. Mit Elisa warst du eigentlich nur im Krankenhaus, weil es Probleme gab."
Ilse musterte ihn kühl. „Siehst du, deine Tochter hat von Anfang an Probleme gemacht. Das kann sie nur von dir haben. Ich werde das Kind auf keinen Fall zu Hause bekomme, das kannst du dir abschminken, mein Lieber."
„Ich dachte ja auch nur ..."
„Denk nicht mal daran!"

***

Anna war nicht glücklich über die erneute Schwangerschaft ihrer Tochter. Immer wieder las man neuerdings in der Zeitung, welche Risiken es für Mutter und Kind geben konnte. Gerade wenn die werdende Mutter nicht mehr ganz jung war. Ihr selbst ging es gar nicht gut. Sie hatte bereits einen Schlaganfall hinter sich, von dem sie sich einigermaßen erholt hatte, allerdings ging ihr vieles nicht mehr so leicht von der Hand. Adolf hatte die Zeit während ihres Krankenhausaufenthaltes im Vollrausch verbracht. Er war froh, dass wieder jemand da war, der morgens den Kohleherd in Betrieb setzte, ihm das Frühstück servierte und die Mahlzeiten zubereitete.
Anna hatte gedacht alles gut überstanden zu haben, doch heute fühlte sie sich gar nicht wohl. Ständig wurde es ihr schwindelig. Mit dem Sehen schien auch etwas nicht in Ordnung zu sein, dazu kamen bohrende Kopfschmerzen. Sie machte sich große Sor-

gen um ihre Ilse, schließlich war das Kind fast vierzig Jahre alt. Hinzu kam, dass die Tochter in letzter Zeit häufiger Schmerzen im Unterleib hatte. „Falscher Alarm", wiegelte sie dann ab, aber in Wahrheit fehlte es an Geld, um einen Arzt zu konsultieren.
Eigentlich müsste sie, Anna, zur Stelle sein, aber wer sollte in der Zwischenzeit ihren Mann versorgen. Er war ohne sie hilflos, betrank sich nur und aß nicht einmal vernünftig. Seufzend machte sie sich am Herd zu schaffen. Adolf wollte pünktlich seine Milchsuppe zum Abendbrot haben. Wenn bloß nicht diese Kopfschmerzen wären …

Zur gleichen Zeit saß Ilse im Wohnzimmer und versuchte sich auf die laufende Fernsehsendung zu konzentrieren. Kalle hantierte in der Küche, er schmierte den Kindern Butterbrote. „Liebes, hast du auch Hunger?", rief er aus der Küche.
„Eher nicht", war ihre Antwort. „Ich glaube das Kind kommt."
Als zweieinhalbfacher Vater blieb Kalle cool. „Moment, ich koche den Kindern eben schnell noch ihren Tee, dann geht es ab ins Krankenhaus." Er versorgte die Kinder, die ganz begeistert waren, weil sie bis zu seiner Heimkehr fernsehen durften. Anschließend fuhr er den Laster vor die Haustür und half seiner Frau in das Führerhaus.
Während der Fahrt krümmte sich Ilse immer wieder zusammen, denn die Wehen hatten heftig eingesetzt. „Du meine Güte", keuchte sie während einer kurzen Atempause. „Ich hatte ganz vergessen, wie weh das Kinderkriegen tut!"
Im Krankenhaus angekommen schien sich die Wehen etwas zu legen. Nach einer gründlichen Untersuchung tätschelte die Hebamme Ilse vorsichtig den Bauch. „Mit einem Wehensturm ist nicht zu spaßen. Wir legen dir jetzt einen Tropf, wenn das nicht hilft, so werden wir das Kind mit einem Kaiserschnitt holen müssen. Aber es wäre besser, wenn wir es noch eine Weile an Ort und Stelle lassen könnten, schließlich hast du gut drei Wo-

chen Zeit bis zum Geburtstermin. Allerdings wirst du erst einmal hier bleiben müssen."
Zur Erleichterung aller wirkte der Tropf bald, der Wehensturm war überstanden. Kalle machte sich auf den Weg nach Hause, wo er die vor dem Fernseher eingeschlafenen Geschwister sacht weckte und ihnen erklärte, dass das neue Baby noch auf sich warten ließ.
„Prima, dann können wir ja bald wieder so lange fernsehen", stellte Peter fest.

Am Vormittag des nächsten Tages kam eine besorgte Krankenschwester in Ilses Zimmer. „Bitte regen sie sich nicht auf, Frau Jollenbeck. Ihre Mutter ist heute Nacht eingeliefert worden, ein zweiter Schlaganfall. Es sieht nicht gut aus. Sie sollten zu ihr."
Wie betäubt folgte Ilse der Schwester ein Stockwerk tiefer. Anna lag, zwar mit offenen Augen, aber bewegungslos in ihrem Krankenbett. Sie reagierte auch nicht, als ihre Tochter sie ansprach. Der anwesende Arzt wandte sich der fassungslosen Ilse zu. „Wir haben das Menschenmögliche getan, doch ich fürchte es geht zu Ende. Ich lasse sie jetzt mit ihrer Mutter allein."
Ilse nickte, nahm behutsam Annas Hand: „Mutter, es ist alles in Ordnung mit mir und dem Baby, wirklich. Du machst dir ganz unnötige Sorgen."
Anna öffnete den Mund, wollte etwas sagen, brachte aber kein Wort heraus. Sie drückte die Hand ihrer Tochter so fest sie konnte. Vorsichtig erwiderte Ilse den Händedruck, dann strich sie Anna über den Handrücken, so wie sie es schon als Kind getan hatte. „Bitte lass mich nicht allein", schluchzte sie. „Was soll ich denn ohne dich machen?"
Wieder versuchte die Mutter zu sprechen, doch kam kein Ton über ihre Lippen, so sehr sie sich auch abmühte. Plötzlich wurde Ilse ganz ruhig. Die Situation erschien ihr unwirklich, sie nahm alles wie durch einen Schleier war. „Ist schon gut, nicht sprechen, ich halte einfach deine Hand", wisperte sie.

So saß sie lange Zeit schweigend am Bett, bis ihre Mutter schließlich friedlich einschlief.
Ilse konnte keinen klaren Gedanken fassen. Anna, die sich immer um sie gesorgt hatte, die immer für sie da gewesen war, war nun tot. Wie sollte das Leben ohne sie weitergehen? Was sollte aus Adolf werden? Und da war ja noch das Baby, wie sollte sie das alles ohne ihre Mutter bewältigen.

„Ich höre nichts", die Hebamme runzelte die Stirn. „Sag mal, hast du das Kind heute gespürt, hat es sich bewegt?"
Ilse schüttelte den Kopf. „Nein, ich habe schon länger keine Bewegung gespürt. Aber ich habe nicht darauf geachtet."
Ilse hatte sich sofort nach Annas Tod auf eigene Verantwortung aus dem Krankenhaus entlassen. Sie wollte sich um die Beerdigung ihrer Mutter kümmern, davon ließ sich weder vom behandelnden Arzt noch von ihrem Mann abhalten. Sie erklärte sich lediglich bereit, sich jeden Tag von einer Hebamme untersuchen zu lassen.
Heute war die Hebamme zu einem Hausbesuch erschienen. Bei der Untersuchung waren keine Herztöne des Kindes festzustellen. „Du musst sofort ins Krankenhaus", stellte sie betont sachlich fest. „Vielleicht irre ich mich, aber sicher ist sicher."
Auch im Krankenhaus konnte man keine Herztöne feststellen. Zwar wurde sofort ein Kaiserschnitt durchgeführt, doch war das Kind, ein Junge, bereits tot.
Ilse nahm den Verlust ihres Kindes mit unheimlich wirkender Gelassenheit hin. Selbst den darauffolgenden Tod ihres Bruders Gustav schien sie kaum zu registrieren.

Adolf hatte seine Frau weder ins Krankenhaus begleitet, noch von ihr Abschied genommen. Auch überließ er es dem Schwiegersohn und der Tochter, sich um die Formalitäten zu kümmern. Selbst der Verlust des dritten Enkelkindes kümmerte ihn wenig. Er betrank sich, jammerte, wankte zurück in die Wohnung und

weinte Alkoholtränen. Nachdem Ilse aus dem Krankenhaus entlassen wurde, kümmerten Kalle und sie sich um den Vater. Da Adolf ständig betrunken war und völlig verwahrloste, packten sie ihn nach einem frustrierenden Besuch kurz entschlossen in den LKW und nahmen ihn mit nach Hause. Elisa musste ihr Zimmer räumen, Adolf wurde dort einquartiert. Fortan schlief Elisa im elterlichen Schlafzimmer. Dabei blieb es, denn Adolf betrat nie wieder die eheliche Wohnung.
Karl versuchte seiner Frau zur Seite zu stehen so gut es ging, war aber völlig überfordert. Zudem spitzte sich die finanzielle Situation immer mehr zu.
Ilse hingegen versank in einer Depression, kümmerte sich wenig um ihre Familie. An manchen Tagen schien alles wieder ins Lot zu kommen. Ilse war umgänglich, umsorgte die Kinder fast übertrieben, zeigte Interesse für Karl und seine Probleme. Dann war sie wieder abweisend, in sich gekehrt, lief den ganzen Tag ungewaschen und im Kittel herum.
Bald gingen die Eheleute immer respektloser miteinander um. Karl konnte nicht verstehen, dass Ilse darauf bestand ihren Vater im Haushalt zu behalten, denn Adolf dachte an nichts anderes, als an Alkohol zu gelangen. Er schickte die Kinder heimlich mehrmals am Tag zur nahe gelegenen Trinkhalle um Bier und Schnaps zu kaufen. Ansonsten wartete er auf die Mahlzeiten oder saß rauchend bis zum Sendeschluss vor dem Fernseher im Wohnzimmer. Hinzu kam, dass er gar nicht daran dachte, der Familie finanziell unter die Arme zu greifen.
Ilse wiederum warf Karl vor, sie und ihre Trauer nicht zu verstehen und herzlos darüber hinwegzugehen. Die Streitgespräche wurden immer heftiger. Oft zog sich Ilse weinend zurück, hockte schluchzend in der Küche.
Während sich Peter möglichst zurückzog, setzte sich seine Schwester zur Mutter, versuchte unbeholfen sie zu trösten, während sich Ilse verbittert über den herzlosen Ehemann klagte.

Karl hockte in der Zwischenzeit im Wohnzimmer, brütete in hilflosem Schweigen vor sich hin, betrank sich systematisch. Dann konnte ein falsches Wort von Ilse ihn zum Explodieren bringen. Im betrunkenen Zustand war er oft unbeherrscht und ließ seine Wut und den Frust an einem Möbelstück aus. Peter machte sich in solchen Situationen unsichtbar so gut es ging, weil er aus Erfahrung wusste, dass sich die Wut seines Vaters schnell gegen ihn richten konnte. Seiner Schwester gelang es oft, den Vater zu besänftigen. Mehr als einmal nahm sie ihn einfach bei der Hand, brachte ihn dazu sich ins Bett zu legen, während sie sich zu ihm setzte, bis er eingeschlafen war.
„Ach Spatz", lallte er oft. „Du musst deine Mutter verstehen. Sie ist ne gute Frau und ich mache immer alles falsch und alles kaputt."
Zu allem Überfluss drängte der Hausbesitzer auf einen Kauf. Kalle verhandelte, versuchte ihn im Preis zu drücken. Gleichzeitig bemühte er sich, seinen Schwiegervater davon zu überzeugen, seine Ersparnisse in das Haus zu stecken oder ihm wenigstens etwas Geld vorzustrecken. Adolf blockte alles ab, wollte sich auf keinen Kompromiss einlassen. Auch Ilse konnte oder wollte ihn nicht überzeugen. Da Kalle allein nicht in der Lage war den Immobilienkauf zu finanzieren, wurde das Haus anderweitig verkauft. Bald darauf flatterte die Kündigung wegen Eigenbedarf ins Haus.

***

„Wer nichts wird, wird Wirt." Adolf kicherte leise vor sich hin. „Aber Vater, was sagst du denn da?" Ilse war entrüstet. „Die Gastwirtschaft ist eine tolle Möglichkeit. Am Wochenende schauen wir sie uns an. Sie läuft gut, trotzdem will der Pächter unbedingt aus dem Vertrag heraus."
Adolf ließ sich nicht beirren. Er hatte schon den nächsten Spruch parat: "Mache nicht den Bock zum Gärtner. Der Jollenbeck säuft ganz schön und du spuckst auch nicht rein."

Jetzt wurde Ilse wirklich böse: „Ja sicher dat, das musst DU gerade sagen, DU bist der Richtige, DU säufst wie ein Loch ...", so ging es noch eine ganze Weile weiter. Adolf zog die Schultern zwischen die Ohren und machte, dass er in den Garten kam.

Am Samstagabend fuhren die Eheleute nach Westerholt, um die Gaststätte zu besichtigen. Nachdem sie sich einmal für den Gedanken erwärmt hatten, waren Karl und Ilse Feuer und Flamme. Die beiden hatten sich endlich zusammengesetzt und lange miteinander diskutiert. Beide wollten die Ehe fortsetzen, waren sich jedoch klar darüber, dass sich etwas Grundlegendes ändern musste. „Wo es mit dem Fuhrunternehmen nicht geklappt hat wäre es vielleicht gut, wenn wir gemeinsam etwas aufziehen könnten", überlegte Ilse.
„Das wäre die Lösung", stellte Kalle mit einem schiefen Grinsen fest. „Wir würden den ganzen Tag zusammenarbeiten, dann hättest du keinen Grund eifersüchtig zu sein."
Ilse schüttelte unwillig den Kopf. „Ich habe meine Gründe, aber darüber möchte ich jetzt nicht reden. Du findest die Idee also auch gut gemeinsam ein Geschäft zu führen?"
Kalle schloss sie in die Arme. „Ja, Liebes, bestimmt wird dieses Mal alles gut."
Da kam die Annonce in der ‚Westdeutschen Allgemeinen Zeitung' gerade recht. Es wurde ein Nachpächter für eine Gastwirtschaft in Westerholt mit Saal, Fremdenzimmern und dazugehöriger Wohnung gesucht. Westerholt, das war für Kalle und Ilse als alte Gelsenkirchener zwar fast schon Ausland, aber man würde sich zurechtfinden.
So fuhren die Jollenbecks los, um die Gaststätte ‚Zur Börse' in Augenschein zu nehmen. Adolf blieb zu Hause: „Du nicht, Vater. Nachher säufst du gleich zu viel. Das wirft kein gutes Bild auf uns."
Die Gaststätte lag mitten im alten Dorf. Im Vorbeifahren zählte Ilse nicht weniger als vier weitere Kneipen auf ca. dreihundert

Metern Straße. „Wie die alle zurechtkommen? Aber es scheint zu funktionieren. Guck mal, die Kirche ist gleich gegenüber. Bestimmt machen die Männer nach dem Kirchgang ihren Frühschoppen bei uns. Kalle, du musst unbedingt jeden Sonntag in die Messe gehen."
Karl tippte sich an die Stirn: „Das kannst du dir abschminken. Geh doch selbst hin und nimm die Kinder am besten gleich mit." Damit war das Thema Kirchgang abgehakt, denn Ilse ging höchstens zu Ostern und zu Weihnachten in die Kirche. Sie verschlief, genau wie ihr Mann, den Sonntagmorgen viel zu gern. Die Gaststätte kam in Sicht, machte mit abbröckelndem Putz und schadhaften Fensterrahmen einen heruntergekommenen Eindruck. Auch von innen sah die Wirtschaft nicht besser aus. Der Tresen war alt, die Tische und Stühle reif für den Sperrmüll. Man stellte sich vor, wobei die Wirtsleute erleichtert wirkten. Wahrscheinlich hatten sie nicht erwartet, dass sich die Interessenten wirklich blicken ließen. Die Jollenbecks setzten sich an den Stammtisch und schauten sich um.
„Das ist aber malerisch hier und urgemütlich." Ilse wollte sich offensichtlich wohlfühlen.
„Heute haben wir richtig Betrieb. Das Geschäft läuft gut", erklärte der Wirt freudestrahlend, während seine Frau eifrig nickte.
Als man die gesamten Räumlichkeiten besichtigt hatte und in den Schankraum zurückkam, war die Stimmung auf dem Höhepunkt angekommen. Am Tresen drängten sich die Gäste, einige Pärchen tanzten zu den Klängen der Music Box.
„Diese Kneipe ist eine Goldgrube. Die Fremdenzimmer kriegen wir ruck-zuck vermietet. Der Saal ist riesig. Wir könnten große Tanzveranstaltungen organisieren und im Nebenzimmer tagt vielleicht bald der Gemeinderat." Kalle baute schon wieder Luftschlösser, wobei Ilse es ihm gleich tat: „Die dazugehörige Wohnung ist auch groß genug. Ein Zimmer für Vater ist vor-

handen, auch ein Wohnzimmer. Das Schlafzimmer ist riesig. Elisa kann also weiter problemlos bei uns schlafen."

Der Gedanke gefiel Kalle ganz und gar nicht. „Ist das nötig? Vielleicht können wir ein Fremdenzimmer zum Kinderzimmer umfunktionieren."

„Erst mal schläft deine Tochter bei uns, das findet sich dann. Jedenfalls kann Peter in einer der Mansarden schlafen, das andere Zimmer oben können wir auch noch vermieten."

„Ich sehe schon, es gefällt Ihnen. Darauf sollten wir anstoßen. Natürlich sind Sie meine Gäste." Der Pächter hatte sich mit an den Tisch gesetzt und hob sein Bierglas. „Sie müssten sich nur noch mit der Firma Getränke Troll in Verbindung setzen, ein Herr Broth ist da zuständig. Dann ist alles geritzt."

Direkt am nächsten Montag wurde Kalle bei Herrn Broth vorstellig. Die Firma war mit einem Pächterwechsel einverstanden, stellte aber einige Bedingungen. Zunächst verlangt man eine hohe Kaution. Der Pachtvertrag lief über sieben Jahre. Weiterhin verpflichteten sich die neuen Wirtsleute nicht nur das Bier, sondern auch sämtliche Spirituosen und nichtalkoholischen Getränke über den Getränkevertrieb Troll zu beziehen. Kalle willigte in alle Bedingungen ein. Zu reizvoll war der Gedanke die Gaststätte zu übernehmen und endlich erfolgreich zu sein.

***

„So geht es nicht weiter. Wir müssen uns etwas einfallen lassen. Der einzige gute Gast ist mein Vater." Ilse wies auf ihren Vater, der vor dem Tresen stand und mit einem fünf Mark Schein wedelte.

„Einen noch", nuschelte er.

„Aber Vater, du hast für heute genug. Du kannst ja kaum noch stehen." Ilse war unerbittlich. Grummelnd tippelte Adolf durch die Hintertür, um in seinem Zimmer den Rausch auszuschlafen. Dabei hatte doch alles so gut angefangen. Der Umzug ging rei-

bungslos über die Bühne, man richtete sich in den neuen Räumlichkeiten ein. Sogar der Lastwagen ließ sich gut verkaufen.
Man stellte eine Haushälterin ein, eine ältliche, farblose Person, die mit ihrem ständigen Begleiter in der Mansarde einzog. Tante Käthe, wie sie sich von den Kindern nennen ließ, war fleißig und sauber, ihr Freund kümmerte sich um die Koksheizung und erledigte kleinere Reparaturen. Dass die beiden ein Alkoholproblem hatten, bemerkte man vorerst nicht.
Nach und nach erfuhren Karl und Ilse, dass sämtliche Pächter mit der Gaststätte in Konkurs gegangen waren. Auch dem Pächter Ehepaar, das sie kennengelernt hatten, erging es nicht anders, nur waren diese Leute cleverer als ihre Vorgänger. Sie hatten sich früh genug mit dem Generalvertreter Broth in Verbindung gesetzt, für naive Nachpächter gesorgt, und waren so relativ schmerzfrei aus ihrem Vertrag entlassen worden.
„Aber die Kneipe war gut besucht, als wir zum ersten Mal hier waren", stellte Ilse verblüfft fest.
Das stellte sich als ein echter Schildbürgerstreich heraus. Die Vorpächter hatten einfach ihre Verwandtschaft und Bekanntschaft zu einem kostenlosen Umtrunk eingeladen. Zur Bedingung für die Bewirtung wurde allerdings gemacht, dass die Simpel, welche sich den Gastbetrieb ansahen, am Ende des Abends überzeugt sein mussten, hier auf eine Goldgrube gestoßen zu sein.
Die interessierten Dorfbewohner hatten sich die neuen Wirtsleute angeschaut. Der Wirt schien recht umgänglich, die Frau ein wenig hochnäsig zu sein, aber das war nicht der springende Punkt. Ins Gewicht fiel eher, dass die Wirtsleute ihre Lebensmittel weder beim ortsansässigen Schlachter, der ein wichtiges Gemeindemitglied war, noch bei irgendeinem anderen Händler im Dorf kauften. Sie bevorzugten den Großhandel oder einen der neuen Supermärkte in der Stadt. Auch ließ sich niemand aus der Familie sonntags in der Kirche blicken. Hinzu kam, dass der neue Wirt sich rundheraus weigerte, in den örtlichen Schützen-

verein einzutreten, obwohl man ihm das nahegelegt hatte. Mit so wenig Interesse am Alt Westerholter Dorfleben ließen sich keine Gäste gewinnen. So war die Situation bereits nach ein paar Monaten kritisch.
Tatsächlich war Adolf der beste Gast. Er stand morgens auf, ließ sich von Tante Käthe das Frühstück servieren und wartete darauf, dass diese mit der Säuberung des Schankraums begann. Gerne gesellte er sich dann zu ihr, ließ sich den ersten Korn des Tages einschenken. Natürlich bezahlte er sie dafür, schließlich brauchten seine Tochter, oder, Gott bewahre, der Schwiegersohn nichts davon zu wissen. Käthe hielt tüchtig mit. Was für ein Satansweib! Die soff doch glatt jeden Mann unter den Tisch. Wenn Ilse und Kalle aus dem Bett kamen, war die Wirtschaft blitzblank und Adolf zum ersten Mal am Tag sternhagelvoll. Er zog sich rechtzeitig zu einem kleinen Schläfchen zurück. So merkten Tochter und Schwiegersohn nichts. Nach dem Mittagessen setzte er sich offiziell an den Stammtisch und orderte: „Ein Korn und ein Bier."

„Wir werden Tanzveranstaltungen aufziehen, aber nicht so ein Schmalzkram, wie es Gerhard Wendland singt. Wir werden Beat Musik für die Jugend bringen, das wird ein Renner." Kalle war nie um Einfälle verlegen. Er engagierte eine Band. Jungen aus der Umgebung, die froh waren, einmal auf einer Bühne stehen zu dürfen. Anschließend ließ er Plakate und Handzettel drucken, lud Elisa ins Auto und verteile mit ihr die Handzettel in der Fußgängerzone. Auf dem Rückweg hielt er hier und dort an, klebte Plakate an Zäune und Hauswände. Elisa hielt das für einen Riesenspaß, denn sie durfte Schmiere stehen und aufpassen, dass niemand vorbei kam, solange Papa Plakate klebte.
Am fraglichen Samstag war die Gaststätte rappelvoll. Die Veranstaltung fing um zwanzig Uhr an. Es gab keinen freien Platz mehr, weder im Saal noch in der Gaststätte. Obwohl Kalle die Band engagiert hatte, ohne vorher nur ein einziges Musikstück

von ihr gehört zu haben, erwiesen sich die Jungen als richtig gut und begeisterten ihr Publikum.

„Siehst du, Ilsekind", strahlend er seine Frau an. „Ich habe wieder einmal den richtigen Riecher gehabt. Jetzt geht es endgültig bergauf mit uns."

Tatsächlich erwiesen sich die Tanzveranstaltungen am Samstag als Selbstläufer, was kein Wunder war. Als Alternative bot sich dem Jungvolk lediglich das Kolpinghaus mit seinem katholischen Tanztee an.

Auch die Fremdenzimmer wurden vermietet, es fanden sich immer wieder Monteure, die eine günstige Unterkunft suchten. Auch hier erwies sich Tante Käthe als Goldstück, sie bereitete und servierte das Frühstück für diese Gäste. Der Rubel rollte und die Zukunft schien gesichert.

Natürlich blieb das samstägliche Spektakel im Dorf nicht ohne Folgen. Sowieso argwöhnisch beäugt, wurden die andersartigen Wirtsleute jetzt aufs Korn genommen. Der Priester wetterte von der Kanzel ob der Verführung der Jugend zu Verkommenheit, Alkoholismus, Gehörproblemen und Schlimmerem. Kein Poahlbürger, der auf sich hielt betrat die Gaststätte. Die unmittelbaren Nachbarn beschwerten sich vehement wegen der Lärmbelästigung durch die ‚Negermusik'. Kalle reagierte auf die ihm eigene, unnachahmliche Art. Er vernagelte die Saalfenster von außen mit Spanplatten, was dem sowieso heruntergekommenen Bau eine ganz eigene Note verlieh.

„So, jetzt können die Nachbarn zufrieden sein, die Fenster sind schallgedämmt", war sein Kommentar.

***

„Was hast du da oben so lange gemacht? Erzähl mir bloß nicht, dass du eine halbe Stunde lang den Kanonenofen von dem jungen Kerl bewundert hast. Pah, Kanonenofen, dass ich nicht lache!" Kalle entdeckte eine Seite an seiner Frau, die bis dato im Verborgenen geschlummert hatte. Ilse tändelte im alkoholisier-

ten Zustand gerne mit diesem oder jenem Mann herum. Sie flirtete auf Teufel komm raus, was sicherlich gut für das Geschäft, aber schlecht für Kalles Seelenfrieden war. Er, der seine Frau nach Strich und Faden betrog, war eifersüchtig und das nicht zu knapp. Er konnte es nicht ertragen, wenn sie mit den Wimpern klimperte, mit wildfremden Männern lachte und Spaß hatte. Wenn es dann noch zu Berührungen kam, so glaubte er, verrückt zu werden.
Seit kurzer Zeit wohnte in der Mansarde ein junger Mann, der ihr gut zu gefallen schien. Wann immer er sich blicken ließ, scharwenzelte sie um ihn herum. Gestern war dieser Mensch bis spät in die Nacht im Schankraum gewesen, hatte mit Ilse getrunken und sich blendend mit ihr unterhalten. Kalle hatte sich das Schauspiel scheinbar gelassen angeschaut, aber in ihm brodelte es. Vorhin hatte ihm Tante Käthe gesteckt, dass Ilse sich längere Zeit mit dem Menschen in dessen Zimmer aufgehalten hatte. Nun wollte das untreue Weib ihm erzählen, es wäre nur gucken gegangen, weil der Kerl einen neuen Ofen im Zimmer hatte und ihr diesen gerne zeigen wollte.
„Was denkst du denn, du Spinner, was ich da gemacht habe? Du hast es nötig mir einen Seitensprung zu unterstellen, dafür bis du zuständig", kreischte Ilse empört. „Und mit der alten Hexe werde ich noch reden. Sie soll er als Haushälterin arbeiten und nicht herumspionieren."
„Die kannst du aus dem Spiel lassen. Gut, dass sie mich aufmerksam gemacht hat. Wer weiß, wie lange du schon seinen Ofen anguckst. Von mir willst du nichts wissen, lässt mich überhaupt nicht mehr ran. Jetzt weiß ich auch warum. Hoffentlich hat er es dir richtig besorgt, ich scheine dir ja nicht zu genügen."
„Wer weiß! Du gibst dir jedenfalls keine Mühe!" Jetzt war Ilse alles egal, sie wollte Kalle verletzen, so wie er ihr wehtat. „Vielleicht bist du einfach eine Niete und jeder andere kann es besser!"

Die Auseinandersetzung entwickelte sich zu einem schmutzigen Streit.
Dabei war alles für Peters Konfirmation hergerichtet, die Verwandten und Bekannten eingeladen worden. Sogar Minna, Kalles Stiefmutter, hatte ihr Kommen angekündigt. Sie hatte sich nie sonderlich um den ungeliebten Sohn und seine Familie gekümmert, nach dem Tod von Kalles Vater noch weniger als zuvor. Auch die Schwägerin Betty, seit Gustavs Tod eine lustige Witwe im wahrsten Sinne des Wortes wollte sich dieses Fest nicht entgehen lassen.
Peters Konfirmation sollte ein unvergesslicher Tag für alle Beteiligten werden.

Ilse und Kalle waren auseinandergegangen, ohne sich versöhnt zu haben. Man sprach nur noch das Notwendigste miteinander und ging sich so gut es möglich war aus dem Weg.
Am Tage der Konfirmation versuchten beide den Schein zu wahren. Die Gaststätte war für den Tag geschlossen worden. Man ging zur Kirche, setzte sich dann zum Mittagessen an die Tafel und plauderte nett. Karl schenkte das erste Bier aus. Nach dem Verdauungsspaziergang und dem Kaffeetrinken mit einem Schnäpschen dazu kam die Feier in Schwung. Karl schenkte weiter aus, ließ den Konfirmanden hoch leben. Auch Ilse trank das eine oder andere Glas auf das Wohl ihres Kindes.
Betty hatte den Tod Gustavs erstaunlich schnell verkraftet. Sie ließ ihm einen Stein mit der Inschrift ‚Die Liebe höret nimmer auf' auf das Grab setzten und grub nun alles an, was Hosen trug. Heute merkte sie schnell, dass etwas zwischen den Eheleuten Jollenbeck ganz und gar nicht stimmte. Sie gedachte die Gelegenheit zu nutzen. Kalle, der wie man wusste, dem weiblichen Geschlecht sehr zugetan war, hatte bisher auf keines ihrer mehr oder weniger eindeutigen Angebote reagiert. Heute allerdings nahm er sie mehr als einmal in den Arm. Also rückte Betty nach jedem Glas Schnaps ein wenig näher an ihn heran. Sie bemerkte

in ihrem Eifer gar nicht, dass der plötzlich das Interesse an ihr verlor und seine Frau fixierte.

Ilse hatte sich das Geturtel der beiden lange genug angeschaut. Was dachte sich dieser Mann? Er verdächtigte sie grundlos, unterstellte ihr einen Seitensprung, machte sich dann auf eine so schamlose Art an ihre Schwägerin heran. Da kam der junge Mieter genau richtig. Er war im Begriff das Haus zu verlassen. Ilse hatte ihn im Flur abgefangen. Der Arglose erklärte sich nur zu gerne bereit, mit ihr auf das Wohl des Konfirmanden anzustoßen. Sie rückte noch ein wenig näher an ihn heran, strich ihm über den Arm. Sollte ihr Ehemann ruhig eifersüchtig sein, das geschah ihm ganz recht. Sie schaute dem netten Mieter tief in die Augen, blinzelte ihm verschwörerisch zu.

Alkohol und unmäßige Eifersucht sind eine explosive Mischung, wie der arme Kerl bald zu spüren bekam, der doch nur mit der netten Wirtin anstoßen und ein wenig flirten wollte.

Ganz plötzlich wurde er herumgerissen und zu Boden geworfen. Ehe er wusste wie ihm geschah hatte er den Wirt am Hals und dessen Faust im Gesicht. Kalle, rasend vor Eifersucht, drosch auf den vermeintlichen Nebenbuhler ein, während Ilse kreischte, die Kinder heulten und ganz mutige Gäste versuchten, Kalle von seinem Opfer zu trennen, was nach einigem hin und her auch gelang. Während einer der Gäste Kalle kräftig schüttelte, damit der zur Besinnung kam, nahm der Mieter schnellstens Reißaus. Minna, die ihren Stiefsohn noch nie so gesehen hatte, war schockiert. Sie legte ihrer Schwiegertochter mit ungewohnter Fürsorglichkeit den Arm um die Schulter. „Ilse, möchtest du mit den Kindern ein paar Tage bei mir wohnen? Wenigstens bis sich die Gemüter beruhigt haben und dein Mann zur Besinnung gekommen ist? Ich bleibe so lange hier und versuche vernünftig mit ihm zu reden."

Peter, der seine kleine Schwester schützend in den Arm genommen hatte, wagte einen Einwand. „Ich will aber nicht mit zu Oma. Was soll ich dort anfangen? Übrigens müssen wir in die

Schule. Papa ist ja nur betrunken, wie immer. Spätestens morgen hat er sich wieder eingekriegt."
„Du verdammter Bengel, dir werde ich's zeigen so über deinen Vater zu sprechen!" Kalle versuchte sich auf das Kind zu stürzen, wurde aber von Bettys Sohn Bertram davon abgehalten.
Peter musterte seinen Vater ungewohnt mutig. „Ja, das kannst du, jemanden schlagen, der sich nicht wehren kann."
„Jetzt ist es aber genug", rief Minna resolut aus. „Ilse, du packst jetzt ein paar Sachen zusammen. Bertram und seine Freundin fahren dich zu mir, hier ist mein Schlüssel. Wenn der Junge lieber hier bleiben will, so soll er das tun. Elisa jedenfalls nimmst du mit. Und du dämlicher Affe", diese Worte richtete sie an ihren Stiefsohn, „du wirst jetzt ins Bett gehen und deinen Rausch ausschlafen."
Kalle klappte den Mund auf, um zu protestieren, doch Minna schob ihn zur Tür. Gehorsam trabte er in Richtung Schlafzimmer. Die Gesellschaft löste sich auf, Bertram und seine Ulla fuhren Ilse und Elisa zur schwiegermütterlichen Wohnung.
Einzig Adolf saß immer noch auf seinem Stuhl und bemühte sich, die letzten Schnapsreste zu vernichten.
„Nun zu dir, mein Lieber!"
Adolf zuckte zusammen, denn Minna hatte die Hände in die Hüften gestemmt und stand wie aus dem Nichts plötzlich vor ihm. „Was würdest du von einem gepflegten Bier und einem schönen Doppelkorn halten? Ich wollte immer schon mal eine Wirtin spielen."

„Elisa machst du mal auf? Es hat geklingelt", Ilse war gerade mit einem Liebesroman beschäftigt und wollte sich nicht stören lassen. Elisa öffnete die Tür. „Papa", japste sie.
Kalle trat verlegen von einem Bein auf das andere. „Ist die Mama da?"
„Du hast mir gerade noch gefehlt! Was willst du?", funkelte Ilse ihren Mann böse an.

„Ich möchte mich entschuldigen. Bitte lass mich in die Wohnung. Wir gehen ins Wohnzimmer und reden vernünftig miteinander", mit diesen Worten nahm Kalle seine Frau an den Arm, führte sie in das Wohnzimmer. Elisa presste das Ohr dicht an die geschlossene Tür. Nach einigen Minuten seufzte sie erleichtert auf, denn die Eltern schrien sich nicht an, sondern unterhielten sich leise. Nach einer Weile kamen sie Arm in Arm aus dem Zimmer.
Ilse packt, man fuhr gemeinschaftlich zurück nach Westerholt, wo eine erstaunlich aufgekratzte Minna zusammen mit Adolf in der Küche saß. „Ich habe deinem Vater schon etwas zu essen gemacht", strahlte sie. „Das kann ich besser als eure Haushaltshilfe. Wenn ihr einmal wegfahren wollt komme ich gerne her und achte ein wenig auf den lieben Adolf." Sie tätschelte Elisas Großvater den Arm, was der sich mit einem undefinierbaren Brummeln gefallen ließ.
Der junge Mann war fluchtartig ausgezogen und ein anderer Mieter wurde schnell gefunden. Ein Mann mittleren Alters, der einen leichten Buckel hatte und ziemlich unattraktiv war.

Im Sommer ging es wieder in die Schweiz. Dieses Mal mieteten die Jollenbecks ein kleines Ferienhaus. Man konnte es sich leisten, die Gaststätte lief nach wie vor gut.
Wieder hatte Elisa die Eltern für sich allein, denn Peter, der sich mehr und mehr zurückzog, wollte mit einem Freund zum Zelten fahren. Da Minna anderweitig beschäftig war, wurden die Chudzinskis damit beauftragt in der Zwischenzeit auf Haus, Hof und Adolf zu achten.
Der Urlaub war alles in allem harmonisch. Die Eltern tranken wenig Alkohol, bemühten sich um ein vernünftiges Miteinander. Elisa kaufte in diesem Urlaub ihre erste ‚Bravo' und fand die Zeitschrift herrlich aufregend. Sie trug die Ausgabe ständig mit sich herum und kam sich richtig erwachsen damit vor.

***

„Peter, du lügst! Wie kannst du deinen Eltern solche Märchen über uns erzählen." Tante Käthe stand entrüstet in der Küche, die Arme in den Hüften.

Peter war schon nach ein paar Tagen wieder nach Hause gekommen. Der Urlaub mit dem Zelt war buchstäblich ins Wasser gefallen. Es regnete Bindfäden.

Er fand eine lustige Gesellschaft vor. Die Chudzinskis hatte den Schankbetrieb durch die Hintertür aufrechterhalten, wobei sie alles zum halben Preis verkauften. Zudem bestellten sie fleißig Getränke nach, natürlich auf Rechnung. Den Gewinn strichen sie ein und gedachten bei der Rückkehr der Familie Jollenbeck schon längst über allen Bergen zu sein. Irgendwie hatten die beiden sich in der Zeit geirrt, jedenfalls waren sie noch da, als Kalle mit seiner Familie heimkehrte.

Peter überfiel seine Eltern schon in der Eingangstür mit wahnwitzigen Geschichten über Trinkgelage und Komasaufen. Hier half nur Improvisation, darauf verstand Tante Käthe sich. Sie versicherte glaubwürdig, dass sie Peter beim Schnapsdiebstahl erwischt habe und er nun versuche von sich abzulenken. Adolf konnte zu den Geschehnissen nichts sagen. Er hatte die letzten Wochen komplett im Koma verbracht und wollte möglichst aus der Schusslinie bleiben. Kalle und Ilse glaubten der integren Tante Käthe aufs Wort. Peter bekam eine gewaltige Abreibung von seinem Vater.

Am nächsten Nachmittag wurde der normale Schankbetrieb wieder aufgenommen. Man wollte schnellstens die durch den Urlaub leer gewordene Familienkasse auffüllen. Bereits der erste Gast äußerte sich verwundert über die Aktivitäten, die in Abwesenheit der Wirtsleute gelaufen waren: „Was war das für ein Remmidemmi hier, obwohl die Kneipentür abgeschlossen war. Die müssen drinnen getrunken haben wie die Ketzer, jedenfalls klang das so. Das ganze Dorf redet über euch."

Karl und Ilse fielen aus allen Wolken, denn alle Gäste bestätigten die Aussage. Kalle machte sich auf die Suche nach den Chudzinskis, die wie vom Erdboden verschluckt schienen.
„Suchst du Tante Käthe?", fragte Elisa ihn. „Die ist mit ganz vielen Koffern weg. Eine Geldkassette hatte sie auch dabei. Ich glaube Onkel Chudzinski ist schon vorgegangen und die wollten sich wo treffen."
Das war richtig. Da es nur eine Frage der Zeit sein konnte, bis die naiven Jollenbecks die Wahrheit erfuhren, hatte das Ehepaar Chudzinski das Nötigste eingepackt und war mit den Einnahmen auf Nimmerwiedersehen verschwunden. Das Ausmaß des angerichteten Schadens wurde erst deutlich, als nach und nach die Rechnungen für die von den Chudzinskis georderten Getränken eintrudelten.
Von nun an verzichtet man auf eine Haushälterin. Kalle putzte den Tresen selbst, kümmerte sich um die Außenanlagen und die Kellerräume. Ilse wies lautstark auf ihr schwaches Herz hin. So übertrug man einen Teil der anfallenden Arbeit auf die Kinder. Peter wurde angewiesen am frühen Morgen die Holzbohlen in der Gastwirtschaft mithilfe einer Bohnermaschine auf Hochglanz zu bringen, was er mit Murren erledigt. Elisa säuberte die Wirtshaustoiletten und half ihrer Mutter bei allen anfallenden Putzarbeiten.
Wenn die Fremdenzimmer vermietet waren, so servierte sie den Gästen das Frühstück, da Ilse morgens noch nicht einsatzfähig war. Anschließend ging sie zur Schule. Gab es morgens keine Gäste zu versorgen, so kochte Elisa Kaffee für die Mutter und einen Tee für sich. Sie brachte Ilse den Kaffee ans Bett und blieb noch ein wenig auf der Bettkante sitzen, um die Mutter einen Augenblick für sich allein zu haben. „Wenn ich einmal Kinder habe, dann frühstücke ich immer mit ihnen zusammen", nahm sie sich fest vor. „Und niemals werde ich mit meinem Mann so streiten, wie Mama und Papa das machen", fügte sie in Gedanken hinzu.

***

1966/67 gab es die Kurzschuljahre. Die Grund- und Hauptschule wurde eingeführt und somit auch das neunte Schuljahr. Elisa stand ein Schulwechsel bevor, denn es ging darum, die weiterführende Schule zu besuchen. Ilse hatte ihre Meinung gründlich geändert: „Für das Gymnasium hast du sowieso nicht das Zeug", erklärte sie anklagend. „Wo willst du hin, auf die Haupt- oder die Realschule?" Elisa musste nicht lange nachdenken und entschied sich, wie zwei Drittel ihrer Mitschüler, für die Hauptschule. „Wenn du meinst", war Ilses einzige Reaktion. Sie verlor kein Wort mehr über die höhere Schule, denn sie hatte von dieser Tochter nichts anderes erwartet.

Peter hatte von je her ein gespanntes Verhältnis zu seinem Vater. So stolz Kalle auf seinen Erstgeborenen war, so hart konnte er mit dem Filius umgehen. Wen wunderte es, dass er schier ausrastete, als er einen Anruf mit der Aufforderung bekam, seinen alkoholisierten Sohn aus dem örtlichen Kino abzuholen.

„Ihr Sohn hat eine Flasche Kirschlikör mit ins Kino genommen und diese mit seinen Freunden zusammen ausgetrunken. Anschließend hat er die sanitären Anlagen völlig verschmutzt und ist jetzt kaum ansprechbar."

Als der aufgebrachte Vater vor Ort ankam, war Peter gerade dabei die Toilettenräume, in denen er sich übergeben hatte, zu reinigen. Kalle ließ ihn die Verschmutzung beseitigen, nahm ihm beim Kragen und fuhr mit ihm nach Hause. Dort angekommen wartete die wütende Ilse schon auf das missratene Kind, sodass sich Kalle in diesem Fall nicht mit dem Strafvollzug befasste. Anschließend schlief der Delinquent seinen Rausch aus. Am nächsten Morgen kam er mit verquollenen Augen aus dem Bett gewankt: „Ich habe unerträgliche Kopfschmerzen und der Rücken tut mir schrecklich weh."

Kalle grinste: „Die Kopfschmerzen sind vom Alkohol. Merk' dir das, mein Sohn. Was den Rücken anbelangt, da hat deine Mutter einen Kleiderbügel darauf kaputt gehauen."

Dienstag war Ruhetag. Karl und Ilse fuhren am späten Nachmittag zum Kegeln nach Gelsenkirchen. Sowohl Opa Adolf als auch die Kinder konnten es gar nicht erwarten die beiden los zu werden. Sie hatten ihre eigenen Pläne für den Nachmittag.
Peter ließ seine Kumpel vorab durch die Hintertür in den Saal schlüpfen. Schließlich hatten die Knaben nicht viel Zeit für das nun folgende Kampftrinken. Sie versteckten sich im Saal und warteten darauf, dass die Luft rein war. Gab Peter grünes Licht, so kamen sie in den Schankraum und platzierten sich um den Tresen. Peter mimte den Wirt. „Was wollt ihr trinken", fragte er großzügig. Das Bier floss in Strömen, bei den Schnäpsen musste man vorsichtiger sein, denn ein zu großer Schnapsverlust wäre aufgefallen. Adolf saß bereits am Stammtisch und wurde mit dem Nötigen versorgt.
Nach einiger Zeit kam Elisa dazu.
„Deine Schwester, die Kröte, ist da", rief einer der Knaben.
„Entweder ich darf zapfen, oder ich verpetze euch."
„Wenn du petzt, dann knall' ich dir eine", war Peters Antwort.
Elisa trumpfte auf: „Ist mir egal, aber was meinst du, was du für eine Senge von Papa kriegst." Damit hatte sie gewonnen.
Nach und nach probierten die Geschwister alle Schnapssorten aus. Wenn Peter richtig angeben wollte, dann zündete er sich eine Zigarre an und Elisa durfte daran ziehen.
Kehrten die Eltern am späten Abend heim, so lagen die Kinder schon brav in ihren Betten und schliefen wie die Engel. Ilse wunderte sich, denn in der Regel nutzten die Kinder jede Gelegenheit, um möglichst lange wach zu bleiben. Sie sprach Elisa darauf an.

„Och, Peter ist immer noch viel besoffener als der Opa", war die Antwort. „Er ist ganz scharf auf Schnaps und Zigarren. Ich zapfe immer, wenn ihr weg seid und Peters Kumpel trinken Bier."
Ilse lächelte gequält: „Du hast aber auch eine blühende Fantasie. Du musst aufhören, immerzu Lügengeschichten zu erzähle."
Eines Dienstags, die Party war gerade richtig in Schwung gekommen, ging die Hintertür auf, die völlig entgeisterten Eltern standen im Schankraum. Das Kegeln war ausgefallen.
Die angetrunkenen Knaben machten, dass sie wegkamen. Adolf trank vorsichtshalber erst einmal aus, mehr würde es heute voraussichtlich nicht geben. Anschließend schlurfte er an seiner verdatterten Tochter vorbei in sein Zimmer.
„Siehst du", strahlte Elisa. „Ich hab doch gesagt, dass ich zapfe."
Ilse nahm den nächstbesten Gegenstand, eine alte Zeitschrift, und schlug sie ihrer Tochter um die Ohren. Die heulte auf und verzog sich ins Schlafzimmer, wo sie sich schnell auszog und ins Bett legte. Obwohl sie sich das Oberbett über die Ohren zog, konnte sie deutlich Peters Jammergeheul hören.

Peter verschloss sich immer mehr, erledigte nach wie vor seine Pflichten, sprach aber kaum noch mit den Eltern. Er suchte Kontakt zu einem Jungen, der im Dorf als Tunichtgut bekannt war. Dieser hatte einige Diebstähle begangen und bereits Bekanntschaft mit dem Jugendgericht gemacht.
Nach der Schule kam Peter immer öfter spät heim. Er entschuldigte sich damit, den Bus nicht rechtzeitig erwischt zu haben.
„Unsere Eltern interessieren sich sowieso nicht dafür, was wir machten. Hauptsache sie haben ihren Spaß", sagte er oft zu Elisa.
Eines Morgens musste man feststellen, dass in der Nacht eingebrochen worden war. Die Automaten wurden dabei aufgebrochen, Zigaretten, Schnaps und Bargeld fehlten. Die Familie hatte nichts bemerkt, weil der Einbrecher ohne Gewaltanwendung in die Gaststätte gelangt war. Die Polizei zeigte sich mäßig interes-

siert, derlei Delikte waren eine Routinesache. Kalle, Böses ahnend, wartete auf das Eintreffen seines Erstgeborenen, der offensichtlich schon zur Schule gegangen war. Er ahnte richtig, Peter kam nicht nach Hause, nicht am Abend, nicht am nächsten Tag. Sein Zelt, ein paar Decken, Lebensmittel und Kleidung fehlten.

Nach einer Woche voller Angst und gegenseitiger Beschuldigungen kam ein Anruf von der Polizei. Peter war mit einem anderen Jungen, eben jenem Tunichtgut, bei einem Einbruchsversuch in einem Supermarkt erwischt worden. Bis zur holländischen Grenze hatten es die Jungen geschafft, dort waren ihnen das Geld und die Lebensmittel ausgegangen.

Kalle holte seinen verwahrlosten und hungrigen Sohn von der Polizeiwache ab. Dieses Mal war er so froh ihn zu sehen, dass er ihn einfach in die Arme schloss und die Einbruchsgeschichte nicht mehr erwähnte.

Im Sommer war Peter mit der Schule fertig und die Eltern stritten wieder einmal.

„Wir sind doch wohl etwas Besseres. Übrigens würde ein Anzug Peter gut stehen. Er sollte ein Autoverkäufer werden", entschied Ilse.

Kalle dachte eher praktisch: „ Der Bengel besitzt keinen Anzug. Er wird Autoschlosser, dann kann er mir immer das Auto reparieren und ordentlich Schwarzarbeit machen."

Peter wurde nicht gefragt. Auf Drängen des Vaters begann er mit einer Ausbildung zum Kfz Mechaniker in einer Opelwerkstatt. Obwohl er handwerklich begabt war, gefiel ihm die Arbeit überhaupt nicht.

Bei seinen Eltern fand er keinen Rückhalt: „Junge, stell dich nicht so an." Anschließend fiel unweigerlich der Satz von den Lehrjahren, die keine Herrenjahre sind.

In der letzten Zeit kam häufiger ein Gast in die Wirtschaft, der als Stewart zur See fuhr. Peter hörte sich die Erzählungen dieses Seemanns, der schon fast überall auf der Welt gewesen war, mit leuchtenden Augen an. Wie gerne hätte er mit diesem Mann getauscht und sich die Welt angeschaut, statt in einer Autowerkstatt zu versauern.

Die Gelegenheit bot sich ihm schon bald. Er war wegen einer Erkältung ein paar Tage krankgeschrieben worden und nach Ablauf der Zeit einfach noch einen Tag zu Hause geblieben. Damit das nicht auffiel, hatte er das Datum auf der Krankmeldung geändert, was natürlich auffiel. Er wurde zum Firmenchef zitiert und zur Rede gestellt, reagierte erst trotzig, dann pampig. Das Gespräch endete mit seiner fristlosen Kündigung.

Ilse war entsetzt, Kalle wütend, er hatte für die Zukunft geplant und mit einem immer kostenlos reparierten Auto gerechnet. Nach dem ersten Schock kamen die beiden endlich auf die richtige Idee. Sie fragten ihren Sohn, was er mit seiner Zukunft anfangen wolle. Peter hatte genaue Pläne, denn er hatte ein langes Gespräch mit dem Seemann geführt. Er bewarb sich beim Norddeutschen Lloyd als Stewart und wurde sofort eingestellt.

Elisa war traurig, Peter fehlte ihr. Wenn er sie auch oft geärgert hatte, manchmal komisch und nicht zu verstehen war, so hatte er sie doch immer getröstet und ihr geholfen, wenn die Eltern nicht ansprechbar waren.

Hinzu kam, dass sie jetzt noch mehr Verpflichtungen aufgehalst bekam. Zwar hatte sich Kalles Stiefmutter, Minna, bereit erklärt, in Abwesenheit des Ehepaares auf Adolf zu achten und war seit dem unrühmlichen Abgang des Haushälterehepaares Chudzinski einige Male bemüht worden. Doch wenn die Eltern für ein paar Stunden unterwegs waren oder zum Kegeln fuhren, so musste Elisa auf den inzwischen sehr verwirrten Opa achten, was eine wirkliche Herausforderung war. Adolf, weit über achtzig Jahre alt, hatte eine Demenz. Sein Kurzzeitgedächtnis funktionierte

nicht mehr richtig, er glaubte oft noch in Gelsenkirchen zu wohnen und wollte dann heim zu Anna gehen. Doch vergaß er nie, dass er dem Alkohol zugetan war, da halfen keine Ermahnungen seiner Tochter oder seines Schwiegersohnes. Peter war meist mit dem Großvater klargekommen, hatte Adolf gut zugeredet und ihn in sein Zimmer gebracht. Elisa stand der Sache hilflos gegenüber, denn sie fürchtete sich vor dem alten Mann, der ihr eine Tracht Prügel anbot, wenn sie sich ihm in den Weg stellen, weil er die Gastwirtschaft durch die Hintertür enterte.
So wartete sie, wenn sie allein mit ihm war, bis er sich hatte volllaufen lassen, und brachte ihn dann mehr oder weniger erfolgreich in sein Zimmer.

***

„Unglaublich, das Kind ist nur wenig älter als das ... ähm ...", Ilse konnte immer noch nicht über die Totgeburt sprechen und rang mühsam um Fassung.
„Es ist noch nicht sicher, dass ich der Vater bin, schließlich war mein Kollege dabei. Verheiratet war die Frau auch. Wer weiß, ob der Ehemann nicht der Vater ist", versuchte Kalle zu beschwichtigen.
Er hatte, während seiner Zeit als Kokereiarbeiter, mit einem Arbeitskollegen zusammen die Deputat-Kohle verkauft und auch angeliefert. Bei einer dieser Lieferungen waren beide in einer nicht gerade vornehmen Wohngegend tätig. Die Dame des Hauses war allein, ihr Mann auf Schicht. Sie bat die beiden Männer in die Wohnung, wo sie ihnen ein kühles Blondes anbot.
„Schnäpschen dazu, die Herren?"
„Warum nicht, schöne Frau, Arbeit macht durstig", die beiden ließen sich nicht lange bitten.
„Aber für zwei so kräftige Männer dürfte das doch kein Problem sein, sie sind sicherlich in jeder Beziehung sehr kräftig."
Hier stoppte Ilse Kalles Schilderung: „Einer nach dem anderen?"

„Ja meinst du denn, ich wollte den Kollegen nackt sehen! Er war damals zwar mein bester Kumpel, aber das geht gar nicht. Sicher einer nach dem anderen, im Schlafzimmer. Da habe ich auch das Hochzeitsbild gesehen, auf ihrem Nachttisch."
„Was seid ihr doch für zwei Schweine! Ich will keine weiteren Details hören." Eines interessierte Ilse allerdings: „Sag mal, ihr ward doch immer voller Kohlenstaub, habt ihr euch wenigstens vorher gewaschen?
„Das war der Schlampe egal." Karl schaute sie treuherzig an. „Ilse, du bist die einzige anständige Frau, die ich kenne, bitte gib mir eine Chance. Bestimmt ist das gar nicht mein Kind. Die Frau will mir was unterjubeln. Ich habe ja nur einmal mit der ..."
Wie sich herausstellte, war die Frau tatsächlich verheiratet. Allerdings hatte ihr Ehemann die Vaterschaft für das bei dieser Kohlenlieferung gezeugte Kind immer schon angezweifelt. Jetzt ließ sich das Pärchen scheiden. Als Folge weigerte sich der Exmann Unterhalt für das Kuckuckskind zu zahlen. Mithilfe eines Vaterschaftstestes sollte geklärt werden, wer der wirkliche Erzeuger war. Kalle sah dem Test sehr optimistisch entgegen, wo er doch nur einmal ...
Er war der Vater.
„Das gibt's doch gar nicht, sicher ist das ein Irrtum. Ich werde gegen diesen Test klagen und Unterhalt zahle ich schon gar nicht", erklärte er seiner fassungslosen Frau. „Es müsste doch mit dem Teufel zugehen, wenn ausgerechnet ich ins Schwarze getroffen habe."
Das tat es. Er verlor den Prozess, musste diese Kosten auch noch tragen, was die Familie fast in den Ruin trieb. Nun war man wieder einmal nicht in der Lage, die Kosten für eine Krankenversicherung aufzubringen.
„Das macht nichts", meinte Kalle. „Wir sind alle sehr gesund. Sollte doch einmal ein Arzt nötig sein, so werde ich die Rechnung schon bezahlen können."

Prompt stolperte Elisa ein paar Tage später über ihren Tornister, fiel unglücklich und stauchte sich das Handgelenk. Es war Ruhetag, die Eltern unterwegs. Die Hand pochte, schwoll immer mehr an und in ihrer Not rief sie bei ihrer Großmutter Minna an. Die wusste Hilfe: „Dagegen hilft warmes Öl. Das streichst du dir auf die Hand und dann ist alles wieder gut. Bestimmt kommen deine Eltern bald heim. Du brauchst also nicht noch einmal anzurufen."
Elisa erhitzte ein wenig Speiseöl, schmierte es sich auf die Hand, worauf diese erst richtig zu pochen begann. Das Kind rollte sich auf seinem Bett zusammen und war froh, dass wenigstens von Adolf nichts zu sehen war. Die Eltern kamen spät am Abend heim, waren so alkoholisiert, dass sie sich nicht mehr um Elisa kümmerten.
Am nächsten Morgen schickte Kalle seine Tochter zum Arzt, der die Verstauchung diagnostizierte.
„Mein Papa sagt, sie sollen die Rechnung zu ihm schicken, wenn es nötig ist, er wird sie dann schon bezahlen können", erklärte Elisa dem verblüfften Doktor.

Die Gastwirtschaft warf kaum noch Umsatz ab. Tanzveranstaltungen gab es neuerdings überall, das gutbürgerliche Publikum besuchte diese Gaststätte nicht.
Trotz der angespannten Finanzlage kauften sich die Jollenbecks ein nagelneues Hauszelt. Dazu bestand Ilse auf einer kompletten Campingausrüstung mit Schränken, Töpfen, Geschirr und allem, was dazugehörte.
„Schließlich muss ich auch mal entspannen, sonst macht mein Herz bald nicht mehr mit", argumentierte sie. „Wir stellen das Zelt dauerhaft auf einem Campingplatz auf, dann können wir immer einmal einen Kurzurlaub machen."
Die Wahl fiel auf das Städtchen Elten am Niederrhein. Der Campingplatz war nur 90 km entfernt und somit schnell zu erreichen. Wann immer es das Wetter zuließ, ließ sich Ilse von

ihrem Mann dort hinfahren. In den Ferien und an den Wochenenden nahm sie ihre Tochter mit. Kalle betrieb in dieser Zeit die Gaststätte allein, denn der Arbeitsaufwand hielt sich neuerdings in Grenzen. Er kam so oft es ging nach, denn auch er genoss das Leben auf dem Campingplatz. Für Adolf war gesorgt. Nach wie vor freute sich Minna, wenn sie ein paar Tage mit ihm allein verbringen konnte.

Die Sommerferien 1968 gedachte Ilse mit ihrer Tochter komplett auf dem Campingplatz zu verbringen. Nach vierzehn Tagen stieß Kalle überraschend dazu.
„Papa, bleibst du jetzt hier", wollte Elisa wissen.
„Was soll das denn?", fügte Ilse streng hinzu. „Hast du die Wirtschaft einfach geschlossen? Tja, wenn du meinst, dass wir uns das leisten können. Was ist überhaupt mit Vater? Hast du ihn etwa allein gelassen?"
Es stellte sich heraus, dass Kalle die Gaststätte für eine Woche geschlossen hatte, um diese Zeit mit Frau und Tochter zu verbringen. Minna war entzückt darüber, sich wieder einmal um Adolf kümmern zu dürfen. Sie versprach hoch und heilig ihm den Schnaps zu rationieren und ihn so gut wie möglich vom Schankraum fernzuhalten.
Elisa freute sich, dass Kalle mit von der Partie war. Endlich kümmerte er sich wieder einmal um sie, ging mit ihr zum Schwimmen und tobte ausgelassen mit ihr herum. Die Woche verging viel zu schnell, Kalle musste zurück in die Gaststätte. Wie erstaunt war seine Familie, als er am nächsten Vormittag wieder auf dem Campingplatz erschien. „Willst du das Arbeiten jetzt ganz einstellen?", empfing ihn seine Frau.
„Liebes, bitte reg dich nicht auf", Kalle schluckte krampfhaft. „Dein Vater ist verschwunden."
Ilse glaubt an einen Witz: „Mein Vater ist also verschwunden. Ja klar, er ist mit deiner Stiefmutter durchgebrannt und die beiden heiraten gerade in Las Vegas."

Kalle konnte nicht lachen. „Bitte, setz dich hin, ich erzähle dir, was passiert ist."

Minna und Adolf waren, wie immer, gut zurechtgekommen. Minna kümmerte sich um Adolf, bereitete ihm die Mahlzeiten und erzählte ihm dies und das. Er hörte ihr geduldig zu, solange er immer einmal einen Schnaps bekam. Allerdings schien er zuweilen abwesend und sprach sie öfter mit Anna an, was ihr nichts ausmachte, solange er nur zuhörte.

Einen Tag, bevor Karl wieder nach Westerholt kam, saß Minna in der Küche und schälte Kartoffeln für das Mittagessen. Adolf wollte sich vor dem Essen noch ein Stündchen hinlegen, er hatte seinen Schnaps getrunken und war schläfrig.

„Leg dich nur hin, aber sei bitte pünktlich zum Essen wieder hier unten in der Küche, es wird sonst alles kalt", gab Minna ihm mit auf den Weg.

Später wartete Minna mit dem Essen. „Ich hab es ihm noch gesagt, verflixt", schimpfend klopfte sie an seine Tür und musste feststellen, dass sich Adolf nicht in seinem Zimmer befand. Auch nach längerem Suchen blieb er verschwunden.

„Sicher ist er frische Luft schöpfen und hat die Zeit vergessen", jetzt war Minna wirklich böse. „Der soll mir nach Hause kommen, den Schlummertrunk kann er für heute vergessen."

Den Schlummertrunk brauchte dann allerdings sie, denn von Adolf fehlte weiterhin jede Spur. Nach einer schlaflosen Nacht erwartete sie ihren Stiefsohn bereits in der Tür. „Adolf ist verschwunden!"

„Ach was, der alte Trunkenbold liegt besoffen in einer Ecke", beruhigte Kalle sie. „Mach dir keine Sorgen, ich finde ihn schon."

Doch auch Kalle wurde nicht fündig, weder in den Räumen der Gastwirtschaft noch im Haus. „Ich gehe durchs Dorf. Vielleicht hat ihn jemand gesehen. Bitte bleib hier, vielleicht kommt er gerade jetzt um die Ecke."

Als Kalle nach einer Weile wieder zurückkam, war auch er beunruhigt, denn niemand hatte Adolf gesehen.
„Wir warten heute noch ab, dann fahre ich zum Campingplatz und hole Ilse. Verdammt, der Alte ist schlimmer als ein Kind. Wer weiß, wo der sich herumtreibt."
Der Tag verging, Adolf war und blieb verschwunden.
An dieser Stelle unterbrach Ilse ihren Mann. „Ich weiß, dass du etwas gegen meinen Vater hast. Wahrscheinlich ist er schon lange wieder zu Hause, wo soll er auch hin."
Sie irrte sich gründlich. Zu Hause angekommen alarmierten Kalle und Ilse die Polizei.

Adolf hatte geschlafen und war abrupt aufgewacht. „Ich soll nicht zu spät zum Essen kommen. Anna wird sonst wütend und meckert mit mir", sagte er sich. Seine Anna hatte Haare auf den Zähnen, wenn es darauf ankam. Verwirrt schaute er sich um. Da war etwas gar nicht richtig. Er konnte sich nicht mehr daran erinnern, wie er in dieses Zimmer gekommen war. Hatte er zu viel getrunken und war irgendwo untergekommen? Er seufzte. Jedenfalls wurde es Zeit, dass er sich auf den Weg machte. Anna wartete mit dem Essen. So verließ er das Zimmer. Die Räumlichkeiten kamen ihm undeutlich bekannt vor, er wusste, wie er hinausgelangen konnte.
Auf der Straße angekommen schaute er sich um. Wo er hier nur hingeraten war? Nun, er würde erst einmal geradeaus gehen, denn in der Ferne sah er undeutlich Bäume, das schien der Gelsenkirchener Stadtgarten zu sein und den musste er durchqueren, um nach Hause zu gelangen.

Inzwischen waren gut drei Monate vergangen. Obwohl alles Menschenmögliche getan worden war, um ihn ausfindig zu machen, blieb Adolf weiterhin verschwunden. In der Zeitung erschien ein großer Artikel mit seinem Foto:
‚Wer hat den vermissten Rentner gesehen?'

Die Kripo lief zur Höchstform auf und durchsuchte nicht nur das Haus, sondern auch den großen Brenner der Koksheizung.

„Was meinen Sie eigentlich? Denken Sie, wir hätten meinen Vater verbrannt?", fragte Ilse erbost.

Der Kripobeamte zuckte mit den Schultern. „Wir müssen alle Möglichkeiten in Betracht ziehen."

Elisa war insgeheim froh, dass Adolf verschwunden blieb, denn nun musste sie nicht mehr auf ihn aufpassen. Sie war überzeugt davon, dass Adolf weggefahren war, um jemanden zu besuchen und irgendwann wieder auftauchen würde.

„Sie erkennen die Pantoffeln wieder?" Der Polizeibeamte stellte das Paar auf dem Tresen ab. Ilse brach in Tränen aus, denn es handelte sich wirklich um Adolfs Pantoffeln. Der Polizeibeamte erklärte: „Ein Pilzsucher hat im Wald, im dichten Unterholz, die Überreste eines Menschen gefunden. Diese Pantoffeln standen ordentlich nebeneinander dicht bei der Leiche. Viel ist von ihrem Vater nicht mehr übrig. Er ist Ende Juni verschwunden, jetzt haben wir Anfang Oktober. Dabei haben sie noch Glück, dass er überhaupt gefunden wurde, denn einen guten Meter weiter verläuft die Umzäunung für den neuen Löwenpark. Es ist erstaunlich, dass man die Leiche nicht beim Umzäunen des Terrains gefunden hat."

Adolf war, wohl in der Annahme durch den Gelsenkirchener Stadtgarten zu gehen, in den dichten Stadtwald geraten und hatte sich hoffnungslos verlaufen. Ob er einen Schlaganfall bekam, oder sich einen Moment niederlegte, um auszuruhen, er war nicht mehr in der Lage gewesen weiter zu gehen und dort gestorben.

Die Familie war wie vor den Kopf gestoßen, denn insgeheim hatte jeder gehofft, er würde wieder auftauchen. Ilse trauerte um ihren Vater, aber anders als bei Annas Tod fasste sie sich schnell wieder.

***

„Der schmeckt, davon nehmen wir auch eine Kiste", nuschelte Kalle. Es saß zusammen mit Ilse und Peter, der für ein paar Tage zu Hause war, an einem Ausstellungsstand auf der ‚Anuga'. Das Dreigestirn hatte schon etliche Schnäpse durchprobiert und eine Menge bestellt.

„Aber dürfen wir das denn?" Ilse kamen Bedenken.

„Wo kein Kläger, da kein Richter, Ilsekind. Ich verkaufe immer den billigen Fusel als Asbach, das weißt du doch", Kalle kicherte in sich hinein. „Hat sich noch keiner beschwert."

Am Ende der Schnapsprobe waren Eltern und Sohn sehr betrunken, was Kalle wie immer nicht davon abhielt, mit dem Auto nach Hause zu fahren. Am nächsten Morgen konnte sich keiner der Drei daran erinnern, wie viel Schnaps man bestellt hatte. Der Vertreter hatte kräftig eingeschenkt, da er ein gutes Geschäft witterte.

So wurden nach ein paar Wochen zehn Kisten, gefüllt mit verschiedenen Schnapsflaschen, angeliefert. Der Zufall wollte es, dass gerade zu diesem Zeitpunkt ein Vertreter der Firma Troll anwesend war. Eine solche Menge Schnaps ließ sich nicht wegreden oder als falsche Lieferung tarnen. Zudem entdeckte der misstrauisch gewordene Vertreter auch noch Bier, dass offensichtlich nicht über den Getränkehandel Troll geordert worden war. Die Katastrophe war perfekt.

„Ja Jollenbeck, dann ist wohl eine Konventionalstrafe fällig. Das wird teuer für dich", Otto Broth, inzwischen Geschäftsführer der Firma Troll, genoss die Situation sichtlich.

„Aber Herr Broth, das können Sie mir doch nicht antun. Die Gaststätte läuft nicht gut, wie Sie wissen. Ich habe kein Geld flüssig. Wenn Sie mich jetzt fallen lassen, dann weiß ich nicht, wie es weitergehen soll." Kalle backte ganz kleine Brötchen.

„Das hättest du dir vorher überlegen sollen. Du hast einen Vertrag unterschrieben und den wirst du jetzt einhalten müssen." Broth kaute genussvoll an seiner Zigarre.
„Was soll ich denn machen, ich habe sowieso schon einen Kredit aufgenommen, weil wir sonst nicht zurechtkommen, mehr Geld gibt mir die Bank nicht", nuschelte Kalle verzweifelt.
„Dann wirst du die Kneipe aufgeben müssen. Die Strafe verrechnen wir mit deiner Kaution. Es wird nichts übrig bleiben, das sage ich dir gleich. Der Pachtvertrag mit uns läuft schließlich noch zwei Jahre. Du hast Glück, dass ich bereits neue Pächter habe, sonst würde es noch teurer für dich." Damit war das Gespräch zu Ende. Kalle schlich nach Hause.

***

Ilse ließ sich in einen achtlos hingestellten Sessel fallen und betrachtete fassungslos das Tohuwabohu. Die Möbel standen oder lagen nebeneinander, übereinander, zum Teil ineinander verkeilt in Einzelteilen auf dem Dachboden. Leise schluchzend ließ sie die letzten Monate Revue passieren.
Die Schnapsidee und die daraus resultierende Konventionalstrafe hatten ihre Karriere als Wirtin abrupt beendet. Kalle versuchte alles, um die drohende Katastrophe abzuwenden, leider ohne Erfolg. Broth ließ nicht mit sich reden. Die Kaution war, wie bereits angedroht, nicht zurückgezahlt worden.
„Wenn du willst, kannst du uns ja verklagen, Jollenbeck. Du wirst allerdings den Kürzeren ziehen."
Also musste eine neue Wohnung her. Ilse bestand darauf, wieder nach Gelsenkirchen zu ziehen. Bald fand sich ein passendes Angebot:
‚*Vermiete schöne Fünfzimmerwohnung für 175 DM warm*',
hatte in der Annonce gestanden. Kalle vereinbarte schnellstmöglich einen Besichtigungstermin.
Die schöne Fünfzimmerwohnung bestand aus einer drei Zimmer Mansardenwohnung mit zwei separaten Einzelzimmern auf dem

Dachboden. Den Toilettenraum, welcher sich eine Treppe tiefer befand, schauten sich die Jollenbecks nicht an und musste später feststellen, dass die Deckenhöhe einen Meter zwanzig betrug. Als beste Taktik erwies es sich, den Raum möglichst rückwärts zu betreten. Das Herumdrehen in dem winzigen Verschlag, in den gerade die Toilettenschüssel passte, war nur unter den größten Verrenkungen möglich.

Kalle erwarb einen billigen LKW, denn er hatte vor, wieder ins Fuhrgeschäft einzusteigen. „Mach dir keinen Sorgen, Liebes, ich bekomme schon genügend Aufträge", beruhigte er seine Frau. „Die Kneipe hat mir sowieso zum Hals herausgehangen. Jetzt haben wir wenigstens wieder die Wochenenden für uns."

„Meinst du", war die zaghafte Antwort. „Vergiss nicht, dass wir noch den Kredit abstottern müssen."

„Ach was, das mache ich schon. Und überhaupt haben wir uns nach dem ganzen Stress einen Urlaub verdient. Was würdest du dazu sagen, wenn wir nach Spanien fahren und dort einen schönen Campingurlaub machen? Das Zelt haben wir ja. Alles andere wird schon nicht so teuer sein." Kalle war einfach nicht aufzuhalten, wenn er seine Höhenflüge hatte. „Ich werde mir etwas einfallen lassen", versprach er der nun strahlenden Ilse.

Der erste Einsatz des neuen alten LKW bestand darin, die Möbel für den Umzug zu transportieren. Kalle kümmerte sich um Hilfe. „Ich kenne da zwei, die sind gut und günstig."

Nachdem er mit seinen Helfern die letzten Möbelstücke untergebracht hatte, ging es Richtung Gelsenkirchen. Peter, der inzwischen den Führerschein gemacht hatte, sollte mit Ilse und den Kindern im PKW nachkommen, sobald die Gaststättenräume besenrein waren. „Wenn du in unserem neuen Zuhause ankommst, ist alles bereits aufgebaut, Liebes. Du musst dich um nichts kümmern."

Abrupt kam Ilse in die Wirklichkeit zurück. Wo mochte der treulose Ehemann stecken? Sie musste nicht lange überlegen:

„Elisa, geh doch mal runter und schau in die Kneipe an der Ecke. Falls du deinen Vater dort findest, bringst du ihn sofort her."

Ilse hatte die richtige Idee. Elisa fand ihren Vater tatsächlich in der Eckkneipe, wo er stark alkoholisiert am Tresen hockte und mit den guten und günstigen Helfern knobelte.

„Papa", sie zupfte ihn am Ärmel.

„Da ist ja meine hübsche Tochter." Kalle war bester Laune. „Otto, gib meinem Spatz eine Tafel Schokolade."

Der Wirt reichte Elisa die Schokolade über den Tresen. „Papa, du musst jetzt aber mitkommen. Mama ist ganz schön wütend, weil du die Möbel nicht aufgebaut hast."

„Hätte ich ja getan, Spatz, aber ich habe die Schlüssel vergessen. Die hat deine Mutter in der Tasche", rechtfertigte sich Kalle und trank sein Bier aus.

Kalle hielt sein Versprechen. Die Familie fuhr nach Lloret de Mar und verbrachte ein paar Urlaubswochen auf einem Campingplatz. Um den Urlaub zu finanzieren, ließ er sich tatsächlich etwas einfallen. In den besseren Zeiten hatte er seiner Frau einiges an Schmuck geschenkt. Den versetzte er nun in ‚Grünes Leihhaus'.

„Es ist ja nur vorübergehend, Liebes, sobald wir zu Geld gekommen sind, werde ich dich mit Juwelen überhäufen", erklärte er überschwänglich.

Alles in allem wurde es ein unbeschwerter Urlaub. Der Campingplatz war von Pinien beschattet und lag direkt am Meer. Elisa war sehr stolz auf ihren ersten Bikini. Bis dato hatte sie immer Badeanzüge getragen. Jetzt bekam sie einen rosa Zweiteiler. Zudem war das Oberteil mit einem Plastikgerüst ausgestattet, sodass sie es auf eine stattliche Oberweite brachte. Da aber bei Elisa gar nichts vorhanden war, stopfte sie sich das Teil mit Papiertaschentüchern aus, denn das sah insgesamt runder aus. Zum ersten Mal bemerkte sie den einen oder anderen interessier-

ten Blick und fühlte sich großartig. Zum Schwimmen trug sie allerdings den altbewährten Badeanzug. Spätestens jetzt wurde klar, dass es sich bei dem Bikinioberteil um eine Mogelpackung handelte.
Nach 3 Wochen war das Reisegeld aufgebraucht, man machte sich auf die Rückfahrt.

Trotz aller Bemühungen bekam Kalle kaum Aufträge. Er sortierte nebenbei Altmetall auf dem nahegelegenen Schrottplatz. Hinzu kam, dass er Probleme mit dem Ischiasnerv bekam und oft nur nach Einnahme starker Schmerzmittel laufen konnte. Bald war es nicht mehr möglich, den Kredit zu bedienen. Die Jollenbecks bekamen Besuch vom Gerichtsvollzieher. Der klebte seinen Kuckuck auf Fernseher und Musiktruhe. Den Lastwagen hatte Kalle, der das Unglück kommen sah, auf Peters Namen angemeldet. Kalle riss die Pfandsiegel nach einer Weile wieder ab und ging zur Tagesordnung über. Irgendwann waren, als Elisa aus der Schule kam, Fernseher und Musiktruhe verschwunden.
Mit den finanziellen Problemen häuften sich wieder einmal die Auseinandersetzungen zwischen den Eheleuten. Ilse keifte und schimpfte stundenlang, Kalle betrank sich schweigend, explodierte irgendwann, wie gehabt. War die Situation eskaliert, verbrachte Ilse die Nacht im Kinderzimmer. Am nächsten Tag ging man zur Tagesordnung über. Elisa lernte die Zeiten zu fürchten, an denen die Eltern aufeinander losgingen. Wenn abzusehen war, dass es zu einer Auseinandersetzung kommen würde, verbrachte sie den Abend ängstlich lauschend in ihrem Zimmer. Oft kam Ilse später hinzu und teilte sich das Bett mit ihrer Tochter. Mitten in der Nacht stand dann Kalle im Zimmer und bat seine Frau mit ihm ins Schlafzimmer zu kommen. Er könne ohne sie nicht einschlafen, meinte er dann. Manchmal ließ Ilse sich erweichen, aber oft genug schickte sie ihren Mann mit harschen Worten weg.

***

Elisa gelang der Schulwechsel mühelos. Sie schloss schnell neue Freundschaften und verliebte sich unsterblich.

Manfred saß ein paar Tische vor ihr in der Jungenecke der Klasse. Wann immer es möglich war, himmelte Elisa ihn an, was Manfred nicht zu bemerken schien. Wenn sie ihrem Schwarm zufällig begegnete, sei es in der Schule oder auf der Straße und er sie ausnahmsweise zur Kenntnis nahm, bekam Elisa keinen Ton heraus, sondern starrte ihn stumm an. So kam Manfred zu der Erkenntnis, dass dieses seltsame, stotternde Geschöpf nicht nur pickelig und mickerig, sondern auch noch zurückgeblieben war.

Elisa litt an unerfüllter Liebe und einer unerklärlichen Sehnsucht. Sie fühlte sich schrecklich unattraktiv. Wie gern hätte Elisa mit ihrer Pultnachbarin Monika getauscht, denn fast alle Jungen, auch Manfred, schauten ihr nach. Gut, das Mädchen, das die Klasse wiederholte, war nicht besonders helle, aber dafür hatte sie an den richtigen Stellen Kurven.

Es gab einen Jungen, Volker, der während der Pause oft bei den Mädchen stand, sich gerne mit Elisa unterhielt, aber immer zurückhaltend blieb und sich nie so rüpelhaft wie die meisten Jungen verhielt. Er saß eine Bank hinter ihr. Nach und nach entdeckte sie ihre Sympathien für ihn. Er war jemand, der ihre Blicke erwiderte und, genau, wie sie, plötzlich rote Ohren bekam. Er stellte sich so oft wie möglich neben sie, erzählte etwas, wobei ihm plötzlich die Worte fehlten. In solchen Situationen standen sich die beiden gegenüber, schauten sich in die Augen und schwiegen sich an, denn Volker war nicht weniger schüchtern als Elisa, die schier verzweifelte. Bemerkte dieser Holzkopf denn nicht, wie es um sie stand? Wann würde er endlich die entscheidende Frage stellen? Dass Elisa die Initiative ergriff, war unmöglich, so etwas tat ein Mädchen nicht.

„Das gehörte sich nicht", hatte Ilse ihr immer wieder erklärt. In ihrer Not vertraute sie sich Monika an.

„Volker hat mir schon oft gesagt, dass er dich gut findet", meinte diese. „Er traut sich bloß nicht. Ich kann ja mal mit ihm reden."
Ein paar Tage später traf man sich im Jugendheim, wo einmal in der Woche ein Disconachmittag stattfand. Elisa, die Monika begleitete, war ganz aufgeregt. Ob Volker auch dort wäre? Ober mit ihr tanzen würde? Vielleicht würde er sie heute fragen.
Volker stand schon am Rand der Tanzfläche, als die beiden Mädchen im Jugendheim ankamen. Er forderte Elisa sofort zum Tanzen auf. Das war zu schön, um wahr zu sein, denn der DJ legte ‚Sounds of Silence' von Simon und Garfunkel auf, einen langsamen Song also. Volker nahm sie in dem Arm, die beiden bewegten sich langsam zur Musik. „Monika hat mir was erzählt", flüsterte er Elisa ins Ohr.
„Ja", japste sie atemlos.
„Ja", antwortete er, „und vielleicht möchtest du ja … vielleicht könnten wir …"
„Verflixt willst du jetzt mit mir gehen, oder nicht", platzte Elisa laut heraus und wurde puterrot. Ihr kam es vor, als ob alle Anwesenden das gehört hätten.
Volker grinste: „Ja klar, was meinst du denn! Vielleicht lässt du mich mal ausreden? Und nach Hause bringe ich dich auch nachher."
Es wurde ein richtig schöner Nachmittag, Volker und Elisa tanzten auch auf alle schnellen Musikstücke Klammerblues. Nach Ende der Disco brachte er sie, wie versprochen, nach Hause. Er küsste sie zwar nicht, aber er nahm sie zum Abschied in den Arm.
Der erste Kuss, das musste etwas ganz Besonderes sein, jedenfalls stand das so in der ‚Bravo'. Elisa stellte sich ein Feuerwerk vor. Sie würde unglaublich glücklich sein. Doch wie enttäuschend war die Wirklichkeit. Volker quetsche sie an sich und presste seinen Mund so fest an ihre Lippen, dass Elisa seine Zähne schmerzhaft spürte. Alles was sie empfand war Erleichte-

rung, als er sie losließ. ‚Vielleicht ist das mit dem Küssen so und das ganze Geschmuse wird überbewertet', dachte sie bei sich, ließ sich zwar ab und zu von ihm küssen, blieb dabei aber passiv. Viel lieber war es ihr mit Volker Hand in Hand spazieren zugehen und sich zu unterhalten.

„WAS, einen Freund?" Kalle meinte nicht richtig gehört zu haben. „Das glaube ich nicht, die Kleine ist doch noch ein Kind."
„Dann schau dir die blauen Flecken an, die sie auf dem Rücken hat. Du kannst die einzelnen Finger erkennen."
Ilse hatte zufällig die blauen Flecken entdeckt, die Volker hinterlassen hatte, als er zu heftig gequetscht hatte. Zur Rede gestellt erzählte Elisa ihr, dass sie mit jemandem gehen würde. Von nun an war Kalle auf der Hut. Er beschützte seine Tochter vor allen bösen Wölfen, was bedeutete, dass er versuchte alle jungen Männer zu vergraulen, die in Elisas Nähe kamen. Volker war sein erstes Opfer. Als Elisa ihren Vater wieder einmal auf Veranlassung der Mutter aus der Eckkneipe holte, bemerkte sie, dass Volker mit seinem Freund im Hintergrund an einem Tisch saß.
‚Wenn Papa ihn sieht, dann wird er merken, wie nett Volker ist', dachte sie und wisperte: „Papa, da vorne sitzt mein Freund."
Volker, der nicht wusste, wie er sich verhalten sollte, schaute betont aufmerksam in eine andere Richtung.
Kalle fixierte ihn mit düsterem Blick: „Der??? Der ist zu dick für dich!"
„Aber Papa, er ist doch auch groß", versuchte Elisa ihren Freund zu verteidigen. „Ich finde ihn gerade richtig."
Kalle ließ sich nicht beirren: „Ja, zu groß und zu grob ist der auch für dich, kein Wunder das du blaue Flecken hast. Überhaupt, der hat dich angefasst", rief Kalle aus, als ob ihm das jetzt erst klar würde. Wenn seine Blicke erst düster waren, so wurden sie nun mordlüstern.
„Bitte Papa", flehte Elisa, „du bist so peinlich!"

„Peinlich, ha", grollte Kalle und wurde noch lauter. „Wenn der dich noch einmal anfasst, dann zeige ich dir, was peinlich ist! Ich werde ihn durch ganz Gelsenkirchen bis nach Essen Katernberg prügeln!"
Volker hatte inzwischen bezahlt und schlich sich zur Ausgangstür.
„Und feige ist der auch noch", rief Kalle aus, wobei er voller Genugtuung grinste.
Nach diesem Zusammentreffen ließ Volkers Interesse abrupt nach. Er traf sich noch ein - zwei Mal mit Elisa, wobei beide bemüht waren, nicht über den bewussten Nachmittag zu reden. Ihre Liebe kühlte merklich ab. So verabredeten sich die beiden nicht mehr miteinander. Elisa war verwirrt, sie mochte Volker nach wie vor gern, war aber erleichtert darüber, ihn nicht mehr küssen zu müssen. Überall stand, dass die Liebe etwas ganz Besonderes wäre. So besonders war das nun gerade nicht gewesen.

„Heute ist unten in der Wirtschaft Tanz, wollen wir hingehen?"
Kalle machte gut gelaunt ein paar Tanzschritte.
In unregelmäßigen Abständen gab es in Kalles Stammkneipe Tanzabende, die von Jung und Alt besucht wurden. Da es für Elisa die einzige Möglichkeit war, an diesen Veranstaltungen teilzunehmen, ließ sie sich zähneknirschend von ihrem Vater begleiten. Der saß an der Theke und passte auf wie ein Schießhund. Tanzen mit einem jungen Mann war erlaubt, auch eine Unterhaltung, allerdings nicht zu lange, nicht zu intensiv und mit einem gewissen Abstand. Wenn es zu einem harmlosen, aber etwas intensiveren Kontakt kam, war Kalle sofort zur Stelle, forderte seine Tochter zum tanzen auf und vertrieb früher oder später alle Interessenten.
Einmal war Elisa ihm kurzzeitig entwischt und mit einem Jungen vor die Tür zum Luftschöpfen gegangen. Dort hatte sie ihren ersten, furchtbar nassen Zungenkuss bekommen, den sie noch viel ekliger als Volkers Quetschküsse fand. Sie war freiwillig

wieder hineingegangen, um weiteren Ekelküssen zu entgehen. Anschließend hatte sie nicht mehr mit dem Jüngling getanzt, ganz ohne Kalles zutun.

Heute wollte Ilse mitkommen. Peter, der wieder einmal für kurze Zeit an Land war, schloss sich ihnen an. Im Laufe des Abends gesellte sich ein ehemaliger Schulfreund von Peter zu den Jollenbecks. Elisa war hin und weg, zumal Günther ihr seine ungeteilte Aufmerksamkeit schenkte und sie ein paar Mal zum Tanzen aufforderte. Kalle schien heute besonders gut gelaunt zu sein. Er ließ den jungen Mann mit seiner Tochter flirten. Elisa, die scheinbare Unaufmerksamkeit ihres Vaters ausnutzend, verabredete sich mit Günther für den nächsten Tag, denn dann sollte noch einmal Tanz sein.

„Na, hat das Mäusezähnchen sich mit dir verabredet?", fragte Kalle auf dem Nachhauseweg.

„Papa, was soll das denn?" Elisa war entrüstet, sie fand Günther unglaublich attraktiv und seine Zähne wahnsinnig sexy.

„Der Knilch hat die komischsten kleine Zähne, die ich je gesehen habe. Aber du hast recht, Mäusezähnchen sieht eher wie eine Ratte aus." Kalle ließ nicht locker: „Hat er sich also mit dir verabredet?"

„Ja, morgen ist doch noch einmal Tanz. Bitte Papa, darf ich hingehen? Bitte!"

Wenn Elisa bettelte, dann konnte Kalle nicht Nein sagen. „Na gut, aber nur wenn dein Bruder mitgeht", ihm kam ein Gedanke: „Sag mal, weiß Mäuse … ja, ist ja gut, weiß der Knilch eigentlich, wie alt du bist?"

„Darüber haben wir nicht gesprochen. Das Alter ist doch auch ganz unwichtig."

„So, meist du", mehr sagte Kalle nicht, aber er grinste hinterhältig.

Am nächsten Abend saß Elisa wie auf heißen Kohlen und schaute immer wieder sehnsüchtig zur Saaltür. Peter begleitete sie,

ließ sich aber nichts anmerken. Es wurde spät, Günther kam nicht.
„Ich glaube Günther hat heute doch keine Zeit", flüsterte sie, den Tränen nahe.
„Ich habe ihn heute Nachmittag getroffen, da hatte er noch Zeit", bemerkte Peter trocken.
„Warum kommt er denn dann nicht, wir sind doch verabredet." Elisa verstand die Welt nicht mehr.
„Vielleicht liegt es daran, dass ich mit ihm geredet habe. Du weißt ja, wie Papa ist, ich habe ihm vorsichtshalber erzählt, wie alt du bist und dass Papa manchmal sehr jähzornig sein kann."

Auch, was die Kleiderordnung anging, waren Eltern und Tochter völlig unterschiedlicher Meinung. Knackig enge Hosen und Miniröcke waren nun mal in, warum sollte Elisa so etwas nicht tragen? Sie kürzte möglichst jeden Rock, zog Jeanshosen nass an und ließ sie am Körper trocknen, damit sie schön eng saßen.
Sie trug besonders gern ein rosafarbenes Angora Kleid. An diesem Teil war beim besten Willen nichts mehr zu kürzen. Kalle schlug bei ihrem Anblick die Hände über dem Kopf zusammen und verbot seiner Tochter, das Haus zu verlassen. Ilse kramte eine graue, ziemlich lange Strickjacke hervor, die Elisa über dem Kleid tragen musste. Das tat sie auch brav, bis sie am untersten Treppenabsatz angekommen war. Dort befand sich die Tür zu den Kellerräumen, wo die Strickjacke landete, bis Elisa wieder nach Hause kam.
Bald hatte sie in einer versteckten Kellerecke einen festen Platz für unnötige Kleidungsstücke. Warum sollte sie die Eltern aufregen? Besser war es, ein weites über ein enges Kleidungsstück zu ziehen und die überflüssigen Stücke dann im Keller zwischenzulagern.
Einmal krempelte sie sich im Treppenhaus den Rock auf die passende Länge. Zwar hatte sie dann eine Wulst in der Taille, aber darüber kam der Pulli. Sie war so mit dem Krempeln be-

schäftigt, dass sie ihren Vater gar nicht kommen sah. Der blieb grinsend auf dem Treppenabsatz stehen, während Elisa in fieberhafter Eile den Rock wieder auf die ursprüngliche Länge brachte. Pfeifend ging Kalle weiter, während seine Tochter eine Treppe tiefer wieder fleißig hochkrempelte.

***

Kalle ging es körperlich immer schlechter. Besonders sein Magen machte ihm in letzter Zeit Probleme.
Das Transportunternehmen hatte er an den Nagel hängen müssen, denn der Lastwagen, sowieso alt und klapperig, gab eines Tages den Geist auf. So bewarb sich Kalle auf eine Annonce, in der Angestellte gesucht wurden, die eine Trinkhalle betreiben sollten. Er staunte nicht schlecht, als er bei seinem Bewerbungsgespräch auf Otto Broth stieß, der inzwischen für einen anderen Getränkevertrieb arbeitete. Broth schien wie ausgewechselt und zeigte sich wohlwollend. Kalle bekam eine Trinkhalle in Stadtmitte zugewiesen, die er zusammen mit Ilse betrieb. Wenn die Schulden auch immer noch drückten, so war die Familie wenigstens wieder krankenversichert.

Seit ein paar Tagen fühlte sich Kalle gar nicht wohl. Sein Magen spielte wieder einmal verrückt. Er hatte Krämpfe, die verschwanden wenn er etwas aß, nach kurzer Zeit aber wiederkamen. Heute war es besonders schlimm. So beschloss er, etwas früher Mittag zu machen und nach Hause zu fahren. Am Nachmittag wollte Ilse arbeiten, er würde sie zum Feierabend abholen. Zu Hause angekommen legte er sich sofort ins Bett. Als die Schmerzen schlimmer wurden bat er Ilse, den Arzt zu holen.
„Wie stellst du dir das vor? Wo du mich nicht fahren kannst, muss ich den Bus nehmen. Da habe ich nicht auch noch die Zeit, beim Arzt vorbeizugehen", mit diesen Worten verließ eine entrüstete Ilse die Wohnung. „Was dieser Mann sich einbildet, sicher hat er wieder mal ein Wehwehchen, der Versager", keifte

sie vor sich hin, während sie die Wohnungstür geräuschvoll schloss.

Kalles Magenschmerzen verschlimmerten sich im Laufe des Nachmittags immer mehr. Er schleppte sich zur Wohnung der Vermieterin, denn sie besaß als einzige Person im Haus einen Telefonanschluss. Er bat sie bei seinem Arzt anzurufen und um einen Hausbesuch zu bitten. Der Arzt vertröstete, er müsse erst die Kranken abfertigen, die sich in seiner Praxis befänden. So dringend würde es schon nicht sein.

Elisa bekam einen Heidenschreck, als sie nach Hause kam. So aufgelöst hatte sie ihren Vater noch nie gesehen. Er krümmte sich vor Schmerzen. Da der Arzt immer noch auf sich warten ließ, lief Elisa so schnell sie konnte in die nahe gelegene Praxis, um den Doktor dringend um einen Besuch zu bitten. Er versprach so schnell wie möglich zu kommen, was noch eine gute Stunde dauerte. Entsetzt und mit einem äußerst schlechten Gewissen rief der Doktor, kaum das er einen Blick auf den sich vor Schmerzen krümmenden Patienten geworfen hatte, einen Krankenwagen. Im Krankenhaus angekommen wurde Kalle sofort operiert. Ein Magengeschwür war bereits durchgebrochen. Man war gezwungen, ihm zwei Drittel seines Magens zu entfernen.

Elisa saß während der Operation im Wartezimmer. Zum ersten Mal in ihrem Leben betete sie mit aller Inbrunst. „Lieber Gott, bitte lass meinen Papa nicht sterben."

Kalle überlebte nur knapp. An eine regelmäßige Arbeit war nicht mehr zu denken. Er wurde frühverrentet. Seine kargen Bezüge besserte er auf, indem er als Nachtwächter auf dem nahe gelegenen Schrottplatz arbeitete.

***

„Du hast als Berufswunsch Kinderkrankenschwester oder Bibliothekarin aufgeschrieben. Zwischen den beiden Berufen besteht ein gravierender Unterschied. Was möchtest du denn lieber machen?", fragte die Berufsberaterin.

Elisa stand kurz vor der Schulentlassung. Sie sollte sich für einen Beruf entscheiden. Kinderkrankenschwester hatte sie eigentlich nur aufgeschrieben, weil die meisten Mädchen in ihrer Klasse das unbedingt werden wollte, aber sie las für ihr Leben gerne. „Bibliothekarin?", sagte sie deshalb zögernd.
„Für diesen Beruf fehlt dir die Schulbildung." Die Berufsberaterin nahm Elisa alle Illusionen. „Aber du könntest versuchen dich zur Buchhändlerin ausbilden zu lassen. Es gibt allerdings Probleme: die meisten Buchhandlungen im Umkreis sind katholisch. Weil dort auch kirchliche Literatur verkauft wird, ist ein evangelischer Lehrling nicht gern gesehen. Dazu kommt, dass die mittlere Reife erwünscht ist. Mein Vorschlag wäre so: Wir machen einen Test. Wenn du ihn bestehst, dann versuchen wir, dir eine entsprechende Stelle zu vermitteln. Du bekommst von uns Bescheid, wann du zu dem Test erscheinen kannst, dann sehen wir weiter."
Dies schien Elisa ein hoffnungsvoller Vorschlag zu sein, sie verabschiedete sich freudestrahlend. Ilse, die ihre Tochter begleitet hatte, war weniger begeistert. „In einer Buchhandlung bist du auch bloß eine Verkäuferin. Was soll das denn? Warum fängst du nicht in einem Büro an, da hast du auch mit Lesen und Schreiben zu tun und du machst dir nicht die Finger schmutzig." Sie bekam einen verträumten Blick: „Meine Tochter eine Büroangestellte, das wäre ich auch gern geworden. Überleg es dir."
Am Abend erzählte Ilse ihrem Mann entrüstet vom Berufswunsch der Tochter. „Ich wüsste da etwas", meinte Kalle zögernd. „Ich kenne den Chefverkäufer vom Autohaus Opel-Feucht ganz gut. Er ist ein Schulkollege. Ich könnte nach einer Lehrstelle im Büro fragen."
Ilse war Feuer und Flamme, sollte doch schon Peter Autoverkäufer geworden sein. Allerdings wollte die widerspenstige Tochter nach wie vor lieber Bücher verkaufen. Kalle handelte einen Kompromiss zwischen Mutter und Tochter aus. Man wollte auf den Test warten, Elisa sollte sich aber gleichzeitig bei dem

Opelhändler bewerben. „Absagen kannst du das noch immer, Spatz, aber dann hast du erst einmal etwas in der Hand."
So bewarb sich Elisa bei Opel-Feucht und bekam eine Zusage. Der Test vom Arbeitsamt ließ auf sich warten. Mit jedem Tag, der verging, fand sich Elisa mehr damit ab, in einem Büro zu arbeiten. Schließlich war das nicht das Schlechteste. Zudem erzählte der Vater überall stolz, dass seine Tochter jetzt ein Büromädchen würde. Schließlich, vierzehn Tage vor ihrem ersten Arbeitstag bei dem Opelhändler, trudelte die Einladung vom Arbeitsamt für den Test ein. Elisa sagte ab und begann mit der Ausbildung als Bürokauffrau.

„Was bedeutet das: aufgelaufenen Kosten?" Elisa hatte diesen Begriff noch nie gehört. Sie war seit den Sommerferien in der Lehre und sofort in der Buchhaltung gelandet.
„Ja nun", Fräulein Fein grinste, „die Kosten laufen und laufen, bis sie vor die Wand laufen, dann sind sie aufgelaufen."
Im Hintergrund kicherte Fräulein Reinlich.
Elisa seufzte. Sie beneidete die mit ihr in die Ausbildung gekommene Judith, denn die war in der Registratur tätig und arbeitete dort mit einer richtig netten Person zusammen. Im Gegensatz dazu herrschte in der Buchhaltung ein harscher Ton. Die Bürovorsteherin, eine ständig missgelaunte Person mittleren Alters, hatte feste Moralvorstellungen. Mädchen, die sich schminkten, lange Hosen oder kurze Röcke trugen hatten keine Moral, aus denen wurde nichts. Wenn diese jungen Dinger auch noch ihre Meinung vertraten oder gar Widerworte gaben, so waren sie untragbar. Ihre Mitarbeiterinnen, Fräulein Fein und Fräulein Reinlich dachten ganz genauso. Ihnen kam Elisa mit ihren kurzen Röcken und der großen Klappe gerade recht.
„Detlev Feucht hat gesagt: Es gibt keine dummen Fragen, nur dumme Antworten."
Diesen Satz hatte der Juniorchef zur Begrüßung wirklich zu den neuen Lehrlingen gesagt. Fräulein Fein schnappte nach Luft:

„Nur nicht frech werden, mein Fräulein. Wisch dir erst mal den Grünspan von den Augen, wenn das der Senior sieht, kannst du was erleben."

Wieder seufzte Elisa. Sie nahm sich vor keine Fragen mehr zu stellen.

Der Seniorchef, Anton Feucht, gab sich in der Tat noch konservativer als seine Damen in der Buchhaltung. Lehrlinge hatten den Mund zu halten und zu tun, was man ihnen auftrug. Die langhaarigen Affen, die man in letzter Zeit überall herumlungern sah, waren ein echtes Feindbild für ihn. Dass sich diese Individuen auch schon in seine Firma eingeschlichen hatten, konnte er nur schwer ertragen. Sein Sohn war dafür verantwortlich. Seit er ihm die Firmenleitung überlassen hatte, ging alles drunter und drüber. Wenigstens kümmerte er, Anton, sich um eine vernünftige Ausbildung der Lehrlinge. Einem der jungen Menschen, die mit schulterlangem Haar herumlief, hatte er es kürzlich gezeigt. Er hatte sich, mit einer Schere bewaffnet, von hinten an den Autoschlosser Lehrling angeschlichen und ihm eine dicke Haarsträhne abgeschnitten, ehe der regieren konnte.

Anton sammelte jede Woche die Berichtshefte ein und ließ die Lehrlinge anschließend antanzen. Es gab kein Heft, in dem er nichts zu bemängeln fand. Meist hörte man sein Schreien bis in den Flur. Besonders Elisa hatte es ihm angetan, denn sie war ihm schon in der ersten Woche ihrer Tätigkeit unangenehm aufgefallen.

Zu den Aufgaben der neuen Lehrlinge gehörte es, kurz vor Feierabend die Papierkörbe einzusammeln und auszuleeren. Wie immer taten Elisa und Judith, das andere neue Lehrmädchen, ihre Pflicht. Sie sammelten die Papierkörbe ein, um den Inhalt dann im Müllcontainer zu entleeren. Zufällig standen sie vor der Bürotür des Seniorchefs, die sich direkt gegenüber der Ausgangstür befand, und unterhielten sich.

„Du hast es richtig gut in der Registratur", erklärte Elisa. „Aber du kommst ja auch noch in die Buchhaltung zu den vertrockneten Hippen. Da ist es völlig unwitzig, glaub mir."
„Bis jetzt mache ich mir noch gar keine Gedanken über die Buchhaltung", antwortete Judith vorsichtig. „Es gefällt mir gut, hier zu arbeiten."
„Ja, eigentlich sind die Leute hier wirklich nett", meinte Elisa. „Aber wie man so hört, ist der Alte hinter dieser Tür ein ziemliches Ekel."
Sie wies auf die Tür zu Anton Feuchts Büro, die sich diesem Moment öffnete. Anton stand im Rahmen, schaute die Lehrmädchen an, während er rot anlief und Luft holte. Wie auf ein Kommando packten die beiden ihren Korb und liefen, ohne sich noch einmal umzusehen zur Tür hinaus.
„Ich glaube wir sollten uns jetzt etwas mehr Zeit lassen", meinte Judith trocken.
Mit der Zeit nahm Elisa, so wie die meisten der Lehrlinge, Antons Gepolter mit stoischer Ruhe hin. Es nutzte nichts sich zu ärgern, er fand, gerade was Elisa anbetraf, immer etwas zu bemängeln. Meist konnte er sich am nächsten Tag sowieso nicht mehr an seine Bemerkungen vom Vortag erinnern. Schlimmer war da schon der Werkstattleiter, der sich gerne einmal ein Lehrmädchen zum Diktat in sein Büro bestellte. Irgendwann landete seine Hand unweigerlich auf dem Oberschenkel oder an einer anderen prekären Stelle. Elisa entwickelte eine Strategie gegen den ältlichen Fummler, indem sie versuchte möglichst stehen zu bleiben, um seine schweißigen Hände so besser abschütteln zu können. Sich zu beschweren wagte sie nicht.
Mit den anderen Lehrlingen kam Elisa gut zurecht. In der Regel trafen sich die Lehrmädchen zur gemeinsamen Frühstücks- und Mittagspause. Sie tauschten den neuesten Bürotratsch aus, flachsten miteinander und unterhielten sich über das Thema überhaupt: Jungen. Obwohl es nicht gern gesehen wurde, hatten einige Büromädchen private Kontakte zu den Lehrlingen und

Junggesellen in der Werkstatt. Darüber konnte man gar nicht genug reden.

Mit der Zeit freundete sich Elisa mit Judith an, beide waren im ersten Lehrjahr und hatten einige gemeinsame Interessen. Da die beiden Mädchen in einer Berufsschulklasse waren und fast den gleichen Heimweg hatten, bot es sich an, nach der Schule zusammen nach Hause zu fahren. Meist fuhren sie per Anhalter. So ließ sich das Fahrgeld für die Straßenbahn einsparen, denn mit dem Taschengeld war es bei beiden nicht so weit her.

In der Regel schlossen sich zwei Klassenkameraden an, die sich aber zunächst ein paar Meter weiter aufstellten und den Daumen herausstreckten. Nie kam es vor, dass ein Autofahrer zuerst bei den Jungen anhielt, obwohl die Vier immer wieder Wetten darüber anstellten. Bei den zwei Mädchen verhielt es sich anders. Kaum standen sie mit ihren kurzen Röckchen am Straßenrand, so hielt auch schon ein Auto an. „Soll ich euch mitnehmen", lächelte der Fahrer.

„Ja, gerne", die beiden lächelten reizend zurück, „und wäre es sehr schlimm, wenn sie unsere Freunde auch mitnehmen würden? Sie haben die gleiche Richtung und warten schon so lange auf eine Mitfahrgelegenheit."

Kaum ein Autofahrer schlug diese Bitte ab. Da in der Regel um eine Cola gewettet worden war, hatten die Mädchen die Getränke während der Pause meist frei.

***

„Kommst du am Samstag mit? Wir wollen ins Hannen Eck." Judith blinzelte verschwörerisch.

„Was heiß wir?" fragte Elisa nach.

„Das kannst du dir schon denken. Udo kommt auch mit, aber sag's bloß nicht weiter." Judith hatte Gefallen an einem Autoschlosser gefunden und er an ihr.

„Ja klar komme ich mit, ich kann dich doch nicht allein lassen", erwiderte Elisa mit einem Augenzwinkern, „aber ich muss die

Straßenbahn spätestens um halb zehn kriegen. Wenn ich nicht um zehn Uhr zu Hause bin, setzt es Senge."
Seit sie sechzehn Jahre alt war, hatte Elisa Ausgang bis zweiundzwanzig Uhr. Kam sie allerdings zu spät nach Hause, schreckte Ilse nicht vor Handgreiflichkeiten zurück.

Am Samstag trafen sich Judith und Elisa in der Disco. Das ‚Hannen Eck' machte zwar einen heruntergekommenen Eindruck, war aber zurzeit in. Judith wurde gleich von ihrem Udo in Beschlag genommen, sodass Elisa gelangweilt am Rand der Tanzfläche stand und der Musik zuhörte.
„Willst du tanzen?", fragte großer, schlaksiger junger Mann.
„Klar, deshalb bin ich hier", antwortete Elisa und folgte ihm auf die Tanzfläche: „Sag mal, wie groß bist du eigentlich?"
„Ich glaube, es sind zwei Meter vier", war die Antwort.
Michael machte einen netten Eindruck, und so tanzte Elisa den ganzen Abend mit ihm. Es wurde viel zu schnell halb zehn. Sie musste sich beeilen, um die Straßenbahn zu bekommen. Michael begleitete sie zur Haltestelle. „Sehen wir uns morgen?", fragte er. Die beiden verabredeten sich zu einem Spaziergang, denn Michael wohnte im gleichen Stadtteil wie Elisa.
Am nächsten Nachmittag wartete er bereits am ausgemachten Treffpunkt. Sie gingen im nahe gelegenen Park spazieren. Michael war schon achtzehn Jahre alt und arbeitete unter Tage. Er schimpfte mächtig über seine ausländischen Kollegen, vor allem Türken schienen es ihm angetan zu haben. Dabei wurde er richtiggehend aggressiv. Elisa fand seine Ansichten seltsam. Überhaupt hatte sie sich das Zusammensein anders vorgestellt. So trennte man sich, ohne dass Elisa auf eine neue Verabredung einging. „Tut mir leid, aber ich muss im Moment ziemlich viel lernen und meine Eltern sind streng. Ich habe mich heute mit Müh und Not weggeschlichen."

Ein paar Wochen später trafen sich die beiden zufällig wieder. Elisa war wieder einmal mit Judith zusammen in der Disco. Plötzlich stand Michael vor ihr. „Hallo", sichtlich verlegen begann er das Gespräch. „Du, neulich, das tut mir leid. Ich hab´ mich blöd benommen."

„Ach was, das ist schon in Ordnung."

„Ich hätte dich gerne zu einem Eis eingeladen, aber ich hatte kein Geld. Deshalb war ich so schlecht drauf." Michael trat von einem Bein auf das andere. „Vielleicht hätte ich dir das sagen sollen."

Er tat Elisa leid. Sie konnte sich vorstellen, wie er sich gefühlt hatte, denn auch sie war die meiste Zeit über blank. Sie bekam gerade fünf DM Taschengeld in der Woche, den Rest ihres Lehrlingsgehaltes behielten die Eltern. „Weißt du was, wir fangen einfach noch mal von vorne an", lächelte sie.

So kam es, dass Michael sie später zur Haltestelle brachte, wo die beiden der abfahrenden Straßenbahn hinterher sahen.

„Mist, die nächste Bahn kommt erst in einer halben Stunde, das ist zu spät." Elisa fürchtete sich davor zu spät nach Hause zu kommen, denn Ilse war schon am Nachmittag ziemlich aggressiv gewesen.

„Wir können laufen. Wir haben sowieso die gleiche Richtung, und wenn wir durch den Stadtgarten gehen, dann ist es auch nicht so weit", schlug Michael vor.

„Meinst du?", fragte Elisa zaghaft.

„Ja sicher, oder traust du mir nicht?"

Die beiden machten sich auf den Weg, Elisa hakte sich bei Michael unter, kuschelte sich im Gehen an ihn. Der Stadtgarten war um diese Uhrzeit menschenleer. An einer Parkbank hielt Michael plötzlich an. „Setz dich hin!"

„Ich möchte lieber weiter, sonst komme ich doch noch zu spät."

„Setz dich, habe ich gesagt", Michael klang plötzlich wieder aggressiv.

Mit klopfendem Herzen ließ sich Elisa sich auf die Bank sinken. Michael setzte sich neben sie und fasste ihr zwischen die Beine.
„Das möchte ich nicht, bitte", sagte Elisa, mühsam um Fassung bemüht. In Wirklichkeit zitterte sie vor Angst.
„Stell dich bloß nicht so an. Deshalb bist du ja mitgekommen." Dieses Mal schob er die Hand in ihr Höschen.
„Aber ich habe es noch nie getan, bitte."
„Das habe ich mir gedacht, dann bin ich dein Erster. Ich werde dir was beibringen", keuchte er.
In heller Panik versuchte Elisa aufzustehen. „Ich möchte nach Hause gehen, sofort!"
Michael packte sie im Genick. „Pass auf, entweder wirst du jetzt tun was ich sage, oder ich werde dir wehtun. Du bist auf jeden Fall jetzt fällig." Er schüttelte sie, legte seine Hände enger um ihren Hals. „Los leg dich hin!"
Weinend legte Elisa sich auf die Bank. Er fummelte an ihr herum, zog ihr das Höschen herunter, legte sich dann auf sie. Elisa kam die ganze Situation völlig unwirklich vor, als wenn es gar nicht sie wäre, die angstschlotternd und schluchzend hier lag.
„Beine breit", kommandierte Michael, hantierte herum. Dann bewegte er sich auf ihr, tat ihr weh. Sie schloss die Augen, spürte Schmerz, Ekel, Demütigung. Weil sie sich nicht wehrte, vor Angst ganz starr und bewegungslos war, sich schuldig fühlte und benutzt. Gleichzeitig kam ihr die Situation irreal vor. So, als würde sie das alles nicht erleben. Endlich stand er auf, zog sie hoch, schlug ihr ins Gesicht. Anschließend packte er sie wieder im Genick. „Ich will jetzt abspritzen, nimm ihn in die Hand und reib ihn. Was anderes kannst du sowieso nicht. Du blöde Kuh liegst da wie ein Brett."
Elisa tat wie ihr geheißen, weinend und voller Horror. Er brauchte nicht lange, entspannte sich, ließ sie für einen Moment los. Sie nutzte die Gelegenheit, rannte um ihr Leben. Sie konnte nicht denken, kam sich beschmutzt vor.

Blutend und völlig aufgelöst kam sie schließlich zu Hause an, wo sie eine erboste Ilse erwartete. Die Mutter schaute ihre Tochter kurz an, wusste was geschehen war und sagte: „Das hast du jetzt davon, du Sau, dass du dich mit Kerlen einlässt. Das kommt alles davon, dass du dich wie eine Hure anziehst!"
Elisa ließ sich auf einen Stuhl sinken und wimmerte vor sich hin. „Sei leise, du weckst deinen Vater auf", keifte Ilse entrüstet. „Heul nicht rum, wasch dich lieber und sieh zu, dass das Wasser richtig heiß ist. Das fehlte gerade noch, dass du dick wirst."

Für Elisa war nichts mehr wie vorher. Sie schämte sich, kam sich beschmutzt und schuldig vor. Ilse hatte nicht mehr über den Vorfall gesprochen. Kalle hatte sich nur verwundert gezeigt, dass seine Tochter so spät nach Hause gekommen war. „Das ist doch sonst nicht deine Art."
Manchmal brach Elisa ohne Grund in Tränen aus oder wurde aggressiv und wusste selbst nicht genau warum. Sie ging nicht mehr aus, sondern zog sich nach der Arbeit in ihr Zimmer zurück, lernte, hörte Musik oder las. Sie packte alle Liebesromane in eine Kiste und verstaute sie in einer Ecke. Liebe, das war eine Erfindung um möglichst viele Bücher und Songs zu verkaufen. Wenn Judith sie fragte, was los sein, oder ob sie nicht mit in die Disco kommen wolle, so erfand sie Ausreden, sprach von einem Freund, mit dem sie wegfahren würde oder schützte Unwohlsein vor. Auch fuhr sie nicht mehr per Anhalter und erklärte Judith niemals den Grund. Mit der Zeit sprach die Freundin sie kaum noch an.

„Spatz, heute ist unten wieder Tanz, was meinst du? Du bist lange nicht mehr mit deinem alten Vater aus gewesen." Kalle gab sich unternehmungslustig.
„Lass mich in Ruhe, ich gehe nicht mit kranken alten Männern aus." Elisa würdigte ihn keines Blickes.

Ilse mischte sich ein: „Wie redest du eigentlich mit deinem Vater. Gleich setzt es was, du dummes Gör."
„Wie redest du denn mit Papa, pack dich mal an die eigene Nase. Lasst mich doch alle in Ruhe." Elisa schluchzte auf und verkroch sich in ihrem Zimmer.
Wenig später kam ihr Vater zu ihr: „Was ist los, Spatz? Vor einiger Zeit bist du immerzu weggegangen und ich habe mir deshalb Gedanken gemacht. Jetzt mache ich mir Gedanken, weil du dich nur in deinem Zimmer vergräbst."
Er versuchte ihre Schulter zu tätscheln, aber Elisa schüttelte seine Hand panisch ab. Sie konnte selbst die harmloseste Berührung nicht ertragen. Außerdem konnte sie ihm doch unmöglich erzählen, was vorgefallen war. Dazu schämte sie sich viel zu sehr. Die Reaktion ihrer Mutter hatte sie genug verletzt. Was würde passieren, wenn ihr Vater genau so schlecht von ihr denken würde? Hilflos den Kopf schüttelnd ließ Kalle sie allein. Er verstand die Welt nicht mehr. Sein kleines Mädchen war plötzlich zu einem unberechenbaren, launischen und aggressiven Teenager geworden. Besonders schlimm war, dass Elisa sich bei jeder Gelegenheit mit Ilse anlegte, was nicht besonders schwierig war. Ilse, selbst launisch und unberechenbar, schien nur darauf zu warten. Mutter und Tochter zofften sich fast täglich. Wenn Kalle versuchte zu vermitteln, so hackten beide auf ihm herum. So hielt er sich möglichst bedeckt.

Ungefähr ein halbes Jahr später, nach einem heftigen Streit mit Ilse, nahm Elisa unauffällig alle Schlaftabletten die sie finden konnte mit in ihr Zimmer, löste sie in einem Glas Wasser auf und trank alles bis zum letzten Tropfen aus. Eigentlich gab es keinen konkreten Anlass, denn der Streit war nicht heftiger als sonst auch. Elisa hatte einfach ein Gefühl des Überdrusses. Sie wollte nicht mehr leben, nicht mehr den Ekel vor sich selbst spüren, ihrem Vater nicht mehr wehtun und selber keine Verletzungen mehr haben. Die Tabletten, es waren zwei volle Packungen, wirkten schnell. Zuerst wurde ihr schwindelig, dann wurde alles um sie herum unwirklich und letztendlich schwarz.

Sie kam nur mühsam zu sich, hatte großen Durst. Die Zunge klebte am Gaumen. Der Hals tat weh, in den Armen steckten Nadeln mit Schläuchen. Alles um sie herum schien verzerrt, verschwommen und unwirklich.
„Papa", wollte sie rufen, doch bis auf ein Krächzen kam kein Ton aus ihrer Kehle. Sie wollte sich bewegen, aufstehen, aber das ging nicht. Resigniert gab sie auf, dämmerte wieder ein.
Viel später und viel klarer schaute sie um sich. Sie lag in einem Gitterbett, an Händen und Beinen festgebunden. Der Durst war noch da. Sie räusperte sich. Dieses Mal beugte sich eine Krankenschwester über sie. „Du hast wohl Durst?", mit diesen Worten hielt sie Elisa eine Teetasse an die Lippen. „Wenn du ruhig liegen bleibst binde ich dich los. Du bist doch jetzt hoffentlich vernünftig."
„Wie – so?"
„Deine Eltern haben dich hierher gebracht, wenn du das fragen willst. Du bist im Krankenhaus. Du hast Glück gehabt. Es war noch nicht zu spät um dir den Magen auszupumpen."
Ilse hatte Elisa bewusstlos aufgefunden. Kalle, Böses ahnend, bemerkte das Fehlen der Schlaftabletten und fuhr seine Tochter sofort ins Krankenhaus, wo man ihr der Magen auspumpte.

Später bekam Elisa ihr Bett zugewiesen. Sie fühlte sich immer noch benommen und zerschlagen, doch bemerkte sie sehr wohl, dass sie sich in der geschlossenen Abteilung des Krankenhauses befand. Sie teilte das Zimmer mit zwei merkwürdigen Frauen. Eine von ihnen stand mitten in der Nacht auf, kramte die Reisetasche der anderen Patientin aus dem Schrank, setzte sich hinein und fing an zu singen. Da sie klein und dünn war, passte sie tatsächlich in die Tasche, sodass nur ihr Oberkörper herausguckte. Die Patientin, der die Tasche gehörte, fing an zu schreien, was

die Nachtschwester auf den Plan rief. Mithilfe eines Pflegers gelang es, die Frau wieder aus der Tasche zu heben.
Am nächsten Tag hatte Elisa ein Arztgespräch. „Du wolltest deinen Eltern wohl einen Schreck einjagen, was", sagte Doktor grinsend. Er schien Elisa nicht ernst zu nehmen. „Ihr Jugendlichen macht vielleicht einen Blödsinn. Allesamt seid ihr nicht vernünftig erzogen worden. Das rächt sich jetzt."
„Es tut mir auch alles schrecklich leid und es wird nicht noch einmal vorkommen." Elisa hätte alles gesagt, um aus dieser Station entlassen zu werden. Sie wies auf ihre zerstochenen, von Blutergüssen übersäten Arme. „Meinen sie so etwas würde ich mir noch mal einhandeln?"
„Vielleicht kannst du morgen schon nach Hause, dir fehlt ja weiter nichts", stellte der Arzt fest.
Im Krankenzimmer wartete Ilse bereits. „Was machst du bloß", rief sie aus. „Dein Vater hat nicht mehr geschlafen und nicht mehr gegessen. Wie kannst du uns das antun. Ich habe die ganze Zeit Herzschmerzen, nur wegen dir."
Düster schaute Elisa sie an, wagte aber nichts zu sagen. Eine Patientin mischte sich ein. Sie setzte sich auf Elisas Bett und nahm ihre Hand. „Kind, du bist noch so jung. Wie kannst du dein Leben einfach so wegwerfen? Du stehst ganz am Anfang eines großen Abenteuers. Schau mich an. Ich bin alt, ich bin krank und oft durcheinander. Aber ich stehe das durch. Ich weiß nicht was dir geschehen ist, aber glaub einer alten Frau: Das kriegst du ganz bestimmt hin. Das größte Unglück geht irgendwann vorbei." Sie ließ Elisas Hand los. „Und jetzt versprich mir, dass du dich hier nie wieder blicken lässt."
„Ja, das verspreche ich", murmelte Elisa leise. Etwas passierte mit ihr, ließ alle mühsam aufgebauten Mauern in ihrem Inneren brechen. Ließ sie weinen. Richtig weinen, erleichternd und alles hinwegspülend. Während sie schluchzte, tätschelte die fremde Frau ihren Rücken. „So schlimm ist das doch nicht", brummelte sie, während Ilse bemüht geschäftig Elisas Sachen ordnete.

Elisa erzählte niemandem von all dem. Nicht von der Vergewaltigung, nicht von dem Selbstmordversuch. Sie konnte es einfach nicht, schämte sich zu sehr. Mit der Zeit wurden die Gedanken an die schlimmen Geschehnisse erträglicher, sie lernte damit umzugehen. Nur manchmal verfolgte sie der Horror in ihren Träumen, sie wachte nachts mit klopfendem Herzen auf. „Es ist nichts", sagte sie sich dann. „Du bist sicher."
Kalle verstand nie, warum seine Tochter die Tabletten genommen hatte. Er fragte sie nie danach.

***

„Hallo, ich bin Annerose van der Heidt, du kannst mich auch Anne nennen." Das blonde, grobknochige Mädchen schüttelte Elisas Hand, als wolle es sie vom Arm reißen. „Ich bin hier neu, heute ist mein erster Tag. Ich bin also sozusagen im ersten Lehrjahr. Bist du auch in der Lehre? Ich bin so aufgeregt …", an dieser Stelle ging ihr die Puste aus.
Elisa grinste die Neue an. Sie war inzwischen in die Registratur versetzt worden und heilfroh der Buchhaltung mit ihren stocksteifen Damen entkommen zu sein. „Ich bin Elisa Jollenbeck, im zweiten Lehrjahr", stellte sie sich vor. „Schön, dass du hier bist."
Annerose war ihr auf Anhieb sympathisch, zumal sie direkt nach einer ungestörten Ecke fragte. „Mein Vater weiß nicht, dass ich rauche, er würde mich erschlagen, glaube ich", hier seufzte Annerose tief. „Er achtet auch immer darauf, dass ich alles aufesse, dabei bin ich eh zu dick. Aber ich stecke mir nach dem Essen einfach den Finger in den Hals, dann kommt alles wieder raus. Und ich nehme das hier", verschwörerisch zog sie ein Pillendöschen aus der Rocktasche. Geöffnet hielt sie es Elisa unter die Nase.. „Abführmittel, zur Entwässerung, zur Entkrampfung, Schmerzmittel", zählte sie auf.
Elisa staunte. „Du meine Güte, nimmst du die Pillen alle?"

„Ja, was meinst du denn? Ich bin als Steißlage angewachsen zur Welt gekommen. Ich hatte immer schon Probleme."
Steißlage angewachsen, mit diesem Ausdruck konnte Elisa nichts anfangen, guckte aber vorsichtshalber mitleidig. Dass Annerose bei der Pillenanzahl, die sie schluckte Probleme hatte, glaubte sie sofort. Trotzdem mochte sie das Mädchen, die beiden wurden bald unzertrennlich.

Der Zufall wollte es, dass die evangelischen Schüler aus den Klassen der Mädchen gemeinsam den Religionsunterricht besuchten. Was war also naheliegender, als den langweiligen Unterricht sausen zu lassen und die Stunde lieber in der gegenübergelegenen Kneipe zu verbringen. Für eine Cola reichte das Taschengeld meistens, Zigaretten kaufen die Mädchen zusammen und teilten sie sich schwesterlich. Der eine oder andere Schüler schloss sich an und bald waren mehr Schüler in der Kneipe als im Reli Unterricht. Das ging eine Weile gut. Bis eines Tages der Rektor in der Kneipentür stand. Anne und Elisa retteten sich in die Toilette.
„Das wäre noch einmal gut gegangen." Elisa steckte vorsichtig den Kopf durch einen Türspalt. Annerose, ganz mutig, schlüpfte hinter ihr zur Tür hinaus. Sie lief dem Rektor direkt in die Arme. „Name? Firma?", fragte er knapp. Die Mädchen stotterten ihre Namen heraus. Sie kamen gar nicht auf die Idee falsche Angaben zu machen. „Sie hören von uns", mit diesen Worten verließ der Rektor das Lokal.

Ein paar Tage später wurden die beiden zum Seniorchef zitiert. Wenn man Anton sonst bis auf den Flur hören konnte, so drang Geschrei dieses Mal bis auf den Hof.
„Abreibung?", fragte ein Geselle grinsend, als Elisa und Anne mit roten Ohren wieder in Richtung der Werkstattbüros gingen. Elisa schaute auf: „Du bist neu, nicht wahr?"
„Ja", war die lapidare Antwort.

„Der ist nett", flüsterte Annerose, „aber nicht so nett wie mein Mario." Mario Meier arbeitete in der Werkstatt, hatte bereits ausgelernt und bemühte sich sehr um Anne.
„Ich weiß nicht", entgegnete Elisa. „Ich möchte keinen festen Freund. Ich will lieber weiter zur Schule gehen und dann hier weg. Am liebsten würde ich nach Afrika gehen und helfen. Etwas wirklich Sinnvolles aus meinem Leben machen."
Annerose grinste: „Ich habe doch nur gesagt, dass der neue Geselle nett ist, weiter nichts."
Die beiden waren am Leitstand angekommen, wo Annerose zurzeit beschäftigt war. „Tschüss, bis nachher und der ist doch nett", mit diesen Worten erklomm sie die Metalltreppe. Wie immer stand am Fuß der Treppe ein Geselle und schaute ihr versonnen hinterher.
Der Platz am Fuß der Treppe, die zum Leitstand hinauf führte, war heiß begehrt. Hier stand das Gerät, mit dem man die Reifen auswuchtete. Von diesem Platz aus konnte man den Mädchen, welche die Treppe mehrmals am Tag hinauf und herunter liefen in aller Ruhe unter den Rock gucken. Es war zuweilen erstaunlich, wie viele Reifen ausgewuchtet werden mussten. „Heute trägt sie was in rosa und knapp", solche Aussagen erhöhten die Arbeitsleistung enorm.
Elisa ging noch ein Stückchen weiter, sie war ins Werkstattbüro versetzt worden und mochte es dort zu arbeiten. Allerdings durfte man nicht zimperlich sein. Die Schlosser kamen öfter auf recht makabre Ideen. So war an diesem Tag eine tote Maus durch die Rohrpost hin - und hergeschickt worden, jedes Mal in einer Kartusche verstaut und zusätzlich in einen Beleg verpackt. Als keiner mehr auf diese Mäusebombe hereinfiel, kam einer der Schlosser auf die Idee, einem Kollegen die Maus in die Butterbrotdose zu packen. Der arme Kerl brachte nach diesem Vorfall seine Butterbrote nur noch in Frischhaltefolie verpackt mit.

„Du bleibst mittags in der Kundenannahme und vertrittst den Kollegen während seiner Pause." In der Mittagszeit war nicht viel los und so vertrat ein Lehrling den sonst dort sitzenden Angestellten. Elisa machte das gerne, denn hier hatte sie mit Kunden zu tun und gleichzeitig Kontakt zur Werkstatt.

„Hallo, sitzt du jetzt hier?" Der neue Geselle kam in die Annahme und stupste Elisa sanft an.

„Hände weg, Kollege. Ich bin nur über Mittag hier." Elisa klopfte ihm auf die Finger.

„Ist ja gut, ich bin Alfred und du heißt Elisa, woll?"

„Ach, das weißt du auch schon?", gab Elisa sich kratzbürstig.

„Ich habe mal rumgefragt. Der Mario Meier ist doch mit deiner Freundin zusammen? Vielleicht können wir ja mal zu viert weggehen?"

„Danke, kein Interesse", sagte Elisa kurz angebunden.

„Vielleicht kann ich dich nach Hause fahren?"

„Ich nehme die Straßenbahn."

In der nächsten Zeit kam Alfred jeden Mittag in die Annahme, um sich ein wenig mit Elisa zu unterhalten. Jedes Mal fragte er sie zu Abschluss des Gesprächs, ob er sie nach Feierabend nach Hause fahren dürfe und immer lehnte Elisa das ab.

„Zur Abwechslung könntest du nett zu dem armen Kerl sein", mischte sich Anne schließlich ein. „Mario sagt, er wäre ganz verzweifelt, dass du ihn immer abblitzen lässt. Lass dich doch einfach mal nach Hause fahren, der beißt schon nicht. Vielleicht gefällt er dir dann ja auch."

„Ach ich weiß nicht", murmelte Elisa unentschlossen.

„Sei nicht feige, er hat eine Chance verdient."

„Was?", Alfred glaubte, nicht richtig zu hören.

„Ja klar kannst du mich nach Hause fahren", wiederholte Elisa. „Ich warte an der Straße auf dich, damit das nicht jeder mitbekommt."

Elisa seufzte innerlich, Anne hatte unbeabsichtigt einen wunden Punkt getroffen. Immer konnte Elisa sich nicht verstecken und jeden näheren Kontakt mit dem anderen Geschlecht vermeiden. Überhaupt, feige war sie schon gar nicht.

Mit gemischten Gefühlen stieg sie nach Feierabend in Alfreds roten Käfer, gab sich aber betont forsch. „Du hast aber breite Reifen drauf und das Lenkrad ist wohl ein Sportteil? Das ist ziemlich klein. Bastler, was?"

Alfred grinste: „Gut, woll, ist zwar nicht im Schein eingetragen, fährt sich aber affengeil."

Die beiden verstanden sich auf Anhieb, Elisa hatte bald ihre Vorbehalte vergessen. Sie fühlte sich wohl mit Alfred. So fuhr er sie fast jeden Tag nach Hause. Manchmal nahm er ihre Hand, hielt sich aber bemerkenswert zurück. Den Durchbruch erzielte Alfred als er, völlig überraschend, mit sechs Nelken aus dem Blumenautomaten zu Ilses Geburtstag erschien. Elisa hatte ihm von der Geburtstagsfeier erzählt, aber nicht mit seinem Erscheinen gerechnet.

„Nein, welch ein wohlerzogener junger Mann", flötete Ilse und lud Alfred kurzentschlossen zu der Feier ein.

Kalle war ganz anderer Ansicht. „Wie der Kerl dich anguckt, Spatz. Wenn er aufdringlich wird, so sag mir einfach Bescheid. Ich kümmere mich dann um ihn."

Nach der Feier brachte Elisa Alfred zum Hoftor, das um diese Zeit bereits abgeschlossen war. „Das hätte ich gar nicht vor dir erwartet. Mit den Blumen hast du einen Volltreffer gelandet."

Alfred trat von einem Bein auf das andere. „Eigentlich hat Mario mir dazu geraten. Er meint, dass man sich hinter die Mutter klemmen sollte, um an die Tochter ran zu kommen."

„Und … bist du jetzt an mich rangekommen?", fragte Elisa interessiert.

„Das werde ich sofort feststellen", mit diesen Worten nahm Alfred sie in die Arme und küsste sie so sanft, dass Elisa sich fallen lassen konnte. Sie erwiderte seinen Kuss zögernd.

Da Anneroses Mario und Alfred gut befreundet waren, traf man sich öfter zu viert. Die Jungen bastelten an ihren Autos herum, während die Mädchen die Köpfe zusammensteckten.
„Es ist passiert", strahlte Anne.
„Nein, echt? Und es hat dir gefallen?" Elisa konnte es nicht fassen.
„Ja, es war toll. Er ist sehr vorsichtig gewesen. Jungfrau bin ich sowieso nicht mehr. Ich hab schon mal mit meinem letzten Freund ... unter der Decke ... am Kanal. Das hat mir überhaupt nicht gefallen. Ehe ich was gemerkt habe, war der schon fertig."
„Hast du das Mario erzählt? Was hat er gesagt?"
Anne grinse verschwörerisch. „Spinnst du? Ich habe ihm gesagt er wäre mein Erster."
„Das glaube ich jetzt nicht", stammelte Elisa fassungslos, „und er hat dir das abgenommen? Ist Mario so doof?"
„Ich habe ihm erzählt, dass ich mich aus Versehen mit einem Tampon selbst entjungfert habe. Ich habe treu geguckt, da hat er mir geglaubt. Mario glaubt mir alles."
„Okay, er ist doof", entgegnete Elisa trocken.
„Was ist mit Alfred? Habt ihr's schon getan?"
„Er möchte gern, aber ich traue mich nicht. Knutschen ist ja in Ordnung, aber weiter möchte ich nicht gehen. Ich weiß nicht, woran es liegt. Irgendwie fehlt da etwas. Es ist ganz schön, wenn er mich küsst, aber ich habe mir das anders vorgestellt."
„Wie denn anders?"
Elisa war ratlos. „Ich kann das gar nicht beschreiben. Früher habe ich immer geglaubt, dass es wenigstens ein Erdbeben geben würde, wenn ich geküsst werde, oder ein Feuerwerk. Mit Alfred brennt gerade mal ein Streichholz."
Anne tippte sich an die Stirn. „Du spinnst ganz schön. Erdbeben, Feuerwerk. Probier's doch einfach mal aus, vielleicht zündet dein Feuerwerk dann."
„Meinst du? Vielleicht hast du Recht. Ich sollte es einfach ausprobieren."

„Also ich werde mir die Pille verschreiben lassen", erklärte Anne ganz cool. „Habe einen Arzt aufgetan, der verschreibt sie dir ohne Einverständnis der Eltern. Mein Vater würde ausflippen, wenn er das wüsste. Wenn du möchtest gehen wir zusammen hin. Überleg es dir, lass deinen Freund nicht zu lange zappeln."
Allerdings ließ Elisa Alfred zappeln. Sie hatte aus begreifliche Gründen Angst. Mit ihm über ihre schlimmen Erfahrungen zu reden kam für sie nicht in Frage. Damit musste sie allein fertig werden.

Alfred hatte sich überlegt mit Elisa zu den nahe gelegenen Kiesgruben zu fahren. Dort war es einsam und ein bisschen romantisch, jedenfalls fand er das. Hier wollte er sie in Ruhe verführen. Für eine ausreichende Menge Kondome hatte er gesorgt, so konnte eigentlich nichts schief gehen. Eigentlich wollten die beiden eine Disco besuchen, aber das würde er schon hinkriegen.
„Ich wäre so gerne allein mit dir", flüsterte er Elisa ins Ohr als sie sich vor der Disco umarmten. „Mir ist ein Platz eingefallen, wo wir das wären. Da ist es ganz romantisch. "
Elisa dachte an das Gespräch mit Annerose und stimmte zu. Im Übrigen hatte Alfred sie neugierig gemacht.
So parkte der rote Käfer nach einer kurzen Fahrt am Baggersee.
„Schön hier, woll." Alfred zog Elisa näher zu sich heran. „Hier sind wir ganz ungestört, du kannst dich entspannen", raunte er und streichelte sie sanft. Dass er bei diesem Mädchen vorsichtig vorgehen musste, hatte er sofort kapiert. Sie wirkte unsicher und verletzlich, wenn er versuchte ihr näher zu kommen. Dieses Verhalten, welches er von seinen bisherigen Bekanntschaften so gar nicht kannte, faszinierte ihn. Heute schien Elisa sich nicht zu zieren, sie erwiderte seine Küsse, schien seine Zärtlichkeit zu genießen, streichelte ihn ihrerseits.
„Wenn du dich quer auf die Sitze legst, dann haben wir es bequemer", riet Alfred nicht ganz uneigennützig. Elisa folgte sei-

nen Wünschen, fuhr aber wieder hoch, denn der Handbremshebel pikte im Rücken. Auch jetzt wusste Alfred Abhilfe, er löste die Handbremse, der Hebel war aus dem Weg. Elisa konnte sich ganz bequem auf die Sitze legen. Jetzt nur nichts überstürzen. Alfred legte sich zu ihr, knöpfte ihr langsam die Bluse auf, streichelte ihre Brüste. Die Sache kam in Fahrt – und wie.
Alfred hatte zwar die Handbremse gelöst, aber vergessen einen Gang einzulegen. So rollte der Käfer erst langsam, dann immer schneller Richtung Kiesgrube und ins Wasser. Alfred sprang aus dem Auto. Elisa tat es ihm gleich, stand sofort bis zur Taille im Wasser und Schlamm. „Na prima", sie krabbelte an Land und setzte sich klatschnass auf einen Stein.
Alfred, sichtlich abgekühlt, hopste am Ufer herum. „Mein Auto, mein schönes Auto", jammerte er. Der Käfer stand bis über die Radkästen im Wasser. „So kriege ich den Wagen niemals aufs Trockne. Ich gehe zurück zur Straße und schaue ob ich jemanden finde, der die Karre aus dem Dreck ziehen kann."
Ohne Elisa zu beachten, machte er sich auf den Weg. Er hatte Glück, ein junger Mann mit einem Ford hielt an. Er erklärte sich bereit den Käfer aus dem Morast zu ziehen, was ein erfolgloses Unterfangen war, das Auto steckte fest. Mit einem bedauernden Schulterzucken fuhr er weg, ließ eine bibbernde Elisa und einen verzweifelten Alfred zurück.
„Wir sind doch vorhin an einem Bauernhof vorbeigekommen. Meinst du, der Bauer könnte den Wagen mit dem Trecker aus dem Schlamm ziehen?", überlegte Elisa. Sie hatte inzwischen blaue Lippen, ihr war es unglaublich kalt, doch davon ließ Alfred sich nicht beeindrucken. „Gute Idee, bleib du mal schön gemütlich hier sitzen, woll. Ich gehe rüber zu dem Hof."
Nach einiger Zeit kam er tatsächlich mit Bauer und Traktor zurück. Es gelang den Käfer aufs Trockene zu ziehen. VW war bekanntlich einmal eine deutsche Wertarbeit. Hier bewies der Käfer seine Qualitäten, er sprang nach einigen Versuchen an. Zwar schwappte das Wasser während der Fahrt von vorne nach

hinten, aber das Auto fuhr. Alfred brachte Elisa, viel zu spät, nach Hause. Er verabschiedete sich schnell vor der Haustür, denn er wollte sein Auto so schnell wie möglich trockenlegen. Vorsichtshalber zog Elisa im Hausflur ihre nassen Schuhe aus und schlich, die Schuhe quasi als Entschuldigung vor sich hertragend, ins Wohnzimmer, wo die wutschnaubende Ilse sie bereits erwartete. „Hast du noch immer nicht genug?", mit diesen Worten ohrfeigte sie ihre Tochter kräftig. Elisa nahm die Schläge hin und verzog sich anschließend in ihr Zimmer.

Annerose schüttelte sich vor Lachen, als Elisa ihr die Geschichte erzählte. „Dein Feuerwerk ist wohl ins Wasser gefallen, was?" „Anne, es nutzt nichts, ich kann Alfred nicht länger hinhalten und ich will das auch gar nicht. Wie war das noch mit dem Arzt? Wegen der Pille, meine ich. Alfred hat zwar immer Kondome dabei, aber das ist mir zu unsicher." Elisa hatte zwar immer noch Angst, aber ihr war klar, dass sie Alfred verlieren würde, wenn sie weiter so abweisend blieb. Das hatte er ihr deutlich genug zu verstehen gegeben. Im Übrigen hatten die meisten ihrer Bekannten und Kolleginnen schon längst ihre Erfahrungen gemacht. Elisa kam sich vor, wie die letzte, zurückgebliebene Jungfrau. „Ich muss auch endlich hin." Annerose war sich wohl doch nicht so sicher gewesen, was den Arzt anbetraf.
„Ich dachte du nimmst schon lange die Pille?"
Jetzt wurde die Freundin rot. „Bis jetzt haben wir Kondome benutzt. Aber stell dir mal vor; neulich waren wir abends am Kanal. Mario war auch schon zugange, da hat einer zur Scheibe herein geschaut. Was soll ich sagen, Mario hat sich so erschreckt, dass er das Kondom verloren hat."
„Wie jetzt, verloren?", fragte Elisa etwas schwer von Begriff.
„Was glaubst du, was das für ein Akt war, das Ding wiederzufinden! Ich kann doch unmöglich zum Gyn gehen, ihm erzählen, dass mein Freund ein Kondom verloren hat und ihn bitten, es zu suchen."

Elisa hatte endlich begriffen und platzte laut heraus.
„Du hast gut lachen", grinste Annerose. „Wir lassen uns einen Termin geben und gehen zusammen zum Arzt, ja. Wir bequatschen ihn so lange, bis er uns die Pille verschreibt."
Das Gespräch erwies sich als völlig unkompliziert. Der Arzt hatte Verständnis und verschrieb den Mädchen die Pille, ohne mit der Wimper zu zucken. Diese Hürde war genommen, jetzt musste sie sich nur noch trauen. Elisa atmete tief ein. Irgendwann musste es passieren, warum also nicht mit Alfred. Er war bisher immer lieb und sanft. Im Übrigen war Elisa wirklich gerne mit ihm zusammen.
Alfred sagte ihr oft, dass er sie liebte. Liebe? Elisa war sich nicht sicher, ob es so etwas überhaupt gab. Ihre Eltern jedenfalls waren ein schlechtes Beispiel. Sie verletzten sich nach wie vor bei jeder Gelegenheit. Manchmal kam es Elisa so vor, als würde sie einen Krieg miterleben. Jeder der beiden saß in seinem Schützengraben und wartete, bis der Andere seine Deckung vernachlässigte, um ihm dann so fest wie möglich wehzutun. So wollte sie niemals werden. Wenn sie tatsächlich eines Tages heiraten würde, dann würde sie alles dafür tun, um eine gute Ehe zu führen. Das hatte sie sich schon lange fest vorgenommen.

„Ich nehme die Pille, wenn du möchtest, dann können wir Sex haben", teilte Elisa Alfred bei der nächsten Gelegenheit ganz unromantisch mit, was ihn nicht sonderlich störte.
An einem der nächsten Tage steuerte er das Kanalufer an. Hier war ein bekannter Treffpunkt für Liebespärchen, die ungestört sein wollten. Er hielt sich dieses Mal nicht lange mit Zärtlichkeit auf, kam schnell zur Sache. Schließlich hatte er lange genug gewartet. Zu ihrer Überraschung stellte Elisa fest, dass es nicht so unangenehm war, wie sie es erwartete hatte. Sicher tat ihr Alfred ein wenig weh, aber das ließ sich aushalten. Ansonsten empfand sie nichts, war froh, als er von ihr abließ.

„Ich habe meine Erfahrungen. Glaub mir, du wirst es schon noch toll finden", meinte er, als sie versuchte, mit ihm darüber zu reden. Also beschloss Elisa abzuwarten. Schließlich erzählte Annerose ihr häufig, wie schön der Sex wäre und wie sehr sie es genießen würde. ‚Bestimmt liegt das an mir, ich bin irgendwie nicht normal', dachte Elisa für sich.
Alfred war zufrieden, wenn sie hin und wieder an den Kanal fuhren und so unangenehm war es ja schließlich auch nicht.

***

„Deine Eltern waren heute im Laden", sagte der nette Verkäufer zu der verblüfften Elisa, die er extra in die Abteilung gerufen hatte. „Sie haben einen Vorführwagen gekauft, einen Kadett. Hier steht er, schau ihn dir an."
Tatsächlich hatten Karl und Ilse beschlossen, ein neues Auto anzuschaffen. Was lag da näher, als in dem Autohaus zu kaufen, in dem die Tochter ihre Ausbildung machte. Geld war zwar keines da, aber man konnte ja einen Kredit aufnehmen. Aus unerfindlichen Gründen hatten beide nicht dran gedacht, dass immer noch ein Schufa-Eintrag existierte, die Jollenbecks also nicht kreditwürdig waren. Diese Tatsache teilte der gar nicht mehr nette Verkäufer Elisa ein paar Tage später mit. Sie glaubte, vor Scham im Boden versinken zu müssen.
Kalle war empört: „Ich hätte nicht gedacht, dass man bei Opel-Feucht so kleinlich ist. Schließlich habe ich fünfzig Mark anbezahlt. Die bekomme ich aber wieder zurück, das sagst du dem Verkäufer, Kind. Sonst komme ich selber vorbei. Dann ist aber was los."
Der Verkäufer lief rot an, als Elisa ihn schüchtern auf die fünfzig DM ansprach. „Was denkt dein Vater sich? So etwas habe ich noch nie erlebt und ich bin schon seit zwanzig Jahren Autoverkäufer." Betroffen tätschelte er Elisas Arm, denn sie war in Tränen ausgebrochen: „Ist schon gut, Mädchen. Du kannst

nichts dafür. Wir zahlen das Geld wieder aus. Aber hör bitte auf zu weinen."

Zwischen Ilse und Kalle klappte nichts mehr. Immer öfter stritten sie, immer öfter schlief Ilse im Kinderzimmer. Hatte Kalle sie noch vor einiger Zeit gebeten, wieder mit ins Schlafzimmer zu kommen, riss er neuerdings die Zimmertür auf, zerrte Ilse wortlos hinter sich her.
Peter, der die Seefahrt an den Nagel gehängt hatte und kurzfristig als Kellner in Gelsenkirchen arbeitete, hielt sich möglichst aus den Streitigkeiten heraus, denn die Eltern vertrugen sich nach ein paar eisigen Tagen sowieso wieder.
Peters Aufenthalt in Gelsenkirchen erwies sich zu Elisas Leidwesen als Durchgangsstation für ihren Bruder. Er zog bald nach Berlin, wo er eine Stelle als Kellner am Kudamm bekam. Elisa beneidete ihn, wie gerne wäre sie mit ihm weggezogen. Zwar war da immer noch Alfred, doch hatte sie sich die Liebe ganz anders vorgestellt, spürte oft eine unbestimmte Sehnsucht. Sie hätte nicht einmal sagen können, was ihr genau fehlte, aber ihr wurde immer klarer, dass sie es mit Alfred nicht finden würde. Doch zunächst wollte sie ihre Lehre beenden, dann konnte man weiter sehen. Die Zwischenprüfung hatte sie problemlos hinter sich gebracht, sogar mit einem ‚gut' abgeschlossen. Jetzt musste sie nur noch die Abschlussprüfung bestehen.

„Ich kann nicht mitkommen. Was ist, wenn ich die Einladung zur mündlichen Prüfung bekomme?"
Die Jollenbecks hatten kurzfristig beschlossen Peter in Berlin zu besuchen. Trotz Elisas heftigem Widerstand bestand Ilse darauf, dass sie die Eltern begleiten sollte. „Du fährst mit, Fräulein. Du glaubst doch nicht ernsthaft, dass ich dich hier allein lasse. Wer weiß, was du mit deinem Macker zusammen alles anstellst. Nachher treibt ihr's noch hier."

Kalle mischte sich ein: „Spatz, die Prüfungen werden bestimmt nicht während der Schulferien durchgeführt, da bin ich mir ganz sicher", und zu Ilse gewandt: „Sei endlich still, du hast schon genug gekeift." Erstaunlicherweise hielt die so Gescholtene tatsächlich den Mund.

„Meinst du, Papa? Keiner weiß den genauen Termin, das ist wirklich schlimm." Elisa hatte die schriftlichen Abschlussprüfungen bereits hinter sich und wartete auf die Einladung zum mündlichen Teil der Prüfung.

Schließlich ließ sich Elisa von ihrem Vater beruhigen. Wahrscheinlich würde sie schon lange wieder zu Hause sein, wenn die erwartete Einladung zur Prüfung eintrudeln würde.

Den letzten Abend in Berlin wollte man gebührend feiern. Peter hatte sich freigenommen. So gingen Eltern und Kinder zusammen aus. Am Ende des feucht fröhlichen Abends kehrten die Jollenbecks in Peters Stammkneipe ein, wo sich Peter, gut mit dem Wirt befreundet, hinter dem Tresen zu schaffen machte. Bald saß Ilse an der Theke neben einem erheblich jüngeren Mann und flirtete aufs Heftigste mit ihm. Kalle hockte mit grimmigem Blick am Tisch. Er trank einen Schnaps nach dem anderen. Als Ilse sich zu dem jungen Mann beugte, um ihm einen Kuss auf die Wange zu hauchte, sprang ihr Ehemann auf, packte sie von hinten am Kragen und zerrte sie von ihrem Flirtpartner weg. „Du Flittchen", brüllte er, „du knutscht hier nicht rum, während ich zuschaue!"

Ilse kreischte, Kalle brüllte weiter Unflätiges. Peter versuchte die beiden zu beruhigen, während Elisa still vor sich hin weinte. Schließlich buxierte Peter seine betrunkenen Eltern und die heulende kleine Schwester nach Hause, wo sich alle erst einmal ausschliefen. Die Heimfahrt am nächsten Tag verlief in eisigem Schweigen.

Zu Hause angekommen musste Elisa feststellen, dass die Prüfungen schon vor einer Woche gewesen waren. Ratlos fuhr sie zur Berufsschule und sprach beim Rektor vor.
„Dass jemand eine Woche zu spät zu seiner Prüfung aufläuft, habe ich noch nie erlebt", erklärte er. „Weißt du was, heute Nachmittag werden die Industriekaufleute geprüft. Sei doch pünktlich um vierzehn Uhr wieder hier, dann prüfen wir dich gleich mit."
Am Nachmittag war Elisa überpünktlich. Die Prüfung verlief gut, obwohl ihr die Knie vor Aufregung zitterten. Der Rektor lächelte sie an, als er ihr zur bestanden Prüfung gratulierte: „Du bist wirklich die erste Person, die zu ihrer Prüfung zu spät gekommen ist. Trotzdem hast du alles gut hingekriegt."

Mit dem Abschluss der Prüfungen endete das Beschäftigungsverhältnis bei der Firma Feucht, Elisa fühlte sich unendlich frei. Die Lehre war alles andere als schön gewesen, sie hatte versucht das Beste daraus zu machen, was ihr auch gelungen war. Doch wie sollte es weiter gehen? Die ständigen Streitereien der Eltern, die Reibereien mit Ilse. Elisa hatte das alles so satt. Was hielt sie noch hier? Alfred? Nein, der bestimmt nicht, dann würde sie schon eher Annerose vermissen.
Kurz entschlossen rief sie Peter an: „Hi, großer Bruder, was würdest du dazu sagen, wenn ich zu dir nach Berlin komme?", fragte sie ein wenig atemlos.
Peter schwieg eine unendlich lange Zeit, dann antwortete er: „Ich würde sagen, das wäre schön, denn dann hätte ich endlich wieder eine Familie."

***

Elisa saß im Zug. Die Tränen liefen ihr über die Wangen, obwohl sie das gar nicht wollte. Eigentlich freute sie sich auf ihr neues, aufregendes Leben. Peter hatte eine Wohnung angemietet, in der jeder von ihnen ein Zimmer haben sollte, mit gemeinsamer Küchennutzung.
Der Abschied ging undramatisch über die Bühne. Ilse gab sich schockiert. Sie prophezeite Elisa, sie würde „unter die Räder kommen", was immer das bedeuten sollte.
Kalle war ganz still geworden, hatte Elisa aber auf allen Behördengängen begleitet und ihr Paket mit ihrer Aussteuer zur Post gebracht, die sie schon nach Berlin schickte.
Annerose hatte zusammen mit Elisa ein bisschen geweint. Anschließend hatten sie Abschied gefeiert, eine Flasche Wein zusammen geleert und sich gegenseitig versprochen die Freundin so oft wie möglich zu besuchen.

Es blieb nur noch, sich von Alfred zu verabschieden.
Elisa verabredete sich mit ihm, setzte sich zu ihm in den Käfer.
„Ich gehe nach Berlin, zu meinem Bruder."
„Ich habe mir schon gedacht, dass etwas nicht stimmt. Du hast dich in letzter Zeit kaum noch mit mir getroffen und warst so komisch."
„Ach Alfred, es tut mir leid."
„Ist schon gut, vielleicht komme ich dich ganz schnell in Berlin besuchen."
Elisa nahm seinen Kopf in beide Hände und küsste ihn auf den Mund. „Es würde mich nicht wundern, wenn du plötzlich vor meiner Tür stehen würdest. Ich schreibe dir ganz bestimmt. Mach es gut, du." Sie stieg entschlossen und auch erleichtert aus dem Auto.
„Eins will ich dir aber mal sagen", rief er ihr hinterher, als sie schon auf der anderen Straßenseite war. „Du bist die erste Perle, die mir einen Laufpass gibt. Ich glaube das geht gar nicht, woll."

An diesem Abend hatte Ilse ihre Tochter zum Zug begleitet.
„Und einen schönen Gruß an deinen Bruder, er soll auf dich aufpassen. Nachher kommst du mir doch noch unter die Räder."
Elisa hielt die ganze Zeit über nach ihrem Vater Ausschau. Er hatte sich nicht von ihr verabschiedet, sondern schon am Morgen das Haus verlassen. „Papa kommt wohl nicht mehr?"
„Nein, dein Vater sitzt in der Kneipe und lässt sich volllaufen. Er wird so schnell nicht nach Hause kommen." Ilse zögerte einen Moment. „Es ist ja keiner mehr da, der ihn aus der Kneipe holt", komplettierte sie den Satz.

***

Die Räder des Zuges ratterten, Elisa wischte sich energisch über das Gesicht. Wie hatte die alte Frau im Krankenhaus gesagt:
‚Leben ist Abenteuer'.
Ihr Leben würde ganz besonders und einzigartig werden. Was könnte die Zukunft für sie bereithalten? Sicher würde es nicht immer einfach sein, aber Elisa war überzeugt davon, dass sie ihr Leben meistern würde.

Ruhrpottliebe

„....und du kommst ganz bestimmt?" Annerose klang völlig aufgelöst, was zum einen an der schlechten Telefonverbindung, zum anderen an ihrem Zustand lag. Elisa versuchte beruhigend zu klingen. „Klar komme ich, das habe ich dir schon ein Dutzend Mal gesagt."
„Mein Brautkleid ist ein Traum, du wirst es sehen. Ich bin so aufgeregt", das hätte Anne nicht extra betonen müssen. Seit sie und Mario beschlossen hatten zu heiraten, schwankte sie permanent zwischen Euphorie und Panik hin und her.
Vor einiger Zeit war eine Karte von Annerose und Mario ins Haus geflattert.
Ihre Vermählung geben bekannt:
Annerose van der Heidt und Mario Meier

Elisa die nun seit fast einem Jahr in Berlin lebte, hatte sofort zugesagt, an der Hochzeit teilzunehme, obwohl sie die Hochzeitspläne es Pärchens eher skeptisch sah. Ihr war klar, dass ihre beste Freundin nur zu gern zu Hause ausziehen und so ihrem despotischen Vater entgehen wollte. Aber deshalb gleich heiraten? So etwas kam für sie überhaupt nicht infrage. In der Folgezeit warnte Elisa die Freundin oft genug davor, vorschnell zu heiraten, denn schließlich war die angehende Braut erst siebzehn Jahre jung. Die ließ sich aber weder von ihrer Freundin, noch von den Formalitäten, die es wegen ihrer fehlenden Volljährigkeit gab, abschrecken. Sie war wild entschlossen, mit Mario vor den Altar zu treten.
„Herrlich, endlich muss ich nicht mehr heimlich auf der Toilette rauchen, weil mein Vater sonst ausflippt. Ich muss nicht mehr alles essen, was auf den Tisch kommt und anschließend den Finger in den Hals stecken, damit ich mein Gewicht halte. Ich kann nach Hause kommen, wann ich möchte und niemand macht mir Vorschriften."

Elisa konnte nur hilflos mit dem Kopf schütteln. „Warum wartest du nicht, bis du achtzehn bist und ziehst dann einfach von zu Hause aus. Dann kannst du erst einmal allein wohnen und wirklich unabhängig sein. Einmal mit Mario verheiratet hast du wieder jemanden auf dem Hals, der dir Vorschriften macht."
Annerose ließ sich nicht beeindrucken. „Mario frisst mir aus der Hand, er würde mir niemals sagen was ich zu tun oder zu lassen habe."
„Ja dann …", Elisa gab es auf, die Freundin umstimmen zu wollen und hörte sich geduldig alles an, was es über die anstehende Hochzeit zu erzählen gab.

Jetzt fuhr der Zug in den Gelsenkirchener Hauptbahnhof ein. Elisa konnte sich noch gut an den Tag vor mehr als einem Jahr erinnern: Sie hatte ängstlich im Zug in Richtung Berlin gesessen und nicht gewusst, wie es weiter gehen würde. Doch bei der Ankunft wartete ihr Bruder bereits auf dem Bahnsteig, die Angst war wie weggeblasen. Peter hatte schon im Vorfeld alles organisiert, sodass die Geschwister sofort in die neue Wohnung einziehen konnten, die möbliert war. Das Zusammenleben gestaltete sich problemlos, da Peter als Kellner meistens abends, bzw. nachts arbeitete, während seine Schwester tagsüber im Büro tätig war. Oft sahen sich die Geschwister nur zwischen Tür und Angel. Einerseits war das schön, weil Elisa tun und lassen konnte, was sie wollte, andererseits fühlte sie sich oft allein. Zuweilen dachte sie mit Wehmut an ihren Gelsenkirchener Freundeskreis zurück. In Berlin kam sie sich viel anonymer vor, als das in ihrer Heimatstadt der Fall gewesen war.
In der letzten Zeit machte ihr einer von Peters Arbeitskollegen heftig den Hof. Sie traf sich oft mit ihm. Doch obwohl sich der junge Mann sehr um sie bemühte, wollte sich auch hier die große Liebe nicht einstellen. ‚Wahrscheinlich liegt es an mir', dachte sie häufig. ‚Sicher erwarte ich zu viel und deshalb klappt es nicht mit der Liebe.'

Inzwischen hatte der Zug gehalten, Elisa stieg aus und sah sich suchend um. Sie musste nicht lange schauen. Ihr Vater kam mit ausgebreiteten Armen auf sie zu. „Da bist du ja, Spatz."
„Es ist schön wieder zu Hause zu sein, Papa. Wartest du schon lange?"
„Eine Weile, aber das ist überhaupt nicht schlimm." Er ließ seine Tochter los und griff nach ihrem Koffer. „Den nehme ich, der ist viel zu schwer für dich."
Auf der Fahrt nach Hause schwärmte Kalle von der neuen Wohnung. „Du wirst es endlich selbst sehen, Spatz. Die Wohnung ist nicht mit der Bude zu vergleichen, in der wir gehaust haben. Sogar einen Balkon gibt es. Wir sind die ersten Mieter, das Haus ist nagelneu. Erstbezug …", er ließ das Wort genießerisch über seine Zunge rollen, wiederholte es noch einmal. „Erstbezug! Selbst deine Mutter ist zufrieden. Seit unserem Umzug hat sie noch keine Herzprobleme gehabt, was kein Wunder ist, denn auch finanziell geht es steil bergan. Wir haben uns, wie du siehst, sogar wieder ein Auto zugelegt. Wir verstehen uns auch wieder besser, du musst dir keine Gedanken machen", fügte er mit einem Seitenblick hinzu.
Wenig später hielt der alte VW-Käfer auf dem Parkplatz, der sich vor einem groß angelegten Plattenbau befand. „Hier sind wir also. Ist es nicht ein fabelhaftes Haus?"
„Ja, es sieht toll aus", murmelte Elisa nicht gerade begeistert. Sie konnte es sich nicht vorstellen hier zu leben.
„Es gibt sogar einen Fahrstuhl." Kalle stellte den Koffer ab und drückte auf den entsprechenden Knopf.
Elisa folgte ihm in die Kabine, wo er ein paar Papierschnipsel aufsammelte. „Ich bin hier der Hausmeister und für die Sauberkeit zuständig. Wir bekommen dafür einen Mietnachlass von fünfzig Mark. Monatlich!", erklärte Kalle, als er den Blick seiner Tochter bemerkte.
„Ihr müsst sicher das gesamte Treppenhaus putzen. Was sagt Mutter dazu?", fragte Elise interessiert.

„Nein, ich soll nur für Sauberkeit im Fahrstuhl sorgen. Deine Mutter will mir sogar helfen", Kalle warf sich in die Brust. „Und ich habe eine Kurbel für den Notfall. Falls der Fahrstuhl stecken bleibt bringe ich sie zum Einsatz."

„Das ist ja klasse", insgeheim war Elisa froh, nicht mehr im elterlichen Haushalt zu wohnen, sonst hätte wohl sie für die Sauberkeit im Fahrstuhl sorgen müssen. Ihre Mutter hatte von jeher ein Talent zu delegieren.

Inzwischen waren Vater und Tochter vor der Wohnungstür angelangt. Kalle steckte den Schlüssel ins Schloss, kam aber nicht mehr dazu, sie zu öffnen, denn Ilse riss die Tür von innen auf und begrüßte ihre Tochter ungewöhnlich herzlich. „Es freut mich sehr, dass du dich endlich einmal blicken lässt. Komm schon 'rein, ich will dir unsere neue Wohnung zeigen."

„Deine Mutter hat 'ne Menge neuer Möbel gekauft, sogar mein Lieblingssofa hat sie weggeschmissen, wo ich so eine schöne Kuhle reingelegen habe", brummelte Kalle empört, während er Mutter und Tochter hinterhertrottete.

***

„Hübsch siehst du aus, Spatz. Pass bloß gut auf dich auf", Kalle sah seine Tochter bewundernd an, die sich einmal um die eigene Achse drehte.

„Möchtest du nicht mitkommen und alle Jungen, die sich für mich interessieren verscheuchen? So wie früher", fragte Elisa grinsend.

„Darf ich ihnen in die Stola helfen, schöne Frau?" Galant legte ihr Kalle das selbstgehäkelte Teil um die Schultern, ohne auf ihren Kommentar einzugehen.

„Soll ich dich nachher nicht lieber abholen? Wir haben doch jetzt ein Telefon. Du kannst mich zu jeder Zeit anrufen, ich bin unter Garantie wach", fragte der besorgte Vater, als er seine

Tochter vor der Kirche absetzte, wo sich die Hochzeitsgesellschaft bereits versammelte.
Wieder musste Elisa grinsen. „Danke, Papa, es ist wirklich nett von dir, aber ich nehme mir einfach ein Taxi oder ich lasse mich von einem der schnuckeligen jungen Männer, die ohne Zweifel an meinem Tisch Schlange stehen nach Hause fahren", fügte sie nach einem boshaften Blick auf ihren Vater hinzu.
Der reagierte prompt. „Ich versohle dir gleich den Hintern, du freche Kröte. Mach mir die Jungen nicht verrückt." Mit einem Winken machte sich Kalle auf den Heimweg, während sich seine Tochter zu den Hochzeitsgästen gesellte.
„Hallo, Rosemarie", begrüßte sie Anneroses ältere Schwester.
„Hi, Elisa, darf ich dir meinen Mann vorstellen."
„Du eine Ehefrau? Das ist mir ganz neu. Herzlichen Glückwunsch nachträglich."
Von der Hochzeit ihrer Schwester hatte Annerose nichts gesagt. Gut, die Schwestern verstanden sich nicht so besonders, trotzdem hätte sie das Ereignis wenigstens erwähnen können.
Rosemarie musterte Elisa kalt. „Nettes Kleid, aber die Stola ... Meine kleine Schwester hat dir nichts erzählt? Sie ist manchmal etwas komisch. Das siehst du daran, dass weder du noch ich zu den Trauzeugen gehören. Das managt alles Marios Familie."
Irritiert schaute Elisa sie an, folgte dem Paar aber in die Kirche, wo die Hochzeitsgesellschaft zum größten Teil schon Platz genommen hatte. Zu den feierlichen Klängen der Orgel betrat das Brautpaar die Kirche. Elisa hielt die Luft an, denn Anne war eine wunderschöne Braut. Sie strahlte so viel Liebe und Lebensfreude aus, dass sie alle Blicke auf sich zog und man den schlecht frisierten Mario, der sich zu allem Überfluss nicht einmal rasiert hatte, völlig übersah.
Während der Trauung folgte Elisa mechanisch der Gottesdienstordnung und träumte ansonsten vor sich hin. Wie hübsch Anne doch aussah. Elisa wünschte ihr alles Glück der Welt. Insgeheim sehnte sie sich nach ihrem Traumprinzen, aber der wollte sich so

gar nicht einstellen. Der ständige Ehekrieg der Eltern und die schlimmen Erfahrungen, die sie hatte machen müssen taten ein Übriges. Sie hatte ihre Jungmädchenträume schon lange ad acta gelegt.
Die Messe ging erstaunlich schnell vorbei. Man begab sich zum Mittagessen in eine nahe gelegene Gaststätte. Hier hatte Elisa endlich Gelegenheit, die Freundin einen Moment in den Arm zu nehmen und ein paar Worte allein mit ihr zu wechseln. „Ich hoffe du bist glücklich. Du bist die allerschönste Braut der Welt. Mario hat ein sagenhaftes Glück. Du bist viel zu gut für ihn."
Annerose strahlte. „Hör auf, Mario ist der Richtige für mich. Ich liebe ihn und er betet mich an. Aber sag mal, du bist doch immer noch solo, nicht wahr?"
Elisa runzelte die Augenbrauen. „Sicher, aber das weißt du doch."
Die Braut lächelte geheimnisvoll. „Na, dann lass dich überraschen."
Bevor Elisa sie nach dem Sinn ihres mysteriösen Ausspruchs fragen konnte, entschwebte die Braut in einer Wolke von Tüll. Die verwirrte Freundin ging wieder an ihren Tisch, an dem auch Rosemarie und Klaus saßen. Jetzt allerdings hatte sich ein verspäteter Gast zu ihnen gesellt, der auf Elisas Platz saß und ihr den Rücken zuwandte.
„Entschuldigung, das ist eigentlich mein …", sie verstummte abrupt, denn der Mann hatte sich zu ihr umgedreht und feixte über das ganze Gesicht. „Hallo, Perle."
Elisa stand wie vom Donner gerührt. „Alfred Gimpel! Was machst du denn hier?"
Der so Angesprochene schaute sie belustigt an. „Rate mal. Was könnte ich hier wohl machen? Vielleicht die Hochzeit meines besten Freundes feiern?"
Elisa konnte es nicht glauben. Anne, dieses kleine, intrigante Biest, hatte mit keinem Wort erwähnt, dass auch Alfred an der Hochzeit teilnehmen würde. Obwohl, auf den Gedanken hätte

sie auch von allein kommen können, denn schließlich war er wirklich der beste Freund des Bräutigams. Eigentlich freute sie sich, ihren Exfreund wiederzusehen. „Dann erzähl doch mal, wie es dir geht. Warum kommst du so spät? Du bist zurzeit bei der Bundeswehr, nicht wahr? Wo bist du stationiert? Bist du schon befördert worden? Hast du eine Freundin?"

„Stopp", rief Alfred lachend. „Eins nach dem Anderen. Dass ich beim Bund bin weißt du ja. Ich habe mich für zwei Jahre verpflichtet, bin Gefreiter und in Norddeutschland stationiert. Deshalb komme ich auch später, bei der Bundeswehr kann man nicht immer wie man möchte. Ich hatte bis vor kurzem eine Freundin, mit der ich aber Schluss gemacht habe." Hier musste Alfred erst einmal Luft holen, denn das war eine ungewohnt lange Rede für ihn, der eher von der schweigsamen Art war. „So, jetzt bist du dran", fügte er nach einer kurzen Pause an. „Wie geht es dir so in Berlin?"

„Gut", Elisa kam nicht weiter, denn Rosemarie, die den Neuankömmling neugierig gemustert hatte, mischte sich ein. „Hey, ihr zwei, die Köpfe könnt ihr später noch zusammenstecken. Jetzt wollen wir erst einmal der Rede des Brautvaters lauschen und dann darf getanzt werden. Alfred, der erste Tanz ist ja wohl für mich, oder."

Wirklich hatte sich Anneroses Vater erhoben, um eine Rede zu halten. Elisa lächelte Alfred zu.

„Wir sprechen uns noch."

„Versprochen?"

„Ganz großes Ehrenwort."

Es wurde eine rundherum schöne Hochzeitsfeier. Wenn sich Rosemarie auch nach Kräften und sehr zum Missfallen ihres Ehemannes bemühte Alfreds Aufmerksamkeit auf sich zu ziehen, so hatte er doch nur Augen für seine Exfreundin. Das Brautpaar, welches sich zwischendurch kurz zu ihnen gesellte, wechselte einen bedeutungsvollen Blick. Beide grinsten über das ganze Gesicht, denn die Überraschung war ihnen gelungen.

Nach Ende der Feier stieg Elisa wie selbstverständlich zu Alfred ins Auto, um sich von ihm nach Hause bringen zu lassen. Vor der Haustür stellte er den Motor ab und nahm sie in den Arm. „Das wollte ich den ganzen Abend schon", murmelte er und küsste sie zärtlich. Elisa erwiderte seinen Kuss, der sich schön und vertraut anfühlte. Nach einer Weile ließ Alfred sie los. „Wir sehen uns morgen?", fragte er.

„Ja, ich bin noch die ganze Woche hier."

„Gut, dann hole ich dich morgen Nachmittag ab und wir frischen die alten Erinnerungen wieder auf. Ich freue mich."

***

Elisa bereitete sich vor: Heute sollte sie ihren zukünftigen Schwiegereltern vorgestellt werden und war entsprechend aufgeregt.

Während sie sich die Haare zu einer modischen Innenrolle föhnte, ließ sie das letzte halbe Jahr noch einmal Revue passieren. Nach Anneroses Hochzeit hatten sie und Alfred sich häufiger getroffen. Er besuchte sie so oft wie möglich in Berlin. Ihr Bruder Peter war zwar nicht begeistert von Alfred, aber er tolerierte den neuen Freund. Der gab sich alle Mühe, um Elisa zu gefallen, war zärtlich, zuvorkommend, ging auf alle ihre Launen ein. Er brachte ihr sogar hin und wieder Blumen mit, was eigentlich gar nicht seinem Naturell entsprach.

Einmal hatten sich die Neuverliebten in Hamburg getroffen. Dort verbrachten sie ein richtig schönes Wochenende, wobei sich auch das frischgebackene Ehepaar einklinkte. Es war wie in alten Zeiten: Annerose und Elisa unterhielten sich über Gott, die Welt und die neuste Schuhmode, während Mario und Alfred sich überlegten, wie sie ihre Autos tunen konnten.

„Wenn du in Gelsenkirchen wohnen würdest, dann können wir uns viel öfter sehen. Wäre das nicht schön?" Alfred versuchte ihr mit allen Mitteln den Umzug schmackhaft zu machen. Auch Annerose redete diesbezüglich auf die Freundin ein. Elisa über-

legte hin und her. Eigentlich fühlte sie sich in Berlin ganz wohl, konnte tun und lassen, was sie wollte, niemand mischte sich ein. Zudem verstand sie sich mit ihrem Bruder richtig gut, die Wohngemeinschaft funktionierte einwandfrei. Allerdings vermisste sie ihren Freundeskreis, besonders die beste Freundin fehlte. Hinzu kam, dass Alfred niemals aus dem Ruhrgebiet weggehen würde, jedenfalls nicht längerfristig. Er hatte sich sehr zu seinem Vorteil verändert, so wie er sich jetzt gab, gefiel er ihr wirklich gut. Letztendlich gab ihr Bruder den Ausschlag. Peter machte ihr klar, dass er nie vorgehabt hatte, für immer in Berlin zu bleiben. Auch er plante, sich über kurz oder lang in der alten Heimat niederzulassen. Einmal entschlossen fackelte Elisa nicht lange. Eine kleine Mansardenwohnung und ein Bürojob waren schnell gefunden. Der Umzug verlief reibungslos. Viel war sowieso nicht einzupacken. Ihr Vater richtete mit Elisa zusammen die neue Wohnung her und sponserte die Kücheneinrichtung. Kalle war nicht begeistert vom neuen und alten Freund seiner Tochter. „Hätte ich dich nach der Hochzeit mal abgeholt, wie ich es vorhatte. Spatz, ich glaube der Gimpel ist nicht der Richtige für dich. Das habe ich schon gedacht, als er mit den mickerigen Blumen auf dem Geburtstag deiner Mutter aufgetaucht ist."
„Aber Papa, er hat sich so verändert."
Ihr Vater blieb kritisch. „Wirklich verändern wird sich ein Mann niemals, das muss ich schließlich am besten wissen ..."
Ein paar Wochen nach ihrem Umzug überraschte Alfred sie mit einem Verlobungsring, den er ihr, ganz der Romantiker, während der Fahrt mit dem Auto an einer roten Ampel über den Finger streifte. „Wollen wir uns verloben?", war sein einziger Kommentar, dann wurde die Ampel auch schon grün und er trat das Gaspedal durch. Elisa wusste im ersten Moment nicht, was sie sagen sollte. So akzeptierte sie den Ring einfach wortlos.
Während ihre Mutter mit Begeisterung reagierte, stieß sie bei ihrem Vater und ihrem Bruder auf einige Ablehnung. „Wie

kannst du dich mit diesem Gimpel verloben, weiß du überhaupt, was du tust?"
„Die Welt ist voller Männer und du musst unbedingt DEN komischen Vogel anschleppen!"
Diese und ähnliche Kommentare musste sich Elisa in der Folgezeit anhören. Annerose und Mario allerdings fühlten sich ganz als Ehestifter und hätten am liebsten Standing Ovation zu der Verlobung geleistet.

Die Haare waren längst trocken, Elisa fixierte die Innenrolle mit einem ordentlichen Haarspraynebel. Die Frisur sollte schließlich den Antrittsbesuch bei den zukünftigen Schwiegereltern überstehen. Etwas seltsam kam es ihr schon vor, dass Alfred sich so viel Zeit gelassen hatte, ehe er sie seiner Familie vorstellte, denn schließlich waren sie beide nun schon eine ganze Weile verlobt. Strahlend verließ sie das Badezimmer und drehte sich vor Alfred, der nervös auf einer Sofakante hockte, im Kreis.
„Na? Was meinst du?"
„Ja, nett, aber dein Röckchen ist ziemlich kurz", murmelte er.
Elisa stutzte. Sonst hatte er nichts gegen kurze Röcke einzuwenden. Wahrscheinlich machte er sich einfach zu viele Gedanken über das anstehende Treffen und so ignorierte sie seine Bemerkung.
„Mein Vater ist blond, meine Mutter hat lange dunkle Haare", so hatte Alfred seine Eltern beschrieben. Also stellte sich Elisa ein nettes Pärchen mittleren Alters vor.
Als sich die Wohnungstür öffnete, war sie völlig überrascht. Die Frau, die in der Tür stand entsprach so gar nicht ihren Erwartungen. Käthe Gimpel war groß, grobknochig und hatte strähnige, dunkle Haare, die offensichtlich noch nie von einem Profi in Form gebracht worden waren. Mitten auf dem Kopf steckten ein paar völlig überforderte Kämmchen, die sich abmühten, die Haarpracht irgendwie aus dem Gesicht zu halten. Um die Karikatur zu vervollständigen, trug Alfreds Mutter einen

Polyesterpullover und dazu einen rosa Kittel, der den Zwickel ihrer Strumpfhose nur knapp verbarg.
„Guten Tag, Sie sind wohl Freddys neueste Freundin", sagte sie und gab Elisa kurz die Hand.
„Nein Mama, wir sind verlobt", korrigierte Alfred sie verlegen.
„So, so, kommen Sie herein."
Elisa betrat zögernd die Wohnung und wurde von der geballten Gimpelpräsenz fast erschlagen. Im Wohnzimmer saß nicht nur Gustav, Alfreds Vater, sondern auch noch seine Töchter Lara, Sylvia und Carmen, die sie alle miteinander neugierig musterten.
„Wenigstens haben die Töchter nicht alle einen rosa Kittel an", dachte Elisa amüsiert. Sie ließ sich ohne Aufforderung in einen Sessel sinken, wobei sie bemerkte, dass Vater Gimpel interessiert ihre Beine musterte. Auch Alfreds Schwestern musterten sie, aber weniger wohlwollend als der Vater. Alfred räusperte sich. „Das ist also meine Verlobte."
Schweigen.
Endlich meldete sich eine der Schwestern, in diesem Fall Sylvia, zu Wort. „Du hast doch letzte Woche gesagt, dass du niemals heiraten willst."
Lara, die Älteste führte den Gedanken weiter aus. „Musst du heiraten? Ist deine Freundin schwanger?"
Erleichtert bemerkte Elisa, dass wenigstens die Jüngste der Schwestern sich nicht zum Thema äußerte, sondern einfach weiter dümmlich grinste. Wieder räusperte sich Alfred, aber bevor er etwas sagen konnte, meldete sich seine Verlobte zu Wort. „Ich weiß nicht, was euer Bruder erzählt hat, aber ich bin definitiv nicht schwanger und würde deshalb auch nicht heiraten. Ich liebe Alfred. Das wäre für mich der einzige Grund um ihn zu heiraten." Diese Erklärung brachte ihr einen dankbaren Blick des überforderten Bruders ein. Vater Gustav rettete die Situation, indem er seine Frau aufforderte, endlich den „verdammten Kaffee" zu kochen.

Während Kittel-Käthe in die Küche huschte, erzählte Lara, die älteste Tochter, von ihrer Hochzeit. Sie war mit Roland, einem Bauarbeiter, verheiratet, der vor gut zwei Jahren eine Montagetätigkeit in Bayern ausübte. „Wat soll ich sagen, der Roland war Weihnachten damals so spitz, als er von der Montage nach Hause kam, da haben wir's ohne Pariser gemacht und – rums bums – schon war ich schwanger." Hier schaute sie kurz ihren Vater an, der zu ihren Ausführungen düster nickte.
„Wo ich doch immer wollte, dass du eine Tänzerin wirst. Und dann so was." Diese Bemerkung Gustavs wurde von dem unterdrückten Gekicher der beiden anderen Schwestern begleitet.
„Jedenfalls", fuhr die verhinderte Tänzerin fort, „wollte der Roland sofort mit Papa sprechen und um meine Hand anhalten, aber ich habe ihm das verboten. Ich habe ihm gesagt, dass mein Vater leicht wütend wird. Ich habe ernsthaft befürchtet, dass der Papa ihm an die Kehle geht."
Gebrummel von Gustav, Gekicher von den Schwestern.
„Ich habe mich aber nicht so richtig getraut mit Papa zu reden. Wir haben erst einmal das Aufgebot bestellt."
Hier unterbrach Elisa sie. „Und deine Mutter? Hast du ihr von der Schwangerschaft erzählt?"
Lara verdrehte die Augen. „Wenn ich daran noch denke. Wo mir die Mutti immer wenn ich das Haus verlassen habe hinterher geschrien hat, ich soll bloß aufpassen, damit ich nicht dick werde."
„Ist ja auch wahr, du blöde Kuh." Inzwischen hatte sich Käthe wieder zur übrigen Familie gesellt. Lara ließ sich nicht beeindrucken, sie erzählte weiter: „Wir haben also die Hochzeit geplant, bei Rolands Eltern, die wohnen in einem Zechenhaus mit einem großen Garten. Roland dachte wohl, dass ich mit Papa geredet hätte, und wunderte sich, dass mein Vater weiterhin nett zu ihm war."
Wieder Gebrummel aus Gustavs Ecke, Gekicher vom Sofa.

„Am Abend vor der Hochzeit habe ich dann den Stier bei den Hörnern gepackt. Papa, habe ich gesagt, morgen heirate ich und du bist herzlich eingeladen. Zuerst hat mein Vater ziemlich still dagesessen, dann hat er den Mund aufgemacht. Weil er sowieso schon knallrot angelaufen war, habe ich ihm auch gleich erzählt, dass ich schwanger bin."
„Und dann", fragte Elisa fasziniert.
„Dann bin ich schnell rausgegangen und habe bei Rolands Eltern übernachtet."
„Was ich jetzt wirklich wissen möchte ist, ob Sie an der Hochzeit teilgenommen haben, Herr Gimpel", sprach Elisa den leidgeprüften Vater an.
„Na ja", brummelte Gustav. „Ich habe auf den Schreck hin eine ganze Flasche Pernod ausgetrunken, fast auf ex. Am nächsten Morgen war ich noch so besoffen, dass ich nicht so richtig mitgekriegt habe, um wessen Hochzeit es sich überhaupt handelt." Er wies mit einem Kopfnicken auf seinen Enkelsohn, der ungerührt in einer Ecke des Wohnzimmers saß und mit seinen Legosteinen spielte. „Wenigstens ist der Bengel ganz gut geraten."
Elisa wusste nicht, ob sie laut lachen, oder sich über diese seltsame Familie wundern sollte. Alfred hätte sie wirklich vorwarnen können, fand sie.

„Wie du jetzt bestimmt gemerkt hast, ist mein Vater gewöhnungsbedürftig. Ich will es einmal so sagen: er hat andere Ansichten als andere Leute. Als wir noch klein waren, mussten wir bei Verwandtenbesuchen immer unter dem Tisch sitzen", erzählte Alfred auf der Rückfahrt.
Elisa sah ihn erstaunt an. „Ich verstehe nicht ganz."
„Na ja, wir haben die Oma oder eine Tante besucht. Mein Vater hat uns Kinder dort unter den Tisch gescheucht, kaum dass wir die Wohnung betreten hatten. Da mussten wir meist so lange sitzen bleiben, bis es wieder nach Hause ging."

„Musstet ihr auch unter dem Tisch essen?", fragte Elisa belustigt. Sie konnte diese Geschichte im ersten Moment gar nicht glauben.
„Sicher haben wir unter dem Tisch gegessen und wehe wir haben uns gemuckt", Alfred redete sich in Rage. „Du kannst dir nicht vorstellen, wie jähzornig mein Vater werden kann. Er hat mich mehr als einmal ganz fürchterlich geschlagen, als ich ein Kind war. Das war oft so heftig, dass ich mich vor lauter Horror nass gemacht habe. Einmal hat er mein Spielzeug zertreten, weil ich ihm zu laut war."
„Oh Alfred, unter dem Tisch sitzen wie ein Hund und geschlagen werden, das ist schlimm. Kein Wunder, dass du kaum ein Wort mit deinem Vater sprichst. Hast du deshalb so lange gezögert, bis du mich deinen Eltern vorgestellt hast?"
Alfred zuckte mit den Schultern. „Ja, zum Teil schon. Jedenfalls was meinen Vater anbetrifft, aber die Mutti ist eine tolle Frau, nicht wahr?"
Elisa schaute ihn ungläubig an. Kittel-Käthe eine tolle Frau? „Deine Mutter hat aber doch zugelassen, dass dein Vater dich geschlagen hat, oder?" Diese Bemerkung hätte sie lieber nicht machen sollen, Alfred wurde sofort laut. „Sag bloß nichts gegen meine Mutti, die hat überhaupt nichts machen können. Was weißt du denn schon." Er schien zu merken, dass er zu weit gegangen war, denn er legte Elisa die Hand auf das Knie und strich sanft an ihrem Bein entlang. „Nichts für ungut, aber ich mag es nicht, wenn jemand schlecht über meine Mutter redet. In meiner Familie gibt es nur drei kluge Leute. Mutti, meine Schwester Sylvia, denn sie hat eine abgeschlossene Verkäuferinnenlehre und mich."
„Ich finde deine Schwester Lara ganz knuffig", wagte Elisa einen zaghaften Einwurf.
Alfred blitzte sie von der Seite an. „Die blöde Kuh! Die hat sich doch von dem dämlichen Roland einfach anbumsen lassen. Macht einfach so ohne Pariser rum und kriegt ein Blag ..."

Elisa glaubte, ihren Ohren nicht zu trauen. Sie beschloss, es erst einmal gut sein zu lassen. Schließlich musste sie die Begegnung mit dem Gimpelclan und das eben Gehörte selbst erst verdauen. „Dabei habe ich immer gedacht, die Jollenbecks wären anders", murmelte sie.

Annerose konnte Elisas Bericht über den ersten Besuch bei ihren Schwiegereltern in spe nicht schocken. „Was meinst du, wie es in Marios Familie abgeht", erklärte sie trocken. „Letzte Woche ist seine fette Mutter an meinem Arbeitsplatz erschienen und hat mir einen Karton mit Dosensuppen auf den Schreibtisch geknallt. Sie meinte, ihr Sohn sähe unterernährt aus, seit er mit mir verheiratet wäre."
„Und? Hast du den kleinen Mario auch brav mit dem Zeug gefüttert?", fragte Elisa amüsiert.
„Den Teufel hab ich. Der haut mir die Suppenkelle um die Ohren, wenn ich ihm was aus der Dose vorsetzte. Ich habe das Zeug gleich im Müllcontainer der Firma entsorgt." Annerose seufzte. „So habe ich mir das nicht vorgestellt. Marios Mutter meint, dass ich in jeder Hinsicht keine Ahnung habe und mein Mann gibt ihr fast immer recht."
„Dann hättest du ihm die Dosensuppe auch zu essen geben können, schließlich kam sie von Mutti. Ich glaube unsere Männer ähneln sich ganz schön. Alfred hält große Stücke auf seine Mutter, was ich einerseits toll finde, andererseits aber nicht nachvollziehen kann. Seine Mutter ist eine unhöfliche, dümmliche Person, die in einem Kittel herumläuft und noch nie im Leben einen Frisiersalon von innen gesehen hat. Stell dir bloß mal vor; sie nennt ihren Sohn Freddy. Hinzu kommt, dass der alte Gimpel die Kinder oft böse verprügelt hat und sie ihnen nicht beigestanden hat."
Annerose sah, wie immer, alles positiv. „Wir müssen einfach abwarten, geduldig sein und daran arbeiten, dann kriegen wir

unsere Männer schon dazu, ihre Mütter zu sehen, wie sie wirklich sind."
„Meinst du?"
„Ja klar", Annes zweiter Vorname schien Optimismus zu sein, „und jetzt zeige ich dir mal, was ich mir für eine tolle Handtasche gekauft habe."

***

„In der nächsten Woche bringe ich meine Sachen vorbei und hänge sie in deinen Schrank", diese Worte, von Alfred geäußert, ließen Elisa erschreckt hochfahren.
„Was meinst du damit?"
„Wir wollen doch sowieso bald heiraten. Da kann ich auch gleich bei dir einziehen, woll."
Während sie die Bemerkung über eine baldige Hochzeit geflissentlich überhörte, überlegte sich Elisa den Vorschlag. Alfred, der immer noch bei der Bundeswehr diente, hielt sich sowieso das ganze Wochenende bei ihr auf. Offiziell wohnte er zwar bei seinen Eltern, ließ sich dort aber kaum blicken. Verständlich, denn er teilte sich das Kinderzimmer mit zwei Schwestern. Lediglich Lara, die Älteste, war verheiratet und hatte einen eigenen Hausstand. Wenn Alfred bei ihr einzog, könnten sie sich die Miete teilen. Stören würde er nicht weiter, da er die Woche über in der Kaserne war und das noch für fast ein Jahr. Später würde man weitersehen.
„Warum eigentlich nicht", antwortete sie deshalb, dachte aber insgeheim, dass Alfred sie hätte ein bisschen netter fragen können, schließlich setzte er sich ins gemachte Nest.

Genau das bemängelte Kalle, als seine Tochter ihm und Ilse vom bevorstehenden Zusammenleben mit Alfred berichtete. „Das passt dem Gimpel wohl gut in den Kram, was? An der Renovierung deiner Wohnung hat er sich nicht beteiligt, dazu war sich der Herr zu fein. Jetzt, wo alles fertig ist, will er sich dort breitmachen."

„Aber Kalle, der nette junge Mann liebt unsere Tochter eben und möchte mit ihr zusammen sein", flötete Ilse beschwichtigend.

„Das er mit ihr zusammen sein möchte bezweifle ich nicht, schließlich ist unsere Tochter ein bildschönes Kind", mit einem Seitenblick auf Elisa verstummte er abrupt, denn die funkelte ihn wütend an.

„Alfred ist vielleicht nicht der Hellste, aber er hat überhaupt nicht vor mich auszunutzen und er möchte mich gern heiraten."

„Heiraten, ach ist dat schön", jetzt war Ilse gar nicht mehr zu bremsen. „Das Brautkleid bezahlen natürlich wir, aber ich suche es aus. Den Polterabend bezahlen auch die Brauteltern …"

„Halt, Mutter", Elisa bedauerte zutiefst, das H-Wort überhaupt ausgesprochen zu haben. „Alfred ist es, der davon redet. Ich habe über eine Hochzeit noch gar nicht nachgedacht. Wenn es so weit ist, könnt ihr das Brautkleid gerne bezahlen, aber aussuchen werde ich es mir selbst."

Ilse war nicht zu bremsen. „Dann muss ich unbedingt deine zukünftigen Schwiegereltern kennenlernen", und an Kalle gewandt: „Was meinst du, Karl? Sollten wir die Gimpels einfach einmal besuchen?"

Der leidgeprüfte Ehemann legte ihr begütigend die Hand auf den Arm. „Bleib ganz ruhig, Liebes. Unsere Tochter wird uns rechtzeitig Bescheid geben, wenn sie wirklich heiraten möchte. Bis dahin solltest du alles auf dich zukommen lassen und nicht die Pferde scheu machen. Vielleicht lernt sie ja auch noch einen richtig netten jungen Mann kennen", setzte er hoffnungsvoll hinzu.

Elisa schaute ihn irritiert an, ging aber nicht auf seine Bemerkung ein. „Ich halte es nicht für eine gute Idee, die Gimpels einfach so zu besuchen, Mutter. Die Familie ist, hm, ja … etwas gewöhnungsbedürftig."

„Ich bin einiges gewöhnt, dein Vater hat mich im Leben schließlich nicht auf Rosen gebettet." Ilse konnte sich diesen Seitenhieb nicht verkneifen. Kalle zuckte mit den Schultern, derartige Bemerkungen prallten von ihm ab. „Liebes, Rosen sind viel zu teuer. Nelken tun es auch."
„Jedenfalls ist es besser, wenn du mir vorher Bescheid gibst, falls du die Gimpels doch noch besuchen möchtest", mit diesen Worten schloss Elisa die Unterhaltung zu diesem Thema ab.

Alfred zog wenig später bei ihr ein, was nicht mehr bedeutete, als dass er seine restliche Kleidung in die frei geräumten Regale ihres Kleiderschranks sortierte. Hinzu kam eine Tüte mit schmutziger Wäsche und das war es auch schon. Sonst blieb alles beim Alten.

***

An diesem Wochenende waren die Freundinnen Strohwitwen, beide Männer kamen über das Wochenende nicht nach Hause. Alfred schob Wache und sein Freund arbeitete auf der Baustelle. So nutzten Annerose und Elisa die Gelegenheit, um sich im Altstadtkaffee in der Innenstadt zu treffen und ein gemütliches Pläuschchen zu halten. Prüfend musterte Elisa ihre Freundin, die nervös und abgespannt wirkte. „Du hast dich in letzter Zeit rargemacht. Geht es dir gut?"
„Ja, schon", kam es gedehnt zurück, während Annerose sich ein mühsames Lächeln abrang.
„Komm schon, was ist los? Mir kannst du nichts vormachen, dazu kennen wir uns zu lange. Hast du immer noch Probleme mit Marios Mutter? Ich dachte bisher, dass du sie eher komisch findest."
Annerose zündete sich eine Zigarette an und seufzte tief. „Es ist ja nicht nur Marios Mutter, auch er hat sich so verändert."
„Er hat einen neuen Job als Eisenstreicher, nicht wahr?"

„Ja, er verdient richtig viel Geld, aber die Arbeit ist auch gefährlich und stressig. Er ist die Woche über auf Montage. Kommt er am Wochenende nach Hause, dann ist er schlecht gelaunt und geht wegen jeder Kleinigkeit in die Luft. Man kann nichts mehr mit ihm unternehmen, er will seine Ruhe haben. Eine schnelle Nummer schieben, fernsehen, die Füße auf den Tisch legen, pennen und rummeckern, mehr tut er nicht. Alleine ausgehen soll ich nicht, dann wird er aus Eifersucht zum wilden Tier. Ich bin heilfroh, dass er an diesem Wochenende nicht nach Hause gekommen ist."

Elisa runzelte die Stirn. „Vielleicht ist der Job zu viel für ihn. Es kann vielleicht sein, dass er nicht alles auf die Reihe kriegt und das nicht zugeben möchte."

Annerose quetschte ihre Zigarette im Aschenbecher aus. „Er soll sich nicht so anstellen. Von dem, was er als Autoschlosser verdient hat, könnten wir uns nie ein Haus kaufen. Du weißt doch, dass mein Vater Wert auf Eigentum legt. Da muss Mario schon mal etwas leisten."

Einen Augenblick lang wusste Elisa nicht, was sie sagen sollte. Sie mochte Annerose gern, aber zuweilen konnte sie die Freundin nicht verstehen. „Anne, wenn er mit seiner Arbeit nicht klarkommt, dann müsst ihr halt auf einiges verzichten. Euer Glück ist doch wichtiger, als es jedes Haus sein könnte. Ich denke du hast geheiratet, um endlich nicht mehr von deinem Vater gegängelt zu werden. Jetzt lässt du dich schon wieder beeinflussen."

Elisa hatte offensichtlich einen Nerv getroffen, denn die Freundin funkelte sie wütend an. „Du hast es nötig mir Ratschläge zu geben, du wirst ja selber so was von beeinflusst. Dir hat dein Freddy erzählt, dass er gerne bei dir einziehen und dich heiraten möchte, dabei war er zu Hause rausgeflogen. Er wusste einfach nicht wohin."

„Bitte, was ist los?"

Anne, sichtlich erschrocken über ihren Ausbruch, klappte den Mund zu. „Mist, jetzt habe ich Mist gebaut. Mario hat mir das schon vor einiger Zeit erzählt."
„Was hat Mario dir erzählt? Wo du einmal angefangen hast, kannst du mir auch alles erzählen, was du weißt."
„Ja also Mario hat mir erzählt, dass Alfred ihm erzählt hat …"
„Anne – WAS?"
„Der alte Gimpel ist auf seine Tochter Sylvia losgegangen. Sie hatte ihn wohl irgendwie geärgert und er fing an auf sie einzuprügeln. Alfred ist dazwischen gegangen, hat ihm die Hände festgehalten. Daraufhin hat der Alte ihn rausgeschmissen." Anne schaute ihre Freundin prüfend an und redete schnell weiter. „Aber sicher hätte Alfred dich sowieso gefragt, ob ihr nicht zusammenziehen solltet, schließlich liebt er dich. Dass sein Vater ihn ausgerechnet zu dem Zeitpunkt rausgeschmissen hat, war ein dummer Zufall. Bitte schau mich nicht so an, ich bin manchmal echt eine blöde Ziege."
Elisa war wie vor den Kopf geschlagen. Ihr hatte Alfred vorgemacht, dass er gerne mit ihr zusammenziehen wollte, weil er sie liebte. In Wirklichkeit war er schlicht und ergreifend zu Hause hinausgeflogen und hatte eine kostengünstige Bleibe gesucht. Das musste sie erst einmal verarbeiten, aber vor allem musste sie ein klärendes Wort mit Alfred reden. „Ist schon gut, Anne. Ich bin froh, dass du mir das erzählt hast. Früher oder später hätte ich's sowieso herausbekommen. Weißt du was, Perle, wir machen uns jetzt einen richtig schönen Abend, ohne Männer, mit denen hat man sowieso immer nur Ärger."
In diesem Punkt waren sich die Freundinnen einig.

Am nächsten Wochenende hatte Alfred keinen Dienst. Er trudelte schon an Freitagnachmittag in Gelsenkirchen ein. Am liebsten hätte Elisa ihn sofort zur Rede gestellt, wartete aber auf einen günstigen Augenblick.

Wenn Alfred bemerkte, dass sie etwas bedrückte, so ließ er sich das nicht anmerken. Er knubbelte seine mitgebrachte Schmutzwäsche vor der Waschmaschine zusammen, anschließend machte er es sich vor dem Fernseher bequem. Elisa ärgerte sich schon die ganze Zeit über dieses Verhalten, hatte aber bis dato nichts dazu gesagt. Heute war das der Tropfen, der das Fass zum Überlaufen brachte.
„Sag mal, mein Bester, was soll jetzt mit deinen schmutzigen Plörren passieren?"
Alfred schaute kurz von seinen Schnittchen auf. „Du musst sie schnellstens waschen, wie immer, denn ich nehme sie am Sonntagabend wieder mit."
„Das ist nicht dein Ernst, oder? Ich kann dir gerne zeigen, wie man eine Waschmaschine bedient, das ist gar nicht schwer. Immerhin habe ich auch einen anstrengenden Arbeitstag hinter mir und jetzt ist Feierabend."
Alfred grinste. „Anstrengenden Arbeitstag? Du sitzt doch bloß im Büro herum. Also stell dich nicht so an. Was ist denn heute wieder mit dir los? Kriegst du die Tage oder was?", mit diesen Worten widmete er sich wieder dem Fernseher und seinen Butterbroten.
Elisa wollte nicht glauben, was sie da hörte. „Pass mal auf, Freddylein! Wenn es dir zu viel ist, deine Wäsche selbst zu machen, dann bring sie doch zu deiner Mutter, die arbeitet überhaupt nicht. Sie freut sich sicher über ein wenig zusätzliche Bewegung."
Langsam stellte Alfred seinen Teller ab und maß die Widerspenstige mit frostigen Blicken. „Meiner Mutti kann ich das nicht zumuten. Sie hat genug zu tun. Überhaupt, wozu wohne ich hier, wenn du nicht einmal das bisschen Wäsche fertigmachen kannst."
„Ich glaube ich spinne! Erst nistest du dich hier ein, machst mir was von großer Liebe vor, obwohl du zu Hause rausgeflogen bist und bloß auf die Schnelle eine Bleibe gesucht hast. Jetzt soll

ich auch noch deinen Dreck wegmachen?" Elisa hatte alle guten Vorsätze vergessen und pumpte sich immer weiter auf, während Alfred gar nicht so richtig wusste, wie ihm geschah. „Es wird das Beste sein, wenn du mitsamt deiner dreckigen Unterhosen wieder zu Mutti verschwindest! Was glaubst du eigentlich, wen du vor dir hast, du dämlicher Sack!"
Alfred stand wortlos auf und zog seine Jacke an, während Elisa ihm zitternd vor Wut und Frust hinterherlief. „Verschwinde bloß, du...du..."
„Ja dann gehe ich wohl besser", mit diesen Worten verließ er die Wohnung.
Elisa starrte fassungslos die geschlossene Wohnungstür an. Was fiel diesem Typen eigentlich ein? Er ging einfach weg, wo sie so schön in Fahrt gekommen war. Andererseits hatte sie ihn ja eigenhändig vor die Tür gesetzt. Unwillkürlich stürzten ihr die Tränen aus den Augen. Sie hatte Alfred doch gern. Was, wenn er sie jetzt für immer verlassen würde? Sie hockte sich in eine Ecke des Korridors und heulte Rotz und Wasser, sodass sie das zaghafte Klopfen an der Wohnungstür zunächst überhörte. Schließlich putzte sie sich Augen und Nase in Ermangelung eines Taschentuchs am Blusenärmel ab, rappelte sich auf und öffnete die Tür. Alfred stand ziemlich bedröppelt davor, steckte ihr die Hand entgegen. Elisa fiel ihm um den Hals. „Das habe ich doch überhaupt nicht so gemeint."
Alfred drückte sie an sich. „Ich doch auch nicht."
Als sie später aneinander gekuschelt im Bett lagen und den Schleudergeräuschen der Waschmaschine lauschten, die sie gemeinsam beladen hatten, wurde Alfred richtig romantisch. „Wenn wir sowieso zusammenwohnen, dann können wir auch heiraten. Was hältst du von meinem Geburtstag. Das wäre doch ein prima Termin."
Elisa setzte sich auf. „Aber das ist schon in drei Monaten! Ob ich das schaffe? Schließlich muss ich ein vernünftiges Hochzeitskleid haben."

„Heißt das ja?"
„Ja, ja, ja, du dummer Kerl!" Sie umarmte ihn stürmisch.
„Na, da habe ich ja richtig Glück gehabt, dass die Haustür abgeschlossen war", brummelte Alfred in seinen nicht vorhandenen Bart.
„Was heißt das jetzt wieder?", Elisa runzelte die Stirn. „Bist du nur wieder zurückgekommen, weil die Haustür abgeschlossen war und du keinen Schlüssel hattest? Gar nicht, weil du dich mit mir vertragen wolltest???"
„Ja, nein, ja … ne, wir wollen jetzt nicht zanken. Wo wir schon den Hochzeitstermin festgelegt haben, woll." Das wurde alles zu kompliziert für Alfred. Er nahm seine Braut in den Arm und die vergaß kurzfristig alle Beziehungsprobleme.

„WAS? Das ist nicht dein Ernst!" Kalle war zutiefst entrüstet. Elisa hatte ihren Eltern gerade von den Hochzeitsplänen erzählt. Während Ilse über das ganze Gesicht strahlte und ihr „Oh, is dat schön" heraustrompetete, konnte Kalle sich überhaupt nicht beruhigen. „Die Welt ist voller netter Männer und du musst unbedingt einen Gimpel heiraten?" Er schüttelte resigniert den Kopf.

„Es hat also geklappt!" Annerose war begeistert, schließlich hatte sie die beiden wieder zusammengebracht.
„Ja, du olle Kupplerin. Du und Mario werdet unsere Trauzeugen." Prüfend schaute Elisa ihre Freundin an. „Wie sieht es denn so zwischen euch aus? Hat sich alles wieder eingerenkt?"
Die Antwort kam zögerlich: „So richtig nicht. Ich versuche im Moment jedem Konflikt aus dem Weg zu gehen, denn Mario hat letztens aus lauter Wut die Schlafzimmertür eingetreten."
Elisa war entsetzt. „Was hat er? Das glaube ich nicht, er ist doch immer so ruhig und beherrscht."
„Das denkst du nur, meine Liebe. Nach außen hin wirkt Mario ruhig. Wenn er aber einmal die Beherrschung verloren hat, dann

kann er sich nur schlecht kontrollieren. In letzter Zeit neigt er zum Jähzorn."
„Anne, das darf doch nicht wahr sein. Du sagst er habe eine Tür eingetreten?"
„Ja, wir haben im Wohnzimmer herumgealbert. Eigentlich war er gut drauf. Ich muss ihm wohl aus Versehen wehgetan haben, jedenfalls ist er aufgesprungen und hat mir eine Backpfeife verpasst. Du kannst dir vorstellen, wie erschrocken ich war."
„Er hat dich geschlagen?", Elisa traute ihren Ohren nicht, während Annerose weiter erzählte.
„Ach, nicht so doll, das war auch wohl eher ein Reflex. Jedenfalls habe ich es mit der Angst zu tun gekriegt und mich im Schlafzimmer eingeschlossen. Mario hat von außen an die Tür gehämmert und geschrien, ich solle gefälligst aufschließen. Das habe ich nicht getan, da hat er die Tür eingetreten."
„Und was dann?"
„Dann hat der Nachbar von unten geklingelt. Er war ziemlich sauer wegen des Lärms. Mario hat ihn beschwichtigt. Anschließend hatte er sich wieder unter Kontrolle."
„Anne, das geht gar nicht. Der Typ kann doch nicht so hochgehen. Er hat dich geschlagen und eure Schlafzimmertür ramponiert. Hat er sich wenigstens hinterher entschuldigt?"
Annerose wirkte ganz cool. „Er hat mich gar nicht richtig geschlagen, er hat bloß reflexartig ausgeholt, weil ich ihm wehgetan habe. Klar hat ihm das hinterher furchtbar leidgetan. Ich muss lernen ihn nicht zu reizen."
„Meinst du, dass das eine Lösung ist? Du kannst doch nicht zu allem Ja und Amen sagen. Selbst wenn du das ernsthaft versuchst, so glaube ich nicht, dass du auf Dauer zu einem sanftmütigen Lämmchen mutierst. Das bist einfach nicht du."
Annerose lächelte schief. „Danke, wat trinkste. Was bleibt mir übrig? Ich hoffe, dass sich Mario mit der Zeit wieder einkriegt und genau so lieb und nett wird, wie vor unserer Hochzeit. Er hat einfach so viel Arbeitsstress, daran liegt das. Jetzt lass uns

lieber über eure Hochzeit reden. Du wirst das Brautkleid ja wohl nicht ohne deine beste Freundin aussuchen, oder."

***

Der große Tag kam schneller, als die Braut es für möglich gehalten hatte.
Ilse und Kalle hatten den, wie sie fanden, nötigen Kennenlernbesuch bei Elisas zukünftigen Schwiegereltern in Angriff genommen und waren geschockt: „Kind, ich bin allerhand gewohnt, aber diese Gimpels…", sagte Ilse entrüstet.
Käthe hatte sie mit den Worten „ach, sie sind das" empfangen und direkt noch einmal nachgefragt, ob ihr Freddy Vater würde. „Warum sollte er ihre Tochter sonst heiraten?"
 Die nicht auf den Mund gefallene Ilse war erst einmal sprachlos, erholte sich aber schnell. Sie gab die Spitze gekonnt zurück. „Ich verstehe auch nicht, was meine Elisa an ihrem Sohn findet. Sie könnte wirklich eine bessere Partie machen, schließlich arbeitet sie in ihrem Büro mit etlichen Ingenieuren zusammen."
Es wurde ein Nachmittag mit Kaffee, Kuchen und jeder Menge Gift von beiden Seiten. Man trennte sich mit dem festen Vorsatz, sich möglichst aus dem Weg zu gehen.
„Gut, dass die Hochzeitsgesellschaft recht groß ist, so haben wir mit dieser unsäglichen Familie nicht so viel zu tun", meinte Ilse auf dem Nachhauseweg.
Kalle, der versucht hatte, sich mit Gustav zu unterhalten, war ganz ihrer Meinung. „Siehst du, Ilsekind, das ist die ganze Zeit mein Reden. Wie der Vater, so der Sohn. Dieser Gustav Gimpel stößt mir sauer auf, ganz wie sein Sohn. Wenn unser Kind den Schritt nicht bereuen wird."
Die standesamtliche Trauung fand zwei Tage vor Alfreds Geburtstag im kleinen Kreis statt. Nach der schmucklosen Zeremonie ging das frischgebackene Ehepaar mit den Eltern und Schwiegereltern essen. Anschließend trennte man sich, froh diese Klippe einigermaßen spannungsfrei umschifft zu haben.

Heute sollte die kirchliche Trauung samt der anschließenden großen Hochzeitsfeier sein.

Ilse, die sich als geniale Hochzeitsplanerin entpuppte, hatte schon in Vorfeld ihre Verwunderung darüber geäußert, dass Alfred außer seinen Eltern und Geschwistern keine Verwandten einladen wollte. Immerhin hatte er eine Großmutter und jede Menge Onkel und Tanten. Elisa hatte ihn nach und nach in ihre Verwandtschaft eingeführt, wogegen er sich in dieser Beziehung verschlossen wie eine Auster gab.

„Sag mal, Alfred, willst du deine Oma nicht zu unserer Hochzeit einladen? Es ist schon seltsam genug, dass wir sie noch nie besucht haben, mal abgesehen von den Geschwistern deiner Eltern. Hast du nicht erzählt, dass dein Vater vier Schwestern hat und deine Mutter zwei Schwestern und zwei Brüder?"

„Ja, schon", antwortete Alfred abweisend.

„Was heißt das?", bohrte Elisa weiter. „Sollen wir also eine Einladung für deine Oma fertigmachen und für deine Onkeln und Tanten auch?"

„Das lässt du schön bleiben", Alfred wurde energisch. „Die Mutti versteht sich nicht so richtig mit der Familie. Die sind alle bekloppt."

„Heißt das, dass deine Mutter sich mit der kompletten Familie verzankt hat? Einschließlich ihrer eigenen Mutter? Besuchst du deshalb deine Oma nicht?" Elisa wollte es nicht glauben.

Alfred verdrehte genervt die Augen, sah aber ein, dass hier Erklärungsbedarf bestand. „Die Schwestern von meinem Papa sind alle vier eifersüchtig auf Mutti. Sie konnten es nicht haben, dass Mutti als Erste einen Pelzmantel bekommen hat. Da hat sie ihnen kräftig die Meinung gesagt. Was die Geschwister meiner Mutti anbetrifft, so hat die Oma denen immer mehr zugesteckt als ihr."

„Lass mich raten … da hat Mutti ihnen kräftig die Meinung gesagt und jetzt sind sie alle miteinander verzankt. Trotzdem finde ich das Ganze krass. Schließlich ist es doch ihre Mutter. Weißt

du, ich habe lange Zeit gar kein gutes Verhältnis zu meiner Mutter gehabt, aber irgendwann muss es einmal gut sein. Was nutzt es, immer in der Vergangenheit herumzustochern? Wenn wir wenigstens deine Oma einladen, dann renkt sich vielleicht alles wieder ein."
„Das glaube ich nicht. Die sprechen seit über zehn Jahren allesamt nicht mehr miteinander."

Ansonsten hatte Ilse alles genau getimt. Sie sorgte für den angemessenen Rahmen der Feier, buchte einen Saal in einem zum Restaurant umgebauten Schlösschen ganz in der Nähe. Sie kümmerte sich um den Sektempfang, das anschließende Menü und die drei Mann Combo, die zum Tanz aufspielen sollte. Sie ließ sogar Platzkarten drucken, war allerdings völlig echauffiert, weil sich letztendlich niemand an die Sitzordnung hielt. Alles war perfekt geplant, die Hochzeit konnte starten.

Den Friseurtermin hatte Elisa schon ganz früh am Morgen wahrgenommen und ließ sich jetzt von ihrer Freundin den Schleier aufstecken. „Stell dir bloß mal vor", erzählte sie, während Annerose mit dem Schleier beschäftigt war. „Die Gimpels haben sich überhaupt nicht gemuckt. Alfred ist zu Mutti gefahren und hat ihr erzählt, dass wir heiraten. Wie sie reagiert hat, das hat er mir vorsichtshalber nicht erzählt, aber ich kann es mir vorstellen: Jetzt ist deine Verlobte doch schwanger! Diese Frau hat eine Schwangerschaftsphobie. Meine Eltern sind einmal zum Kennenlernen dort gewesen, aber über den Nachmittag wollen wir lieber nicht reden. Gimpel versus Jollenbeck … die beiden Mütter müssen in ihrem Element gewesen sein, während die Väter sich anschwiegen. Jedenfalls habe ich den Clan erst am Polterabend wiedergesehen."
Annerose kicherte. „Nach den Trauermienen zu urteilen, die deine Schwiegereltern am Polterabend gezogen haben, nahmen sie eher an einer Beerdigung teil. Wenigstens war deine jüngste

Schwägerin lustig, die hat sich offensichtlich völlig betrunken."
„Ja und anschließend hat sie meinen Eltern auf den Teppich gegöbelt. Klasse, was."
Ilse und Kalle hatten dem Brautpaar die jollenbecksche Wohnung für die Feier zur Verfügung gestellt, nicht ahnend, dass die Familie Gimpel die Gelegenheit nutzen und sich gemeinschaftlich die Kante geben würde. Selbst Alfreds Kollegen waren beeindruckt von der Trinkfestigkeit des Gimpelclans. Nur Carmen, die jüngste Tochter, schien noch nicht so hart im Nehmen wie die übrigen Familienmitglieder zu sein. Sie hatte ihren Mageninhalt plötzlich und unerwartet auf dem guten jollenbeckschen Wohnzimmerteppich ausgeleert, was die Familie Gimpel nicht weiter belastete. Man war gut gelaunt und ohne die sturzbetrunkene Carmen nach Hause geschaukelt. Ilse hatte den Teppich so gut es ging gereinigt und das Mädchen ins Gästezimmer verfrachtet, wo es seinen Rausch ausschlief.
„Jedenfalls hat Kittel-Käthe mir angedroht, um Mitternacht meinen Schleier zu zerreißen. Sie meint, das wäre eine Tradition. Weiß der Himmel, wo dieser Brauch her ist. Ich möchte meinen Schleier jedenfalls behalten", murmelte Elisa konsterniert. „Sie hätte lieber so entschlossen auf ihre Tochter aufpassen sollen, dann müsste Mutters guter Teppich jetzt nicht in die Reinigung."
Annerose rollte mit den Augen. „Das lass mal meine Sorge sein. Keiner aus dem Clan wird deinen Schleier in die Finger kriegen." Sie klatschte in die Hände. „Fertig, wenn du jetzt auch noch lächelst, dann bist du eine wunderhübsche Braut."

Wirklich sorgte Annerose dafür, dass kein reißwütiges Mitglied des Gimpelclans den Brautschleier in die Hände bekam. Im entscheidenden Augenblick nahm sie das Teil über den Arm und zog sich diskret in den Hintergrund zurück.
Von der eigentlichen Trauung bekam Elisa vor lauter Nervosität gar nicht so viel mit. Sie sagte im entscheidenden Augenblick laut und deutlich „ja", ansonsten konzentrierte sie sich darauf,

nicht aus Versehen auf den Saum ihres Hochzeitskleides zu treten und wohlmöglich die Treppe zum Altar erst hinauf- und anschließend hinunterzupurzeln. Erst als alles vorbei war und sie beim anschließenden Sektempfang die Glückwünsche ihrer Gäste in Empfang nahm, konnte sie sich ein wenig entspannen.
Nachdem die Mittagstafel aufgehoben war, ging es an den obligatorischen Hochzeitstanz. Das Brautpaar hatte im Vorfeld fleißig geübt, deshalb brachten es den Schneewalzer einigermaßen gekonnt hinter sich. Danach löste sich Alfred schnell von seiner Braut. „Du weißt ja, ich bin kein großer Tänzer."
Elisa hatte damit gerechnet. „Ist schon gut, den ersten Tanz hast du bravourös durchgestanden. Vielleicht tanzt du nachher noch einmal mit mir." Sie hatte ihren Bruder länger nicht mehr gesehen und hakte sich bei ihm unter. „Was meinst du, Peter, wagen wir zwei uns auf die Tanzfläche?"
Er grinste sie an. „Wie in alten Zeiten? Aber immer doch."
Während die beiden über die Tanzfläche wirbelten, konnte er sich einen kritischen Kommentar nicht verkneifen. „Wie bist du bloß auf die Idee gekommen, den dümmlichen Freddy zu heiraten? Der ist niemals der Richtige für dich."
„Wenn du der Meinung bist, dann musst du mich nachher entführen und so gut verstecken, dass Alfred mich nicht wiederfindet." Elisa hatte beschlossen, sich die gute Laune heute nicht verderben zu lassen.
Peter hielt einen Augenblick inne, schaute sie aufmerksam an. „Du wirst irgendwann an meine Worte denken, meine Kleine."
Dann war der ernste Augenblick vorbei, er wirbelte Elisa wieder im Kreis herum.

Als Elisa sich schließlich nach der Feier erschöpft, aber glücklich in ihr Bett kuschelte, dämmerte bereits der Morgen. Sie schloss die Augen und lächelte, denn sie hatte einen kleinen Sieg errungen; ihr Schleier lag wohlbehalten auf der Kommode, den hatte Kittel-Käthe nicht in die Finger bekommen …

***

„Elisa Gimpel, daran werde ich mich niemals gewöhnen", Kalle schaute seine Tochter todtraurig an. „Hättest du nicht wenigstens einen Doppelnamen führen können, wenn der Gimpel schon nicht einsichtig genug war um unseren schönen Namen anzunehmen?"

„Aber Papa, wie klingt denn das? Elisa Gimpel-Jollenbeck. Das geht doch gar nicht."

Kalle seufzte. „Du wirst es schon noch mitkriegen, Gimpel – der Name ist Programm."

„PAPA!"

„Ist ja gut. Es lässt sich sowieso nicht mehr ändern. Obwohl …"

„Kalle, lass den netten jungen Mann in Ruhe", rief Ilse ihren Mann zur Ordnung. Es war erstaunlich, wie vehement sie Alfred verteidigte.

„In meiner eigenen Wohnung werde ich immer noch meine Meinung sagen dürfen. Überhaupt ist der junge Mann nicht hier, also kann er nicht beleidigt sein. Aber ich wollte dir etwas ganz anderes erzählen, Spatz", jetzt strahlte Kalle wieder. „Dein Bruder trägt sich mit der Absicht, wieder nach Hause zu kommen. Er möchte hier in der Nähe eine Gaststätte eröffnen. Ich denke, dass ich das passende Objekt für ihn gefunden habe."

Das waren allerdings Neuigkeiten, die Elisa begeisterten. „Das höre ich gern. Was ist das denn für ein Objekt und wann kann Peter wieder hier herziehen?"

„Alles hängt von ihm ab. Die Gaststätte steht schon länger leer, ist jederzeit wieder zu eröffnen. ‚Zum Horster Eck', du kennst sie. Ich habe bereits bei der Brauerei vorgefühlt und den Weg für deinen Bruder geebnet."

„Aber Papa, die olle Kneipe ist schon wer weiß wie lange zu. Da ist bis jetzt jeder Pächter pleitegegangen. Das kann nicht dein Ernst sein!"

Kalle ließ sich in seiner Begeisterung nicht stoppen. „Natürlich werde ich deinen Bruder tatkräftig unterstützen. Schließlich habe ich einige Erfahrung in der Gastronomie gesammelt."

‚Wie kann man nur derartig unter Gedächtnisschwund leiden', dachte Elisa verblüfft. Schließlich waren Kalle und Ilse mit ihrer Gaststätte kläglich gescheitert. Allerdings sprach sie den Gedanken nicht laut aus. „Peter wird schon die richtige Entscheidung treffen", sagte sie stattdessen. Ihr Bruder war alt genug um zu wissen was er tat.

Im Moment lag ihr sowieso etwas anderes am Herzen: „Mutter, zu meinem Geburtstag wird der komplette Gimpelclan auflaufen. Sylvia, die Zweitälteste hat einen neuen Freund und bringt ihn mit. Würdest du mir mit dem Buffet helfen? Alles soll perfekt sein."

„Aber natürlich, Kind", Ilse gab sich erstaunlich kooperativ. „Wir werden ein Buffet zaubern, das den Gästen die Augen überlaufen lässt."

Kalle grinste. „Deine Mutter ist eine gute Köchin, wenn sie will."

„Was soll das schon wieder heißen: Wenn sie will? Bist du mit meiner Küche nicht zufrieden?", funkelte Ilse ihn an.

Wirklich hatten sich Mutter und Tochter am fraglichen Geburtstag alle Mühe gegeben und waren stolz auf ihre kulinarischen Meisterwerke. Während sie kochten, erzählte Elisa ihrer Mutter, wie ein Essen bei den Gimpels ablief.

Man saß um den Wohnzimmertisch. Pünktlich um achtzeh Uhr startete Käthe die Essensausgabe. Sie erhitzte für jede Person ein Bockwürstchen, welches sie akribisch zuteilte. Anschließend ging sie mit einer Plastikschüssel voller Kartoffelsalat und einer Schöpfkelle um den Tisch. „Will'ste", nuschelte sie und klatschte dem Angesprochenen mithilfe der Kelle Kartoffelsalat auf den Teller. Dann blieb sie einen Moment wartend stehen. „Will'ste noch einen?" Nickte der Gast, so bekam er einen Nachschlag.

„Gut, dass sie nicht eine von den Maurerkellen benutzt, die der Schwiegervater vom Bau mitgebracht hat." Selbst Elisa, die in punkto Etikette nicht sonderlich anspruchsvoll war, kam diese Methode mehr als merkwürdig vor.
„Dann wird deine Schwiegermutter heute etwas lernen können", verkündete Ilse.

Nach und nach trudelten die Gäste ein. Die Schwiegereltern, mit der jüngsten Tochter im Schlepptau. „Aber heute säufst du nicht so viel, da pass' ich auf."
Lara, die Älteste mit ihrem Roland und dem Söhnchen Louis. Sylvia, die mittlere Tochter, präsentierte stolz ihre Neuerrungenschaft, Franz-Rainer Wuttke. Hinzu kamen Annerose und Mario. Lara und Roland waren kürzlich zusammen mit Gustav und Käthe nach Italien gefahren. Roland erzählte launig von seinen Urlaubserlebnissen mit den Schwiegereltern. „Ja, ne, also. Der Papa, der fährt auf die Autobahn, natürlich direkt auf die linke Spur. Dann parkt er den Finger auf der Lichthupe und lässt erst an der Adria wieder los. Dat is schon bissken stressig."
Gustav brummelte vor sich hin, während seine Töchter kicherten. Käthe schaute ihren Schwiegersohn streng an. „Der Papa kann sich das mit seinem Benz auch erlauben."
Roland grinste. „Eben. Deshalb umkreist er das Auto nach dem Aussteigen mehrmals und wischt mit dem Ärmel nicht vorhanden Flecken vom Lack, weil's ein Mercedes ist. Aber warum er mit ATA gebadet hat?"
Elisa wurde hellhörig. „Meinst du das Scheuerpulver?"
Wieder brummelte Gustav vor sich hin, während seine Töchter ihren Einsatz verpassten und nicht kicherten.
Roland strahlte über das ganze Gesicht. „Wir haben eine Zwischenstation in Österreich gemacht. In der Pension gab es ein Badezimmer für die ganze Etage. Auf dem Wannenrand stand eine Dose mit ATA, eben dem Scheuerpulver. Papa hat gebadet und hinterher freudestrahlend erzählt, dass er das Badesalz be-

nutzt hat, welches zur allgemeinen Verfügung auf dem Wannenrand stehen würde. Mal ehrlich, er sah sehr sauber aus."
Dieses Mal brummelte Gustav so, dass man ihn verstehen konnte. „Was weiß denn ich, was das für ein Zeug war. Es hat gut gerochen und sauber hat es auch gemacht."
„Eben", das konnte sich der Schwiegersohn nicht verkneifen. „Was für die sanitären Anlagen gut ist, kann für dich nicht schlecht sein. Allerdings bist du relativ schnell wieder schmutzig geworden."
Wie Gustav und Käthe nach einigem Zögern und zur Gaudi aller Anwesenden erzählten, war das Quartett am gleichen Abend in einer etwas höher gelegenen Gaststätte eingekehrt, wo man dem Enzian zusprach. Arm in Arm und laut singend hatten sich die fröhlichen Zecher an den Abstieg gewagt, prompt den Halt verloren und waren auf dem Hosenboden ins Tal geschlittert.
„Schwiegermutter, darauf müssen wir eine Hausmarke trinken."
Elisa schluckte, denn Roland füllte seiner Schwiegermutter und sich die Whiskygläser halb voll Weinbrand. Anschließend fügte er einen Hauch Cola hinzu. Auffordernd schaute er den Neuzugang Franz-Rainer an. „Dass deine Freundin Sylvia eine Menge vertragen kann weiß ich, aber was ist mir dir?"
Dümmlich grinsend nickte der Angesprochene. „Ich kann auch einen Stiefel voll vertragen."
Elisa fragte sich schaudernd, ob er jetzt einen seiner Cowboystiefel ausziehen und mit Weinbrand füllen würde. Sie drückte Franz-Rainer schnell ein Whiskyglas in die Hand, während Sylvia ihren neuen Freund besorgt musterte. „Ronny, du weißt, was dein Vater gesagt hat. Du sollst nicht so viel trinken."
‚Ach herrje', dachte Elisa, ‚Freddy und Ronny. Das hört sich wie ein ältliches Countryduo an.'
„Der kann mich mal", kam die verächtliche Antwort zurück. Franz-Rainer-Ronny leerte sein Glas mit einem Zug.
„Ja dann, prost Schwiegermutter", Roland tat es ihm gleich und auch Käthe ließ sich nicht lange bitten. Schon füllte der eifrige

Schwiegersohn die Gläser neu. Elisa konnte sich nur wundern. Sie war von den Eltern einiges gewohnt, aber ein derartiges Turbosaufen kurz nach dem Kaffeetrinken und noch vor dem Abendessen erstaunte selbst sie.
„Sag mal", wandte sie sich leise Alfred zu. „Trinkt deine Mutter immer so viel?"
„Och, die Mutti trinkt schon ab und zu mal Alkohol", war die lakonische Antwort.
„Was sagt denn dein Vater dazu? Oder trinkt er mit?"
„Der trinkt nicht viel, jedenfalls zu Hause nicht", gab Alfred zögernd Auskunft. „Er sagt immer, Alkohol wäre des Teufels Gebetbuch. Das behauptet er aber auch, wenn wir ,Mensch ärgere dich nicht' spielen. Für den ist fast alles was Spaß macht Teufelswerk. Ich denke er trinkt auf seiner Arbeitsstelle, auf Baustellen wird grundsätzlich gesoffen. Es ist ein Wunder, dass er bis jetzt noch nie nach der Arbeit in eine Polizeikontrolle gekommen ist."
Lara, die das Gespräch mitbekommen hatte, mischte sich ein. „Jedenfalls habe ich Papa noch nie so betrunken erlebt, wie die Mutti das in der letzten Woche war." Obwohl das Gespräch Alfred sichtlich unangenehm war, spitzte Elisa die Ohren. „Das kann ich mir nicht vorstellen, sicher war eure Mutter krank oder so", tat sie harmlos.
„Das habe ich zuerst auch gedacht", Lara ließ sich trotz Alfreds giftiger Blicke nicht bremsen. „Ich wollte letzte Woche an einem Nachmittag auf einen Kaffee vorbeischauen, ich wohne ja gleich um die Ecke. Die Mutti hat mir die Tür aufgemacht und mich völlig teilnahmslos mit einem glasigen Blick angestiert. Dann ist sie wieder ins Bett gewankt. Ich bin natürlich sofort hinterher und habe sie in heller Aufregung gefragt, was denn los wäre. Ich dachte sie hätte vielleicht wieder eine Gallenkolik, sie hat nämlich Last mit der Galle, musst du wissen. Sie reagierte überhaupt nicht, stöhnte nur immerzu laut. Das hörte sich ganz furchtbar an. In meiner Panik habe ich unseren Hausarzt geru-

fen." Lara musste erst einmal Luft holen, sodass Alfred die Gelegenheit nutzen konnte, um seine Schwester an weiteren Ausführungen zu hindern. „Das interessiert doch niemanden."
Elisa machte runde Augen. „Aber Freddy, natürlich interessiert es uns, wenn deine Mutti krank ist. Wirklich! Was ist weiter passiert?"
„Na ja", Lara war wieder zu Atem gekommen. „Der Hausarzt hat sich die Mutti kurz angeschaut, dann hat er den Kopf geschüttelt. Ich dachte schon, es wäre etwas Schlimmes und sie müsste ins Krankenhaus. Er ist mit mir in den Korridor gegangen und hat mich ernst angeschaut. Ich kann ihrer Mutter leider nicht helfen meinte er. Sie muss nur einfach ihren Rausch ausschlafen, sie ist betrunken. Jesus, war mir das peinlich."
Hier endeten Laras Ausführungen. Die Drei schauten zu Käthe hinüber, die sich von Schwiegersohn Roland den nächsten Hausmarke Drink mixen ließ. Während Franz-Rainer, der Neuzugang, bereits mächtig Schlagseite hatte, war den beiden nichts anzumerken.
„Ich kümmere mich lieber um das Abendessen, eine vernünftige Unterlage kann nicht schaden", mit diesen Worten machte sich Elisa auf in die Küche. Annerose gesellte sich zu ihr. Sie probierte schon einmal von den verschiedenen Salaten. „Hm, das ist aber lecker."
„Finger weg, sonst setzt es was", spielerisch versetzte Elisa ihr einen Klaps, der Annerose erschrocken zusammenzucken ließ.
„Aber Anne, was ist denn jetzt los. Sonst bist du doch nicht so schreckhaft."
Anneroses Augen füllten sich mit Tränen. „Sorry, ich bin in letzter Zeit etwas neben der Spur." Sie schob ihre Blusenärmel hoch. Zum Vorschein kamen große Blutergüsse, die in allen Farben schillerten.
Elisa sah die Freundin erschrocken an. „Das war Mario, stimmt's? Er hat dich wieder geschlagen."

„Genau genommen hat er mich mächtig geschüttelt. Er hat wohl etwas zu hart zugefasst, da habe ich die blauen Flecken bekommen." Anne schnäuzte sich energisch. „Ich habe ihn auch provoziert. Es hat ihm hinterher leidgetan."
„Verdammt, das hast du neulich auch schon gesagt. Er rastet in letzter Zeit ziemlich oft aus. Du solltest endlich aufhören, ihn in Schutz zu nehmen. Wie soll das bloß mit euch weiter gehen?"
„Was geht weiter?" Mario steckte den Kopf durch die Küchentür, was Anne dazu brachte, hastig ihren Ärmel zurechtzuziehen. „Was meinst du wohl? Die Feier natürlich. Du kommst gerade richtig zum Essen fassen." Elisa, die die Situation richtig erfasste, hielt erst einmal den Mund. Sie beschloss in einer stillen Stunde ernsthaft mit ihrer Freundin zu reden. Mario ging einen Schritt zur Seite, denn Vater und Mutter Gimpel drängten sich in die Küche. Scheinbar hatten sie etwas vom Essen fassen gehört und fürchteten zu spät zu kommen.
„Nein das ist aber ungemütlich, jeder muss sich sein Essen selber auf den Teller packen", meckerte Käthe.
„Kartoffelsalat ist auch nicht dabei und wo sind die Bockwürstchen? Überhaupt ist das viel zu viel, das kann man gar nicht alles aufessen", auch Gustav hatte etwas zu beanstanden.
„Besser zu viel, als zu wenig, oder", Elisa stand kurz vorm Platzen. Was dachten sich diese Personen eigentlich. „Ihr sollt weder unsere Schnapsvorräte komplett austrinken, noch alle Platten und Schüsseln auslecken." Damit verließ sie die Küche. Ihr war der Appetit gründlich vergangen, was man vom Gimpelclan nicht behaupten konnte. Alle stürzte sich geschlossen aufs Buffet, wobei sich Mutter und Töchter strategisch günstig in der Küche platzierten, um ungestört zulangen zu können.
Kopfschüttelnd setzte sich Kalle mit seinem Teller zu Elisa ins Wohnzimmer. „Meine Herren, Spatz, die angeheiratete Verwandtschaft säuft nicht nur wie die Ketzer, sie isst auch noch wie ... ich sag`s lieber nicht, aber das ist nicht normal."

Wie aufs Stichwort gesellte sich Roland zu ihnen. „Das ist mir zu voll in der Küche. Ich gehe nachher noch mal hin, es ist ja genug da. Das schaffen selbst die Gimpels nicht."
Elisa musste lachen. „Sag mal, Roland, hat unser Schwiegervater wirklich mit ATA gebadet?"
„Wenn ich's dir sage. Der macht noch ganz andere Sachen. Lara hat mir erzählt, dass er immer alle möglichen Cremes und Mittelchen der Mädels ausprobiert. Auch gerne mal Clerasil gegen Pickel, was sie so im Badezimmer stehen haben. Jedenfalls hat er einmal Laras Enthaarungscreme erwischt. Sie saß ganz friedlich beim Frühstück. Plötzlich steht ihr Vater vor ihr, das Gesicht voller Pilca, die Tube noch in der Hand und grölt, was das denn für eine Mistsalbe wäre, die würde aber komisch riechen." Kalle verschluckte sich und drohte zu ersticken, während Elisa einen Lachanfall bekam. Sie stellte sich Gustav ohne Augenbrauen vor und konnte gar nicht aufhören zu kichern.
„Soll ich Ihnen auch eine Hausmarke mixen, Herr Jollenbeck?", fragte Roland trocken, während er Erste Hilfe leistete und dem mittlerweile rot angelaufenen Kalle kräftig auf den Rücken hieb.
„Das lassen Sie schön sein, junger Mann." Ilse fühlte sich befleißigt, ein Machtwort zu sprechen, denn augenscheinlich wollte dieser Mensch ihrem Mann Alkohol einflößen. Kalle, der vor der Geburtstagsfeier klare Instruktionen bekommen hatte, winkte noch immer hustend ab. Roland gab sich zerknirscht. „Ich wollte nur helfen. Wie sieht es aus, Schwiegermutter, wollen wir uns noch einen Kleinen nach dem Essen genehmigen?"
„Ja, sicher, und du trinkst doch auch noch einen mit, Ronny." Käthe wandte sich dem Neuzugang zu, der auch nach dem Essen alles andere als nüchtern wirkte.
„Noch 'ne Hausmarke", lallte er.
Roland betätigte sich wieder als Barkeeper, während er halblaut „Trink doch einen mit" trällerte.
„Also wirklich, was soll dieses neumodische Gejohle, das ist doch keine Musik." Käthe war nicht mehr zu halten.

„In einem Polenstädtchen ...",
stimmte sie an, während sie den Neuzugang fest unterhakte und anfing zu schunkeln.
„... da lebte einst ein Mädchen ...", stimmte Roland mit ein.
So viel deutsches Liedgut wurde Elisa dann doch zu heftig. Sie verließ fluchtartig das Wohnzimmer, begab sich in die Küche, um klar Schiff zu machen und schloss energisch die Tür.
„...Sie war das allerschönste Kind ..."
Die Tür ging auf, Lara schlüpfte ins Zimmer. „Ich hasse es wie die Pest", schimpfte sie wütend. „Ich helfe dir mit dem Abwasch. Wenn Mutti erst einmal angefangen hat zu singen, wird sie erst auf dem Nachhauseweg damit aufhören und Roland, der blöde Klackersack, singt immer lauthals mit."
Bald gesellte sich Annerose zu ihnen. „Ein Heller und ein Batzen ...", klang es vollmundig hinter ihr her.
„Ich habe meine Zigaretten mitgebracht, wenn ihr mich ins Wohnzimmer zurück schickt nehme ich sie wieder mit."
„Solange du uns auch eine anbietest, kannst du gern hier bleiben." Elisa legte ihrer Freundin vorsichtig den Arm auf die Schulter.
Etliche Zigarettenlängen später verstummten die Gesänge abrupt. Alfred steckte seinen Kopf durch die Tür. „Hier steckt ihr. Papa und die Mutti gehen jetzt nach Hause. Sie wollen Auf Wiedersehen sagen."
Wirklich standen die beiden schon in voller Montur im Hausflur. Während sich Gustav redlich bemühte, seine abgefüllte bessere Hälfte sicher durch das Treppenhaus zu buxieren, polterte es auf der unteren Etage heftig. Alfred schlängelte sich an seinen Eltern vorbei und spurtete nach unten. Grinsend kam er nach einiger Zeit zurück. Franz-Rainer hatte alle Hilfe von seiner besorgten Freundin strikt abgelehnt. Er war prompt die Treppe hinunter gefallen, hatte sich aber anscheinend nicht ernsthaft verletzt. Auch die restlichen Gäste verabschiedeten sich bald.

Als die Gastgeber später im Bett lagen, räkelte sich Alfred und wandte sich Elisa zu. „Das war aber mal eine schöne Feier. Nur solltest du das nächste Mal besser Kartoffelsalat und Würstchen machen."

Bald nach der denkwürdigen Geburtstagsfeier siedelte Peter um. Er übernahm tatsächlich die Gaststätte ganz in der Nähe der elterlichen Wohnung. Bisher hatte sich jeder Pächter an diesem Objekt die Zähne ausgebissen, doch das schreckte weder Kalle noch Peter ab, denn die zu hinterlegende Kaution und auch die zu leistende Pacht waren gering. Elisa bot ihre Hilfe bei den nötigen Renovierungsarbeiten an. So brachten die Jollenbecks die Gaststätte erst einmal auf Vordermann. Alfred hielt sich diskret im Hintergrund. Auf Renovierungsarbeiten bei seinem Schwager hatte er keine Lust.
Auch nach der Neueröffnung halfen Ilse und Kalle fast täglich beim normalen Gastbetrieb. Elisa fuhr nach der Arbeit oft bei ihrem Bruder vorbei, vertrat ihn für einige Zeit hinter dem Tresen oder setzte sich einfach zu ihm und die Geschwister blödelten herum wie in alten Zeiten.
Manchmal fragte sich Elisa, wie ihr Leben wohl aussehen würde, wenn Alfred die Bundeswehrzeit hinter sich gebracht hätte. Ob sie dann genauso über ihre Zeit verfügen könnte, wie es jetzt der Fall war? Entschlossen schob sie diesen Gedanken beiseite. Noch war Alfred bei der Bundeswehr und nur am Wochenende präsent.
Die Gaststätte lief gut. Bald hatte sich ein fester Kundenstamm etabliert, zu dem auch die Witwe Kosolowsky mit ihren häufig wechselnden Liebhabern gehörte. Elvira Kosolowsky hatte ihren Mann auf tragische Weise verloren. Nach seinem Tod war sie in ein emotionales und finanzielles Loch gefallen. Sie trank mehr als ihr gut tat und das Portemonnaie zuließ. Als Folge ihres übermäßigen Alkoholkonsums verschlief sie den halben Tag, dachte nicht daran ihre kärgliche Witwenrente durch einen Job

aufzubessern. Bald stand ihr die Zwangsräumung bevor. Sie würde in Zukunft mit den Kindern in einer Obdachlosenwohnung, in Gelsenkirchen die Pampas genannt, leben müssen.
Elvira hatte drei Kinder. Rose, die Älteste war unglaublich dick, hatte schütteres, goldblond gefärbtes Haar. Sie war seit Neuestem mit einem schmuddeligen Mann verheiratet, der mindestens zwei Köpfe kleiner war als sie. Er arbeitete in einer Reinigung. Das Pärchen wohnte bereits in der Pampas. Carina, die zweite Tochter, wies mit ihren fünfzehn Jahren schon beachtliche Kurven auf und war auch sonst in jeder Hinsicht frühreif. Hinzu kam der kleine Rüdiger, der gerade eingeschult worden war. Elvira nahm ihre Kinder grundsätzlich mit auf ihre Exkursionen durch das Horster Nachtleben. So lernten sich Peter und Carina nach und nach näher kennen.
Als Elisa eines Nachmittags zu einer Stippvisite im ‚Horster Eck' vorbeikam saß Carina nicht vor, sondern hinter der Theke.
„Nanu", staunte sie, „was machst du denn hinterm Tresen? Und wo ist überhaupt deine Mutter?"
Peter legte den Arm um die Angesprochene. „Carina wohnt neuerdings bei mir, sie hilft hier aus."
Seine Schwester runzelte die Stirn.
„Ich weiß, was du jetzt denkst", grinste Peter, „aber sie wird ja bald sechzehn. Ihre Mutter hat jedenfalls nichts dagegen."
„Ja IHRE Mutter, das kann ich mir vorstellen", antwortete Elisa trocken. „Aber was ist mit unseren Eltern?"
Jetzt war es an Peter, die Stirn zu runzeln. „Das geht unsere Eltern überhaupt nichts an."
„Dein Wort in Gottes Ohr, ich bin gespannt auf ihre Reaktion."
Wie Elisa es vorausgesagt hatte, waren Ilse und Kalle überhaupt nicht erbaut von Peters Untermieterin und neuer Hilfskraft. Während Kalle gewillt war, die Geschichte mit einem gutmütigen Augenzwinkern zu tolerieren, spuckte Ilse Gift und Galle.
„Wenn sich unser Sohn eine hergelaufene Schlampe ins Bett holt, dann kann er wohl auf unsere Hilfe verzichten."

Fürs Erste allerdings kamen die Eltern treu und brav fast jeden Nachmittag vorbei und halfen weiter aus, wobei sie Carina so gut wie möglich ignorierten. Die so Geschnittene ließ alle Anfeindungen mit stoischer Ruhe über sich ergehen.

Als Elisa einmal nach der Arbeit auf einen Sprung in der Gaststätte vorbeikam, bat ihr Bruder sie um einen Gefallen.
„Du, ich wollte dich schon lange um etwas bitten. Jetzt ist die Gelegenheit günstig, Carina ist bei ihrer Mutter."
Elisa sah ihn prüfend an. „Mensch Brüderchen, dir ist etwas ganz schön peinlich. Was ist los?"
Peter, sonst eher unverklemmt, geriet ins Stottern. „Also, wenn du mal mit Carina sprechen könntest, von Frau zu Frau …Aber nur wenn es dir recht ist."
„Spann mich nicht auf die Folter, über was soll ich mit ihr sprechen? Verhütung?"
„Ja, das auch. Könntest du mit ihr zum Frauenarzt gehen, damit sie sich die Pille verschreiben lässt? Da ist aber noch etwas. Wenn du mal mit ihr über die allgemeine Hygiene sprechen würdest? Dass man täglich duscht und die Wäsche wechselt, zum Beispiel … ", er hielt erschöpft inne, schaute seine Schwester hilflos an.
„Oh je, kein Wunder, dass dir das peinlich ist. Fangen wir mal vorne an, ich wüsste einen Gynäkologen, der die Pille auch für Minderjährige verschreibt, ohne dass sie eine Einverständniserklärung der Eltern beibringen müssen. Das weiß ich aus Erfahrung. Meine Routineuntersuchung steht sowieso an, wenn das in Ordnung ist, so mache ich für deine Carina auch gleich einen Termin. Auf der Fahrt zum Arzt kann ich ja mal unverbindlich mit ihr sprechen."
Peter nickte dankbar und stellte eine neue Cola vor seiner Schwester ab. „Du hast einen gut bei mir."
Auf der Fahrt zum Gynäkologen führte Elisa ein Aufklärungsgespräch mit Peters neuer Flamme. Sie war überrascht, dass Carina

sich einsichtig zeigte und überhaupt nicht beleidigt war. Scheinbar konnte man diese junge Frau nicht so leicht aus der Ruhe zu bringen. Umso besser, Elisa hatte ihr Bestes getan und nicht vor, sich weiter in dieser Richtung zu engagieren. Sie konnte sich nicht vorstellen, dass aus Peter und Carina auf Dauer ein Paar werden würde.
Diese Vermutung schien sich ein paar Wochenenden später zu bewahrheiten. Elvira war im ‚Horster Eck' eingekehrt, um einmal mehr die Schwangerschaft ihrer ältesten Tochter zu begießen. Sie schüttete Bier und Schnaps in sich hinein, war in kürzester Zeit betrunken und drohte vom Hocker zu kippen. Ihr kleiner Sohn Rüdiger bemühte sich um ihr Gleichgewicht, indem er sie mit viel Mühe festhielt.
„Ein-Bier-ein-Schnaps", lallte sie.
„Meinst du nicht, dass du jetzt genug hast", mahnte der Wirt sie. „Übrigens geht es einfach nicht, dass du den kleinen Jungen ständig nachts durch die Kneipen schleppst. Sei froh, dass ich bis jetzt nichts dazu gesagt habe."
Elvira schien mit einem Mal nüchtern zu werden. Sie setzte sich kerzengerade hin und begann Peter wüst zu beschimpfen. „Pass mal auf, Jollenbeck. Nicht genug, dass du es mit meiner Tochter treibst, jetzt willst du mir auch noch Vorschriften machen? Ich trinke so viel ich will und ich zahle hier keinen Pfennig. Das zahlt dir meine Tochter in Naturalien aus. Schämen solltest du dich", so und ähnlich ging es eine ganze Weile weiter.
Peter lief rot an. Während Carina sich schnellstens in das Nebenzimmer verzog, ging er um den Tresen herum auf Elvira zu. „Raus hier! Schlaf erst einmal deinen Rausch aus. Wenn du das nächste Mal diese Gaststätte betrittst, dann erwarte ich eine Entschuldigung."
Elvira war nicht mehr zu bremsen. Sie sprang erstaunlich geschmeidig von ihrem Hocker, stolzierte würdevoll schwankend auf den Ausgang zu. „So, jetzt wirfst du mich auch noch hinaus? Jawohl, ich gehe und meine Tochter kommt mit", und noch eine

Oktave höher in Richtung Nebenzimmer: „Carina Kosolowsky, komm sofort da raus, wir gehen nach Hause. Bei diesem Scheißkerl hast du nichts verloren."

Mit einem opernreifen Abgang verließ sie die Kneipe. Carina folgte ihr mit hängenden Schultern, während der kleine Rüdiger das Schlusslicht bildete.

Es dauerte weniger als achtundvierzig Stunden, bis Elvira sich, die Kinder im Schlepptau, erneut in Peters Gastwirtschaft blicken ließ. Dieses Mal bediente Kalle hinter den Tresen, während sich Peter für einen Moment im Nebenzimmer hingelegt hatte. Kalt musterte er den neuen Gast von oben bis unten. „Soviel ich weiß, hast du hier Hausverbot, also sieh zu, dass du Land gewinnst."

Da kam er bei Elvira an die Richtige. „Mit dir gebe ich mich gar nicht erst ab, wo ist der Wirt? Ich will ihn sofort sprechen."

Peter, von dem Spektakel wach geworden, steckte den Kopf durch die Tür. „Was willst du, Elvira? Meinst du nicht, dass du genug Porzellan zerschlagen hast?"

Die Angesprochene ließ sich nicht aus der Ruhe bringen. „Ich will ganz friedlich was trinken und werde hier direkt angefeindet. Übrigens habe ich es mir überlegt, meine Tochter kann doch weiter hier mit dir schlafen." Sie schob Carina nach vorn. Bei so viel Abgebrühtheit verschlug es Vater und Sohn erst einmal die Sprache, während Elvira auf einen Hocker kletterte. „Also, hopp, ein Bier und ein Körnchen."

Jetzt kam Leben in den mit offenem Mund da stehenden Kalle. Er stürmte um die Ecke, ergriff einen Billard Cue und schwang ihn drohend. „Jetzt pass mal auf, du alte Hexe, wenn du nicht sofort dieses Lokal verlässt und deine Mischpoke mitnimmst, dann geschieht ein Unglück."

Während Peter amüsiert dem Schauspiel folgte, bekam es Elvira mit der Angst zu tun. Sie wuchtete sich vom Barhocker, der polternd hinter ihr zu Boden schlug, und spurtete Richtung Ausgang. Carina und der kleine Rüdiger folgten ihr in heller Panik.

Bedächtig stellte Kalle den Cue wieder in die dafür vorgesehene Halterung. „Siehst du, Sohn, dieses Problem hätten wir zwar nicht auf die feine englische Art, aber für immer erledigt."
Wobei er sich gründlich irrte.

„Das gibt's doch nicht", Elisa konnte ihre Verwunderung nicht unterdrücken, denn die erste Person, die sie beim Betreten der Gastwirtschaft zu Gesicht bekam, war Carina, die seelenruhig auf einem Barhocker hinter der Theke saß. „Da staunst du, was", grinste die. „Dein Bruder und ich haben uns vertragen. Meine Mutter hat ihm auch verziehen. Ich wohne wieder hier."
„Ganz so ist es nicht", mischte sich Peter verlegen ein.
„Im Grunde geht es mich nichts an mit wem du zusammenwohnst, mein Lieber. Mach uns lieber eine Runde Bier und für Lara und mich je einen Persiko. Ihr wollt doch nicht etwa auch einen Kurzen zum Bier, oder?", mit dieser Frage wandte sie sich augenzwinkernd an Alfred und Roland. Alfreds älteste Schwester war Elisa von Anfang an sympathisch und ihr Ehemann schien die Gemütlichkeit in Person zu sein. So ging man öfter zu viert aus. Heute hatte das Quartett sich vorgenommen, einen gemütlichen Abend im ‚Horster Eck' zu verbringen.
Peter brachte die Getränke an den Tisch. Er setzte sich einen Augenblick neben seine Schwester. „Sie hat eines Abends ganz verloren hier in der Kneipe gestanden", erzählte er und wies mit einem Kopfnicken auf Carina. „Offensichtlich ist sie von zu Hause weg, weil sie es nicht mehr ausgehalten hat. Was sollte ich machen? Übrigens habe ich sie ganz gerne, sie ist wirklich anstellig."
„Anstellig, soso. Was ist mit ihrer Mutter? Ich kann mir gar nicht vorstellen, dass die das so hingenommen hat."
Jetzt grinste Peter wieder. „Die muss einfach nur abgefüllt werden, dann hält sie den Mund. Ist ja nicht mehr für lange, wenn Carina erst einmal sechzehn ist, dann kann Elvira was erleben."
„Apropos abgefüllt", mischte sich jetzt Roland ein. „Franz-

Rainer-Ronny, unser neuer Schwager, ist ein ganz schönes Früchtchen, was."

„Wie meinst du das und was heißt hier Schwager?" Alfred war ganz Ohr.

„Na ja, er will doch ständig mit uns mithalten, ist aber spätestens nach dem zweiten Weinbrand strunkelig und fällt dann aufs Maul. Letztens ist er über die Friedhofsmauer geschossen."

Elisa musste laut lachen. „Wollte er schon einmal Probe liegen, oder was?"

„Das wäre eine Möglichkeit. Wenn der so weiter schluckt, dann macht seine Leber bald schlapp. Wir waren bei der Mutti. Wie ihr wisst, wird dort immer ein bisschen was getrunken. Was kann ich dafür, wenn er bei jeder Gelegenheit nach meiner Hausmarke schreit, wo er nichts vertragen kann? Sylvia hackt immer auf mir herum, dabei ist ihr Ronny doch selbst Schuld. Jedenfalls hatte er am Ende des Abends mächtig Schlagseite. Wir wollten ihn wenigstens bis zur Bushaltestelle bringen. Der Blindfisch hätte den Stopp allein niemals gefunden. Sylvia ist schon eine Stunde früher beleidigt ins Bett gegangen. Wir hatten den Typen auf den Hals. Bis zum Friedhof ist auch alles gut gegangen, aber dann hat er plötzlich Übergewicht gekriegt. Ich wollte ihn noch festhalten, aber er war schneller, ist stumpf über die Friedhofsmauer gekippt. Was das für eine Arbeit war, den Blödmann wieder zurück zu hieven."

„… und was heißt jetzt Schwager?", fragte Alfred in das allgemeine Gelächter hinein.

Lara erklärte: „Unsere Schwester hat vor ihn zu heiraten. Nächstes Jahr im Februar. Das ist eine Überraschung, nicht wahr, so schnell hat keiner damit gerechnet. Und bevor du fragst, Sylvia ist nicht schwanger, jedenfalls bis jetzt noch nicht."

In dieser Familie wurde ständig über mögliche Schwangerschaften spekuliert, so schien es Elisa jedenfalls. „Was macht Franz-Rainer eigentlich beruflich?", fragte sie interessiert.

„Er hat eine sehr verantwortungsvolle Tätigkeit." Roland konnte ganz schön boshaft sein, was Elisa ausgesprochen gut gefiel. „Er fertigt dreizehneinhalb Toiletten am Tag an, sagt er jedenfalls. Die Ausbildung zum Maler hat er abgebrochen. Sie war zu anspruchsvoll für ihn."
Roland wurde in seinen Ausführungen unterbrochen, denn Elvira und ihr Clan betraten lautstark die Gaststätte. Peter eilte wieder zurück zum Tresen, um nach dem Rechten zu schauen. Rose, Carinas älteste Schwester, war sichtlich schwanger und orderte zunächst erst einmal fünf Rollmöpse für sich. Ihr unscheinbarer, kleiner Mann hielt sich in ihrem Windschatten und kippte das erste Bier wortlos auf ex hinunter.
„Du meine Güte, wer sind die, Dick und Doof? Guck dir bloß mal an, was Doof für dreckige Hände hat, ich hoffe dein Bruder spült die Gläser ordentlich", raunte Roland seiner Schwägerin zu.
„Das hoffe ich auch", raunte sie zurück. „Du wirst nicht erraten, wo der Typ arbeitet. In einer Reinigung. Dabei sehen seine Hände immer so aus, als ob er die Oma mit bloßen Händen umgebettet hätte. Und Dick, seine Frau, arbeitet in einer Pommesbude."
Roland bekam einen Lachkrampf, während Lara ihm den Ellenbogen in die Seite stieß. „Hört sofort auf damit, die gucken schon her. Diese Leute an unserem Tisch, das fehlte noch."
„Ach wo, wenn die weiter so eine Druckbetankung betreiben, dann fallen sie vom Hocker und schaffen es gar nicht mehr bis hier", erklärte Roland nicht ohne Hochachtung. „Bis auf die dicke Schwangere, die bricht höchstens mit ihrem Hocker zusammen."
Tatsächlich trank Rose keinen Alkohol. Dafür hatte sie alle Rollmöpse aus dem großen Glas, das hinter dem Tresen stand vernichtet. Sie rülpste vernehmlich. „Das waren fünfzehn Stück, ein neuer Rekord."

Wieder prusteten Elisa und Roland los, während die Geschwister Gimpel dezent grinsten. Während die schwangere Rose abwechselnd Rollmöpse, Käse am Stiel, Schokolade und Minisalami in sich hineinstopfte, betranken sich Elvira, ihre neueste Eroberung und der mickerige Schwiegersohn in Rekordzeit. Nur der kleine Rüdiger saß verloren in einer Ecke, bis Peter ihm im Nebenzimmer den Fernseher anstellte, vor dem er irgendwann einschlief und nicht mitbekam, dass seine Mutter mit ihrem neuen Freund im Schlepptau nach Hause schaukelte. Auch Rose klemmte sich ihren Mann unter den Arm und verabschiedete sich, immer noch dezent rülpsend mit einem fast drohenden: „Bis demnächst, dann hast du aber wieder Rollmöpse, woll!"
„Sag mal, großer Bruder, was sagen unsere Eltern zu der neuesten Entwicklung?" Diese Frage ließ Elisa keine Ruhe und war Peter sichtlich unangenehm.
„Sie kommen nicht mehr zum Helfen. Haben sie dir das noch nicht brühwarm erzählt? Sie lassen auch nicht mit sich reden. Was soll es, eigentlich waren sie nie wirklich für uns da. Es ist erstaunlich, dass sie mich so lange in der Kneipe unterstützt haben."
Elisa tröstete den Bruder. „Vielleicht ist es besser so, das wäre auf Dauer bestimmt nicht gut gegangen."
„Du hast wohl Recht und deshalb gibt es jetzt eine Runde auf Kosten des Hauses."
Der Abend wurde, trotz oder wegen der Familie Kosolowsky, ein voller Erfolg. Als sich das Quartett auf den Heimweg machte, dämmerte es bereits.
„Was meint ihr, sollen wir gleich bei uns zu Hause frühstücken", schlug Elisa vor. „Hier in der Nähe ist ein Bäcker, bei dem es schon frische Brötchen gibt und nach dem Frühstück schlafen wir richtig aus."
Roland war begeistert. „Prima Idee, ich habe einen Bärenhunger."

So wurde aus einem unterhaltsamen Abend zusätzlich ein lustiger Frühstücksmorgen.

***

Das erste Weihnachtsfest, welches Elisa als verheiratete Frau erlebte, verlief einigermaßen ereignislos. Man machte die obligatorischen Besuche bei den Eltern und den Schwiegereltern, tauschte Geschenke aus, aß mehr als nötig, wie in jedem Jahr. Allerdings war Elisa enttäuscht von Alfred, denn sie hatte auf ein ganz besonderes Geschenk gehofft. Da sie wusste, dass Alfred ein Faible für Armbanduhren hatte, suchte sie schon lange vor dem Fest eine besonders schöne, goldene Uhr aus und ließ sie gravieren. „In Liebe" stand auf der Innenseite. Sie staunte nicht schlecht, als Alfred ihr auch eine Armbanduhr schenkte. Noch mehr staunte sie allerdings, als ihre Schwägerin Sylvia sie bei den Schwiegereltern ansprach und sich erkundigte, ob die Uhr ihr denn gefallen würde.
„Schließlich habe ich mir Mühe gegeben, um unserem Freddy eine nette, preiswerte Uhr für dich zu besorgen."
Elisa schluckte. Sie beschloss über diese dumme, unnütze Bemerkung hinwegzugehen. Sie und Alfred hatten in der letzten Zeit sowieso Differenzen. Manchmal kam ihr der Gedanke, ihr Vater und ihr Bruder könnten recht mit ihrer Einschätzung haben. Vielleicht passten sie und Alfred einfach nicht zueinander. Sie hatte ihn gern und manchmal war das Zusammenleben mit ihm wirklich nett, aber immer öfter ging er ihr mit seiner Schlichtheit und seiner machohaften Art auf die Nerven. Vielleicht würde ein Kind sie näher zueinander bringen? Elisa schob diesen Gedanken entschlossen zurück in die Schublade, aus der er gesprungen war. Zunächst wollte sie etwas erleben, dann konnte sie sich immer noch mit dem, bis jetzt jedenfalls, unbestimmten Kinderwunsch befassen.
Kurz nach dem Jahreswechsel endete Alfreds Bundeswehrzeit, die er mit Ach und Krach hinter sich gebracht hatte. Nach zwei

Jahren war er als Gefreiter entlassen worden. Jetzt arbeitete er als LKW Schlosser bei einer größeren Firma.

Das von Elisa mit einigen Bedenken erwartete tägliche Zusammensein erwies sich als problemloser als befürchtet. Alfred bastelte in seiner Freizeit an seinem Auto, einem Opel Manta, herum oder reparierte zusammen mit Mario den einen oder anderen Gebrauchtwagen, den die beiden anschließend gewinnbringend verkauften. Er schien damit zufrieden zu sein, pünktlich das Essen serviert zu bekommen. Ansonsten hatte Elisa weiterhin freie Hand, konnte tun und lassen, was sie wollte. Allerdings lehnte Alfred es kategorisch ab, sich an der anfallenden Hausarbeit zu beteiligen. „Schließlich bin ich ein Mann", war sein nicht nachzuvollziehendes Argument. Das Paar geriet sich wegen dieser Einstellung oft in die Haare, allerdings hatte Alfred hier den längeren Atem. Letztendlich erledigte Elisa die Hausarbeit allein.

***

„… und deshalb möchten wir euch herzlich in unser neues Haus einladen."

Elisa schnappte nach Luft, denn was sie hier zu hören bekam, verblüffte sie über alle Maßen. Annerose und Mario hatten still und heimlich ein Fünffamilienhaus gebaut, in das sie bei Nacht und Nebel einzogen. Anneroses Vater hatte alles gemanagt. Er war als Einziger von allen Verwandten und Bekannten im Bilde gewesen.

„Eigentlich müsste ich dir böse sein. Schließlich bin ich deine beste Freundin und du hast mir nichts erzählt. Ich war so besorgt, weil du dich in letzter Zeit ziemlich rargemacht hast, und habe das Schlimmste befürchtet. Schließlich gab es eine Menge Schwierigkeiten zwischen Mario und dir. Ich hoffe die sind inzwischen beigelegt?"

Annerose sah kein bisschen verlegen aus. Im Gegenteil. Sie strahlte über das ganze Gesicht. „Mario hat sich wieder einge-

kriegt. Das war wohl der Stress mit dem Bau. Wir haben die Innenarbeiten fast komplett allein ausgeführt. Der Umzug war dann kein Problem, denn die Möbel sind nagelneu und vom Möbelhaus aufgestellt worden. So mussten wir nur ein paar Kisten mit Hausrat in die neue Wohnung schaffen."
„Respekt, das muss ich schon sagen. Wann startet die große Einweihungsfete und wer ist mit von der Partie?"

Pünktlich um 20 Uhr klingelten Alfred und Elisa gebührend beeindruckt am hell erleuchteten Eingang des nagelneuen Hauses. Eine aufgedrehte Annerose öffnete die Tür und fiel ihrer Freundin um den Hals. „Schön, dass ihr hier seid. Kommt gleich mit in die Kellerbar, da feiern wir nämlich. Nachher zeige ich euch die Wohnung."
Elisa und Alfred verschlug es die Sprache, eine Kellerbar kannten die beiden nur aus Film und Fernsehen. Der Barraum erwies sich als ein schnuckeliges, mit Holz vertäfeltes und liebevoll eingerichtetes Zimmer, in dem sich gemütlich feiern ließ. Die meisten Gäste waren schon eingetroffen und sprachen eifrig den alkoholischen Getränken zu. Elisa steuerte die kleine Bar an, während Alfred sich noch mit seinem Freund Mario unterhielt.
„Hallo Rosemarie", lächelte sie Anneroses Schwester an, die lässig am Tresen lehnte. „Wir haben uns lange nicht mehr gesehen. Wie geht es dir? Wo ist dein Mann?"
„Genau gesagt haben wir uns seit der Hochzeit meiner Schwester nicht mehr gesehen", antwortete die Angesprochene. „Es ist in der Zwischenzeit viel passiert. Wie ich gehört habe, hast du den flotten Freddy geheiratet. Herzlichen Glückwunsch nachträglich. Ich hatte in letzter Zeit kein Glück. Mein Mann und ich haben uns getrennt, wir werden uns scheiden lassen."
Elisa schaute betroffen drein. „Das tut mir leid. Ihr ward ein so nettes Paar. Vielleicht versöhnt ihr euch wieder."

„Versöhnung? Das kann ich mir nicht vorstellen. Er hat mir aus Eifersucht das Nasenbein gebrochen, aus völlig grundloser Eifersucht, möchte ich betonen."

„Du meine Güte, er hat einen so netten und ruhigen Eindruck gemacht." Elisa war fassungslos. Was war bloß mit den Männern los? Drehten die jetzt alle durch? „Jedenfalls hast du noch Glück im Unglück gehabt. Man sieht dir nicht an, dass die Nase gebrochen war." Vergeblich suchte sie nach den Spuren der Misshandlung.

Rosemarie hielt das Gesicht ins Licht. „Ist gut geworden, nicht wahr. Meine Nase sieht besser aus als vorher. Der Doktor hat sich aber auch alle Mühe gegeben. Ich habe ihn gründlich belohnt."

„Ah, ja", Elisa wusste nicht, was sie dazu sagen sollte und wechselte vorsichtshalber das Thema. „Jedenfalls ist das Haus toll geworden."

Rosemarie lächelte ironisch. „Meine kleine Schwester hat es immer schon verstanden unseren Vater um den Finger zu wickeln."

Das Gespräch wurde Elisa zu giftig. Sie wandte sich demonstrativ ihrer Freundin zu, die am anderen Ende der Bar stand. „Der rote Overall steht dir richtig gut, Perle. Willst du mich heiraten?", rief sie Anne zu. Dieses Angebot rief Alfred und Mario auf den Plan. Die beiden steuerten ihre Frauen an. Mario kam nicht weit, er wurde von seiner Schwägerin Rosemarie abgefangen. Sie verwickelte ihn in ein Gespräch, in dessen Verlauf sie ihm tief in die Augen schaute und sich immer näher an ihn heran schlängelte.

„Sag mal, Anne, stört dich das nicht?", fragte Elisa mit einem Blick auf Mario, der sich sichtlich geschmeichelt fühlte.

Annerose grinste. „Sie versucht sich seit unserer Hochzeit an Mario ranzumachen. Meine Schwester ist permanent eifersüchtig auf mich. Sie hat schon immer versucht, mir alles und jeden vor der Nase wegzuschnappen."

Elisa ergriff die Initiative und hakte sich entschlossen bei Mario unter. „Jetzt hast du aber genug mit der schönen Schwägerin geschäkert. Los, wir tanzen. Anschließend zeigst du uns den Rest des Hauses, natürlich zusammen mit deiner Frau."
Im Laufe des Abends wurde noch häufig getanzt und viel getrunken. Mario lief zu Höchstform auf. Er stieß, zum allgemeinen Gaudium zusammen mit einer mehr als stämmigen Bekannten zu jeder vollen Stunde den Tarzanruf aus. Irgendwann versammelte er alle weiblichen Gäste um sich. „Mädels, ich möchte einmal in meinem Leben unter allen im Raum versammelten Weibern liegen."
Diese Bitte musste er nicht zweimal äußern. Unter lautem Gejohle stürzten sich alle Frauen auf den jetzt erschrockenen Mario. Nach Luft japsend arbeitete er sich unter so viel geballter Weiblichkeit vor. „Ne, das ist mir ein bisschen zu heftig", keuchte er.
„Vielleicht versuchst du es mit mir allein", das konnte nur von Rosemarie kommen. Mario grinste. „Ich überlege es mir."

***

Franz-Rainer und Sylvia hatten ihren Hochzeitstermin wirklich für den Februar festgesetzt, sodass wieder einmal eine Familienfeier anstand.
Elisa war schon sehr gespannt darauf, aber noch kribbeliger wurde sie, wenn sie an den ersten gemeinsamengroßen Urlaub dachte. Zusammen mit Annerose hatte sie einen dreiwöchigen Urlaub auf Grand Canaria geplant, von den Männern absegnen lassen und anschließend gebucht. Bei dem Gedanken auf die Kanaren zu fliegen wurde Elisa ganz aufgeregt. Eine so weite Flugreise hatte sie noch nie gemacht. Das war allerdings nichts zu der Gemütsverfassung, in der sich Annerose befand, wenn sie an den Urlaub dachte. Anne, die ihren Urlaub bis dato immer zu Hause verbrachte, hatte einen riesigen Fragenkatalog zusammengestellt, mit dem sie die Angestellte im Reisebüro löcherte.

Es ging mit der Frage „ist es auf Grand Canaria richtig warm" los und endete mit einem endlosen Palaver über die Ausstattung der gebuchten Apartments. „Gibt es dort auch einen Schneebesen und sollte ich lieber vor Benutzung alles desinfizieren?"
Elisa verdrehte genervt die Augen, Alfred verließ einfach das Reisebüro und Mario grinste vor sich hin, er schien solche Auftritte gewohnt zu sein.

Doch jetzt wurde erst einmal die Hochzeit von Sylvia und Franz-Rainer Wuttke gefeiert, wobei die Gimpels Ronnys Familie gründlich kennenlernten.
Anders als bei Elisas und Alfreds Hochzeit, fand diese Feier im ganz kleinen Kreis statt. Das Hochzeitspaar hatte lediglich die Eltern und Geschwister eingeladen. So kam den Gästen selbst das kleine Hinterzimmer der Kneipe, in der gefeiert wurde, riesig vor. Nach dem Essen murkste der Bräutigam an seiner mitgebrachten Stereoanlage herum. Er brauchte unendlich lange, um dem Gerät einigermaßen annehmbare Töne zu entlocken, während sein Bruder Ewald ihn lautstark daran erinnerte, dass er schon seit seiner Kindheit mit allen technischen Fragen überfordert war. Endlich gelang das Wunder, die Stereoanlage quäkte, es konnte getanzt werden.
„Was meinst du, Schwager?" Elisa schaute Roland auffordernd an. Der ließ sich nicht zweimal bitten. Die beiden eröffneten den Tanz, indes das Brautpaar mehr oder weniger laut mit Franz-Rainers Eltern und dessen Bruder diskutierte.
„Egal was die da feiern", erklärte Roland mit Blick auf die Brautleute. „Ich werde heute einen schönen Abend verleben."
Nach und nach schienen sich die Gemüter zu beruhigen, die Hochzeit einigermaßen gesittet über die Bühne zu gehen. Elisa und Roland tanzten öfter miteinander, sogar Gimpel Senior wurde immer lockerer. Gustav schwang das Tanzbein mit seiner Frau, wobei man den Eindruck gewinnen konnte, als würde er die Melodie leise mitsummen. Allerdings tanzte er weder mit

seinen Töchtern noch mit Elisa. Wie anders war da ihr Vater, der sich wesentlich lockerer gab, als ihr hölzerner Schwiegervater. Kalle tanzte gern und gut. Er hatte seiner Tochter die Standarttänze beigebracht, indem er mit ihr zusammen zu den Tanzabenden ging, die in einer nahegelegenen Gaststätte stattfanden. Seit sie geheiratet hatte, war das Verhältnis zu ihrem Vater eher unterkühlt, was Elisa sehr bedauerte.

„Hey", Lara stupste sie an. „Was machst du für ein Gesicht? Du wirst dir doch kein Beispiel an den Brautleuten nehmen?"

Elisa schüttelte die trüben Gedanken ab. „Nein, ich feiere heute. Leihst du mir deinen Mann noch mal für einen Tanz aus?"

Lara grinste. „Gerne, wenn er mich mit der Hopserei in Ruhe lässt."

Um Mitternacht begab sich endlich auch das Brautpaar auf die Tanzfläche. Die beiden drehten sich zu den Klängen eines langsamen Walzers, als Franz-Rainers Vater, der sich systematisch betrunken hatte, plötzlich wie vom wilden Affen gebissen aufsprang. Er stürzte auf die Braut zu und riss an ihrem Schleier, der, fatalerweise noch komplett mit Haarklammern festgesteckt war. Die Braut ging, ob dieser merkwürdigen Attacke, in die Knie, rappelte sich aber sofort wieder auf und schlug beherzt auf ihren Schwiegervater ein. Der wiederum beschimpfte die Brautleute au das Übelste. Schließlich verließ die Braut laut schluchzend das Hinterzimmer, um sich zunächst einmal auf der Damentoilette zu verbarrikadieren.

Die Hochzeitsgäste schauten sich an. „Was war das denn?", fragte Lara konsterniert.

„Vielleicht ist das eine Hochzeitssitte in der Familie des Bräutigams. Wie skalpiert man die Braut auf schnelle und schmerzvolle Art." Auch Elisa konnte dem Verlauf dieser Hochzeit nicht ganz folgen.

Franz-Rainer, der seiner Frau auf die Toilette nachgelaufen war, kam mit geballten Fäusten wieder in das Zimmer. „Ihr könnt mich alle am Arsch lecken", verkündete er vollmundig. An-

schließend schlug er die Tür lautstark hinter sich zu, gefolgt von seiner Familie, die wortlos das Terrain räumten.
Die Gimpels schauten sich ratlos an. Roland erwachte als erster aus der allgemeinen Erstarrung. „Nix da, ich bin hier zu einer Hochzeit eingeladen. Wenn das Brautpaar sich vor der Zeit zurückzieht, so ist das nicht mein Problem."
„Da hast du recht", stimmte Elisa zu, „aber wir sollten vielleicht an die Theke gehen und das mit dem Wirt abklären."
„Das war mal eine nette Hochzeitsfeier", stellte Alfred zu vorgerückter Stunde fest.
„Ja", stimmte sein Schwager Roland ihm zu, „ich jedenfalls habe das Brautpaar nicht vermisst. Wer weiß, in welches Loch der Blindfisch von Franz-Rainer-Ronny wieder gefallen wäre ... und wer hätte ihn rausziehen müssen?"
„DU", in dieser Hinsicht waren sich alle einig.

Nach der gründlich in die Hose gegangenen Hochzeitsfeier tauchten die Jungvermählten erst einmal ab. Obwohl sie nicht weit entfernt wohnten, begegnete man ihnen nicht einmal mehr zufällig auf der Straße. Das änderte sich schlagartig, als Sylvia schwanger wurde. Sie kündigte ihren Job einen Tag nach dem Arztbesuch und der Verkündung der frohen Botschaft. Von nun an konzentrierte sich vollkommen auf das freudige Ereignis, besuchte ihre Mutter jeden Tag, wobei man über die verunglückte Feier hinwegging, als ob sie nie stattgefunden hätte.
Fast zeitgleich stellte der stolze Vater fest, dass er außerstande war, die dreizehneinhalb Toiletten am Tag herzustellen, weil er davon Rückenschmerzen bekam. So kündigte auch er den Job, wurde aber zu seinem Leidwesen sofort als Lagerarbeiter an eine andere Firma vermittelt. 1977 konnte man sich noch auf das Arbeitsamt verlassen. Damit hatte Franz-Rainer überhaupt nicht gerechnet. Seine Rückenschmerzen verschlimmerten sich in Windeseile, sodass er langfristig krankgeschrieben wurde. Medikamente schienen nicht zu helfen. Deshalb drängte Ronny

seinen Arzt zu einer Operation. Schließlich kannte er sich inzwischen mit einem überbeanspruchten Rücken aus. Der Doc war zögerlich, der Rückenkranke aber ließ nicht locker, kam wirklich unter das Messer. Leider verschlimmerte die Operation sein Leiden drastisch, sodass er sich nicht in der Lage sah, irgendeine Arbeit anzunehmen.

Im stolzen Alter von 24 Jahren stellte Ronny den ersten Rentenantrag, der abgelehnt wurde. Damit hatte der zukünftige Rentner gerechnet. Er reichte eine Klage vor dem Sozialgericht ein. Schließlich galt es, sich für immer aus dem Arbeitsleben zu verabschieden und hinfort auch ohne Tätigkeit glücklich zu sein. „Donnerwetter", kommentierte Kalle beeindruckt. „Ich habe dreißig Jahre auf meine Rente hingearbeitet. Dieser junge Mann ist wirklich kreativ, das muss man ihm lassen."

Da das Geld knapp wurde, ging die schwangere Sylvia in einem Steuerbüro putzen, was ihren Mann nicht weiter störte. „Bewegung ist gut für den Verlauf der Schwangerschaft", sagte er oft und gern. Bei dem Gedanken an diesen mehr als abgebrühten Spruch schüttelte Elisa den Kopf. So viel Langmut hatte sie der sonst so couragierten Sylvia gar nicht zugetraut. „Das würdest du niemals sagen, wenn ich schwanger wäre ... oder?" Ein zaghafter Vorstoß in die richtige Richtung konnte nicht schaden.

Alfred schaute alarmiert auf den nicht vorhandenen Bauch seiner Frau. „Du bist doch wohl nicht schwanger! Kinder können wir uns nicht erlauben, woll."

„Keine Sorge, das würde ich nicht ohne dich entscheiden. So weit müsstest du mich kennen." Elisa beruhigte ihren blass um die Nase gewordenen Mann und nahm sich vor, irgendwann ernsthaft mit ihm über dieses Thema zu diskutieren.

***

Die Koffer waren gepackt, Annerose und Mario hatten einen Bekannten organisiert, der die zwei Pärchen nach Düsseldorf chauffieren wollte, von wo der Flieger in Richtung Gran Canaria abhob.

„Du meine Güte, was hast du denn alles mitgenommen", staunte Elisa, als sie Anneroses Gepäck zu Gesicht bekam.

Statt seiner Frau antwortete Mario. „Die Perle ist bekloppt, sie hat Lebensmittel für drei Wochen eingepackt: Salami und Knäckebrot, Kaffee, Margarine und auch noch Mausespeck und Lakritz. Von den Putzmitteln einmal abgesehen."

„Ja und, nachher gibt es dort nichts Vernünftiges zu kaufen." Annerose war wirklich unbelehrbar.

„Wenn das mal gut geht", murmelte Alfred, während sich seine Frau jeden Kommentar verkniff und gespannt auf das Einchecken wartete.

Wie schon vermutet war Anneroses Gepäck hoffnungslos übergewichtig, sodass sie schweren Herzens die Lebens- und Putzmittel am Flughafen zurücklassen musste. Den gesamten Hinflug über haderte sie mit ihrem Schicksal und meckerte über die Fluggesellschaft.

Ihre schlechte Laune hielt weiterhin an. Während Alfred, Elisa und Mario mit der Apartmentanlage zufrieden waren, mokierte sich Annerose unentwegt. Die Anlage wäre zu weit weg vom Strand, der Swimmingpool zu klein, die Hotelbar nicht gut bestückt, das Frühstück nicht reichlich genug. Es gab auf dem Grundstück wilde Katzen, was Annerose schrecklich fand. Auch das Apartment sagte ihr nicht zu. Sie bedauerte immer wieder, den Urlaub überhaupt gebucht zu haben. Mario nahm ihr ständiges Palaver mit stoischer Gelassenheit hin und bemühte sich, das Beste aus der Situation zu machen.

Elisa und Alfred mieteten für einen Tag einen Jeep und fuhren damit kreuz und quer über die Insel. Mario hätte sich gerne eingeklinkt, aber Annerose verbot ihm das kurzerhand. Sie argumentierte, dass ihr vom Autofahren schlecht würde. Überhaupt habe sie beim Chefkoch gerade für diesen Tag ein besonderes Dinner bestellt. Schweren Herzens blieb Mario bei seiner Frau im Hotel, während Elisa und Alfred die Insel von einer ganz anderen Seite kennenlernten und einen richtig schönen Tag verlebten.

Am nächsten Morgen kamen sie aus dem Schwärmen gar nicht mehr heraus. Mario wurde während ihrer Schilderungen immer stiller.

„Nun erzählt schon, wie war euer spezielles Dinner? Sicher hat sich der Chefkoch alle Mühe gegeben", bemühte sich Alfred den Freund aufzumuntern.

„Na ja", mit einem Seitenblick auf Annerose erzählte Mario aus seiner Sicht. „Der Tintenfisch war zäh wie Einweckgummi. Der Wein wäre gut als Essig durchgegangen."

Auweia, Elisa wechselte schnell das Thema, denn Annerose lief verdächtig rot an. „Jedenfalls gehen wir heute Abend in die Disco, nicht wahr. Ich freue mich schon unheimlich darauf." Sie stupste ihre Freundin an. „Los, jetzt stürzen wir uns ins Wasser und kühlen uns ab."

„Meinst du, wir können drüben anklopfen?" Elisa und Alfred waren ausgehfertig, hatten aber einen Augenblick gewartet, da aus dem Nachbarapartment laute Stimmen zu hören waren. Scheinbar stritten Annerose und Mario heftig, jetzt allerdings herrschte eine geradezu gespenstische Stille.

„Also ich gehe jetzt in die Disco, mit den beiden oder ohne sie." Entschlossen klopfte Alfred an die Apartmenttür. Mario öffnete. Hinter ihm erschien Annerose in einem bodenlangen, hautengen Lurexkleid. Elisa holte tief Luft, während sie an sich hinunterschaute. Vorhin war sie sich mit ihrem luftigen Sommerkleidchen total hübsch vorgekommen, jetzt fühlte sie sich wie das hässliche Entlein.

Alfred musterte die Glitzerfee kurz. „Hallo, Gary Glitter. Glaubst du nicht, dass der Fummel ein bisschen zu overdressed ist? Du wirst jeden geilen Aufreißer auf dem Hals haben."

„Das habe ich ihr vorhin schon gesagt", grollte Mario konsterniert. „Guck bloß mal. Da ist oben 'rum fast gar kein Stoff. Es passt nicht mal Unterwäsche drunter, so eng ist das Kleiderdings. Auch unten 'rum nicht, da sieht man alles."
Prinzessin Annerose ließ sich nicht beirren, sondern schwebte in Richtung Fahrstuhl davon, sodass nichts anderes übrig blieb, als ihr zu folgen.
„Das Weib macht mich wahnsinnig", murmelte Mario seinem Freund zu.
In der Disco erregte Annerose das von ihr beabsichtigte Aufsehen, zumal sie sich so weit weg von Mario wie möglich platzierte. Während Elisa mit Alfred tanzte und sich mit ihm und Mario unterhielt, wurde Annerose ständig zum Tanzen aufgefordert. Sie schien es zu genießen. Mit glitzernden Augen und roten Wangen ließ sie sich von dem einen oder anderen Tänzer zu einem Cocktail einladen, während Mario immer mehr aussah wie ein Atomkraftwerk kurz vor dem Supergau. Als ein besonders aufdringlicher Mann Annerose immer wieder mit der Hand über den nackten Rücken strich, brannten bei ihm alle Sicherungen durch. Steif wie ein Brett stolzierte er auf die Zwei zu, nahm den gerade servierten Cocktail und schüttete ihn dem Rückenstreichler über den Kopf.
„Ich hoffe jetzt bist du etwas abgekühlt", knurrte er, packte die perplexe Annerose rüde am Arm und zerrte sie zum Ausgang.
Alfred und Elisa schauten sich an.
„Ich glaube wir warten eine Weile, ehe wir hinterher gehen", meinte Alfred nicht zu Unrecht. „Das Theater hat sie sich selbst zuzuschreiben, woll."
In diesem Fall musste Elisa ihm ausnahmsweise Recht geben.

Bis zum Mittag herrschte im Nachbarapartment die Ruhe vor dem Sturm, dann allerdings brach ein wahrer Tornado los. Annerose schrie, Mario brüllte, es klang verdächtig nach umfallenden Möbeln. Elisa, die es sich auf dem Balkon bequem gemacht

hatte, war ratlos. Sollte sie nach dem Rechten schauen oder doch lieber so tun, als würde sie nichts hören? Sie entschied sich für Letzteres, packte ihr Handtuch und ging zu Alfred an den Swimmingpool. Später gesellte sich, verlegen grinsend, Mario zu ihnen. „Ich habe wohl ein bisschen die Beherrschung verloren, tut mir leid, wenn ich euch den Abend verdorben habe."
Alfred hieb ihm auf die Schulter. „Schwamm drüber, alter Junge. Ich hätte genau so reagiert, aber meine Elisa macht solche Sperenzchen erst gar nicht. Du hättest sehen müssen, wie der Fummler hinterher dagestanden hat. Wie ein begossener Pudel."
„Was ist mit Anne?", meldete sich Elisa zu Wort. „Kommt sie gleich auch her oder soll ich nach ihr schauen?"
„Die lass lieber in Ruhe, sie hat sich gerade hingelegt und will erst mal pennen. Sie hat gestern wohl etwas wenig Schlaf bekommen."
Elisa schaute Mario zweifelnd an. „Meinst du wirklich?"
„Ganz bestimmt. Sie hätte jetzt lieber ihre Ruhe."
Bis zum Abend hatte Elisa immer noch kein Lebenszeichen von ihrer Freundin gehört. So klopfte sie zaghaft an die Apartmenttür.
Alfred und Mario saßen noch an der Bar. Sie überlegten einmal mehr, wie sie einen schwunghaften Autohandel eröffnen könnten. Mit jedem Drink wurden die Pläne konkreter, die Aussichten rosiger. Gut, dass die beiden am nächsten Morgen wieder fest auf dem Boden der Tatsachen standen.
Wieder klopfte Elisa, dieses Mal energischer. Nach einiger Zeit öffnete sich zögernd die Tür. Eine zerzauste und völlig derangierte Annerose blinzelte aus verquollenen Augen.
„Ach du grüne Neune", entfuhr es Elisa, denn die Freundin hatte ein blaues Auge.
„Der Mistkerl hat mich durchgelassen", murmelte Anne undeutlich. „Und jetzt tut mir alles weh."
Elisa schob die Freundin wieder ins Bett und sorgte für eine kalte Kompresse. „Mensch Mädel, ihr seid beide total bescheuert.

Wie konntest du ihn bloß so provozieren. Obwohl, das rechtfertig nicht, dass er dich geschlagen hat."
„Nicht nur das, er hat auch noch die Möbel umgeworfen." Annerose drückte sich die Kompresse aufs Auge. „Anschließend hat er sie so gut es ging wieder aufgestellt und zusammengekloppt." Sie grinste die Freundin mühsam an, die aus dem Kopfschütteln nicht mehr herauskam. „Was willst du jetzt machen, lässt du dich scheiden?"
Annerose tippte sich an die Stirn. „Ich bin doch nicht blöd. Jetzt, wo gerade das Haus fertig ist. Allein kann ich die Belastung nicht tragen. Lass mal gut sein. Wie du es schon sagtest: Ich habe Mario geärgert. Manchmal geht es halt mit mir durch."
Die restlichen Urlaubstage verliefen harmonisch, Mario verhielt sich seiner Frau gegenüber ausgesprochen liebevoll und zuvorkommend. Annerose überschminkte ihr Veilchen so gut es ging. Man hätte meinen können, die beiden würden eine glückliche Ehe führen.

Auch eine andere Ehe lief wieder einmal völlig neben der Spur. Kalle war nicht umsonst Frührentner geworden. Jeden Tag nahm er einen umfangreichen Medikamentencocktail zu sich, was sich im Zusammenhang mit Alkohol fatal auswirkte. Spätestens nach dem dritten Bier war Elisas Vater nicht mehr Herr seiner Sinne. In solchen Situationen keifte Ilse los, beschimpfte ihn auf das Übelste. Am nächsten Morgen faltete sie ihn noch einmal auf Briefmarkengröße zusammen. Dann versprach er ihr hoch und heilig, niemals wieder einen Tropfen Alkohol zu trinken, was meist gerade bis zum nächsten Abend anhielt.
Elisa versuchte die elterlichen Streitigkeiten zu ignorieren. Sie war zu der Ansicht gelangt, dass den beiden nicht zu helfen war. So verliefen alle Familienfeste im Hause Jollenbeck verkrampft. Man konnte nie ganz sicher sein, ob sich die Eltern sich vertrugen oder wieder einmal einen ihrer Machtkämpfe austragen würden.

Wenigstens schien es Peter mit seiner Kneipe gut zu gehen. Er und Carina bewirtschafteten sie inzwischen zusammen. Elvira hatte sich zurückgenommen, nachdem Peter ihr am sechzehnten Geburtstag ihrer Tochter klar gemacht hatte, dass er das Jugendamt einschalten würde, wenn sie sich weiter so unverantwortlich ihren Kindern gegenüber verhielt.

Die Aufforderung: „Los, komm sofort mit, das müssen wir uns nicht gefallen lassen", lief ins Leere. Carina erklärte ihrer Mutter, dass sie ganz hinter ihrem Freund stehen würde und nicht vor habe, je wieder in der Pampas zu leben. Im Gegenteil, Peter hätte ihr versprochen, alles dafür zu tun, dass ihre Familie eine menschenwürdige Unterkunft bekam.

Das schien Elvira ins Grübeln gebracht zu haben, denn von nun an hielt sie sich zurück. Peter hielt sein Versprechen. Er sorgte dafür, dass nicht nur Elvira mit dem kleinen Rüdiger, sondern auch Rose mit Mann und Tochter in eine neue Wohnung ganz in der Nähe seiner Gaststätte umziehen konnten.

Der Jahreswechsel wurde zünftig in Anneroses und Marios Kellerbar begangen.

Um Mitternacht setzte sich Elisa von den übrigen Gästen ab und schaute sich gedankenverloren das Feuerwerk über Gelsenkirchen an. Was würde das neue Jahr bringen? Jetzt war sie bald zwei Jahre verheiratet, aber von einer idealen Beziehung zwischen Alfred und ihr konnte man nicht reden. Zwar fetzten sie sich nicht, wie das ihre Eltern, oder Annerose und ihr Mann taten, aber trotzdem war immer eine Distanz zwischen ihnen. Oft kam es Elisa vor, als ob sie und Alfred einfach nicht die gleiche Sprache sprechen würden. Zudem hatte sich ihr Mann in ein ewig nörgelndes Muttersöhnchen verwandelt. Oder war er das immer schon gewesen? Käthe mischte sich ständig in alles ein, machte ihre Schwiegertochter permanent beim Sohn schlecht. Alfred gab die Kritik meist ungefiltert an seine Frau weiter, was zu zwangsläufig Problemen zwischen den Eheleuten führte.

Versuchte Elisa ein klärendes Gespräch mit ihrer Schwiegermutter zu führen, so kam es erneut zu Stress zwischen Alfred und ihr. Käthe hielt sich dann im Hintergrund und konnte sich meist ein hämisches Grinsen nicht verkneifen.
Annerose gesellte sich zu ihr. Sie verscheuchte die trüben Gedanken. „Hier, Perle, ich habe dir ein Glas Sekt mitgebracht. Das ist gut gegen dumme Grübeleien. Im neuen Jahr wird alles besser. Darauf stoßen wir jetzt an."
Elisa nahm ihr Glas. „Auf uns, die besten Freundinnen der Welt! Auf das uns alles gelingen wird, was wir uns vornehmen."

***

„Jetzt beeil dich aber, wir wollen Mutti nicht warten lassen", Alfred war sichtlich nervös, obwohl eigentlich kein Grund vorlag.
„Ja, ja, deine Mutter kann das Baby auch ohne uns anschauen, was soll die Eile? Übrigens muss ich sowieso noch mal."
Alfred stöhnte gequält. Wenn er etwas nicht ausstehen konnte, dann war es auf jemanden zu warten. Seine Frau ließ sich heute wieder einmal ganz besonders viel Zeit. Elisa schloss mit Nachdruck die Badezimmertür ab und setzte sich auf den Wannenrand. Sie hatte überhaupt keine Lust, den Nachmittag mit dem Gimpelclan zu verbringen. Zuerst wollte man die Schwägerin Sylvia im Krankenhaus besuchen und ihre neugeborene Tochter bewundern. Anschließend war ein fröhliches Kaffeetrinken bei der Schwiegermutter angesagt. Alfred hatte alles gemanagt, der Sonntag war komplett verplant. Seufzend stand Elisa auf und betätigte zur Sicherheit die Toilettenspülung. Ihr Mann sollte nicht mitbekommen, dass sie einfach ein paar Minuten allein sein wollte.
Vor dem Krankenhaus wartete bereits der Gimpelclan. Zu ihrer Verwunderung entdeckte Elisa ein unbekanntes Gesicht.
„Das ist Walter Waczolla, Carmens neuer Freund", klärte Lara sie auf. In Gedanken überschlug Elisa, wie alt, beziehungsweise

jung Alfreds jüngste Schwester war. „Wenigstens ist sie schon aus der Schule entlassen worden."
Lara ließ es sich nicht nehmen, ihre Schwägerin umfassend aufzuklären. „Entlassen worden schon, aber aus der achten Klasse. Unser Küken ist zweimal kleben geblieben. In ihrem Entlassungszeugnis hat sie es tatsächlich auf fünf Fünfer gebracht. Kein Wunder, wo sie sich doch mit einer Lehrerin geprügelt hat."
Elisa schaute ungläubig auf. „Was?"
„Ja, wirklich. Carmen hatte keinen Bock auf Hausaufgaben, was sie lautstark durch den Klassenraum gerufen hat. Die Lehrerin reagierte prompt und fing eine Diskussion an. Als Carmen die Argumente ausgegangen sind, ist sie ausfallend geworden, da hat ihre Klassenlehrerin ihr eine geklebt. Unsere Kleine schlug zurück, im wahrsten Sinne des Wortes. Da ihre schulischen Leistungen sowieso zu wünschen übrig ließen, hat sie das schlechteste Zeugnis ever verpasst bekommen."
„Ach herrje, da waren eure Eltern aber bestimmt geschockt!"
„Won wegen, Mutti und Papa sind der Meinung, dass ein Mädchen keine Ausbildung braucht, weil sie sowieso heiratet. Das haben sie mir schon immer gesagt. Deshalb habe ich bis zu meiner Hochzeit in der Strumpffabrik gearbeitet, obwohl ich so gerne eine Lehre als Schneiderin gemacht hätte. Unsere Carmen ist in einem Reinigungsshop beschäftigt, aber ich glaube nicht, dass sie das auf die Reihe kriegt." Lara ließ sich ihre Worte auf der Zunge zergehen. „Carmen sieht ja wirklich gut aus, aber sie ist strohdoof."
Inzwischen war man auf der Entbindungsstation angekommen. Sylvia präsentierte stolz ihre Tochter. „Die Kleine heißt Maren", verkündete sie. Gustav ging näher an die Scheibe, hinter der eine lächelnde Säuglingsschwester das Baby sanft im Arm wiegte. „Ne auch, was ist das Kind hässlich", gab er sein Urteil ab. An seinen Sohn gewandt fügte er hinzu: „Du bist ja schon hässlich gewesen, aber dieses Kind ist noch schäbiger."

Der folgende Tumult war filmreif:
„Guuustav", schrie Käthe.
„Ist doch wahr", brummelte Gustav.
Die Wöchnerin heulte auf und lief weinend den Flur entlang.
„Ihr könnt mich alle am Arsch lecken", das war einmal mehr der stolze Vater.
„Der könnte sich auch mal einen anderen Spruch einfallen lassen", gab Roland zu Besten.
„Aber so hässlich bin ich auch nicht gewesen", kam es leise von Alfred.
Elisa sah sich um, denn hinter ihr kicherte es leise. Sie hätte schwören können, dass Carmens neuer Freund sich köstlich amüsierte.
Später, beim Kaffeetrinken redete Käthe ihrem Mann ins Gewissen. „Wie kannst du nur sagen, das Kind wäre hässlich."
„Aber das stimmt wirklich", beharrte Gustav auf seinem Standpunkt.
„Papperlapapp, alle Neugeborenen sind faltig wie die Ferkel. Das Kind ist nicht schäbiger als andere auch. Überhaupt, unser Freddy war nicht so hässlich. Als er älter wurde, hatte er wirklich sehr schöne Locken."
Die Grimasse, welche Gustav jetzt schnitt, kam einem Lächeln sehr nahe. „Ja, und mit Laras Kleidern sah er aus wie ein kleines Mädchen", jetzt wurde er wieder grimmig. „Aber du musstest ihm die Locken unbedingt abschneiden lassen."
„Wie, was", Elisa fing einen warnen Blick von Freddy-Lockenköpfchen auf und fragte lieber nicht weiter. Allerdings war Käthe jetzt nicht mehr zu stoppen, sie sprudelte los.
„Du musst wissen, dass Gustav lieber Mädchen gehabt hätte. Deshalb trug Alfred in den ersten Lebensjahren Laras Kleider auf. Dann hatte er einen Autounfall. Scheinbar ist er auf die Fahrbahn gelaufen und unters Auto gekommen. Ich sehe die Szene noch immer. Der Fahrer trug das bewusstlose Kind bis zu unserer Wohnungstür. Er sagte: die Kleine ist mir vors Auto

gelaufen. Am nächsten Tag bin ich mit dem Kind zum Friseur gegangen. Schließlich war es doch ein Junge", ein kurzer Seitenblick auf Gustav, „das hat mir eine Menge Ärger eingebracht." Elisa wollte es nicht glauben. Was ihre Schwiegermutter so locker erzählte, schien einem schlecht gemachten Psychothriller entsprungen zu sein. ‚Psycho für Arme', dachte sie, hielt aber nach einem schnellen Blick auf Alfred den Mund. Sie konnte gut verstehen, dass ihm diese Story unendlich peinlich war und versuchte dem Gespräch eine neue Richtung zu geben. Sie wandte sich Carmens neuem Freund zu, der interessiert zuhörte. „Du bist also Walter. Ist das heute dein Antrittsbesuch?"

„Das könnte man so sagen", gab er zurück. „So lerne ich die ganze Familie auf einen Schlag kennen und bin direkt im Bilde."
Elisa grinste ihn an. „Das bist du jetzt wohl."
Alfred war sichtlich froh über die Ablenkung von seiner Karriere als Mädchen. „Was arbeitest du denn oder willst du auch Rentner werden, wie der frischgebackener Vater?", fragte er feinfühlig wie immer.
Wieder ein belustigtes Lächeln. „Ich habe Elektriker gelernt und arbeite unter Tage. Wir Püttrologen werden sowieso alle Frührentner. Ich gehe spätestens mit fünfzig Jahren in Rente, dann bist du noch richtig am Rackern."
Darauf wusste Alfred keine Antwort. Seine Schwester Carmen trug ihren Anteil zur Unterhaltung bei. „Wie das unter Tage ist weiß ich genau, schließlich bin ich schon einmal im Bergbaumuseum gewesen."
Ihr Freund schaute einen Augenblick irritiert. „Mein Arbeitsplatz sieht aber etwas anders aus."
Roland schlug ihm auf die Schulter. „Mach dir nix draus, sie sagt öfter mal ziemlich dumme Sachen. Sie meint das nicht so."
Carmen öffnete den Mund, da ihr aber keine Entgegnung einfiel, klappte sie ihn wieder zu, nicht ohne sich ein Stück Kuchen hin-

eingestopft zu haben. Dann besann sie sich anders. „Walter und ich wollen bald heiraten", verriet sie mit vollem Mund.
„Donnerwetter, das geht aber flott."
Die Familie war gebührend beeindruckt, selbst Gustav und Käthe schienen überrascht von dieser Ankündigung.
„Ein Glück", brummte Gustav schließlich. „Dann brauche ich dich nicht mehr lange durchzufüttern, wo du in der Reinigung rausgeflogen bist."
„Ich bin nicht rausgeflogen, sondern von selbst gegangen. Dieser Job war nichts für mich", erklärte Carmen. „Wo ich sowieso bald heirate, brauche ich auch gar nichts anderes mehr anzufangen."
Elisa wechselte einen belustigten Blick mit Lara. ‚Hauptsache der Bräutigam weiß, auf was er sich einlässt', dachte sie, hütete sich aber auch jetzt davor, diesen Gedanken laut auszusprechen. Stattdessen nahm sie sich noch eine Tasse Kaffee und ließ die Gespräche an sich vorbeiplätschern.
Inzwischen machte sie sich ernsthafte Gedanken um Annerose, die ganz offensichtlich unglücklich in ihrer Ehe war. Auch wenn die Freundin Marios Attacken verharmloste, so konnte man nicht mehr übersehen, dass er sie immer rüder behandelte. Elisa nahm sich fest vor, einmal ernsthaft mit Alfred über die ganze Sache zu sprechen, schließlich war er Marios Freund und konnte begütigend auf ihn einwirken. Auch ihre Eltern stritten sich immer öfter. Ihr Vater trank regelmäßig, wurde dann immer öfter laut und ausfallend, während Ilse keifte. Sie seufzte tief, ob ihre Eltern je erwachsen würden? Sie bezweifelte es. Wieder einmal nahm sie sich vor, es in ihrer Ehe nicht so weit kommen zu lassen.
„Du brauchst gar nicht so zu seufzen, schließlich habe ich die Arbeit", dieses Gekeife kam von Käthe und holte Elisa mit einem Schlag wieder in die Realität zurück.
„Wie meinen?"

„Hast du nicht zugehört? Solange der arme Junge einen Krankenschein hat, sorge ich dafür, dass er etwas Anständiges zu essen bekommt. Das habe ich doch gerade schon gesagt."
Elisa musste einen Moment überlegen, worum es ging. Richtig, Alfred war wegen einer Erkältung für ein paar Tage krankgeschrieben worden. Käthe hatte scheinbar vor, ihn zu bekochen. „Wenn du schon einmal dabei bist, dann kannst du auch für mich mitkochen, schließlich komme ich erst am späten Nachmittag von der Arbeit." Dieser Satz war nicht ernst gemeint, aber alle Ironie pralle an Käthe ab. Humor war für sie ein Fremdwort. Sie musterte ihre ungeliebte Schwiegertochter einen Augenblick kalt und ging sofort zur Attacke über. „Ich sehe gar nicht ein, deine Faulheit auch noch zu unterstützen."
Elisa verschlug es für einen Moment die Sprache. Was erlaubte sich diese impertinente Person eigentlich noch alles. „Ich glaube wir sollten jetzt nach Hause gehen", mit diesen Worten stand sie abrupt auf. Alfred folgte ihr mit einem verlegenen Achselzucken.
Auf dem Nachhauseweg herrschte ein unbehagliches Schweigen. Schließlich konnte Elisa nicht mehr länger an sich halten. „Sag mal, deine Mutter …"
Alfred unterbrach sie. „Die Mutti hat es nicht so gemeint. Es ist doch nett von ihr, dass sie für mich kocht, damit nimmt sie dir schließlich eine Menge Arbeit ab. Ich habe mir schon fest vorgenommen, ihr einen dicken Blumenstrauß mitzubringen."
Elisa verstand die Welt nicht mehr. „Das du für mich kochst, wo du zu Hause bist und ich arbeite, das kommt wohl nicht infrage? Ich schenke dir dann auch Blumen."
Alfred sah sie verblüfft an. „Natürlich nicht, schließlich bin ich ein ganzer Mann!" Mit dieser Erklärung schien das Thema für ihn abgeschlossen zu sein.
Elisa hätte vor lauter Wut und Frust am liebsten in das Armaturenbrett des Autos gebissen. Eisern verkniff sie sich die Bemerkung, dass ihr ganzer Mann offensichtlich in seinen ersten Le-

bensjahren in den Kleidern seiner älteren Schwester herumgelaufen war. Einen Augenblick lang fragte sie sich, ob eine solche Behandlung Folgeschäden mit sich bringen könnte. Was sollte sie dazu noch sagen? Diese Familie war wirklich nicht normal. So schwieg sie für den Rest des Abends, was Alfred nicht im Geringsten zu stören schien.

Ein paar Tage herrschte Funkstille, doch irgendwann gingen die beiden zur Tagesordnung über.
„Alfred, ich muss mit dir sprechen."
Dieser harmlos klingende Satz versetzte Alfred in Alarmbereitschaft. Er verschränkte die Arme vor der Brust und setzte sich in Positur. „Ja, was gibt's es denn?"
„Meinst du, du könntest einmal mit Mario reden?" Elisa hatte sich schon lange vorgenommen, mit ihm über Annes Eheprobleme zu sprechen und fasste nun den Stier bei den Hörnern. „Er hat seiner Frau schon wieder ein Veilchen verpasst, das geht doch nicht."
Wirklich hatte Mario wieder einmal die Beherrschung verloren und seine Frau gnadenlos verprügelt. Erschreckend war, dass er sie jedes Mal schlimmer attackierte. Selbst Annerose mit ihrem Optimismus konnte das nicht mehr verschleiern.
Alfred verzog gequält das Gesicht. „Lass mich damit in Ruhe. Die Alte ist selbst schuld. Was provoziert sie den armen Mario auch immer. Er hat mir sein Leid geklagt, er vermutet, dass Annerose ihn betrügt. Denk doch mal, wie sie auf Grand Canaria aufgetreten ist. Die Show hätte sie mit mir auch nicht durchziehen können, ich hätte sie schon viel früher aus der Disco geprügelt."
Elisa verschlug es die Sprache. Offensichtlich hatten die Freunde bereits über die ganze Sache geredet und Alfred schien Marios Verhalten zu billigen. Das hätte sie selbst von ihrem Macho nicht erwartet. „Aber Alfred, es ist einfach schrecklich, dass Mario seine Ehefrau verprügelt, egal wie sie sich verhält. Selbst

wenn sie ihn noch so provoziert, so hat er noch lange nicht das Recht dazu. Und was heißt hier Annerose betrügt ihren Mann, das stimmt überhaupt nicht. Für meine beste Freundin lege ich beide Hände ins Feuer."
„Dann pass mal auf, dass du dich nicht ganz böse verbrennst. Ich will nicht weiter über Mario und Annerose sprechen. Die sollen sehen, wie sie klarkommen."
Mit Alfred war in dem Punkt nicht zu reden, Elisa gab frustriert auf. Sie würde versuchen, Annerose so weit es ging allein zu helfen.

Die Gelegenheit zu einem Gespräch ergab sich schon in den nächsten Tagen. Elisa fuhr nach der Arbeit bei ihrer Freundin vorbei, um die letzten Näharbeiten an ihren Karnevalskostümen auszuführen. Am Samstag sollte eine große Karnevalsfete in Peters Gaststätte stattfinden. Die zwei Freundinnen hatten sich zu diesem Anlass Kostüme genäht, die es fertig zu stellen galt. Elisa war nicht wenig erstaunt, einen Mann in der Wohnung vorzufinden.
„Das ist Kurt", klärte Annerose sie auf. „Ein Arbeitskollege, der zufällig vorbeigekommen ist."
Kurt fühlte sich sichtlich unwohl. Er verabschiedete sich bald, nicht ohne Annerose tief in die Augen geblickt zu haben. „Bis morgen dann", murmelte er dabei.
Elisa verstand die Welt nicht mehr, hatte sie nicht vor kurzem Stein und Bein geschworen, dass die Freundin ihren Mann niemals betrügen würde. „Sag mal, bist du jetzt von allen guten Geistern verlassen? Was meinst du passiert, wenn Mario von dem Besuch erfährt? Du hast doch wohl nix mit diesem Kurt, oder?"
Nervös zog Annerose an ihrer Zigarette. „Du hast es gut, du kommst mit deinem Mann klar. Wenn Alfred auch nicht der Hellste ist und manchmal schwierig, so würde er dich niemals anfassen."

„Das spielt hier keine Rolle, obwohl ich nicht weiß, wie Alfred reagieren würde, wenn ich mich so aufführen würde wie du das manchmal tust." Das waren harte Worte, aber Elisa wollte Tacheles mit ihrer besten Freundin zu reden, das musste ihre Freundschaft aushalten.

„Setz dich mal nicht aufs hohe Pferd, Elisa Jollenbeck, sonst fällst du nachher ziemlich schmerzhaft auf den Allerwertesten. Du hast ja wohl schon gemerkt, dass Mario sich unheimlich verändert hat, oder. Er ist nur noch nett zu mir, wenn jemand dabei ist. Sind wir allein, ist er im besten Fall gleichgültig und despotisch. Allerdings hat er immer öfter richtig schlechte Laune. Dann mutiert er neuerdings zu einem sadistischen Monster. Es genügt das kleinste Wort und er fühlt sich provoziert. Dann setzt es auf jeden Fall Ohrfeigen oder er zerrt mich ins Bett und benutzt mich einfach. Wie soll ich das aushalten, wenn ich nicht wenigstens ab und zu was fürs Herz habe. Kurt ist so nett und fürsorglich zu mir. So wie Mario es früher war. Um präzise auf deine Frage zu antworten: Klar habe ich was mit Kurt. Noch etwas, ich glaube, Mario betrügt mich. Möglicherweise sogar mit meiner eigenen Schwester."

Elisa schluckte. Sie hatte mit allem gerechnet, aber ganz bestimmt nicht mit dem Szenario, welches die Freundin ihr aufzeigte. „Ob Mario dich betrügt, oder nicht, Fremdgehen ist keine Lösung. Nicht aus Rache und nicht fürs Herz, wie du so schön sagst. Im Gegenteil, du schaffst dir immer noch mehr Probleme. Wenn es zwischen euch nicht mehr klappt, dann musst du die Konsequenzen ziehen und ihn verlassen. Anschließend kannst du dir immer noch einen netten Mann suchen, wenn du das möchtest."

Annerose fiel ihr ins Wort. „Wie du dir das vorstellst klappt es niemals. Wenn ich Mario verlasse, dann muss ich ausziehen und ihm die Wohnung, vielleicht auch das Haus überlassen. Dass würde meinem Vater das Herz brechen. Mal abgesehen davon,

dass mein Vater große Stücke auf Mario hält. Er würde mich niemals verstehen."
„Hat denn dein Vater noch nicht mitbekommen, wie Mario dich behandelt? Vor allem; hat er all die blauen Flecken nicht bemerkt? So blind kann man doch nicht sein, schon gar nicht, wenn es um die eigene Tochter geht. Bei allem, was meinen Vater und mich in letzter Zeit trennt, wenn er bemerken würde, dass Alfred mich misshandelt, würde er mit einem Stuhlbein losgehen und Alfred damit den Schädel einschlagen. Da kannst du Gift drauf nehmen."
„Mario sorgt schon ganz gut dafür, dass mein Vater außen vor bleibt. Er hat mir ganz massiv gedroht, mich nicht bei den Eltern blicken zu lassen, als ich das blaue Auge hatte. Im Gegenteil, er hat meine Eltern beim letzten Mal besucht und ihnen vorgemacht, ich würde krank zu Hause liegen und er würde mich aufopfernd pflegen."
„Weißt du, Anne, vielleicht möchten deine Eltern gar nichts wissen. Wenn du sie vor vollendete Tatsachen stellst, dann sind sie bestimmt auf deiner Seite. Überhaupt, wie stellst du dir das in Zukunft vor? In der Woche machst du mit diesem Kurt rum. Am Wochenende lässt du dich von Mario verprügeln, der seinerseits ein Verhältnis mit deiner Schwester hat?"
„Eigentlich stelle ich mir im Augenblick gar nichts vor. Ich lebe einfach vor mich hin und versuche das Beste aus der Situation zu machen." Mit einem Augenzwinkern stand Annerose auf. „Komm mit, ich will dir was zeigen."
Sie führte Elisa ins Schlafzimmer, wo sie auf ein Foto wies, das auf Marios Nachttisch stand. „Das habe ich machen lassen, als er mir das letzte Veilchen verpasst hat. Du kannst dir das Gesicht des Fotografen nicht vorstellen, als ich ihm sagte, dass es sich um ein Geschenk zum Hochzeitstag für meinen Mann handelt." Sie kicherte. „Und erst mal Marios Gesicht, als ich ihm das Bild zum Hochzeitstag überreichte. Jedes Mal, wenn er nach Hause kommt, legt er es in die Nachttischschublade, und jedes

Mal wenn er wieder fährt, hole ich es heraus und stelle es auf."
Resigniert schüttelte Elisa den Kopf. „Annerose von der Heidt, du bist unmöglich."
Anne nahm ihre Freundin kurz in den Arm. „Du hilfst mir sehr, indem du dir Gedanken um mich machst und ich immer mit dir reden kann. Aber jetzt haben wir genug Trübsal geblasen. Ich freue mich schon tierisch auf den Samstag. Jetzt los, wir wollen schließlich fertig werden."
„Na gut, aber lass dir meine Worte durch den Kopf gehen. Übrigens machen wir deinen Schlitz im Kleid nicht ganz so hoch, sonst flippt Mario sofort aus." Entschlossen setzte sich Elisa an die mitgebrachte Nähmaschine, um ihr Vorhaben direkt in die Tat umzusetzen.

Peter, der an einem Rosenmontag geboren war, machte seinem Geburtstag alle Ehre. Von Natur aus schon ziemlich jeck, übertraf er sich zu Karneval selbst.
Heute empfing er seine Gäste mit einer spiegelblanken Glatze, die von einem knallroten Lockenkranz umgeben war. Im Gesicht prangte eine dicke rote Nase. Er steckte in einem engen, bodenlangen, geringelten T-Shirt, unter dem zwei unglaublich lange Schuhe hervorlugten. Mit seiner rappeldürren Gestalt und dem kapitalen Bierbauch sah er zum Schießen aus.
„Hallo Brüderchen, wo hast du diese Verkleidung aufgetan? Das sieht abgefahren aus, aber sag mal, stört die Nase nicht beim Trinken?" Elisa hatte sich ein Zigeunerkostüm genäht und kam sich darin, in Gegensatz zu ihrem Bruder, fast normal vor.
Peter grinste sie an, zog an seiner Knollnase und setzte sie sich auf die Stirn. „Gut, dass es nicht meine echte Nase ist, sonst müsste ich in der Tat verdursten", sprach's und nahm einen tiefen Zug aus seinem Bierglas. Anschließend wackelte er um den Tresen herum, um nahm Annerose in den Arm zu nehmen. „Hallo, Madam Butterfly, ich bin ein einsamer Seemann und suche einen neuen Hafen."

Anne, die sich passend zu ihrem chinesischen Kleid weiß geschminkt hatte, schlug ihm ihren Fächer um die Ohren: „Bling mich nicht zum Ellöten, Sailor! Ich bin schon velgeben."
„Dieser Akzent macht mich schwach, vielleicht überlegst du dir's noch einmal. Du weißt, dass ich immer schon eine Schwäche für dich hatte, Schönheit. Aber du musstest unbedingt heiraten, bevor ich dir einen Antrag machen konnte. Das Leben ist hart", mit diesen Worten watschelte Peter wieder hinter seinen Tresen, denn mit diesen Schuhen schien es nicht möglich zu sein, sich normal fortzubewegen.
„Bin gespannt, wie lange der so 'rumlaufen will", das konnte nur von Alfred kommen, der, genau wie sein Kumpel Mario, nichts von derartigen Lächerlichkeiten hielt. Bald gesellten sich auch Roland und Lara zu ihnen, die zwar nicht verkleidet, aber guter Dinge waren. Elisa kramte ihren Lippenstift aus der Tasche und malte Roland ein Herzchen auf die Wange.
„So, Schwager, jetzt bist du auch verkleidet."
„Das Herzchen ist in Ordnung, Hauptsache du singst nicht wieder." Lara wollte schon im Vorfeld alle Unklarheiten beseitigen.
Nach und nach füllte sich die Gaststätte mit mehr oder weniger verkleideten Gästen. Der Stimmungspegel stieg mit jedem Bier weiter an, was nicht zuletzt am Wirt lag, der es sich nicht nehmen ließ, an den Tischen zu bedienen. Da er aufgrund seiner überdimensionalen Schuhe nicht richtig laufen konnte, war nie sicher, ob das Glas den Weg vom Tresen bis zum Tisch in gefülltem Zustand überstehen würde, was der guten Laune von Wirt und Gästen keinen Abbruch tat. Roland gab neue Geschichten aus dem Hause Gimpel zum Besten. „Der Papa ist zur Zeit auf Montage", erzählte er, „und er hat für die Zeit ein Firmenauto."
„Wie schön für ihn", gab Alfred gelangweilt zurück.
„Er ist der Meinung, dass sein privates Auto während dieser Zeit wenigstens einmal in der Woche laufen sollte."

„Ach, und jetzt fährst du den Mercedes?" Das interessierte Alfred wiederum.
„Aber nein, was denkst du denn? Als ob der Papa jemand anderen mit seinem Wagen fahren lassen würde. Du kennst doch deinen Vater gut genug. Nein, die Mutti geht jede Woche runter in die Garage."
„Aber Mutti hat doch gar keinen Führerschein." Alfred war einigermaßen verblüfft.
„Sie soll ja auch nicht fahren", Lara mischte sich ein. „Sie soll den Wagen bloß starten und dann laufen lassen."
„???"
„Also", klärte Roland die staunenden Zuhörer auf, „die Mutti geht jede Woche in die Garage, startet den Wagen und gibt für 10 Minuten Vollgas. Dann stellt sie den Motor ab und wäscht den Wagen, denn das ist ihre Aufgabe. Der Papa gibt ihr immer fünf Mark dafür. Allerdings haben sich schon einige Nachbarn über die Rauchentwicklung beklagt und laut ist das auch."
„Bei laufendem Motor das Garagentor zu schließen ist vielleicht nicht die Lösung", amüsierte sich Elisa. „Obwohl dem alten Drachen selbst die Autoabgase nichts ausmachen würden", flüsterte sie Annerose zu, die zustimmend kicherte.

Zu vorgerückter Stunde ließ es sich Roland nicht nehmen, die ‚Capri-Fischer' zu schmettern, während seine Frau konsterniert die sanitären Anlagen aufsuchte.
„Bravo. Jetzt ein Duett für meine heimliche Liebe, die schöne Annerose", gab sich Peter begeistert und stimmte in das Lied mit ein, ohne allerdings den Text zu kennen. Er improvisierte einfach, was Roland weder zu stören, noch zu beeindrucken schien. Arm in Arm beendeten die beiden den alten Schlager.
„Das war aber mal schön, wir sollten uns überlegen, ob wir nicht ins Show-Bizz einsteigen, allerdings musst du dann auch 'ne Glatze tragen, alter Kumpel." Peter schlug dem sangesfreudigen Roland auf die Schulter.

Kein Problem", nuschelte Roland, „die Groupies werden unsere kahlen Köpfe super sexy finden."
„Ich gebe' dir gleich Groupie", Lara hatte sich wieder zu ihnen gesellt. „Wenn du dich noch mal unterstehst zu singen, dann kannst du was erleben."
Roland nahm sie in den Arm. „Lara, ich mag es, wenn du so streng guckst."

***

„Ich glaube du hast recht, so geht es nicht mehr weiter", mit diesen Worten meldete sich Annerose am Telefon.
„Ähm, ja, können wir nachher telefonieren?", gab Elisa genervt zurück. Die Freundin hatte sie auf der Arbeitsstelle angerufen. Da Elisa in einem Großraumbüro saß, war sie sich der zwanzig Paar Ohren die mithörten nur zu bewusst. Annerose ignorierte die Bitte und brach in Tränen aus. „Was glaubst du, wie er durchgedreht ist. Er hat die Tür aus dem Wohnzimmerschrank gerissen und sie Kurt auf den Kopf geschmettert. Der Schrank ist eine Maßanfertigung und sau teuer gewesen. Als Kurt dann weg war, hat er mich geschlagen. Du kannst dir nicht vorstellen, wie ich aussehe."
„Moment, was ist los?", Elisa traute ihren Ohren nicht. „Jetzt mal ganz ruhig. Was ist passiert?"
Unter Schluchzen erzählte Annerose von Anfang an: Mario war früher als erwartet ins Wochenende gegangen. Er hatte seine Frau mit ihrem Lover in flagranti erwischt. Annerose, die ihn erst am nächsten Tag erwartet hatte, fiel aus allen Wolken, als er plötzlich im Wohnzimmer stand. Mit einem Blick erfasste er die Situation. Es kam zu der unschönen Szene, in der Mario die Schranktür des Barfaches mit roher Gewalt entfernte und sie seinem Widersacher auf den Schädel donnerte. Der ging erst einmal zu Boden und anschließend leicht taumelnd nach Hause. Dabei scherte er sich keinen Deut um die Geliebte, die seinen Niedergang sowohl hilflos als auch leicht bekleidet mit anschau-

en musste. Anschließend kümmerte sich Mario um seine Frau. „Er hat mich grün und blau geschlagen, anschließend ist er weggefahren. Ich habe bisher noch nichts von ihm gehört."
„Ach Anne, du doofes Kamel, was hast du denn da wieder ins Rollen gebracht." Elisa wusste wirklich nicht, was sie der Freundin noch alles vor den Kopf werfen musste, bevor sie sich besann. „Ich habe dir schon vor einiger Zeit zu einer Trennung geraten, vielleicht wirst du jetzt endlich schlau. Oder denkst du wirklich, dass ihr eure Ehe nach allem, was passiert ist noch kitten könnt? "
„Ja, nein, aber mein Vater. Er wird so enttäuscht von mir sein." Elisa war wirklich wütend, deshalb vergaß sie die zuhörenden Arbeitskollegen um sich herum kurzzeitig. „Verdammt noch mal, Anne. Wenn dein Vater enttäuscht ist, weil du dich für das blöde Haus nicht grün und blau hauen lässt, dann pfeiff' auf ihn. Entweder du versuchst mit Mario klarzukommen oder du machst einen sauberen Schnitt und trennst dich von ihm. Alles andere wird nicht funktionieren. Hör endlich auf zu jammern, ich kann es nicht mehr hören."
Plötzlich tauchte Elisas Chef neben ihr auf. „Ich hoffe ich störe nicht, Frau Gimpel. Diesen Brief müssten sie noch einmal schreiben. Ich habe einige Änderungen vorgenommen …"
„Bis nachher, ich komme dann vorbei", mit diesen Worten würgte sie Annerose ab.

Unbehaglich rutschte Elisa auf dem Sessel hin und her. Sie war direkt nach der Arbeit bei ihrer Freundin vorbeigefahren. Eine verquollene Annerose öffnete ihr die Tür und fiel ihr schluchzend um den Hals. Elisa tätschelte ihr, beruhigende Worte murmelnd, den Rücken. Anschließend platzierte sie die immer noch Schluchzende im Wohnzimmer und kochte erst einmal Tee. Vordergründig um die Freundin zu beruhigen, aber eigentlich um ihre Gedanken zu sammeln. Jetzt saß sie Annerose gegen-

über und nippte an ihrer Tasse. „Was ist mit Kurt? Hat er sich noch einmal blicken lassen, oder wenigstens angerufen?"
Anne schluchzte in ihren Tee. „Er hat kurz angerufen und gesagt, dass er mich nicht mehr treffen möchte. So ein erbärmlicher Feigling! Nicht nur, dass er sich einfach aus dem Staub gemacht hat, jetzt macht er auch noch Schluss."
„Er dachte wahrscheinlich, dass ein Verhältnis mit einer verheirateten Frau problemlos vonstatten geht. Ab und zu ein bisschen herummachen und keine Verantwortung übernehmen. Dass ihm der betrogene Ehemann gleich eine Schranktür auf den Kopf haut, gehörte nicht zu seinem Plan. Das siehst du, was das für einer ist." Elisa hatte sich vorgenommen, rücksichtslos ihre Meinung zu äußern. „Daran solltest du in Zukunft denken, wenn du dich wieder auf ein außereheliches Abenteuer einlässt."
„Lass mal, mein Bedarf an Abenteuern gedeckt. Jetzt mache ich Nägel mit Köpfen. Ich werde die Scheidung einreichen", Annerose schien wild entschlossen. „Aber vorher muss ich noch eine Kleinigkeit erledigen. Ich werde mich vergewissern, ob Mario mich betrügt. In Verdacht habe ich ihn schon lange. Wahrscheinlich treibt er es mit meiner Schwester."
‚Ach Anne, was spielt das noch für eine Rolle', dachte Elisa und sah die Freundin mitleidig an. Laut sagte sie: „Wie stellst du dir das vor und vor allem, warum willst du dir das antun?"
Annerose hörte gar nicht zu, sondern schmiedete Pläne. „Ich werde ihn beschatten. Zuerst kaufe ich mir eine Perücke, dann fahre ich nach Stuttgart. Dort ist er im Moment auf Montage. Die Adresse habe ich mir schon besorgt. Ich werde schon rauskriegen, was er treibt. Der Mistkerl macht selbst fremd herum und will mir den Moralapostel vorspielen."
„Wie lächerlich! Ich komme mir vor, wie in einer Schmierenkomödie!" Das konnte und wollte Elisa nicht mehr nachvollziehen. Sie stand auf. „Ich weiß wirklich nicht, was es dir bringt. Ich hatte einen langen Tag und werde jetzt nach Hause fahren.

Sicher sitzt Alfred schon sauer in einer Ecke und wartet auf sein Essen. Der ist auch nicht so ohne, weißt du."
„Ich möchte wirklich nicht, dass du wegen mir Streit mit Alfred bekommst." Annerose war das personifizierte schlechte Gewissen. „Danke, dass du mir zugehört hast."
„Ach was, ich werde Alfred eine doppelte Portion Currywurst mit Pommes mitbringen, das wird ihn besänftigen. Mach dir mal wegen mir keine Sorgen, ich habe alles im Griff. Jetzt versuch einfach 'runter zu kommen. Vielleicht überlegst du dir ja auch noch, ob du Mario hinterherschnüffeln willst."
Annerose ließ sich nicht beirren. „Du kannst sagen, was du willst. Ich muss wissen, wo ich mit ihm dran bin."
Elisa zuckte mit den Schultern. Anne ließ in diesem Punkt nicht mit sich reden. Sie drückte ihre Freundin kurz an sich. „Wenn du heute Nacht Probleme hast, dann ruf mich an. Wozu hat man schließlich Freunde und melde dich morgen kurz."
Wie vermutet wartete Alfred schon auf seine warme Mahlzeit und tat seinen Ärger lautstark kund.
Wieder zuckte Elisa mit den Schultern. „Weißt du was, mein Bester? Frag doch einfach deine Mutti, ob sie wieder für dich kocht. Da schmeckt es auch besser." Mit diesen Worten knallte sie die Schlafzimmertür hinter sich zu. Eine durchgedrehte, heulende Freundin und ein angesäuerter Ehemann, das war mehr als genug für einen Tag.

Wirklich kaufte Annerose sich in den nächsten Wochen eine Perücke und machte sich auf nach Stuttgart, um ihren Ehemann zu observieren. Elisa, der die Geschichte inzwischen mehr als lächerlich vorkam, versuchte dieses Räuber- und Gendarmspiel zu ignorieren. Allerdings gelang ihr das nur bedingt, denn ein paar Tage später bekam sie einen Anruf von Annes Schwester. Rosemarie teilte ihr kurz mit, dass Annerose sich den Arm gebrochen hätte und noch eine Woche in Stuttgart im Krankenhaus

bleiben müsse. „Aber Mario kümmert sich wirklich gut um sie, was bei dem Auftritt nicht selbstverständlich ist."
 Elisa war baff. „Wie jetzt, Anne ist in Stuttgart im Krankenhaus? Überhaupt, von was für einem Auftritt redest du?"
„Die durchgeknallte Tussie ist plötzlich in der Kneipe aufgetaucht, in der Mario sein Feierabendbier getrunken hat. Du kannst dir nicht vorstellen, wie sie sich aufgeführt hat. Es ist zum Handgemenge gekommen und dabei hat sie sich den Arm gebrochen." Rosemarie ließ sich jedes Wort auf der Zunge zergehen.
„Moment, woher weißt du denn, wie deine Schwester sich aufgeführt hat? Hat Mario dir das erzählt?"
„Ich war zufällig dabei. Jetzt habe ich gar keine Zeit mehr. Meine Schwester meldet sich bei dir, wenn sie wieder zu Hause ist."
Aufgelegt ...
Elisa mochte nicht glauben, was sie zu hören bekommen hatte. Vor allem wusste sie nicht, in welchem Krankenhaus Annerose sich überhaupt befand und ob sie Hilfe brauchte. Sie versuchte einige Male vergeblich Rosemarie zu erreichen. Die Eltern wussten bestimmt nicht, was sich zwischen den Eheleuten abspielte, so versuchte Elisa erst gar nicht mit ihnen Kontakt aufzunehmen. Hoffentlich würde sich Mario wirklich um seine Frau kümmern.

Einige Zeit später erfuhr sie die Story aus erster Hand. Annerose wurde nach einer guten Woche wirklich von ihrem Ehemann nach Hause gebracht. Mario verabschiedete sich allerdings sofort wieder und fuhr zurück nach Stuttgart. Das war Elisa nur recht, so konnten die Freundinnen ungestört reden.
Annerose war ihrem untreuen Ehemann in geheimer Mission gefolgt. Die Baustelle, auf der er tätig war, fand sie problemlos. Hier wartete sie einige Stunden und folgte ihm nach Feierabend mit Abstand bis zu seinem Quartier. Ob es nun an der Perücke und der Sonnenbrille lag oder daran, dass Mario nicht mit seiner

Frau rechnete, jedenfalls bemerkte er sie nicht. Vor der kleinen Pension wartete sie wieder eine geraume Weile. Mario ließ sich Zeit, kam dann Arm in Arm mit Rosemarie zur Tür heraus.
„Was denkst du, wie ich geguckt habe, spazieren die Schlampe und mein Mann quietsch vergnügt an mir vorbei. Es ist ganz klar, was die beiden die ganze Zeit auf dem Zimmer getrieben haben. Küsschen hier und Küsschen da, so gehen sie die Straße 'runter bis zu einer Kneipe. Ich fahre langsam hinterher, parke direkt um die Ecke, schließlich will ich schnell wieder weg. Zur Sicherheit schaue ich durchs Kneipenfenster. Sie sitzt dick und fett auf Marios Schoß. Zu allem Überfluss fummelt sie auch noch an ihm rum. Ich sage dir, bei mir sind sämtliche Sicherungen rausgeflogen." Annerose musste erst einmal Luft holen.
„Fuchtel nicht so mit dem Gips Arm herum, sonst brichst du dir den Flügel direkt noch einmal", ermahnte Elisa sie.
„Den Arm breche ich mir höchstens auf dem Kopf meiner Schwester. Sie hat dann unter Garantie einen Schädelbruch."
„Aber Anne!"
„Aber Anne", äffte Annerose die Freundin nach. „Nix, aber Anne! Hör mir erst einmal weiter zu."
„Ich bin ganz Ohr. Bei dir sind die Sicherungen rausgeflogen."
„Ja, eben. Ich bin also rein in die Kneipe, habe die Schlampe von Marios Schoß gerissen, an den Haaren natürlich. War das schön ein Büschel von ihren gefärbten Zotteln in der Hand zu behalten. Mario ist aufgesprungen, ich habe ihm eine geknallt, richtig schön feste auf die Zwölf. Auch das war sehr befriedigend. Dann kam mein erster Fehler. Ich habe die beiden nämlich auch noch beschimpft, was ihnen Zeit gab, sich von dem Schreck zu erholen. Mario holte mächtig aus. Ich habe allerdings ganz gute Reflexe und bin unter seinem Schlag weggetaucht. Das war ganz schön knapp, ich hab's noch zischen hören."
Elisa lauschte mit offenem Mund. Das war ja schlimmer als der wildeste Actionfilm.
„Und dann?"

„Was meinst du, dann habe ich Fersengeld gegeben. Jetzt kam mein zweiter Fehler. Ich hatte, ordentlich wie ich bin, das Auto abgeschlossen. Ehe ich drinnen saß, war Mario schon zur Stelle und hat versucht mich wieder auf die Straße zu zerren. Wahrscheinlich wollte er mich ganz fürchterlich vermöbeln. Hinter ihn stand Rosemarie und heulte. Na ja, schließlich hatte ich ihr ein dickes Büschel Haare ausgerissen. Langer Rede kurzer Sinn, irgendwie ist mein Arm dabei zu Bruch gegangen. Das tat ganz schön weh. Ich habe angefangen zu schreien: Aua mein Arm und so. Mario hat vor lauter Verblüffung nicht mehr an mir gezogen. Dann gab jemand gab ihm den Rat, mich lieber ins Krankenhaus zu fahren, der Arm stand nämlich ziemlich komisch ab. Den Rest weißt du schon."

„Allerdings, der Anruf deiner Schwester war mehr als merkwürdig. Ich glaube sie hatte ursprünglich vor, dich bei mir schlecht zu machen und sich auszuheulen. Da ist sie leider an die falsche Adresse geraten. Das ist vielleicht ein Miststück, aber das wissen wir beide ja schon seit einer Weile. Obwohl, so viel Abgebrühtheit, ein Verhältnis mit dem eigenen Schwager anzufangen, hätte ich selbst ihr nicht zugetraut. Ich sage jetzt nicht das hast du davon. Aber wie soll es weiter gehen? Abgesehen davon, dass dein Bruch erst einmal anständig heilen muss."

„Ich habe im Krankenhaus Zeit genug gehabt darüber nachzudenken. Obwohl Mario das schlechte Gewissen in Person ist und sich wirklich um mich gekümmert hat, werde ich mich doch wohl scheiden lassen. Ich kann es nicht ertragen, dass er es mit meiner Schwester getrieben hat."

Elisa runzelte die Stirn. „Du hast ihn auch betrogen, oder? Trotzdem glaube ich, dass eine Scheidung die beste Lösung ist. Ich kann mir überhaupt nicht vorstellen, dass ihr wieder zusammenkommen könnt. Dazu ist zu viel zwischen euch passiert. Weiß Mario schon von deinem Entschluss?"

„Aber nein", Annerose rutschte unruhig auf ihrem Sessel hin und her. „Am Wochenende will er nach Hause kommen, dann

sage ich es ihm. Mit meinem Vater rede ich noch nicht, dem sage ich Bescheid, wenn ich geschieden bin."
„Meinst du, dass das die richtige Taktik ist? Solltest du nicht im Vorfeld mit deinen Eltern sprechen?"
„Das musst du schon mir überlassen", jetzt bekam die Freundin den typischen bockigen Annerose Blick. Elisa wusste aus Erfahrung, dass jedes weitere Wort überflüssig war.
„Ach, mein Mädchen, so haben wir uns die Ehe mit unseren Traumprinzen wirklich nicht vorgestellt", sagte sie stattdessen.
„Wenn es bloß die Traumprinzen gewesen wären", meinte Annerose trocken. „Ich glaube wir haben beide den falschen Frosch geküsst."

***

„Das wundert mich aber wirklich. Deine Schwester ist doch sonst die Sparsamkeit in Person. Kein Auto, eine billige Altbauwohnung, nur gebrauchte Klamotten für die Kleine und auch für sich. Mal abgesehen davon, dass Sylvia in jedes Gebüsch krabbelt, um Leergut aufzusammeln und das Flaschenpfand zu kassieren. Der Clou ist ja, dass sie letztens ein Paar gebrauchte Gummistiefel von deinen Eltern mitgenommen hat, obwohl die ihr und ihrem Ronny viel zu groß sind. Vielleicht hofft sie, dass die Elbkähne ihrer Tochter in zwanzig Jahren passen."
Alfred warf Elisa einen warnenden Blick zu. „Mach meine Schwester nicht so mies. Es ist doch schön, dass sie ihren Geburtstag mit der Familie feiern will."
„Das sage ich doch auch gar nicht, zumal wir vielleicht Franz-Rainers Familie als ganz normal und nett kennenlernen. Nach der verkorksten Hochzeit hat man so gar keinen Kontakt mehr gehabt. Es verwundert mich einfach, dass sie mit uns feiert."
Alfred und Elisa waren inzwischen vor der Wohnung des Geburtstagskindes angelangt, Sylvia öffnete freudestrahlend die Tür.
„Herzlichen Glückwunsch und alles Gute."

„Danke, meine Lieben." Sylvia war bester Laune, was bei der sonst eher sauertöpfischen Person nicht oft vorkam.

Im Wohnzimmer hatte sich bereits der gesamte Gimpelclan versammelt. Elisa setzte sich neben Lara und Roland. „Du meine Güte, deine Schwester ist ja heute richtig gut drauf. Sie muss genug Geschenke bekommen haben", flüsterte sie der Schwägerin zu.

Lara grinste. „Ich bin gespannt, ob sie auch noch gut drauf ist, wenn die Familie Wuttke anrückt."

Wie auf Kommando läutete die Türglocke. Bald darauf gesellten sich Franz-Rainers Eltern und sein Bruder nebst Ehefrau zu ihnen.

„Wieso denke ich immer an einen Metzger, wenn ich diesen Ewald sehe?", wisperte Elisa Roland zu.

„Vielleicht weil seine Frau wie ein Suppenhuhn aussieht", gab der zurück.

Elisa kicherte, denn ihr Schwager hatte Recht. Gertrud sah wirklich aus wie ein Huhn, zumal sie auch noch ihren Kuchen zerkrümelte und mit den Fingern aufpickte.

„Sag mal, hast du an die neuen Hefte gedacht?", fragte Franz-Rainer seinen Bruder beim Kaffeetrinken.

„Ja, du geiler Sack", war die Antwort.

Elisa guckte erstaunt von einem zum anderen. Scheinbar war sie die Einzige, die nicht wusste was hier abging, denn alle anderen Gäste ließen sich nicht stören.

„Iss ruhig weiter, die Brüder tauschen öfter Pornohefte untereinander aus." Roland stupste sie an und sie führte die Kuchengabel mechanisch zum Mund.

„Das haben die Jungen von ihrem Vater, er hat damit angefangen", erklärte Franz-Rainers Mutter, die genüsslich weiter an ihrer Torte löffelte, während ihr Mann strahlte.

„Jawoll, wir tauschen alle untereinander."

„Tatsächlich?" Elisa wandte sich an ihre Schwägerin. „Stört dich das gar nicht?"

„Bist du spießig", war die Antwort. „Ronny und ich gucken uns die Hefte zusammen an, das ist total heiß."
„Wenn ihr das braucht. So weit ist es bei uns wirklich nicht." Alfred kam seiner Frau zu Hilfe, was Elisa in Erstaunen versetzte. Sie freute sich über die unerwartete Schützenhilfe.
„Ach, ihr arbeitet so ganz ohne Hilfsmittel, wie langweilig", mischte sich Ewald ein.
„Also ich habe es bis jetzt alles andere als langweilig gefunden und Arbeit ist das auch nicht. Was verstehst du denn bitte unter Hilfsmitteln? Pornohefte?" Elisa fühlte sich wirklich angegriffen, sie setzte noch eins drauf. „Wenn das alles ist, das finde ich nun wieder langweilig. Mehr hast du wohl nicht zu bieten, was?"
Ewald taxierte sie mit einem kühlen Blick, dann wandte er sich seiner Frau zu. „Gertrud, Schätzchen, sei so nett. Zeig der kleinen Elisa, was du für Hilfsmittel bei dir hast."
„Was denn, hier und jetzt?" Gertrud schien verblüfft, angelte aber trotzdem nach ihrer Handtasche und kramte darin herum. Schließlich wurde sie fündig, zog einen länglichen rosafarbenen Gegenstand hervor und stellte ihn mitten auf den Kaffeetisch.
„Den kriegt keine von euch ganz rein", verkündete sie lässig. Wieder blieb Elisa der Mund offen stehen. Sie betrachtete das Teil mit widerwilligem Interesse, denn etwas Derartiges hatte sie bislang noch nicht gesehen.
„Woher willst du das denn wissen, hast du es schon mal ausprobiert", fragte Roland in das verblüffte Schweigen hinein.
Gertrud nickte heftig. „Aber ja!"
Louis beäugte den Gegenstand interessiert. „Schmeckt der große Lolly nach Himbeere, Tante Gertrud?" Er wandte sich an seine Mutter. „Solche großen Dauerlutscher gibt es bei Edeka aber nicht."
Lara öffnete den Mund, schien aber mit der Situation völlig überfordert zu sein.

„Jetzt reicht es! Sag doch auch mal was", mit dieser Bemerkung wandte sich Alfred an seinen Schwager Ronny, der die Aktion mit einem süffisanten Lächeln beobachtete, sich aber nicht äußerte. Das besorgte Sylvia, die mit frischem Kaffee aus der Küche einschwebte. „Was soll denn die Sauerei, pack das Ding gefälligst weg, Gertrud. Ich habe euch schon letztens gesagt, dass ihr nicht immer mit dem Dildo rummachen sollt."
„Rummachen, das passt wirklich gut", auch Lara hatte die Sprache wiedergefunden. Leise murmelte sie: „Meinst du das alte Ferkel hat sich das hässliche Ding schon mal …"
„Lara, ich weiß es nicht und mal ehrlich, ich möchte das auch gar nicht wissen."
„Ich auch nicht", Alfred war ausnahmsweise einer Meinung mit seiner Frau.
Die Kaffeetafel wurde bald aufgehoben, denn keiner der Gäste schien noch den rechten Appetit zu haben. Das anschließende gemütliche Beisammensein gestaltete sich mühsam. Hier stießen Welten aufeinander. Auf der einen Seite Vater und Mutter Gimpel, die sich gerne Volksmusik anhörten und zu später Stunde und nach reichlichem Alkoholgenuss das ‚Polenmädchen' intonierten. Auf der anderen Seite des Tisches Vater und Mutter Wuttke, die mit ihren Söhnen Pornohefte tauschten und nach ebenso reichlichem Alkoholgenuss gern einmal ins nahegelegene Pornokino gingen.
Elisa unterhielt sich, wie meistens, mit Roland und Lara und kümmerte sich nicht weiter um die Gebrüder Wuttke, die dem Alkohol reichlich zusprachen. Auch Alfred schien sich nicht besonders wohl zu fühlen. Er gesellte sich zu ihnen.
„Habe ich euch schon erzählt, dass mein kleines Mäuschen Zahnschmerzen hatte?", grinste Roland.
„Roland, hör auf damit. Dann sing schon lieber", versuchte seine Frau ihn zu stoppen, was ein sinnloses Unterfangen war. Trotz der Rippenstöße, mit denen er bedacht wurde, erzählte Roland Laras Leidensgeschichte. „Also, meine Holde hatte ganz gemei-

ne Zahnschmerzen, aber ein Gimpel, ob männlich oder weiblich, braucht ja nicht zum Arzt zu gehen."
Die Holde stieß kräftig mit dem Ellenbogen zu.
„Aua! Jedenfalls hat sie sich ein paar Tage herumgequält und ordentlich gejammert. Schließlich hat sie es wohl nicht mehr ausgehalten und ist doch zum Zahnarzt gegangen."
„Lara, wie mutig!"
„Das kann ja nur von meinem Bruder kommen. Du hast es gerade nötig, ich erinnere mich genau …"
Alfred fiel ihr ins Wort. „Jetzt lenk nicht ab. Musste der Zahn raus?"
Lara warf ihrem Bruder einen finsteren Blick zu. „Ja, sicher muss der Zahn raus, das wusste ich schon, bevor ich zum Zahnarzt ging. Der hat mir nichts Neues erzählt."
Roland klinkte sich wieder ein. „Der Zahnarzt hat alles fertiggemacht, um den Zahn zu ziehen, hat ihr eine Betäubungsspritze gesetzt. Dann ist er in das nächste Sprechzimmer gegangen. Die Betäubung musste ja erst wirken. Was meint ihr, was mein Mäuschen gemacht hat?"
Das Mäuschen hatte aufgegeben, es erzählte freiwillig weiter. „Es hat nicht mehr wehgetan, da bin ich nach Hause gegangen."
Elisa, die sich das dumme Gesicht des Zahnarztes vorstellte, der mit gezückter Zange zurückkam und keine Patientin mehr vorfand, schüttelte sich vor Lachen, auch Alfred grinste.
„Ihr werdet es nicht glauben, seit dem hat der Zahn nicht mehr wehgetan", schloss Lara die Erzählung.
Plötzlich veränderte sich etwas, Elisa hätte nicht einmal sagen können, was passiert war, aber es herrschte eine merkwürdige Aggressivität im Raum. Sie schaute zu den Brüdern hinüber, die am anderen Ende des Raumes heftig miteinander diskutierten. Ihre Ahnung bestätigte sich, denn Ewald hob die Stimme.
„Wenn deine dämliche Frau mir nicht mal Kaffee kocht, dann könnt ihr mich alle …"

„... am Arsch lecken? Bei denen wird aber oft der Hintern geleckt. Sie sind halt saubere Leute." Roland musterte den aufgeregten Bruder belustigt.

„... am Arsch lecken!" vollendete Ewald den Satz und stürzte aus der Wohnung.

Franz-Rainer wandte sich seiner Frau zu. „Was soll das? Du kannst meinem Bruder doch wohl noch mal Kaffee kochen, du dusselig Ziege."

„Er hätte mich ja auch darum bitten können", keifte die zurück.

„Dein Bruder hat vielleicht einen Ton am Leib."

Franz-Rainer schien völlig auszurasten, denn er stieß seine Frau in eine Ecke. „Du hast zu tun, was wir dir sagen."

„Jetzt reicht es, lass meine Schwester gefälligst in Ruhe", das war Alfred, der die Szene nicht mehr mit ansehen konnte.

„Ihr könnt mich alle ...", seinen Standartspruch in den Raum blökend folgte Franz-Rainer seinem Bruder.

Während Alfred seine weinende Schwester beruhigte, stand Roland langsam auf. „So", sagte er entschlossen. „Jetzt gehe ich hinunter und rede Tacheles mit den beiden Bekloppten. Das wäre doch gelacht, wenn ich sie nicht zur Räson bringen könnte."

Er machte sich wirklich auf den Weg. Einige Zeit später betraten die Gebrüder Wuttke Arm in Arm die Wohnung. Ewald räusperte sich umständlich. „Liebe Sylvia, entschuldige meinen Auftritt, es tut mir wirklich leid."

„Ja, ich schließe mich an. Mein Häschen, verzeih mir." Franz-Rainer schaute seine Frau bittend an.

Roland, der mit den Händen in den Hosentaschen in den Raum geschlendert kam, nickte zustimmend.

„Hey, Schwager, wie hast du das denn gemacht?"

„Ganz einfach. Die beiden standen unten in der Haustür und stritten. Ich bin zu ihnen hin gegangen und habe ganz einfach gesagt, sie könnten es sich aussuchen: Entweder sie würden sofort wieder hochgehen und sich bei der armen Sylvia entschuldigen oder ich würde ihnen die Prügel ihres Lebens verpassen.

Alfred, der richtig sauer wäre, würde sie anschließend durchrollen. Wie du siehst, hatte ich richtig gute Argumente."

***

„Ich kann das nicht. Er hat versucht sich umzubringen. Ich liebe ihn!"
Elisa war perplex, sie konnte sich alles Mögliche vorstellen, aber Mario Meier als Selbstmordkandidat, das ging über ihre Vorstellungskraft. „Ganz langsam, Anne. Du hast Mario um die Scheidung gebeten und er hat einen Selbstmordversuch unternommen? Bist du ganz sicher?"
„Was soll das denn heißen? Er liebt mich im Inneren seines Herzens über alles und kann eine Trennung nicht verkraften." Annerose rührte entschlossen in ihrem Eisbecher. „Er hat mir auch erklärt, dass meine Schwester, die Schlampe, ihn dauernd angemacht hat. Irgendwann konnte er einfach nicht mehr."
„Scheinbar konnte er sehr wohl, das wollen wir hier doch mal festhalten." Elisa fühlte sich überfordert. Glaubte Annerose wirklich, was sie gerade erzählte?
Die Freundin ließ sich nicht beirren. „Jedenfalls habe ich ihm gesagt, dass ich die Scheidung will, weil ich so nicht weiterleben kann. Er ist ganz ruhig geworden, hat nur gemeint, dass er Zeit zum Nachdenken braucht und ich ihn allein lassen soll. Also bin ich zu meinen Eltern gefahren, ich putze ja sowieso einmal in der Woche bei ihnen. Als ich nach Hause kam, hat mein Mario kreidebleich auf dem Bett gelegen, eine leere Packung Schlaftabletten neben sich und mein Foto im Arm. Er hat geweint."
„Anne, wenn er die Schlaftabletten wirklich genommen hätte, wäre er doch gar nicht mehr ansprechbar gewesen. Geweint hättest höchstens du. Anschließend, an seinem Grab. Hast du ihn wenigstens ins Krankenhaus gebracht damit man ihm den Magen auspumpt?"

„Zum Glück war das nicht erforderlich. Ich habe ihn ins Badezimmer geschleppt. Dort hat er sich den Finger in den Hals gesteckt und die Tabletten wieder ausgebrochen."
„Wie praktisch, so hat er ohne viel Aufwand die optimale Wirkung." Elisa konnte ihre Freundin nicht verstehen.
Anne nahm ihre Hand. „Ich weiß, dass du es gut meinst. Du hast Angst um mich, aber bitte, lass mich meine Fehler machen, ja. Solange noch ein Funken Hoffnung besteht, will ich es mit meinem Mario versuchen. Wir haben beide so viel falsch gemacht, vielleicht haben wir jetzt die Chance noch mal von vorne anzufangen. Schließlich haben wir uns mal richtig lieb gehabt."
Elisa kamen die Tränen. Sie putzte sich verschämt die Nase. „Ach, Schätzchen, ich würde es dir so sehr wünschen, aber ich glaube nicht, dass es für euch ein Happyend gibt. Dafür ist zu viel zwischen euch schief gegangen. Das kann man nicht einfach so vergessen. Neuanfang, das hört sich toll an, aber meist geht so was nur im Film gut. Im Grunde meines Herzens zweifele ich auch daran, dass es mit Alfred und mir noch sehr lange gut geht. Wir sind wohl einfach zu unterschiedlich."
Annerose musterte die Freundin. „Wie kommst du jetzt darauf? Ich dachte ihr passt richtig gut zusammen."
Elisa seufzte tief. „Alfred ist kein schlechter Kerl, weißt du. Wir haben Zeiten, in denen es wirklich gut mit uns klappt. Dann mischt sich seine Mutter wieder in unsere Beziehung. Gleich haben wir nichts als Stress. Oder er kriegt seine Machofase, will bedient und betuddelt werden. Dann flippe ich irgendwann aus. Hinzu kommt, dass wir einfach nicht die gleichen Interessen haben und letztendlich auch nicht dieselben Lebensziele."
Anne sah ihre Freundin aufmerksam an. „Das hört sich aber auch nicht sonderlich gut an."
„Ist es auch nicht. Ich bin immer weniger dazu bereit, mich zu verbiegen, nur um des lieben Friedens willen."

„Kann es denn sein, dass wir beide zu viel erwarten? Überfordern wir unsere Männer damit? Sollten wir etwas kürzertreten und sie nehmen, wie sie sind?"

Elisa winkte der Bedienung. „Zwei Gläser Champagner bitte", und an Anne gewandt: „Das zum Thema kürzertreten. Ich will mich nicht anpassen und ich will auch nicht klein beigeben. Wir haben nur dieses eine Leben und das sollten wir doch genießen, oder?"

Annerose nickte. „Du hast Recht. Ich werde im nächsten Jahr endlich mit meiner Weiterbildung beginnen. Das habe ich bloß noch nicht in Angriff genommen, weil Mario immer dagegen war. Dieses Mal setze ich mich durch."

„Das solltest du wirklich machen, wenn es dir wichtig ist. Mario sollte stolz auf seine tüchtige Frau sein. Männer, man kann sie nicht verstehen."

Annerose zwinkerte der Freundin zu. „… und will man das wirklich …"

***

Wieder fing das neue Jahr mit einer großen Familienfeier an, die Jüngste der Gimpeltöchter heiratete. Carmen hatte schon vor fast einem Jahr verkündet, dass sie und ihr Püttrologe, Walter Waczolla, sich das Jawort geben wollten. Jetzt war es soweit, das Paar stand vor dem Traualtar. Carmen sah in ihrem Brautkleid mit der langen Schleppe wirklich hübsch aus, dachte Elisa bei sich. Allerdings störte der ständig mürrische Gesichtsausdruck. Elisa wunderte sich, wie es die Braut mit knapp achtzehn Lenzen schon fertigbrachte, ihre Mundwinkel derartig nach unten zu verziehen. Das war sonst erst bei Personen im Rentenalter möglich. Als ob er ihre Gedanken erraten hätte, flüsterte Alfred: „Für ihre Verhältnisse sieht Carmen richtig gut gelaunt aus."

Lara, die neben den beiden saß, kicherte verhalten, was ihr einen tadelnden Blick von Carmens Schwiegermutter einbrachte, die eine streng religiöse Person war und sogar im Kirchenchor sang.

Nach der Trauung ging es in eine nahe gelegene Gaststätte, wo Carmen alle fünf Minuten von ihrer Schwiegermutter ermahnt wurde: „Pass auf deine Schleppe auf, Kind. Sie wird ganz dreckig, wenn du sie über den Boden schleifen lässt. Du musst sie immer schön hochheben." Was die Braut allerdings nicht zu stören schien. Sie murmelte ein „Ja, Mutter" und ging einfach weiter, ohne sich um ihre Schleppe zu kümmern.
„Rate, wer das Hochzeitskleid bezahlt hat." Lara war, wie immer, im Bilde.
Elisa, die wie üblich neben ihrer Lieblingsschwägerin saß, beugte sich interessiert vor. „Sag bloß die fromme Schwiegermutter. Eure Eltern halten sich bei derartigen Anschaffungen sehr zurück, oder? Mein Brautkleid haben meine Eltern bezahlt, wie es Sitte ist."
„Ja, der Papa hat jedem Kind zur Hochzeit etwas Geld zugesteckt, damit hat es sich gehabt. Aber das weißt du selbst. In diesem Fall gab es aber Schwierigkeiten."
Hier mischte sich Roland ein. „Der Sausack von Waczolla wollte still und heimlich heiraten und uns alle nicht einladen. Ist das zu glauben? Da ist die Mutti aber auf die Barrikaden gegangen. Sie hat ihn vor die Wahl gestellt, entweder die Geschwister werden eingeladen, oder es gibt kein Geld."
„Ja, die Mutti ist schon eine Klassefrau", Alfred bekam einen verträumten Blick. Elisa schaute ihn verblüfft und leicht verärgert an. ‚Es wäre schön, wenn er mich nur ein einziges Mal so anschauen würde', dachte sie und sagte laut: „Jedenfalls sind wir jetzt hier, also hat der Bräutigam es sich anders überlegt."
„Ich werde heute Abend ordentlich zulangen. An die Getränkerechnung wird er sich noch lange erinnern." Das konnte sich Elisa durchaus vorstellen, denn Roland vertrug eine Menge.
„Stellt euch bloß vor, was der Irre gemacht hat", erzählte seine Frau belustigt. „Er hat mich gestern losgeschickt, um ihm zwei Dosen Ölsardinen zu besorgen. Bevor wir losgegangen sind, hat

er die Sardinen weggeworfen und das Öl aus den Dosen getrunken."

Während Elisa sich schüttelte, klopfte Alfred seinem Schwager auf die Schulter. „Mensch, du bist der Härteste. Dir graust wohl vor nix, woll?"

„Jedenfalls habe ich jetzt eine ordentliche Unterlage und werden den geizigen Waczolla arm trinken", meinte Roland zufrieden. Er orderte einen Asbach Uralt. „Denn wie heißt es doch gleich: Wenn einem so viel Gutes wiederfährt …", mit diesen Worten setzte er das Glas an und leerte es in einem Zug. Er leerte im Laufe des Abends noch etliche Gläser. Natürlich ließ er es sich nicht nehmen, die ‚Capri-Fischer' zum Besten zu geben, wobei es ihm mühelos gelang, die Stereoanlage und mit ihr Chris Norman & Suzi Quatro zu übertönen.

„Verdammt Wieland, wenn du nicht gleich damit aufhörst, dann gehe ich nach Hause!" Lara würde sich wohl niemals an den Gesang ihres Gatten gewöhnen.

Es wurde aufs Heftigste applaudiert, was allerdings eher daran lag, dass jedermann froh war, die Gesangseinlage ohne größere Gehörschäden überstanden zu haben. Roland verbeugte sich zu allen Seiten. „Danke, danke, meine Lieben, nun beuge ich mich der Gewalt, denn mein Durst ist immer noch beträchtlich und ich möchte noch nicht nach Hause gehen." Er nahm Lara in den Arm. „Komm her, du olle Meckerziege, wenn ich nicht singen darf, dann musst du eben mit mir tanzen."

Lara seufzte ergeben. „Aber versprich mir, dass du den Mund nur noch zum Reden aufmachst."

„Los, jetzt wird getanzt", Elisa schob ihren Mann energisch auf die Tanzfläche. Zu ihrem Erstaunen ließ er sie gewähren. Verwundert über seine ungewohnte Tanzwilligkeit drehte sich Elisa mit ihm im Kreis. Ihr angeschwipster Gatte zog sie näher an sich. „Manchmal muss man seiner Frau auch mal eine Freude machen", nuschelte er.

Um Mitternacht wurde die Braut traditionsgemäß entschleiert. Auch hier ging Käthe leer aus, denn Schwiegermutter Waczolla warf sich schützend über den Tüll. Niemand wagte es, auch nur ans Zerreißen des Schleiers zu denken. Bald darauf erklärte der Bräutigam die Feier für beendet, die Gäste verabschiedeten sich. Bis auf zwei Pärchen. Entschlossen setzte sich Roland an die Theke. „Wir trinken noch einen auf das Brautpaar." Er klopfte auf den Hocker neben sich, „Schwägerin, setz dich zu mir."
Elisa kletterte auf den Hocker, während sich die Geschwister Gimpel im Hintergrund hielten.
„Einen noch, dann ist wirklich Schluss", der Wirt schien für heute genug zu haben, während Roland kein Ende fand.
„Wenn das so ist, dann noch einen für mich und meine Lieblingsschwägerin und du packst uns zehn Flaschen Bier ein, die trinken wir gemütlich zu Hause, natürlich auf Rechnung des Bräutigams."
Der Wirt grinste. „Den willst du aber mit aller Gewalt schädigen, was. Na gut, wird gemacht."

Während dieser Wirt ein richtig gutes Geschäft machte, ging es in einer anderen Gaststätte steil bergab.
Das ‚Horster Eck' erwies sich auf lange Sicht nicht als Goldgrube. Eigentlich war es erstaunlich, dass Peter so gut mit seiner Kneipe über die Runden gekommen war, was nicht zuletzt an seiner umgänglichen Art und an einer guten Portion Schlitzohrigkeit lag.
Als echtem Jollenbeck mangelte es ihm niemals an Geschäftsideen. Video, das war die Technologie der Zukunft. Filme nicht mehr im Kino anschauen, sondern bequem zu Hause oder in der Stammkneipe. An günstige Fernsehapparate kam der findige Wirt mühelos, ein Videorecorder war schnell beschafft. Die neuesten Kinofilme bekam er kostenlos durch diverse Kontakte. Bald war das ‚Horster Eck' der erste Video-Pub in Gelsenkirchen, wie der Wirt vollmundig verkündete. Er führte regelmäßig

brandneue Videofilme und Musikvideos vor. Wie alle Neuheiten zog auch diese besondere Art der Filmvorführung alte und neue Gäste in die Gaststätte, sodass sich das Geschäft kurzfristig belebte.
„Der Pachtvertrag läuft über fünf Jahre. So lange muss ich unbedingt durchhalten", vertraute er seiner Schwester in einer stillen Stunde an. „Aber dann habe ich endgültig die Nase voll. Mal sehen, was ich dann mache."
Carina, die nach wie vor mit ihm zusammenlebte, nickte zu allem. Diese Frau schien durch nichts zu erschüttern zu sein. Sie war in diesem Jahr achtzehn geworden und ließ sich von ihrer Mutter schon lange keine Vorschriften mehr machen.

Auch Annerose brachte das neue Jahr kein Glück. Sie hatte neben ihrer Bürotätigkeit mit der langersehnten Fortbildung begonnen und war mit Feuereifer bei der Sache. Mario, der aus unerfindlichen Gründen nicht wollte, dass seine Frau sich beruflich entwickelte gefiel das gar nicht. Da er immer noch auswärts beschäftigt war, bekam er allerdings nicht so viel von Anneroses Aktivitäten mit. Das änderte sich schlagartig, als er ein paar Wochen Leerlauf hatte. Plötzlich konnte es seiner Meinung nach nicht angehen, dass er die Abende allein zu Hause verbrachte, während seine Frau an ihrer Karriere bastelte. Kurzerhand verbot er Annerose derartige Aktivitäten. „Schließlich rackere ich mich auf dem Bau ab, um genug Geld für uns beide heranzuschaffen. Du solltest lieber Kinder kriegen, zu Hause bleiben und vernünftig kochen lernen."
Annerose ließ sich von solchen Argumenten nicht beeindrucken. Im Gegenteil. Je weniger ihr Mann davon erbaut war, umso eifriger lernte sie.
Am Abend vor ihrer Abschlussprüfung hatte sie noch lange mit einer Bekannten gelernt und kam einigermaßen erschöpft nach Hause. Bevor sie die Wohnungstür aufschließen konnte, wurde die von Mario aufgerissen. „Wo kommst du her?" Drohend baute

er sich vor ihr auf. Annerose sah ihn müde an, eine Auseinandersetzung war das Letzte, was sie heute Abend gebrauchen konnte. „Ich habe dir doch gesagt, dass ich noch einmal lernen muss, schließlich ist morgen die Prüfung."
„Ach, und mit wem hast du gelernt? Überhaupt, warum kannst du das nicht hier zu Hause machen, wie sich das gehört?"
„Weißt du was, Mario, lass mich einfach in Ruhe. Ich habe keine Lust mir dein Gezeter anzuhören", mit diesen Worten drängte sie sich an ihm vorbei und steuerte das Badezimmer an.
Sie kam nicht weit, Mario zog sie an den Haaren zurück. „So, das ist also Gezeter, wenn ich meine Meinung sage", brüllte er außer sich, während er Anne weiter in Richtung Küche zerrte. „Hier ist dein Arbeitsplatz. Wenn du nicht ausgelastet bist, dann räum' vernünftig auf und koch' was Anständiges. Aber dazu bist du zu fein. Was bist du für eine Schlampe …"
Er nahm das Bügeleisen hoch, das Annerose am Morgen benutzt, aber nicht weggeräumt hatte und hielt es ihr unter die Nase.
Annerose wandte sich aus seinem Griff, trat ihm vor das Schienbein. Anschließend versuchte sie die Wohnungstür zu erreichen, was ihr nicht gelang. Mario packte sie erneut, holte mit dem Bügeleisen, das er immer noch in der Hand hielt, aus, schlug kräftig zu. Annerose gab einen Schmerzenslaut von sich und schlug die Hände vor ihr Gesicht, um sie schnell wieder zurückzuziehen. Aus ihrer Nase quoll das Blut nur so heraus, während ihre linke Gesichtshälfte in Windeseile anschwoll.
Mario ließ das Bügeleisen fallen. „Mist, was habe ich gemacht. Du bist selber schuld, wenn du mich auch immer so provozierst." Er beeilte sich, um Eis zum Kühlen zu holen. Während Annerose sich, immer noch vor Schmerz weinend, auf dem Wohnzimmersofa zusammenrollte, versuchte er die Blutung zu stoppen.

Nach einiger Zeit ließ der Schmerz etwas nach, Annerose setzte sich auf. „"... und ich gehe trotzdem morgen zur Prüfung", nuschelte sie, während sie vorsichtig ihre Nase befühlte.

Elisa ahnte von der ganzen Sache nichts. Seit Annerose mit ihrer Fortbildung beschäftigt war, sahen sich die Freundinnen kaum noch, was Elisa im Moment ganz recht war. Sie hatte selber alle Hände voll zu tun, denn es war ein Ereignis eingetreten, mit dem weder sie, noch sonst irgendjemand gerechnet hatte: Ihre Eltern trennten sich. Eigentlich hatte sich Ilse von Kalle getrennt, was dieser nur widerwillig akzeptierte.
Die Ehe der beiden war nie besonders glücklich gewesen. Es hatte immer Differenzen gegeben, an denen beide Eheleute beteiligt waren, aber in diesem Fall gab Elisa ihrer Mutter voll und ganz Recht. Kalle hatte seine Frau immer wieder betrogen. Es gab ein uneheliches Kinde, was Ilse resigniert hinnahm. Letztendlich hatte sie ihm diesen Fehltritt verziehen und notgedrungen toleriert, dass Kalle über Jahre hinweg einen Teil des sowieso kärglichen Familieneinkommens abzweigt, um Alimente für seinen unehelichen Söhne zu bezahlen.
Vor einiger Zeit hatte Ilse einen mysteriösen Telefonanruf bekommen. Eine junge Frau fragte nach Karl Jollenbeck. Sie stellte sich als seine Tochter vor, die ihren leiblichen Vater endlich einmal kennenlernen wollte. Ilse, die zunächst völlig perplex war, erfuhr nach einigem hin und her, dass diese junge Frau die Tochter einer ihrer früheren Schulkollegin war. Kalle, zur Rede gestellt, gab zu, dass er ein Verhältnis mit der Frau gehabt hatte, während er mit Ilse verlobt war und dass es sich um seine Tochter handelte. Ilse schäumte zunächst, ließ sich aber bald von ihrem untreuen Ehemann beruhigen. „Es ist doch alles schon so lange her, Liebes. Ich habe immer nur dich geliebt. Was hältst du von einer Versöhnungsreise nach Mallorca? Das Geld dafür treibe ich schon auf."

Kaum zurück von der Versöhnungsreise kam es zum nächsten Eklat. Die beiden saßen nichtsahnend in einer Eisdiele in Gelsenkirchens Innenstadt, als Kalle von einer nicht unattraktiven Frau mittleren Alters angesprochen wurde. „Mensch, bist du nicht der Kalle Jollenbeck?"
Kalle warf einen raschen Seitenblick auf seine Frau, ehe er antwortete. „Ja, das bin ich. Mit wem habe ich das Vergnügen?" Wie sich herausstellte, handelte es sich auch in diesem Fall um eine Verflossene. Auch diese Dame hatte einen Sohn von ihm, der nur wenig jünger als Elisa war. Zu allem Überfluss trug der junge Mann den Vornamen Karl. Das ging selbst Ilse zu weit, zwischen den Eheleuten brach die Eiszeit aus. So sehr sich Kalle auch bemühte, Ilse sprach nur das Nötigste mit ihm und ignorierte alle seine Annäherungsversuche.
Zum Supergau kam es ein paar Monate später. Ilse, seit Jahren Mitglied in einem Damenkegelklub fuhr mit ihren Kegelschwestern auf einen schon lange geplanten, mehrtägigen Ausflug. Kalle gefiel das gar nicht, denn obwohl er in dieser Ehe der Ehebrecher war, neigte er zu einer krankhaften Eifersuchtshaltung. Ilse nahm ihn, um des lieben Friedens willen, häufig auf ihre Kegelausflüge mit. Das war gar nicht so ungewöhnlich, denn oft begleitete der eine oder andere Ehemann seine bessere Hälfte zum Kegeln oder auf Ausflüge.
Dieses Mal bestand Ilse darauf, allein zu fahren. „Mal schauen was sich ergibt. Männer wie dich gibt es genug, warum soll ich nicht auch mal ein bisschen Spaß haben", mit dieser Drohung verließ sie die Wohnung und ließ ihren Mann, wie beabsichtigt, in dumpfer Verzweiflung zurück. Wenn sie ihn nun wirklich betrügen würde? Er hatte in seinem Leben schon genug leichtfertige Frauen kennengelernt. Wenn sie nun Gleiches mit Gleichem vergalt? Mit diesen und ähnlichen Gedanken steigerte sich Kalle immer weiter in ein Szenario hinein, in dem Ilse ihn mit jedem dahergelaufenen Kerl betrog. Der Höhepunkt bahnte sich an, als Ilse guter Dinge nach Hause kam. Sie fand einen völlig

betrunkenen Ehemann vor, der ihr die schlimmsten Taten unterstellte und sie wüst beschimpfte. Diese Szene brachte das Fass zum Überlaufen. Ilse nahm kurz entschlossen ihren noch nicht ausgepackten Koffer und suchte Zuflucht bei ihren Kindern. Sie kam zunächst einmal bei Elisa und Alfred unter und schwor, nie wieder etwas mit Kalle zu tun haben zu wollen.
Elisa verstand die Welt nicht mehr und ihren Vater schon gar nicht. Sie hatte geahnt, dass er die Mutter betrog, aber die immer größer werdende Zahl seiner unehelichen Kinder konnte und wollte sie nicht tolerieren. Irgendwie kam sie sich selbst betrogen vor, sie konnte ihre Mutter mehr als gut verstehen. Also brach sie schweren Herzens jeden Kontakt zu ihrem Vater ab. Sie machte sich daran, die Mutter tatkräftig zu unterstützen.
Zunächst musste Ilse eine Wohnung finden und natürlich eine Arbeit, denn Kalles kleine Rente würde bei einer getrennten Haushaltsführung nicht reichen. Beide Probleme erledigten sich mit einem Schlag. Ilse bekam, durch ihren alten Bekannten Broth, einen kleinen Tabakwaren- und Zeitschriftenladen angeboten, in dem auch Spirituosen und Bier verkauft wurden. Zu dem Geschäft gehörte eine kleine Wohnung.
Jetzt musste nur noch der Umzug durchgeführt werden, was Ilse ihren Kindern überließ. Sie brachte es nicht über sich, die eheliche Wohnung noch einmal zu betreten. So managten Peter und Elisa den Umzug so gut es ging. Sie teilten die Möbel und den Hausrat, bemühten sich, den Vater zu übersehen, der bekümmert in einer Ecke saß. Am liebsten hätte sich Elisa zu ihm gehockt, brachte es aber nicht über sich, denn sie war immer noch schrecklich wütend auf ihn.
Ilses neue Wohnung war bald hergerichtet. Irgendwann ging das Leben wenigstens halbwegs in Normalität über. Von ihrem Vater hörte Elisa wenig. Ein-, zweimal hatte Kalle seine Tochter angesprochen, war aber harsch von ihr abgefertigt worden. Seitdem ging er ihr aus dem Weg. Ab und zu ließ er sich im ‚Horster Eck' blicken, jammerte über das Alleinsein. Peter, der sich

komplett aus den Streitigkeiten der Eltern heraushielt, hörte sich die Litaneien an und zuckte mit den Schultern.
Zuweilen traf Kalle sich mit der zuletzt aufgetauchten ehemaligen Geliebten, der Mutter des nach ihm benannten Sohnes. Doch obwohl diese Frau verwitwet war und ihn nur zu gerne bei sich aufgenommen hätte, ging er daran, sich eine kleinere Wohnung zu suchen. Wie der Zufall es so wollte, wurde just zu diesem Zeitpunkt ein passendes Objekt schräg gegenüber von Ilses Laden frei, Kalle schlug kurz entschlossen zu. Nun wohnte er Auge in Auge mit seiner Exfrau, die nicht daran dachte, sich von ihm scheiden zu lassen. Elisa betrachtete diese Entwicklung mit einigem Unbehagen. Sie bereute es insgeheim, nicht wie ihr Bruder gehandelt und sich komplett aus allen Streitereien herausgehalten zu haben.

Auch bei den Gimpels gab es schlechte Nachrichten. Käthe, die schon länger vermutete, dass ihr Ehemann an Diabetes litt, konnte Gustav nicht dazu bewegen, einen Arzt aufzusuchen. Alle Argumente prallten von ihm ab. Obwohl er die typischen Symptome eines viel zu hohen Blutzuckerspiegels zeigte, machte Gustav, wie alle Gimpel, einen großen Bogen um jede Arztpraxis. „Die Quacksalber wollen einem nur das Geld aus der Tasche ziehen, hinterher ist man erst richtig krank", das war sein Hauptargument.
„So geht das nicht weiter, wenn der Papa auf der Toilette war, dann ist ein richtiger Zuckerrand in der Schüssel", beschwerte Käthe sich lautstark anlässlich eines gemeinsamen Sonntagskaffees im Kreise ihrer Kinder und Schwiegerkinder. „Durst hat er auch immerzu, ich kann das Mineralwasser nur so anschleppen."
„Besser so, als wenn er immer Bier oder Schnaps trinkt", meinte Roland trocken.
Gustav brummelte zustimmend, seine Töchter kicherten wie üblich. Man ging zur Tagesordnung über.

Lara, der einerseits warm war und die andererseits ihrem Vater einen Gefallen tun wollte, lenkte geschmeidig vom Thema ab. „Mach doch mal deinen neuen Ventilator an, Papa. Mir ist schrecklich heiß."
Gustav hatte sich das gute Stück vor einiger Zeit zugelegt, es glänzte unbenutzt auf dem Fernseher. Käthe schaute ihre älteste Tochter panisch an. „Wenn dir heiß ist, dann geh auf den Balkon, du doofe Kuh. Lass den Papa damit in Ruhe."
Auch Carmen, die Jüngste mischte sich ein. „Wirklich, mir ist kalt. Da muss der Ventilator nicht auch noch angemacht werden."
„Was ihr habt", Lara ließ nicht locker. „Du kannst den Ventilator ja direkt vor mir aufstellen, dann habe ich ein bisschen Kühlung und niemand sonst fühlt sich gestört. Auf dem Balkon ist es doch auch warm, schließlich haben wir heute über fünfundzwanzig Grad draußen."
Elisa hörte sich das Ventilator Palaver verwundert an. Probleme hatten die Leute! Allerdings dauerte es nicht lange, bis sie Käthes nur zu gut verstand, denn Gustav stellte den Ventilator wirklich an. Das Teil begann sich zu drehen, erst langsam, dann immer schneller. Plötzlich gab es ein knatterndes Geräusch. Ein Flügel flog wie ein Geschoss an Gustavs Kopf vorbei, um mit einem lauten Knall vor die Balkontür zu donnern. Gustav stand wie vom Blitz getroffen.
 Seine Frau zeterte los. „Da hast du's. Deinetwegen ist der schöne Ventilator kaputt gegangen und Papa regt sich bloß auf."
Papa lief langsam aber sicher knallrot an. Er holte tief Luft, während Alfred das Fluggeschoss aufhob. Nachdenklich betrachtete er die Bruchstelle. „Wer von euch hat das Ding kaputtgemacht und anschließend angeklebt?", fragte er grinsend.
„Ähm, ich wollte ihn bloß angucken, da ist er mir runter gefallen", meldete sich Carmen kleinlaut.

„Ja, und ich habe ihn zusammengeklebt", das war Sylvia. Nicht ohne Stolz auf ihr Meisterwerk fuhr sie fort: „Das habe ich fein hingekriegt, keiner hat etwas bemerkt."
Während er sich erschüttert hinsetzte, ließ Gustav die Luft ungenutzt aus den Lungen entweichen. Vorwurfsvoll schaute er seine Frau an. „Das hast du gewusst. Mir ist vor Schreck ganz schwindelig geworden."
„Wenigstens ist die Balkontür heil geblieben", war die lakonische Antwort.

Einige Wochen später kam Gustav früher von der Arbeit nach Hause. Er klagte über Herzrasen und andauernde Schwindelanfälle, lehnte aber nach wie vor ab, einen Arzt zu konsultieren. „Ich lege mich einfach ins Bett. Morgen ist alles wieder in Ordnung."
Natürlich war nichts in Ordnung. Ein paar Stunden später rief seine Frau einen Krankenwagen, denn Gustav war in eine tiefe Bewusstlosigkeit gefallen. „Das ist ein hyperosmolares Koma, im Volksmund auch Zuckerkoma genannt", diagnostizierte der Arzt.

„Das hat er nun davon. Ich habe ihn oft genug gewarnt", war Käthes Kommentar. „Er soll mal sehen, wie er mit seinem Diabetes klarkommt. Er soll es nicht wagen weniger Geld nach Hause zu bringen."
„Aber wenn er wieder zu Hause ist, musst du eure Ernährung umstellen, insofern wirst du dich mit seiner Krankheit befassen müssen", wagte Elisa einen zaghaften Einwurf. Sie fand, dass ihre Schwiegermutter froh sein konnte, dass ihr Mann noch lebte. Die Höhe seines zukünftigen Gehaltes sollte zunächst einmal eine untergeordnete Rolle spielen, aber das wagte sie nicht laut zu sagen.
Käthe lief rot an. „Ich bin gesund und werde auf nichts verzichten. Als die Kinder klein waren, konnten wir uns nichts leisten,

jetzt haben wir Geld. Ich werde nicht extra für ihn meine Ernährung umstellen oder anders kochen. Schließlich ist er doch selbst Schuld an allem."
Elisa sah erst ihre Schwiegermutter und anschließend Alfred ungläubig an. Konnte der Sohn solch harsche Worte seiner Mutter wirklich überhören, selbst wenn er ein gestörtes Verhältnis zu seinem Vater hatte und seine Mutter über alles liebte?
Alfred nickte. „Wie du meinst, Mutti."
Wirklich bekam Gustav den Diabetes nie richtig in den Griff. Während seiner zahlreichen Krankenhausaufenthalte wurde er vernünftig eingestellt. Sobald er längere Zeit zu Hause war, schnellte der Blutzuckerspiegel in die Höhe. Bald reichte die Einnahme von Insulin in Tablettenform nicht mehr, er musste zum Spritzen übergehen.

Annerose hatte ihre Prüfung bestanden, trotz einer angebrochenen Nase und schlimmen Blutergüsse im Gesicht. Sie ließ sich von den befremdlichen Blicken der Prüfer nicht abschrecken, sondern erklärte, sie wäre unglücklich gestürzt. Ihr Mann arbeitet bald wieder auswärts. So konnten sich die Ehepartner erst einmal aus dem Weg gehen, wobei Mario sich nicht besonders reumütig gab.
Elisa hörte mit Entsetzen, was sich abgespielt hatte. Sie versuchte die Freundin wieder einmal zu überreden sich endlich scheiden zu lassen. Langsam bekam sie es wirklich mit der Angst zu tun. Was, wenn Mario einmal völlig der Beherrschung verlieren würde?
Annerose schüttelte stur den Kopf. „Wenn ich mich scheiden lasse, dann verliert er die Kontrolle über sich, dann Gnade mir Gott. Überhaupt, wer weiß, was er meinen alten Eltern antun würde."
„Aber Anne, wie soll es weitergehen? Eines Tages wird er nicht mehr wissen, was er tut. Wenn du so viel Angst hast, dann zieh kurzfristig bei uns ein oder wende dich an die Polizei."

Alle Überredungsversuche scheiterten kläglich, Annerose ließ sich nicht überzeugen.

„Du wirst noch an meine Worte denken", gab Elisa schließlich resigniert auf. „Bitte, versprich mir wenigstens, dass du dich bei mir meldest, wenn wieder eine solche Situation eintritt."

***

„Du wirst die Wechsel jetzt unterschreiben, sonst kannst du was erleben", Mario schüttelte drohend die Fäuste.
„Wozu willst du uns so hoch verschulden, du hast ein fast neues Auto. Ich will das nicht und ich unterschreibe nichts."
Diese Debatte dauerte schon eine geraume Weile. Mario wurde immer ungeduldiger, während seine dickköpfige Frau sich permanent weigerte, irgendeine Unterschrift zu leisten. Er wollte diesen Camaro haben. Seit seiner Ausbildung zum Autoschlosser war es sein Traum einen Chevrolet zu fahren. Der Traum schien jetzt in greifbarer Nähe zu sein. Wenn dieses sture Weib nur endlich unterschreiben würde. Er holte aus und schlug ihr unvermittelt ins Gesicht. Annerose blitzte ihn an. „Du kannst mich totschlagen, ich werde nichts unterschreiben."
In Marios Gesicht machte sich langsam ein böses Lächeln breit. „Das werden wir sehen …"

Anneroses Vater klingelte an ihrer Haustür. Das war wirklich merkwürdig. Seine Tochter, normalerweise eine ausgesprochene Frühaufsteherin, erwartete ihn sonst schon mit einer Tasse Kaffee, wenn er in aller Herrgottsfrühe mit der druckfrischen Tageszeitung vorbei kam. Er besserte seine Rente auf, indem er Zeitungen austrug, und brachte seiner Tochter jeden Morgen die Westdeutsche Allgemeine Zeitung.
Er klingelte wieder. Als keine Reaktion erfolgte, tastete er besorgt nach dem Hausschlüssel. Gut, dass er so umsichtig gewesen war, sich bereits bei Fertigstellung des Hauses einen eigenen Schlüsselsatz zu besorgen. Bedächtig öffnete er erst die Haus-

und anschließend die Wohnungstür, um erschreckt zurück zu fahren.
Blut, der ganze Korridor war voller Blut. ‚Einbrecher', war sein erster Gedanke. Er unterdrückte die aufkeimende Panik und betrat die Wohnung. Aus der Küche klang ein gedämpftes Stöhnen. Er beeilte sich, um in den Raum zu kommen. Das Bild, das sich ihm bot, war grauenhaft. Seine Tochter lag, böse zugerichtet, auf dem Fußboden. Um sie herum war eine Blutlache. Sie hielt sich krampfhaft den Oberschenkel, aus dem der Griff eines Küchenmessers ragte.
„Vati", murmelte sie erleichtert, um dann in krampfhaftes Schluchzen auszubrechen.
Er nahm Annerose in den Arm. „Ich bin ja da, jetzt kann dir nichts mehr passieren, ich rufe einen Krankenwagen und die Polizei."

Elisa stürmte in das Krankenzimmer, schloss die Freundin ungestüm in die Arme, was diese veranlasste, einen Jammerlaut von sich zu geben. Erschrocken ließ Elisa die Arme sinken und betrachtete Annerose genauer. Sie mochte gar nicht hinsehen, so bunt und blau geschlagen war ihre Freundin. Um den Oberschenkel hatte sie einen dicken Verband.
„Ich weiß, wie ich aussehe. Er hat stundenlang auf mich eingeprügelt. Er wollte sich ein neues Auto kaufen, ich sollte die Wechsel unterschreiben. Das habe ich aber erst getan, als er mir ein Küchenmesser in den Oberschenkel gerammt hatte. Anschließend hat er mich liegen lassen und ist aus der Wohnung gestürmt. Wahrscheinlich hat er gehofft, dass ich verblute. Das wäre ich auch, wenn mein Vater nicht im letzten Moment vorbeigekommen wäre."
Elisa schluckte krampfhaft. „Gott sei Dank, dass dein Vater geistesgegenwärtig genug war, sofort einen Krankenwagen zu rufen. Weißt du wo...", sie zögerte den Namen auszusprechen.
„Wo Mario ist meinst du? Abgehauen, kurz nachdem mein Va-

ter mich ins Krankenhaus begleitet hat ist er aufgetaucht um alles einzupacken, was nicht niet- und nagelfest ist. Mein Vater erfuhr das von einer wohlmeinenden Nachbarin."
Wie sich später herausstellte, war das nur die Spitze des Eisbergs. Mario kam tatsächlich kurz nach Annes Einlieferung ins Krankenhaus in die gemeinsame Wohnung und räumte sie komplett leer. Anschließend leerte er sämtliche Konten und überzog sie so weit es ging. Hinzu kam, dass er das Verhältnis mit Anneroses Schwester Rosemarie nie beendet hatte, er tat sich jetzt mit ihr zusammen. Als Annerose das Krankenhaus verließ, stand sie buchstäblich vor dem Nichts.
Doch jetzt ahnte sie noch nichts von den Ausmaßen des Betruges, den Mario an ihr beging, traute ihm das, trotz allem, nicht zu. „Ich werde keine Anzeige erstatten. Soll er die Möbel behalten, sie würden mich sowieso nur an ihn erinnern. Sobald es möglich ist, werde ich mich in aller Stille scheiden lassen und dann möchte ich einfach meine Ruhe haben."
Elisa musterte die Freundin einen Augenblick. „Du hast Angst, nicht wahr?"
Annerose brachte ein schiefes Grinsen zustande und nickte unmerklich. „Bitte, ich möchte jetzt nicht weiter darüber sprechen. Was sagt Alfred zu der Geschichte?"
Wieder schluckte Elisa trocken. Sie hatte sich mit Alfred wegen der Affäre furchtbar gezankt, denn er versuchte seinen Freund zu entschuldigen, was Elisa nicht nachvollziehen konnte.
„Mit Alfred habe ich noch gar nicht darüber gesprochen", log sie, weil sie sich für ihren Mann schämte und die Freundin nicht aufregen wollte. „Als dein Vater anrief, habe ich gleich alles stehen und liegen gelassen, um hier herzukommen." Das wiederum entsprach der Wahrheit.
„Aber ich kann mir nicht vorstellen, dass Alfred weiterhin Kontakt zu Mario hat", fügte sie sicherheitshalber hinzu.

***

Es war kurz nach Mitternacht. Wie so oft an Sylvester hatte sich Elisa in eine ruhige Ecke zurückgezogen, um den Jahreswechsel auf ihre ganz eigene Art zu begehen. Sie nippte an ihrem Sektglas, schaute dem Feuerwerk über Gelsenkirchen zu und war ganz in Gedanken versunken.
1980 – ein neues Jahrzehnt war angebrochen. Was würde es ihr und ihren Lieben bringen? Sie erhoffte sich so viel. Im Laufe dieses Jahres würden sie und Alfred sich einen Traum erfüllen, eine eigene Wohnung. Sicher, es war eine gebrauchte Immobilie und ihr Budget war damit völlig ausgeschöpft. Trotzdem würde die Eigentumswohnung ihnen irgendwann gehören und vielleicht, in ferner Zukunft, könnten sie sich einmal ein Häuschen leisten. Der neue Wohnort befand sich zwar immer noch im Ruhrgebiet, würde aber etliche Kilometer weit weg von Alfreds Eltern sein. Elisa hoffte inständig, dass er weit genug aus dem Dunstkreis von Alfreds unmöglicher Übermutter liegen möge. Hinzu kam, dass Elise ein ernsthaftes Gespräch mit ihrem Mann geführt hatte, denn ihr Kinderwunsch war übermächtig geworden. Auch hier hoffte sie insgeheim, dass ein Baby das Verhältnis zwischen ihr und Alfred verbessern würde, dass sie eine kleine glückliche Familie haben könnte. Umso überraschter war sie, dass der Vater in spe sich völlig verweigerte.

„Aber Alfred wäre das nicht schön, wenn du einen Sohn hättest …"
„Nein!"
„… der mit dir Fußball spielen will, oder basteln …"
„Nein!"
„… der dich lieb hat und Papa zu dir sag."
„Nein!!!"
„Na gut, basteln tu ich dann mit ihm." Elisa gab so schnell nicht auf.

„Ich will überhaupt keine Kinder, weder Söhne noch Töchter. Kinder sind teuer und sie machen nichts als Lärm, Dreck und Ärger."
Jetzt wurde Elisa ernst. „Das würde dein Vater sagen, nicht du. Das ist nicht deine wahre Meinung."
„Ich möchte wirklich keine Kinder, das ist sehr wohl meine wahre Meinung, das weißt du ganz genau." Nachdenklich setzte er hinzu: „Du möchtest unbedingt ein Baby, nicht wahr. Würde ich dich verlieren, wenn unsere Ehe kinderlos bleiben würde?"
„Ja, Alfred. Ich kann mir auf lange Sicht eine Ehe ohne Kinder nicht vorstellen. Ich denke, dass wir nicht zusammenbleiben werden, wenn das wirklich dein Ernst ist."
Eine Weile schaute Alfred seiner Frau fest in die Augen, dann seufzte er resigniert. „Du kannst vielleicht erst mal die Pille absetzen, bei den meisten Pärchen dauert es noch eine ganze Weile, bis es klappt." Das klang schon wieder hoffnungsvoll.

Alfreds Hoffnung erwies sich als trügerisch. Elisa setzte die Pille ab und war im nächsten Monat bereits schwanger. Noch hatte sie ihren Gynäkologen nicht aufgesucht, sie fieberte dem Termin in der ersten Januarwoche entgegen. Zaghaft fasste sie sich an den Bauch. Sie wusste auch ohne Doktor, dass sie ein Kind trug, fühlte sich einfach schwanger und glücklich.
Allerdings gab es einen Wermutstropfen, denn wie gerne hätte Elisa zum Jahreswechsel mit ihrer besten Freundin angestoßen. Annerose, das war so ein Kapitel.
Eigentlich hatte sich Mario von ihr getrennt und nicht anders herum. Er lebte jetzt mit Rosemarie zusammen. Anne zog, kaum aus dem Krankenhaus entlassen, die Konsequenzen und reichte die Scheidung ein. Elisa versuchte sie so gut es ging zu unterstützen. Doch in letzter Zeit war Annerose kurz angebunden und komisch gewesen. Irgendwann stieß Elisa das Verhalten so übel auf, dass sie ihre Freundin zur Rede stellte. Das Gespräch entwickelte sich zu einem derben Streit, der ihr immer noch auf der

Seele lag. Im Laufe der Aussprache hatte Anne behauptet, dass Alfred ihr, anlässlich eines Telefongespräches, jeglichen Kontakt mit seiner Frau verboten hätte. Er hätte behauptet in Elisas Namen zu sprechen und Annerose mitgeteilt, dass sie der Freundin und ihm zum Halse heraushänge. „Wir können dein ständiges Gewimmer und Gejammer nicht mehr ertragen."
Ein paar Tage später, so behauptete Annerose weiter, wäre Alfred bei ihr aufgetaucht, um ihr Avancen zu machen, die sie auf das Heftigste zurückwies.
Elisa war zunächst einmal sprachlos. Sie konnte nicht glauben, was die Freundin ihr erzählte. Alfred sollte eine derartige Schuftigkeit begangen haben? Der Vater ihres ungeborenen Kindes? Nein, das durfte und konnte nicht sein! So fertigte Elisa ihre Freundin mit heftigen Worten ab und verließ türenschlagend die Wohnung.
Natürlich stritt Alfred ab, sich Annerose gegenüber jemals derart aufgeführt zu haben. „Ich habe dir doch immer gesagt, dass die Alte total bescheuert ist. Erst hat sie den armen Mario in den Wahnsinn getrieben, jetzt versucht sie unsere Ehe auseinanderzubringen. Das macht sie nur, weil sie neidisch auf dich ist. Gerade jetzt, wo wir beschlossen haben ein Kind zu bekommen, wirst du doch wohl nicht auf sie hören."
Elisa überhörte den ‚armen Mario' und gab Alfred insgeheim mit allem anderen recht. Vielleicht war Annerose wirklich neidisch auf ihre halbwegs funktionierende Ehe? Jedenfalls herrschte seit diesem Vorfall Funkstille zwischen den Freundinnen. Wenn Elisa die Auseinandersetzung auch längst bereute, so mochte sie doch nicht den ersten Schritt machen. Schließlich hatte Annerose ihren Alfred aufs Übelste verleumdet. So konnte sie sich auch als Erste wieder melden, um sich zu entschuldigen.

Elisa schüttelte die trüben Gedanken ab und betrat fröstelnd das ‚Horster Eck'. Wenigstens bei den Jollenbecks schien es wieder aufwärtszugehen.

Die Idee, aus der Kneipe ein Video-Pub zu machen trug Früchte. Peter und Carina kamen wieder einigermaßen über die Runden. Allerdings wollte Peter den Pachtvertrag nicht verlängern. Er hatte es sich in den Kopf gesetzt, ein Fuhrunternehmen zu gründen. „Ich fange mit einem Transporter an, ziehe mir jede Menge Aufträge an Land und werde richtig viel Geld machen, du wirst schon sehen", erklärte er seiner verblüfften Schwester, die sich stark an ihren Vater erinnert fühlte.
Unwillkürlich schaute sie zu ihren Eltern, die ganz allein an einem Tisch saßen und Händchen hielten. Kalle hatte sich sehr ins Zeug gelegt, um Ilse zurückzugewinnen. Er, der es fertiggebracht hatte, seiner Frau zur Silberhochzeit Nelken zu schenken, weil Rosen ihm zu teuer erschienen, stand plötzlich mit einem dicken Strauß roter Rosen vor ihrer Tür. Er bombardierte sie mit Essenseinladungen und besorgte Theaterkarten, obwohl er sich während der Aufführung und im dunklen Anzug sichtlich unwohl fühlte. Als Ilse eine Brille verordnet bekam, lief er nur noch mit seiner Lesebrille auf der Nase herum, um so seine Solidarität zu bekunden. Kurz, der Mann war kaum wiederzuerkennen. Unter dieser Dauerbelagerung bröckelte die Festung Ilse nach und nach.
Eines Tages, als Elisa unerwartet zu Besuch bei ihrer Mutter erschien, saß Kalle gemütlich am Küchentisch, den Mund voller Blumenkohl, ein dickes Kotelett vor sich auf dem Teller. Er grinste seine Tochter verlegen an, soweit das mit dem vollen Mund möglich war. Elisa wusste nicht, was sie sagen sollte.
„Nicht das du denkst ich wohne jetzt hier", Kalle hatte schnell geschluckt und meldete sich zu Wort. „Deine Mutter war nur so freundlich, mir eine warme Mahlzeit zukommen zu lassen."
„Dein armer Vater wurde immer dünner, das konnte ich nicht mehr mit ansehen", auch Ilse schaute verlegen drein.
„Ist schon gut, aber ihr hättet mich wenigstens vorwarnen können." Eigentlich war Elisa erleichtert, dass alles wieder ins Lot rückte.

Jetzt jedenfalls turtelten ihre Eltern herum, als wenn sie sich eben erst kennengelernt hätten. Na ja, vielleicht kam das der Wahrheit ziemlich nahe …

Ein paar Tage später hatte Elisa den sehnlichst erwarteten Termin bei ihrem Gynäkologen, der ihre Vermutung bestätigte.
„Herzlichen Glückwunsch, sie erwarten ein Baby."
Als Elisa die Praxis verließ, glaubte sie auf rosa Zuckerwattewolken zu gehen.
Zu Hause angekommen fiel sie Alfred um den Hals. Der werdende Vater schaute sie prüfend an und seufzte tief.
„Ich habe es mir fast gedacht", sagte er dumpf. „Du kriegst wirklich ein Kind."
Dann schwieg er eine lange Zeit, während Elisa sich an die Essenszubereitung machte. Schließlich kam er zu ihr in die Küche und nahm sie in den Arm.
„Das hätte ich gleich wissen müssen, wenn du etwas wirklich willst, dann kriegst du es immer!"
Elisa lächelte ihn an. „Eben", sagte sie.

Ruhrpottherzen

Elisa krümmte sich, versuchte tief in den Bauch zu atmen, wie es ihr beigebracht worden war. Das hatte sich während der Schwangerschaftsgymnastik alles so einfach angehört. Jetzt, nachdem die Wehen eingesetzt hatten, war es ihr fast unmöglich ruhig zu atmen. Sie konzentrierte sich: ‚Ruhig bleiben, tief durch die Nase einatmen, die Luft langsam aus dem Mund strömen lassen', befahl sie sich. Merkte, wie der Schmerz langsam abebbte, ihr eine Atempause gewährte. Bevor die nächste Welle sie überrollte, griff sie erneut zum Telefonhörer.
„Hoffentlich nimmt sie jetzt ab!"
Tatsächlich meldete sich ihre Schwiegermutter, nach mehrmaligem Klingeln mit einem unfreundlichen „Hallo?"
„Hallo, ist Alfred bei dir?", wisperte Elisa in den Hörer.
„Allerdings, stört dich das?", war die Antwort. „Schließlich muss der Junge nach der Arbeit etwas Ordentliches zu Essen haben."
Elisa ließ sich auf keine Diskussion ein, sie hatte im Moment andere Sorgen als die ausreichende Ernährung ihres Ehemannes. „Bitte sag ihm einfach, dass er schnell nach Hause kommen soll, die Wehen haben eingesetzt."
Nach dieser Information knallte sie den Hörer auf die Gabel. Sie krümmte sich erneut, denn die nächste Wehe nahm ihr den Atem.
Eine gefühlte Ewigkeit später hörte sie den Schlüssel im Schloss. Alfred stürmte ins Zimmer. „Ich bin so schnell es ging gefahren", japste er atemlos. „Was sollen wir jetzt machen?"
Elisa verzog das Gesicht, diese Frage verwunderte sie trotz ihres Zustands. „Vielleicht sollten wir zum Krankenhaus fahren oder was meinst du?", und obwohl sie sich vorgenommen hatte, ganz gelassen zu bleiben: „War's denn schön bei Mutti?"
Alfred antwortete nicht. Er hatte in den letzten Wochen jeden Tag bei seiner Mutter gegessen. „Dann brauchst du nicht für

mich zu kochen, wo du dick bist." Es folgte unweigerlich ein abschätzender Blick auf Elisas Schwangerschaftsbauch. Auch heute, am Tag des errechneten Geburtstermins war er nach Feierabend zu seiner Mutter gefahren. Elisa hatte sehr gehofft, dass Alfreds Mutterbindung mit dem Umzug in einen gut fünfzig Kilometer weit entfernten Ort etwas nachlassen würde, hatte sich aber geirrt. Nach wie vor mischte sich ihre Schwiegermutter ein, kritisierte gnadenlos Elisas Verhalten und verfügte nach Belieben über ihren Sohn. Auf Anraten seiner Mutter weigerte sich Alfred, einen geburtsvorbereitenden Kurs zusammen mit seiner Frau zu besuchen. „Die Mutti meint auch, dass so etwas Weibersache ist."
Trotzdem gab Elisa die Hoffnung nicht auf. Vielleicht würde sich alles ändern, wenn das Kind erst einmal auf der Welt war, Alfred Verantwortung übernehmen müsste.

Das altertümlich anmutende Gebäude machte einen baufälligen Eindruck, doch verbarg sich hinter der Fassade ein charmantes, altmodisches Krankenhaus, das sein eigenes Flair hatte. In der gynäkologischen Abteilung wurde Elisa von der Hebamme in Empfang genommen. „Es hat noch Zeit", stellte sie fest. „Wenn du laufen möchtest, dann ist das in Ordnung."
So tigerte Elisa, den überforderten Alfred im Schlepptau den Krankenhausflur auf und ab. In regelmäßigen, immer kürzer werden Abständen, ging sie auf die Toilette, knallte Alfred die Tür vor der Nase zu, krümmte sich, auf dem Toilettenrand hockend, zusammen. Schließlich fing die Hebamme sie wieder ein und dirigierte sie in den Kreißsaal. Obwohl sich für Elisa die Zeit endlos zu dehnen schien, dauerte es nur noch eine kurze Weile und ein paar Presswehen.
„Du hast einen Sohn", erklärte die Hebamme strahlend.
Schließlich lag der kleine Junge warm und weich auf Elisas Bauch. Sie fühlte sich glücklich wie nie zuvor. Alfred stand wohl immer noch unter Schock. Er saß neben der Liege und

stammelte ununterbrochen: „Ich habe einen Sohn, einen Sohn. Ich habe einen Sohn."
Nach einer Weile unterbrach ihn die resolute Hebamme. „Das können wir alle sehen, mein Lieber. Jetzt wirst du ihn baden."
„Wer? Ich? Baden?" Der fassungslose Vater schaute sich hilfesuchend um, was die Hebamme dazu brachte, einen amüsierten Blick mit Elisa zu wechseln. „Aber sonst ist dein Mann nicht so schwer von Begriff, oder?"
Nachdem er seinen Sohn tadellos gebadet und die Hebamme den Namen eingetragen hatte, verabschiedete sich der stolze Vater. Elisa, frischgemacht und überglücklich, wurde in ihr Zimmer gebracht, wo sie in einen unruhigen Dämmerschlaf fiel. Immer wieder wachte sie auf. ‚Ich habe ein Kind', dachte sie dann, noch immer ein bisschen fassungslos. Sie freute sich schon auf den nächsten Tag, an dem der Kleine zu ihr ins Zimmer überwechseln sollte. Rooming-in, das war seit neuestem der Hit in allen fortschrittlichen Krankenhäusern.

„Ach is dat schön", entzückt beugte sich Elisas Mutter über das Kinderbettchen, in dem ihr Enkelsohn schlief, während Kalle seine Tochter in die Arme schloss. „Spatz, das hast du gut gemacht."
„Der Kleine heißt Felix? Ein moderner Name wäre schöner gewesen. Marcel zum Beispiel oder Kevin." Ilse fand immer einen Grund, um zu meckern, stellte Elisa einmal mehr fest.
„Ach was, der Vorname ist in Ordnung. Schlimmer ist, dass der arme Junge den Nachnamen seines Vaters tragen muss. Gimpel! Felix Gimpel, schauderhaft! Wie gut würde da Felix Jollenbeck klingen." Elisas Vater konnte seinen Schwiegersohn immer noch nicht leiden und hielt nach wie vor mit seiner Meinung nicht hinter dem Berg.
Elisa grinste. „Ja sicher dat, am besten Marcel Jollenbeck-Gimpel. Lass mal, das passt schon."

„Hat sich deine Schwiegermutter schon blicken lassen?", erkundigte sich Ilse interessiert.
Elisa seufzte. „Ja, leider. Sie hat mir erst einmal erklärt, dass es ganz schlecht für das Kind ist, wenn ich es stille. Sie hätte ihrem Freddy Haferschleim gekocht und ich solle doch mal schauen, was er für ein Prachtkerl geworden ist."
„Prachtkerl, dass ich nicht lache!"
Elisa überhörte den Einwurf ihres Vaters geflissentlich. „Überhaupt soll ich Rücksicht darauf nehmen, dass in einigen Wochen ihr Geburtstag ist. Bis dahin habe ich mich so weit zu erholen, dass ich an der tollen Feier teilnehmen kann. Natürlich mit dem Kleinen. Das bestimmt die olle Hexe einfach so. Ihr Sohn steht dabei, grinst dümmlich und sagt kein Wort."
„Irgendwann wirst du ihr Paroli bieten müssen. Ich hoffe sehr für dich, dass dein toller Mann dann zu dir steht. In jedem Fall kannst du dich auf uns verlassen." Kalle legte seiner Frau liebevoll den Arm um die gut gepolsterte Taille.
„Ich denke auch, dass ich mir nicht immer alles von meiner Schwiegermutter gefallen lassen kann. Vielleicht kommt es schneller zu einem handfesten Krach, als wir es denken." Schnell schüttelte Elisa die trüben Gedanken ab und strahlte ihre Eltern an. „Wichtig ist im Moment nur unser kleiner Felix. Ist er nicht das süßeste Baby auf der ganzen Welt."

***

„Du meine Güte, stell dich nicht so an. Schließlich erwartet Mutti, dass wir zusammen zu ihrem Geburtstag gehen. Wenn du das Blag unbedingt stillen willst, dann musst du sehen, wie du klarkommst." Alfred ließ nicht mit sich reden. Im Gegenteil brachte er sich immer mehr in Rage. Dabei hatte Elisa gedacht, ihm einen Gefallen zu tun, als sie ihm vorschlug, den Geburtstag seiner Mutter allein zu besuchen. Sie hatte bei dem Gedanken, den ein paar Wochen alten Säugling mit auf die Feier zu nehmen ein schlechtes Gefühl. Einerseits war der Kleine einen

derartigen Trubel nicht gewohnt, andererseits rauchten alle Anwesenden wie die sprichwörtlichen Schlote.
Elisa hatte, sofort als sie wusste, dass sie schwanger war, das Rauchen eingestellt und war fest entschlossen, nicht wieder damit anzufangen. Leider stand sie mit dieser Meinung allein da. Selbst Alfred sah nicht ein, in Gegenwart seines noch ungeborenen Kindes auf den Zigarettenkonsum zu verzichten und rauchte auch jetzt. Seine Mutter bestärkte ihn in dieser Meinung. „Ich habe meine Zigaretten in eine Dose gepackt, als ich sicher war, dass ich ein Kind erwarten würde. Nachdem ich das Blag bekommen habe und wieder zu Hause war, habe ich gleich geraucht und es war ein Genuss", schwelgte sie in Erinnerungen.
Elisa machte gute Miene zu bösem Spiel. „Ist schon gut, ich komme mit. Aber beschwer dich hinterher nicht bei mir, wenn wir früh nach Hause fahren müssen. Der Kleine ist an so viele Leute auf einen Schlag nicht gewöhnt." Sie musterte Alfred noch einmal streng. „Und glaub bloß nicht, dass deine Mutter das Kind in die Hände bekommt, wenn sie etwas getrunken hat." Ohne ihrem Mann die Gelegenheit zu einer Entgegnung zu geben, drehte sie sich um und kümmerte sich demonstrativ um Felix, der verschlafen blinzelte.

Wie gewöhnlich hatte sich Käthe in ihren rosa Kittel gezwängt. Oben herum trug sie den obligatorischen weißen Nylonpullover. Unten wurde das Bild von der Strumpfhose komplettiert, deren Zwickel immer einmal unter dem Kittelsaum hervorblitzte. Aus dem Schwung, mit dem sie die Wohnungstür öffnete, ließ sich schließen, dass sie schon den einen oder anderen Weinbrand mit Cola intus hatte. Elisa musterte ihre Schwiegermutter verdrossen. ‚Die fangen auch immer früher an zu trinken', dachte sie, hütete sich aber davor, ihre Gedanken laut auszusprechen. Sie quälte ein Lächeln auf ihr Gesicht. „Hallo Schwiegermutter, herzlichen Glückwunsch zum Geburtstag."

Doch das Geburtstagskind hatte weder Augen für die Schwiegertochter, noch für das Geburtstagsgeschenk. „Ach da ist ja der kleine Freddy", rief sie aus und nahm Elisa die Tasche mit dem schlafenden Kind aus der Hand. „Er sieht seinem Vater immer ähnlicher."
Elisa öffnete den Mund, doch Alfred kam ihr zuvor. „Mutti, der Kleine schläft gerade. Glaub mir, ich bin froh, dass er mal nicht herumschreit. Lassen wir ihn einfach noch eine Weile in Ruhe. Wenn er gleich wach ist, dann kannst du dich um den Scheißer kümmern."
Käthe strahlte ihren Sohn an. „Ach, mein Freddy", gurrte sie. „du hast ja Recht. Wir stellen den Kleinen im Schlafzimmer auf dem Bett ab und lassen ihn schlafen. Nachher ist auch noch Zeit."
Zu Elisas Überraschung trug sie die Tasche behutsam ins Schlafzimmer und stellte sie tatsächlich vorsichtig ab. Felix ließ sich nicht stören, steckte den Daumen in den Mund und schmatzte im Schlaf.
Im Wohnzimmer angekommen klopfte Elisa zur Begrüßung auf den Tisch. Sie ließ sich wie gewöhnlich neben Lara nieder. „Na, Patentante? Wie sieht's aus?"
Die Angesprochene grinste. „Gut! Schließlich brauchte ich kein Kind zu kriegen. Louis ist uns gut geraten und ein Kind ist völlig ausreichend. Lieber gehe ich zu Fuß nach Holland, als das ich wieder ein Blag kriege."
Roland zuckte bedauernd mit den Schultern. „Das ist nicht meine Meinung, aber man kann nicht alles haben. Schade auch."
Lara blitzte ihren Mann an, kam aber nicht mehr dazu, ihm zu antworten. Carmen, die Jüngste der Gimpeltöchter, betrat das Wohnzimmer. Ihr folgte, in leicht gebückter Haltung, ihr blasser Ehemann. Carmen ließ sich in einen Sessel plumpsen und steckte sich aufatmend eine Zigarette an, während sie ihren beträchtlichen Bauch tätschelte. „Mensch bin ich froh, wenn ich

erst mal ausgepackt habe. Dat Kleine tritt und tritt und Probleme mit den Nieren habe ich auch."
„Letztens musste ich die Perle mitten in der Nacht zum Krankenhaus fahren weil sie gejault hat wie ein junger Hund", ließ sich Walter vernehmen. „Aber der Doc hat sie mir wieder mit nach Hause gegeben, leider. War wohl irgendwie falscher Alarm."
Carmen sog gierig an ihrer Zigarette. „Wie jetzt, leider? Meinst du vielleicht, ich wäre die dicke Wanne nicht gern losgeworden. Du hast es gut. Brauchst bloß die Nacht durch unter Tage herumstehen und warten, dass irgend 'ne Maschine kaputt geht und du sie reparieren kannst. Während ich mir nicht mal mehr die Schuhe alleine zumachen kann."
Walter tippte sich grinsend an die Stirn. „Meine Frau ist bekloppt, das sage ich ja immer. Von Tuten und Blasen keine Ahnung haben, aber die Klappe aufmachen. Die möchte ich mal im Stollen erleben, dat ist ganz wat anderes als im Bergbaumuseum."
Das Ehepaar führte diese Diskussion schon seit geraumer Zeit. Walter, der ausschließlich in der Nachtschicht unter Tage arbeitete, fühlte sich von seiner Frau unterschätzt. Carmen war der Meinung, er würde sein Geld im Schlaf verdienen. „Schließlich war ich schon öfter im Bergbaumuseum. Ich weiß wie es unter Tage aussieht, nämlich voll gemütlich", war ihr Standartspruch, was ihren Mann regelmäßig auf die Palme brachte.
Elisa musterte die beiden, enthielt sich aber jeder Bemerkung. Sie hatte gleich zu Anfang der Schwangerschaft ihre Schwägerin auf deren Zigarettenkonsum angesprochen. Carmen erklärte ihr, der Gynäkologe habe darauf bestanden, dass sie weiter rauche. „Er meint, dass ich unbedingt rauchen soll, sonst kriege ich noch 'ne Fehlgeburt. Das du einfach mit dem Rauchen aufhörst und das Risiko eingehst dein Kind zu verlieren …" Die Schwägerin hatte offenbar etwas falsch verstanden.

Jetzt meldete sich Kittel-Käthe zu Wort. „Dann musst du erst mal einen Schnaps trinken, auf den Schrecken."
Erleichtert stellte Elisa fest, dass der werdende Vater und nicht die Schwangere gemeint war. Käthe drückte ihm ein Whiskyglas voller Weinbrand in die Hand. Sie stieß mit ihm an, wobei ihr Glas nicht minder voll war.
„Bevor du dich ganz voll laufen lässt, solltest du dich um den verdammten Kaffee und die Torte kümmern", meldete sich Gustav zu Wort. Er saß wie immer in seinem Sessel am Fenster und schaute sich das muntere Treiben aus der Distanz an.
Käthe flatterte in die Küche, um das Kaffeetrinken vorzubereiten. Elisa horchte einmal mehr in Richtung Schafzimmer. Felix schien noch immer selig zu schlummern.
„Wie geht es eigentlich deiner Freundin Anne?", wandte sich Lara an ihre Schwägerin. „Du hast in letzter Zeit gar nichts mehr über sie erzählt."
Elisa seufzte. „Annerose ist so komisch geworden, seit sie geschieden ist. Wenn ich ihr vorschlage mich zu besuchen, dann blockt sie ab. Ich komme zurzeit nicht so gut weg. Der Kleine beansprucht eine Menge Zeit und Alfred braucht das Auto ständig, sodass ich überhaupt nicht mehr mobil bin. Mein Auto haben wir verkauft, wie du weißt. Immerhin ist mein komplettes Einkommen weggefallen, da können wir uns keinen Zweitwagen leisten."
„Lass dich nur nicht so abspeisen. Mein Bruder soll sich nicht so haben. Aber Männer sind so unflexibel, das sage ich ja immer. Irgendwie passen Frauen und Männer nicht wirklich zusammen."
Elisa schaute ihre Schwägerin erstaunt an. Das waren ganz neue Töne. Bisher hatte sie gedacht, Roland und Lara wären das perfekte Paar. „Wie meinst du das?", hakte sie nach.
Lara blieb einen Moment still. „Egal, ich meine nur so", erklärte sie schließlich. „Apropos Unflexibel. Sei froh, dass Sylvia und Franz-Rainer mit der Kurzen in Urlaub gefahren sind. Zwar

nur ins Sauerland, aber immerhin. Es ist der erste Urlaub, seit sie verheiratet sind. Meine Schwester hat nämlich ganz merkwürdige Ansichten, was die Kindererziehung anbelangt. Sie hält damit nicht hinterm Berg. Ihr hättet euch bestimmt an die Köpfe gekriegt. Sie hat ihre Tochter zum Beispiel ab dem zweiten Lebensjahr immer auf den Topf gesetzt und sie dabei gefüttert, damit sie schnellstens sauber wird. Sie war der Meinung, dass es unten eher flutscht, wenn oben gestopft wird, könnte man sagen. Wenn das nicht schräg ist."
„Das wusste ich gar nicht", sagte Elisa verblüfft. „Dass Franz-Rainer ein komischer Vogel ist weiß ich ja, aber Sylvia scheint ihm in nichts nachzustehen."
Roland, der zugehört hatte, mischte sich jetzt ein. „Alles erzählen die Mitglieder des Gimpelclans uns Angeheirateten auch nicht, Schwägerin. Das solltest du mittlerweile wissen. Die kochen ihr Süppchen häufig ganz für sich allein." Diese Bemerkung brachte ihm einen weiteren bösen Blick von seiner Frau ein. Elisa nahm sich vor, einmal in Ruhe mit Lara zu sprechen. Inzwischen hatte Käthe den Tisch gedeckt und die Torte aufgetragen. „Buttercreme, hat der Papa gemacht. Backen kann er wirklich gut", bemerkte sie dazu. Gustav nickte zustimmend mit dem Kopf und schaute resigniert auf das trockene Rosinenbrötchen, das ihm seine Frau servierte.
„Stell dich nicht so an, sei froh, dass du überhaupt noch etwas essen kannst", wies die ihn prompt zurecht. An die Kinder gewandt beklagte sie ihr herbes Los. „Seit der Papa zuckerkrank ist, macht er bloß Fisimatenten. Früher hatten wir kein Geld, um Wurst und Fleisch in der Suppe zu haben, jetzt haben wir das Geld für beides und der Papa wird krank. Aber ich sehe überhaupt nicht ein, dass ich auf irgendetwas verzichte, nur weil er das nicht essen kann."
Obwohl Gustav kein angenehmer Zeitgenosse war, tat er Elisa leid. Sie verstand nicht, wie die Kinder sich Käthes Bemerkungen anhören konnten, ohne ihren Vater auch nur einmal zu ver-

teidigen. Aber das sollte nicht ihr Problem sein, sie hatte mit ihrem Sohn alle Hände voll zu tun und wollte sich keine Gedanken um Alfreds Familie machen. Wie aufs Stichwort machte sich Felix bemerkbar. Elisa erhob sich rasch. „Iss erst einmal zu Ende und trink in Ruhe deinen Kaffee aus", wandte sie sich an ihre Schwiegermutter, die bereits ausgesprungen war. „Der Kleine läuft dir ganz bestimmt nicht weg."
Im Schlafzimmer nahm sie ihren Sohn behutsam auf und wurde von einem strahlenden Lächeln belohnt. Sie hockte sich für einen Augenblick auf die Bettkante. Eigentlich hatte sie gar keine Lust, sich mit dem Kleinen zu der Geburtstagsgesellschaft zu setzen. Viel lieber hätte sie ihn eine Weile im Arm gehalten und ihn einfach angeschaut. Er kam ihr immer noch vor wie ein kleines Wunder.
Zögernd betrat sie das Wohnzimmer. Käthe hatte bereits die Kaffeetafel aufgehoben und war schnell wieder zur Tagesordnung übergegangen. Das bedeutete nichts anderes, als dass sie ein gefülltes Schnapsglas vor sich stehen hatte und an der obligatorischen Zigarette zog.
„Gib ihn mir mal", forderte sie. Wenigstens legte sie die Zigarette im Aschenbecher ab. Elisa reichte ihr widerwillig das Kind, das seine Großmutter mit großen Augen aufmerksam anschaute. „Er sieht aus wie Freddy", stellte die einmal mehr fest und drückte Klein-Freddy an ihren voluminösen Busen.
„Pass auf, sonst erdrückst du ihn mit deinen Titten", ließ sich Gustav aus seiner Ecke vernehmen. Er schien gar nicht so unrecht zu haben. Felix verzog den Mund, holte schluchzend Luft, um anschließend ein lautstarkes Protestgeschrei anzustimmen.
„Tu-tu-tu", gurrte Käthe, während sie den Protestierenden heftig hin und her schockelte. Felix ließ sich nicht beirren. Er schrie lauthals weiter.
„Das reicht jetzt aber, der Kleine ist das hier einfach nicht gewohnt", mit diesen Worten nahm Elisa ihrer Schwiegermutter das Kind aus dem Arm und wiegte es sacht. „Ich denke, ich

gehe mit ihm nach nebenan, mache ihn sauber und stille ihn. Vielleicht beruhigt er sich dann."
Im Schlafzimmer atmete sie tief ein und aus. Sie hatte es kommen sehen. Hätte Alfred bloß nicht auf diesem Besuch bestanden. Sie setzte sich auf das Bett und stillte den Kleinen. Bald war er eingeschlafen. Elisa blieb noch eine Weile neben der Tasche sitzen, hörte den immer lauter werdenden Stimmen im Nebenzimmer zu, wünschte sich nach Hause. Nach einer Weile raffte sie sich auf und ging wieder zurück zur Geburtstagsgesellschaft.
Käthe musterte sie kalt. „Ich habe Freddy gerade gewarnt. Du verzärtelst das Blag. Du musst es auch mal schreien lassen. Das habe ich bei all meinen Kinder so gemacht und guck sie dir an; hat es ihnen etwa geschadet? Überhaupt darf das Kind nicht am Daumen lutschen, sonst kriegt es einen krummen Kiefer. Ich habe Freddy immer Senf auf den Daumen geschmiert, da hat er sich das ganz schnell abgewöhnt. Falls das nicht wirkt, ein kleiner Klaps tut Wunder."
Elisa schluckte, holte tief Luft und setzte zu einer Antwort an.
„Ähm, die Mutti meint es wirklich gut, das weißt du." Alfred schaute sie warnend an, während er sich an seine Mutter wandte. „Der kleine Scheißer ist sonst nicht so, wirklich nicht. Ich weiß auch nicht, was heute mit dem los ist. Vielleicht hat er 'nen Furz quer sitzen." Mit dieser Bemerkung löste Alfred allgemeines Gelächter aus.
Elisa ließ sich erst einmal in einen Sessel sinken. Lara tätschelte ihr den Arm. „Das musst du nicht ernst nehmen, sie meint es wirklich nicht so."
„Du hast gut reden. Jedenfalls schläft der Kleine jetzt. Ich hoffe er wacht erst auf, wenn wir nach Hause fahren. Aber das kann dauern. Alfred fühlt sich sichtlich wohl."
Wirklich machte Alfred im Kreis seiner Lieben einen höchst zufriedenen Eindruck. Auch er hatte inzwischen ein mit viel Weinbrand und wenig Cola gefülltes Whiskyglas vor sich ste-

hen. Einige Zeit später näherte sich die Stimmung dem Siedepunkt, Käthe war der Kittel noch höher gerutscht. Sie stimmte ihr Lieblingslied an.
„In einem Polenstädtchen,
da wohnte einst ein Mädchen …, "
die Familie stimmte mit ein.
„… das war so schön."
Lediglich Gustav rutschte tiefer in seinen Sessel und Lara wechselte einen genervten Blick mit Elisa. Auch Felix bewies einen guten Geschmack, denn erneut erscholl sein Geschrei aus dem Schlafzimmer. Elisa versuchte aufzustehen, wurde aber von ihrer Schwiegermutter am Ärmel festgehalten. „Den lässt du jetzt schön schreien, damit er sich daran gewöhnt. Der ist ja jetzt schon verwöhnt."
Mit einem Ruck riss sich Elisa los und funkelte Käthe böse an. „Jetzt reicht es! Babys in dem Alter kann man überhaupt nicht verwöhnen, das solltest du dir merken. Im Übrigen geht es dich nichts an ob ich mein Kind verwöhne oder nicht. Wenn der Kleine schreit, dann bin ich es die aufsteht, nicht du. Du musst dich nicht um mein Kind kümmern. Schon gar nicht mit deinen mittelalterlichen Ansichten." Noch immer vor Zorn sprühend wandte sie sich Alfred zu, der sie entgeistert anstarrte. „Nun zu dir. Jetzt werde ich unseren Sohn fertigmachen. Anschließend fahre ich nach Hause. Mit dir oder ohne dich."
Alfred schien unter Schock zu stehen, denn er folgte seiner Frau, die unbeeindruckt von Käthes Gezeter die Wohnung verließ wortlos. Auch bei der folgenden Heimfahrt sagte Alfred kein Wort, was Elisa nur recht war. Selbst Klein-Felix war es zufrieden. Er schlummerte in seiner Tasche auf dem Rücksitz, wobei er ab und zu hingebungsvoll am Daumen nuckelte.

Elisa lächelte vor sich hin. Wie anders als die Schwiegereltern gingen ihre Eltern mit dem Baby um. Beide waren nach wie vor stolz auf das erste Enkelkind und konnten gar nicht genug davon bekommen. Ilse strickte unentwegt an irgendwelchen merkwürdigen Teilen. „Is dat schön, früher habe ich euch von oben bis unten mit selbst gemachten Sachen eingekleidet. Zu diesem Jäckchen mache ich auch noch ein passendes Mützchen." In diesem Fall stand der gute Wille im Vordergrund. Elisa bedankte sich artig für jedes selbst hergestellte Teil und legte es in eine große Schublade.

Kalle schwelgte in Erinnerungen. „Ich habe meinen Sohn als erster Vater in Gelsenkirchen Rotthausen im Kinderwagen spazieren gefahren und ihn zum Frühschoppen mitgenommen."

„Das wirst du mit deinem Enkel nicht wagen, Kalle Jollenbeck." Ilse schaute streng über ihren Brillenrand.

Kalle versuchte, schuldbewusst aus der Wäsche zu gucken. „Natürlich nicht, Ilsekind. Ich darf ja nicht mehr zum Frühschoppen gehen, sonst machst du Ärger. Mehr als zwei Flaschen Bier am Tag kriege ich auch nicht mehr."

Ilse grinste befriedigt. „Das ist besser so, mein lieber Mann. Seit wir das so geregelt haben, klappt es gut zwischen uns."

Elisa nickte zustimmend, ausnahmsweise gab ihrer Mutter voll und ganz recht. „Wie geht es Peter und Carina eigentlich?", erkundigte sie sich. „Mein Bruder macht sich in der letzten Zeit ganz schön rar."

„Der hat mit seinem Fuhrunternehmen viel zu tun. Er ist Tag und Nacht unterwegs, weil er so viel Aufträge bekommt." Kalle war unheimlich stolz auf seinen Sohn. „Ich habe ihm schon angeboten zu helfen, wenn er Bedarf hat. Einen LKW kann ich allemal fahren."

Ilse schüttelte bedauernd den Kopf. „Was seine Freundin Carina anbetrifft, so werden wir uns wohl damit abfinden müssen, dass die Person einmal unsere Schwiegertochter wird. Das haben wir uns beide ganz anders vorgestellt."

Zu Ilses Bestürzung hatte Carina der Familie vor einiger Zeit freudestrahlend mitgeteilt, dass sie die Pille abgesetzt hatte. „Der Peter meint, dass ein Esser mehr oder weniger nichts aus-

macht." Auch auf Ilses Einwand, dass es besser wäre, erst zu heiraten und dann an Kinder zu denken, hatte die Schwiegertochter in spe eine Antwort parat. „Der Peter meint, dass wir erst mal gucken sollen, ob ich wirklich schwanger werde, dann können wir immer noch heiraten."
Doch jetzt meldete sich der kleine Felix und Ilse vergaß kurzfristig alles andere. Sie schaukelte den Kleinen in ihrem Arm, während sie ein Lied summte. Kalle grinste seine Tochter verschwörerisch an. „Was singt sie da? Ich glaube das ist ein Schlager, zu dem wir immer getanzt haben. Er heißt ‚Tanze mit mir in den Morgen'. Dabei konnte man gut schmusen. Man könnte meinen, deine Mutter ist in einen Jungbrunnen gefallen." Unvermittelt wurde er ernst. „Es war ganz richtig, dass du deiner Schwiegermutter die Meinung gesagt hast. Es wurde Zeit. Wenn du jemanden brauchst, der auf den Kleinen aufpasst, dann kannst du uns jederzeit anrufen. Und wenn dein Ehemann Sperenzchen macht, dann sag mir Bescheid, ich kümmere mich um ihn, auch das ist längst überfällig."
Elisa tätschelte ihm den Rücken. „Ach, Papa, wenn ich euch nicht hätte. Mach dir keine Gedanken, mit Alfred bin ich bisher immer noch allein fertig geworden und meine Schwiegermutter fehlt mir nun wirklich nicht. Ich bin froh, wenn ich sie in nächster Zeit nicht zu Gesicht bekomme."
Doch insgeheim war sie enttäuscht von ihrem Ehemann. Alfred kümmerte sich überhaupt nicht um seinen Sohn. Er lebte weiterhin so wie bisher, besuchte die Kumpel an der Tankstelle und tat, als wäre nichts geschehen. Merkwürdigerweise wollte er nicht, dass das Kind im Ehebett schlief. Gleichzeitig verbat er sich jede nächtliche Störung. „Wenn der kleine Scheißer nachts schreit, dann sieh gefälligst zu, dass du ihn zum Schweigen bringst. Schließlich verdiene ich das Geld, da brauche ich meine Ruhe. Und komm bloß nicht auf den Gedanken, das Kind mit ins Bett zu nehmen, das will ich nicht haben."

Trotzdem hatte Elisa den Kleinen eines Nachts ins Ehebett geschmuggelt und ihn dort gestillt. Anschließend waren Mutter und Kind zufrieden eingeschlafen. Die Ruhe dauerte bis zum nächsten Morgen. Als Alfred den kleinen Eindringling bemerkte, konnte er kaum an sich halten. „Schreib dir ein für alle Mal hinter die Ohren, dass ich den Bengel nicht in unseren Betten dulde. Wenn du mit ihm pennen willst, dann kannst du dich im Kinderzimmer hinlegen. Da ist Platz genug für euch beide."
Elisa schaute ihn fassungslos an. „Aber Alfred, was stört dich denn bloß daran, dass der Kleine ab und zu bei uns schläft? Bei deinem festen Schlaf bemerkst du ihn nachts doch gar nicht."
„So fängt das an. Erst pennt er nur ab und zu bei uns, dann kriegen wir ihn nicht mehr aus dem Bett heraus und vorbei ist es mit der Ruhe. Ich will das eben nicht und basta."
Also wanderte Elisa nachts hin und her und schlief mehr als einmal zusammen mit dem Baby im Kinderzimmer. Doch mit diesen Problemen wollte sie ihre Eltern nicht belasten. Sie hoffe darauf, dass Alfred sich mit dem Kind beschäftigen würde, wenn Felix erst einmal etwas älter wäre.

***

„Wenn du meinst, dass du dir das antun musst! Erwarte bloß nicht, dass ich besonders freundlich zu der blöden Kuh bin. Und lange bleibe ich auch nicht bei euch sitzen. Ich trinke dir zuliebe eine Tasse Kaffee mit, aber dann haue ich ab." Alfred musterte seine Frau kühl. Es war ihm anzusehen, dass er sich unbehaglich fühlte.
„Nun sei nicht so." Elisa verlegte sich aufs Bitten. „Schließlich ist und bleibt Annerose meine beste Freundin. Ich bin so froh, dass sie sich wieder gemeldet hat. Sie will sich bestimmt Klein-Felix anschauen, deshalb möchte sie uns besuchen. Wenn du sie einfach freundlich begrüßt, so würde mir das reichen. Ich weiß doch, dass ihr euch nicht grün seid. Vergiss nicht, dass sie mit

ihrem Exmann allerhand mitgemacht hat und der war dein Freund."

„Von wegen, sie hat mit dem Ex 'ne Menge mitgemacht", grummelte Alfred. „Der arme Mario konnte gar nicht anders als sie zu vermöbeln, wo sie ständig Zicken gemacht hat."

„Aber Freddy, weißt du überhaupt, was du sagst? Der Mistkerl hat ihr ein Küchenmesser in den Oberschenkel gerammt. Wenn ihr Vater sie nicht gefunden hätte wäre sie verblutet. Nichts rechtfertigt sein Verhalten, egal wie sie sich ihm gegenüber aufgeführt hat", blitzte Elisa ihren Mann böse an.

Der bemerkte, dass er zu weit gegangen war und legte besänftigend die Hand auf ihren Arm. „Ist schon gut, ich meine ja bloß. Trotzdem ist es übel von ihr gewesen, dir grundlos zu erzählen, ich hätte was von ihr gewollt. Ausgerechnet ich soll sie angemacht haben, pah", Alfred schnaubte vernehmlich durch die Nase.

Auch Elisa war um den Ehefrieden bemüht. Sie lehnte sich einen Moment an ihn. „Vielleicht war sie die ganze Zeit so komisch, weil sie mich um mein großes Glück beneidet." Sie lächelte zaghaft und Alfred ließ sich, wie geplant, besänftigen.

„Aber wehe die blöde K...", er hielt inne, „deine Freundin behauptet noch einmal, ich hätte sie angemacht. Das stimmt überhaupt nicht, ich steh nämlich nicht auf dicke Blondinen."

„Du bist ein Schatz, Freddy. Ich weiß doch, dass du nur auf mich stehst. Annerose hat das nicht so gemeint. Sicherlich habe ich sie falsch verstanden und aus einer Mücke einen Elefanten gemacht. Du weißt doch: Schwangere Frauen sind manchmal nicht zurechnungsfähig, das machen die Hormone."

„Schwangere Frauen sind nicht zurechnungsfähig?", grinste Alfred. „Auch nicht schwangere Weiber machen einem das Leben schwer."

„... und da habe ich meinem Liebsten finanziell unter die Arme gegriffen." Annerose schaute ihrem neuen Freund tief in die

Augen, während Alfred genervt die Zimmerdecke musterte. Auch Elisa war irritiert, denn von einem ständigen Begleiter hatte ihre Freundin gar nichts erzählt. Sie war davon ausgegangen, dass Anne sie allein besuchen würde, sodass Alfred sich spätestens nach dem Kaffeetrinken problemlos absetzen könnte. Doch die Freundin war mit einem um etliche Jahre jüngeren, ölig aussehendem Mann aufgelaufen, der sich schon bei der Vorstellung als Vertreter für hochwertige Töpfe outete.
„Wenn ihr Lust habt, dann machen wir kurzfristig eine Topfparty, ich habe noch ein paar Termine frei", erklärte er großzügig und brachte Alfred zum ersten Mal in Rage.
„Ne, lass mal. Deine überteuerten Töpfe wirst du bei uns ganz bestimmt nicht los."
Trotzdem blieb Alfred seiner Frau zuliebe zu Hause und versuchte ein einigermaßen guter Gastgeber zu sein. Im Laufe des Nachmittags zeigten weder Anne noch ihr Freund Interesse für den kleinen Felix und die neue Lebenssituation der frischgebackenen Eltern. Sie erzählten von der Topfparty, an der sie sich kennen gelernt hatten, einer gemeinsamen Mallorca Reise und ihren Zukunftsplänen. Anne sah sich naserümpfend im Wohnzimmer um. Sie erklärte, dass sie einen Innenarchitekten beauftragt habe, ihre Wohnung umzugestalten. „Schließlich will man standesgemäß wohnen. Wie du das nur aushältst mit dem kleinen Kind. Das dreckt dir die ganze Wohnung voll, sobald es krabbeln kann", wandte sie sich an Elisa.
Die erkannte ihre Freundin nicht wieder. Anne, mit der sie eine lange Zeit Freude und Kummer gleichermaßen geteilt hatte, erschien ihr plötzlich oberflächlich und fremd.
„Mein Hase hat mich saniert. Dafür hat sich Anne das supergeile Topfset Starkoch mit dem neuen Turboschnellkochdeckel an Land gezogen." Der ölige Vertreter tätschelte Anneroses Hand, während diese ihn immer noch verzückt anlächelte.
„Dann könnt ihr ja immer lecker kochen", meldete sich Alfred zu Wort. „Das ist aber mal nett. So kommt jeder auf seine Kos-

ten. Du", er wandte sich an den Topftypen, „ziehst die dicke Kohle von deiner Freundin ab und rückst dafür ein paar Töpfe raus. Und du", er drehte sich Anne zu, „du kommst sowieso auf deine Kosten, mit Schnellkochtopf oder ohne. Du meine Güte!" Er hob in gespielter Verzweiflung die Hände. Offensichtlich ging ihm das Vertretergesülze furchtbar auf die Nerven. Elisa legte ihm einmal mehr die Hand auf den Arm und lächelte gezwungen. Doch bevor sie etwas Unverbindliches sagen konnte, fuhr Annerose wie von der Tarantel gestochen auf.
„Wie wäre es, wenn du von deinem hohen Ross herunter kommen würdest, Gimpel. Du hast von nichts eine Ahnung und machst hier einen auf Macho. Genau wie mein Exmann, dein guter Kumpel. Gut, das ich den abserviert habe."
Alfred hatte sich während des gesamten Nachmittags zusammengerissen. Jetzt explodierte er. „Wer hier wen abserviert hat, das sei dahingestellt. Ich an Marios Stelle hätte dich auch sitzen lassen. Mit so einer kann kein vernünftiger Mann klarkommen."
„Ach, und deshalb hast du versucht, mich anzubaggern?"
Annerose und Alfred waren aufgesprungen. Sie standen sich wie Kampfhahn und Henne gegenüber, während sich Elisa und der Topfvertreter hilflos ansahen.
„Pah, dich anbaggern, du hast sie ja nicht mehr alle! Man könnte mich an dir fest schweißen, ich würde mich in null Komma nix wieder losrosten!" Alfred stürmte aus dem Zimmer, in der Tür drehte er sich noch einmal um. „Ich fahre jetzt zu meinem guten Kumpel, deinem Exmann. Der interessiert sich sicher dafür, dass seine dämliche Exfrau ihren Freund für seine Dienstleistungen bezahlen muss. Klar, wer außer einem schwulen Vertreter geht da auch noch ran."
„Autsch", Elisa zuckte zusammen, denn ihr Mann knallte die Wohnungstür mit aller Gewalt ins Schloss. „Anne, das tut mir schrecklich leid", begann sie zögernd.
Die Angesprochene fiel ihr zitternd vor Wut ins Wort. Sie langte nach ihrer Handtasche. „Dann will ich auch nicht weiter stö-

ren. Sicher musst du dich jetzt um dein Kind kümmern und nachher um deinen fabelhaften Mann. Was bist du nur für eine blöde Bruthenne geworden und wie spießig es hier ist. Ich habe hier nichts mehr verloren." Sie rauschte aus dem Zimmer, ihren verblüfften Begleiter im Schlepptau.
Elisa folgte den Tränen nahe. Wie anders hatte sie sich das Wiedersehen mit der Freundin vorgestellt. „Dann macht es gut", murmelte sie, während der Vertreter ihr mitfühlend die Hand drückte. „Und wenn du doch mal eine Topfparty machen willst …", weiter kam er nicht, denn Annerose rief ihn, schon im Hausflur stehend zur Ordnung.
Langsam schloss Elisa die Tür. Das war wohl das Ende einer langjährigen Freundschaft. Doch sie kam nicht dazu, weiter darüber nachzugrübeln, denn Felix, durch den lauten Wortwechsel aufgeschreckt, begann zu weinen.

Alfred ließ sich den ganzen Abend nicht zu Hause blicken. Elisa, die mit Bangen auf ihn gewartet hatte, fiel irgendwann in einen unruhigen Schlummer. Mitten in der Nacht polterte er angetrunken in die Wohnung, rumorte im Wohnzimmer herum. Elisa lugte um die Ecke. Alfred hatte sich auf die Couch gelegt, vor ihm auf dem Tisch stand ein volles Schnapsglas. Sie setzte sich vorsichtig auf die Sofakante, während er sie aus blutunterlaufenen Augen anstierte. „Das hast du jetzt davon", nuschelte er. „Warum musstest du die Schlampe unbedingt einladen. Mit dem Topffutzy macht sie 'rum und sonst tut sie vornehm. Mario hat ganz Recht. Die Sache mit dem Messer hat sie sich selbst zuzuschreiben." Er schlug sich mit der Faust in die Handfläche. „Zack, immer fest."
Elisa verließ leise das Zimmer. Das war nicht der Alfred, den sie kannte, der Mann mit dem sie ein Kind hatte. Bestimmt würde ihm sein Verhalten morgen leidtun. Sie schlüpfte leise ins Kinderzimmer und rollte sich auf dem Bett zusammen. „Wenigstens war ich so schlau, ein komplettes Jugendzimmer

für den Kleine zu kaufen", dachte sie und kicherte hysterisch. Der Gedanke das Kinderbettchen mit Felix zu teilen, erschien ihr komisch. Der Kleine bewegte sich, schmatzte im Schlaf. Sicherlich hatte er wieder den Daumen im Mund und nuckelte daran. Elisa kamen die Tränen und endlich konnte sie ihnen freien Lauf lassen.
In den nächsten Tagen herrschte erst einmal Funkstille. Sie und Alfred redeten kaum miteinander. Elisa brachte es nicht über sich, Annerose nach dem Desaster noch einmal anzurufen. „Das mache ich, wenn sich die Wogen geglättet haben", sagte sie sich und dabei blieb es.

***

Felix Taufe verlief ohne größere Katastrophen. Käthe, ausnahmsweise einmal nicht im rosa Kittel sondern im rosa Rüschenkleid, kümmerte sich mit Hingabe um ihr jüngstes Enkelkind. Carmen hatte ein kleines Mädchen, bekommen.
„Ich sag's dir, das mit der Yvonne war die schwerste Geburt überhaupt. Die Rückenmarkspritze hat üüüberhaupt nicht gewirkt. Ich konnte zwischendurch nicht mal eine rauchen."
Da Carmen es vorzog, dem Kind von Anfang an die Flasche zu geben, konnte diese Aufgabe wunderbar von Käthe erledigt werden, sodass diese nicht dazu kam, sich mit den Erziehungsmethoden ihrer Schwiegertochter auseinanderzusetzen.
Zu vorgerückter Stunde erklang das Polenmädchen wieder einmal. Käthe war in ihrem Element, sang und schunkelte mit den Schwiegersöhnen. Lara gesellte zu ihrer Schwägerin Elisa.
„Na, hast du dir eine ruhige Ecke gesucht?"
„Das kann man wohl sagen. Ich bin froh, wenn der ganze Rummel vorbei ist und wieder Ruhe einkehrt. Ich kann gar nicht verstehen, wie deine jüngste Schwester das aushält. Immerhin hat sie doch erst vor ein paar Wochen entbunden."
Lara machte eine wegwerfende Handbewegung. „Carmen, das ist eben eine Marke für sich. Sei froh, dass die Mutti jetzt abge-

lenkt ist und sich um die kleine Yvonne kümmern kann. So hast du sie nicht ständig auf dem Hals. Carmen besucht sie jeden Tag mit der Kleinen. Mutti gibt ihr jede Menge Erziehungstipps."
„Das soll sie gern machen." Bei dem Gedanken, ihre Schwiegermutter jeden Tag zu sehen, stellten sich bei Elisa die Nackenhaare auf. „Ich kann gut auf die Tipps deiner Mutter verzichten. Ich bin froh, dass sich meine Eltern nicht in die Kindererziehung einmischen."
Wie aufs Stichwort erschienen Ilse und Kalle. „Wir verabschieden uns jetzt, Spatz", grinste Kalle. „Deine Schwiegermutter wollte mit mir singen, da habe ich lieber Fersengeld gegeben. Mannomann, die Frau trinkt jeden Donkosaken unter den Tisch, da versuche ich erst gar nicht mitzuhalten."
„Das will ich dir auch nicht geraten haben, Kalle Jollenbeck", ließ sich Ilse vernehmen. „Du verträgst sowieso nicht mehr als zwei Flaschen Bier am Abend, erinnere dich lieber daran."
Kalle nahm sie liebevoll in den Arm. „Deine Mutter und ich haben eine Abmachung. Zwei Flaschen Bier am Abend sind in Ordnung. Wenn mich der Hafer sticht, dann bekomme ich ein weiteres Bier genehmigt, aber deine Mutter kriegt ein halbes Hähnchen."
Elisa und Lara wechselten einen amüsierten Blick.
„Siehst du, und ehe ich das halbe Hähnchen aus der Pommesbude besorgt habe, bin ich wieder nüchtern." Kalle drückte seine Frau fest an sich. „Meine Ilse ist eine listige Person."

***

„Hallo, ich bin Karin, Karin Snaider und das ist meine Tochter, Kimberly-Joice, aber ich sage meist Kimmy zu ihr." Die brünette, rundliche Frau schüttelte Elisa eifrig die Hand, während Kimberly-Joice sich ängstlich an ihr Bein drückte. „Ich wollte dich schon lange einmal ansprechen, unsere Kinder sind so ungefähr im gleichen Alter", sie musterte Felix abschätzend. "Na

gut, meine Tochter ist ein paar Monate älter. Jedenfalls wäre es doch nett, wenn sie zusammen spielen könnten."
Elisa erwiderte erfreut den Händedruck der Nachbarin. Karin schien eine nette Person zu sein und etwas Abwechslung würde nicht schaden. Elisa kümmerte sich mit Hingabe um ihren Sohn. Sie fand es toll, neben ihm auf dem Rand des Sandkastens zu sitzen, Fantasiekuchen zu backen und sie hinterher platt zu hauen, Bilderbücher anzuschauen oder Lieder zu singen. Felix, der inzwischen seinen ersten Geburtstag erlebt hatte, war ein ausgesprochen ausgeglichenes Kind. Er nahm seine Mutter zwar in Anspruch, aber er konnte sich auch sehr gut allein beschäftigen, was Elisa Zeit für sich gab. Alles schien perfekt zu sein. Trotzdem fühlte sie sich in letzter Zeit in ihrer Rolle als Mutter und Hausfrau einfach nicht ausgelastet. Früher hatte sie in Vollzeit gearbeitet, nebenbei den Haushalt bewältigt und trotzdem noch Zeit gefunden, Freundschaften zu pflegen. Das Resultat war ein großer Freundeskreis. Sie war ständig unterwegs gewesen, unternahm eine Menge, war immer aktiv. Mit der Geburt des Kindes hatte sich alles verändert. Plötzlich hatte Elisa ein völlig anderes Leben, war ans Haus gefesselt, kam kaum noch unter Menschen. Der Kreis der Bekannten schien wie von selbst zu schrumpfen. Sie hatte versucht, mit Alfred darüber zu reden, doch der wollte davon nichts hören. „Du hast den kleinen Scheißer unbedingt haben wollen, jetzt sieh zu, wie du damit klarkommst. Bilde dir bloß nicht ein, dass ich auf ihn aufpasse, während du abends in der Weltgeschichte herum jockelst. Verwirkliche dich, wenn ich nicht da bin, dann hast du genug Zeit dazu."
So schnell gab Elisa nicht auf. „Wir könnten vielleicht nach einem günstigen Zweitwagen schauen. Es ist ja auch unheimlich umständlich, mit dem Linienbus zum Kinderarzt zu kommen. Das ist immer eine halbe Weltreise für den Kleinen und mich. Wenn ich ein eigenes Auto hätte ..."

Hier wurde sie rüde unterbrochen. „Was denkst du dir eigentlich? Wir haben doch keinen Dukatenscheißer im Keller stehen. Jetzt, wo dein Gehalt komplett weggefallen ist und ich für Drei schuften muss, können wir uns keine zwei Autos leisten."
„Wenn ich dich ab und zu zur Arbeit bringen und wieder abholen könnte wäre mir auch schon geholfen", sagte Elisa vorsichtig, denn sie wusste aus Erfahrung, wie eigen ihr Mann mit seinem Auto war.
Prompt bekam Alfred einen roten Kopf. „Das kommt überhaupt nicht in Frage", seine Lautstärke nahm um einige Dezibel zu. „Ich verstehe nicht, was in dich gefahren ist. Bis jetzt bist du sehr gut ohne ein Auto ausgekommen. Plötzlich machst du ein solches Theater. Wenn du unbedingt irgendwo hin willst, so muss ich mir eben frei nehmen. Madame kann wohl nicht mehr mit dem Bus fahren, dazu ist sie zu fein, woll."
Elisa gab es für den Augenblick auf, sich weiter mit ihm auseinanderzusetzen. Das würde zu diesem Zeitpunkt nur zu einer lautstarken Auseinandersetzung führen, die sie vermeiden wollte.
So kam das Angebot der netten Nachbarin gerade recht. Man verabredete sich für einen der nächsten Vormittage. „Die Kinder können sich in Ruhe beschnüffeln. Wir trinken in der Zeit eine schöne Tasse Kaffee", erklärte Karin augenzwinkernd.

Ein paar Tage später öffnete eine verschlafen blinzelnde Karin die Tür.
„Nanu, bin ich zu früh?", fragte Elisa verwundert.
„Nein, komm ruhig rein. Ich bin morgens einfach noch nicht leistungsfähig. Ich setzte gleich einen Kaffee auf, dann geht es schon. Oder möchtest du etwas anderes? Ein Gläschen Sekt beispielsweise?"
„Danke, Kaffee würde genügen", winkte Elisa ab. Zögernd betrat sie, Felix auf dem Arm, die Snaidersche Wohnung. Sie sah sich verstohlen um. Die Wohnungen im ‚Sonnenhof', wie sich

die Neubausiedlung freundlich nannte, waren vom Schnitt her alle gleich. Allerdings hatte diese Behausung wenig mit Elisas und Alfreds Heim gemeinsam. Elisa bemühte sich darum, die Wohnung freundlich und aufgeräumt zu halten, davon war hier nichts zu sehen. Die Möbel des Wohnzimmers schienen abgenutzt zu sein und selten gesäubert zu werden. Auf der langen Fensterbank standen einige traurige Topfblumen, die zum größten Teil ausgegraben worden waren. Die Blumenerde lag über die ganze Fensterbank verstreut und auf dem Fußboden.
„Ach herrje, jetzt habe ich ganz vergessen, die Schweinerei zu beseitigen", ließ sich Karin vernehmen.
„Du hast deine Blumen umgetopft?", fragte Elisa zweifelnd. Diese Methode der Blumenaufzucht kam ihr merkwürdig vor. Karin strahlte sie gut gelaunt an. „Nein, um Gottes Willen, das war meine Tochter. Ich schlafe ganz gern länger, bin eher ein Nachtschwärmer. Kimmy dagegen ist spätestens um sechs Uhr wach, wenn ihr Vater zur Arbeit geht. Dann stellt sie nur Dummheiten an. Bis vor kurzem habe ich sie im Schlafzimmer spielen lassen. Leider hat sie letztens, während ich noch eine Mütze voll Schlaf nahm, meine Lippenstifte aufgegessen. Jetzt stecke ich sie ins Kinderzimmer. Dort ist ein Türgitter. Das hat sie heute Morgen wohl überklettert." Hier seufzte die überforderte Mutter theatralisch. „Dann hat sie sich über meine Topfblumen hergemacht. Ich werde in Zukunft die Kinderzimmertür zusperren müssen."
Während Karin aus dem Zimmer schlurfte, um den Kaffee zu holen, musterte Elisa die schüchtern dasitzende Kimberly-Joice mitleidig. „Wenigstens hast du heute Morgen schon im Sandkasten gebuddelt", flüsterte sie verschwörerisch.
Sie wurde mit einem Lächeln belohnt. „Kimmy gebuddelt", wiederholte die Kleine und nickte ernsthaft mit dem Kopf. Elisa stellte den auf ihrem Schoß ungeduldig zappelnden Felix auf die Füße. „Was meinst du, willst du Felix jetzt dein Kinderzimmer zeigen? Vielleicht könnt ihr zusammen spielen."

Wieder nickte die Kleine entschlossen und nahm Felix bei der Hand. „Spielen", befahl sie. Er folgte ihr willig. Elisa schloss sich den beiden an und sah sich interessiert im Kinderzimmer um. Hier lag alles kunterbunt durcheinander: Autos ohne Räder parkten in einer schokoladenbeschmierten Puppenstube. Puppen in jeder Größe mit fehlenden Gliedmaßen oder kahlen Köpfen teilten sich den Fußboden mit Stofftieren, die seltsame kahle Stellen aufwiesen. Große Legosteine vermischten sich mit Bauklötzen. Zerfledderte, teilweise bekritzelte Bilderbücher lagen auf einem kleinen, nagelneu aussehenden Spieltisch.
„Du meine Güte", entfuhr es der geschockten Elisa. Bei dem Chaos war es nur zu verständlich, dass die Kleine das einigermaßen geordnete Wohnzimmer vorzog.
„Was meinst du, sollten wir den Kaffee hier im Kinderzimmer trinken und schauen, ob sich die beiden vertragen?", schlug sie vorsichtshalber vor.
Karin, die mit zwei gefüllten Kaffeetassen um die Ecke kam, zuckte mit den Schultern. „Von mir aus."
So machten es sich die Mütter im Kinderzimmer so gut es ging bequem, während Felix und Kimberly einträchtig in dem herumliegenden Spielzeug wühlten.
„Mein Winfried ist Zeitnehmer und ein sehr ordentlicher Mensch. Das macht den Umgang mit ihm manchmal etwas schwierig. Es ist ja allgemein bekannt, dass eine Wohnung nicht zu sauber sein darf, sonst sind die Bewohner nicht abgehärtet gegen alle möglichen Bakterien."
„Wirklich?" Elisa schaute sich unauffällig ihre Kaffeetasse an, aber die war ordentlich gespült worden.
„Hinzu kommt, dass er auch am Wochenende zu einer wirklich unchristlichen Zeit aufsteht während ich gern mal ausschlafe."
Auch diese Ehe schien alles andere als ideal zu sein. Elisa nahm einen Schluck Kaffee und versuchte das Thema zu wechseln.
„Schau bloß mal, wie gut unsere Zwei miteinander zurecht-

kommen." Kimberly und Felix hatten angefangen, einen Spielzeugturm zu bauen.

„Ja, dann können wir sie beim nächsten Mal allein spielen lassen und uns ins Wohnzimmer setzen, dort ist es netter als hier. Was ich sagen wollte: Mein Winfried ist zudem nicht der ideale Vater." Karin ließ sich nicht ablenken, sondern redete einfach weiter. „Wenn ich etwas vorhabe, er deshalb auf die Kleine aufpassen soll, dann sperrt er sie einfach im Kinderzimmer ein. Letztens war ich mit einer Freundin aus und stell dir das bloß mal vor ..."

„Ach, du warst wirklich mit einer Freundin weg und dein Mann hatte nichts dagegen?", unterbrach Elisa den Redestrom. Wie gern wäre auch sie wieder einmal mit einer Freundin ausgegangen. Zu ihrem Leidwesen weigerte sich Alfred rundheraus auf seinen Sohn aufzupassen. Ab und zu nahmen ihre Eltern den Kleinen, doch das war mit einem nicht unbeträchtlichen Zeitaufwand verbunden. Hinzu kam Alfreds Abneigung, jemand anderes sein Auto fahren zu lassen. Das schloss auch seine Frau mit ein. Setzte sich Elisa durch, so kam es regelmäßig zu einer Szene.

„Grundsätzlich hat er nichts dagegen wenn ich ausgehe. Er sagt häufig, dass er froh ist, mal einen Abend allein zu verbringen, und dass ich ihm mit meinem ständigen uninteressanten Gelaber auf die Nerven gehe. Aber er kümmert sich dann nicht um unsere Tochter. Also noch einmal: Letztens war ich mit einer Freundin im Pub, ein bisschen quatschen. Als ich nach Hause kam, war die Kinderzimmertür zu. Winfried saß im Wohnzimmer vor dem Fernseher. Was soll das denn, habe ich gefragt. Er hat geantwortet, ich solle mir die Schweinerei im Kinderzimmer anschauen. Das habe ich getan." Hier legte Karin eine Kunstpause ein.

„Und?", fragte Elisa gespannt.

„Das kannst du dir nicht vorstellen. Kimmy hatte sich die Windel ausgezogen und mitten ins Zimmer gemacht - groß!!! Dann

ist sie da reingetreten, hat ihre Hinterlassenschaften überall verteilt. Ich glaube, sie hat auch davon probiert."
Elisa hob erschrocken die Hände und betrachtete prüfend ihre Handflächen, bevor sie Felix auf ihren Schoß zog, was er unter lautem Protestgeschrei geschehen ließ. Karin schien nicht sehr empfindlich zu sein, sie grinste. „Keine Sorge, ich habe die halbe Nacht auf den Knien gelegen und die Schweinerei beseitigt. Anschließend habe ich den Teppich sehr gründlich desinfiziert. Was ich sagen will: Mein Winfried hat es nicht über sich gebracht, die Kleine sauber zu machen, bevor sie alles im Zimmer verteilen konnte. Er hat einfach die Zimmertür zu gemacht und auf mich gewartet."
„Das ist ja furchtbar." Elisa ließ den zappelnden Felix wieder los. Er stürzte sich mit Feuereifer in weitere Baumaßnahmen, was den Turm ins Wanken brachte.
„Hast du versucht, mit deinem Mann darüber zu reden? Er kann das Kind doch nicht in seinem eigenen Dreck sitzen lassen."
Elisa wollte lieber darauf verzichten allein weg zu gehen, als das Kind in der Obhut eines so verantwortungslosen Vaters zu lassen.
Karin schüttelte den Kopf. „Reden hat überhaupt keinen Zweck, er ekelt sich vor Kimberlys Exkrementen, hat sie überhaupt noch nie sauber gemacht. Außerdem setzt er sich nicht mit mir auseinander. Beim nächsten Mal macht er alles genauso."
Jetzt war es an Elisa, den Kopf zu schütteln. „Männer, sie denken einfach anders."
In diesem Punkt stimmte Karin ihr uneingeschränkt zu.
Alles in allem wurde es ein netter Vormittag, Mütter und Kinder fanden sich auf Anhieb sympathisch. Man verabschiedete sich mit dem festen Vorsatz, das Kaffeetrinken zu wiederholen.
„Aber dieses Mal treffen wir uns bei mir", schlug Elisa wohlweislich vor. „Schließlich musst du auch Felix Kinderzimmer kennenlernen", wandte sie sich an Kimberly, die wieder einmal ernsthaft mit dem Kopf nickte. „Lernen!"

***

Elisa und Peter standen in der Küche. Wie so oft hatten sie sich abgesondert, um sich in Ruhe zu unterhalten. Heute feierte man Kalles Geburtstag. Peter musterte seine Schwester prüfend. „Geht es dir gut? Jetzt, wo du so weit von Schuss wohnst, sieht man sich leider nicht mehr so oft."
Elisa lächelte ihn an. „Das waren noch Zeiten, als du die Kneipe hattest, was. Jetzt bist du selbst ziemlich eingespannt. Wie ich höre laufen die Geschäft großartig für dich. Du trägst dich mit dem Gedanken eine Familie zu gründen?"
„Ach, weißt du", grinste Peter leicht verlegen. „Langsam komme ich in das gesetzte Alter, da stellt man sich die Frage nach dem Lebensinhalt...", er registrierte, dass seine Schwester ihn amüsiert musterte und fuhr mit einem Augenzwinkern fort. „Ist schon gut, ich meine damit, dass ich gern Kinder hätte. Carina und ich sind inzwischen seit über fünf Jahren zusammen, warum also nicht schwanger werden."
Hier unterbrach ihn seine Schwester. „Das ist alles gut und schön, aber solltet ihr nicht vorher heiraten? Überhaupt", sie tätschelte seinen nicht unbeträchtlichen Bauch. „Bei der Wanne könnte man meinen, ihr wärt schon erfolgreich gewesen und du trägst das Kind aus."
„So weit ist das noch nicht. Dieser Bauch war richtig teuer. Daran siehst du, dass die Geschäfte gut laufen, allerdings muss ich etwas dafür tun. Schließlich will ich nicht die gleichen Fehler machen wie unser Vater. Er ist mit jedem seiner Projekte baden gegangen, was mir nicht passieren wird. Ich habe einige Kunden, die mir regelmäßige Fuhren einbringen. Das Unternehmen floriert. Ich werde bald einen Fahrer einstellen. Im Moment hilft mir Papa sehr, aber das ist kein Dauerzustand." Peter umging das Thema Heirat nicht ungeschickt. „Du hast meine Frage nicht beantwortet: Geht es dir gut? Ist bei dir alles in Ordnung?"
Wieder ein prüfender Blick. Die Geschwister hatten schon immer ein besonderes Feeling für einander.

„Ja, es geht mir gut, alles sollte perfekt sein", Elisa versuchte ihr Unbehagen in Worte zu fassen. „Ich habe mir nichts auf der Welt so sehr gewünscht, wie dieses Kind. Der Kleine ist wirklich ein Schatz, ich liebe ihn aus ganzem Herzen, aber...", hier stockte sie erneut.

„Ich glaube ich weiß, was du sagen willst. Nur Kinder, Kirche, Küche, das ist nichts für dich, nicht wahr. Du musst auch mal raus aus dem Alltagstrott, und dein fabelhafter Mann ist dir dabei keine Hilfe."

Elisa fühlte sich erleichtert, denn genau das hatte sie sagen wollen. „Weißt du", argumentierte sie eifrig, „ich bin schon froh, dass ich ein paar Frauen mit Kindern in Felix Alter kennengelernt habe. Leider leben meine bisherigen Bekannten entweder in Gelsenkirchen oder die Leute haben keine Kinder und andere Interessen. Es ist ab und zu schön, mit anderen Mütter Kaffee trinken und sich über die Kinder zu unterhalten, aber das kann doch nicht alles sein. Natürlich bestimmt der Kleine meinen Tagesablauf, aber ich bin mit Felix Geburt nicht ausschließlich zum Muttertier mutiert. Elisa ist auch noch da. Sie möchte weiterhin am richtigen Leben teilnehmen und nicht nur Hausfrau und Mutter sein."

„Dann solltest du so schnell wie möglich damit anfangen. Nur zu jammern wird dir nicht weiterhelfen."

„Das sagst du so. Ich würde mich gern nach einem Job umsehen, aber wo soll ich mit Felix hin? Unsere Eltern würden ihn sofort beaufsichtigen, doch der Zeitaufwand ist viel zu hoch, um ihn herzubringen und abzuholen. "

„Was heckt ihr aus?", Kalle gesellte sich zu ihnen. „Früher ist immer nur Blödsinn dabei herausgekommen, wenn ihr die Köpfe zusammengesteckt habt."

Die Geschwister grinsten ihn an. „Keine Sorge", klärte Peter ihn auf, „wir versuchen gerade ein ernsthaftes Problem zu lösen. Unsere Kleine möchte wieder arbeiten, weiß aber nicht, wo sie mit ihrem Filius hin soll. Natürlich lässt ihr Superehemann

sie wieder einmal im Regen stehen. Da müssen wir ja wohl helfen, oder?"
„Hm, Leute die arbeiten wollen, soll man nicht davon abhalten." Kalle strich sich über die Nase, wie immer, wenn er nachdachte. „Ich habe eine Idee, allerdings muss ich erst in Ruhe darüber nachdenken, aber machbar wäre das bestimmt."
Ilse unterbrach seine Gedankengänge. Die Hände auf den Hüften stand sie in der Küchentür. „Was soll das denn hier werden? Ein konspiratives Treffen? Los ihr Drei, ab ins Wohnzimmer, da spielt die Musik."
„Ja Liebes, wir sind schon auf dem Weg." Gehorsam setzte sich Kalle in Bewegung, nicht ohne seiner Frau im Vorbeigehen einen schallenden Klaps auf den Po zu geben, was diese mit einem merkwürdigen Quietschlaut quittierte.
„Ich habe heute Geburtstag, da darf ich das", schmunzelte er und an Elisa gewandt erklärte er: „Lass mich mal machen, das kriegen wir hin. Ich melde mich bei dir."

Elisa fühlte sich gut wie lange nicht mehr. Sie hatte zwar jede Menge zu tun, doch war sie mit sich und der Welt zufrieden. Kalle hielt tatsächlich Wort. Nicht lange nach seinem Geburtstag besuchten er und Ilse die Tochter.
„Was hältst du davon, mit mir zusammenzuarbeiten, Spatz", schlug er vor. „Wir könnten eine Trinkhalle nicht weit von unserer Wohnung betreiben. Über die Arbeitszeiten werden wir uns ganz bestimmt einig. Den Kleinen könntest du problemlos mit zur Arbeit nehmen."
Ilse nickte zustimmend. „Es ist schade, dass ich selbst noch arbeite, sonst würde ich meinen Enkel liebend gern aufpassen, aber wenn ich frei habe, dann kann der Opa ihn mitbringen, wenn du ihn im Geschäft ablöst."
„Mutter, Papa, ich weiß gar nicht, was ich sagen soll! Ihr seid wirklich klasse. Eine Trinkhalle, auf die Idee bin ich überhaupt noch nicht gekommen. Felix ist ein so liebes Kind, er macht

bestimmt keine Probleme. Aber wie soll ich nach Gelsenkirchen kommen? Ich kann doch nicht jeden Tag mehr als eine Stunde mit dem Bus fahren und das mit Felix im Schlepptau. Das Gleiche gilt für die Rückfahrt. Leider habe ich kein Auto zur Verfügung." Elisa wandte sich an ihren Vater: „Übrigens habe ich gedacht, dass du für Peters Fuhrunternehmen fährst?"
„Dein Bruder wollte sowieso über kurz oder lang einen Fahrer einstellen, das hat er eben etwas früher als geplant gemacht. An die lange Fahrzeit habe ich gar nicht gedacht, Spatz." Kalle strich sich nachdenklich über die Nase. „Ein Auto kann ich dir nicht kaufen. Es sei denn, ich gewinne am Wochenende im Lotto, was eher unwahrscheinlich ist. Aber wenn deine Mutter einverstanden ist, könntest du während der Woche mein Auto haben. Du müsstest also nur am Montag mit dem Bus fahren. Am Freitagnachmittag wird dein Mann ja wohl in der Lage sein dich und den Kleinen von der Arbeit abzuholen, oder?"
„Das wird der Junge schon machen, wo er eine so tüchtige Frau hat", rügte Ilse ihren Mann. „Das Auto kann Elisa natürlich nehmen", fügte sie großzügig hinzu. „Aber am Wochenende brauchen wir den Wagen selbst."
Elisa konnte gar nicht anders, als dieses Angebot annehmen. Eine bessere Möglichkeit würde sich ihr in absehbarer Zeit nicht bieten, davon war sie überzeugt. So galt es nur noch Alfred zu überzeugen. Wie erwartet stand er ihren Plänen skeptisch gegenüber.
„Du bist nie zufrieden. Darf ich dich daran erinnern, dass DU unbedingt ein Baby haben wolltest. Jetzt reicht es dir wohl nicht, für Mann und Kind da zu sein." Er musterte seine Frau vorwurfsvoll. „Erst hast du mich überredet, das Kind zu bekommen und jetzt machst du solche Sperenzchen. Die Mutti ist nie in ihrem Leben arbeiten gegangen. Sie war immer glücklich und zufrieden damit, aber sie ist ja auch eine tolle Hausfrau, woll."

„Aber Alfred, sei doch froh, dass ich etwas hinzuverdienen möchte."
Dieses Argument zog überhaupt nicht. „Hinzuverdienen? Ich bringe genug Geld nach Hause. Meine Frau hat es nicht nötig arbeiten zu gehen. Eine Frau, die Kinder hat und arbeiten geht, wird schlampig im Haushalt."
Alfred ließ nicht mit sich reden, doch in diesem Fall blieb Elisa standhaft.
„Tu was du nicht lassen kannst", rief er schließlich ärgerlich aus. „Aber bilde dir nicht ein, dass ich nach Feierabend auch noch den Haushalt mache oder koche. Damit habe ich nichts zu tun, das ist deine Arbeit. Und den Scheißer kannst du ruhig mitschleppen, ich werde in meiner knappen Freizeit nicht auf ihn aufpassen."
‚Das machst du doch sowieso nicht, ob ich jetzt arbeiten gehe, oder nicht', wollte Elisa sagen, doch sie schluckte die bissige Bemerkung hinunter, um ihren Mann nicht weiter zu reizen.
Letztendlich kam Elisa auch ohne Alfreds Hilfe gut mit der neuen Berufstätigkeit zurecht. Kalle überließ ihr von Montag bis Freitag seinen alten VW Käfer und löste auf diese Art das Transportproblem seiner Tochter. Felix erwies sich einmal mehr als ein pflegeleichtes Kind. Elisa hatte ihm im Hinterzimmer der Trinkhalle eine Spielecke eingerichtet. Dort verbrachte er die Nachmittage, spielte friedlich mit seinen Bauklötzen und ließ sich durch nichts aus der Ruhe bringen.
Oft, wenn Kalle seine Tochter zum Nachmittag hin ablöste strahlte die ihn dankbar an. „Mensch Papa, was würde ich bloß ohne dich anfangen?"
Kalle wirkte ein wenig verlegen und nahm seine Tochter kurz in den Arm. „Ich habe im Leben so viel falsch gemacht, meine Familie so oft enttäuscht. Es wird Zeit, dass ich auch einmal etwas richtig mache und weißt du was, Spatz? Das fühlt sich richtig gut an!

***

„…und da hat der Blödmann sich beim Schneiden der Fußnägel den dicken Onkel aufgeschlitzt. Ich habe ihm gleich gesagt, dass er lieber zum Arzt gehen soll. Aber nein, der Papa musste allein an der Wunde herumdoktern. Weiß der Geier, was er sich alles für'n Zeug da 'rauf geschmiert hat. Als nix mehr ging ist er zum Arzt. Der hat ihn gleich ins Krankenhaus überwiesen. Ich habe mir schon gedacht, dass er vielleicht am Zeh operiert werden muss. Aber gleich das ganze Bein abnehmen und das andere auch noch dazu? Ob das nötig war? Jedenfalls hat er dat nu davon", hier musste Käthe Luft holen, sie zitterte vor Empörung.

Immer wieder wunderte sich Elisa darüber, wie lapidar ihre Schwiegermutter mit den Gebrechen ihres Ehemannes umging. In diesem Fall war Gustavs Krankengeschichte dramatisch verlaufen. Er hatte sich am Fuß verletzt. Bedingt durch seine Diabetes und die damit verbundenen Durchblutungsstörungen heilte die Wunde nicht ab. Hinzu kam, dass er sich, wie gewöhnlich, rundheraus weigerte, einen Arzt aufzusuchen. Er dokterte allein an seinem Zeh herum, kaufte verschiedene Wund- und Heilsalben und probierte sie der Reihe nach aus. Schließlich begann die Wunde zu eitern. Der entzündete Fuß schmerzte so sehr, dass er sich letztendlich dazu entschloss, „den Doktor mal eben schnell drüber gucken zu lassen". Der konsultierte Arzt überwies Gustav kurz entschlossen in ein Krankenhaus. Hier stellte sich heraus, dass der Zeh amputiert werden musste. Doch damit nicht genug. Die Entzündung war so weit fortgeschritten, dass ihm zunächst der Fuß, dann das Bein und letztendlich beide Unterschenkel amputiert wurden. Heute hatten sich die Kinder und Schwiegerkinder in der elterlichen Wohnung eingefunden, um gemeinsam nach einer Lösung der nun anstehenden Probleme zu suchen.

„Wie wäre es, wenn ihr nach einer behindertengerechten Wohnung schauen würdet?", begann Lara zögerlich, wurde aber von ihrer Mutter unterbrochen.
„Was du immer für Ideen hast: behindertengerechte Wohnung! Ich werde nicht umziehen weil der alte Esel zu stur war, rechtzeitig zum Arzt zu gehen. Wir wohnen seit vierzig Jahren hier. Das wird sich nicht ändern."
„Aber die Wohnung ist im ersten Stock und viel zu klein und eng. Hier wird er niemals mit einem Rollstuhl zurechtkommen", wagte Elisa einen Einwurf.
Ihre Schwiegermutter musterte sie kalt. „Das lass nur unsere Sorge sein. Ich ziehe hier nicht weg und damit basta! Was mischt du dich überhaupt ein?"
Elisa schaute ihren Mann hilfesuchend an, doch der ignorierte sie und wandte sich stattdessen an seine Mutter. „Ich kann dich gut verstehen, Mutti. Ihr wohnt schon so lange hier. Wir Kinder sind hier groß geworden. Das ist alles schwer genug für dich, da musst du dir nicht auch noch über einen Umzug Sorgen machen."
„Mein Freddy", seine Mutter strahlte ihn an.
„Wir sollten Papa fragen, wie er sich das vorstellt. Vielleicht ist es besser zu warten, bis er aus der Reha kommt, schließlich kann er selbst am besten beurteilen ob er hier klar kommt", stellte Roland nachdenklich fest.
„Das ist eine gute Idee." In diesem Fall waren sich alle Kinder einig.
Käthe hatte, wie immer, eine ganz eigene Meinung. „Wie, was, Reha? Das macht der Papa sowieso nicht, weil ich nicht mitfahren werde. Das fehlte noch, mit dem Alten in eine Krüppelklinik gehen. Damit will ich nichts zu tun haben. Was soll der Blödsinn auch, das ist nur alles teuer und bringt nix. Wir müssen schon für die Prothesen genug zuzahlen. Damit laufen lernen kann er hier auch. Was habt ihr nur für dämliche Vorschläge."

Die Kinder schauten sich verblüfft an, selbst Alfred schluckte trocken.

„Ja, klar und seinen Mercedes fährt der Papa dann auch weiter, das lernt er spielend." Laras Sarkasmus prallte an ihrer Mutter ab.

„Vielleicht kann er den Benz nicht mehr fahren, aber ich werde nicht in ein mickeriges Behindertenauto einsteigen. Er kann sich ein Fahrzeug kaufen, das eine Automatik hat. Dann braucht er bloß Gas zu geben. Das wird er mit den Plastikbeinen schon können."

Elisa hörte nicht mehr zu. Sie hatte einfach keine Lust, sich mit dieser Person und ihren merkwürdigen Ansichten auseinanderzusetzen. Letztendlich würde das Ehepaar jeden noch so gut gemeinten Ratschlag ignorieren. Sie bezweifelte stark, dass ihr Schwiegervater jemals wieder einigermaßen normal leben könnte. Auch Lara schien ihrer Meinung zu sein. Sie wandte sich achselzuckend ihrer Schwägerin zu. „Immer machen lassen", flüsterte sie. „Manchen Leuten ist nicht zu helfen, auch wenn es die eigenen Eltern sind ..."

Sie schwieg abrupt, denn Käthe musterte sie missbilligend, wandte sich dann aber an Elisa: „Wie ich gehört habe, arbeitest du wieder? Felix ist doch noch so klein, kriegst du das alles unter einen Hut? Wie ich unseren Freddy kenne, ist er dir keine große Hilfe."

Carmen mischte sich ein. „Frauen die arbeiten gehen sind im Haushalt schlampig. Ich kümmere mich um Yvonne und damit habe ich genug zu tun."

Der Einwurf schien ihrer Mutter zu gefallen. Sie nickte bekräftigend und wechselte einen vielsagenden Blick mit ihrem Sohn. Den Spruch hatte Elisa vor nicht all zu langer Zeit von ihrem Mann zu hören bekommen. Jetzt wusste sie wenigstens, woher der Wind wehte. Wieder einmal hatte Alfred seine Eheprobleme mit seiner Mutter diskutiert. Ihr wurde heiß vor Zorn. Sie holte empört Luft um zu antworten. Lara kam ihr zuvor. „Willkom-

men im Mittelalter. Ich finde es klasse, was Elisa macht und würde auch gerne wieder arbeiten. Es ist nur nicht einfach, einen passenden Job zu finden, wenn man ein kleines Kind hat."
„Ich habe Glück, dass meine Eltern mir unter die Arme greifen, sonst würde ich das alles nicht schaffen." Elisa beschloss, den dummen Einwurf ihrer jüngsten Schwägerin nicht zu beachten. „Eigentlich ist mein Bruder Schuld an der ganzen Sache, er hat unseren Vater auf die Idee gebracht, zusammen mit mir eine Trinkhalle zu führen. Leider stellt sich Freddy mit seinem Auto noch immer so an, deshalb bekomme ich in der Woche den VW von meinem Vater." Diesen Seitenhieb konnte Elisa sich einfach nicht verkneifen.
Alfred fuhr auf. „Ja und? Wenn du unbedingt arbeiten gehen willst. Von mir aus kannst du zu Hause bleiben, ich verdiene genug." Er schaute Beifall heischend zu seiner Mutter, die ihm wohlwollend zunickte.
„Das ist doch gar nicht das Thema, manchmal bist du ein Holzkopf, Freddy. Aber darüber solltet ihr diskutieren, wenn ihr allein seid." Lara rettete einmal mehr die Situation. Sie wandte sich wieder Elisa zu. „Wie geht es deinem Bruder eigentlich? Ist er immer noch mit seiner Freundin zusammen? Was haben wir für tolle Feten in seiner Kneipe gefeiert." Sie bekam ganz glänzende Augen. „Das waren noch Zeiten, was. Jetzt sind lammfromm geworden."
„Du hast Recht. Freddy und ich werden uns schon einigen. Jedenfalls wenn sich niemand einmischt." Elisa maß ihre Schwiegermutter mit einem kühlen Blick, was diese erstaunlicherweise dazu veranlasste mit einem „ich schau mal nach dem Kaffee" in die Küche zu eilen.
„Meinem Bruder geht es gut. Sein Fuhrunternehmen floriert, mit Carina ist er auch noch zusammen. Die beiden sind in die Familienplanung gegangen. Bis jetzt hat sich aber noch keine Nachwuchs angemeldet."

Roland, der interessiert zugehört hatte, mischte sich ein. „Das ist sowieso nur eine Frage der Zeit. Dann könnt ihr sicher bald eine Hochzeit feiern oder sind die Zwei schon verheiratet?"
„Eben nicht", klärte Elisa zögernd auf. „Mein Bruder denkt im Moment überhaupt noch nicht daran zu heiraten, frag' mich nicht warum. Die ganz große Liebe scheint es zwischen ihm und Carina nicht zu sein."
Carmen mischte sich ein. Sie hatte ganz andere Sorgen. „Eines ist ganz klar, den Mercedes wird der Papa nicht mehr fahren können, denn das ist ein Schaltwagen. Vielleicht kann er überhaupt nicht mehr fahren. Was passiert also mit dem Benz?"
Ihre Schwester Sylvia war bisher erstaunlich schweigsam geblieben, jetzt meldete sie sich empört zu Wort: „Der Papa wird den Wagen in Zahlung geben und sich einen anderen kaufen. Ich kann mir nicht vorstellen, dass er gar nicht mehr Auto fährt. Du hast wohl vor, kräftig abzustauben, mein Mädchen. Das könnte dir so passen, erst bin ich dran. Schließlich bin ich die Ältere."
„Die Älteste ist Lara, das wollten wir mal festhalten. Ich verstehe nicht was du willst. Walter und ich kümmern uns um die Mutti, während du ...", hier wurde Carmen unterbrochen. Ihre Mutter kam aus der Küche, die volle Kaffeekanne in der Hand. „Ja, Carmen und Walter fahren mich immer zum Papa ins Krankenhaus. Sie kümmern sich rührend um mich und die kleine Yvonne ist so goldig. Aber jetzt sollten wir Kaffee trinken."
„Yvonne ist so goldig", zischte Sylvia ihrer Schwester zu. „Wir sprechen uns noch!"
„So sind sie, die Gimpels. Wenn es um Geld geht, dann kennen sie keine Verwandten", raunte Roland Elisa zu, was ihm einmal mehr einen kühlen Blick von seiner Frau einbrachte. Elisa musste ihm insgeheim Recht geben, auch Alfred war sparsam bis zum Geiz. Er liebte seine Mutter abgöttisch, doch ließ er sich jede Handreichung gut von ihr bezahlen.

Gustav wurde Wochen später aus dem Krankenhaus entlassen. Wie seine Frau es vorhergesagt hatte, verweigerte er jede Reha Maßnahme. In der Öffentlichkeit lief er unsicher mit Hilfe zweier Krücken auf den schlecht angepassten Prothesen. Innerhalb der Wohnung allerdings trug er die Prothesen nie, sondern hüpfte mit Hilfe der Arme auf seinen Beinstümpfen durch das Zimmer. Die Familie schien das nicht zu stören, allein Elisa fühlte sich bei seinen Fortbewegungsversuchen peinlich berührt. Sie musste sich zusammennehmen, um ihm nicht zu helfen. Das hatte sie einmal versucht, war aber von ihrer Schwiegermutter zur Ordnung gerufen worden. „Der Papa kann das allein, der kraucht sowieso immer in allen Ecken herum. Lass ihn in Ruhe."
Gustav hatte sich nicht geäußert, sondern nur wie gewöhnlich vor sich hingebrummelt.
Auch ein Rollstuhl wurde nicht angeschafft. Käthe lehnte es kategorisch ab, in eine behindertengerechte Wohnung umzuziehen. Die jetzige Wohnung war selbst für einen Minirollstuhl viel zu eng. Als neues Auto kaufte sich das Ehepaar einen Ford Granada mit einem Automatikgetrieben. Den Mercedes bekamen Carmen und Walter geschenkt, was zu einem üblen Streit zwischen den Geschwistern führte. Sylvia und Carmen konnten mit Mühe von ihren Ehemännern davon abgehalten werden, sich zu prügeln.

***

„Was würdest du von einem zweiten Kind halten?" Elisa nutzte die Gunst der Stunde, denn Alfred war heute ausgesprochen gut gelaunt. Der Angesprochene musterte sie misstrauisch. „Du bist doch wohl nicht schwanger?"
„Nein, keine Sorge, aber ich könnte mir gut vorstellen, ein zweites Kind zu bekommen."
Alfreds gute Laune war wie weggeblasen. „Das kommt überhaupt nicht in Frage. Ich wollte gar keine Kinder und habe dir

zuliebe den Kleinen bekommen. Über ein zweites Kind brauchen wir überhaupt nicht zu diskutieren."
„Bekommen habe ich das Kind ja wohl. Du hattest den angenehmen Part dabei übernommen, würde ich sagen. Ich sehe schon, dass mit dir wieder einmal nicht zu reden ist. Aber das Thema ist für mich noch nicht abgeschlossen, mein Lieber."
„Für mich schon." Alfred schaltete demonstrativ den Fernseher ein. „Und stör' mich nicht immerzu, ich will in Ruhe die Sportschau gucken."

In der nächsten Zeit sprach Elisa ihren Mann nicht mehr auf das Thema an, doch wurde der Wunsch nach einem zweiten Kind immer größer. Felix, inzwischen zwei Jahre alt, war schon sehr selbstständig, wollte alles allein ausprobieren. Er nahm immer weniger Hilfe in Anspruch und ließ sich gar nicht mehr richtig betuddeln. Elisa sehnte sich danach, wieder ein Baby zu haben. Dass auch dieses Kind irgendwann selbstständig sein würde, verdrängte sie vollständig.
Zwar arbeitete sie immer noch zusammen mit ihrem Vater in der Trinkhalle, doch war ein Ende der Tätigkeit abzusehen. In einem knappen Jahr würde Felix den Kindergarten besuchen. Die Öffnungszeiten ließen sich schlecht bis überhaupt nicht mit ihren Arbeitszeiten vereinbaren. Spätestens dann müsste sie sich nach einem Job für zwei oder drei Stunden am Vormittag in der Nähe des Kindergartens umsehen, was ein aussichtsloses Unterfangen war. Elisa beschloss, dass nichts gegen ein zweites Kind sprach. Sie nahm sich vor, Alfred davon zu überzeugen.

„Ich war heute beim Gynäkologen", teilte Elisa ihrem Mann beiläufig mit. „Stell dir vor: Er hat mir dringendst dazu geraten, die Pille abzusetzen. Die Spirale kann ich leider überhaupt nicht vertragen. Jetzt bin ich, was die Verhütung anbetrifft, ein wenig ratlos. Es würde natürlich die Möglichkeit bestehen, dass du dich sterilisieren lässt."

Alfred, der gerade sein Mittagessen in sich hinein schaufelte, verschluckte sich an einer Kartoffel. „Niemals", keuchte er, noch immer hustend. „Das kommt überhaupt nicht in Frage. Wenn du die Pille nicht mehr nimmst, kannst du dich genauso gut sterilisieren lassen."
„Aber Freddy, der Eingriff ist bei einem Mann völlig unkompliziert, es braucht nicht einmal eine Narkose. Bei einer Frau ist das wesentlich schwieriger. Du solltest dich einmal kundig machen. Vielleicht suchst du gelegentlich einen Urologen auf? Ich könnte einen Termin für dich machen."
Alfred schob den halbvollen Teller weg, offensichtlich war ihm der Appetit vergangen. „Du spinnst wohl! Ich lasse auf keinen Fall an mir herumschnippeln. Hinterher bin ich kein richtiger Mann mehr, wer kann das schon wissen. Wenn schon Sterilisation, dann solltest du das machen lassen, schließlich kriegst du die Kinder."
„Eben, und ich möchte gerne noch ein Kind haben. Im Übrigen wird die Sterilisation bei einer Frau erst durchgeführt wenn sie bereits zwei Kinder hat und dreißig Jahre alt ist, außer es gibt medizinische Gründe. Wenn du also überhaupt nicht über einen Eingriff bei dir nachdenken willst, so werden wir auf natürlichem Wege verhüten müssen. Ich könnte meine morgendliche Temperatur messen und dir Bescheid sagen, wenn die fruchtbaren Tage sind, dann müsstest du für die Verhütung sorgen."
„Wenn es sein muss." Alfred, sichtlich erleichtert nicht mehr über das Thema Sterilisation diskutieren zu müssen, langte zum Teller. Elisa lächelte ihn an. „Warte, Freddy, dein Essen ist ja schon ganz kalt, ich wärm's dir eben wieder auf, dann schmeckt es doch besser."
In den nächsten Monaten maß und notierte Elisa eifrig ihre morgendliche Temperatur. Das war zwar mühsam, doch nach einiger Zeit konnte sie ihre fruchtbaren Tage aus dem Effeff bestimmen und war so ein gutes Stück weiter.

Ganz anders erging es ihrer Nachbarin Karin. Auch sie wünschte sich ein zweites Kind. Im Gegensatz zu Alfred schien Karins Ehemann keine Probleme damit zu haben.

„Mein Winfried hat gesagt, er macht mir so viele kleine Snaiderlein, wie ich möchte", erklärte sie der verblüfften Elisa. Die beiden Nachbarinnen trafen sich inzwischen regelmäßig. Während die Kinder miteinander spielten, tranken die Mütter Kaffee und klönten über Gott, die Welt und ihre Männer. Karin war eine warmherzige, gemütliche, immer gut gelaunte Person, die ihren Haushalt und zuweilen auch ihre Tochter gnadenlos vernachlässigte. Elisa hatte sie fest in ihr Herz geschlossen, wenn sie auch ab und zu versuchte, der Freundin, was die kleine Kimberly anbetraf, ins Gewissen zu reden.

Auch heute Morgen saßen die beiden zusammen. Karin erzählte von den neuesten Eskapaden ihrer Tochter: „Stell dir vor: Ich habe mich gerade wieder hingelegt, schließlich ist es gerade mal neun Uhr in der Frühe, da klingelt es Sturm. Ehe ich mich aufgerappelt habe, donnert jemand an die Wohnungstür. Ich mache auf und vor mir steht unser Nachbar, völlig aufgelöst. So fertig habe ich den Mann noch nie gesehen. Erst habe ich gedacht, es wäre etwas mit seiner Frau, die beiden sind nicht mehr die Jüngsten. Da kann man schnell einen Schlaganfall bekommen."

Elisa verdrehte die Augen. „Wenn du nicht bald zur Sache kommst kriege ich einen Schlaganfall."

„Ist ja schon gut. Ich erzähle schon weiter. Also, da steht der Nachbar, wie gesagt völlig aufgelöst, und meint, dass Kimmy auf dem Fensterbrett im Kinderzimmer herumtanzt. Ich habe gleich nachgeschaut und was soll ich dir sagen...", hier nahm Karin einen Schluck aus ihrer Kaffeetasse.

„Sag schon", Elisa schaute beunruhigt um die Ecke, doch die Kinder saßen brav auf dem Spielteppich im Kinderzimmer.

„Na ja, also: Kimmy hatte es irgendwie geschafft, das Kinderzimmerfenster aufzumachen und stand mit ausgebreiteten Armen auf der äußeren Fensterbank. Ich habe sofort kehrt gemacht

und bin ins Wohnzimmer gelaufen. Da bewahre ich nämlich die Süßigkeiten auf."
„Du hast Nerven", unterbrach sie die geschockte Freundin. „Ich wäre ausgeflippt."
Karin grinste spitzbübisch. „Gerade das ist grundverkehrt. Nicht auszudenken was passiert wäre, wenn sich die Kleine erschreckt hätte. Jedenfalls bin ich mit einer Tafel Schokolade zurück ins Kinderzimmer. Kimmy ist nämlich süchtig nach Schokolade. Ich habe ihr versprochen, dass sie die ganze Tafel aufessen darf, wenn sie wieder ins Zimmer klettert, das hat sie getan. Voilá, Problem erkannt, Problem gebannt. Und bevor du mir jetzt eine Moralpredigt hältst; ich habe ein sicheres Mittel gefunden, damit so etwas nie wieder passiert."
Elisa holte tief Luft, sie hatte unwillkürlich den Atem angehalten. „So unkompliziert wie du möchte ich manches auch sehen. Willst du jetzt jeden Morgen aufstehen und besser auf deine Tochter aufpassen, oder was?"
„Das fehlte mir noch, ich bin wirklich kein Morgenmensch. Viel einfacher. Ich habe die Fenstergriffe im Kinderzimmer und zur Sicherheit auch im Schlafzimmer abmontiert. So bin ich auf der sicheren Seite."
„Aber Karin, du musst die Räume doch ab und zu lüften."
Auch hier hatte die unerschütterliche Karin eine Patentlösung. „Was meinst du wie schnell sich so ein Fenstergriff wieder anbringen lässt. Überhaupt lüfte ich die übrigen Räume gründlich."
Elisa schüttelt den Kopf. „Ich weiß nicht, du kommst doch eigentlich schon mit dem einen Kind nicht klar, bist du dir wirklich sicher, dass du noch ein zweites möchtest?"
„Da bin ich mir ganz sicher. Ich habe immer von einer großen Familie geträumt. Du musst wissen, dass ich ein Einzelkind bin. Hinzu kommt, dass mein Vater sich vor meiner Geburt aus dem Staub gemacht hat. Meine Mutter war mit der Situation vollkommen überfordert. Sie hat mich schon als Kleinkind bei mei-

ner Oma abgeladen, wo ich aufgewachsen bin. Als ich klein war, wollte ich immer weglaufen und meine Eltern suchen. Ich stellte mir vor, dass sie mich ganz schrecklich vermissten und überall nach mir suchten. Nachdem ich einmal weggelaufen bin, hat meine Oma mich regelmäßig mit einem Strick am Bein des Küchentisches festgebunden. Da saß ich also unter dem ollen Holztisch, habe mich nach meinen Eltern gesehnt und mir tolle Geschichten über sie ausgedacht. Als meine Oma gestorben ist, hat meine Mutter mich tatsächlich zu sich genommen. Mir sind in einem Crashkurs alle Illusionen genommen worden. Meine Oma hat mir wenigstens einen halbwegs geordneten Tagesablauf geboten, meine Mutter dagegen war und ist eine alkoholsüchtige Schlampe. Wenn sie nicht in ihrem eigenen Dreck lag und einen lichten Moment hatte, dann jammerte sie herum, wie viel Pech sie doch hätte. Am meinem achtzehnten Geburtstag hat sie mich schließlich vor die Tür gesetzt," hier stockte Karin, kramte ein Taschentuch hervor und fuhr sich entschlossen über die verdächtig feuchten Augen. Elisa war erschüttert, auch sie hatte es in ihrer Kindheit und Jugend nicht leicht gehabt, aber Karins Geschichte stellte alles bisher erlebte in den Schatten. Behutsam nahm sie die Freundin in den Arm, doch die hatte sich schnell wieder gefangen. „Eigentlich wollte ich dich mit diesen alten Kamellen gar nicht belasten. Es ist alles schon ewig her. Ich habe meine Mutter seit Jahren nicht mehr gesehen."
„Du belastest mich nicht. Vielleicht ist es ganz gut, dass du darüber gesprochen hast, das macht es leichter. Wir schleppen manchmal eine Menge Ballast mit uns herum und er lässt sich oft nicht abwerfen."
Karin machte eine wegwerfende Handbewegung. „Ich will nicht mehr darüber nachdenken. Ich habe seit Jahren keinen Kontakt mehr zu meiner Mutter und das ist ganz in Ordnung so. Jetzt sag mal, wie weit bist du denn mit deinem Mann gekommen? Weigert er sich immer noch, über ein zweites Kind zu reden?"

„Allerdings, aber ich habe auch nicht mehr weiter nachgebohrt." Elisa lächelte geheimnisvoll. „Ich regle das auf meine Weise, wir wollen mal sehen, wer von uns schneller schwanger ist."

Elisa hatte ihren Plan nicht aus den Augen verloren. Alfred zeigte sich zwar Monat für Monat überrascht über ihren Eisprung, doch sie konnte ihre fruchtbaren Tage inzwischen mühelos im Voraus berechnen. Es wurde Zeit, in die heiße Fase überzugehen. Zuerst kaufte sie sich die für den Plan nötige Ausstattung: sündhaft teure Accessoires. Ein Hauch von Spitze, ganz edel, in schwarz. Beim Bezahlen wurde ihr schwindelig, aber das Ziel war es wert. Damit waren die Vorbereitungen für ihre Familienplanung schon fast abgeschlossen. Sie wartete den richtigen Augenblick ab. Bald passte alles zusammen. Das Wochenende stand vor der Tür. Ihre Eltern hatten sich bereit erklärt, den Enkelsohn zu hüten. Elisa fühlte sich toll und sexy, die Temperaturtabelle sagte ihr, dass es heute klappen könnte. Jetzt galt es Alfred zu überraschen und anschließend zu verführen.
Während sie die Zutaten für das geplante Candle-Light-Dinner einkaufte, kamen ihr Bedenken: Sollte sie es wirklich wagen? Und was würde geschehen, wenn sie erfolgreich wäre? Einen Moment war sie versucht ihr Vorhaben einfach zu vergessen, doch dann rief sie sich energisch zur Ordnung. Vielleicht hatte sie nur diese eine Chance, die wollte sie nutzen. Schließlich war er ein erwachsener Mann und konnte immer noch nein sagen. Zu Hause angekommen stürzte sie sich in die Vorbereitungen. Schließlich musste heute Abend alles perfekt sein. Sie wollte ihn mit einem schönen Abendessen bei Kerzenlicht überraschen. Dazu ein sexy Outfit, natürlich mit ihrer neuen, brandheißen Wäsche, die sie verheißungsvoll hervorblitzen lassen wollte. Welcher Mann konnte da schon widerstehen. "Freddy,

du hast verloren", murmelte sie gut gelaunt, während sie das Essen vorbereitete.
Alles lief perfekt, ihre Bedenken waren unnötig gewesen. Er zeigte sich beim Heimkommen erst überrascht, dann gebührend geschmeichelt. „Wow, du dir aber Mühe mit dem Essen gegeben."
Sie lächelte verführerisch. „Ich habe heuten auch noch einiges mit dir vor. Möchtest du ein Gläschen Sekt?"
„Gerne, ich lasse mich überraschen."
Nach dem Essen setzte sie sich auf seinen Schoß. „Wir könnten es uns bequem machen, dabei kann ich dir gleich meine neue Wäsche vorführen. Vielleicht möchtest du sie mir anschließend ausziehen."
Das ließ er sich nicht zweimal sagen. Bald landete das Pärchen im Bett. „Du, ich muss dir noch etwas sagen", wisperte sie an ihn geschmiegt. „Ich glaube, dass ich einen Eisprung hatte, also könnte ich ein Baby bekommen, wenn wir jetzt..."
Alfred interessierte sich im Moment für alles an seiner Frau, nur nicht für ihren Eisprung. Der war ihm ziemlich schnuppe. Was sollte bei dem einen Mal schon passieren? Zum Verhüten hatte er weder Zeit noch Lust. Sie redete weiter. „Was ich sagen will..." Er küsste sie. „Das hat Zeit bis hinterher", murmelte er an ihrem Mund. „Ja dann", sie erwiderte seinen Kuss.
Nachdenklich wurde er erst, als sie nach dem Sex die Hände träumerisch auf ihren Bauch legte. Doch da war es definitiv zu spät, um zu verhüten. „Es wird schon gut gehen", beruhigte er sich.

Ein paar Wochen später saß Elisa im Wartezimmer ihres Gynäkologen und rutschte unruhig in ihrem Stuhl hin und her. In ihrem Kopf drehte sich das Gedankenkarussell. Bestimmt war ihre Periode ohne Grund ausgeblieben. Wie hatte Alfred so ironisch abgewiegelt: „Das hättest du wohl gerne, du kleines Biest. Von dem einen Mal bist du niemals schwanger und noch einmal

passiert mir das nicht, da kannst du Gift drauf nehmen." Sicherlich hatte er Recht. Sie machte sich hier komplett zum Affen. Als sie schließlich an die Reihe kam, dem Arzt gegenüber saß, war sie davon überzeugt, dass sie niemals wieder ein eigenes Baby in den Armen halten würde. Niedergeschlagen ließ sie sich untersuchen. So ein Blödsinn aber auch, was hatte sie sich eingebildet.
„Herzlichen Glückwunsch, sie sind schwanger."
Undeutlich wurstelten sich die Worte durch ihre depressiven Gedanken. Quatsch! Jetzt halluzinierte sie auch noch!
„Sie sind wohl nicht sehr erfreut?" Der Arzt schaute sie prüfend an.
Langsam kapierte sie das eben Gehörte. „Soll das etwas heißen, dass ich ein Kind bekomme???", stammelte sie, während ihr die Tränen in die Augen schossen.
Der Doktor schien an ihrem Verstand zu zweifeln. „Das könnte man so sagen. Wenn man schwanger ist bekommt man in der Regel ein Kind, ja. Aber, aber, so schlimm ist das doch auch nicht. Bitte nicht weinen." Begütigend nahm er ihre Hand, während sie Rotz und Wasser heulte.
„Danke!" Sie fiel dem irritierten Arzt um den Hals. Der tätschelte ihren Rücken. „Ich habe ihren Zustand nur festgestellt, weiter kann ich nichts dazu", meinte er trocken.
„Ja, Herr Doktor, aber ich habe nicht damit gerechnet und freue mich so sehr."
„Ist schon gut", der Arzt schien froh zu sein, die seltsame Patientin erst einmal los zu werden. „Gehen sie nach Hause, reden sie mit ihrem Mann. Wir sehen uns, wenn sie das möchten, in einer Woche wieder."
Nachdenklich verließ sie die Praxis. Wie mochte Alfred reagieren? Schließlich würde sie ihn vor die vollendeten Tatsachen stellen. Nun, so schlimm würde das schon nicht sein, schließlich war er vorgewarnt. Alfred war sowieso, wie so viele Männer, ein ausgesprochener Pragmatiker und würde sich schnell mit

der neuen Situation abfinden. Sie jedenfalls freute sich aus ganzem Herzen über die Schwangerschaft. Vorsichtig strich sie sich über den jetzt noch flachen Bauch, während sie versonnen vor sich hin lächelte.

An diesem Nachmittag gab sie sich mit dem Essen große Mühe und begrüßte ihren Mann besonders liebevoll. Er musterte sie misstrauisch, äußerte sich aber nicht weiter. Während Alfred das Essen wie immer in sich hineinschaufelte als würde es kein Morgen geben, setzte sie sich ihm gegenüber und schaute ihm ungewöhnlich still zu.

„Sag schon was los ist", knurrte er, während er zur bereitliegenden Zeitung griff.

„Ja, also, ich war heute beim Arzt", begann sie zögernd. „Jetzt leg doch mal für einen Augenblick die Zeitung weg, Freddy. Sonst kann ich dir nicht erzählen, dass du Vater wirst."

Er ließ die Zeitung langsam sinken, musterte sie kalt. „Meinst du, das weiß ich nicht schon. Dass du zum Arzt wolltest hast du mir oft genug gesagt und man kann dir die schlechte Nachricht von der Nasenspitze ablesen."

„Na ja, dann kannst du dich vielleicht auch ein bisschen freuen, jetzt, wo der erste Schreck schon weg ist." Sie versuchte ein zaghaftes Lächeln. „Du wirst sehen, das Baby stört ganz bestimmt nicht. Ich wünsche es mir doch so sehr."

Er seufzte. „Ändern kann ich sowieso nichts mehr, du hast wieder einmal gekriegt, was du wolltest. Dann bekommen wir eben noch ein zweites Kind", ein klägliches Grinsten. „Aber eins sage ich dir: Wenn du mir hinterher noch ein Blag andrehst, dann wandere ich aus nach Kanada und werde Holzfäller - und zwar ohne Frau und Kinder!"

Erleichtert umrundete Elisa den Tisch und fiel ihm um den Hals. „Ganz bestimmt kein drittes, ganz großes Ehrenwort."

Karin zeigte sich beeindruckt. „Du meine Güte", japste sie. „Du bist vielleicht abgebrüht. Das hätte ich dir gar nicht zugetraut."

Elisa grinste sie über die Kaffeetasse hinweg an. „Siehst du, ich habe doch gesagt, wir wollen mal sehen, wer eher schwanger wird. Jetzt bin ich es."
„Aber wer sagt denn, dass ich nicht auch ein Baby bekomme? Was meinst du, sollen wir uns auf die gute Nachricht hin einen Sekt genehmigen", fragte Karin. Elisa schüttelte den Kopf. „Lieber nicht. Ich habe so hart daran gearbeitet, schwanger zu werden, jetzt gehe ich kein Risiko ein."

Kalle und Ilse waren in erster Linie um das Wohlergehen von Mutter und Kind besorgt.
„Ich warne dich, Kalle Jollenbeck! Wehe du lässt deine Tochter schwere Bierflaschen tragen, dann bekommst du es mit mir zu tun", wandte sich Ilse streng an ihren Mann. Der tätschelte ihren Rücken. „Was denkst du denn von mir, Ilsekind. Ich werde gut auf unseren zweiten Enkelsohn aufpassen, auch wenn er ein Gimpel ist."
Elisa prustete los. „Das Kind mag vielleicht Gimpel heißen, aber einer sein wird er niemals, ebenso wenig wie sein Bruder."
„Da hast du recht", hier waren sich beide Elternteile einig.
„Wie sieht es bei Peter und Carina aus? Die beiden wollten euch doch auch zu Großeltern machen. Haben sie es sich überlegt und heiraten erst einmal?"
„Ach, Kind, das ist so eine Geschichte. So wenig Carina unseren Vorstellungen entspricht, sollte Peter doch klare Verhältnisse schaffen. Aber dein Bruder denkt gar nicht daran zu heiraten. Die jungen Leute heutzutage, Kinder wollen sie haben, aber in wilder Ehe leben. Das hätte es früher nicht gegeben."

Während ihre Eltern sich auf das zweite Enkelkind freuten, reagierte die Schwiegermutter auf ihre eigene, unnachahmliche Weise. „Du kriegst den Hals auch nicht voll, was", rief sie schockiert aus. „Dabei hat Freddy doch letztens noch gesagt,

dass er überhaupt keine Kinder wollte, was ich gut verstehen kann. Du hast ihn wohl wieder reingelegt."
Elisa maß Mutter und Sohn mit einem bösen Blick. „Interessant, worüber ihr beide euch unterhaltet. Es wäre schön, wenn ich bei Gesprächen über unsere Familienplanung dabei sein könnte", wandte sie sich an Alfred, der sich durch solche Bemerkungen nicht aus der Ruhe bringen ließ.
„Ich werde doch wohl noch mit meiner Mutter reden können, ohne dass du hier so einen Terz machst. Worüber wir uns unterhalten geht dich gar nichts an." Er tätschelte seiner Mutter den Arm, während diese ihn anstrahlte.
„Sag doch mal, Schwiegermutter, wenn du so gut verstehen kannst, dass Alfred keine Kinder möchte, warum hast du dann eigentlich vier?" So schnell wollte Elisa nicht klein beigeben. Die Angesprochene maß sie von oben bis unten. „Ich wollte nie Blagen haben, als Babys sind sie noch zu ertragen, aber hinterher werden sie räudig. Wir konnten es uns früher nicht aussuchen. Der dämliche Gustav hat von Anfang an nicht aufgepasst, da hatte ich schon mal Nummer Eins im Bauch und wir mussten heiraten." Sie wies mit dem ausgestreckten Zeigefinger auf ihren Mann, der sich wie üblich nicht an dem Gespräch beteiligte, sondern teilnahmslos in seinem Sessel hockte. Ab und zu fielen ihm die Augen zu, er drohte vornüber zu kippen, doch fing er sich jedes Mal in letzter Sekunde wieder.
„Wenn der mich nicht dick gemacht hätte, dann hätte ich ihn nie genommen", erklärte Käthe anklagend. „Die anderen Drei sind dann so nach und nach gekommen, aber gewollt habe ich alle Blagen nicht."
Elisa musterte ihrem Mann neugierig, doch Alfred schien gegen solche Aussagen resistent zu sein. Jedenfalls ließ er sich keine Gefühlsregung anmerken.
„Carmen jammert auch ständig herum, dass sie noch ein Kind möchte", fuhr die Schwiegermutter unbeirrt fort. „Es sollte mich nicht wundern, wenn sie bald das zweite bekommt. Ande-

rerseits, wenn es wieder so ein niedliches Ding wird wie Yvonne."

Elisa stellte mit Interesse fest, dass die Kinder der jüngsten Tochter nicht von erträglichen Babys zu räudigen Blagen mutierten. Sie lächelte ihre Schwiegermutter zuckersüß an. „Kein Wunder, dass du so auf die kleine Yvonne stehst. Sie hat überhaupt keine Vorderzähne und erinnert dich bestimmt an ein Neugeborenes. War das ein Ratschlag von dir, dem Kind immer gesüßten Fertigtee zu geben? Felix hat ungesüßten Tee bekommen und tadellose Zähne. Aber meine Meinung zählt hier ja nicht."

Wirklich hatte Carmen ihrer Tochter ständig stark gesüßten Fertigtee gegeben, was dazu führte, dass die Milchzähne, kaum dass sie den Kiefer schmückten, gleich weggefault waren.

Käthe holte tief Luft, doch Alfred legte ihr begütigend die Hand auf den Arm. „Reg dich nicht auf Mutti, schwangere Weiber sind nervig." Unfreundlich zog er Elisa aus dem Sessel. „Ich glaube wir gehen jetzt mal lieber, ehe du Mutti noch weiter auf die Palme bringst, woll."

Im Auto rieb sich Elisa die Oberarme. „Hast du sie noch alle? Bestimmt bekomme ich blaue Flecken, weil du mich so fest angefasst hast."

„Selbst Schuld, du solltest etwas respektvoller mit meiner Mutter umgehen. Sie meint es nur gut und du zickst sie immerzu an."

„Ach Alfred, du bist und bleibst ein dummer Esel." Der Gedanke war ausgesprochen, ehe Elisa ihn unterdrücken konnte. Alfred reagierte wie üblich, indem er in eisiges Schweigen verfiel.

***

Unbeholfen richtete Elisa sich auf, was bei ihrem Umfang kein leichtes Unterfangen war. Diese Schwangerschaft war ganz anders als die erste, bei der sie weder mit Übelkeit, noch mit anderen, schwangerschaftsbedingten Malaisen zu kämpfen hat-

te. Jetzt war ihr nicht nur am Morgen, sondern den ganzen Tag über schlecht, obwohl sie sich bereits im sechsten Monat befand. ‚Eigentlich sollte ich bis zur Entbindung im Badezimmer kampieren, das würde mir eine Menge Rennerei ersparen', dachte sie in einem Anflug von Galgenhumor.
Das Klingeln des Telefons riss sie aus ihren trüben Gedanken. Zu ihrer großen Freude meldete sich Annerose.
„Mensch Anne, dass du dich meldest freut mich ungeheuer", strahlte Elisa ins Telefon. „Ich wollte dich so oft anrufen, ehrlich, aber ich habe mich nicht getraut, weil du bei unserem letzten Treffen einfach so abgerauscht bist. Wie geht es dir? Bist du immer noch mit dem Vertreter zusammen?"
Die Freundin unterbrach ihren Redestrom. „Welcher Vertreter, ach ja, der mit den Töpfen. Nein, den habe ich kurz nach dem wir uns getroffen hatten abgeschossen. Ansonsten geht es mir hervorragend. Weswegen ich anrufe: Ich gehe mal davon aus, dass Alfred dir nichts erzählt hat?"
„Was denn erzählt?" Elisa war verwirrt und enttäuscht. Sie hatte so lange nichts mehr von der Freundin gehört und Anne schlug jetzt einen fast geschäftsmäßigen Ton an.
„Dein fabelhafter Freddy hat mich letztens besucht, wollte mir ein Auto andrehen, von einem Kollegen. Jedenfalls hat er das so gesagt. Er hat noch gesagt, dass du darüber Bescheid wüstest. Ich habe ihn das extra gefragt. Allerdings hat er sich schnell verabschiedet. Mein Freund kam aus dem Nebenzimmer, damit hatte er offensichtlich nicht gerechnet. Ich denke du solltest das wissen."
Elisa holte tief Luft. Sie konnte und wollte nicht glauben, was Annerose ihr erzählte. Nach so langer Zeit meldete die Freundin sich wieder und behauptete, wie ehedem, Alfred hätte sie belästigt? Verlor kein Wort über die Freundschaft, sondern verrannte sich sofort wieder in den übelsten Verleumdungen. Eine heiße Wut stieg in Elisa auf, ließ sie für einen Augenblick alle Übelkeit vergessen. „Jetzt pass' mal gut auf. Ich bin schwanger, wir

bekommen das zweite Kind. Alfred freut sich wie verrückt über das Baby." Diese Behauptung war die Übertreibung des Jahres, aber das war ihr im Moment schnuppe. „Er hat anderes zu tun, als dich anzumachen, falls du mir das sagen willst. Ich weiß nicht, was in dich gefahren ist, aber ich lasse mir meine Ehe nicht kaputt machen. Nicht von dir und überhaupt von keinem. Also belästige mich nie wieder mit deinen kranken Behauptungen. Mein Mann liebt mich, er würde nie eine andere anschauen und du bist sowieso nicht sein Typ." Sie warf den Hörer auf die Gabel und brach in Tränen aus.

Felix, der dem Gespräch aufmerksam gelauscht hatte, steckte ihr die Arme entgegen. „Mama ist traurig, hat aua Bauch", stellte er fachmännisch fest.

Elisa putzte sich die Nase, lächelte ihn mühsam an. „Ja, so könnte man das nennen." Sie bückte sich und nahm den Kleinen auf den Arm, um ihn sofort wieder abzusetzen. Ein ziehender Schmerz im Unterleib ließ sie sich zusammenkrümmen. Gleichzeitig ergoss sich ein Schwall Feuchtigkeit aus ihrem Schoß. Mühsam rappelte sie sich auf. Erst einmal Ruhe bewahren und den Kleinen beruhigen, der vor lauter Schreck angefangen hatte zu weinen. Sie drückte ihn an sich, trocknete seine Tränen mit dem Saum ihres Shirts. „Ich muss noch einmal ins Badezimmer, aber mein Bauch tut gar nicht mehr so weh", erklärte sie. „Du bleibst schön hier. Gleich fahren wir zum Opa, da bekommst du bestimmt ein Eis, während ich zum Arzt gehe und du auf mich wartest."

Die Aussicht auf seine Lieblingssüßigkeit ließ Felix seine Tränen vergessen. Er nickte ernsthaft.

„Am Liebsten würde ich sie für ein paar Tage ins Krankenhaus überweisen, Frau Gimpel. Aber wenn sie das absolut nicht wollen...", der Arzt schüttelt resigniert den Kopf. „Sie müssen vorsichtig sein, ich lege ihnen dringend ans Herz sich zu schonen. Vermeiden sie jede körperliche Anstrengung, halten sie zu-

nächst einmal eine strenge Bettruhe ein. Ihr Muttermund hat sich geöffnet. Sie könnten das Kind verlieren, wenn sie so unvernünftig sind wie bisher."
Elisa sah ihm fest in die Augen. „Ich will ja alles tun was sie sagen, aber ich gehe nicht ins Krankenhaus. Wer soll sich denn um meinen kleinen Sohn kümmern? Und überhaupt, wer soll zu Hause für Ordnung sorgen?"
Der Arzt schien es aufgegeben zu haben, seiner unbelehrbaren Patientin ins Gewissen zu reden. „Wenn sie das meinen. Ich schreibe ihnen ein Medikament auf. Sie werden bis zur Niederkunft nicht mehr arbeiten können. Ich schreibe sie krank und sehe sie in der nächsten Woche wieder. Wenn noch einmal Blutungen auftreten, so melden sie sich sofort bei mir."

Alfred reagierte gelassen, als seine Frau ihm von dem vormittäglichen Arztbesuch erzählte. „Gut, dass du im Moment den Wagen von deinem Vater hast. Wie wärst du sonst so schnell zum Arzt gekommen? Ich für mein Teil habe sowieso schon Ärger genug mit meinem Meister, da kann ich mir nicht wegen jeder Kleinigkeit frei nehmen."
Elisa musterte ihn einen Moment ungläubig. „Sag mal, mehr fällt dir dazu nicht ein? Ich hatte Blutungen, der Doc wollte mich in ein Krankenhaus stecken. Wenn ich nicht aufpasse, könnte ich das Kind verlieren. Und du machst dir Gedanken darum, dass du Ärger mit deinem Meister kriegst, wenn du mich zum Arzt fährst? Das ist unglaublich."
„Nun bleib mal auf dem Teppich, noch hast du das Kind im Bauch und krankgeschrieben bist du auch. Das bisschen Hausarbeit wirst du ja wohl auf die Reihe kriegen. Vom Kochen kriegt man keine Wehen, würde ich mal vermuten."
„Du, du blöder...", Elisa fehlten die Worte. Sie fühlte sich allein gelassen und unsagbar enttäuscht. „Vielleicht hast du ja Glück und es wird eine Fehlgeburt!" Sie wandte sich ab und lief ins Kinderzimmer, wo sie ihren Tränen freien Lauf ließ.

Alfreds letzter Satz, hallte ihr in den Ohren. „Ja, vielleicht habe ich Glück ..."

In der Folgezeit versuchte Elisa so gut wie möglich auf sich und das ungeborene Kind acht zu geben. Während ihre Mutter eher zurückhaltend reagierte: „Ich würde dir helfen Kind, aber ich arbeite selbst. Wenn dein Mann dich nicht bei der Hausarbeit unterstützt, dann musst du eben alles dreckig lassen", sprühte Kalle vor Zorn. „Soll ich mir den miesen Kerl einmal vornehmen, Spatz? Was denkt der sich eigentlich!"
„Lass mal gut sein, Papa. Er meint es nicht so. Eigentlich wollte er wirklich keine Kinder haben und ist bald zweifacher Vater", versuchte Elisa zu beruhigen. „Irgendwie habe ich ihn überrumpelt, kein Wunder, dass er sauer ist. Er beruhigt sich wieder und dann wird bestimmt alles gut."
Ihr Vater hob zweifelnd die Augenbrauen. „Du bist wirklich optimistisch. Ich würde es dir wünschen. In der Zwischenzeit wirst du auch ohne eine Bescheinigung des Arztes nicht mehr arbeiten. Ich mache das schon allein und wenn gar nichts mehr geht musst du mir Bescheid sagen, dann knöpfe ich mir den Herrn Schwiegersohn einmal vor."
„Das fehlt mir noch", seufzte Elisa. Sie nahm sich vor, ihren Eltern in Zukunft nicht mehr so viel zu erzählen. Anneroses Anruf hatte sie erst einmal hinten angestellt. Damit würde sie sich auseinandersetzen, sobald sie die Kraft dazu hätte. Zum jetzigen Zeitpunkt fühlte sie sich nicht in der Lage Alfred zur Rede zustellen.

Während Elisa sich mühsam durch die alltägliche Hausarbeit kämpfte, hatte Karin überhaupt keine Probleme damit.
„Jetzt, wo ich schwanger bin, sieht mein Winfried alles nicht so genau. Es ist herrlich, endlich kann ich schlafen solange ich will und er meckert nicht herum. Er erwartet auch nicht, dass ich ihm etwas koche, sondern isst fast jeden Abend an der Pom-

mesbude. Ich mache mir und Kimberly mittags etwas zurecht, das reicht dann aber auch an Hausarbeit." Sie kicherte. „Den Flur und die Fenster putzt er sauberer, als mir das je gelungen ist. Wenn es nach mir ginge, so könnte diese Schwangerschaft ewig dauern."
„Dir geht es gut. Ich wurschtele mich jeden Tag aus Neue durch. Staubsaugen dauert eine Ewigkeit, weil ich zwischendurch immer aufhören muss. Nach ein paar Minuten bekomme ich Krämpfe im Unterleib. Den Flur putze ich auch nur mit Unterbrechungen. Oft genug nimmt mir meine Nachbarin das ab. Ich kann ihre mitleidigen Blicke fast nicht mehr ertragen. Ich schäme mich für Alfred, aber dem ist das alles egal. Er lässt sich jedenfalls nichts anmerken. Im Gegenteil, er besteht darauf, pünktlich das Essen auf dem Tisch stehen zu haben." Elisa schluckte an ihren Tränen. „Ich will mich gar nicht weiter beklagen, schließlich habe ich ihm das Kind untergejubelt, selbst Schuld."
Karin stemmte die Arme in die Hüften, was sie noch kugeliger aussehen ließ. „Musst du das haben oder warum lässt du dir das alles gefallen? Um Kinder in die Welt zu setzen braucht es immer zwei und die Machart hat ihm schon gefallen oder hast du ihm Gewalt angetan? Mein Winfried mag ja nicht der ideale Ehemann und Vater sein, aber wenn er sich so wie dein Mann verhalten würde, wären wir schon lange nicht mehr zusammen. Das würde ich mir nicht bieten lassen."
„Ach, Karin, mir geht es schon mies genug, da kann und will ich mich nicht mit Alfreds Ignoranz auseinandersetzen. Im Augenblick bin ich froh, einen Tag nach dem anderen zu bewältigen, ohne dass ein größeres Unglück passiert." Elisa strich sich sanft über den runden Bauch. „Und Felix ist ja auch noch da. Er braucht meine Aufmerksamkeit ganz besonders, die Situation ist schon verwirrend genug für ihn. Später, wenn alles ausgestanden ist, werde ich mit Alfred reden. Ich bin sicher, dass er dann vernünftig wird."

Karin schüttelte den Kopf. „Ich kann mir nicht vorstellen, dass ein Mann, der dich jetzt im Regen stehen lässt sich später ändern wird, aber du kennst ihn besser. Vielleicht solltest du den Rat deiner Mutter befolgen. Wenn Alfred dir mit der Hausarbeit nicht hilft, dann lass doch einfach alles liegen. Irgendwann nervt ihn das so, dass er freiwillig mit anpackt."
„Wenn ich das könnte, dann wäre ich fein raus."

Eine weitere Schwangerschaft in der Familie lenkte die Eltern von den Problemen ihrer Tochter ab. Carina war endlich schwanger. Doch so sehr die Eltern auch intervenierten, Peter dachte nicht daran zu heiraten. Er tat alle Einwände mit einem Achselzucken ab.
„Nun bleibt mal ruhig, so eine Schwangerschaft dauert neun Monate. Also haben wir noch genügend Zeit um zu überlegen, ob, wann und wo wir heiraten. So ein Schritt will gründlich bedacht werden."
Carina nahm sein Verhalten mit stoischer Gelassenheit hin, so wie alle kleineren und größeren Katastrophen in Familie und Partnerschaft. Zuweilen beneidete Elisa sie um ihren Pragmatismus.

***

„...und ehe ich mich versehen hatte, war das Kind schon auf der Welt. Die Hebamme hat zwar noch versucht, die zuständige Ärztin über das Haustelefon zu rufen, aber die ist zu spät gekommen. Der Kleine wollte nicht so lange warten. Als sie ihm versucht hat, den Schleim aus Mund und Nase abzusaugen, hat er gebrüllt wie am Spieß. Das ganze Zeug ist von selbst herausgekommen. Wie ihr seht ist Matts ein willensstarker kleiner Kerl", hier stoppte Elisa in ihrer Erzählung, denn der Kleine machte sich, wie zur Bestätigung lautstark bemerkbar.
„Is dat schön! Kann ich ihn mal halten?" Ilse steckte ihre Arme aus. Elisa legte ihr das Kind behutsam hinein, worauf Ilse sanft

gurrende Töne von sich gab und den Kleinen damit wirklich beruhigte.
Kalle grinste. „So ein Baby steht dir gut, Liebes, ich kann es nicht oft genug sagen. Aber sag mal, Spatz, wie bist du auf den Namen gekommen? Der klingt aber komisch."
Elisa lächelte. „Das habt ihr schon beim ersten Kind gesagt. In diesem Fall ist Alfred schuld. Weil er der zweiten Schwangerschaft ... sagen wir mal ... ziemlich kritisch gegenüberstand, hatte ich mir überlegt ihn den Namen des Kindes aussuchen zu lassen. Er hat auch immer genickt, wenn ich ihn gefragt habe, ob er schon einen Namen weiß. Wahrscheinlich hat er gar nicht richtig hingehört. Als das Kind auf der Welt war, hat die Hebamme gefragt, wie der Name lauten soll. Alfred hat mich groß angeschaut und ist ins Stottern gekommen. Ja wie soll er denn heißen?, hat er mich gefragt. Offensichtlich hatte er keinen Gedanken daran verschwendet. So habe ich den Namen spontan ausgesucht, aber ich finde ihn nach wie vor klasse. Ach ja, und ich habe in meinem Überschwang noch den Namen seines Vaters drangehängt."
Kalle schüttelte entsetzt den Kopf. „Du hast das arme Kind doch wohl nicht Alfred genannt?"
„So heißt sein Vater", antwortete Elisa belustigt.
„Karl Jollenbeck, darf ich dich daran erinnern, dass du deinen Söhnen liebend gerne deinen Vornamen gegeben hättest, wenn ich nicht aufgepasst hätte?" Ilse schien entrüstet.
„Das ist eine ganz andere Geschichte. Ich bin stolz auf meine Kinder und bedaure es sehr, dass du es jedes Mal verhindert hast. Diesem Gimpel sind seine Söhne piep egal", ein Blick auf seine Tochter ließ ihn verstummen, denn Elisa rollten die Tränen über die Wangen.
Ihr Vater nahm sie in den Arm. „Ach, Kind, ich hab's nicht so gemeint", murmelte er hilflos, während Ilse sich angelegentlich mit dem kleinen Matts beschäftigte.

Elisa putzte sich energisch die Nase. „Er ist doch mein Mann und der Vater meiner Kinder. Bestimmt wird alles gut, wenn ich erst wieder zu Hause bin und alles seinen geregelten Gang geht. Alfred ist mit der Situation einfach überfordert."
Ihr Vater schaute sie zweifelnd an. „Bestimmt ist das so, Spatz. Darüber musst du dir im Augenblick keine Gedanken machen. Sag mal, Ilsekind, darf ich meinen Enkel auch einmal halten oder hast du ihn ganz allein für dich gepachtet?"

Mit der Zeit schien sich Alfred damit abgefunden zu haben, zum zweiten Mal Vater geworden zu sein. Allerdings kümmerte er sich, wie gehabt, nicht um seinen Nachwuchs.
Käthe nahm das neue Enkelkind zur Kenntnis, interessierte sich aber wenig für Matts. Für sie stand weiterhin die jüngste Tochter, die wieder schwanger war, im Mittelpunkt.
„Unsere Carmen hat es schon immer verstanden sich beliebt zu machen", erklärte Lara. „Ich mag die Mutti gar nicht mehr besuchen. Sie spricht mit jedem zweiten Wort von Carmen und ihrer Familie. Ich möchte nicht wissen, was die an Geld zugesteckt bekommen."
„Immerhin kümmern sie sich sehr um deine Eltern", wandte Elisa ein. „Ich kann mir denken, dass sie deshalb mehr bekommen als ihre anderen Geschwister. Wenn ich mir vorstelle, deine Eltern mehrmals in der Woche zu besuchen, dann wird mir ganz anders", hier schauderte sie. „Nein, danke, das ist hart verdientes Geld."
Lara musterte ihre Schwägerin entrüstet. „Es geht nicht darum, wie oft wir die Mutti besuchen, es geht um die Gerechtigkeit. Schließlich hat Walter Waczolla schon den Mercedes bekommen." Hier grinste sie schadenfroh. „Stell dir vor: Er hat sofort eine Fahne von FC Schalke 04 an den Himmel des Autos getackert und den Wagen mit Aufklebern seines Lieblingsfußballklubs bepflastert. Der Papa hat fast einen Herzinfarkt be-

kommen, schließlich weist er Walter bei jedem Besuch darauf hin, dass der Mercedes eigentlich noch ihm gehört."

Davon, dass Gustav den Mercedes immer noch als sein Fahrzeug ansah, konnte sich Elisa nach einiger Zeit selbst überzeugen. Käthe feierte ihren 60. Geburtstag, so ließ sich ein Besuch bei den Schwiegereltern nicht vermeiden. Heute trug die Schwiegermutter einen lindgrünen Kittel, der genau wie seine rosa Vorgänger, einen großzügigen Blick auf den Zwickel der Strumpfhose gewährte.
„Hui, sie wird auf die alten Tage doch wohl nicht ihren Typ verändern wollen?", raunte Elisa ihrem Mann zu, was ihr einen bitterbösen Blick einbrachte. Alfred nahm seine Mutter in den Arm. „Alles Gute zum Geburtstag, Mutti. Du siehst heute super aus, ich glaube du wirst immer jünger."
Käthe klimperte kokett mit den Wimpern und strahlte. „Mein Freddy, du bist ein Schmeichler! Ich wollte dein Vater wäre ein bisschen wie du."
„Ich schließe mich an den Geburtstagswünschen an", meldete sich Elisa zu Wort und reichte ihrer Schwiegermutter die Hand. „Alles Liebe auch von mir."
„Ja, danke." Käthe lächelte säuerlich und wandte sich ab. „Du weißt ja, dass die Kinder in der Küche essen. Das gilt auch für deinen Sohn. Das fehlte mir noch, dass die Blagen im Wohnzimmer herumferkeln. Das Baby hast du natürlich wieder einmal nicht mitgebracht. Übrigens hat es einen komischen Namen, den hat Freddy bestimmt nicht ausgesucht. "
Elisa lächelte ihre Schwiegermutter besonders lieb an. „Das Baby heißt Matts. Dass es ein komischer Name ist sagst du jedes Mal, wenn wir uns sehen. Langsam solltest du dich daran gewöhnt haben. Matts ist bei meinen Eltern sehr gut aufgehoben, dort hat er Ruhe. Hier wird es nachher so laut, dann stört das Kindergeschrei dich bloß beim Singen."

Alfred rettete die Situation, indem er seine Frau rüde an den Arm fasste und ins Wohnzimmer zog. „Sie ist unausgeschlafen und deshalb schlecht gelaunt, Mutti", rief er über die Schulter zurück.
„Wenn du mich wenigstens ab und zu unterstützen würdest, dann wäre vieles leichter", konterte Elisa, während sie sich Felix zuwandte. „Du hast gehört, was die Oma gesagt hat, Schatz. Wenn du Kuchen essen möchtest, dann musst du in die Küche gehen. Oma Käthe teilt euch Kindern dann den Kuchen aus."
Felix, der derlei Merkwürdigkeiten von seiner Oma gewohnt war, trottete in Richtung Küche.
Elisa ließ sich auf das Sofa plumpsen. „Wenigstens eine normale Person in diesem Haushalt", raunte sie Lara zu, die sie herzlich angrinste.
„Warte bis Carmen und Familie da sind, dann ist das Irrenhaus perfekt."
Wie aufs Stichwort klingelte es. „Wenn man von Teufel spricht", flüsterte Lara, um sich wenig später ihrer jüngsten Schwester zuzuwenden. „Hallo Carmen, du wirst immer dicker. Du müsstest jetzt irgendwann den Geburtstermin haben, nicht wahr?"
Walter antwortete statt seiner Frau. „Es wird Zeit, dass die Olle auspackt. Sonst platzt sie mir noch irgendwann."
Carmens Gesicht nahm den gewohnt mürrischen und schmollenden Ausdruck an. „Diese Schwangerschaft ist die reinste Hölle. Ich glaube schlimmer kann das Kinderkriegen für niemanden sein. Ich brauche erst mal 'ne Kippe." Sie steckte sich eine Zigarette an und sog genüsslich den Rauch ein.
Gustav, der wie üblich teilnahmslos in seinem Sessel vor sich hin gedöst hatte, erwachte zum Leben. „Was macht mein Auto?"
Walter musterte ihn belustigt. „Meinem Benz geht's prima. Dein Auto hast du ja wohl geschrottet, wenn du dich erinnerst."

Während Gustav unverständliches vor sich hin brummelte, verfolgte Elisa das Gespräch interessiert. Auch Alfred war hellhörig geworden. „Wie? Was? Papa, hast du einen Unfall mit dem Granada gehabt?"
„Was heißt Unfall, es ist ein Totalschaden. Er ist mit der Prothese vom Bremspedal abgerutscht und voll in ein paar parkende Autos gebrettert." Walters Schadenfreude war ihm an der Nasenspitze abzulesen.
„Der Blödmann kann nicht mal ein Auto mit Automatikgetriebe fahren", mischte sich Käthe ein. „Es wird uns nichts anderes übrig bleiben, als ein Behindertenauto anzuschaffen." Sie sprach das Wort aus, als ob es etwas Unanständiges bezeichnen würde.
Elisa musterte ihren Schwiegervater voller Mitleid und bemerkte eine Beule über dem Auge. „Du hast dich bei dem Unfall verletzt, nicht wahr?"
Gustav wies anklagend auf seine Frau. „Von wegen, beim Unfall verletzt. Das hat die da gemacht."
Käthe setzte sich kerzengerade auf. „Ja und, ich würde dir den Klodeckel wieder auf die Birne hauen. Du bist so dämlich." An ihre Kinder gewandt fuhr sie fort: „Er wollte einen neuen Klodeckel anbringen, aber er hat das nicht auf die Reihe gekriegt, kein Wunder, wo er immer auf seinen Beinstumpen herumhoppelt. Er hat so herumgemeckert, weil das nicht ging, dass ich die Wut gekriegte und ihm den neuen Deckel um die Ohren gehauen habe. Anschließend war Ruhe."
Während Elisa schockiert schwieg, nahm Roland die Sache gelassen. „Dann sein mal froh, Papa, dass sie nicht den alten Deckel genommen hat. Das wäre unangenehmer gewesen."
Gustav wackelte mit dem Kopf. „Ja, ja, nie wieder Mercedes fahren. Jetzt muss ich mir ein kleines Behindertenauto kaufen."
Während er weiter vor sich hin brummelte um anschließend in die gewohnte Lethargie zu verfallen, erzählte Elisa ihrer Schwägerin das Neueste aus dem Hause Jollenbeck. „Carina ist

nun wirklich schwanger, aber mein Bruder will mit der Hochzeit noch warten."

Lara runzelte die Augenbrauen. „Das hätte mein Roland sich mal wagen sollen. Dem hätte ich ganz was anderes erzählt und die Mutti erst."

Elisa grinste. „Das kann ich mir lebhaft vorstellen. Ich habe nicht mehr so viel Kontakt wie früher zu Peter. Er ist den ganzen Tag und oft am Wochenende mit seinem LKW unterwegs. Er hat sogar einen zweiten Fahrer eingestellt, weil er so viele Aufträge bekommt. Zwischendurch muss er den Bürokram erledigen, da bleibt nicht mehr viel Zeit. Zu seiner wahrscheinlich Zukünftigen habe ich keinen besonderen Draht. Es scheint ihr nichts auszumachen mit der Hochzeit zu warten."

„Carina hat Nerven wie Drahtseile. Ich für meinen Teil habe gesehen, dass wir, nachdem ich schwanger geworden war, ganz schnell geheiratet haben. Ich wollte doch unbedingt ein tolles Hochzeitskleid tragen."

Wenige Wochen später überraschte Peter die Familie mit der Einladung zur standesamtlichen Hochzeit, die im kleinen Kreis stattfand. Die Schwangerschaft der Braut war nicht mehr zu übersehen, doch trug Carina ihren Bauch stolz vor sich her und strahlte. „Kirchlich heiraten wir erst, wenn das Kind geboren ist, dann können wir das gleich mit der Taufe verbinden", verkündete sie gut gelaunt. „Das ist ja auch viel praktischen, weil wir nur einmal die Kosten für eine große Feier haben und zwei Geschenke bekommen."

Elisa nahm diese Ankündigung kommentarlos zur Kenntnis. Sie beschloss, sich auf dieser Hochzeitsfeier einfach zu amüsieren und sich über nichts zu wundern. Selbst Ilse gab sich ungewohnt sanftmütig, sodass diese Feier ausgesprochen harmonisch und friedvoll verlief. Keine vierzehn Tag nach der Trauung setzten bei der glücklichen Braut die Wehen ein. Sie

brachte einen gesunden Jungen zur Welt, der zu Ilses Entzücken den Namen Marcel bekam.
„Endlich hat einer meiner Enkel einen flotten, modernen Namen", merkte sie an.

***

„Verdammt, mit dem kleinen Scheißer hat es genug Scherereien gegeben, der hat oft genug gebrüllt. Aber das Balg schießt den Vogel ab. Sieh zu, dass er die Klappe hält." Alfred saß aufrecht im Bett. Er war rot angelaufen, die wenigen noch vorhandenen Haare standen zu Berge, er ballte die Fäuste. Elisa torkelte schlaftrunken aus dem Bett. „Ja, ja, ich beruhige den Kleinen schon", murmelte sie.
„Das wird auch Zeit, schließlich muss ich morgen früh aufstehen. Irgendjemand muss hier ja die Brötchen verdienen", mit diesem Worten kuschelte sich der entrüstete Vater wieder in sein Bett.
Elisa war plötzlich hellwach. „Sag mal, geht's noch? Unser Matts ist nun mal ein nicht so pflegeleichtes Kind wie Felix das in dem Alter war."
„Das ist mir scheißegal, wenn der Bengel brüllt, dann kannst du ihn gefälligst zur Ruhe bringen. Schließlich brauche ich meinen Schlaf. Du kannst dich den ganzen Tag lang ausruhen während ich schufte, damit die junge Mutti es sich gemütlich machen kann."
Elisa war einiges von ihrem Ehemann gewohnt, doch heute brachte Alfred sie auf die Palme. „Du verdammter Egoist, was meinst du, wie oft ich in dieser Nacht schon aufgestanden bin, um den Kleinen zu beruhigen. Und in der letzten Nacht und in fast allen Nächten, seit er auf der Welt ist. Im Ehebett dürfen die Kinder ja nicht schlafen, warum auch immer. Wahrscheinlich hängt das irgendwie mit deiner bescheuerten Erziehung zusammen."

Alfred öffnete den Mund zu einer Erwiderung, doch Elisa hatte sich in Rage geredet. „Tagsüber ausruhen, pah", sie schnaubte durch die Nase. „Tagsüber ausruhen, das wäre klasse, aber dann ist Felix da und der Haushalt macht sich auch nicht von allein. Am Abend machst du es dir gemütlich, während ich abwasche und mich weiter mit den Kindern beschäftige. Glaube mir, ich würde liebend gern mit dir tauschen, aber ich befürchte du würdest das alles überhaupt nicht auf die Reihe kriegen." Elisa hielt inne, Erschöpfung machte sich breit. Sie fühlte sich mit einem Mal unsagbar müde und ausgelaugt. Ohne ihren Mann, der sie mit offenem Mund anstarrte, weiter zu beachten drehte sie sich um und ging ins Kinderzimmer.
Matts schrie immer noch aus vollem Hals, er erinnerte Elisa auf fatale Weise an seinem Erzeuger. Sein Gesicht war genauso rot angelaufen und seine wenigen Haare standen wirr vom Kopf ab. Sie nahm das Kind hoch. „Na, mein Kleiner", redete sie beruhigend auf ihn ein, legte ihn an ihre Schulter und massierte ihm sanft den Rücken. „Sicher hast du wieder Bauchschmerzen. Aber jetzt bin ich ja hier."
Matts beruhigte sich, hickste nur noch leise vor sich hin. Die Augen fielen ihm nach einiger Zeit zu. An Schlaf war nicht mehr zu denken. So stellte sich Elisa, das Baby im Arm, ans Fenster. Es dämmerte bereits, der neue Tag reckte sich zögerlich, schien noch nicht bereit zu sein. Während Elisa ihm beim Aufwachen zusah, grübelte sie über ihre Situation nach. Sie hatte sich immer wieder eingeredet, dass Alfred sich ändern würde, dass er, wenn die Kinder einmal auf der Welt wären, ein toller Papa sein würde. Das es nur einen kleinen Schupser brauchte, um aus ihm einen vorbildlichen Familienvater zu machen. Sie hatte Entschuldigungen für ihn gefunden, sich nicht eingestehen wollen, dass er nicht so war, wie sie ihn sich wünschte. Gerade bei der letzten Schwangerschaft, und auch nachdem das Kind auf der Welt war, hätte sie dringend seine Unterstützung gebraucht. Doch er hatte ihre Probleme einfach

nicht zur Kenntnis genommen. Nach und nach war ihr klar geworden, dass es den Alfred, den sie sich aus tausend Träumen zusammengeschustert hatte gar nicht gab, nie gegeben hatte. Dieser Mann war immer nur ein Trugbild gewesen, das sie sich vorgegaukelt hatte. Es war ihre eigene Schuld, Alfred hatte ihr nie etwas vorgemacht, sich nie verstellt. Er würde weiterhin seinen Weg gehen, ohne Rücksicht auf Frau und Kinder.
Sie vergrub ihre Nase in Matts warmer Halsgrube, atmete seinen unbeschreiblichen Babyduft ein, fühlte sich getröstet. Matts schmatzte im Schlaf. Sie legte ihn behutsam zurück in sein Bett. Vorerst würde sich an der Situation nichts ändern. Jetzt würde sie ihrem Mann das Frühstück machen und ihm die Arbeitsbrote schmieren.

„Was soll ich dir sagen, ich habe die Kleine nur für einen Moment allein gelassen und schon ist es passiert."
Elisa und Karin schoben ihre Kinderwagen nebeneinander her, während Felix und Kimberly voraus gingen und sich an den Händen hielten. Die beiden besuchten die gleiche Kindergartengruppe. Während Felix pünktlich jeden Morgen von seiner Mutter vor dem Kindergarten verabschiedet wurde, schaffte es Karin oft nicht, so früh aus dem Bett zu kommen. Sie ließ ihre Tochter dann einfach zu Hause bleiben. Heute Mittag hatten sich die Mütter wie gewöhnlich vor dem Kindergarten eingefunden, um ihre Sprösslinge abzuholen. Auf dem gemeinsamen Heimweg klagte Karin einmal mehr ihr Leid.
„Sie hat sich also eine Schere aus dem Wohnzimmerschrank genommen und lauter Löcher in unsere neue Couchgarnitur geschnitten, während ich mich um ihren Bruder Kevin-Justin kümmerte. Ich verstehe das nicht. Jetzt ist das Baby auf der Welt und ich hätte gedacht, dass Kimmy als große Schwester Spaß daran hat, mir beim Wickeln zu helfen. Aber sie macht nur Unsinn, und", hier hielt Karin einen Augenblick inne und verlegte sich aufs Flüstern. „Stell dir nur vor, sie macht wieder

in die Hose. Während ich das Baby fertig mache lässt sie einfach alles laufen."

„Ach herrje, bestimmt ist sie eifersüchtig. Kümmerst du dich genug um sie?"

„Was soll ich machen? Jetzt, wo das Baby auf der Welt ist, hilft Winfried mir nicht mehr so viel im Haushalt. Kochen soll ich auch wieder für ihn. Da bleibt mir einfach nicht die Zeit, um Kimmy von vorne bis hinten zu betuddeln. Sie darf oft genug zu Hause bleiben und muss nicht in den Kindergarten, da soll sie sich nicht beschweren. Übrigens habe ich auch noch eigene Interessen."

Elisa sah ihre Freundin zweifelnd an. „Ich weiß, dass du die Kleine liebst und alles für sie tun würdest", begann sie vorsichtig. „Aber vielleicht ist das grundverkehrt. Du solltest sie regelmäßig in den Kindergarten bringen, dann kannst du dich in aller Seelenruhe um Kevin-Justin kümmern", sie stockte einen Moment. „Sag mal, Karin, nennt ihr den Kleinen wirklich immer Kevin-Justin oder reicht ein Name aus? Kevin allein klingt doch auch hübsch. Er ist ein so kleiner Kerl mit einem so langen Namen. Ich frag' ja nur", sagte sie rasch nach einem Blick in Karins verblüfftes Gesicht.

„Du kannst auch Kevin sagen, wenn dir der ganze Name zu lang ist", erklärte Karin schnippisch. „Das macht Winfried auch, aber ich finde Kevin-Justin total schön und überhaupt nicht zu lang."

„Dann bleibt es, mit deiner Erlaubnis, erst einmal bei Kevin. Was ich sagen wollte: Wenn Kimmy regelmäßig im Kindergarten ist, hast du bestimmt Zeit etwas im Haushalt zu machen. Vielleicht findest du sogar eine halbe Stunde am Tag, in der du dich ausschließlich um deine Tochter kümmern kannst...", Karins Blick ließ sie verstummen.

„Tu bloß nicht so perfekt, Frau Besserwisser. Du bist daran gewöhnt, dass sich dein Mann nicht um die Kinder kümmert und dir nicht hilft. Ich muss von gleich auf jetzt alles allein machen,

wo Winfried mir während der Schwangerschaft fast alles abgenommen hat." Sie seufzte theatralisch. „Ich sollte wieder schwanger werden, das war eine herrliche Zeit."
„Das fehlte noch", entfuhr es Elisa. „Du solltest deinen Tag besser planen, dann hast du auch Zeit. Wir könnten uns damit abwechseln, die Kinder in den Kindergarten zu bringen und mittags abzuholen. Mit dieser Regelung wäre uns beiden geholfen. Was meinst du?"
„Gute Idee, vielleicht komme ich dann morgens besser aus dem Bett."

Elisa musterte ihren Mann aufmerksam. Er schien heute einigermaßen gut gelaunt zu sein. Sie wollte die Gelegenheit nutzen, um mit ihm über ein Problem zu reden, dass ihr schon länger auf der Seele lag. Sie hatte versucht, es immer wieder zu verdrängen, doch Anneroses Anruf ging ihr einfach nicht aus dem Kopf. „Sag mal, Freddy", begann sie zögernd.
Der Angesprochene blickte kurz auf, um sich gleich wieder der heiß geliebten Sportschau zu widmen. „Hm", brummelte er.
„Sag mal, Freddy!"
Alfred griff nach den bereitgestellten Kartoffelchips. „Was soll ich sagen, damit du mich in Ruhe die Sportschau gucken lässt?" Er spülte mit einem Schluck Bier nach.
Elisa holte tief Luft. „Kann es sein, dass du Annerose besucht hast, als ich mit Matts schwanger war, um ihr ein Auto zu verkaufen?" Alfred öffnete den Mund und Elisa fuhr schnell fort. „Möglicherweise hat sie irgendetwas falsch verstanden und ist der Meinung du wolltest was von ihr?", hier verstummte Elisa verzagt, denn an Alfreds Stirn pochte eine Ader.
„Das ist nicht dein Ernst", brüllte er. „Du unterstellst mir schon wieder, dass ich diese dämliche Kuh angebaggert habe? Was fällt dir ein, du bist genau so blöd wie die bekloppte Alte."
Von diesem Ausbruch überrumpelt brach Elisa in Tränen aus. „Sie hat mich angerufen und mir das erzählt als ich schwanger

war", schluchzte sie. „Ich habe direkt Wehen bekommen. Aber vielleicht ist sie gar nicht Schuld daran und die Wehen wären sowieso gekommen."

„Nicht weinen, es tut mir leid." Alfred beruhigte sich. Er legte begütigend den Arm um seine Frau. „Das hat sie ganz falsch verstanden. Ich war mal da, weil mein Kollege ein Auto verkaufen wollte. Da habe ich gedacht, dass wäre vielleicht was für sie. Es war ein reiner Gefallen, den ich dem Kollegen getan habe. Es tut mir heute noch leid, dass ich hingefahren bin, weil deine saubere Freundin gleich aggressiv geworden ist. Ich bin auch sofort gegangen. Jetzt hör schon auf zu heulen, ich habe dir nichts davon erzählt, weil du damals sowieso so empfindlich warst. Dann habe ich es vergessen."

„Sie hat mir gesagt, dass du was von ihr wolltest", schluchzte Elisa in ihr Taschentuch.

Alfred ließ sie abrupt los. „Es mag sein, dass deine Freundin das gerne hätte, aber ich stehe überhaupt nicht auf sie. Das solltest du wissen. Für mich ist das Thema gegessen. Ich werde mich hüten diese verrückte Tucke jemals wieder aufzusuchen, auch nicht für einen Kollegen. Ich hoffe, dass du endlich einsiehst, dass sie uns nur auseinander bringen will. So, nachdem das geklärt ist, kann ich hoffentlich den Rest der Sportschau in Ruhe anschauen." Er wandte sich demonstrativ dem Fernseher zu.

***

„Endlich hat Carmen ausgepackt, es ist wieder ein Mädchen geworden, sie heißt Nadine", Walter Waczollas Stimme wurstelte sich undeutlich durchs Telefon. Offensichtlich hatte er das Kind schon kräftig begossen.

„Das freut mich für euch. Eigentlich ist es doch egal ob Junge oder Mädchen, Hauptsache das Kind ist gesund", versuchte Elisa ihn zu trösten, denn sie hatte den Eindruck, dass der frischgebackene Vater lieber einen Sohn gehabt hätte.

Walter lachte kurz auf. „Ja, eigentlich ist es egal, Hauptsache das Blag ist jetzt auf der Welt und macht nicht noch weiter Scherereien. Die Schwangerschaft war die Hölle."
Dieser Spruch kam Elisa bekannt vor, Walter hatte ihn von seiner Frau übernommen. Für Carmen war jede ihrer Schwangerschaften die Schlimmste überhaupt.
„Dann kann ja jetzt nichts mehr schief gehen. Ich frage Alfred, wann er vor hat Carmen im Krankenhaus zu besuchen. Sicher will unsere Schwiegermutter das organisieren. Ich möchte mich nur ungern einmischen, das kommt gar nicht gut."
Wieder lachte Walter, dieses Mal eher schadenfroh. „Ja, ich weiß. Carmen hat das alles im Griff. Sie kommt bestens mit ihrer Mutter aus. Die beiden sitzen in der Küche und stecken die Köpfe zusammen. Ich muss mich in der Zwischenzeit mit Gustav im Wohnzimmer unterhalten."
„Unterhalten?", unterbrach ihn Elisa. „Was redet ihr denn da so?" Sie konnte sich beim besten Willen keine längere Konversation mit ihrem Schwiegervater vorstellen.
„Eine richtige Unterhaltung ist das nicht. Erst fragt er mich, was sein Auto macht, dann jammert er, weil er ein Behindertenauto fahren muss, anschließend sagt er nix mehr. Ich lese in der Zwischenzeit die Lassiter Hefte, die ich mir mitgebracht habe oder Perry Rhodan."
Jetzt war es an Elisa laut zu lachen. „Das hört sich richtig spaßig an. Warum fährst du überhaupt mit? Carmen kann ihre Eltern doch auch allein besuchen. Ihr Bruder besucht seine Mutter ja auch ständig ohne mich." Sie zögerte einen Moment, sprach dann aber aus, was ihr auf der Zunge lag. „Und das ist auch gut so, ich lege keinen Wert darauf, Käthe öfter als nötig zu sehen."
„Carmen besteht darauf, dass ich mitkomme. Sie hat auch gar keinen Führerschein und käme niemals auf die Idee den Bus zu nehmen. Also muss ich sie immer herumkutschieren und mich mit Gustav abquälen."

Insgeheim bedauerte Elisa ihren Schwager. Seine Frau hatte ihn wirklich im Griff. Sie verabschiedete sich kurz entschlossen, denn der frischgebackene Vater war nur noch schwer zu verstehen. Er hatte während des Gespräches weiter dem Alkohol zugesprochen und schien jetzt völlig betrunken zu sein.

„Walter hat angerufen, das Kind ist da, wieder ein Mädchen."
Alfred saß, wie immer nach getaner Arbeit, am Küchentisch und baggerte das Mittagessen in sich hinein. Er kommentierte Elisas Ausführungen mit einem Rülpser.
„Ich denke, dass deine Mutter einen gemeinsamen Besuch im Krankenhaus organisieren will?"
Alfred schob den leeren Teller weg. „Mutti hat mich auf der Arbeit angerufen. Sie ist ganz aufgeregt. Sonntag gehen wir alle ins Krankenhaus."
Elisa musterte ihren Mann einen Augenblick verblüfft. „Schön, dass ich das auch erfahre. Wie stellst du dir das praktisch vor? Sollen wir Felix und Matts mitnehmen? Das wird ein lustiger Besuch."
Alfred verdrehte die Augen. „Du meine Güte, wie du dich wieder anstellst. Hast du die Tage, oder was? Deine Eltern sind doch ganz heiß darauf, die kleinen Scheißer zu nehmen. Frag sie einfach und dann ist's gut."

Heute versammelte sich der Gimpelclan vor dem Horster Krankenhaus um einen Besuch in der Wöchnerinnenstation zu machen.
„Die Kinder hast du wohl wieder bei deinen Eltern gelassen, was", begrüßte Käthe ihre Schwiegertochter.
Elisa lächelte honigsüß. „Ja, sie freuen sich immer so, wenn ich die Jungen zu ihnen bringe. Ich habe schon tolle Eltern", mit diesen Worten drehte sie ihrer Schwiegermutter demonstrativ den Rücken zu um Lara und Roland zu begrüßen.

„Du meine Güte, war der Waczolla auch so besoffen, als er euch die frohe Botschaft verkündet hat?", flüsterte Lara.
Elisa grinste verschwörerisch zurück. „Aber Hallo, ich habe ihn irgendwann kaum noch verstanden. Er hat sich bei mir ausgeheult, weil er immer mit eurem Vater im Wohnzimmer sitzen muss, während Mutter und Tochter es sich in der Küche gemütlich machen."
„Er soll sich nicht so haben, bei der Kohle, die er von den Schwiegereltern abzieht kann er sich auch mit Gustav beschäftigen." Das waren ganz neue Töne von dem sonst eher gemütlichen Roland. Elisa musterte ihren Schwager erstaunt.
„Ist doch wahr", grummelte der, während er der Familie hinterher trottete.
Im Zimmer der glücklichen Mutter angekommen traf man auf den immer noch verkaterten Walter. „Mensch, Waczolla, du bist wohl schon seit einer Woche besoffen, so wie du aussiehst", grinste Roland, während er seinem Schwager kräftig auf die Schulter hieb. „Herzlichen Glückwunsch, auch wenn es ein Mädchen ist. Vielleicht machst du beim nächsten Mal endlich einen Jungen."
Walter grinste seinen Schwager gemütlich an. „Jungen machen Jungen und Männer machen Mädchen. Das kannst du dir hinter die Ohren schreiben, Wieland."
Lara stieß ihrem Mann in die Seite. „Jetzt weißt du Bescheid. Übrigens brauchst du dich gar nicht so aufzuspielen, nur weil du einen Glücksschuss hattest und es bei uns gleich ein Sohn geworden ist."
„Von wegen Glück, gekonnt ist gekonnt", erklärte Roland und drückte seiner Frau einen Kuss auf die Wange.
Hier mischte sich Carmen ein. „Von wegen, nächstes Mal. Noch mal mache ich keine Geburt mit, das war alles so schrecklich. Was ich für einen Streifen mitgemacht habe, ehe die Rückenmarkspritze gewirkt hat."

Walter nickte bekräftigend zu den Ausführungen seiner Frau. „Sie hat gejammert, das kann sich keiner vorstellen."
Lara und Elisa wechselten einen amüsierten Blick. „Dann wird es bei euch ganz sicher kein drittes Kind geben, auch nicht irgendwann?"
„Worauf du einen lassen kannst", erklärte Carmen, während ihr Mann heftig nickte.
„Jetzt wollen wir uns die Kleine anschauen. Bestimmt ist sie genau so niedlich, wie es ihre Schwester es war", mit einem Seitenblick auf die frisch gebackenen Eltern verbesserte sich Käthe, „wie es ihre Schwester immer noch ist, wollte ich sagen."
Carmen wälzte sich aus dem Bett, wobei sie schmerzhaft das Gesicht verzog. „Ja, lasst uns zum Kinderzimmer gehen. Anschließend können wir uns in die Raucherecke setzen, ich hab' vielleicht einen Schmacht."

Während in diesem Fall die Familienplanung tatsächlich abgeschlossen war, meldete sich bei Karin und Winfried weiterer Nachwuchs an. „Ich habe es dir doch erzählt, mein Winfried macht mir so viele kleine Snaiderlein, wie ich will. Wir haben nur nicht damit gerechnet, dass das so schnell geht", erklärte Karin der verblüfften Elisa.
„Hast du dir das richtig überlegt? Kevin ist noch nicht einmal zwei Jahre alt, wenn das Kind zur Welt kommt."
Karin zuckte mit den Schultern. „Darüber mache ich mir jetzt keine Gedanken. Wenn mir alles zu viel wird, muss Winfried eben mehr mithelfen. Während meiner Schwangerschaften nimmt er mir sowieso alles ab. Dann ist er, wenn das Kind kommt, schon mal daran gewöhnt."
„Deine Zuversicht möchte ich haben." Elisa musterte ihr Gegenüber kritisch. „Jedenfalls siehst du gut aus, das muss ich schon sagen. Die Schwangerschaft steht dir wirklich."

Karin tätschelte ihren schon jetzt leicht gerundeten Bauch. „Nicht wahr. Ich fühle mich auch ganz toll. Warum soll ich mir also wegen später Gedanken machen. Das wird sich alles irgendwie fügen. Übrigens ist es jetzt zu spät", fügte sie mit einem Grinsen hinzu.

***

„Ich will mich nicht immer in der Werkstatt dreckig machen. Im Übrigen ist der LKW-Bau Knochenarbeit, das kann ich nicht ewig machen. Wie soll es denn dann weiter gehen, schließlich muss ich drei hungrige Mäuler stopfen. Deshalb ist die Meisterschule eine gute Gelegenheit für mich. Als Meister laufe ich nur noch im hellen Kittel herum und gebe Anweisungen."
Alfred holte nach diesen, für seine Verhältnisse ziemlich langen Ausführungen tief Luft und schaute seine Frau erwartungsvoll an.
Elisa nahm seine Hand. „Ich finde es ganz toll, dass du dich zu diesem Schritt entschlossen hast. Dir ist aber klar was es bedeutet, drei Jahre lang zur Abendschule zu gehen. Das wird nicht leicht sein."
„Sicher nicht, ich bin schließlich nicht blöd. Weißt du was, der Papa hat damals auch den Oberpolier gemacht. So schlau wie er bin ich schon lange. Das werde ich allen beweisen."
Alfred hatte sich zu einer Ausbildung zum Industriemeister entschlossen. In einer Nacht-und-Nebel Aktion meldete er sich zur Meisterschule an und stellte nun seine Frau vor die vollendeten Tatsachen. Einerseits fand es Elisa gut, dass er sich zu diesem Schritt entschlossen hatte, andererseits hätte sie es sich gewünscht, dass er im Vorfeld mit ihr darüber geredet hätte. Sie seufzte. Alfred würde sich niemals ändern.
„Wenn du das wirklich machen willst, so werde ich versuchen dich so gut es geht zu unterstützen. Du schaffst das, das weiß ich genau."

***

„Was soll ich sagen. Eigentlich bin ich zum Arzt gegangen, weil ich ein ganz komisches Gefühl beim Schlucken hatte. So, als würde ich etwas im Hals haben. Wer nimmt denn so etwas ernst. Der Arzt hat mir in den Hals geschaut und eine Probe entnommen, frag mich nicht. Ich habe nichts Ungewöhnliches gesehen, wenn ich vor dem Spiegel reingeschaut habe. Jedenfalls habe ich ein paar Tage später schon einen Termin für die Operation gehabt. Jetzt sitze ich hier, frisch operiert, ziemlich fertig und muss das erst mal verarbeiten", Peter hielt erschöpft inne. Das Sprechen fiel ihm immer noch sichtlich schwer.
Seine Frau Carina saß nah bei ihm und strich ihm tröstend über den Rücken. „Es bestehen auch bei dieser Art von Krebs gute Heilungschancen. Allerdings muss Peter eine Chemotherapie machen, kombiniert mit einer Strahlenbehandlung", sie verstummte.
Elisa und ihre Eltern saßen den Pärchen in Aufenthaltsraum der Essener Uniklinik hilflos gegenüber. Die Nachricht von Peters Erkrankung war wie ein Donnerschlag über sie gekommen. Niemand hatte damit gerechnet, dass gerade er an Krebs erkranken würde. Gerade jetzt lief alles rund für ihn. Das Fuhrunternehmen brummte und warf genügend Gewinn ab. Zusätzlich hatte Peter einen Weinvertrieb gegründet. Er kaufte Weine direkt beim Erzeuger und brachte diese anlässlich verschiedener Weinproben an den Mann, bzw. die Frau. Da er ein sowohl geschäftstüchtiger, wie auch kommunikativer Mensch war, entwickelte sich dieser Zweig seines kleinen Unternehmens prächtig. Marcel, der Sohn, war zu einem aufgeweckten kleinen Burschen herangewachsen. Die Diagnose Krebs schien alles bisher Erreichte zunichte zu machen.
Verstohlen wischte sich Elisa über die Augen. Sie hatte sich fest vorgenommen, nicht in Tränen auszubrechen. Eine heulende Schwester, das war das Letzte, was ihr Bruder jetzt gebrauchen

konnte. „Wenn du Hilfe brauchst, Carina, dann musst du nur Bescheid sagen."
Carina lächelte. „Danke, das ist total lieb von dir, aber meine Mutter und meine Geschwister wohnen ganz nah bei. Sie kümmern sich rührend um den Kurzen und auch um mich. Das funktioniert prima, wo ich jetzt jeden Tag zur Klinik fahre."
„Aber ich denke, dass ich dir helfen kann, Sohn", mischte sich Kalle ein. „Dein Unternehmen muss schließlich weiter laufen. Ich werde für dich einspringen. Ist ja auch nur vorübergehend, bis du wieder auf dem Posten bist."
„Danke Papa. Wenn ich ehrlich bin, so habe ich fest damit gerechnet, dass du das sagst."
Kalle brachte ein schiefes Lächeln zustande. „Ist doch Ehrensache. Und überhaupt, ich bin froh, wenn ich was zu tun habe. Wir Rentner haben bekanntlich Zeit ohne Ende."
Ilse, die sich bisher bemerkenswert zurückgehalten hatte, stupste ihren Mann an. „Komisch, und mir erzählst du immer, dass du so viel zu tun hast. Da kann man wieder mal sehen", sie wurde unvermittelt ernst. „Ach, mein Junge, wir tun natürlich alles was wir können für euch. Die Hauptsache ist, dass du bald wieder gesund wirst."
Peter zuckte mit den Schultern. „Wenn das so einfach wäre. Aber ich will euch mal was sagen: Ich habe inzwischen auf dieser Station schon so viel gesehen. Das kann sich jemand, der gesund ist überhaupt nicht vorstellen. Hier sind kleine Kinder, die unheilbar krank sind. Wenn ich das so sehe, dann bin ich froh, überhaupt vierunddreißig Jahre alt geworden zu sein."

In der Folgezeit kümmerte sich Kalle mit Hingabe um die Firma, übernahm Peters Fuhren und führte auch den Weinvertrieb weiter. Er ging in dieser Arbeit auf. Wenn nicht die Sorge um seinen Sohn gewesen wäre, so hätte er sich pudelwohl gefühlt. Peter ließ alle Behandlungen mit stoischer Ruhe über sich erge-

hen. Auch wenn er unter den Folgen der Chemo Behandlungen litt, so verlor er nie den Lebensmut.
„Was habe ich für ein Glück, dass ich alle Haare behalte", erklärte er. „Wo ich schon eine psychologische Behandlung machen sollte, wie ich am besten mit meiner zu erwartenden Glatze umgehe."

Die Erkrankung ihres Bruders belastete Elisa sehr. Zumal Alfred sich rund heraus weigerte, mit ihr über Peters Krebsleiden zu reden. „Damit kann ich mich nicht auch noch abgeben. Ich habe genug um die Ohren", erklärte er.
Er schien voll und ganz mit seiner Meisterschule beschäftigt zu sein. Dreimal die Woche besuchte er die Abendschule. An den Wochenenden lernte er. Dabei erwartete er, dass die Kinder ihn nicht durch laute Geräusche ablenkten. So versuchte Elisa, in diesen Zeiten die Kinder zu beschäftigen und wenn das Wetter es zuließ, mit ihnen aus dem Haus zu gehen. Oft nahm sie die kleine Kimberly mit, denn das Kind tat ihr leid. Sie mochte Karin gern und verstand nicht, dass diese sich so wenig um ihre Älteste kümmerte. Die Kleine war introvertiert, bemühte sich, alles recht zu machen. Gleichzeitig stellte sie, wenn sie sich unbeobachtet wähnte, eine Menge Blödsinn an.
„Sie wird schon normal werden. Wenn ich erst das neue Kind bekommen habe, dann wird sie sich als große Schwester bestimmt über das Baby freuen", kommentierte Karin das Verhalten ihrer Tochter. Dabei vergaß sie geflissentlich, dass sie diese Sätze schon vor Kevins Geburt geäußert hatte.
Elisa konnte sich nicht vorstellen, dass ein weiteres Kind, ein weiterer Konkurrent um die Gunst der Eltern, Kimberly gut tun würde. Sie hatte unzählige Male versucht, mit ihrer Nachbarin darüber zu reden, doch wollte sich Karin auf kein Gespräch einlassen. So nahm Elisa das Mädchen öfter mit und kümmerte sich ganz besonders um sie.

Heute hatte Elisa beschlossen, mit den Kindern das neue Spaßbad im Ort zu besuchen. Alfred war damit beschäftigt zu lernen. Er bekam gar nicht richtig mit, dass Elisa den Autoschlüssel an sich genommen hatte. „Ich bin dann mal weg", rief sie ihm über die Schulter zu, was er mit einem Brummeln beantwortete.
Im Auto hatte sie alle Hände voll zu tun um möglichst vorsichtig zu fahren. Schließlich wollte sie auf keinen Fall riskieren, das Fahrzeug in irgendeiner Form zu vermacken. So achtete sie zunächst gar nicht auf die ernsthaften Gespräche, die auf dem Rücksitz geführt wurden. Doch ein Blick in den Rückspiegel ließ sie erstaunt zuhören. Felix und Kimberly hielten Händchen, währen sie sich anhimmelten. Matts lauschte dem Gespräch, währen er eifrig am Daumen lutschte.
„...ja, und dann wohnen wir zusammen", schlug Felix vor.
Kimberly überlegte einen Moment. „Gut, aber wir müssen heiraten, sonst geht das nicht."
„Meinetwegen, Papa und Mama sind auch verheiratet, glaube ich."
„Eben", erklärte Kimberly bestimmt. „Meine Mama sagt, sonst wäre sie schon längst abgehauen. Deshalb müssen wir heiraten, damit keiner abhaut."
„Ich hau bestimmt nicht ab. Wir können in der Küche wohnen. Das ist gemütlich und auf der Eckbank schlafen wir dann."
„Meinst du", Kimberly schien sich nicht sicher zu sein. „Vielleicht ist es im Kinderzimmer gemütlicher?"
Felix dachte praktisch: „Das Kinderzimmer kann Matts haben, zusammen mit Kevin, sie sind ja noch klein. Und nachher lassen sie uns nicht in die Küche, wenn sie darin wohnen."
„Küche wohnen", strahlte Matts, er hatte sich zwei neue Worte gemerkt.
Elisa verkniff sich das Lachen. „Sagt mal, worüber unterhaltet ihr euch eigentlich", wollte sie wissen.
„Och, wir überlegen gerade, dass wir zusammen bei uns wohnen, wenn ihr gestorben seid", erklärte ihr Felix treuherzig.

„Aber Matts kriegt ganz bestimmt das Kinderzimmer, Mama."
Elisa schluckte. Offensichtlich hatte Felix mehr über die Krebserkrankung seines Onkels mitbekommen, als sie gedacht hatte. Sie beschloss, bei Gelegenheit mit ihm darüber zu reden.
Im neuen Bad angekommen hatte Elisa mit den drei Kindern alle Hände voll zu tun. Nur gut, dass Felix ein ruhiges und besonnenes Kind war, so wie seine ‚Verlobte' Kimberly. Die beiden waren von einem großen Wasserrad fasziniert und amüsierten sich damit, es immer wieder zum Laufen zu bringen. So konnte Elisa sich in erster Linie um Matts kümmern, denn der Kleine war der reinste Wirbelwind. Er wuselte überall hin. Seine Mutter musste ihn mehr als einmal einfangen, denn Matts schien vom Schwimmerbecken magisch angezogen zu werden. Viel zu schnell ging die Zeit vorbei.
„Los, jetzt müssen in die Umkleidekabine. Schließlich dauert es eine Weile, bis wir uns umgezogen haben. Wir können nicht herumbummeln, sonst kommen wir zu spät aus dem Schwimmbad und müssen eine Strafe zahlen", erklärte Elisa den Kindern.
„Keine Sorge Mama", meinte Felix. „Du ziehst Matts um und ich Kimmy, dann sind wir ganz schnell fertig."
Elisa lächelte ihren Großen an. „Ich glaube, wenn wir uns alle ganz schnell allein anziehen und ich Matts ein bisschen helfe, dann kommen wir gut klar. Kimberly und du können sich ja gegenseitig helfen, wenn es sein muss. Was meinst du, Kimmy?"
Das Mädchen nickte ernsthaft. „Ja, das machen wir."
Wieder zu Hause ging es erst einmal in die Snaidersche Wohnung. Karin hatte sich kategorisch geweigert, das Schwimmbad zu besuchen. „Also wirklich, in meinem Zustand tue ich mir das nicht an, das wird mir alles zu viel. Ich setzte in der Zwischenzeit Kevin-Justin in den Laufstall und lege mich aufs Ohr. Ich bin in der letzten Zeit immer so müde. Wenn ihr wieder da seid, koche ich einen Kaffee und wir klönen ein bisschen."
Diesen Vorschlag nahm Elisa gern an.

„So wie es aussieht, werden wir irgendwann miteinander verwandt sein. Unsere Kinder haben nämlich vor zu heiraten." Elisa erzählte amüsiert von den Hochzeitsplänen, die auf dem Rücksitz des Autos geschmiedet worden waren.
„Das sind ja Neuigkeiten. Gut, dass bis dahin noch genug Zeit ist", sagte Karin und fuhr nachdenklich fort. „In letzter Zeit habe ich Zweifel daran, ob das alles so richtig war, was wir gemacht haben. Wir haben viel zu früh geheiratet und gleich mit einem Kind angefangen. Ich glaube, dass wir schon lange nicht mehr zusammen wären, wenn es die Kinder nicht geben würde."
Elisa musterte ihre Nachbarin erstaunt und auch ein wenig entsetzt. „Was ist denn mit dir los? Vor kurzem hast du mir noch erklärt, dass dein Mann dir so viele kleine Snaiderlein macht, wie du willst. Jetzt ist das Dritte unterwegs und du schlägst solche Töne an? Habt ihr euch gezankt, oder was?"
Karin seufzte abgrundtief. „Wenn es das nur wäre. Wir sind halt grundverschieden. Er ist immer so beamtenhaft pedantisch und ich ... Was soll ich sagen, du kennst mich. In letzter Zeit meckert er ständig herum. Nichts mache ich ihm recht. Als Kevin-Justin unterwegs war und auch bei Kimberlys Schwangerschaft, da hat er mir noch alles abgenommen, das macht er jetzt gar nicht mehr so. Im Gegenteil. Er sagt auf einmal, dass es eine gute Übung für nach der Schwangerschaft ist, wenn ich jetzt die Hausarbeit allein übernehme. Stell dir das bloß mal vor." Karin war vor Aufregung aufgesprungen. „Das werde ich mir nicht gefallen lassen. Der spinnt ja wohl, der Blödmann", rief sie kämpferisch aus.
„Nun beruhige dich, Aufregung ist gar nicht gut fürs Kind." Elisa fasste ihre Nachbarin an den Arm und zog sie wieder neben sich auf die Couch. Sie schwieg einen Augenblick und überlegte, wie sie ihre Meinung sagen konnte. „Schau mal, Winfried arbeitet von sechs in der Früh bis zum späten Nachmittag. Am Wochenende kümmert er sich wirklich total um die

Kinder damit du deine Ruhe hast. Vielleicht überfordert ihn das alles. Männer können ja bekanntlich nicht zwei Sachen gleichzeitig machen", fügte sie mit einem Grinsen hinzu.
Karin bekam schon wieder einen roten Kopf. „Pah, was macht der denn schon den ganzen Tag. Er rennt mit der Stoppuhr an den Arbeitern vorbei oder steht herum und nimmt die Zeit. Überhaupt hat er immer damit geprahlt, dass sein Job kinderleicht ist."
„Ich weiß nicht ob das so ist. Jedenfalls wird er sich bestimmt wieder einkriegen. Er freut sich doch auf das dritte Kind. Er hat gerade mal eine schlechte Fase", versuchte Elisa die Freundin zu beschwichtigen. „Weißt du, Alfred hat mir während der Schwangerschaften nie geholfen und tut es jetzt ganz bestimmt nicht. Ich denke, dass du mit deinem Winfried so schlecht nicht dran bist."
„Ich weiß nicht. Er hat sich ganz schön verändert. Manchmal denke ich, dass ich es mit einem komplett anderen Mann zu tun habe. Vielleicht kriegt er sich tatsächlich wieder ein. Aber eins will ich dir mal sagen: Alfred ist wirklich kein Maßstab. Mit einem solchen Macho hätte ich es kein einziges Jahr ausgehalten", stellte Karin fest.

***

„Er war schon den ganzen Tag komisch. Zuerst hat er über Kopfschmerzen geklagt, aber das habe ich nicht so ernst genommen. Der hat ja immer was. Schwindelig ist ihm auch gewesen, und er hat sich komisch in der Wohnung bewegt, so, als ob er immer nach rechts wollte. Gesehen hat er wohl auch nicht richtig. Ich habe ihn noch gefragt, ob ich den Doktor rufen soll. Ihr wisst ja, wie der Papa sich anstellt, also habe ich das gelassen. Zum Abendbrot hat er nicht einmal etwas gegessen. Das hat mir schon Sorgen gemacht."
Elisa konnte nicht fassen, was ihre Schwiegermutter hier erzählte. Alles erschien ihr schon einzeln gesehen als besorgniserre-

gendes Symptom für einen Schlaganfall. Da war das Verweigern des Abendessens das kleinste Übel.
Käthe erzählte inzwischen weiter: „In der Nacht ist er dann aus dem Bett gehüpft. Ich hab ihn gefragt, was das soll. Er hat nicht geantwortet, sondern ist aus dem Zimmer gehumpelt. Ich bin dann hinterher. Da lag er schon auf dem Teppich im Korridor, hat erst komisch gezuckt und sich anschließend nicht mehr gerührt. Ich habe sofort den Notarzt gerufen." Sie hielt einem Moment inne, blies die Wangen auf und pustete laut. „Was das für ein Theater war. Die haben ihn wiederbelebt. Er hatte ja nicht nur den Schlaganfall, sondern auch noch einen Herzinfarkt."
Nach diesen Ausführungen herrschte schockiertes Schweigen. Käthe hatte ihre Kinder informiert, dass Gustav im Krankenhaus läge und um einen Besuch am Abend gebeten. Doch hatte sie versäumt zu erwähnen, wie ernst die Erkrankung wirklich war. Jetzt saßen Kinder und Schwiegerkinder verblüfft, schockiert und hilflos im Wohnzimmer der Eltern, während die Enkel in der Küche miteinander spielten.
„Du bist doch sicher im Krankenwagen mitgefahren, oder?", fragte Elisa zaghaft.
Ihre Schwiegermutter schaute sie einem Moment irritiert an. „Warum sollte ich das denn tun? Er war ja gut aufgehoben, übrigens hat er sowieso nichts mitgekriegt. Ich bin wieder ins Bett gegangen, aber schlafen habe ich dann auch nicht mehr können."
„Ist klar, Mutti", meldete sich Alfred zu Wort. „Aber heute hast du den Papa doch sicher schon besucht. Du musstest ihm ja etwas Wäsche und ne Zahnbürste bringen. Geht es ihm schon besser?"
„Natürlich war ich heute im Krankenhaus. Aber eine Zahnbürste braucht er nicht. Weil, er liegt nämlich auf der Intensivstation und im Koma. Es sieht erst mal nicht so aus, als wenn er wieder zu sich kommen würde."

„Ach du Scheiße." Alfred, der seine Mutter angelächelt hatte, klappte den Mund zu.
„Habe ich das richtig verstanden: Papa hat einen Schlaganfall und einen Herzinfarkt gleichzeitig bekommen und liegt jetzt im Koma?", fragte Lara leise.
„Ob er jetzt beides gleichzeitig bekommen hat oder hintereinander weiß ich nicht. Ich bin schließlich kein Arzt. Aber er liegt bewegungslos da und rührt sich nicht", klärte ihre Mutter auf.
„Hast du versucht mit einem Arzt zu sprechen?", wandte sich Roland an seine Schwiegermutter. „Besteht überhaupt noch Hoffnung, dass er aufwacht?"
Käthe zuckte mit den Schultern. „Der Papa ist ja erst gestern Nacht eingeliefert worden. Heute hatte ich noch keine Gelegenheit, mit einem Arzt zu reden. Das werde ich aber so schnell wie möglich tun müssen. Schließlich will ich selbst wissen, wo ich dran bin."
„Soll ich mit dem Doktor sprechen, Mutti", bot sich Alfred an. „Wenn du das nicht kannst, dann nehme ich dir das ab."
Seine Mutter tätschelte ihm den Arm. „Danke, Freddy, aber das mache ich lieber selbst sobald sich eine Gelegenheit ergibt. Ich muss überhaupt noch einiges regeln, mit der Bank und so. Aber darüber brauchen wir jetzt nicht reden."
Ein klärendes Gespräch führte Käthe tatsächlich am nächsten Tag. Der behandelnde Arzt machte ihr wenig Hoffnung. „Wenn ihr Mann wirklich aufwachen sollte, dann wird er in jeder Beziehung schwerstbehindert sein. Aber ich glaube eher, dass das nicht der Fall ist."

Am nächsten Sonntag traf sich der Gimpelclan vor dem Horster Krankenhaus. Doch diese Mal gab es kein neues Baby zu begutachten. Der Anlass war ein trauriger. Die Kinder wollten ihren Vater besuchen und sich gleichzeitig von ihm verabschieden. Man hatte die Hoffnung aufgegeben, dass Gustav je wieder aufwachen würde. Elisa begleitete Alfred, doch hatte sie sich geweigert, Gustav noch einmal zu sehen. Alfred zeigte sich ungewöhnlich sanft, er erklärte sich damit einverstanden. Er selbst blieb nur ein paar Minuten im Krankenzimmer.

„Eigentlich lebt der Papa schon nicht mehr", sagte er bedrückt. „Es wäre besser, die Maschinen einfach abzuschalten und ihn wirklich sterben zu lassen."

„Da hast du recht, Freddy. Aber ich kann das leider nicht bestimmen. Um eine Patientenverfügung haben wir uns nie gekümmert." Selbst Käthe zeigte sich heute zurückhaltend.

„So wie das aussieht, ist nicht mehr damit zu rechnen, dass der Papa noch einmal aufwacht. Aber das hatten wir uns sowieso gedacht, oder", Carmen sprach aus, was alle vermuteten.

Man hatte sich nach dem Krankenbesuch noch auf einen Kaffee in der elterlichen Wohnung eingefunden. Käthe war in der Küche damit beschäftigt, die Kaffeemaschine in Gang zu setzen.

„Aber noch ist er nicht tot. Wer weiß, wie lange er in diesem Zustand bleibt. Ich habe letztens mal gelesen, dass es Komapatienten gibt, die jahrelang so daliegen wie er", diese Feststellung kam von Sylvia, der zweitältesten Tochter, während ihr Mann, Franz-Rainer, heftig mit dem Kopf nickte. „Eben, da gibt es Fälle, das glaubt ihr nicht." Offensichtlich hatten sich die beiden kundig gemacht.

„Aber wenn er ganz schnell stirb, jetzt nur mal angenommen", spann Carmen ihren Gedanken weiter. „Wie ist das dann mit dem Erben? Muss die Mutti nicht die Hälfte von Papas Geld mit uns teilen?"

Sylvia hörte interessiert zu. „Ich glaube schon. Man müsste sich bei einem Anwalt erkundigen", sagte sie.

Elisa wechselte einen Blick mit ihrer Schwägerin Lara, die dem Wortwechsel perplex lauschte.

„Das ist doch...", begann Lara, wurde aber von Alfred unterbrochen. „Ihr seid ja wohl bekloppt geworden, ihr geldgierigen Weiber. Der Papa ist noch nicht tot und ihr verteilt hier schon sein Geld? Selbst wenn er sterben sollte, so gehört erst einmal alles der Mutti. Mir ist egal, was irgendein dahergelaufener Winkeladvokat sagt. Ich will ganz bestimmt kein Geld haben, wenn der Papa stirbt."

Elisa nickte ihm zu, auch sie fand, dass sich die zwei Schwestern unmöglich verhielten.

„Ist ja gut, wenn du nichts willst, dann haben wir mehr", ließ sich Carmen vernehmen, wurde aber von ihrem Mann gestoppt.

„Jetzt ist es aber gut, Perle. Über solche Sachen können wir uns unterhalten, wenn der Papa wirklich..."

„Was ist mit dem Papa", Käthe kam, mit der Kaffeekanne bewaffnet ins Wohnzimmer. „Wirklich, ihr redet hier über was weiß ich und keine von euch hat daran gedacht die Tassen aus dem Schrank zu holen."

Carina stand schnell auf. „Wir sind alle noch so fertig von dem Krankenhausbesuch. Du Arme musst das Trauerspiel jeden Tag ertragen. Setz dich ruhig hin, ich mach das schon."

Roland legte den Arm um Lara, die wütend auffahren wollte. „Lass gut sein. Was bin ich froh, dass ich dich erwischt habe. Ich sag's ja immer, du bist aus der Art geschlagen."

Gustav kam nicht mehr zu Bewusstsein. Er starb gut vier Wochen, nachdem er ins Krankenhaus eingeliefert wurde.

Elisa sah der Beerdigung mit gemischten Gefühlen entgegen. Alfred hatte schon im Vorfeld die Fronten geklärt. Er würde es nicht zulassen, dass seine Schwestern darauf bestanden, das väterliche Erbe sofort anzutreten. Auch Lara lehnte es rundheraus ab, sich mit der vermeidlichen Erbschaft auseinanderzusetzen.

„Ich habe mich oft genug aufgeregt, dass Carmen immer alles abstaubt, aber das ist eine ganz andere Sache, als der Mutti die Hälfte der Ersparnisse abzunehmen. Ich schäme mich richtig für die beiden", erklärte sie Elisa. „Was sind das doch für schäbige Weiber. Nicht genug, dass sie sowieso das Meiste bekommen haben, weil sie meine Eltern ständig um Geld angegangen sind. Jetzt wollen sie die arme Mutti auch noch vollkommen ausnehmen."

Unter diesen Vorzeichen konnte die Beerdigung nur ein Desaster werden.

Die Zeremonie war beendet. Die kleine Trauergemeinschaft traf sich zum Kaffeetrinken in einem Restaurant in Friedhofsnähe. Käthe hatte darauf bestanden, ihren Mann im engsten Familienkreis zu beerdigen. Weder Gustavs Schwestern, noch ihre Geschwister waren von seinem Tod in Kenntnis gesetzt worden. „Die Mischpoke hat sich nie um uns gekümmert, dann braucht sie sich auch nicht auf Gustavs Beerdigung den Wanst vollzuschlagen", stellte sie fest. Auch die Schwiegereltern der Kinder und die Nachbarn waren ihr nicht willkommen gewesen. So saß man im kleinsten Kreis um einen Tisch.

„Ich brauche jetzt erst einmal einen Schnaps", ließ sich Lara vernehmen.

„Ich auch", schloss sich Käthe an. „Aber einen doppelten."

‚So richtig niedergeschlagen sieht die trauernde Witwe nicht aus', dachte Elisa, hütete sich aber, nur ein Wort zu sagen, denn Alfred musterte sie misstrauisch. Vermutlich hatte er mit einem Kommentar gerechnet.

„Der Papa ist ja nun dahingegangen", stellte Carmen richtig fest, was ihr einen warnenden Blick ihres Bruders einbrachte. Schnell biss sie in ein Mettbrötchen und kaute nachdenklich.

„Ach ja, der Papa", murmelte Käthe, während sie den doppelten Wacholder in einem Zug hinunterkippte.

„Es war eine schöne Beerdigung", mischte nun Sylvia mit. Sie stieß ihrem Mann, der hingebungsvoll an einem Schinkenbrot kaute und sehnsuchtsvoll auf Käthes leeres Schnapsglas starrte, in die Rippen. „Sag mal was, Ronny. War es nicht 'ne schöne Beerdigung."

Franz-Rainer schluckte schnell und beeilte sich ihr zuzustimmen. Anschließend orderte auch er einen doppelten Wacholder.
„Jetzt muss ich wohl ohne ihn klarkommen", raunte Käthe in ihr wieder gefülltes Schnapsglas.
‚Was dir wahrscheinlich keine Mühe machen wird', dachte Elisa und nahm schnell einen Schluck Kaffee, als befürchte sie, den ketzerischen Satz doch noch laut auszusprechen.
„Ich helfe dir, Mutti, darauf kannst du dich verlassen." Alfred, der neben seiner Mutter saß, legte ihr den Arm um die Schultern, wobei er seine Schwestern finster musterte.
„Wir helfen dir auch", beeilte sich Carmen zu beteuern.
„Und wir natürlich auch", kam es aus der Sylvia und Ronny Ecke.
„Bei so viel Hilfe brauchen wir uns nicht auch noch anbieten, was", raunte Roland seiner Schwägerin zu. „Alfred ausgenommen sind alle an Muttis Gewicht interessiert, sie wollen sie umgehend erleichtern."
Elisa kicherte, was ihr einen strengen Blick von ihrem Mann einbrachte.
Sag mal, Mutti", tastete sich Carmen vor. „Der Papa hat ja eine Menge Geld gespart, was."
Sylvia pflichtete ihr eifrig bei. „Ihr beide habt auch nicht mehr so viel gebraucht, seit der Papa Zucker hatte. Ihr seid nicht einmal in Urlaub gefahren und sonntags habt ihr euch zum Mittagessen eine einzige Roulade geteilt."
Käthe schaute irritiert von einer Tochter zur anderen. „Was soll das jetzt? Warum fragst du, Carmen? Brauchst du Geld, oder was? Und was euch angeht", sie maß Sylvia und Franz-Rainer mit einem kühlen Blick, „es geht euch gar nichts an, was wir zu Mittag gegessen haben und ob wir in Urlaub gefahren sind."
„Reg dich nicht auf, Mutti, die Weiber spinnen schon eine Weile herum. Genauer gesagt, seit der Papa ins Krankenhaus gekommen ist." Während Lara versuchte, ruhig zu bleiben und die Schwestern zu ignorieren, hatte sich Alfred immer mehr aufge-

pumpt. Jetzt stand er auf. „Das reicht jetzt. Ich glaube, wir sollten die Veranstaltung hier beenden und dich nach Hause bringen, bevor noch was passiert, Mutti."
Er hatte die Rechnung nicht mit seiner Mutter gemacht. Käthe orderte noch einen Schnaps und krempelte, bildlich gesprochen, die Ärmel auf.
„So, so, die Weiber spinnen also? Seit der Papa ins Koma gefallen ist? Was soll das denn heißen? Wollt ihr wohlmöglich Kohle? Das würde euch ähnlich sehen." Sie griff nach ihrem Glas, trank in aller Seelenruhe aus und stellte das Pinnchen mit einem lauten Knall auf dem Tisch ab.
„Dann wollen wir mal Tacheles reden. Ich bezahle eben, lasse mir die restlichen Mettbrötchen einpacken, dann fahren wir nach Hause. Zu mir nach Hause, meine ich. Dort klären die Lage."
Vor dem Haus angekommen wandte sich Käthe, die sich erstaunlich nüchtern gab, ihren Schwiegerkindern zu. „Was es zu bereden gibt, geht euch nichts an. Ihr wartet hier. Ich gehe mit meinen Blagen allein hoch."
„Aber, aber, ich...", stammelte Franz-Rainer.
Käthe maß ihn von oben bis unten. „Aber was, Wuttke? Bist du anderer Meinung? Hat sonst noch jemand irgendwas zu sagen?"
Diese Frage rief ein kollektives Kopfschütteln hervor.
„Nein, ich dachte ja nur...", Ronny Wuttke wand unter dem strengen Blick seiner Schwiegermutter.
„Das Denken solltest du den Pferden überlassen, die haben einen wesentlich größeren Kopf als du." Mit diesen Worten drehte sich Käthe auf dem Absatz um und stolzierte in Richtung Haustür. Sie war so überzeugt davon, dass ihre Kinder ihr folgten, dass sie sich nicht einmal umwandte.
Roland gab seiner Frau, die im Gegensatz zu ihren Geschwistern stehen geblieben war einen sanften Schups. „Nun geh schon mit. Vielleicht ist es ganz gut, wenn die leidige Geschichte auf diese Art geklärt wird." Er wandte sich Elisa zu. „Das ist

ja wie im Hühnerhof, die alte Henne vorneweg, dahinter der Junghahn und die jungen Hennen alle hinterher."

Lara, die im Begriff war ihren Geschwistern zu folgen drehte sich grinsend um. „Das habe ich gehört. Sei bloß vorsichtig, du oller Gockel, sonst rupfe ich dir persönlich die Schwanzfedern aus."

Roland schaute ihr hinterher. „Ist sie nicht ein Prachtweib."

So standen Elisa und ihre Schwäger eine Weile schweigend vor dem Haus. „Das ist vielleicht eine blöde Situation", sagte Elisa schließlich. „Wenn Alfred die Möglichkeit hätte allein nach Hause zu kommen, wäre ich schon längst gefahren. Es ist nur gut, dass ich die Kinder bei meinen Eltern gelassen habe."

Walter, der in der Zwischenzeit seine und Carmens Kinder zu seiner Mutter gebracht hatte, trat seine Zigarette aus. „Jetzt reicht's aber. Wenn sich nicht bald was tut, dann hole ich Carmen und wir fahren nach Hause. Ich halte sowieso nichts von der ganzen Erbgeschichte. Meinetwegen soll die Mutti das Geld behalten."

„Der Meinung sind Lara und ich sowieso", mischte sich Roland ein. „Was ist das alles für ein krankes Getue."

Franz-Rainer schaute von einem zum anderen. „Aber uns ist das nicht egal. Gesetzlich gesehen steht jedem Kind ein Pflichtteil zu, wenn ein Elternteil stirbt. Was ist, wenn die Mutti das ganze Geld für sich ausgibt? Dann gehen wir alle leer aus."

Roland schaute belustigt drein. „Ja, nun, wenn die Mutti sich jeden Tag einen oder mehrere Stripper leistet und mit den Jungs Kaviar isst und Krimsekt schlürft, dann gehen wir leer aus. Sie hat aber wenigstens noch was vom Leben gehabt. Ich für meinen Teil gönne es ihr."

„Du scheinst genug Geld zu haben", nuschelte Franz-Rainer. „Wir müssen auf jeden Pfennig achten."

„Weißt du, Ronny, ich gehe regelmäßig arbeiten und mache jede Menge Überstunden. Dafür verdiene ich genug, um meine Familie gut über die Runden zu bringen. Unser Walter hier

macht nur Nachtschichten auf der Zeche. Alfred besucht die Meisterschule in Abendkursen, damit er tags arbeiten gehen kann. Wenn du der Meinung bist, dass du mit knapp über dreißig schon einen auf Frührentner machen musst, dann ist das dein Bier. Aber du brauchst dich nicht darüber zu beklagen, dass du keine Kohle hast. Immerhin reicht es noch, um Pornohefte zu kaufen. Wobei ich mich immer frage, wie du das noch hinkriegst, mit dem kaputten Rücken. Aber vielleicht reicht's bei dir nur noch zum Lesen."
Während Walter in lautes Gelächter ausbrach, musterte Elisa ihren Schwager Roland erstaunt. Von ihm war sie so harsche Töne nicht gewohnt. Doch eigentlich sagte er nur die Wahrheit. Auch Roland war in Gelächter ausgebrochen. Elisa grinste vor sich hin.
Dieser allgemeine Heiterkeitsausbruch brachte Franz-Rainer in Rage. Er zog noch einmal an seiner Zigarette, warf sie anschließend zu Boden und zermalmte sie mit dem Absatz seiner Cowboystiefel. „So, es reicht mir. Ich gehe jetzt da hoch und werde für Ordnung sorgen. Von wegen, die Mutti spricht allein mit den Kindern. Da habe ich auch ein Wörtchen mitzureden und das tue ich jetzt." Nach dieser vollmundigen Erklärung stolzierte er steifbeinig in Richtung Haustür.
Die Alleingelassenen schauten ihm verblüfft nach. Walter fing sich zuerst. „Dann will ich mal meine Carmen holen", sagte er und folgte Ronny. Roland und Elisa schlossen sich ihm an. Franz-Rainer hatte bereits die Haustür aufgestoßen und befand sich im Treppenhaus. Elisa beeilte sich, um hinterherzukommen. Sie hörte ihn laut und aggressiv reden. Dann gab es einen Knall, ein Fallgeräusch und Ronny Wuttke lag Elisa zu Füßen auf dem Treppenabsatz.
„Ups, das nenne ich einen Abgang", stellte Roland fest.
Ronny rappelte sich auf. „Gimpel, das wird dir noch leid tun", röchelte er, während Alfreds mit zorngerötetem Gesicht die Treppe hinunter kam.

„Gehst du jetzt freiwillig, oder soll ich dich die nächste Treppe auch noch runterschmeißen?", knurrte er. Eher er den unglücklichen Ronny erreicht hatte, war dieser schon zur Haustür hinaus.

Walter schüttelte in gespieltem Unglauben den Kopf: „Der kann aber erstaunlich schnell laufen, wo er doch ein kaputtes Kreuz hat."

Sylvia, die das Geschehen von der Wohnungstür aus verfolgt hatte, raffte Mantel und Handtasche zusammen. „Das letzte Wort ist hier noch nicht gesprochen. Alfred, du hörst von unserem Anwalt." Nach dieser Ankündigung schritt sie hoheitsvoll die Treppe hinunter, kam aber ins Straucheln und wäre fast wie ihr Mann die Treppe hinuntergefallen.

Elisa musterte ihren Mann. „Sag mal, spinnst du jetzt? Du kannst den Mann doch nicht die Treppe hinunterwerfen. Was meinst du, wenn er sich den Hals gebrochen hätte?"

Alfred holte tief Luft, während er sich zusehends beruhigte. „Wenn er das Maul so weit aufreißt, ist er selbst Schuld. Übrigens hat der Gummiknochen und statt eines Rückgrats ein Gummiband."

Zurück in der Wohnung nahm Käthe ihren Sohn in den Arm. „Mein Freddy, wie stark du bist. Wie gut du deine arme Mutter beschützt hast."

Alfred wurde rot vor Eifer. „Nicht der Rede wert, Mutti. Aber jetzt, wo alles geklärt ist, wollen wir den Anderen Bescheid sagen."

Man setzte sich ins Wohnzimmer. Auf dem Tisch lag ein aufgeklapptes Sparbuch.

„Die Sache ist nämlich die, dass auf dem Sparbuch gerade mal 1000 Mark sind", erklärte Alfred. „Das wären dann 500 Mark, die wir Kinder uns teilen könnten, also 125 Mark für jeden. Lara und ich wollen sowieso nichts."

Walter, der sich neben Carmen gesetzt hatte mischte sich ein: „Carmen und ich wollen auch nichts haben. Was ist das alles für ein Theater. Ich denke, wir sollten jetzt nach Hause fahren, was meinst du", er wandte sich an seine Frau, die mit roten Ohren und hängendem Kopf auf dem Sofa saß.

Carmen stand auf. „Wenn nicht mehr Geld da ist", sagte sie schnippisch. „Aber erstaunlich ist es schon, dass das Sparbuch erst vor vier Wochen eröffnet worden ist. Wenn man bei der Bank nachfragen würde..."

Diese Bemerkung rief Alfred auf den Plan. „„Das haben wir gerade alles besprochen. Ist es denn immer noch nicht genug?"

Walter stellte sich neben seine Frau. „Wir sollten uns jetzt alle beruhigen, für heute ist genug passiert. Los jetzt, Perle, wir fahren."

„Ja, das denke ich auch", ließ sich Lara, die den Geschehnissen erstaunlich ruhig gefolgt war, vernehmen. „Wir gehen jetzt auch heim."

Elisa und Alfred schlossen sich an. Während Alfred seine Mutter zum Abschied in die Arme nahm, unterhielten sich Elisa und Lara noch einem Moment.

„Das hat die Mutti verdammt geschickt gemacht", erklärte Lara leise und nicht ohne Hochachtung. „Sie hat sofort, als der Papa ins Koma gefallen ist alles Geld von den Sparbüchern abgeräumt."

Elisa zuckte mit den Schultern. „Eigentlich ist mir das egal. Sie soll mit dem Geld glücklich werden, egal wie viel es ist."

„Eine Menge, meine Liebe. Aber das soll nicht unsere Sorge sein."

Auf der Rückfahrt gab sich Alfred aufgeräumt. Dass sein Schwager Ronny ihn verklagen würde, schien er nicht zu befürchten. „Der Schwachmat hat überhaupt kein Geld für einen Anwalt. Von den 125 Mark, die er von der Mutti gekriegt hat, wird er sich auch keinen leisten können."

„Sag bloß deine Mutter hat das Geld an Sylvia und Ronny ausgezahlt? Kommen sie sich denn überhaupt nicht blöd vor?", fragte Elisa erstaunt.

Alfred grinste breit. „Sie kommen sich nicht blöd vor, sie sind es. Was denkst du denn. Sie haben das Geld heute bekommen. Sylvia hat eine Erklärung unterschrieben, dass sie keine weiteren Ansprüche stellt. Carmen übrigens auch. Deshalb hat der Wuttke sich doch so aufgeregt. Weil er jetzt nichts mehr machen kann. Die Mutti lässt sich doch nichts nachsagen. Von wegen, sie würde den Kindern ihr gerechtes Erbe vorenthalten. Sie ist schon clever." Er griff sich in die Jackentasche und holte einige Hundert Markscheine hervor, mit denen er Elisa vor dem Gesicht herumwedelte. „Das Geld hat sie mir vorhin zugesteckt, als ich sie noch mal gedrückt habe. Aber da kriegst du nichts von ab. Das ist meins, ich habe es mir ehrlich verdient."

Während Gustav seinen Schlaganfall und den Herzinfarkt nicht überlebt hatte, erholte sich Peter zusehends. Die Chemotherapie und Strahlenbehandlung hatte er überstanden. Nach den Reha-Maßnahmen begann er nach und nach, wieder Routine in seinen Alltag zu bekommen. Kalle half ihm immer noch, gerade was den Weinhandel anbetraf. Längeres Sprechen fiel Peter aufgrund der Operation weiterhin schwer.
„Ich hätte alles geglaubt, aber dass ich nicht mehr so viel sabbeln kann, das ist die Tragik meines Lebens. Obwohl, Carina scheint es zu freuen", erklärte er seiner Schwester mit einem schiefen Lächeln.
Die Geschwister standen an diesem Sonntag zusammen in der Küche, während Ilse geschäftig hin und her lief, um den Kaffeetisch für die Familie zu decken. Elisa lächelte zurück. „Aber du bist doch ein Mann und die haben bekanntlich nur dreitausend Worte am Tag. Die schaffst du immer noch locker."
„Denkst du, Schwesterherz. Bei uns ist es genau umgekehrt, Carina braucht nicht so viele Worte, hat sie nie gebraucht. Ich komme mit den Dreitausend nicht aus, selbst jetzt nicht."
„Das passt dann wieder. Einer redet, der andere hört zu."

Peter schwieg einen Moment, wartete, bis Ilse außer Hörweite war. „Weißt du, so richtig gepasst hat es zwischen uns noch nie. Es gibt kaum gemeinsame Interessen. Carina macht sich nichts aus Büchern, liest nicht einmal die Tageszeitung. Sie geht nicht gern ins Kino, von einem Theaterbesuch ganz abgesehen. Sie hört sich kaum Musik an und wenn, dann muss es schon Heino sein. Eigentlich interessiert sie sich nur für den Klatsch und Tratsch in der Nachbarschaft und für ihre Familie. Seit meiner Krankheit ist sie ständig bei ihrer Mutter. Das hat sie früher gar nicht so gemacht. Ich habe nichts dagegen, dass sie ihre Mutter besucht, das musst du nicht falsch verstehen. Aber muss das jeden Tag sein?"
Elisa schaute ihren Bruder verblüfft an. „Das sind ganz neue Töne. Das ihr völlig unterschiedliche Interessen habt, hast du doch schon vor der Hochzeit gewusst, ihr habt schließlich lange genug zusammen gelebt."
Peter guckte zerknirscht. „Ja, das stimmt. Ich weiß auch nicht, was in letzter Zeit mit mir los ist, vielleicht bin ich zurzeit einfach empfindlich. Carina ist jedenfalls eine gute Mutter für den Kurzen und hat sich während meiner Krankheit rührend um mich gekümmert. Trotzdem..."
„Ich glaube du hast einfach eine depressive Fase, Bruderherz. Das legt sich schon wieder", sagte Elisa.
Sie war froh darüber, dass Ilse die Unterhaltung störte. „Was steckt ihr schon wieder die Köpfe zusammen? Du gehst mal zu deiner Frau und dem Kleinen", entschlossen schob sie ihren Sohn aus der Küche. „Und du, Fräulein, hilfst mir jetzt gefälligst. Du kannst schon mal den Kuchen anschneiden."
Beim Kaffeetrinken warf Elisa ihrem Bruder und seiner Frau immer wieder verstohlene Blicke zu, doch sie konnte keine Veränderung im Verhalten zwischen den beiden feststellen.
„Dein Mann hatte wohl keine Zeit, was?", stichelte Kalle, obwohl er der letzte war, der Alfred vermisst hätte.

Elisa blickte irritiert auf. Sie war mit Matts beschäftigt, der beschlossen hatte, die Torte mit den Händen zu essen.
„Alfred lernt. Er ist froh, wenn die Kinder nicht da sind und er Ruhe dazu hat. Er hat mir sogar ohne zu murren das Auto überlassen. Sag bloß nicht, dass er dir fehlt. Jetzt ist aber endgültig Schluss, Matts. Entweder du nimmst den Löffel oder es gibt keinen Kuchen", wandte sie sich an ihren Jüngstgeborenen und zog den Teller ein Stück zu sich hin.
Matts brach prompt in Protestgeschrei aus, was Ilse auf den Plan rief. „Komm mal zur Oma, ich füttere dich, dann braucht die Mama nicht zu schimpfen."
Elisa verzog das Gesicht. „Das sollst du nicht, Mutter. Der Kleine soll lernen, vernünftig zu essen."
„Ach, lass mich doch. Zu Hause kannst du ihm das in Ruhe beibringen. Hier bei uns darf er schon mal verwöhnt werden." Ilse hatte den klebrigen Matts auf ihren Schoß gezogen und fütterte ihn mit Torte. „Nachher waschen wir dich und dann ist alles wieder in Ordnung", stellte sie fest.

Wieder zu Hause angekommen, fand Elisa ihren Mann auf dem Sofa liegend. Er hatte eine Flasche Bier vor sich und war in eine Sportsendung vertieft. „Du hast die Zeit ja gut genutzt", stellte sie fest.
Alfred schaute kurz auf. „Ich habe heute genug gelernt. Stör mich jetzt nicht. Sieh lieber zu, dass das Abendbrot auf den Tisch kommt."
Elisa betrachtete ihren Mann einen Augenblick. Was war aus dem netten, gutaussehenden und schlaksigen jungen Mann geworden? Alfred hatte zugenommen, wog inzwischen 120 kg, hatte einen zu hohen Blutdruck. Seine Gesichtsfarbe war meist ein ungesund aussehendes Rot. Hinzu kam, dass sich das Haar auf seinem Kopf merklich gelichtet hatte. Er war in letzter Zeit fast immer schlecht gelaunt, gereizt und aufbrausend. Mit seinen Geschwistern wollte er seit der Beerdigung seines Vaters

kaum noch etwas zu tun haben. Merkwürdigerweise mied er in letzter Zeit auch Lara und Roland. Allein seiner Mutter gegenüber gab er sich lammfromm. Elisa rief sich zur Ordnung. Auch sie war nicht mehr so jung, würde in diesem Jahr ihren dreißigsten Geburtstag feiern. Letztens hatte sie sich ein recht kurzes Kleid gekauft, was Alfred zu der Bemerkung veranlasste: „In deinem Alter sollte man aber wirklich etwas Längeres anziehen."
Mit diesen trüben Gedanken ging Elisa in die Küche, um das Abendbrot zu richten. Sie beschloss, nach dem Essen noch etwas Zeit mit den Kindern in ihrem Zimmer zu verbringen und sich anschließend mit einem Buch ins Bett zu legen. Aus Erfahrung wusste sie, dass Alfred den Abend Bier trinkend vor dem Fernseher verbringen würde, wo er meist einschlief und irgendwann in der Nacht ins Bett wankte.

***

„Mensch, Schwägerin, wir haben uns lange nicht gesehen", Roland nahm Elisa in die Arme und drückte sie kräftig. „Meinen herzlichen Glückwunsch zu deinem Geburtstag."
Auch Lara schloss ihre Schwägerin in die Arme. „Willkommen im Club der nicht mehr ganz Taufrischen. Alles, alles Gute für dich. Hübsches Kleid, übrigens."
Elisa drehte sich einmal um die Achse. „Findest du? Das freut mich. Dein Bruder hat gesagt, dass ich mit dreißig zu alt für das Kleid bin."
„Unsinn, wo ist der alte Quatschkopf überhaupt?", Lara sah sich suchend um.
„Der alte Quatschkopf hat es sich nicht nehmen lassen, eure Mutter abzuholen", erklärte Elisa, während sie Schwager und Schwägerin ins Wohnzimmer geleitete. „Ihr seid die Ersten. Meine Eltern und mein Bruder müssen aber jeden Moment eintreffen. Ich denke die Waczollas sind auch schon auf dem Weg. Sylvia und Franz-Rainer kommen nicht. Ich habe zwar angeru-

fen und sie eingeladen, aber Sylvia hat kaum mit mir geredet. Sie sagt, wir können froh sein, dass Franz-Rainer so nett ist, sonst hätte er Alfred wegen Körperverletzung angezeigt."
Roland lachte laut. „Der Wuttke soll froh sein, dass wir ihn nicht alle wegen Blödheit anzeigen. Das gäbe eine nette Sammelklage. Wenn ich mich an das Bild erinnere, wie der die Treppe runter gebrettert ist. Das war fast wie in alten Zeiten, da ist er immer die Treppen runter gesegelt, weil er so besoffen war. Über die Friedhofsmauer ist er auch einmal gekippt."
„Ich bin froh, dass ich die beiden nicht sehen muss", fügte Lara hinzu. „Das war auf Papas Beerdigung alles schon peinlich genug. Allerdings ist die Situation im Moment auch nicht besser. Seit der Papa tot ist, rennt die Mutti immer nur zu den Waczollas oder Carmen kommt mit den Kindern zu ihr. Für uns hat sie keine Zeit mehr. Ihr seid ja weit vom Schuss und du kriegst sowieso immer nur die Hälfte mit."
„Das reicht mir vollkommen aus. Inzwischen ist es mir sehr recht, wenn Alfred seine Mutter allein besucht, obwohl das in der letzten Zeit nicht mehr so oft der Fall ist", stellte Elisa fest. „Das kann ich mir vorstellen. Die Mutti ist fast nie zu Hause. Sie war früher schon auf Carmen und die Kinder fixiert, aber das nimmt inzwischen Ausmaße an, das kannst du dir nicht vorstellen. Immer geht es nur Carmen vorne und Walter hinten", Lara hatte einen roten Kopf bekommen, so sehr redete sie sich in Rage. „Carmen hätte gar nicht so ein Theater um das Erbe machen brauchen, sie kriegt jetzt sowieso alles in den Allerwertesten gesteckt. Weißt du, ich will für mich gar nichts haben, aber die Mutti könnte ab und zu wirklich an unseren Sohn denken."
Roland nickte zustimmend. „Hinzu kommt, dass Walters Mutter auch Witwe ist. Die Mutti steckt auch ständig mit der Person zusammen. Sie tut nichts mehr, ohne dass Carmen, Walter und Walters Mutter dem zugestimmt haben."

„Das ist ja interessant", begann Elisa, wurde aber von der Türklingel unterbrochen. „Sorry, das sind bestimmt meine Eltern und mein Bruder mit seiner Frau. Sie wollten zusammen hier her fahren. Vielleicht bekommen wir nachher noch Gelegenheit, uns weiter über das Thema zu unterhalten."

„Und Carmen kommt fast jeden Tag zum Essen oder ich fahre zu ihnen und koche bei Carmen. Es ist ja nicht weit mit dem Bus. Die Mädchen mögen meine Suppe so gern", erzählte Käthe aufgeräumt. „Ja, das hast du fein gebaut. Jetzt gib der Oma einen Schmatz, Schätzchen." Käthe zog Nadine, die ihr ein selbst gemachtes Legokunstwerk zeigen wollte, an ihren Busen. Die Kleine zappelte sich frei und beeilte sich, wieder ins Kinderzimmer zu kommen. Käthe folgte ihr mit den Blicken. „Nadine ist so klug und aufgeweckt."
Elisa wechselte einen Blick mit ihrer Schwägerin Lara, die genervt den Kopf schüttelte.
„Hör doch gar nicht hin", raunte Elisa ihr zu. „Lass sie einfach quatschen."
„Wenn das mal ginge", murmelte Lara zurück. Wirklich ließ sich Käthe bereits seit einer Weile über die Qualitäten ihrer jüngsten Tochter und deren Töchter aus. Carmen saß dabei und grinste dümmlich. Hin und wieder nickte sie mit dem Kopf, was auf fatale Weise an Gustav erinnerte.
„Möchtest du etwas anderes als Wasser trinken, einen Schnaps vielleicht", versuchte Elisa ihre Schwiegermutter abzulenken. Käthe versetzte die gesamte Geburtstagsgesellschaft in erstaunen. „Ich trinke keinen keinen Alkohol", erklärte sie im Brustton der Überzeugung. „Das ist Teufels Gesetzbuch, das hat der Papa immer gesagt."
„Was?" Elisa glaubte ihren Ohren nicht zu trauen. „Seit wann bist du denn unter die anonymen...", ein Blick von Alfred ließ sie stocken. Hastig verbesserte sie sich. „...unter die Abstinenzler gegangen?"

Käthe schaute ihre Schwiegertochter kalt an. „Das sieht dir ähnlich. Kaum bin ich hier zu Besuch, schon mäkelst du herum. Wenn du unbedingt Alkohol trinken willst, dann mach das einfach. Du brauchst mich nicht um Erlaubnis zu fragen."
So viel Unverfrorenheit ließ Elisa verstummen. „Ich will dann mal..." Sie nahm die halbvolle Kaffeekanne und ging in die Küche um sie nachzufüllen.
„Sag mal, was hat deine Schwiegermutter denn genommen?", Kalle war ihr gefolgt und legte ihr den Arm um die Schulter. „Oder hat sie ihr Gehirn zusammen mit ihrem Mann beerdigt. Was redet die für ein dummes Zeug." Kalle schien richtig wütend zu sein. „Zugegeben, sie war schon immer anstrengend. Ich habe sie länger nicht gesehen, aber so habe ich sie nicht in Erinnerung."
„Ach, Papa, ich bin froh, dass ich nicht mehr so viel mit ihr zu tun habe. Alfred besucht sie fast nur noch allein."
Kalle tätschelte seiner Tochter den Rücken. „Lass dir von der Schrulle nur nicht den Geburtstag vermiesen. Ich habe viele Frauen in meinem Leben gekannt, aber so ein Drachen ist mir niemals unter gekommen. Das wäre gar nicht mein Typ."
Elisa musste lachen. „Das könnte ich mir auch nicht vorstellen. Sehen wir es von der praktisch-positiven Seite. Wenn meine Schwiegermutter nichts trinkt, dann singt sie nachher auch nicht. Das ist wirklich schön. So, jetzt gehen wir wieder ins Wohnzimmer und ich werde einen schönen Geburtstag haben."
Ilse, die in die Küche kam, nahm ihrer Tochter die Kaffeekanne aus der Hand. „Ja, das solltest du. Ich werde mich jetzt mal um die ganze Sache kümmern."
Zu vorgerückter Stunde, das Polenmädchen erklang nicht, denn Käthe war tatsächlich nüchtern geblieben, unterhielten sich Lara und Elisa in der Küche.
„Was ist los mit euch?", fragte Lara ihre Schwägerin, ohne lange um den heißen Brei herumzureden. „Seit Papas Beerdigung

hört man gar nichts mehr von euch. Wollt ihr euch völlig absondern, oder was?"
„Ach, Lara, an mir liegt das ganz bestimmt nicht", antwortete Elisa. „Alfred ist mit der Meisterschule beschäftigt und hat für etwas anderes kaum noch Zeit. Ich habe ihm oft genug vorgeschlagen, euch zu besuchen, aber er winkt immer ab. Ich kann verstehen, dass er Stress hat, andererseits tut mir das natürlich leid. Wir haben uns schließlich immer gut verstanden."
„Mein Bruder ist arrogant geworden. Das sagt Roland auch. In jedem zweiten Satz betont er, dass er bald Meister ist. Er lässt ganz schön raushängen, dass er sich für etwas Besseres hält", sagte Lara nachdenklich. „Vielleicht ist es besser, wenn wir ihn erst einmal in Ruhe lassen, bis er sich wieder eingekriegt hat."
Elisa zuckte ratlos mit den Schultern. „Wenn du meinst." Doch es tat ihr sehr leid, dass sie nach und nach den Kontakt zu Lara und Roland verlor, so wie sie ihn zu ihrer Freundin Annerose verloren hatte. „Ich...", begann sie, wurde aber unterbrochen.
„Was ist hier los? Ein Weibertreffen? Ich mache mit, als Hahn im Korb", Peter betrat die Küche und hakte sich bei den beiden Schwägerinnen ein. „Ein Tänzchen zu dritt, wie wäre das?"
Er wirbelte seine Schwester herum. Elisa hielt sich lachend an ihm fest. „Sag mal, großer Bruder, ist es möglich, dass du ein wenig zu tief ins Glas geschaut hast? Solltest du das nicht lieber lassen?"
Peter grinste sie verschwommenen an. „Ausnahmsweise, weil meine kleine, liebe, niedliche, biestige Schwesterziege dreißig Jahre jung geworden ist. Morgen bin ich wieder ganz solide. Carina fährt nach Hause und bringt mich ins Bett. Sie wird froh sein, dass ich einschlafe ohne sie zu belästigen."
An dieser Stelle unterbrach Elisa ihren Bruder. „Das wollen wir so genau gar nicht wissen, mein Lieber. Lass uns zurück ins Wohnzimmer gehen. Deine Perle wundert sich sicher schon, wo du bleibst."

Peter wirkte mit einem Mal nüchtern. „Das wäre schön, aber ich glaube es nicht. Meine Perle macht sich nichts mehr aus mir, glaube ich."

***

„Sie ist wirklich süß, die kleine Kristin-Susann. Wie schnell man vergisst, dass die eigenen Kinder auch einmal so klein waren." Elisa hielt das Baby vorsichtig in ihrem Arm. Einen Augenblick überkam sie ein ganz merkwürdiges, melancholisches Gefühl. Sie würde kein drittes Kind bekommen, das wusste sie genau. Schnell schüttelte sie diesen Gedanken ab. Eigentlich wollte sie keine Kinder mehr, war mit den beiden Söhnen mehr als ausgelastet. Allerdings ging Matts seit einiger Zeit in den Kindergarten, wurde zusehends selbstständigen. Neu war, dass er nicht einmal mehr wollte, dass seine Mutter ihn auf den Spielplatz begleitete. Viel lieber schloss er sich seinem großen Bruder an. Felix nahm seinen Bruder tatsächlich gern mit zum Spielen. Matts war für jeden Unsinn zu haben und verstand sich prächtig mit Felix' Freunden.
„Die Kleine ist ein Schatz", stellte Karin fest. „Sie läuft so mit. Das ist alles gar kein Problem. Übrigens, ehe du wieder herum mockerst, ich finde Doppelnamen einfach schön. In diesem Fall wäre es mir recht, wenn du die Kleine mit ihrem ganzen Namen ansprichst, egal wie klein sie ist. Kristin-Susann, das hört sich perfekt an."
Elisa hob zweifelnd die Augenbrauen, hütete sich aber, etwas Negatives über Karins Namenswahl zu sagen. „Jeder hat so seine Vorlieben, was die Namen seiner Kinder anbetrifft", sagte sie stattdessen. „Wie sieht es mit ihren Geschwistern aus? Was sagt Kimberly zu ihrer kleine Schwester?"
„Kimmy ist es egal, glaube ich. Sie kümmert sich wenig um die Kleine. Sie hat schon ihren Bruder kaum zur Kenntnis genommen, als er so klein war. Inzwischen geht es besser. Die beiden

spielen ganz nett miteinander, sie sind ja nicht so oft im Kindergarten."

Elisa hatte es nach einem kurzen Zwischenspiel aufgegeben, Felix und Kimberly im Wechsel mit Karin zum Kindergarten zu bringen, denn die Freundin kam nach wie vor morgens schlecht aus dem Bett. Sie öffnete häufig verschlafen und im Nachthemd die Wohnungstür wenn es Zeit war, die Kinder in den Kindergarten zu bringen. Dann erklärte sie, dass Kimberly krank oder noch nicht wach sei, und sie das Kind später wegbringen würde. Was sie letztendlich nie tat. Um die Freundschaft nicht zu gefährden hatte Elisa nach einiger Zeit klipp und klar erklärt, dass sie Felix wieder allein um Kindergarten bringen und abholen würde, was Karin mit Erleichterung aufnahm. Kevin, der fast so alt wie Matts war, entwickelte sich zu einem blässlichen, ängstlichen Jungen. Er hatte nicht besonders viel Kontakt mit anderen Kindern. Auch, weil er kaum einmal im Kindergarten zu sehen war. Erstaunlicherweise verhielt sich Matts, der sonst ein kleiner Raufbold war, Kevin gegenüber sanft, spielte gern mit ihm und versuchte ihn zu beschützen.

Elisas Freundin hatte eben eigene Erziehungsmethoden. Das würde sich auch mit dem dritten Kind nicht ändern. Elisa gab das Baby vorsichtig an die Mutter zurück. „Sie ist eingeschlafen. Willst du sie hinlegen?"

„Ja, klar, dann können wir in Ruhe Kaffee trinken."

Später, als die Freundinnen beim Kaffee saßen, klagte Karin ihr Leid: "Ich habe mich ganz schön in Winfried getäuscht. Er hat mir schon während der letzten Schwangerschaft kaum geholfen. Jetzt, wo das Kind auf der Welt ist, lässt er mich vollkommen im Regen stehen. Stell dir vor: er verlangt neuerdings von mir, dass ich ihm seine Arbeitsbrote schmiere."

„Das mache ich für Alfred immer", unterbrach Elisa. „Ich stehe vor ihm auf, mache seine Brote und trinke dann in Ruhe eine Tasse Kaffee, bevor die Kinder aufstehen müssen. Das finde ich schön, denn so früh am Morgen habe ich meine Ruhe."

„Du bist eben eine Lerche, ich eine Nachtigall", stellte Karin konsterniert fest. „Wenigstens kann ich Winfried die Brote am Abend vorher machen. Mit ihm zusammen aufstehen, das fehlte mir noch. Jedenfalls meckert er dauernd herum, weil ich alles allein nicht schaffe. Mal ehrlich, was hat es für einen Sinn die Betten zu machen, wenn es doch schon Nachmittag ist. Ich kann sie genauso gut liegen lassen. Es ist ja dann nicht mehr lange bis zum Abend. Das kapiert er nicht. Ich glaube, wir passen nicht zueinander. Ich hätte nicht gedacht, dass er ein solchen Korinthenkacker ist."
„Vielleicht renkt sich bei euch alles wieder ein. Jetzt, wo das Baby da ist, müsst ihr vielleicht erst wieder zueinander finden." Elisa gab sich optimistischer, als sie es in Wirklichkeit war. Auch sie hatte in der letzten Zeit immer wieder über ihre Ehe nachgedacht. Je länger Alfred zur Abendschule ging, umso aggressiver gab er sich seiner Familie gegenüber. Gerade Matts erregte seinen Unwillen. Bei jeder Gelegenheit tadelte Alfred seinen Sohn, wobei er sich häufig in einen bisher ungekannten Jähzorn hineinsteigerte. Meist schaffte es Elisa, Alfred früh genug abzulenken. Die wenigen Male, in denen ihr das nicht gelang, waren schlimm genug gewesen. Sprach sie ihrem Mann darauf an, so äußerte er Sätze wie: „Wir haben auch früher Senge gekriegt, es hat uns nicht geschadet" oder „Wie du dich wieder anstellst. Ein Klaps auf den Hintern wirkt Wunder, das sagt die Mutti auch." Elisa mochte mit niemandem darüber sprechen. Sie schämte sich für Alfred und hoffte, dass er, wenn er mit der Meisterschule fertig war, wieder zur Vernunft kommen würde. Zurzeit verbrachte sie die meisten Abende und Wochenenden im Kinderzimmer, spielte mit den Jungen, las ihnen vor, sorgte dafür, dass sie nicht zu laut waren. Anschließend verzog sie sich in die Küche oder ging früh ins Bett. Alfred verbrachte seine Freizeit fernsehend auf der Wohnzimmercouch, trank Bier und an den Wochenenden Schnaps.

***

„Dein komischer Mann weiß gar nicht, was er für ein Glück hat. Du bekochst ihn, machst den Haushalt allein, hältst ihm den Rücken frei, damit er in Ruhe zur Meisterschule gehen kann." Peter guckte ziemlich verbissen aus der Wäsche. Es kriselte schon länger in seiner Ehe und er klagte Elisa einmal mehr sein Leid. „Carina verbringt ihre Zeit ausschließlich bei ihrer Mutter und ihrer Schwester. Ich glaube, die Drei machen den ganzen Tag nichts anderes, als Kaffee zu trinken. Wenn ich am Abend nach Hause komme, dann hat sie nicht einmal etwas zu Essen vorbereitet. Sie und der Kurze essen mittags bei ihrer Mutter. Wie ich mich ernähre, ist ihr egal. Ich bin froh, dass sie wenigstens gelegentlich mal die Wohnung sauber macht. Ich würde mich gar nicht beschweren, aber du weißt, dass ich fast immer zwölf Stunden Touren fahre. Dazu kommt der Weinvertrieb, meist am Wochenende. Das bleibt nicht in den Kleidern hängen, zumal sie mich auch dabei nicht unterstützt. Ich habe sie unzählige Male gefragt, ob sie nicht zu den Präsentationen mitkommen kann. Das wäre eine tolle Unterstützung für mich, aber sie will das überhaupt nicht. Ich glaube sie ist froh wenn ich weg bin und sie ihre Ruhe hat. Ich bin am Abend oft so kaputt, dass ich keine Energie mehr aufbringe, um mir auch noch was zu kochen."
„Immerhin hat sie dich total unterstützt, als du krank warst. Hast du versucht vernünftig mit ihr zu reden", sagte Elisa nachdenklich. „Vielleicht sieht sie das alles gar nicht."
Peter lachte laut auf. „Was meinst du. Das habe ich alles hinter mir, das volle Programm. Ich habe nett gebeten, vernünftig geredet, versucht ihr klar zu machen, dass es so nicht weiter geht. Sie gibt mir recht und macht weiter wie gehabt. Sie sitzt einfach alles aus und wartet darauf, dass ich mich beruhige. Was noch schlimmer ist: entweder merkt sie gar nicht, dass wir uns immer weiter von einander entfernen oder es ist ihr egal", Peter seufzte resigniert, „und ich glaube, das Letztere ist der Fall."

„Weißt du, Bruderherz, ich würde mit ihr reden, aber ich habe einfach keinen Draht zu ihr. Ich glaube wir sind zu verschieden. Wir kommen gut miteinander aus, aber Freundinnen sind wir nie geworden."
„Das sollst du auch gar nicht", stellte Peter fest. „Unsere Probleme müssen wir miteinander regeln. Es reicht, wenn du mir zuhörst."
„Das mache ich gern, das weißt du doch. Sag mal, wie geht es dir überhaupt. Gesundheitlich ist alles in Ordnung, oder?"
Obwohl Peter als geheilt galt, vermied es Elisa noch immer, das Wort Krebs auszusprechen. Wobei sie damit wesentlich mehr Probleme hatte, als ihr Bruder.
„Alles gut, mir geht es bestens. Das Sprechen ist viel besser geworden, das hörst du ja", grinste Peter jungenhaft. „Das wurde auch Zeit. Unser Vater wird älter, der Weinvertrieb hat ihn in zuletzt reichlich überfordert. Was Carina anbetrifft: Vielleicht bin ich nach meiner Krankheit nicht mehr so duldsam, das habe ich mir in letzter Zeit öfter überlegt. Wer, wie ich, dem Teufel so knapp von der Schüppe gesprungen ist, der möchte mit der Zeit, die ihm noch bleibt, etwas Vernünftiges anfangen. Der möchte vor allen Dingen glücklich und zufrieden sein."
„Ach, großer Bruder, das gönne ich dir von ganzem Herzen." Elisa vermied es, ihrem Bruder von ihren Eheproblemen zu erzählen. Peter hatte Sorgen genug.

***

Für Vater und Sohn war es ein ganz besonderes Jahr. Während Alfred die Meisterschule erfolgreich beendete, wurde Felix eingeschult, was ohne Komplikationen über die Bühne ging. Felix entwickelte sich zu einem guten Schüler mit einer besonderen Sprachbegabung.
Sein Vater, der bei jeder Gelegenheit betonte, dass er nun Industriemeister war und die Prüfungen mit gutem Erfolg bestanden hatte, wechselte den Arbeitgeber. Er kam bei einer Entsor-

gungsfirma unter, wo er als Schichtmeister tätig war. Das bedeutete, dass er in Wechselschicht arbeitete, was das häusliche Miteinander noch mehr komplizierte. Wenn Alfred von der Nachtschicht kam, so erwartete er, dass Ruhe herrschte, damit er sich ausschlafen konnte. Das war eine fast nicht zu bewältigende Aufgabe, gerade wenn die Kinder nicht in der Schule und im Kindergarten waren. Elisa versuchte so gut wie möglich mit der Situation fertig zu werden, doch kam es häufig zu Auseinandersetzungen. Bei diesen Gelegenheiten warf Alfred seiner Frau vor, ihm die Kinder aufs Auge gedrückt zu haben, was Elisa in hilflose Wut versetzte. Doch letztendlich vertrug man sich wieder, bis zum nächsten Streit.

Zu Alfreds Leidwesen hatte sich seine Mutter immer mehr von seiner Schwester Carmen und ihrer Familie vereinnahmen lassen. Früher hatte er Käthe regelmäßig besucht, mit ihr alle Probleme besprochen und sein Leid geklagt. Sie stand ihm mit Rat und Tat zur Seite, gab ihm das Gefühl, jemand ganz Besonderes zu sein. Wenn er seine Mutter jetzt hin und wieder besuchen wollte, so musste er frühzeitig Bescheid geben, wobei Käthe oft genug absagte, weil sie mit Carmen und den Töchtern unterwegs war.

„Wenn ich die Mutti mal besuchen will, dann muss ich mir Wochen vorher einen Termin geben lassen, wie beim Zahnarzt", beschwerte er sich bei Elisa. „Erwische ich sie mal zu Hause, so erzählt sie ständig nur von Carmen und ihrer Mischpoke. Ich kann das nicht mehr hören. Wie toll es Carmen doch mit ihrem Mann erwischt hat. Was für ein netter Kerl Walter ist, und was er nicht alles für die Mutti macht. Dabei würde ich doch auch alles für sie tun, wenn sie mir mal sagen würde, was ich machen soll. Schließlich bin ich ihr Sohn und nicht Walter und schließlich habe ich den Meister gemacht, woll."

Elisa hörte sich seine Tiraden hilflos an. Jahrelang hatte sie gewünscht, dass Alfred sich von seiner Mutter abnabelte. Jetzt wäre sie froh gewesen, wenn Käthe sich mehr um ihren Sohn kümmern würde. Elisa vermutete, dass ein Gutteil seiner schlechten Laune darauf zurückzuführen war, dass er sich durch Käthe vernachlässigt fühlte.

„Sollen wir deine Mutter am nächsten Sonntag alle zusammen besuchen?", fragte sie in einen Anflug von Gutmütigkeit. „Ich kann Lara und Roland fragen, ob sie auch kommen. Wir haben die beiden seit meinem Geburtstag nicht mehr gesehen. Früher waren wir so oft zusammen, aber als du mit der Meisterschule angefangen hast, haben wir uns ganz schön rar gemacht. Das hat Lara auch gesagt. Wir sind kaum noch aus dem Haus gekommen. Jetzt, wo du fertig bis, müssten wir doch eigentlich wieder mehr Zeit haben."

Alfred verzog das Gesicht, als habe er Zahnschmerzen. „Das lass mal bleiben. Wir brauche die Mutti am Sonntag gar nicht besuchen. Wenn sie für mich keine Zeit hat, dann wird sie für dich und die Blagen schon gar nicht zu Hause sein."

Elisa schluckte, ließ sich aber durch Alfreds Bemerkung nicht beirren. „Sollen wir einfach mal bei Lara und Roland vorbeifahren? Oder die beiden zu uns einladen? Wir haben uns immer so gut mit ihnen verstanden. Ich verstehe gar nicht, was mit dir los ist. Früher hast du Wert darauf gelegt, deine Familie regelmäßig zu besuchen. Seit der Beerdigung deines Vaters hat sich alles geändert."

„Lass mich doch mit denen in Ruhe. Ich habe einfach keinen Bock, mich mit den Kanaken abzugeben. Die labern auch immer nur denselben Mist, das ist nicht mein Niveau. Jetzt will ich nicht weiter diskutieren. Wenn du so viel Wert auf Familie legest, dann kümmere dich um deine eigene."

Elisa verstand die Welt nicht mehr. Alfred, der bisher immer darauf bestanden hatte seine Familie regelmäßig zu besuchen und an allen Familienfeiern teilzunehmen, kapselte sich immer mehr von seinen Geschwistern ab. Dabei nannte er ihr nie einen konkreten Grund für sein Verhalten. Bohrte sie nach, so wurde er aggressiv. Das er wenig bis keinen Kontakt zu ihrer Familie pflegte, nahm Elisa schon seit langer Zeit hin und besuchte ihre Eltern und ihren Bruder meist allein mit den Kindern. Doch dieses Verhalten war ihr völlig unbegreiflich.

Auch in Karins Ehe ging es turbulent zu. Winfried war nach wie vor nicht bereit, ihr im Haushalt unter die Arme zu greifen, meckerte und motzte bei jeder Gelegenheit. Karin hingegen verschlief die Vormittage, tat das Nötigste und schaffte es immer noch nicht, die Kinder rechtzeitig für Schule und Kindergarten fertig zu machen. Kimberly, die in die gleiche Klasse wie Felix ging, hatte mit Abstand die meisten Fehlzeiten.
„Du glaubst nicht, wie froh ich bin, wenn die Kinder selbstständig sind. Ich versuche Kimmy so zu erziehen, dass sie von allein aufsteht, sich für die Schule fertig macht und sich um ihre Geschwister kümmert", erklärte sie der verblüfften Elisa.
„Aber Karin, das kann die Kleine doch niemals allein hinkriegen. Ich weiß wovon ich rede. Meine Mutter ist früher nie mit mir aufgestanden. Das war schrecklich. Was hätte ich für eine ganz normale Familie gegeben. Du kannst Kimmy nicht die Verantwortung für ihre Geschwister aufbürden. Das bringst selbst du nicht fertig."
„Ach was, es geht immer besser. Aber wir üben ja auch erst mal", sagte Karin schnell, denn sie hatte Elisas kritischen Blick bemerkt. „Jetzt trinken wir einen Kaffee, der weckt die Lebensgeister. Allerdings habe ich heute nur Instantkaffee, ich bin noch nicht zum Einkaufen gekommen. Das macht dir doch nichts aus?"
Ehe Elisa antworten konnte, hatte die Freundin ihr Kaffeepulver in die Tasse geschaufelt und goss heißes Wasser darüber. Elisa rührte den seltsam schäumenden Kaffee um und nahm einen Schluck. „Igitt, das ist der ekeligste Kaffee, den ich jemals getrunken habe. Wo hast du den denn her?"
Auch Karin nippte an ihrer Kaffeetasse. Sie verzog angewidert das Gesicht. „Stimmt, der Kaffee schmeckt komisch. Das ist

aber merkwürdig, vorhin war er noch gut", plötzlich schlug sie sich vor den Kopf und brach in schallendes Gelächter aus. Sie stand auf, nahm den Kaffeekessel, hob den Deckel ab und zeigte Elisa den Inhalt. Im Kessel befand sich ein Stahlwollekissen, das mit einem Reinigungsmittel versetzt war. „Mist, ich wollte den Kessel vorhin einweichen, weil er innen so schmandig war. Da habe ich wohl vergessen das Teil wieder raus zu tun."
Elisa schüttelte erst sich und dann den Kopf. „Du bist unverbesserlich. Und danke, ich möchte keinen Kaffee mehr. Wenn du vielleicht etwas Mineralwasser hättest."
„Nun stell dich nicht so an, das kann schon mal passieren", sagte die unerschütterliche Karin und goss Mineralwasser in ein Glas. „Hier siehst du, das Glas ist blitzsauber." Sie hielt das gefüllte Glas gegen das Licht, ehe sie es Elisa reichte. „Übrigens habe ich eine prima Lösung gefunden, um das lästige Bettenmachen ein für alle Male aus der Welt zu schaffen."
„Wirklich, da bin ich aber gespannt", Elisa trank von ihrem Wasser und sah der Freundin zu, die sich einen neuen Kaffee zubereitete, dieses Mal ohne Zusatz von Stahlwolle und Reinigungsmittel. Karin setzte sich wieder und nippte genüsslich an ihrer Tasse. „Der schmeckt schon besser. Also: Wir haben ja jetzt drei Kinder. Die Wohnung ist also mit ihren drei Zimmern und der Küche viel zu klein für unsere Großfamilie", hier machte Karin eine Pause.
Elisa wusste nicht worauf sie hinauswollte. „Gut und schön, aber das hättet ihr euch vorher überlegen sollen. Es ist eben nur ein Kinderzimmer vorhanden, das ist bei uns ganz genau so. Die Wohnungen hier im Sonnenhof sind alle gleich, wie du weißt", erklärte sie ungeduldig. „Dann müsst ihr Euch eine größere Wohnung suchen."
„Ach was, wir brauchen keine größere Wohnung. Winfried würde auch niemals umziehen und wohlmöglich mehr Miete bezahlen. Dazu ist er viel zu knickerig. Also habe ich die Lösung. Ich habe neulich das Schlafzimmer zu einem weiteren

Spielzimmer umfunktioniert. So können Kimmy und Kevin-Justin schön spielen, währen die Kleine ihren Mittagsschlaf hält."
„Ah-ha.", Elisa schaute die Freundin einen Moment verblüfft an. Auf diese Idee wäre sie niemals gekommen. „Wäre es nicht einfacher, das Baby seinen Mittagsschlaf in eurem Schlafzimmer machen zu lassen? Dann könnten die Großen weiter im Kinderzimmer spielen. Vor allem, was sagt Winfried dazu?"
„Ich denke eben an später. Dann wird das Schlafzimmer ein Mädchenspielzimmer und Kevin-Justin hat das Kinderzimmer, falls er mal seine Freunde einlädt. Das wird eine Lösung für immer, deshalb habe ich auch die Betten abgebaut. Nur der Kleiderschrank steht noch. Für das Spielzeug habe ich Kisten im Schlafzimmer, vielmehr im Kinderzimmer, da sollen die Kinder das ganze Zeug hineinräumen, wenn sie nicht mehr spielen."
„Darf ich das Zimmer sehen?" Elisa wusste nicht, ob die Freundin sie auf den Arm nahm oder es wirklich ernst meinte und wollte sich überzeugen.
„Ja klar", Karin stand auf. „Du musst nur leise sein, denn Kristin-Susann schläft im Moment dort. Ich bin froh, dass ich meine Ruhe habe. Es ist ein absoluter Glücksfall, wenn die Großen in der Schule und im Kindergarten sind und sie schläft."
Behutsam öffnete Karin die Schlafzimmertür und ließ Elisa einen Blick hineinwerfen. Tatsächlich befanden sich die Ehebetten nicht mehr dort. Stattdessen lag mitten im Zimmer eine Matratze, auf der Kristin-Susann leise vor sich hin schnarchte. Ansonsten lagen überall Spielzeuge kunterbunt durcheinander.
„Jetzt erklär mir das bitte noch einmal und langsam, für Doofe", sagte Elisa, als sie wieder in der Küche saß. „Du hast also die Betten abgebaut. Wo sind die Teile denn jetzt? Im Keller? Ist es dort nicht zu feucht?"
Karin schüttelte den Kopf. „Von wegen Keller, die Bettgestelle und Lattenroste habe ich erst einmal auf den Balkon gestellt.

Noch hat es nicht geregnet, ich kann mir also in aller Ruhe überlegen, wohin ich damit gehe. Winfried hat zwar ziemlich sparsam geguckt, sich aber in die Situation gefügt. Das verwundert mich eigentlich, denn ich hatte erwartet, dass er ordentlich Punk macht. Normalerweise klappe ich die Matratze morgens hoch. Er legt sie am Abend wieder hin und schläft darauf. Nur heute ist eine Ausnahme, weil Kristin-Susann eingeschlafen ist."
„Winfried schläft dort?", fragte Elisa verwundert. „Schlaft ihr denn nicht beide auf der Matratze? Ich habe mir vorhin schon gedacht, dass das ein bisschen eng ist, das Teil ist ja nur einen Meter breit."
„Hatte ich das noch gar nicht erwähnt. Ich schlafe schon seit Kristin-Susanns Geburt im Kinderzimmer. Wir haben ja zwei Etagenbetten dort. In einem schlafe ich. Winfried legt keinen Wert darauf, dass wir zusammen in einem Zimmer schlafen, das glaube ich jedenfalls. Er hat nie etwas dazu gesagt", seufzte Karin theatralisch. „Das ist mir nur recht so. Ich habe überhaupt keine Lust mehr, meine Nächte mit ihm zu verbringen. Er riecht nicht gut und schnarcht ganz fürchterlich. Weißt du, ich trinke am Abend ganz gern ein Glas Wein, selbst das will er mir verbieten. Pah, ehe ich mir sein saures Gesicht angucke, verbringe ich schon lieber die Abende in der Küche und schlafe anschließend bei den Kindern."
„Ach du Donner", entfuhr es Elisa. „Davon hast du noch nie etwas erzählt. Das hört sich gar nicht gut an. Du sitzt in der Küche und er im Wohnzimmer. Er schläft im Schlafzimmer - Entschuldigung - im Mädchenspielzimmer und du im Kinderzimmer? Da ist es nur eine Frage der Zeit, dass ihr euch so weit auseinander gelebt habt, dass nichts mehr zu retten ist. Jetzt, wo ihr gerade das dritte Kind bekommen habt."
Karin hob die Augenbrauen. „Du bist wirklich harmoniesüchtig, deshalb erträgst du deinen bescheuerten Mann. Wenn es in der Ehe nicht mehr funktioniert, dann muss man halt die Konse-

quenzen ziehen. Wenn es zwischen Winfried und mir gar nicht mehr klappt, dann werde ich nicht zögern, mich von ihm scheiden zu lassen. Aber das wird er sich gut überlegen, denn er wird über eine lange Zeit eine Menge Unterhalt zahlen müssen, wenn es denn so weit kommt. Ich würde mir an deiner Stelle einmal durch den Kopf gehen lassen, wie es zwischen dir und Alfred steht. So toll funktioniert eure Ehe schließlich auch nicht. Wo verbringst du denn die meiste Zeit? Doch sicher nicht mit deinem Mann."
Elisa nickte nachdenklich. „Zugegeben, wir haben unsere Schwierigkeiten. Alfred hat eine Menge Macken. Ich vermutlich auch. Aber ich würde nie auch nur in Erwägung ziehen, mich von ihm zu trennen. Gerade Jungen brauchen ihren Vater, wenn sie noch so klein sind. Meine Eltern haben sich früher unglaublich oft gestritten, meistens so, dass wir Kinder das mitbekommen haben. Das möchte ich meinen Söhnen nicht zumuten. Ich weiß nicht, wie das alles einmal werden wird, doch zurzeit möchte ich überhaupt nicht über eine Trennung nachdenken. Es besteht ja auch keine Veranlassung dazu."
„Dein Wort in Gottes Ohr. Manchmal passiert schneller etwas, als man denkt. So, und jetzt ist Schluss mit den Problemen. Ich habe eine Flasche Sekt auf Eis liegen. Was meinst du, nur ein Gläschen für jede?" Entschlossen stand Karin auf und öffnete den Gefrierschrank. „Ich weiß, du trinkst sonst nichts, aber erstens müssen wir auf das neue Spielzimmer anstoßen und zweitens bist du, bis es Zeit ist Matts vom Kindergarten abzuholen längst wieder nüchtern."

Karins Worte, einfach nur dahingesagt, bewahrheiteten sich zu Elisas Leidwesen bald.
Matts hatte seinen Vater mittags aufgeweckt, indem der lautstark die Wohnungstür zuknallte. Anschließend sang er seiner Mutter mit nicht weniger Lautstärke das neueste Kindergartenlied vor. „Und die Katze hüpft allein, immerzu auf einem Bein",

schmetterte er aus voller Brust und hüpfte mit Hingabe auf einem Bein durch die Wohnung. Elisa schaute ihm amüsiert zu. Sie dachte im Moment gar nicht an den schlafenden Alfred.
Der riss die Schlafzimmertür auf. „Seid ihr bescheuert oder was?", schrie er. „Wie oft soll ich euch noch sagen, dass ich, wenn ich von der Nachtschicht komme, in Ruhe schlafen will. Hör sofort auf mit dem Gehopse und Gekreische", wandte er sich an seinen Sohn.
Matts blieb abrupt stehen und verschwand vorsichtshalber im Kinderzimmer.
„Aber Freddy, der Kleine wollte mir nur ein Lied vorsingen", versuchte Elisa die Wogen zu glätten. „Ihn trifft keine Schuld, wirklich. Ich hätte daran denken müssen, dass du schläfst. Es tut mir wirklich leid. Ich achte jetzt darauf, dass du nicht noch einmal gestört wirst."
Alfred drehte sich um und verschwand mit einem Brummeln, das verdächtig nach „die blöde Kuh" klang, im Schlafzimmer. Solange ihr Mann schlief, bemühte sich Elisa um Ruhe in der Wohnung, doch auch als er am Nachmittag aufstand war er schlecht gelaunt und reizbar. Er setzte sich mit seinem Essen ins Wohnzimmer und schaltete den Fernseher ein.
Inzwischen war es später Nachmittag geworden. Die beiden Kinder, die draußen gespielt hatten, trudelten ein. Matts, starrend vor Schmutz, strahlte seine Mutter an. „Schau mal, ich habe mir eine Indianerbemalung gemacht. Ich sehe toll aus, nicht."
Elisa seufzte innerlich, musste aber doch lachen. „Wunderbar, aber musstest du dir das Gesicht ausgerechnet mit Matsch bemalen?" Sie wandte sich an Felix. „Sag mal, du hast keine Indianerbemalung? Hast du nicht mitgespielt?"
Felix schaute sie treuherzig an. „Doch habe ich. Aber ich war der Sheriff und habe Indianer gejagt. Übrigens finde ich es ekelig, sich das Gesicht mit Matsche zu bemalen. Aber Matts wollte das unbedingt. Meine Freunde fanden das auch ganz toll."

Alfred, der in der Wohnzimmertür stand, musterte seinen verdreckten Sohn. „Wie siehst du denn aus, hast du dich im Schlamm gesuhlt wie ein Schwein? Sieh zu, dass der Bengel sauber wird und nichts anfasst. Der saut sonst noch den ganzen Korridor voll", dieser Satz war für seine Frau bestimmt.
Elisa salutierte scherzhaft. „Jawohl, Herr General", und leise fügte sie hinzu: „Du bist sicher nie ein kleiner Junge gewesen."

Matts saß gerade in der Badewanne und spielte mit einem kleinen Schiff, als es an der Haustür klingelte. „Alfred, machst du bitte auf, ich bin hier im Badzimmer", rief Elisa.
Alfred stapfte zur Tür. Elisa hörte einen kurzen Wortwechsel, dann wurde die Badezimmertür aufgerissen. Alfred betrat wutschnaubend den Raum. In der Hand hielt er ein Feuerzeug. „Das Ding haben gerade ein paar Kinder abgegeben. Sie sagen, dass dein Sohn damit versucht hat, am Schulgebäude, das an den Spielplatz grenzt, ein Feuer zu legen."
Matts schaute kurz hoch. „Stimmt nicht", erklärte er. „Ich wollte ein Lagerfeuer machen, weil ich ein Indianer war, ging aber nicht." Er nahm in aller Seelenruhe sein Boot und ließ es aufs Wasser klatschen. Das Wasser schoss hoch und bespritzte seinen Vater. Diese Attacke brachte Alfred vollends in Rage. „Feuer an der Schule! Mit meinem Feuerzeug!", schrie er, packte seinen Sohn, hievte ihn aus der Wanne und zerrte ihn hinter sich her ins Kinderzimmer. Matts schrie wie am Spieß.
Elisa stand einen Moment schockstarr da, dann hörte sie den Kleinen noch lauter schreien. Sie rannte ins Kinderzimmer, wo sich Alfred Matts Kinder Spazierstock gegriffen hatte und ihn immer wieder auf den Rücken des Kindes niedersausen ließ, das sich wimmernd zusammenkrümmte. Felix hatte sich in einer Ecke des oberen Etagenbettes verkrochen und sich die Decke über den Kopf gezogen. Auch er schluchzte laut.
„Alfred", Elisa fiel ihrem Mann in den Arm. Der schüttelte sie ab und versuchte, weiter auf Matts einzuschlagen. Kurz ent-

schlossen warf sich Elisa über ihren Sohn. „Alfred, hör sofort auf damit", schrie sie, so laut sie konnte und nahm Matts schützend in die Arme.
Schwer atmend ließ Alfred den Stock sinken, der jetzt in seinen Händen lächerlich klein wirkte. „Der Bengel hat mich provoziert", sagte er fast trotzig, warf den Spazierstock in eine Ecke des Zimmers und ging hinaus. „Jedenfalls hat er gelernt, nie wieder mit Feuer zu spielt."
Elisa trocknete den immer noch wimmernden Matts vorsichtig mit einem T-Shirt ab. „Felix, traust du dich mir die Salbe zu holen, die in der Küche liegt? Die, mit der ich euch einreibe, wenn ihr euch wehgetan habt?", fragte sie leise. Felix nickte. Er kletterte aus dem Bett und schlich sich vorsichtig zur Tür hinaus. Als er nach einer Weile mit der Salbe wiederkam, setzte er sich ganz nah zu Mutter und Bruder. „Papa ist weg", flüsterte er. „Ich habe überall nachgeguckt, er ist nicht mehr da."
Elisa atmete auf. Scheinbar war Alfred heute früher zur Arbeit gegangen. So musste sie sich erst am nächsten Tag mit ihm auseinandersetzen. Jetzt würde sie sich erst einmal um die Kinder kümmern. Sie rieb Matts den Rücken vorsichtig mit Salbe ein und zog ihm seinen Schlafanzug an. Der Kleine weinte nicht mehr, aber er wirkte seltsam starr.
„Sollen wir heute alle zusammen in deinem Bett schlafen, Matts", fragte sie.
„Ich schlafe schon oben, Mama", erklärte Felix und kletterte die Leiter hinauf. „Dann hast du unten bei Matts mehr Platz."
Elisa fuhr ihrem Großen durch die Haare. „Du bist lieb. Ich bleibe heute Nacht bei euch im Kinderzimmer. Ich schlafe dann bei Matts", sie wandte sich an das Kind. „Was meinst du, ist das in Ordnung?"
Matts legte sich in sein Bett und steckte die Arme aus. „Komm, Mama", sagte er leise. Elisa legte sich zu ihm und nahm ihn vorsichtig in den Arm. „Das passiert nie wieder, darauf passe

ich ganz bestimmt auf", versprach sie den Kindern und sich selbst.
Elisa fühlte sich nach einer schlaflosen Nacht wie zerschlagen. Immer wieder lief das Horrorszenarium vor ihren Augen ab. Sie machte sich Vorwürfe Alfred nicht früher gestoppt zu haben. Sie verstand ihren Mann nicht. Das er zwei aufgeweckte, liebe Söhne hatte, schien er nicht zu sehen. Eigentlich nahm er die Kinder nur zur Kenntnis wenn sie ihn störten. Gut, Matts war ein kleines Temperamentbündel, doch sprach die reine Lebensfreude aus ihm. Er war nie bösartig oder gar hinterlistig. Bei diesem Gedanken wies Elisa sich selbst zurecht. Sie fing schon an, wie ihre Schwiegermutter zu denken, die alle Kinder als ‚räudige Blagen' bezeichnete.
Wenigstens hatten die beiden Jungen ruhig geschlafen. Felix schien sich vollends beruhigt zu haben und machte sich auf den Weg zur Schule. Matts Rücken war übersät mit blauen Flecken, sodass Elisa beschloss, ihn für ein paar Tage nicht in den Kindergarten zu lassen. Sie schämte sich und wollte keine fadenscheinigen Ausreden erfinden, um die blauen Flecken zu erklären.
Alfred war am frühen Morgen nach Hause gekommen und hatte sich wortlos in das Schlafzimmer zurückgezogen. Elisa beschloss, ihn schlafen zu lassen. Am Nachmittag wollte sie ihn zur Rede zu stellen. So kümmerte sie sich den Vormittag über um ihren Sohn, der den größten Schrecken überstanden zu haben schien, denn die Starre war gewichen.
Am Nachmittag suchte Elisa das Gespräch mit ihrem Mann. Die Jungen waren zum Spielen zu Kimberly und Kevin gegangen, sodass das Ehepaar ungestört war. Alfred hatte direkt vom Schlaf- in das Wohnzimmer übergewechselt. Er ließ sich nur kurz in der Küche sehen, um sich mit Essen zu versorgen, dass er im Wohnzimmer verzehrte. Elisa setzte sich in den Sessel ihm gegenüber und schaute ihm eine Weile beim Essen zu.
„Schmeckt es", fragte sie.

Alfred ließ langsam die Gabel sinken. „Wenn du was zu sagen hast, dann raus damit."
„Du solltest dir vielleicht den Rücken deines Sohnes anschauen. Er ist von oben bis unten voller blauer Flecken." Eigentlich hatte sich Elisa vorgenommen ruhig zu bleiben, doch Alfred, der in Seelenruhe weiter aß, ließ sie die guten Vorsätze vergessen. „Schämst du dich nicht? Du sitzt hier und isst und hast nicht einmal danach gefragt, wie es dem Kleinen geht, nachdem du ihn zusammengeschlagen hast."
Alfred unterbrach sie: „Von Zusammenschlagen kann keine Rede sein. Ich habe ihm was hinter die Löffel gegeben, weil er Feuer gelegt hat. Der will die Schule wohl schon abfackeln, bevor er überhaupt hineingeht. Ich hoffe der Bengel hat die Lektion gelernt." Alfred grinste.
Elisa spürte, wie eine Welle heißer Wut in ihr hochstieg. Sie sprang auf. „Jetzt pass mal gut auf, mein Freund. Von was hinter die Löffel geben kann überhaupt keine Rede sein. Die blauen Flecken sprechen für sich, mal abgesehen von dem seelischen Schaden, den du angerichtet hast. Ich hoffe, dass der Kleine das alles gut übersteht", sie holte tief Luft, selbst erstaunt über ihre Courage. „Wenn du es jemals wieder wagst, einen der beiden Jungen so zu misshandeln, ach was wenn du einen der beiden noch einmal schlägst, dann werde ich dich anzeigen. Ich werde zur Polizei gehen und zum Jugendamt und glaub mir, das ist dann das Ende unserer Ehe. Du kannst von Glück reden, dass ich das jetzt nicht schon mache, du blöder Holzklotz."
Alfred schaute mit offenem Mund zu seiner Frau auf, die sprühend vor Zorn und mit geballten Fäusten vor ihm stand. Er schluckte. „Ist ja schon gut", murmelte er kleinlaut. „Ich bin wohl etwas über das Ziel hinausgeschossen. Der Bengel kann mich wirklich zur Weißglut bringen. Dann weiß ich nicht mehr, was ich tue."

Langsam setzte sich Elisa wieder in den Sessel. Einen kleinlauten und schuldbewussten Alfred war sie eindeutig nicht gewohnt. Sie versuchte sich zu beruhigen. „Alfred, das geht gar nicht, wenn du so jähzornig bist und das nicht steuern kannst, dann musst du früh genug weg gehen. Du kannst doch nicht auf die Kinder einprügeln. Stell dir vor, was hätte passieren können. Ich will nicht, dass so etwas noch einmal geschieht."
Alfred ließ den Kopf hängen. „Ich weiß auch nicht, was das ist. Mein Vater war genauso. Ich habe ihn deshalb gehasst. Als ich ungefähr so alt wie der Bengel war, hat er mich mal so verhauen, dass ich mir in die Hose gepinkelt habe. Das war fast noch schlimmer als die Schläge. Und das nur, weil er schlafen wollte und ich laut war."
Elisa musterte ihn aufmerksam. Alfred schien völlig in seinen Erinnerungen versunken zu sein. „Und egal wen wir besucht haben, wir Kinder mussten immer unter dem Tisch sitzen, darauf hat er bestanden. Als ob wir Hunde gewesen wären. Wir haben uns gar nicht getraut, uns zu mucken, sonst hat er uns geschlagen. Das letzte Mal, als er auf meine Schwester Sylvia losgegangen ist, war ich schon bei der Bundeswehr. Ich habe ihm die Hände festgehalten und er konnte nichts machen", Alfred seufzte. „Anschließend hat er mich rausgeworfen, aber das weißt du ja. Ich bin dann bei dir eingezogen."
Elisa nickte, sie konnte sich nur zu gut erinnern. „Gerade nach diesen Erfahrungen müsstest du doch geheilt sein. Wie kannst du dich genau so verhalten wie dein Vater? Schämst du dich nicht."
„Doch, eigentlich will ich das gar nicht, aber ich werde in letzter Zeit immer so wütend."
„Weißt du, Alfred, eigentlich müsstest du eine Therapie machen, um deine Kindheit aufzuarbeiten", stellte Elisa so sachlich wie möglich fest. „Ich glaube nicht, dass du auf lange Sicht allein damit klarkommst. Du meine Güte, ich habe ja schon ein

schräges Elternhaus gehabt und hatte gedacht, ich wäre dadurch gestört, aber du schlägst mich um Längen."
Alfred setzte sich mit einem Ruck aufrecht hin, fast kam es Elisa vor, als wäre er ein anderer Mensch. „Sag jetzt nicht auch noch was gegen die Mutti. Ich weiß, dass du sie nicht leiden kannst. Ich werde einen Teufel tun und zu einem Seelenklempner rennen. Die sind selbst alle bekloppt. Sie machen einen nur noch bekloppter. Hinterher haben sie dein Geld und du eine Riesenmacke, das weiß doch jeder."
Elisa schüttelte müde den Kopf. „Okay, das musst du letztendlich selbst wissen. Jedenfalls wirst du die Jungen nie wieder schlagen. Ich hoffe das hast du verstanden." Ohne eine Antwort abzuwarten, verließ sie das Zimmer.

Alfred schien sie, wenigstens in diesem Fall, ernst zu nehmen. Er bemühte sich, seinen Jähzorn in Zaum zu halten und schlug die Kinder nie mehr. Allerdings kümmerte er sich nun überhaupt nicht mehr um seine Söhne. Elisa nahm dieses Verhalten mit Unbehagen hin. Wie gern hätte sie gesehen, dass Alfred, so wie andere Väter, auf der Wiese vor dem Haus mit den Jungen Fußball gespielt hätte oder mit ihnen zum Schwimmen gefahren wäre. Auch als zuerst Felix und später Matts den Sport für sich entdeckten und in den Schwimm-, Judo- und Fußballverein eintraten, begleitete Elisa die beiden ausschließlich. Alfred ging lieber mit seinen Kumpeln zum Joggen oder besuchte seine Mutter.
Während Felix sich nichts daraus zu machen schien, reagierte Matts auf seine ganz eigene Weise: Er begann, vorwiegend nachts, ins Bett zu machen. Elisa reagierte zunächst geschockt, versuchte dann, der Sache Herr zu werden. Sie gab dem Kind auf Anraten des Kinderarztes, der kein körperliches Gebrechen feststellen konnte, nach siebzehn Uhr kein Obst mehr zu essen. Weiterhin bemühte sie sich, die Getränke ab diesem Zeitpunkt auf ein Minimum zu reduzieren. Sie stellte sich den Wecker und

ging mit Matts mindestens einmal in der Nacht auf die Toilette. Alle diese Maßnahmen halfen nicht. Hinzu kam, dass Alfred, wenn er bemerkte, dass Matts eingenässt hatte, äußerst aggressiv reagierte. Zwar schlug er das Kind nicht, doch beschimpfte er es aufs Übelste.

Als Elisa an einem Morgen zum ersten Mal Kot in Matts Bett fand, wandte sie sich in ihrer Not an die örtliche Erziehungsberatungsstelle. Sie hatte Glück, denn sie bekam innerhalb einer Woche den ersten Termin, an dem sie Matts zu einem Gespräch mitbringen sollte. Vorsichtshalber erzählte sie Alfred nichts davon.

„Hallo, ich bin Frau Winter, guten Tag Frau Gimpel." Eine sympathisch wirkende Frau in ihrem Alter schüttelte Elisa die Hand. „In der letzten Woche sind Sie ja zum ersten Mal hier gewesen. Da hatten Sie es allerdings mit meinem Kollegen zu tun. Wenn es Ihnen recht ist, so würde ich mich gern um Sie und Matts kümmern. Ich habe in der letzten Woche auch das Gespräch mit ihrem Sohn geführt, bei dem mein Kollege Sie gebeten hatte draußen zu warten."
Elisa überlegte einen Moment, doch erschien ihr Frau Winter wesentlich netter als ihr Kollege. „Ja klar, es wäre schön wenn Sie uns helfen könnten."
Die Psychologin lächelte. „Das denke ich schon. Sie haben Ihren Sohn nicht mitgebracht, das ist erst einmal nicht nötig. Es reicht, wenn wir beide uns unterhalten. Wäre Ihnen ein Termin einmal die Woche recht?"
Elisa nickte. „Ja, obwohl es mich etwas verwundert, dass die Hauptperson nicht mitkommen soll."
Wieder lächelte Frau Winter. „Matts ist nicht die Hauptperson. Es ist so, dass sensible Kinder in der Familie wie ein Seismograph reagieren. Sie nehmen Probleme extrem früh und auch extrem exakt wahr. Doch ehe wir weiter reden, möchte ich Ihnen gern ein Bild zeigen, das Ihr Sohn gemalt hat. Schauen

Sie. Ich hatte Matts gebeten, seine Familie zu malen und sich für jede Person ein Tier auszudenken."

Interessiert schaute sich Elisa das kunterbunte Bild an. In der Mitte überragte ein bedrohlich wirkendes Fabelwesen zwei anderen Figuren um einiges. Ganz unten in einer Ecke war ein krakeliger Strich zu sehen. Elisa tippte auf das Monster. „Soll das etwas Matts Vater sein? Das ist ja schrecklich. Ich kann überhaupt nur drei Tiere sehen, hat er sich selbst gar nicht in das Bild hineingemalt?"

„Sie liegen völlig falsch", stellte Frau Winter richtig. „Das größte Tier soll ein Dinosaurier sein. Damit hat sich Matts selbst gemalt. Das ist typisch für Kinder in seinem Alter. Doch Ihr Sohn ist eher ein Häschen, das sich als Dinosaurier tarnt. Das sollten Sie nicht vergessen, wenn er wieder so tut, als wäre er der Obercoolste. Das hier", die Psychologin zeigte auf eine der zwei gleich großen Figuren, „das soll Felix sein, aus ihm hat er einen Panther gemacht. Ein nicht leicht zu berechnendes Tier."

„Wir haben in letzter Zeit häufig im Tierlexikon geblättert und Felix war von dem dort abgebildeten Panther ganz fasziniert", unterbrach Elisa die Ausführungen, „wahrscheinlich hat Matts beim Malen daran gedacht."

„Das kann sein. Nun kommen wir zu diesem Tier" Frau Winter wies auf die dritte größere Figur. „Das soll eine Ziege sein. Was soll ich sagen, das sind Sie. Nett, kuschelig, mütterlich, aber manchmal eben etwas meckerig", an dieser Stelle grinste sie. „Das war jetzt eine eher unprofessionelle Interpretation", fügte sie hinzu. „Nun kommen wir zu ihrem Mann. Sehen Sie den Strich hier unten? Das soll ein Regenwurm sein und das ist nach Matts Ansicht sein Vater."

Elisa schluckte heftig. Mit dieser Konstellation hatte sie überhaupt nicht gerechnet. Sie beschloss, der Psychologin die ungeschminkte Wahrheit über Alfreds Verhalten den Kindern gegenüber zu erzählen. Frau Winter hörte sich an, was Elisa zu sagen hatte und machte sich Notizen.

„Das ist meine Sicht der Dinge. Vielleicht sehe ich einiges falsch, das ist schlecht zu beurteilen", beendete Elisa ihre Ausführungen.

„Meinen Sie es wäre möglich, Ihren Mann einmal hier hin mitzubringen? Es wäre gut, wenn ich mich mit ihm unterhalten würde", fragte Frau Winter.

Elisa zuckte mutlos mit den Schultern. „Ich kann versuchen mit ihm zu reden, aber ich habe wenig Hoffnung. Er hat seine eigene Meinung zu Ihrem Berufsstand."

„Es wäre wichtig", erklärte die Psychologin ernst.

Wie es Elisa erwartet hatte, weigerte sich Alfred, sie zu einem Gespräch in die Beratungsstelle zu begleiten. Im Gegenteil zeigte er sich empört darüber, dass Elisa die Hilfe einer Psychologin gesucht hatte. „Was hast du dir dabei gedacht? Mein Sohn braucht keinen Seelenklempner. Erzähl das bloß nicht herum. Wir blamieren uns bis auf die Knochen. Lass den Bengel erst mal in die Schule gehen, dann renkt sich alles von selbst ein."

Elisa konnte nicht nachvollziehen, was Alfred mit dem letzten, mystischen Satz meinte. Wieso sollte sich irgendetwas ändern, wenn Matts eingeschult wurde?

So nahm sie weiterhin die Termine bei Frau Winter allein wahr. Die Therapeutin machte ihr mit viel Einfühlungsvermögen klar, dass sie selbst etwas an der häuslichen Situation ändern müsse, um Matts zu helfen.

Bei einem der Gespräche redete Frau Winter Tacheles: „Es wäre wichtig, sich mit Ihrem Mann in eine Eheberatung zu begeben. Ich lehne mich jetzt ganz weit aus dem Fenster: Ich prognostiziere Ihnen, dass Ihre Ehe die nächsten fünf Jahre nicht überstehen wird, wenn sich nicht Grundlegendes ändert. Ich mache solche Voraussagen höchst ungern, aber in Ihrem Fall bin ich mir sicher."

***

„Ich habe die Nase gestrichen voll den dem dämlichen Typen. Ich will endgültig die Scheidung. Das habe ich ihm ganz deutlich gesagt."
Elisa hielt die Luft an, denn diese Ankündigung hatte sie nicht erwartet. Sie hatte sich oft genug Karins Klagen angehört und wusste genau, dass das Zusammenleben der Eheleute Snaider nicht gerade harmonisch verlief. Doch eine Scheidung, das war starker Tobak. „Bist du ganz sicher?", fragte sie die Freundin. „Denk doch nur an die Kinder. Wie willst du allein klarkommen? Ich für meinen Teil könnte mir das nicht vorstellen."
Karin gab sich kämpferisch. „Ja, du! Du lässt dir auch alles gefallen. Du solltest aufmüpfiger sein, wirklich. Ich komme fantastisch allein klar, das weiß ich genau. Winfried hat sich schon eine Wohnung gesucht, er wird jeden Tag ausziehen. Die Kinder und ich bleiben hier wohnen. Den Unterhalt habe ich mir gleich ausrechnen lassen. Es macht nicht viel weniger aus, als das Haushaltsgeld, das er mir jeden Monat zahlt. Übrigens habe ich mir einen Job gesucht. Im jugoslawischen Restaurant die Straße runter suchen sie händeringend eine Kellnerin. Kimmy ist alt genug, um auf ihre Geschwister aufzupassen, wenn ich abends arbeiten gehe. Natürlich ist das ohne Steuerkarte, sodass dieses Geld noch obendrauf kommt."
Elisa bewunderte die Freundin ein wenig. Für Karin schien alles so einfach zu sein. Sie wollte nicht mehr mit Winfried zusammenleben und setzte ihn kurzerhand vor die Tür. Sie überlegte nicht lange, sondern war sich ihrer Sache sicher. Elisa hingegen war schon lange mit ihrer Ehe unzufrieden, doch traute sie sich nicht, den entscheidenden Schritt zu wagen. „Das hört sich alles kinderleicht an. Wenn das mal so läuft, wie du es dir vorstellst", sagte sie vorsichtig.
„Ach was, das wird schon. Man muss sich nur sicher sein, was man möchte. Ich habe die Nase davon voll, immer bevormundet und kritisiert zu werden. Jetzt kann ich endlich machen was ich

will. Am Samstag gehe ich auf jeden Fall in die Disco. Kimmy passt auf die Kleinen auf. Schließlich habe ich einiges nachzuholen. Willst du mitkommen?"
Elisa machte große Augen. „Du gehst aus? Echt! Und Kimberly beaufsichtigt während der Zeit ihre Geschwister? Du bist wirklich mutig. Ich komme ganz bestimmt nicht mit. Alfred dreht durch, wenn ich allein tanzen gehe und das auch noch mit dir. Jedenfalls wenn ich ihm erzähle, dass du Winfried endgültig rausgeschmissen hast und dich scheiden lassen willst. Aber mir kommt da ein Gedanke. Vielleicht schreibst du Kimmy meine Telefonnummer ganz groß auf und legst sie neben den Apparat. Nur für den Notfall oder wenn sie gar nicht klarkommt. In dem Fall soll sie eben anrufen, egal wie spät es ist. Ich komme dann gleich 'rüber zu euch. Es ist ja nicht weit."
„Danke, das ist nett von dir. Weißt du was, ich gebe dir zur Sicherheit den Wohnungsschlüssel. Winfried braucht ihn jetzt nicht mehr."

Während Karin ihre Ehe auf radikale Art und Weise beendete, versuchte Elisa die ihre zu retten. Da sie sich im Klaren darüber war, dass Alfred niemals eine Eheberatung aufsuchen würde, ging sie die Sache auf ihre Weise an. Sie hatte nach wie vor alle vierzehn Tage einen Termin bei Frau Winter, obwohl sich Matts Seelenzustand gebessert hatte. Er war ruhiger und ausgeglichener. Bemerkenswert war, dass er circa vier Wochen nach dem ersten Besuch in der Beratungsstelle nachts wie tags trocken blieb.
Mithilfe der Therapeutin hatte Elisa herausgefunden, dass sie einige grundlegende Dinge in ihrer Ehe ändern musste. Zunächst wollte sie zu mehr Unabhängigkeit gelangen, um sich Alfred gegenüber besser behaupten zu können. Sie hatte sich seit Matts Geburt sehr auf den Haushalt und die Kinder konzentriert, während Alfred an seiner Karriere gebastelt hatte. So sehr sie die Kinder auch liebte, nun war es an der Zeit, auch

einmal an sich zu denken. Elisa beschloss sich zunächst einen Job zu suchen. Bald las sie ein interessantes Stellenangebot in der Tageszeitung. Man suchte eine Aushilfsverkäuferin in einer Boutique in der Innenstadt. Elisa bewarb sich und bekam eine Zusage. Nun ging es an den schwierigsten Teil. Sie musste ihrem Mann beibringen, dass sie wieder arbeiten gehen würde. „Du, Freddy", fing sie ganz harmlos ein Gespräch an. „Wäre es nicht schön, wenn wir etwas mehr Geld zur Verfügung hätten und uns ab und zu eine Städtereise leisten könnten. Nur wir beide. Meine Eltern würden die Kinder schon nehmen."
Alfred schaute sie alarmiert an. „Was genau willst du mir sagen? Verdiene ich auf einmal nicht genug Geld? Fährst du nicht oft genug in Urlaub, oder was?"
„Nein, das habe ich nicht gemeint. Es wäre aber doch schön, wenn wir ein bisschen Extrageld hätten, um uns ab und zu etwas außer der Reihe leisten zu können. Die Kinder werden immer größer und sind den ganzen Vormittag weg. In der Zeit erledige ich den Haushalt, das ist gar kein Problem. Nachmittags sind sie dann auch meistens unterwegs. Ich weiß oft gar nicht, was ich machen soll. Ich kann doch nicht immerzu mit irgendeiner Nachbarin Kaffee trinken. Ich würde gern wieder arbeiten gehen. Nur für ein paar Stunden."
Alfred schaute sie einen Moment verblüfft an, fing sich aber schnell. „Ach, die Dame hat Langeweile? Das ist was ganz Neues. Bisher warst du immer ausgelastet. Vielleicht solltest du dich besser um den Haushalt kümmern und um deine Blagen", seine Stimme nahm erheblich an Lautstärke zu. „Meine Mutter hat nie gearbeitet, der Papa hat genug Geld verdient. Meine Frau hat das auch nicht nötig. Du brauchst nicht arbeiten zu gehen. Das will ich nicht haben. Wenn du Langeweile hast, dann putz die Fenster jeden Tag oder bügele die Wäsche zweimal hintereinander."
Jetzt war es an Elisa, verblüfft zu sein. Sie hatte damit gerechnet, dass es Alfred nicht recht war, wenn sie wieder arbeiten

ging, aber dass er sich so aufregen würde, hatte sie nicht erwartet. „Aber Freddy", versuchte sie es noch einmal. „Sicher verdienst du genug Geld. Das steht außer Frage. Darum geht es nicht. Ich möchte einfach etwas Anderes sehen. Schau mal, ich würde nur ein paar Stunden arbeiten gehen. Vielleicht drei Nachmittage in der Woche. Du hast doch, jetzt wo du meistens in der Frühschicht arbeitest, immer zeitig Feierabend, da kannst du kurz nach den Kindern schauen. Bis zum Abendbrot bin ich wieder zu Hause. Es ändert sich also nichts für dich."
Alfred musterte sie misstrauisch. „Das hast du dir alles gut überlegt, was. Es hört sich so an, als wenn du schon morgen anfängst zu arbeiten. Ich hätte es mir denken können, dass du mich vor vollendete Tatsachen stellst. So hast du das bei den Blagen auch gemacht. Ich werde hier gar nicht gefragt, jeder tut was er will." Er schüttelte verzweifelt den Kopf. „Ich will das gar nicht haben. Ich will mich auch nicht um die Kinder kümmern. Ich will einen geregelten Feierabend, ohne Stress."
‚Jetzt hat er drei Mal hintereinander ich will gesagt. Was ist mit dem, was ich will', dachte Elisa, doch das sprach sie nicht aus. Stattdessen verlegte sie sich aufs Bitten: „Du brauchst dich doch auch gar nicht um sie kümmern. Du müsstest vielleicht einmal kurz gucken, dass alles in Ordnung ist. Es sind wirklich höchstens drei Nachmittage, ehrlich. Ich habe die Anzeige ganz zufällig gesehen. Eine Boutique in Stadtmitte sucht noch eine Aushilfe. Wenn du einverstanden bist, dann könnte ich in der nächsten Woche schon anfangen. Falls das alles nicht funktioniert höre ich sofort wieder auf. Das verspreche ich dir."
Alfred griff nach der Fernbedienung für den Fernseher. „Mach doch was du willst. Aber glaub bloß nicht, dass ich hier den Babysitter spiele."

So fing Elisa in der nächsten Woche mit ihrem neuen Job an. Die Arbeit machte ihr großen Spaß, wenn sie sich auch erst eingewöhnen musste. Sie merkte, dass sie seit einigen Jahren nicht mehr am Arbeitsleben teilgenommen hatte. Doch bald ging ihr die Arbeit locker von der Hand. Alfred äußerte sich nicht mehr negativ, blieb aber unwillig und versuchte mit allen Mitteln, ihre neuen Ambitionen zu blockieren. Er gewöhnte es sich an, ausgerechnet an den Nachmittagen, an denen Elisa Arbeitstermine hatte, zum Joggen zu gehen. Für gewöhnlich sperrte er dann die Jungen aus. In ihrer Not fragte Elisa Karin, ob sie ein Auge auf die Kinder haben könnte. Diese willigte nur zu gern ein, denn inzwischen hatte es Elisa sich angewöhnt, an den Samstagabenden, die Karin in der Disco verbrachte, nach den Kindern zu schauen. Bisher war alles ruhig gewesen, Karins Kinder schliefen friedlich in ihren Betten. Doch hatte Elisa ein schlechtes Gefühl und guckte lieber einmal mehr nach ihnen.

„Herzlichen Glückwunsch, du hast dich durchgesetzt." Diese Bemerkung ihres Bruders versetzte Elisa in Erstaunen.
„Danke, aber kannst du mir auch erklären, was du meinst?"
„Ich habe gehört, dass du wieder arbeiten gehst", erklärte Peter, „und ich kann mir nicht vorstellen, dass das deinem Alfred gefällt. Stimmt's oder habe ich recht?"
Der Bruder hatte Elisa überraschend zu Hause besucht. „Auf einen Kaffee", wie er sagte. Elisa witterte nichts Gutes. Wenn Peter so überraschend auftauchte, so hatte er etwas auf dem Herzen.
„Alfred hat eingesehen, dass es nicht mein Ding ist, immer nur zu Hause zu sitzen, da hat er gar nicht mehr viel gesagt", versuchte Elisa zu verharmlosen. „Jedenfalls habe ich einen Heidenspaß an meinem Job. Ich hätte gar nicht geglaubt, dass mir der Umgang mit Mode so liegt. Offensichtlich habe ich das Falsche gelernt."
Peter lachte. „Willkommen im Klub. Du kannst dich erinnern, dass unsere Eltern einen Autoschlosser aus mir machen wollten. Ich bin froh, dass ich die Lehre abgebrochen habe, wenn es auch ein weiter Weg bis zu meiner jetzigen Tätigkeit war.

Manchmal braucht man halt etwas länger, um zu wissen, was man will. Wobei ich beim Thema wäre", er zögerte einen Moment.
Elisa, die ahnte, was jetzt kommen würde, half vorsichtig nach. „Ich kann's mir denken. Es ist in deiner Ehe nicht besser geworden, nicht wahr."
„Das ist kein Geheimnis. Ich denke, ich werde mich von Carina trennen. Es hat wirklich keinen Zweck mehr. Wir leben total aneinander vorbei. Ich bin bisher wegen Marcel geblieben, doch ich habe eingesehen, dass diese Situation auch für den Kurzen nicht gut ist. Er ahnt mehr, als man glauben sollte und kriegt mit, dass wir uns nur noch streiten. Du weißt, wie es damals bei unseren Eltern abgegangen ist. Das erspare ich den Jungen. Carina und ich passen einfach nicht zusammen und eigentlich war das von Anfang an so. Schuld ist keiner oder wir beide, wie man's nimmt. Carina und ich haben uns lange unterhalten. Sie sieht das genauso."
„Es ist schön, dass ihr in dem Punkt einig seid, Peter. Vielleicht gelingt es, sich im Guten zu trennen. Ich würde es euch wünschen. Wissen unseren Eltern schon davon?", fragte Elisa vorsichtig.
„Sie ahnen es, genau wie du, schon lange. Ich werde sie am Sonntag besuchen und mit ihnen reden. Ich denke, das wird ein unspektakuläres Gespräch. Mama hat ja von Anfang an was gegen Carina gehabt. Ich suche übrigens eine kleine Wohnung, wenn du also mal etwas hörst..."

***

Karin genoss das neue Leben in vollen Zügen. Sie ging regelmäßig zum Tanzen und lernte neue Männer kennen. Mit ihrem Exmann hatte sie kaum noch Kontakt. Winfried hatte sich eine kleine Wohnung, nicht weit weg, gemietet. Er kümmerte sich, trotz der geringen Entfernung kaum um die Kinder. Wenn er tatsächlich einmal einen Besuchstermin wahrnahm, so vermied er es, die Kinder mit in seine Wohnung zu nehmen. Als Grund gab er laut Karin an, dass sie ihm seine neuen, hellen Teppichböden verschmutzen würden.

„Ich habe es immer schon gesagt, er ist ein Scheißkerl. Die Kinder lernen ihren Erzeuger jetzt richtig kennen. Das erspart ihnen eine Menge Enttäuschung, wenn sie älter sind. So ist es mir nämlich gegangen, als ich meinen Vater zum ersten Mal getroffen habe. Damals war ich achtzehn Jahre alt. Ich bin mit so vielen Erwartungen in das Gespräch gegangen und dann hat er mir nur etwas von seiner neuen Frau und den Kindern erzählt. Wie es mir ging, danach hat er überhaupt nicht gefragt. Ich habe ihn nie wieder gesehen. Weißt du, mir und den Kindern erzählt Winfried was von hellen Teppichböden, in Wahrheit wird er schon eine neue Trulla in seiner Bude sitzen haben. Egal, wenigstens den Unterhalt zahlt er regelmäßig, so kommen wir ganz prima über die Runden."

Da ihr Exmann keine Haustiere geduldet hatte, bekamen die Kinder nun alle Tiere, die sie sich wünschten. Bald befand sich in der Wohnung ein ansehnlicher Zoo. Neben einem Hund und einer Katze gab es mehrere Hamster und ein Aquarium mit Fischen. Zu allem Überfluss schaffte sich Karin auch noch einen Papagei an. Elisa wunderte sich jedes Mal, dass die Tiere in dieser verwegenen Mischung miteinander auskamen, doch schien das bestens zu funktionieren.

***

„Es geht mir heute gar nicht gut, Spatz. Ich glaube, ich habe etwas gegessen, das mir nicht bekommen ist." Kalle, den in der Regel nichts erschüttern konnte, lag blass und deutlich angeschlagen auf der Wohnzimmercouch.

Elisa hatte es sich angewöhnt, ihre Eltern mindestens an einem Sonntag im Monat zusammen mit den Kindern zu besuchen. Alfred zog es vor, zu Hause zu bleiben oder Elisa und die Kin-

der bei den Jollenbecks abzusetzen und seine Mutter zu besuchen.
„Ach was, Kalle Jollenbeck, an meinem Essen kann das nicht liegen. Bestimmt hast du beim Mittagessen wieder so viel in dich hineingestopft, dass dein kleiner Magen das nicht vertragen hat", mischte sich Ilse ein. „Dein Vater isst wie ein Scheunendrescher. Er sollte wirklich aufpassen, wo er nach der Operation damals praktisch fast keinen Magen mehr hat."
Während Ilse mit den Kindern in die Küche ging um sie mit selbstgekochtem Schokoladenpudding zu verwöhnen, setzte sich Elisa auf die Sofakante zu ihrem Vater und strich ihm die wirren Haare aus den Gesicht. „Mensch, Papa, mach keinen Blödsinn. Es wäre besser wenn du zum Arzt gehen würdest." Kalle lächelte mühsam. „Ach was, Unkraut vergeht nicht. Ich habe bloß so dolle Leibschmerzen und schlecht ist mir auch noch. Wahrscheinlich habe ich tatsächlich zu viel gegessen. Pass mal auf, Spatz, morgen geht es mir schon wieder besser. Falls das nicht der Fall ist, werde ich zum Doktor gehen, versprochen."
Da es ihrem Vater im Laufe des Nachmittags nicht besser ging, verabschiedete sich Elisa früh von ihren Eltern und fuhr mit einem unguten Gefühl heim.

Am nächsten Morgen rief ihre Mutter an: „Bitte erschrick nicht. Dein Vater ist im Krankenhaus. Er hat in der Nacht solche Schmerzen bekommen, dass ich den Notarzt gerufen habe, der hat ihn gleich ins Krankenhaus schaffen lassen. Dort wurde ein Herzinfarkt festgestellt, aber es besteht keine Lebensgefahr. Wir haben früh genug reagiert. Ehe du jetzt alles stehen und liegen lässt, hör mir bitte zu: Deinem Vater geht es den Umständen entsprechend gut. Er hat alles, was er braucht. Im Moment ist er noch auf der Intensivstation. Es reicht völlig, wenn du ihn am nächsten Wochenende besuchst. Du kannst auch mir im Augenblick nicht helfen."

Elisa kannte ihre Mutter gut genug um zu wissen, dass das ihr völliger Ernst war. „Bist du wirklich sicher, dass ich dir nicht helfen kann?", fragte sie vorsichtshalber noch einmal.
Ilse schnaufte vernehmlich. „Ganz sicher. Wir sehen uns am nächsten Sonntag. Jetzt habe ich keine Zeit mehr, ich muss schließlich noch deinen Bruder Bescheid geben."

Kalle erholte sich relativ gut von dem Infarkt. Nach dem Krankenhausaufenthalt ging er sofort in eine Reha Klinik und kam guter Dinge wieder nach Hause, wo Frau und Kinder an seinem Ankunftstag auf ihn warteten, um ihn zu begrüßen.
„Sag mal Papa, du siehst richtig gut aus", stellte Peter fest. „Was war das denn für eine Klinik? Da muss ich auch hin, wenn man sich dort so gut erholen kann."
Kalle machte ein paar Tangoschritte und summte dazu. „Du kennst doch den Schlager: Morgens Fango, abends Tango, Sohn. Genau so war es dort. Aber jetzt bin ich froh, dass ich wieder daheim bin." Er nahm seine Frau fest in den Arm. „Ach Liebes, was habe ich dich vermisst."
Ilse kuschelte sich erstaunlich zahm in seinen Arm. „Du hast mir auch gefehlt", lispelte sie.
Peter schaute seine Schwester auffordernd an. „Was meinst du, Schwesterherz, sollen wir die beiden Turteltauben allein lassen? Wir können zusammen einen Kaffee trinken gehen und noch ein bisschen klönen."
„Das ist eine gute Idee", stimmte Elisa ihm zu. „Dann kannst du mir gleich erzählen, wie das neu erworbene Junggesellenleben so ist."
Weder Kalle noch Ilse widersprachen ihren Kindern. Im Hinausgehen hörte Elisa, wie Kalle seiner Frau zuraunte: „Ich soll eigentlich alle Aufregungen vermeiden, aber vielleicht...".
Mehr konnte und wollte Elisa nicht mitbekommen. Sie war froh, dass es dem Vater wieder besser ging und nahm sich vor, ihn in Zukunft möglichst nicht mit ihren Problemen zu belasten.

***

Karin hatte neuerdings einen ständigen Begleiter. Uwe war als Friedhofsgärtner tätig. Er verbrachte einen Großteil seiner Zeit bei seiner neuen Flamme. Elisa staune nicht schlecht, als Kimberly ihr erzählte, dass „die Mama neuerdings Schuhe mit Absätzen im Bett trägt".

„Dabei ist das gar nicht schön", fuhr die Kleine fort. „Ich habe die Pantoffel anbehalten, als ich ins Bett gegangen bin um das auszuprobieren. Aber ich konnte gar nicht schlafen, weil meine Füße auf einmal keinen Platz hatten."

Karin lachte lauthals, als Elisa ihr von Kimberlys Schilderungen erzählte. „Meine Kimmy, das ist eine. Ich muss ihr unbedingt erklären, dass sie die Pantoffel im Bett nicht anbehalten kann. Sie macht nur alles schmutzig."

„Das solltest du, aber nun sag mir wie Kimmy auf die Idee gekommen ist, dass du Schuhe im Bett trägst."

„Daran ist Uwe schuld", kicherte Karin. „Wir waren neulich alle zusammen auf dem Trödelmarkt. Uwe hat mir dort ein Paar goldene High Heels gekauft, ganz billig, für fünf Mark. Er hat nicht so viel Geld, als Gärtner verdient man nicht so besonders, das kannst du dir denken. Jedenfalls ist mein Uwe voll der witzige Typ, ganz anders als Winfried, der Miesepeter. Der hätte mir nie so einfach Schuhe gekauft und schon gar keine goldenen ..."

Elisa unterbrach die Freundin ungeduldig. „Ja, ich weiß, Uwe ist toll, das hast du mir inzwischen mehrfach erzählt. Nun komm mal zu Potte. Was hat es mit den Schuhen und dem Bett auf sich?"

„Jetzt wirst du neugierig, was? Das kann ich mir denken. Uwe kauft mir also die tollen High Heels und als er sie bezahlt, sagt er zum Verkäufer: Die Dinger trägt sie im Bett, aber nur, wenn sie auf mir sitzt, sonst ist mir das zu gefährlich. Witzig, was", wieder kicherte Karin. „Das hat Kimmy mitbekommen und deshalb versucht, ihre Pantoffeln im Bett zu tragen."

Elisa wusste nicht, was sie von dieser Geschichte halten sollte. Dass Verliebte zuweilen ziemlich verwirrt daherkamen, wusste sie, wenn auch nicht aus eigener Erfahrung. Was ihre Freundin allerdings erzählte, erschien ihr ziemlich grenzwertig. „Schämst du dich denn gar nicht, wenn dein Typ so etwas sagt? Und noch dazu vor den Kindern?"
„Ach wo, ich finde Uwe total locker und super witzig. Die Kinder verstehen ja auch gar nicht, was er meint."
„Na dann. Wenn du das meinst, dann ist es gut. Aber du kannst mir glauben, irgendwann verstehen die Kinder sehr wohl, was er mit solchen Bemerkungen meint. Ich kann mir nicht vorstellen, dass sie es gut finden, wenn so über ihre Mutter geredet wird."
Karin winkte ungeduldig ab. „Was du wieder hast. Du kommst mir vor wie der reinste Moralapostel. Du musst Uwe unbedingt kennenlernen, dann wirst du ihn auch so toll finden wie ich." Sie wackelte scherzhaft mit dem Zeigefinger. „Aber bitte nicht zu toll."
Die Gelegenheit den tollen Uwe kennenzulernen, ergab sich bald. Elisa, welche die Jungen nach der Arbeit bei Karin abholte, wurde von dieser ins Wohnzimmer komplimentiert. Hier saß ein mittelalter, unscheinbarer Mann, der sich vergeblich bemühte, wie Sonny Crockett aus der Serie Miami Vice zu wirken. Wo Don Johnson auf charmante Weise schlampig wirkte, sah dieser Mann schmierig und schmuddelig aus. Er gab Elisa seine feucht - kalte Hand und grinste sie breit an. „Hallo, ich bin der Uwe, Karins neuer Lover. Du bist also Elisa, nett dich kennenzulernen."
Elisa wischte sich verstohlen die Hand an der Jacke ab. „Hallo Uwe, ich bin nur auf dem Sprung und will meine Jungen abholen. Netterweise hat Karin sich um sie gekümmert."
Uwe grinste noch immer. „Auf dem Sprung, das ist gut. Ja, springen tun wir auch manchmal, aber wir hoppeln auch ganz gern. Das kannst du bestimmt auch gut, springen und hoppeln."

Elisa schaute irritiert zu Karin, die verklärt an Uwes Lippen hing und ziemlich dämlich kicherte. Elisa wandte sich zur Tür. Das wurde ihr alles entschieden zu schlüpfrig, vor allem, wenn man bedachte, dass sie den fabelhaften Uwe gerade erst kennen gelernt hatte. „Ich will dann mal..."
Scheinbar hatte Uwe sich das Lächeln eintätowieren lassen, denn an seinem Gesichtsausdruck änderte sich nichts, während er in die Hände klatschte. „Du willst dann mal ... das wird ja immer besser!"
Im Korridor blinzelte Karin ihrer Freundin verschmitzt zu. „Ist er nicht herrlich witzig. Vielleicht sollten wir uns zu viert treffen, was meinst du? Mein Uwe kann deinen Mann bestimmt locker machen."
Elisa wollte es nicht glauben, hier lag ein wirklich schwerer Fall von Geistesverwirrung vor. Anders konnte sie nicht nachvollziehen, was Karin an diesem komischen Schleimer fand. Doch sie vermied es, der verwirrten Freundin die ungeschminkte Meinung zu sagen und beschränkte sich auf das Wesentliche. „Das lassen wir mal lieber bleiben. Ich kann mir beim besten Willen nicht vorstellen, dass Alfred mit deinem Uwe klar kommt. Locker machen wird er Alfred ganz bestimmt nicht. Er macht ihn höchstens aggressiv. Wenn ich das mal sagen darf, dein Uwe ist mein Fall auch nicht. Sei mir nicht böse, vielleicht fehlt es mir ja an dem nötigen Quäntchen Humor, um seine Witze gut zu finden." Sie nahm die Freundin kurz in den Arm. „Jedenfalls ist es total nett von dir, dass du dich um die Jungen gekümmert hast. Danke dafür. Ich mach's am Wochenende wieder gut. Ich wünsche dir einen schönen Abend."
„Danke, den werde ich haben", strahlte Karin.
Auf dem Weg nach Hause fragte Elisa die Jungen nach ihrer Meinung über den neuen Hausfreund.
„Och, der ist immer im Wohnzimmer und kümmert sich nicht um uns", sagte Felix, während Matts mit den Schultern zuckte. „Das finde ich gut. Ich mag ihn gar nicht leiden. Weil, nämlich,

weißt du Mama, eigentlich ist das ein Geheimnis. Wenn ich es dir sage, dann darfst du es nicht weiter erzählen", hier verstummte Felix.
„Großes Ehrenwort. Ich erzähle gar nix", erklärte Elisa, hellhörig geworden. „Hat es etwas mit diesem Uwe zu tun?"
Felix druckste eine Weile herum, es war ihm anzusehen, dass er mit sich kämpfte. „Also, Kimmy hat mir erzählt, dass der Uwe manchmal bei ihnen ist, wenn ihre Mama nicht da ist. Dann möchte er, dass sie sich zu ihm ins Wohnzimmer setzt und ihm was erzählt. Wie es in der Schule war oder so. Wenn sie dann anfängt zu sprechen, dann fasst er sie überall an und sie soll ihn auch anfassen. Das mag sie aber gar nicht. Vor allem nicht, wenn er sie anfasst, weil er so ekelige Hände hat. Seine Augen, die mag sie auch nicht, sie findet, dass die auch ekelig sind. Aber sie hat gesagt, dass ich das niemandem erzählen soll, dir auch nicht, weil sonst was passiert. Das hat der Uwe gesagt und auch noch, dass ihre Mutter sie nie wieder haben will, wenn sie was sagt."
Einen Moment meinte Elisa, sie habe sich verhört. ‚So etwas gibt es doch nur im Film', dachte sie geschockt. Sollte es wirklich stimmen, was Felix ihr erzählte? Könnte es möglich sein, dass Uwe sich an Kimberly verging? Nun, schmierig genug sah er aus, doch Elisa wollte nicht vorschnell urteilen.
„Mama", Felix unterbrach ihren Gedankengang. Zu ihrem Erstaunen stellte Elisa fest, dass sie bereits vor der Haustür stand und den Schlüssel in der Hand hielt. Das hatte sie gar nicht bemerkt.
„Mama, du sagst aber nix, nicht wahr", fragte Felix drängend. „Die Kimmy hat so geweint, als sie mir das erzählt hat. Sie hat ganz dolle Angst vor dem miesen Uwe."
Elisa strich ihm über das Haar. „Ich verspreche dir, dass ich erst einmal nichts sage. Es war sehr richtig, dass du mir das erzählt hast. Wenn Uwe Kimberly weh tut oder etwas mit ihr macht, was sie nicht will, dann müssen wir aber etwas tun. Du möch-

test doch auch nicht, dass Kimmy etwas Böses geschieht, nicht wahr."
„Nein, und ich werde sie beschützen", sagte Felix im Brustton der Überzeugung.
„Ich auch", ließ sich jetzt Matts hören, der bisher kein Wort gesprochen hatte.
Elisa nahm ihre Söhne in die Arme. „Meine zwei Musketiere, ihr seid ganz schön tapfer. Macht euch keine Gedanken. Bestimmt ist das alles ganz harmlos und Kimmy hat ein bisschen viel erzählt." Elisa wollte die beiden unbedingt beruhigen, doch war sie selbst in höchstem Maße beunruhigt über Felix Erzählungen. Sie beschloss gleich am nächsten Tag mit Karin zu sprechen. Jetzt war es Zeit, das Abendbrot zuzubereiten und die Kinder anschließend ins Bett zu bringen. Alfred würde sicher schon auf seine Mahlzeit warten.
Später, als sie die Kinder ins Bett gebracht hatte und Matts seinen Gute Nacht Kuss gab, legte er seine Arme ganz fest um ihren Hals. „Ich bin ganz bestimmt dein mutiges Muskeltier und Felix auch", flüsterte er in ihr Ohr.

„Jetzt spinnst du total, was? Du gönnst mir wohl nicht, dass ich einen tollen Mann gefunden habe, weil du mit deinem dämlichen Macker nicht klar kommst. Ich will von dem Mist nichts mehr hören. Kimberly werde ich mir vorknöpfen, wenn sie aus der Schule kommt. Dem kleinen Biest wird Hören und Sehen vergehen", an dieser Stelle holte Karin Luft, was Elisa Gelegenheit gab, auch etwas zu sagen, wobei sie den ‚dämlichen Macker' einfach überhörte.
„Ich kann verstehen, dass du geschockt bist, wirklich. Ich verstehe auch, dass du bis über beide Ohren in diesen Mann verliebt bist. Aber was Felix mir erzählt hat hörte sich nicht nach einer Lüge an. Hast du Uwe denn schon mal mit den Kindern allein gelassen?"

Karin funkelte sie an. „Ja, klar, wenn ich kellnern gehe. Er passt gerne auf die Kinder auf, besonders die Große mag er sehr. Er hat ihr schon wer weiß was an Geschenken mitgebracht. Es ist nicht zu fassen, dass Kimberly so undankbar ist und Lügenmärchen erzählt, nur um sich wichtig zu machen."
„Karin, ich glaube nicht, dass die Kleine sich wichtig machen will. Es hörte sich so an, als wäre sie in höchster Not und müsse sich jemandem anvertrauen. Dass sie sich dazu ausgerechnet Felix, ein anderes Kind ausgesucht hat, ist ganz schön schlimm. Scheinbar weiß sie nicht, mit wem sie sonst reden soll."
Karin wollte der Nachbarin nicht weiter zuhören. Sie stand auf. „Wir sollten das Gespräch jetzt lieber beenden. Es ist traurig, dass du dir solche Sachen einbildest, nur weil ein Kind zu viel Fantasie hat. Ich würde es auch besser finden, wenn wir uns erst einmal nicht sehen. Ach ja, und wenn du mir meinen Wohnungsschlüssel in den Briefkasten werfen könntest. Du brauchst in Zukunft nicht mehr nach den Kindern sehen."
Auch Elisa erhob sich. „Du stellst dich an wie die drei Affen, nicht sehen, hören, nichts sagen. Das ist keine Lösung, glaub mir. Aber du ziehst nicht einmal in Erwägung, dass an Kimmys Geschichte etwas dran ist. Das geht gar nicht. Es tut mir wirklich leid, aber ich muss mir überlegen, ob ich mich nicht mit der Erziehungsberatung in Verbindung setzte. Ich habe zwar keine Termine mehr bei Frau Winter, aber sie hat bestimmt Zeit, sich die Geschichte anzuhören. Übrigens kann sie sehr gut beurteilen, ob Kimmy sich das alles nur ausgedacht hat oder nicht. Aber vielleicht ist das gar nicht nötig. Denk einfach über die ganze Sache nach, ja. Den Schlüssel werfe ich dir gleich in den Briefkasten, wenn du das möchtest."
„Ich bitte darum", Karin ließ sich nicht beirren. „Ich brauche nicht nachdenken. Tu was du nicht lassen kannst. Wenn du Uwe und mich denunzieren willst, so steht dir das frei. Und jetzt raus hier."

Elisa war wie vor den Kopf gestoßen. Nach einer schlaflosen Nacht beschloss sie, sich an den Vater der Kinder zu wenden und rief ihn an.

Winfried zeigte sich bestürzt. „Wenn an dieser Geschichte wirklich war dran ist, so ist das ganz furchtbar", sagte er. „Ich weiß, dass ich mich zu wenig um die Kinder gekümmert habe. Aber Karin hat es mir auch nicht leicht gemacht. Zu den Besuchszeiten waren die Kinder meist nicht fertig, in die Wohnung hat sie mich nicht gelassen. Habe ich die Kinder dann nach langem und unangenehmem Warten im Hausflur mitgenommen, war ihr das auch nicht recht. Sie hat regelmäßig herumgemeckert, dass ich nicht das Richtige mit ihnen gemacht habe. Ja was sollte ich denn tun? Mit den Kindern im Flur warten bis meine Besuchszeit vorbei war? Seit sie den neuen Macker hat, ist sie mir gegenüber ganz unausstehlich geworden. Deshalb habe ich mich immer mehr zurückgezogen", hier schwieg Winfried erschöpft.

Elisa schluckte. Bisher hatte sie immer nur Karins Version gekannt, diese Geschichte hörte sich wesentlich anders. Wahrscheinlich lag die Wahrheit irgendwo in der Mitte. „Das kann ich alles gut verstehen, aber du musst dich jetzt um die Kinder kümmern. Besonders Kimmy braucht dich", redete sie Winfried ins Gewissen. „Bitte versprich mir, dass du der Sache nach gehst und mich auf dem Laufenden hältst. Sonst muss ich mich an das Jugendamt wenden und das willst du doch bestimmt nicht."

Winfried versprach ihr, sich umgehend um die Kinder, vor allem um Kimberly, zu kümmern, was Elisa einigermaßen beruhigte.

Bald nach diesem Anruf meldete er sich wieder. Er hatte, sehr zu Karins Verwunderung, die Kinder wieder einmal abgeholt, um etwas mit ihnen zu unternehmen. Doch stattdessen war er

mit ihnen in seine Wohnung gefahren und hatte sich dort mit Kimberly unterhalten.
„Zuerst wollte die Kleine mir nichts sagen. Sie wirkt sehr verschüchtert. Doch ich habe nicht locker gelassen, da hat sie dann erzählt, dass der Kerl sie anfasst, wenn Karin nicht da ist. Ist das zu fassen!" Winfried wirkte schockiert und zornig zugleich. „Und sie soll auch an ihm herumfummeln. Sie hat Angst vor ihm und auch vor ihrer Mutter. Karin scheint sie ganz übel eingeschüchtert zu haben, wegen der Sache. Ich habe gleich Nägel mit Köpfen gemacht, die Kinder ins Auto gepackt und bin zum Jugendamt gefahren. Ein Glück, dass ich mir an dem Tag frei genommen hatte, aber ich habe mir schon so was gedacht. Jedenfalls hat Kimmy auch dort erzählt, was sie mir gesagt hat. Ob der Kerl sich an den anderen Kindern zu schaffen gemacht hat, wird sich noch rausstellen."
Elisa war geschockt und gleichzeitig erleichtert. „Wie geht es weiter? Nimmst du die Kinder zu dir? Oder gehen sie wieder zu Karin? Was sagt man beim Jugendamt überhaupt dazu?"
Winfried zögerte, Elisa merkte, dass ihm die nächsten Worte unangenehm waren. „Vom Jugendamt ist angeordnet worden, dass die Kinder sofort aus der Obhut ihrer Mutter genommen werden. Es ist ziemlich klar, dass Karin das Verhalten ihres Kerls toleriert hat. Übrigens, ich habe deinen Namen da rausgelassen, du brauchst dir keine Gedanken machen, dass man auf dich zukommt. Jetzt wird es schwierig. Für die nächsten paar Tage können die Kinder bei mir bleiben, ich kann mir frei nehmen. Aber dann muss ich arbeiten gehen. Ich kann es mir nicht leisten, jemanden einzustellen, der die Kinder in der Zeit betreut. Meine Eltern sind alt, ihnen kann ich das nicht zumuten. Über Karins Mutter brauchen wir uns nicht unterhalten. So wie es aussieht, werden die Kinder vorerst in einem Heim oder in Pflegefamilien untergebracht. Wie es für Karin weiter geht, kann ich dir auch nicht sagen. Möglich, dass gegen sie Anzeige erstattet wird. Aber mal ehrlich, das ist mir egal. Sie ist einfach

eine dämliche Schlampe. Hast du gewusst, dass sie schon jahrelang heimlich getrunken hat. Als wir zusammen waren, hat sie sich noch halbwegs am Riemen gerissen. Nach unserer Trennung ist das ganz schlimm geworden. Deshalb hat sie die Kinder vernachlässigt. Bestimmt hast du nie etwas bemerkt, sie hat es immer gut hingekriegt, ihre Trinkerei nach außen hin zu verschleiern."

Karin alkoholsüchtig? Auf diese Idee war Elisa überhaupt nicht gekommen. Doch wenn sie darüber nachdachte, so sah sie Karins Verhalten in einem völlig anderen Licht. Trotzdem unterbrach sie Winfried rigoros.

„Stopp! Sei mir nicht böse, aber das möchte ich jetzt gar nicht hören. Ich kann deine Wut verstehen, doch solltest du versuchen, nicht so über sie zu sprechen. Mir ist nie aufgefallen, dass Karin nach Alkohol gerochen hätte oder betrunken gewesen wäre. Auch nicht in der letzten Zeit. Vielleicht hat sie wirklich nicht gewusst, was dieser Uwe macht. Jedenfalls hast du das Richtige getan, egal was noch passiert. Vielleicht findet sich für dich und die Kinder eine Lösung. Du kannst doch nicht zulassen, dass die Drei in ein Heim kommen. Schau mal, wenn du die Kinder zu dir nimmst, dann brauchst du keinen Unterhalt mehr zu bezahlen. Rechnet sich das nicht? Sollen wir uns einmal treffen, vielleicht kann ich dir irgendwie helfen. "

„Wie solltest du helfen können? Willst du die Kinder tagsüber zu dir nehmen? Ich glaube, dann würde Alfred am Rad drehen. Lass mal gut sein. Es wird sich alles finden. Ich muss jetzt auch Schluss machen. Eigentlich wollte ich dich nur über die Sachlage informieren, weil du ja auch irgendwie damit zu tun hast."

Winfried schien es plötzlich eilig zu haben, Elisa los zu werden. Hilflos verabschiedete sie sich von ihm und legte den Hörer auf. Sie zwinkerte die Tränen weg. Was würde jetzt aus den Kindern werden? So sehr sie es sich gewünscht hätte, war es ihr nicht möglich, sich um Karins Kinder zu kümmern, auch nicht vorläufig. Das lag in diesem Fall nicht nur an Alfred. Sie hatte sich

so mühsam durchgesetzt, um wieder arbeiten zu gehen. Das wollte sie nicht aufgeben. Obwohl sie das Richtige getan hatte, fühlte sie sich mies und unsagbar traurig. War Karin wirklich eine Trinkerin? Hätte sie, Elisa, nicht besser aufpassen müssen? Vor allem: Hätte sie die Situation verhindern können? Ihr war bei Karin nie etwas aufgefallen, doch war sie manchmal ziemlich naiv. Elisa glaube noch immer an das Gute im Menschen, wenn alle Anderen schon längst sicher waren, dass es nichts Gutes gab.
Tatsächlich nahm Winfried die Kinder nicht bei sich auf, sodass die Drei getrennt in Heimen untergebracht wurden. Karin erlitt einen Nervenzusammenbruch. Sie wurde deswegen, und wegen ihrer heimlichen Alkoholsucht, für lange Zeit in einer geschlossenen Klinik behandelt.
Elisa trauerte dieser Freundschaft noch lange nach, zumal Karin sich völlig von ihr abwandte. Sie gab Elisa die Schuld daran, dass alles so gekommen war und stritt weiterhin vehement ab, dass ihr neuer Freund sich an Kimberly vergangen hatte.

***

„Es tut mir Leid, Frau Gimpel, aber es wird in ihrem Fall wohl auf eine Hysterektomie hinauslaufen. Die ständigen Blutungen, die vielen Myome. Ich würde Ihnen dringend raten, den Eingriff so schnell wie möglich machen zu lassen."
Elisa litt seit einiger Zeit unter heftigen Unterleibsschmerzen. Hinzu kamen Blutungen, die sich über Wochen hinzogen, sodass sie sich schließlich einen Termin bei ihrem Arzt geben ließ. Der Doktor untersuchte sie gründlich und riet zu einer Totaloperation, die sie möglichst nicht weiter aufschieben sollte. Elisa hatte schon geahnt, dass etwas ganz und gar nicht in Ordnung war und nahm die Diagnose einigermaßen gelassen hin. Sie ließ sich so schnell wie möglich einen Termin im örtlichen Krankenhaus geben.

Alfred zeigte sich von der schlechten Nachricht wenig beeindruckt. „Totaloperation ist gut, dann kannst du wenigstens keine Kinder mehr kriegen", erklärte er auf sein unnachahmlich sensible Art.
Elisa verschlug es für einen Augenblick die Sprache. Sie schaute ihn aufmerksam an, entdeckte aber keine Spur von Zynismus in seiner Miene. Er schien das wirklich ernst zu meinen. „Mensch, Freddy, dass ich darauf aber auch nicht gekommen bin. Hat dir deine Mutti den Tipp gegeben oder hast du dir das ganz allein ausgedacht?", fragte sie betont harmlos.
Alfred zuckte nicht mit der Wimper. „Ich meine ja nur. Man kann in letzter Zeit gar nichts mehr sagen. Alles verstehst du falsch, selbst den harmlosesten Witz."
Elisa gab es auf mit ihm zu reden und wandte sich ab. Bevor sie das Wohnzimmer verließ, drehte sie sich noch einmal um. „Du kannst dir dann schon mal überlegen, wie du das mit den Kindern in den Griff kriegst, während ich im Krankenhaus bin."
Alfred kümmerte sich wirklich um das Betreuungsproblem. Er heuerte seine Mutter an. Käthe erklärte sich nach einigem hin und her bereit, sich um die Jungen zu kümmern und Alfred den Haushalt zu führen. Ihren Eltern und auch ihrem Bruder erzählte Elisa vorerst nicht, dass sie operiert wurde. Es ging ihrem Vater nach dem Herzinfarkt wieder gut. Sie wollte ihn nicht unnötig aufregen. Zuerst wollte sie die Operation hinter sich bringen, dann konnte sie immer noch davon erzählen.

Am Tag vor der Operation fuhr Elisa mit sehr gemischten Gefühlen zum Krankenhaus. Alfred hatte sich einen Tag Urlaub genommen. Er begleitete seine Frau nicht, sondern schob vor, sich um die Kinder kümmern zu müsse.
„Und überhaupt muss ich nachher noch die Mutti abholen. Bestimmt will sie gleich was einkaufen, weil sie ja kocht. Du kannst gut mit dem Bus zum Krankenhaus fahren. Er hält direkt

vor der Tür." Elisa beließ es dabei. Sie hatte einfach keine Energie, sich mit ihrem Mann auseinanderzusetzen.
Nach einer langen Nacht kam sie schließlich an die Reihe. Die Operation sollte mit einer Periduralanästhesie durchgeführt werden. Der Narkosearzt hatte sie massiv dazu gedrängt, obwohl sie lieber eine ganz normale Narkose gehabt hätte. Es wäre ihr wesentlich angenehmer gewesen, einzuschlafen und nach der OP aufzuwachen, ohne etwas davon mitbekommen zu haben. Doch der Narkosearzt schilderte die von ihm vorgeschlagene Methode als sehr sicher. Schließlich willigte sie ein und unterschrieb alle Formulare.
Im Operationssaal setzte sie sich auf die Liege. Der Narkosearzt werkelte an und in ihrem Rücken herum, desinfizierte, betäubte die vorgesehen Einstichstelle, legte eine Kanüle. Völlig unerwartet wurde es Elisa übel. Sie schluckte krampfhaft. ‚Das ist sicher die Aufregung', sagte sie sich.
Einer der Ärzte schaute sie prüfend an. „Du meine Güte", meinte er, „sie werden ja ganz blass um die Nase."
Gleichzeitig begann es in ihrem Kopf zu summen, erst leise und dann immer lauter, während ihr speiübel war. Das summende Geräusch übertönte alles um sie herum, nahm den ganzen Raum ein. Der kalte Schweiß brach ihr aus. „Ich muss mich hinlegen", stammelte sie. Das Letzte was sie registrierte, waren Hände die sie stützen, dann wurde es mit einem Schlag totenstill und pechschwarz um sie.

Sie kam nur mühsam zu sich. Alles schien verzerrt und gleichzeitig verschwommen zu sein. Erschöpft schloss sie erneut die Augen, doch der dumpfe Schmerz holte sie wieder an die Oberfläche zurück.
„Können sie mich hören", sagte jemand im Hintergrund. „Können sie mich ansehen?"
Flatternd öffnete Elisa die Augen. Alles um sie herum war chromblitzend und weiß. Eine Krankenschwester stand an ihrem

Bett und schaute sie prüfend an. Langsam kam die Erinnerung wieder. Sie war schon vor der eigentlichen Operation ohnmächtig geworden. Wieder überrollte sie eine Welle des Schmerzes. Sie schloss die Augen, versuchte ihre Atmung in den Griff zu bekommen. Diese Anstrengung trieb ihr den Schweiß auf die Stirn. Entschlossen konzentrierte sie sich weiter auf den Atemvorgang und langsam wurde der Schmerz etwas erträglicher. Für einen Moment tauchte Elisa aus der merkwürdigen Unwirklichkeit auf. „Mein Mann ...", flüsterte sie.
„Er hat sich bis jetzt noch nicht gemeldet, sicher ist er gleich bei ihnen", beruhigte die Krankenschwester.
„Wie spät ...", sie konnte sich daran erinnern, dass sie am frühen Morgen in den Operationsraum gekommen war.
„Es ist jetzt achtzehn Uhr."
Elisa schnappte nach Luft, was eine unerträgliche Schmerzwelle auslöste. Die Schwester legte ihr eine Hand auf die Schulter. „Ganz ruhig, nicht verkrampfen", sagte sie und fuhr erleichtert fort, „da ist ihr Mann."
Wirklich stand Alfred plötzlich neben dem Bett und schaute sie prüfend an. „Na, alles gut überstanden? Ich habe es nicht früher geschafft."
Das Antworten übernahm die Krankenschwester. „Ihre Frau hatte während der OP einen Herzstillstand, ist aber operiert worden. Sie sollten besser mit dem Arzt reden."
Der Gedanke an ein klärendes Arztgespräch schien Alfred zu beunruhigen, denn plötzlich hatte er es eilig. „Vielleicht später, ich habe jetzt nicht viel Zeit, muss gleich wieder weg."
Elisa schloss die Augen, blendete ihn aus. Schließlich fiel sie zurück in den Dämmerzustand, in dem sie die Schmerzen ertragen konnte.
Als sie das nächste Mal wach wurde, befand sie sich in einem ganz normalen Krankenzimmer. Eine junge Frau lächelte sie vom Nachbarbett aus an. „Sie waren ganz schön weggetreten. Geht es jetzt besser?"

Mühsam erwiderte Elisa das Lächeln. „Ja, ein bisschen. Wie lange bin ich schon hier im Zimmer? Ich kann mich an gar nichts erinnern."

„Tatsächlich? Sie sind seit gestern Abend hier und haben die ganze Zeit fest geschlafen. Jetzt ist es fast Zeit für das Mittagessen."

Wie auf Kommando öffnete sich die Zimmertür und eine routinemäßig lächelnde Krankenschwester balancierte Tabletts, auf denen verschiedene Teller und Schüsseln standen. Elisa winkte müde ab. „Ich kann nichts essen, wenn sie gleich etwas gegen die Schmerzen hätten, dann wäre das schön."

Die Schwester zuckte mit den Schultern. „Wie sie möchten, ich komme gleich noch einmal und gebe ihnen ein Schmerzmittel in den Tropf."

Später kam der Narkosearzt mit einem Kollegen vorbei um nach ihr zu schauen. „Sie bekamen während der Periduralanästhesie einen Herzstillstand. Aber keine Sorge, wir hatten alles im Griff. Die Operation ist wie geplant durchgeführt worden", erklärte er strahlend. „Es geht Ihnen bald besser und Sie vergessen das kleine Zwischenspiel ganz schnell."

Elisa hörte die Worte wie durch einen Vorhang, denn das Schmerzmittel wirkte endlich. Im Moment war ihr alles egal. Sie wollte einfach nur schlafen und keine Schmerzen haben.

„Spatz, was machst du bloß für Sachen. Warum hast du uns nicht erzählt, dass du ins Krankenhaus musst. So eine Operation ist eine gefährliche Sache. In deinem Fall wäre fast alles zu spät gewesen." Kalle stand besorgt vor ihrem Bett und redete auf sie ein, während sich Elisa mühsam aufrichtete. Obwohl sie schon vor über einer Woche operiert worden war, fühlte sie sich immer noch müde und schlapp.

„Wirklich", ließ sich Ilse vernehmen. „Wenn Alfred uns nicht angerufen hätte, wüssten wir höchst wahrscheinlich immer noch nicht, was passiert ist."

„Ach, Mutter, ich hätte euch schon früh genug Bescheid gesagt, aber es ist schön, dass ihr hier seid."
„Dein Vater hat gleich Herzschmerzen bekommen und ich auch", erklärte Ilse, wurde aber von Kalle unterbrochen.
„Lass gut sein, Ilse. Wir wollen unsere Tochter doch nicht aufregen und uns auch nicht. Schlimm genug, dass der Herr Schwiegersohn seine Frau im Krankenhaus abliefert und erst nach mehr als einer Woche anruft um uns zu sagen, dass sie einen Herzstillstand hatte. Ja, dass sie überhaupt operiert wurde. Übrigens war er ziemlich kurz angebunden, aber ich habe nichts anderes erwartet."
„Hat er das gesagt? Dass er mich zum Krankenhaus begleitet hat?" Ärger stieg in Elisa auf, sie redete weiter ohne nachzudenken. „Das hat er nämlich nicht. Er hat sich gedrückt. Ich bin mit dem Bus hier her gefahren. Er ist erst am späten Nachmittag des nächsten Tages hier aufgelaufen. Da hätte ich schon lange tot sein können, das hätte er vermutlich gar nicht mitbekommen."
Kalle schnappte nach Luft. „Das darf nicht wahr sein. Was ist das nur für ein Mann, der seine Frau so in Stich lässt. Ich glaube, ich muss mich erst einmal hinsetzen."
Er sank auf einen Stuhl und versuchte, seine Atmung zu beruhigen, was nach einiger Zeit gelang.
Ilse legte eine Hand auf seine Schulter. „Da siehst du, Elisa, was du wieder gemacht hast. Dein Vater darf sich nicht aufregen, bei seinem Herzen. Wir sollten jetzt lieber gehen." Sie schüttelte den Kopf. „Wirklich! Wahrscheinlich hat Alfred seine Gründe gehabt. Wir hatten vor, im Anschluss an diesen Besuch bei euch zu Hause vorbeizufahren, wegen der Kinder. Wir haben sie schon eine ganze Weile nicht gesehen. Jetzt weiß ich nicht, ob wir das machen sollten."
Kalle tätschelte ihre Hand. „Ist schon gut. Ich rege mich gar nicht auf oder wenigstens nur ein bisschen. Das musst du mir erlauben. Natürlich besuchen wir die Kinder nachher noch. Heute ist Samstag, da müsste der Herr Schwiegersohn zu Hause

sein. Hat er sich schon bei dir sehen lassen, Spatz."
„Ja, heute war er ziemlich früh, ihr habt ihn verpasst", log Elisa, um ihren Vater nicht noch mehr aufzuregen. Sie hoffte, dass die Eltern bei ihrem Besuch nicht nachfragen würden. Sie wagte es nicht zu erzählen, dass Alfred sich nicht besonders häufig blicken ließ. Er schaute meist kurz vorbei, brachte neue Wäsche, holte die gebrauchte ab und war verschwunden, ehe Elisa es sich versah. Sie hatte ihn öfter gebeten, die Kinder mitzubringen, doch dieser Bitte war er noch nicht nachgekommen. Seine Mutter würde ihre Schwiegertochter gar nicht besuchen, erklärte Alfred. „Die Mutti hat mit den Blagen genug zu tun, wo die so verwöhnt sind." Doch wenn sie ehrlich war, so vermisste Elisa ihre Schwiegermutter überhaupt nicht.
„Ich glaube wir gehen jetzt wirklich", sagte Kalle. „Aber wir kommen in den nächsten Tagen wieder vorbei. Jetzt wissen wir ja Bescheid. Sei vorsichtig, Spatz und pass auf dich auf." Er nahm seine Tochter in den Arm. „Bis bald."
Elisa schaute ihren Eltern mit Unbehagen nach. Es passte ihr gar nicht, dass die beiden noch zu ihr nach Hause fuhren. Sie hoffte, dass es zu keinem Streit zwischen ihrem Vater und Alfred kommen würde. Ehe sie sich weitere Gedanken machen konnte, öffnete sich die Zimmertür und Peter betrat das Krankenzimmer.
„Hallo, kleine Schwester", strahlte er. „Ich dachte, ich besuche dich mal, ehe dir langweilig wird."
„Hier geht es heute zu wie auf dem Rummel", strahlte Elisa zurück. „Hast du unsere Eltern noch getroffen, sie sind gerade gegangen."
„Allerdings. Sie haben mir kurz erzählt, dass dein Mann sich gar nicht um dich kümmert. Papa ist ziemlich sauer, glaube ich. Du weißt ja, wie ich über deinen Alfred denke. Wenn du irgendwann Hilfe brauchst, dann kannst du mit mir rechnen. Ich kann dir übrigens einen kostenlosen Umzugswagen zur Verfügung stellen, wenn du endlich einsiehst, dass du dich von dem Typen trennen musst."

„Hast du deinem Vater erzählt, dass ich dich nicht ins Krankenhaus gebracht habe?" Alfred hatte sich drohend vor seiner Frau aufgebaut. „Der hat vielleicht einen Terz gemacht, bloß wegen der Kleinigkeit. Wenn du dich das nächste Mal bei ihm ausheulen musst, dann bitte nicht, wenn er mich gleich darauf besucht."
Elisa zuckte innerlich zusammen, denn sie hatte befürchtet, dass ihr Vater mit Alfred reden würde. Sie konnte sich lebhaft ausmalen, was passiert war. Kalle, voller Empörung über den lieblosen Schwiegersohn, traf auf einen Alfred, der die Aufregung seines Schwiegervaters nicht wirklich verstand.
„Es tut mir leid", murmelte sie, „irgendwie ist mir das so rausgerutscht." Elisa verstummte, tausend Gedanken schossen ihr durch den Kopf. Entschuldige sie sich wirklich, weil sie ihren Eltern die Wahrheit erzählt hatte? Dabei ahnten ihre Eltern nicht annähernd, wie Alfred wirklich war. Dass er sich selbst so wichtig nahm. Dass es ihm egal war, ob seine Frau eine Operation gut überstand oder nicht. Dass seine einzige große Liebe seine Mutter war und sich diese Tatsache wohl niemals ändern würde. Elisa straffte die Schultern. „Ich habe meinen Eltern nur das erzählt, was wirklich passiert ist." Sie fasste nach der Tüte mit Schmutzwäsche. „So, hier ist die dreckige Wäsche. Die saubere hast du mir ja schon gegeben. Was willst du also noch hier? Sieh zu, dass du nach Hause kommst und vielleicht, wenn du viel Zeit hast, kümmerst du dich um deine Söhne."
Alfred drehte sich auf dem Absatz um und verließ steifbeinig das Zimmer.
Elisas Bettnachbarin klatschte grinsend Beifall. „Ich wollte es nicht so sagen, aber das wurde wirklich Zeit. Der Typ ist schlimm, das merkt man schon nach einer Woche."

Zaghaft öffnete sich die Zimmertür, ein blonder Wuschelkopf lugte um die Ecke. Ihm folgte ein großer Blumenstrauß. Elisa, die keinen Besuch erwartete, schaute gar nicht richtig hin, doch

die Stimme ließ sie aufhorchen. „Darf ich reinkommen?", erklang es leise.
Das klang fast wie...
"Anne?", fragte Elisa zögernd.
Die Freundin schob sich endgültig ins Zimmer. „So sehr habe ich mich aber nicht verändert. Na gut, älter sind wir beide geworden."
Elisa wusste nicht, was sie sagen sollte. Nach dem letzten, unglücklichen Telefongespräch hatte sie nichts mehr von Annerose gehört. Oft war sie in Versuchung gewesen, die Freundin anzurufen, doch hatte sich immer im letzten Augenblick gezögert. Verletzter Stolz und Unsicherheit hielten sie ab.
„Ich habe so oft den Hörer in der Hand gehabt. Aber ich habe mich nicht getraut dich anzurufen", erklärte Anne. „Unser letztes Gespräch war ja alles andere als nett. Ich habe mich bescheuert verhalten und das tut mir schon lange furchtbar leid. Ich wollte wir könnten das vergessen und noch einmal von vorne anfangen."
„Aber wie...", stammelte Elisa, noch immer ganz überwältigt.
„Ich habe deinen Bruder neulich zufällig getroffen, wenn du das meinst. Wie ich hörte ist er wieder solo. Wir haben etwas zusammen getrunken und ein bisschen gequatscht, das war richtig schön. Er hat mir erzählt, dass du im Krankenhaus bist und auch, dass du ein wahnsinniges Glück gehabt hast. Ich glaube, genau da hat es Klick gemacht. Also habe ich hier im Krankenhaus nachgefragt, ob du noch nicht entlassen bist und da bin ich. Wie geht es dir? Du siehst ziemlich bescheiden aus, wenn ich das mal sagen darf."
Elisa lächelte, das war typisch Anne, immer gerade heraus. „Du hast dich gar nicht verändert. Und du siehst gut aus, wirklich. Wie es mir geht, das siehst du ja. Immer noch nicht so besonders, aber es wird mit jedem Tag besser. Erzähl mir lieber was du so machst."

„Mir geht's bestens. In den letzten Jahren hat es das Glück gut mit mir gemeint. Ich habe einen tollen Job, nehme Anlagen für meine Firma ab, was bedeutet, dass ich jede Menge Männer herumscheuchen kann. Ich habe Jahren einen festen Freund, was bedeutet, dass ich noch einen Mann herumscheuchen kann."
Elisa musste lauthals lachen, was sie dazu veranlasste, sich an den schmerzenden Unterleib zu greifen. „Aua, hör sofort auf, das tut noch weh. Das hört sich klasse an. Mensch Anne, du bringst mich zum Lachen. Wie in alten Zeiten."
„Wie in alten Zeiten", wiederholte Annerose und wurde unvermittelt ernst. „Möchtest du über Alfred reden, oder sollen wir das lieber außen vor lassen?"
Elisa setzte sich zurecht. „Reden wir über Alfred."

***

Elisa blieb fast vier Wochen im Krankenhaus, was ihr Gelegenheit gab, gründlich über ihre Situation nachzudenken.
Anneroses Besuch hatte sie wachgerüttelt. Sie hatte sich mit der Freundin ausführlich über Alfred unterhalten. Das Gespräch veranlasste sie dazu umzudenken. Sie war jetzt nicht mehr so sicher, ob er nicht wirklich versucht hatte, mit Anne anzubändeln. Auch sein aggressives Verhalten, wenn die Rede auf die Freundin kam, ließ sich damit erklären, dass sie ihn abgewiesen hatte. Doch das lag alles schon so lange zurück und wie schmerzhaft dieser Verdacht auch war, ein anderer Gedanke beschäftigte sie viel mehr.
‚Was wäre gewesen, wenn sie die Operation nicht überlebt hätte?'
Sie hatte keine grünen Wiesen gesehen, keine blühenden Landschaften und schon gar kein helles Licht, das sie in seinen Bann zog. Alles um sie herum war dunkel und kalt geworden. Da war nichts, nur undurchdringliche Schwärze, Leere, Kälte, Vergessen. Sollte das alles gewesen sein? Wollte sie in Zukunft ihr Leben wirklich so weiter führen? Sie war immer eine lebenslus-

tige Frau gewesen, hatte Spaß an allem und jedem gehabt, wollte so vieles erleben. Sie wollte leben und glücklich sein, nicht mehr und nicht weniger. Doch während der letzten Jahre war alle Leichtigkeit verschwunden. Ihre Ehe konnte beim besten Willen nicht als gut bezeichnet werden. Sie hatte viel zu lange weggeschaut, versucht allen Konfrontationen mit Alfred aus dem Weg zu gehen, auf ihre Kosten und, was noch schlimmer war, auf Kosten der Kinder. Plötzlich erinnerte sie sich wieder an die Worte ihres Bruders:
„Vielleicht bin ich nach meiner Krankheit nicht mehr so duldsam. Wer dem Tod so knapp entronnen ist, der möchte mit der Zeit, die ihm noch bleibt, etwas Vernünftiges anfangen. Der möchte vor allen Dingen glücklich und zufrieden sein", hatte er gesagt. Damals hatte sie nicht weiter darüber nachgedacht, jetzt konnte sie ihn nur zu gut verstehen.
Elisa beschloss, dass sie etwas ändern müsse.

***

„Ich will nicht, dass du ausgehst, schon gar nicht mit der dämlichen Kuh. Sie hetzt dich gegen mich auf, merkst du das nicht?", Alfred hatte sich drohend vor seiner Frau aufgebaut.
Elisa verdrehte genervt die Augen. „Hör doch endlich auf zu pesten. Egal was du gegen Anne sagst, du wirst uns nicht wieder auseinanderbringen. Also spar dir deine Gemeinheiten. Du wirst mich nicht davon abhalten, heute Abend weg zu gehen, egal wie du dich aufpumpst."
Alfred trat einen Schritt zurück. Die neue Elisa irritierte ihn sehr. „Ich sage nur die Wahrheit", erklärte er im Brustton der Überzeugung. „Diese Anne ist keine Gute. Ich hätte es lieber, wenn du hier bei mir bleiben würdest."
„Was soll ich deiner Meinung nach hier machen? Mich mit dir auf das Sofa setzen und mich volllaufen lassen? Wenn das deine Meinung von einem schönen Samstagabend ist, meinetwegen. Ich habe keine Lust darauf."

„Aber ich will nicht, dass du allein weggehst und dazu auch noch zum Tanzen. Da kann wer weiß was passieren, wenn du allein nach Hause fährst." Alfred gingen die Argumente aus, anders konnte sich Elisa diese Bemerkung nicht erklären. „Was soll mir, bitte schön, im Auto passieren. Das verstehe ich nicht. Wir besuchen nicht irgendeine Spelunke, sondern gehen in eine Disco, in der ganz normale Leute unseres Alters sind. Ich habe dich oft genug gefragt, ob wir am Wochenende etwas zusammen unternehmen können. Du hast es immer abgelehnt. Wenn du keine Lust dazu hast, auszugehen, so ist das kein Problem für mich. Aber ich sehe gar nicht ein, dass ich die Wochenenden vor dem Fernseher verbringe. So, und jetzt muss ich wirklich los."

Elisa hatte ihre guten Vorsätze in die Tat umgesetzt. Seit ein paar Wochen stand ihr Leben auf dem Kopf, denn es hatte sich tatsächlich einiges verändert. Sie war mit dem festen Vorsatz ein neues Leben anzufangen aus dem Krankenhaus nach Hause gekommen. Doch zunächst musste sie sich noch schonen und ganz gesund werden.
Während die Kinder sie stürmisch begrüßten, schien Alfred einfach froh zu sein, dass alles wieder seinen gewohnten Gang ging. Doch dachte er gar nicht daran, seine Frau zu unterstützen. Im Gegenteil erwartete er, dass Elisa nahtlos an die Zeit vor ihrem Krankenhausaufenthalt anknüpfte. „Es ist gut, dass du wieder da bist", war sein erster Kommentar. „Die Mutti hat nicht mehr gebügelt, das macht sie nicht so gern. Ich habe fast kein gebügeltes Hemd mehr im Schrank. Sie wollte auch schon einen Tag früher nach Hause gebracht werden, weil du sie ja nicht magst."
„Ich mag Oma Käthe auch nicht", erklärte Matts mit spontanem Ernst, was ihm einen warnend, gutgemeinten Ellbogenstoß von seinem Bruder und einen bitterbösen Blick von seinem Vater einbrachte.

Elisa lächelte ihren Mann zuckersüß an. „Eben, hat deine Mutter auch schon etwas gemerkt? Wenn du keine gescheiten Hemden mehr hast, so wird es Zeit, dass du das Bügeln lernst, mein Lieber. Ich kann noch nicht so lange stehen, tut mir leid."
Diese Bemerkung veranlasste Alfred, am nächsten Tag nach Feierabend mit einem großen, zusammengeklappten Gegenstand zu erscheinen. „Das ist ein Bügelhocker", erklärte er stolz. „Wenn du noch nicht so lange stehen kannst, dann setzt du dich beim Bügeln eben auf den Hocker." Er klappte das Teil mit einer weit ausholenden Bewegung auf und tatsächlich entpuppte es sich als eine etwas höhere Sitzgelegenheit. „Damit wäre dieses Problem gelöst", erklärte er grinsend.
„Und ich wette, den Tipp hat dir die Mutti gegeben?"
Alfred hob erstaunt die Augenbrauen. „Woher weißt du das. Stimmt, die Mutti hat echt gute Ideen, was."
Bald war Elisa wieder vollständig auf dem Damm, ging ihrer Aushilfstätigkeit wie gehabt nach und hatte den Haushalt im Griff.
Nun, da es ihr wieder gut ging, versuchte sie Alfred klar zu machen, was in ihr vorging. Sie erklärte ihm, wie unzufrieden, wie wenig geliebt und ernst genommen sie sich in der Ehe mit ihm fühlte, doch stießen alle Gesprächsversuche auf taube Ohren.
Alfred, der sich in der Ehe so wie sie war wohl fühlte, verstand die Welt nicht mehr. Was war nur in diese Frau gefahren. Plötzlich erzählte sie ihm, dass sie nicht mehr zufrieden war? Dabei hatte sie doch alles, was sie wollte. Die Kinder, die er praktisch gegen seinen Willen bekommen hatte, eine schöne Wohnung, genug Geld. Sie hatte es nicht einmal nötig, arbeiten zu gehen, das war ihr Privatvergnügen. Er verdiente genug, sie konnte sich auch ohne eigenes Einkommen kaufen was sie wollte. Hinzu kam, dass er ihr immer treu war. Niemals guckte er nach anderen Frauen. Na gut, Annerose war eine Ausnahme gewesen, aber sie hatte nichts von ihm wissen wollen, was er nur schwer überwunden hatte. Niemals ging er in die Kneipe, trank lieber zu

Hause. Wenn er sich am Wochenende mal eine Flasche Schnaps genehmigte, so blieb er immer ruhig und randalierte nicht, ganz im Gegensatz zu einigen seiner Geschlechtsgenossen. Zwar hatte er sich nicht immer im Griff, wenn es um die Kinder ging, aber gerade sein jüngerer Sohn war eine ausgesprochene Nervensäge, das sagte seine Mutter auch. Alfred beschloss, seine Frau reden zu lassen. Sie würde sich schon wieder einkriegen.
Leider irrte er mit dieser Vermutung. Nach einiger Zeit, in der sie immer wieder versucht hatte, mit Alfred zu reden, sah Elisa ein, dass er gar nicht daran dachte, etwas an ihrer Beziehung zu ändern. Sie zog die Konsequenzen daraus.
Elisa war mit Annerose in Kontakt geblieben. Die Freundinnen trafen sich öfter auf einen Kaffee, redeten über Gott, die Welt und die vergangenen Zeiten, schließlich gab es einiges nachzuholen. Nach und nach stellte sich wieder die alte Vertrautheit ein. Wobei es Annerose vermied, das Thema Alfred anzusprechen, bis Elisa von selbst über ihre Ehe und die aufgetretenen Schwierigkeiten redete. „Mit meinen Eltern möchte ich nicht darüber sprechen, mit Peter auch nicht. Sie können Alfred sowieso nicht leiden. Selbst meine Mutter hat inzwischen mitgekriegt, was er für ein Macho ist. Sie werden nur in die ich hab's dir ja gleich gesagt Kerbe hauen und damit ist mir nicht geholfen. Wehe du sagst das jetzt auch", grinste sie die Freundin an.
„Keine Sorge. Ich habe selbst einen Missgriff getan, wie du weißt. Gegen meinen Exmann ist Alfred noch ein toller Typ", erklärte Anne. „Bitte versteh mich jetzt nicht falsch. Ich will unsere Freundschaft nicht noch einmal aufs Spiel setzten, indem ich etwas gegen Alfred sage. Aber wenn du dir deiner Sache wirklich sicher bist, dann solltest du nicht mehr reden, sondern handeln. Mach doch einfach ab und zu, was du willst, ohne ständig Rücksicht auf den Supermacho zu nehmen. Vielleicht wacht Alfred dann auf und merkt, dass er etwas tun muss, um dich wiederzugewinnen. Wenn du Lust hast, dann können wir am nächsten Samstag tanzen gehen. Mein Freund hat nichts da-

gegen, wenn ich ab und zu allein ausgehe. Ich weiß eine wirklich schöne Diskothek, mit einem gepflegten Ambiente. Also, wie wär's?"
„Das wäre toll. Ich weiß gar nicht, wann ich das letzte Mal getanzt habe", überlegte Elisa nachdenklich. „Die Kinder könnten bei meinen Eltern schlafen, die beklagen sich sowieso darüber, dass sie die Jungen nicht oft genug sehen. Dann hätte Alfred keine Veranlassung zu meckern oder seine schlechte Laune an den Jungen auszulassen."
Anne hob die Hand. „Klasse, so gefällst du mir. Gib mir fünf, wie in alten Zeiten."
Elisa lachte und schlug ein. „Wie in alten Zeiten." Von nun an gingen Elisa und Annerose ab und zu tanzen, sehr zu Alfreds Leidwesen. Doch nicht nur in dieser Hinsicht änderte Elisa ihr Leben. Sie bestand darauf, ein eigenes Auto zu fahren und war nicht wenig erstaunt, dass Alfred dem ohne weiteres zustimmte. So kaufte sie sich einen kleinen roten Flitzer. Nun war sie auch in dieser Hinsicht unabhängig.
Als sie die Möglichkeit bekam, eine Halbtagsstelle in der Boutique zu übernehmen, griff sie zu, ohne sich vorher mit Alfred abgestimmt zu haben. Da sie in der Regel vormittags arbeitete, erledigte sich das Problem, der Kinderbetreuung von selbst.

***

„Sie haben mich gefeuert, einfach so. Sie haben eine komplette Schicht gestrichen, ich bin praktisch über." Alfred saß mit hängenden Armen auf dem Küchenstuhl. Die Tränen rannen ihm über das Gesicht. Elisa stand hilflos vor ihm. Sie hatte ihren Mann in all den Ehejahren niemals weinen sehen, nicht einmal, als sein Vater gestorben war.
„Ich bin über", wiederholte er und wischte sich mit dem Ärmel über Augen und Nase.

Elisa reichte ihm ein Taschentuch. „Deine Firma kann dich doch nicht von gleich auf jetzt kündigen. Überhaupt, wann tritt die Kündigung denn in Kraft?"
Alfred putzte sich lautstark die Nase. „Zu nächsten Montag", nuschelte er. „Die Kündigung haben sie mir vor sechs Wochen zugeschickt. Ich habe dir nichts erzählt, weil ich gehofft habe, in der Zeit einen neuen Job zu bekommen. Aber das ist heutzutage nicht so leicht."
Elisa war von Alfred einiges gewohnt, aber dass er ihr seine Entlassung verschwieg, verschlug ihr die Sprache. „Ja und jetzt ...", stammelte sie.
„Ich bin natürlich auf der Suche und war auch schon beim Arbeitsamt. Es kann nicht lange dauern, bis ich eine neue Stelle gefunden habe, schließlich bin ich Industriemeister", erklärte Alfred. „Noch etwas, sag bloß nichts der Mutti davon. Ein Glück, dass wir mit meinen Geschwistern keinen Kontakt mehr haben. Ich kann mir die schadenfrohen Gesichter von ihnen gut vorstellen."
So einfach, wie es sich Alfred vorstellte, gestaltete sich seine Arbeitssuche nicht. Er schrieb zahllose Bewerbungen, wobei er sich in der Regel für Tätigkeiten bewarb, für die er nicht wirklich qualifiziert war.

„Schließlich will ich mich verbessern, jetzt, wo ich entlassen wurde, habe ich die Chance dazu", erklärte er. „Die Arbeit eines Ingenieurs kann ich auch machen, das ist kein Problem für mich."
Elisas schüchternen Einwand, dass es ihm an der nötigen Qualifikation fehle, schob er beiseite. So ließ ihn Elisa machen, tippte seine Bewerbungsschreiben und Lebensläufe sorgfältig auf ihrer alten Schreibmaschine und hörte sich mit wachsender Ungeduld seine regelmäßigen Hasstiraden auf seine alte Firma und die Ungerechtigkeit der Welt an.

***

„Wenn ich dich so anschaue, dann erkenne ich dich kaum wieder", Peter hatte es sich auf einem Barhocker neben Elisa und Anne bequem gemacht. Er maß seine Schwester mit einem anerkennenden Blick. „Du strahlst wieder so wie früher, das gefällt mir. Es wundert mich, dass Alfred dich überhaupt aus dem Haus lässt und dann auch noch in eine Disco. Ist er nicht eifersüchtig?"
Elisa nippte an ihrer Cola. „Alfred ist es inzwischen egal, was ich mache. Die Hauptsache ist, dass er genug Alkohol im Haus hat und der Fernseher läuft. Ich glaube nicht, dass er eifersüchtig ist, dazu müsste er ja Gefühle für mich haben. Falls sie vorhanden sind, so kann er sie sehr gut verstecken. Übrigens habe ich ihn nicht um Erlaubnis gefragt. Das war in einem anderen Leben", sie strich sich über die Hüften. „Ich habe etwas abgenommen, das sieht man, nicht wahr. Danke für dein nettes Kompliment. Ich weiß, dass du so etwas nicht bloß so dahinsagst."
„Gern geschehen, aber trotzdem möchte ich jetzt lieber mit deiner Freundin tanzen", Peter wandte sich Anne zu. „Was meinst du, sollen wir uns auf die Tanzfläche wagen?"
Annerose lächelte. „Klar, immer doch." Elisa schaute den beiden zu und fand, dass sie ein schönes Paar abgaben. Allerdings wusste sie, dass ihre Freundin mit ihrem Freund fest verbandelt war. Peter mochte sich noch so sehr ins Zeug legen, er würde Anne nicht für sich gewinnen können. Gerade flüsterte er ihr etwas ins Ohr und Anne lachte schallend auf.
„Schade auch", murmelte sie.
„Was ist schade? Ich habe doch noch gar nichts gesagt", ertönte eine Stimme hinter ihr. Erstaunt schaute sie sich um und guckte in ein Paar rauchgraue Augen, die zu einem sympathischen Mann gehörten.
„Ach, ich meinte nur, mein Bruder und meine Freundin, das ist schade, sie passen so gut zusammen, finde ich." Elisa verlor hoffnungslos den Faden.

„Ich glaube, ich verstehe. Er möchte, aber sie will nicht so wirklich", entwirrte er den Satzknoten.
„So könnte man das sagen. Meine Freundin hat einen festen Freund. Da kann mein Bruder sich noch so anstrengen, es wird nicht klappen. Dabei ist er schon lange in Anne verschossen", erklärte Elisa und war über sich verwundert, denn sie erzählte einem Wildfremden Details, die ihn nichts angingen.
„Und was ist mit dir? Hast du auch einen festen Freund?", fragte der Fremde interessiert.
„Na ja, einen festen Freund habe ich nicht gerade", stotterte Elisa. „Wie ist es mir dir?" Dieser Mann machte sie nervös, obwohl er sich in gebührendem Abstand zu ihr befand.
Er lächelte sie an und fuhr sich durch das sowieso verstrubbelte Haar. „Ich habe auch keinen festen Freund. Nicht einmal eine feste Freundin. Sollten wir uns nicht zusammentun? Aber wenn du einen festen Freund hättest, dann würde ich mich so was von anstrengen, dich ihm auszuspannen. Das kannst du mir glauben, denn ich denke, du bist es wert."
Elisa schluckte. Eigentlich hätte sie jetzt sagen müssen, dass sie verheiratet war, doch das tat sie vorerst nicht. ‚Das ist gar nicht nötig, du siehst den Typen sowieso nicht wieder', dachte sie und lächelte zurück. „Ich heiße Elisa."
„Und ich bin Alan. Hallo Elisa, möchtest du mit mir tanzen?"
Inzwischen waren Anne und Peter von der Tanzfläche zurückgekommen und musterten den Neuankömmling unverhohlen.
„Er ist nett", flüsterte Anne ihrer Freundin zu. „Mach schon."
„Was?" Elisa bewegte wortlos die Lippen, kam aber nicht mehr dazu, etwas zu sagen. Alan nahm sie einfach bei der Hand und führte sie auf die Tanzfläche.
Sie tanzte im Laufe des Abends noch einige Male mit Alan, der sich auch mit Anne und Peter auf Anhieb verstand. Die beiden umgingen dezent jeden Hinweis darauf, dass Elisa verheiratet war. Elisa flirtete mit Alan und amüsierte sich richtig gut. Doch so sehr er ihr auch gefiel, so sehr er auf ein Date drängte, ließ

Elisa sich auf nichts ein. Man trennte sich mit einer losen Verabredung „irgendwann wieder hier".
Auf dem Weg zum Parkplatz legte Peter seinen Arm um Elisa. „Der Typ gefällt dir, das ist nicht zu übersehen. Du bist inzwischen ein großes Mädchen, ich muss also nicht mehr auf dich aufpassen, so wie früher. Aber ehe du Dummheiten machst, solltest du gut überlegen."
Anne mischte sich ein. „Hör mal, deine Schwester wird schon wissen, was sie tut. Übrigens ist Alan wirklich süß und jede Sünde wert", seufzte sie.
Peter verzog das Gesicht. „Weiber, immer stehen sie auf den Falschen."

***

„Geht das jetzt immer so? Du bist wohl vergnügungssüchtig, was?" Alfred hatte sich damit abgefunden, dass seine Frau tat, was sie wollte, doch dass sie jetzt schon wieder ausgehen wollte, ging ihm gegen den Strich.
Elisa musterte ihn kalt. Er saß mit seiner ausgeleierten Jogginghose und einem alten T-Shirt bekleidet auf dem Sofa. „Möchtest du mitkommen? Ich warte so lange, bis du dich umgezogen hast."
Alfred griff zur Bierflasche. „Ne, lass mal, ich gucke mir lieber „Wetten dass..." an. Das ist mein Samstagsvergnügen. Mach doch was du willst."
„Ja, das mache ich. Schön, dass du das auch so siehst. Sei so nett und sorge dafür, dass die Jungen nicht zu spät ins Bett gehen. Sie hatten keine Lust, das Wochenende bei Oma und Opa zu verbringen." Elisa drehte sich in der Wohnzimmertür noch einmal um. „Ich komme nicht zu spät nach Hause, falls dich das interessiert."
Alfred zuckte uninteressiert mit den Schultern und konzentrierte sich auf das Fernsehprogramm.

Elisa sah sich betont uninteressiert in der Diskothek um, was Anne zu einem amüsierten Grinsen veranlasste. „Er ist nicht hier", stellte sie fest.
Elisa hob die Augenbrauen. „Wer ist nicht hier? Wartest du auf jemanden?"
„Ich eher nicht. Jetzt tu bloß nicht so harmlos. Meinst du ich habe nicht gemerkt, wie ihr euch anschaut? Da sprühen die Funken nur so, meine Liebe", stellte Anne fest.
Die Freundinnen waren in der letzten Zeit häufiger als sonst zum Tanzen gegangen und trafen jedes Mal auf Alan. Er betonte dann, dass er rein zufällig einmal hereinschauen würde. Offensichtlich lag ihm daran, Elisa näher kennen zu lernen, denn er wich den ganzen Abend kaum von ihrer Seite, was sie sichtlich genoss. Auch heute ließ er nicht lange auf sich warten, doch er verhielt sich anders als sonst. „So geht das nicht", sagte er ernst zu Elisa, kaum dass er die Freundinnen begrüßt hatte. „Wir sollten endlich vernünftig miteinander reden."
Elisa sah ihn aufmerksam an. „Okay, lass uns in den Pub nebenan gehen, dort haben wir Ruhe. Ich muss dir sowieso etwas erzählen. Ich sage meiner Freundin Bescheid. Es wird ihr nichts ausmachen, eine Weile allein hier zu sitzen. Sicherlich taucht gleich mein Bruder auf, natürlich ganz zufällig, genau so zufällig wie du."
Die beiden ließen sich in einer Nische nieder. Hier im Pub war nicht viel los, sodass man sich in Ruhe unterhalten konnte. Elisa spielte mit ihrem Bierdeckel. „Ich muss dir etwas sagen", begann sie zögernd.
Alan sah sie ruhig an. „Dass du gebunden bis?", fragte er. „Das ist nicht schwer zu erraten. Warum sonst solltest du dich nicht mit mir treffen wollen. Meinst du ich merke nicht, dass du das personifizierte schlechte Gewissen bist, wenn ich versuche dir näher zu kommen?" Er fasste ihr unter das Kinn, hob ihr Gesicht ein wenig an und schaute ihr in die Augen. „Ich glaube, ich habe mich ein kleines bisschen in dich verliebt und vielleicht magst

du mich auch ein wenig. Aber du musst mir schon sagen, wie es weiter gehen soll. Ich bin zu alt, um mich wie ein Teeny alle paar Wochen in der Disco zu verabreden. Ich möchte dich gern richtig kennen lernen, mit allen Konsequenzen", er verstummte, schaute sie prüfend an. „Was meinst du?"
Elisa befand sich in einem Dilemma. Einerseits hatte sie sich Hals über Kopf in diesen Mann verliebt, andererseits waren da ihr Ehemann und, vor allem die Kinder. „Aber ich bin verheiratet und ich habe zwei Söhne", entfuhr es ihr spontan.
Alan grinste sie an. „Das ist klasse, ich auch. Aber ich lebe allein. Wir haben uns vor einiger Zeit getrennt. Meine Kinder sind zehn und acht Jahre alt. Es sind prima Jungen, ich kümmere mich so oft wie möglich um sie. Das klappt gut. Meine Ex und ich versuchen, vernünftig miteinander umzugehen."
Elisa schluckte, dass er getrennt lebte und Kinder hatte, war ihr neu. „Meine Jungen sind neun und sieben. Das ist alles nicht so einfach. Wenn ich frei wäre, dann würde ich keinen Moment zögern,", Elisa suchte einen Moment nach den richtigen Worten. „Ich mag dich sehr. Aber da ist halt noch mein Mann."
Alan nahm ihre Hand. „Ich denke, dass du nicht hier mit mir sitzen würdest, wenn in deiner Ehe alles in Ordnung wäre. Ich will dich auch nicht drängen. Vielleicht sollten wir uns einfach mal treffen, einen Kaffee trinken, uns unterhalten, uns in Ruhe kennen lernen. Dann können wir immer noch schauen, wie es weiter geht."
Elisa nickte. „In Ordnung, ich möchte dich weiter sehen, doch ich brauche Zeit, um mir über einiges klar zu werden."
„Du hast alle Zeit der Welt, das verspreche ich dir."

***

Alfred war mittlerweile ein halbes Jahr arbeitslos. Er verschlief die Vormittage, stand auf, wenn seine Frau von der Arbeit nach Hause kam. Dann wechselte er ins Wohnzimmer über, wo er es sich mit der ersten Flasche Bier vor dem Fernseher bequem

machte. Mitten in der Nacht stolperte er betrunken ins Bett. Elisa hatte unzählige Male versucht, mit ihm zu reden. Er schien ihr gar nicht mehr zuzuhören, hatte es sich angewöhnt, den Fernseher lauter zu stellen, wenn sie das Wohnzimmer betrat. Hinzu kam, dass er sich den Kindern gegenüber immer aggressiver verhielt. Ob es laute Musik war, das unaufgeräumte Kinderzimmer oder das Fahrrad, das quer und nicht abgeschlossen vor dem Haus stand. Die kleinste Kleinigkeit genügte, um ihn Rage zu bringen. Gerade Matts, der es immer wieder schaffte seinen Vater zu provozieren, bekam seinen Zorn zu spüren.
Heute hatte Elisa beschlossen, noch einmal vernünftig mit ihm zu reden und ging ins Wohnzimmer. Wie gewöhnlich lag Alfred auf dem Sofa und stierte in den Fernseher. Elisa registrierte, dass neben der obligatorischen Bierflasche ein benutztes Schnapsglas stand. Trotzdem wollte sie versuchen Alfred davon zu überzeugen, dass es so nicht weiter ging. Dass er sich grundlegend ändern müsste oder sie verlieren würde. Sie nahm entschlossen die Fernbedienung und schaltete den Fernseher aus.
„Wir müssen reden, Alfred. Das mache ich nicht mehr mit."
„Was willst du schon wieder? Hast du wieder was zu meckern? Habe ich die Betten nicht vernünftig gemacht? Oder nicht staubgesaugt? Verschwinde!"
„Ach Alfred. Du bist einfach unausstehlich. Merkst du das denn nicht? Du verhältst dich den Kindern gegenüber nur noch schrecklich, schreist und meckerst den ganzen Tag mit ihnen herum. Du trinkst viel zu viel Alkohol. Das macht dich noch aggressiver als du es sowieso schon bist. Doch was noch schlimmer ist: Du hast lange keine Bewerbung mehr abgeschickt. Wenn du dich nicht schnellstens änderst, wird ein Unglück geschehen. Ich denke schon seit einer Weile über die Trennung nach."
Alfred setzte sich abrupt auf. „Was soll ich machen, wenn ich keine Stelle kriege? Ich habe mich oft genug beworben. Sobald sich was ergibt, gehe ich auch wieder arbeiten. Überhaupt, du

denkst daran, dich von mir zu trennen? Wo willst du denn schon hin?", er wedelte ungeduldig mit der Hand. „Wenn du willst, dann hau doch ab, ich halte dich nicht auf. Aber nimm die Blagen mit. So, jetzt lass mich gefälligst in Ruhe mit deinem Gemecker."
Er riss seiner Frau mit einem Ruck die Fernbedienung aus der Hand und stellte den Fernseher wieder an. Der jähe Schmerz brachte Elisa in Rage. Sie stellte sich vor den Fernsehapparat und versperrte Alfred die Sicht.
„Sag mal, tickst du noch ganz richtig? Du kannst froh sein, dass ich überhaupt noch hier bin. Was würdest du ohne mich machen, du armes Licht. Was deine Bewerbungen anbetrifft, so hast du dich immer nur für Stellen beworben, für die du gar nicht genug qualifiziert bist mit deinem popeligen Industriemeistertitel. Kein Wunder, dass du bislang keine Zusage bekommen hast. Jetzt liegst du hier herum, heulst, betrinkst dich und bemitleidest dich den ganzen Tag. Aber auf den Kindern und auf mir kannst du herumhacken, wenn du einmal deinen Frust abladen willst. Was bist du nur für ein jämmerlicher Schwächling. Am Besten ist es, wenn du bei deiner Mutti einziehst, an ihrem Rockzipfel hängst du doch sowieso schon dein ganzes Leben!" Elisa hielt erschrocken inne. Das hatte sie gar nicht sagen wollen, doch hatte sich so viel Frust angesammelt, dass sie sich nicht mehr stoppen konnte.
Alfred sprang auf und näherte sich seiner Frau mit geballten Fäusten. „Das nimmst du sofort zurück, du blöde Kuh. Wage ja nicht, etwas gegen die Mutti zu sagen. Es ist schlimm genug, dass du sie so schlecht behandelt hast, dass sie auch mit mir nichts mehr zu tun haben will. Du bist schuld. Erst hast du mir die Blagen angehängt und jetzt hackst du ständig auf mir herum."
Elisa duckte sich, hatte für einen Augenblick Angst er würde sie schlagen, doch dann überkam sie eine unbändige Wut. Sie hatte so lange Jahre vor ihrem Mann gekuscht, hatte sich so viel gefal-

len lassen. Das würde nicht noch einmal geschehen. Sie straffte die Schultern. „Wenn du mich schlagen willst, nur zu. Tu dir keinen Zwang an. Ich nehme gar nichts zurück. Im Gegenteil! Jetzt sage ich dir mal was: Du solltest dich schämen. Du bist ein erwachsener Mann und benimmst dich wie ein verzogenes Kleinkind. Sobald du ein Problem hast, fängst du an herum zu jammern. Ich kann es nicht mehr ertragen. Ich werde dich verlassen."
Der erste Schlag traf sie, ließ sie in die Knie gehen. Alfred brüllte, beschimpfte sie, schlug weiter auf sie ein. Elisa rollte sich zusammen, versuchte, ihren Kopf zu schützen, während er nun auf sie eintrat, immer wieder. Unwirklichkeit umgab sie, die Zeit schien langsamer zu vergehen, wie in einer Zeitlupe. ‚Das ist das Ende unserer Ehe', dachte sie, während er, von der ungewohnten körperlichen Aktivität außer Atem gekommen, von ihr abließ. Keuchend ließ er sich auf einen Sessel fallen. Stierte sie aus blutunterlaufenen Augen an. „Das hast du jetzt davon. Warum musstest du mich auch so provozieren", murmelte er undeutlich, stand auf, wankte zum Wohnzimmerschrank und öffnete das Barfach. Während er sich ein Wasserglas voll Wodka goss, rappelte Elisa sich auf. Merkwürdig, sie fühlte nichts, noch keine Schmerzen, verspürte überhaupt keine Angst. Langsam ging sie zur Tür, legte die Hand auf die Klinke. Er hatte sich ihr zugewandt. „Sag doch was", die Worte klangen fast bittend.
Elisa verzog den Mund zu einem bitteren Lächeln. „Es gibt nichts mehr zu sagen."
Sie zog die Wohnzimmertür behutsam ins Schloss. Komisch, eigentlich müsste sie zornig sein, doch sie fühlte sich unendlich erleichtert. Nach all den Jahren hatte er es ihr so leicht gemacht. Sie würde ihn zusammen mit den Kindern verlassen, sich ein neues Leben aufbauen. Ein Leben in Selbstbestimmung und ohne Angst.
Sie war frei und niemand würde ihr jemals wieder so wehtun können. Das würde sie nie wieder zulassen.

Ruhrpottabschied

„Schon sieben Jahre. Heute genau auf den Tag", dachte Elisa, während sie an ihrer Kaffeetasse nippte. Zur Sicherheit schaute sie noch einmal auf den Kalender. Doch, sie hatte sich nicht verguckt. Neben dem heutigen Datum stand eindeutig ein Vermerk: Scheidung, unbedingt feiern.
Das hatte sie, so wie in jedem Jahr, eigenhändig im Kalender eingetragen. Sie nahm sich vor, am Abend eine Flasche Sekt zu öffnen und auf die beste Entscheidung ihres Lebens anzustoßen. Sie würde Annerose im Laufe des Tages anrufen und sie fragen, ob sie Lust hätte an der kleinen Feier teilzunehmen. In der Regel ließ es sich Anne nicht nehmen, an diesem Tag bei Elisa vorbeizuschauen.

***

Nachdem Elisa beschlossen hatte, sich endgültig von Alfred zu trennen, war alles leicht gewesen. Zunächst hatte sie noch das Gespräch gesucht, ihn gebeten seinerseits auszuziehen, sie mit den Kindern in der Eigentumswohnung der Eheleute wohnen zu lassen. Das hatte er kategorisch abgelehnt. „Was denkst du dir? Du willst dir wohl meine Wohnung unter den Nagel reißen was? Das könnte dir so passen. Wenn du die Trennung willst, dann sieh gefälligst zu, wo du mit den Blagen unterkommst, woll."
„Es ist nicht deine, sondern unsere Wohnung", klärte Elisa den Unbelehrbaren auf. „Zudem wäre es für die Kinder das Beste, wenn sie in ihrem gewohnten Umfeld blieben. Schließlich müssen sie unsere Trennung verarbeiten, das ist schlimm genug."
Alfred unterbrach sie barsch. „Ja wer will denn abhauen? Ich vielleicht? Ja wer hat denn wen dazu gebracht die Nerven zu verlieren? Hättest du mich nicht so provoziert, dann wäre ich auch nicht ausgerastet. Jetzt schiebst du mir den schwarzen Peter zu und willst mich auch noch aus meiner Wohnung vertreiben. Das kommt gar nicht in Frage. Wenn du weg willst – bitteschön.

Aber vergiss nicht, deine Blagen mitzunehmen, sonst verklage ich dich."
„Wenn du das so siehst, dann werden wir die Wohnung eben verkaufen und uns das Geld teilen. Schließlich ist sie so gut wie abbezahlt. Und noch einmal, du und ich stehen gemeinsam im Grundbuch. Also gehört die Wohnung auch uns beiden."
Alfred baute sich drohend vor Elisa auf. „Ich bleibe hier wohnen. Du schaffst es sowieso nicht, auf eigenen Beinen zu stehen. Wenn es das erste Mal eng für dich wird, dann kommst du heulend zu mir zurück."
Nach diesem Ausbruch gab es Elisa auf vernünftig mit Alfred zu reden und machte sich stattdessen auf die Wohnungssuche. Eine kleine Wohnung für sie und die Jungen war bald gefunden. Wie sie es vermutet hatte, fehlte Alfred seinen Söhnen nicht. Das Gegenteil war der Fall. Mutter und Kinder richteten sich in ihrem neuen Leben ein, kamen gut zurecht.
Ein paar Wochen nach Elisas Auszug tauchte Alfred überraschend in der neuen Wohnung auf. Er flegelte sich in einen Sessel und blickte sich neugierig um. „Donnerwetter! So schlecht sieht es hier gar nicht aus."
„Was du nicht sagst", Elisa war richtig stolz auf sich. „Was hast du denn gedacht? Dass ich ohne dich nicht klar komme? Das ist nicht dein Ernst, oder?"
Alfred musterte sie einen Moment und grinste dann breit. „Ich hätte gedacht, dass du schon nach ein paar Tagen zu mir zurückgekrochen kommst, aber fürs Erste hast du dich ja gut hier eingerichtet. Egal, dann dauert es eben etwas länger. Das schaffst du nie, schließlich sind die Blagen noch klein. Du wirst schon sehen, was du davon hast, dass du mich sitzen gelassen hast. Das sagt die Mutti auch."
Elisa blieb für einen Augenblick die Luft weg, doch dann gewann ihr ganzer Frust und auch die Wut auf Alfred die Überhand. „Um mir das zu sagen bist du hier aufgelaufen? Was bildest du dir eigentlich ein, du unverschämter Armleuchter. Ich

habe gedacht, ich könnte endlich einmal vernünftig mit dir reden. Schließlich ist immer noch unsere Eigentumswohnung da, bei der wir zu einer Lösung kommen müssen. Aber dir ist nicht zu helfen." Sie erhob sie sich und öffnete die Zimmertür. „Wo es hinaus geht weißt du. Lass dich hier nie wieder blicken. Du wirst von meiner Anwältin hören."
Alfred lief rot an und stürzte zur Tür hinaus. Elisa folgte ihm. „Und einen schönen Gruß an deine Mutter, sie kann ihr Söhnchen von jetzt an ganz für sich allein haben. Ich dachte einmal, ich hätte einen Mann geheiratet und keine Memme."
Alfred drehte sich noch einmal um, öffnete den Mund, doch es schien ihm keine passende Antwort einzufallen. So warf er die Wohnungstür mit einem lauten Knall ins Schloss.
Felix und Matts steckten neugierig die Köpfe aus dem Kinderzimmer, in dem sie miteinander gespielt hatten.
„Papa ist wohl weg, was", bemerkte Felix trocken. Er winkte seinem Bruder. „Los, Matts, jetzt können wir in Ruhe weitermachen und müssen nicht aufpassen, dass wir leise sind."
Elisa nahm die beiden ihn den Arm. „Das müsst ihr in Zukunft sowieso nicht mehr."
Nach diesem Zwischenfall ließ Alfred sich nicht mehr blicken. Elisa suchte tatsächlich eine Anwältin auf, die sich mit dem uneinsichtigen Ehemann in Verbindung setzte. Nach langem hin und her willigte Alfred zähneknirschend ein, das Eigentum zu verkaufen. Der Erlös wurde zwischen den Eheleuten geteilt. Er zog in eine Mietwohnung, überwies pünktlich den Unterhalt für die Jungen und kümmerte sich ansonsten wie gewohnt wenig bis gar nicht um seine Söhne.
Auch seine Familie, insbesondere seine Mutter, brach den Kontakt mit Elisa und den Kindern ab. Nur Alfreds Schwester Lara schnitt Elisa nicht. Sie erklärte kategorisch, dass sie mit den Problemen zwischen Elisa und Alfred nichts zu tun habe. Sie bemühte sich um eine neutrale Haltung beiden gegenüber, wobei sie sich wieder regelmäßig mit Elisa traf. Doch je weniger Alf-

reds Familie sich um die Kinder kümmerten, umso rührender taten das Elisas Eltern und ihr Bruder Peter.
„Ich habe es dir gleich gesagt, Spatz, dieser Gimpel ist kein Mann für dich. Ich habe ihn nie leiden können. Es ist ein Wunder, dass du so lange bei ihm geblieben bist", erklärte ihr Vater. „Dass du mir seine Gewalttätigkeit verschwiegen hast kann ich nicht verstehen. Wenn ich daran denke, dass er dich und die Jungen geschlagen hat, dann könnte ich mit dem abgerissenen Tischbein bei ihm vorbei gehen und ihm Manieren beibringen." Elisa musste bei dem Gedanken an ihren rappeldürren, nicht besonders kräftigen Vater mit dem abgerissenen Tischbein in der Hand grinsen, während ihre Mutter amüsiert die Hände in die gut gepolsterten Hüften stützte. „Kalle Jollenbeck! Wenn der Gedanke mir auch gefallen würde, wirst du mir nicht den schönen Wohnzimmertisch verschandeln. Übrigens kriegst du das Tischbein nicht einmal mehr abmontiert, geschweige denn abgerissen. Die Zeiten sind vorbei, mein Lieber. Du bist nicht mehr der Jüngste."
Kalle tätschelte seine Frau. „Ist ja gut, Ilsekind. Ich meine das auch nur so. Aber der Mistkerl soll mir nicht über den Weg laufen, ob ich nun ein alter Opa bin oder nicht."

Nach einem Trennungsjahr wurde die Ehe auf Elisas Betreiben geschieden, wobei Alfred sich auch hier gegen eine gütliche Einigung sträubte. Am Tag des Gerichtstermins trafen die Eheleute zum ersten Mal nach längerer Zeit aufeinander. Elisa streckte Alfred die Hand entgegen. „Hallo Alfred. Ich denke wir sollten anfangen vernünftig miteinander umzugehen."
Alfred schnaufte vernehmlich, schaute anschließend verächtlich auf ihre Hand und drehte sich weg, ohne Elisa ins Gesicht geschaut zu haben. Sie zuckte mit den Schultern. „Wenigstens habe ich es noch einmal versucht", wandte sie sich an ihre Anwältin.

„Das hätte ich ihnen gleich sagen könne. Ich kenne diesen Typ Mann zur Genüge. Er wird ihnen nie verzeihen, dass Sie ihn verlassen haben, wo er doch unfehlbar ist", erwiderte diese belustigt. „Seien Sie froh, dass Sie ihn los sind." Die Anwältin musterte ihre Mandantin mit einem kritischen Blick. „Aber ich denke, so lange bleiben Sie nicht allein. Ich könnte mir gut vorstellen, dass Sie irgendwann wieder heiraten."
Elisa machte eine abwehrende Handbewegung. „Never ever! Ich noch einmal heiraten – niemals. Wer macht schon den gleichen Fehler zweimal!"
Die Anwältin erhob sich. „Wir werden sehen. Jetzt müssen wir in den Gerichtssaal und dann sollte die Scheidung schnell über die Bühne gehen."

Was ihre Arbeitsstelle anbetraf, so hatte Elisa auch hier Glück. Nach einiger Zeit wurde in der Boutique, in der sie halbtags arbeitete, eine Ganztagsstelle frei. Das half ihr, eine bisher ungeahnte Selbstständigkeit zu entwickeln, denn sie kam finanziell gut über die Runden.

Das war inzwischen sieben Jahre her. Obwohl sich alles zum Guten entwickelte, Elisa einen großen Bekanntenkreis hatte, fühlte sie sich in letzter Zeit nicht besonders wohl. Immer öfter musste sie an Alan denken. Alan mit den rauchgrauen Augen, den sie kurz vor ihrer Trennung von Alfred kennen gelernt hatte. In den sie sich verliebt und den sie trotzdem zurückgewiesen hatten. Damals war sie sicher gewesen, das Richtige zu tun. Schließlich musste sie ihr Leben neu sortieren, musste zunächst einmal an die beiden Kinder denken. Jetzt war sie nicht mehr so sicher, ob sie die richtige Entscheidung getroffen hatte.
„Du musst wissen, was du willst. Wenn du im Moment keine Beziehung eingehen kannst, werde ich das schweren Herzens akzeptieren. Aber solltest du uns nicht wenigstens die Chance geben uns richtig kennenzulernen? Vielleicht änderst du deine

Meinung", hatte Alan gesagt, während er sie sanft in die Arme zog.
Elisa machte sich entschlossen frei. „Bitte, mach es mir nicht so schwer. Ich muss erst einmal den Kopf frei bekommen. Es ist im Moment alles zu viel für mich. Erst muss ich mich von meinem Mann trennen, eine Baustelle fertig machen", erklärte Elisa mit einem schiefen Lächeln. „Dann kann ich neu anfangen."
„Du hast alle Zeit der Welt, kannst dich jeder Zeit bei mir melden. Ich bin für dich da, wenn du das möchtest. Aber das musst du mir dann schon sagen. Ich werde dir nicht hinterherlaufen. Schließlich habe ich auch meinen Stolz."
Bei diesem Satz war es geblieben. Elisa hatte nie wieder Kontakt mit ihm aufgenommen und Alan hatte sich, wie er es gesagt hatte, nicht bei ihr gemeldet.

‚Jetzt ist es aber genug', mit einem energischen Ruck holte sich Elisa in die Wirklichkeit zurück. ‚Dir geht es gut. Du wolltest nie wieder fest mit einem Mann zusammen sein und niemals und unter keinen Umständen wieder in die Ehefalle tappen!' Das hatte sie sich hoch und heilig geschworen. Trotzdem, es wäre schön sich wieder zu verlieben. Schließlich hatte sie aus ihren Fehlern gelernt. In einer neuen Beziehung würde sie alles richtig machen.

„Du spinnst", erklärte ihr Lara unumwunden, als Elisa bei einem spontanen Treffen von den wieder erwachten Sehnsüchten erzählte. „Sei froh, dass du frei und ungebunden bist. Ich würde sonst was darum geben."
Erstaunt horchte Elisa auf. „Was ist jetzt los? Roland und du, ihr seid schon so lange zusammen. Ihr versteht euch doch fantastisch, jedenfalls sieht das nach außen hin so aus. Ist irgendetwas passiert? Muss ich mir Sorgen machen?"
„Ach, weißt du, es mag alles toll aussehen zwischen uns, ist es aber schon lange nicht mehr. Roland arbeitet immer so viel. Er

ist meist abgeschlafft und schlecht gelaunt. Zudem unternehmen wir überhaupt nichts mehr zusammen, nicht einmal am Wochenende hat er Lust aus dem Haus zu gehen." Gedankenversunken rührte die Freundin in ihrem Kaffee herum. „Wenn ich noch einmal die Zeit zurückdrehen könnte, dann würde ich nicht heiraten."
„Aber Lara, wie kannst du das nur sagen", rief Elisa geschockt aus. „Bestimmt hast du nur eine Depri-Phase. Oder kommst du schon in die Wechseljahre? Roland ist immer so lieb und zuvorkommend zu dir. Ich kann mir gar nicht vorstellen, dass es zwischen euch mal so richtig kracht."
„Ich bin weder in den Wechseljahren, noch depressiv, meine Liebe. Und von wegen zuvorkommend und lieb. Hast du eine Ahnung. So benimmt sich Roland, wenn jemand dabei ist. In der letzten Zeit streiten wir uns nur noch. Wenn das so weitergeht, dann, dann ...", Lara suchte nach Worten, „ ... dann suche ich mir einen Liebhaber, was fürs Herz und zum Kuscheln. Du und ich können ja zusammen damit anfangen", fügte sie grinsend hinzu.
„So war das nicht gemeint", grinste Elisa zurück. „Im Grunde deines Herzens liebst du Roland. Bestimmt renkt sich alles wieder ein. Du musst einfach Geduld haben."
„Du hast gut reden, dir geht nicht ständig jemand auf den Geist. Aber lassen wir das jetzt. Was hast du vor? Du kannst ja schlecht ein Plakat vor dir hertragen mit der Aufschrift: Suche netten Mann zum Verlieben."
„Stimmt. Vielleicht rede ich mal mit Anne. Sie hat in Punkto Männer mehr Erfahrung als wir beide zusammen."

Tatsächlich ergab sich für Elisa bald die Gelegenheit, mit ihrer besten Freundin über das Thema zu sprechen. Sie und Annerose hatten es sich in Elisas Wohnzimmer bei einem Glas Rotwein bequem gemacht. Diese Mädel Abende hatten sich nach Elisas

Trennung eingebürgert. Manchmal klinkte sich Lara mit ein, was aber heute nicht der Fall war.

Anne hatte sich nach ihrer desaströsen Ehe nie wieder fest gebunden. Sie hatte ab und zu einen ständigen Begleiter, doch hielt sie die Männer immer auf Abstand. Ihre derzeitige Beziehung mit einem um etliche Jahre jüngerer Mann, der in der Wohnung über ihr lebte, hielt schon erstaunlich lange. Allerdings war das Miteinander der beiden ein ständiges auf und ab, wobei es in der letzten Zeit sehr nach einer steilen Talfahrt aussah.

„Wie schaut es mit deinem Henry aus? Habt ihr euch nach dem letzten Streit wieder zusammengerauft?", fragte Elisa interessiert.

Anne zuckte betont gleichgültig mit den Schultern. „Er ist nicht mein Henry und es interessiert mich nicht, was der Typ macht. Es ist ärgerlich, dass er mein Nachbar ist. Ich sehe ihn viel zu oft durch den Hausflur schleichen."

„Das hört sich nicht gut an. Du hast ihm doch vor gar nicht so langer Zeit den tollen Schreibtisch spendiert. Da hat es gerade mal wieder so ausgesehen, als wärt ihr das Dream-Team schlechthin. Hat er sich für das Geschenk nicht revanchiert und dich nett zum Essen ausgeführt oder warum bist du so sauer auf ihn?"

Anne pustete die Wangen auf, ließ die Luft anschließend langsam wieder entweichen. „Witzbold. Wie sollte er das. Er steckt doch immer noch mitten im Studium und ist chronisch pleite. Wie oft ich ihm schon Geld geliehen habe, kannst du dir nicht vorstellen. Ich kann ihn höchstens zum Essen einladen, aber darauf habe ich auch keine Lust mehr. Das letzte Mal ist er anschließend zwar mit in meine Wohnung gekommen, hat sich dann allerdings auf die Couch gelegt und ist eingeschlafen. Und geschnarcht hat er auch noch."

Elisa unterdrückte ein Kichern, was Anne noch mehr in Rage brachte. „Ich habe ihn kurzerhand rausgeschmissen und mir zur Beruhigung einen Krimi angeschaut. Das muss ich mir wirklich

nicht noch einmal antun. Überhaupt ist er in der letzten Zeit immer müde und hat keine Lust auf Sex. Egal was ich probiere, er winkt jedes Mal ab."
„Das kann ich mir gar nicht vorstellen. Henry ist doch gerade mal zweiunddreißig. Eigentlich müsste er scharf wie sonst was auf dich sein. Hat er denn in der Uni so viel Stress? Oder meinst du, dass er, na ja, dass er eine Andere kennengelernt hat?", fragte Elisa vorsichtig.
„Das glaube ich nicht. Wenn er nicht in der Uni ist, dann ist er zu Hause oder hier bei mir. Wann sollte er sich mit einer anderen Perle treffen? Ob er in der Uni Stress hat? Auf mich macht er jedenfalls einen tiefenentspannten Eindruck. So anstrengend ist das alles also nicht", sinnierte Anne. „Vielleicht liegt es daran, dass wir schon so lange Jahre zusammen sind. Nach einiger Zeit schleicht sich in jede Beziehung eine gewisse Routine ein. Ich werde ihm vorschlagen eine Beziehungspause einzulegen, damit wir uns beide darüber klar werden, was wir wollen."
„Jetzt komm, Anne. Weißt du nicht, was du willst? Vor allem: Willst du Henry wirklich nicht mehr? Eine Pause von der Beziehung, das klingt wie der Anfang vom Ende. Du solltest ihn öfter mal anmachen, wenn er lustlos ist. Das bringt ihn schon in die Puschen."
„Du ahnungsloser Engel. Meinst du, dass ich auf die Idee nicht schon selbst gekommen bin? Letzte Woche habe ich den allerletzten Versuch gestartet. Dazu hatte ich mir richtig scharfe Wäsche gekauft und die passenden Halterlosen. Das habe ich angezogen, Highheels dazu und meinen schwarzen Seidenkimono. Ich wusste, dass Henry oben in seiner Wohnung war. So bin ich also hochgegangen. Der Nachbar von ganz oben ist mir im Flur begegnet. Du glaubst nicht, was der für Stielaugen gekriegt hat, dass ihm der Sabber nicht das Kinn hinuntergelaufen ist, war erstaunlich. Egal, ich habe jedenfalls bei Henry geklingelt und mich gegen den Türpfosten gelehnt, so in etwa." An dieser Stelle lehnte sich Anne in einer eindeutig lasziven Pose an die

Wohnzimmertür. Elisa verfolgte ihr Tun mit offenem Mund. „Und dann hat er dich in die Wohnung gezerrt und so richtig ..."
„Von wegen, so richtig", unterbrach die Freundin sie. „Er hat die Tür aufgemacht, kurz gestutzt und hat sich wieder an seinen Computer gesetzt. Ach ja und er hat komm doch rein gemurmelt. Aber ich habe nicht aufgegeben, sondern den Kimono runtergleiten lassen, bin zu ihm hin gestöckelt und habe ihm sanft die Schultern massiert. Weil er doch verspannt war und so."
Anne, die immer noch an der Tür gestanden hatte, ließ sich in ihren Sessel plumpsen. „Was soll ich dir sagen. Er hat kurz aufgeschaut und gesagt, ich solle den Kimono oder besser seinen alten Frotteebademantel anziehen, sonst würde ich mich wohlmöglich erkälten. Dann hat er weiter wie verrückt auf der Tastatur herumgetippt und mich vollständig ignoriert. Das kann doch nicht normal sein. Wenn ich mir vorstelle wie es mal zwischen uns abgegangen ist, dann werde ich ganz wehmütig."
„Vielleicht solltest du ihm etwas Zeit geben. Oder tatsächlich eine Beziehungspause einlegen. Obwohl ich das nicht für richtig halte, wenn du mit ihm zusammenbleiben möchtest", hier zögerte Elisa für einen Moment, bevor sie entschlossen fortfuhr. „Möglicherweise ist er sich seiner Sache zu sicher. Ein bisschen Eifersucht hat noch nie geschadet. Ich weiß, du würdest ihn nie betrügen, das sollst du auch gar nicht", kam sie der Freundin zuvor, die protestierend aufgefahren war. „Er soll nur wieder merken, was für eine tolle Frau du bist, dass du an jedem Finger zehn Kerle haben könntest, wenn du das wolltest. Übrigens wäre es einfach schön, sich neu zu verlieben, meinst du nicht? Na ja, wenigstens etwas verlieben", erklärte sie mit einem Seitenblick auf Annes skeptische Miene. „So mit Schmetterlingen im Bauch und nachts vor Sehnsucht nicht schlafen können. Mit kribbeln in den Fußsohlen und das Handy mit aufs Klo nehmen weil man sonst seinen Anruf verpasst."
„Ja, klar und mit Heulattacken, weil er nicht anruft. Mit Schlafentzug und am nächsten Morgen völlig fertig sein. Mit mitleidi-

gen Blicken von den Kollegen und einem ernsten Gespräch beim Chef. Und das alles letztendlich nur, um meinen Freund eifersüchtig zu machen? Das muss ich wirklich nicht haben." Anne schaute ihre Freundin für einen Augenblick aufmerksam an. „Was ist los mit dir? Bisher hieß es immer: Ach nö, bloß nicht wieder eine Beziehung eingehen. Das kommt für mich nicht in Frage. Plötzlich redest du vom Kribbeln und von Schmetterlingen im Bauch."
Elisa seufzte. „Das habe ich auch immer so gemeint wie ich es sagte. Aber es hat sich in der letzten Zeit einiges verändert. Die Jungen sind jetzt vierzehn und sechzehn Jahre alt und brauchen mich nicht mehr so, wie nach der Trennung von Alfred. Sie machen ihr Ding, sind mit ihren Freunden unterwegs. Nicht einmal mehr ins Kino gehen sie mit mir. Und ich habe lange gebraucht, um mit dem traurigen Ende meiner Ehe klarzukommen. Das alles zu verarbeiten hat seine Zeit gedauert, das weißt du doch aus Erfahrung. Inzwischen habe ich mich in meinem Leben eingerichtet, fühle mich wohl darin. Jetzt hätte ich Platz und Zeit für eine neue Liebe."
„Das ist alles gut und schön, aber wie stellst du dir das vor. Wir sind beide nicht mehr taufrisch. Männer, die altersmäßig zu uns passen ... Henry lasse ich jetzt mal außen vor, der ist ausgesprochen frühreif", grinste Anne ihre Freundin an, was diese laut auflachen ließ. „Also, passende Männer sind entweder verheiratet und suchen eine Gelegenheit für einen Seitensprung. Oder sie sind geschieden, haben kleinere Kinder und müssen Unterhalt bezahlen. Ja, und dann gibt es noch die unverheirateten, aber das die nicht alle Latten im Zaun haben ist an fünf Fingern abzuzählen. Schöne Aussichten." Entschlossen trank Anne ihr Weinglas leer. „Und jetzt bist du dran."

***

„Das ist ja wohl das Allerletzte. So nötig kannst du es doch nicht haben. Wenn ich dir einen Rat geben darf: Am besten erzählst

du keinem anderen davon. Schon gar nicht deinen Eltern, sie wären entsetzt, dass ihre Tochter sich einen Kerl per Kontaktanzeige anlachen will", hier hielt Annerose inne, um Luft zu holen. Tatsächlich durchforstete Elisa in letzter Zeit regelmäßig die Rubrik *„Er sucht Sie"*, die in der Wochenendbeilage der Tageszeitung abgedruckt war. Sie war dabei auf eine interessante Annonce gestoßen:
Er (48), sympathischer, humorvoller, gutaussehender Singlemann sucht liebenswerte, lustige Frau (Alter Nebensache) für besondere Treffen.
Elisa hatte einen kurzen Brief verfasst und ihn, versehen mit einem Foto und großen Hoffnungen, abgeschickt. Eine Woche später flatterte ihr ein netter Brief ins Haus. Der Mann bat um ein Treffen, schlug ein unverbindliches Kaffeetreffen vor. Kurzentschlossen willigte Elisa ein.
Jetzt erzählte sie ihrer Freundin freudestrahlend von dem Date und war erstaunt über Annes Reaktion. „Das kannst du knicken, da wird sowieso nix draus. Das Alter der Frau, die er sucht ist Nebensache? Der ist nicht wählerisch, was? Hast du überhaupt schon ein Foto von dem Typen gesehen?"
„Nein", gab Elisa zögernd zu. „Aber wieso klingst du so negativ? Vielleicht ist das ein ganz Netter, der, wie ich, allein ist. Sicher hat er sich bei der Bemerkung über das Alter der Frau gar nichts gedacht. Übrigens will ich ihn mir ja nur mal ansehen, das ist alles."
„Dann achte aber lieber mal darauf, dass du die Möglichkeit hast gleich wieder zu gehen, wenn es nötig ist. Die Erfahrungen habe ich schon hinter mir."
Annerose hatte vor Jahren dieselbe Idee wie ihre Freundin gehabt. Allerdings hatte sie selbst eine Kontaktanzeige aufgegeben. Sie bekam eine Menge Post und machte sich daran, die Bewerber einen nach dem anderen kennenzulernen. Nach kurzer Zeit stellte sie fest, dass es gar nicht einfach war, die Spreu vom Weizen zu trennen.

„Wobei von einem Traumprinzen keine Rede sein konnte. Einer war schlimmer als der Andere. Schließlich habe ich mich nur noch auf einem Parkplatz verabredet. Ich blieb im Auto sitzen und schaute mir erst einmal in Ruhe an, was da aus dem Wagen stieg. Einmal preschte ein nagelneuer Porsche auf den Parkplatz. Nicht schlecht, dachte ich, aber nur so lange, bis der Typ ausgestiegen war. Wenn das kein Zuhälter war, dann heiße ich Erna. Muskelshirt, natürlich zu eng. Den Hosenboden der Jeans in den Kniekehlen. Dicke Goldkette um den Hals, dickes goldenes Armband, fette Uhr. Die Haare blondiert, in Locken, schulterlang, Dreitagbart. Er entsprach wirklich jedem Klischee. Als er freudestrahlend auf mein Auto zukam, habe ich so was von Gas gegeben." Anne schüttelte sich noch im Nachhinein. „Danach habe ich die Sache aufgegeben."
„Nur weil du schlechte Erfahrungen gemacht hast heißt es nicht, dass ich das auch machen muss. Vielleicht ist dieser Mann die Ausnahme. Übrigens habe ich natürlich niemandem außer dir davon erzählt und schon gar nicht meinen Eltern. Was meinst du denn. Ich kann mir vorstellen, dass mein Bruder sich erst totlachen und mich dann andauernd damit aufziehen würde, wenn er davon wüsste."
„Damit hätte er Recht, du wirst schon sehen. Wie geht es Peter eigentlich? Ihn habe ich schon lange nicht mehr gesehen", erkundigte sich Anne betont harmlos.
„Stimmt, bei mir hat er sich auch länger nicht mehr blicken lassen. Er hat immer noch mit seinem Fuhrunternehmen alle Hände voll zu tun. Du weißt, dass er dich gut findet. Das hat er dir mehr als deutlich gezeigt. Wenn du gewollt hättest ..."
Annerose unterbrach die Freundin. „Hör auf mich zu verkuppeln. Im Moment bin ich noch mit Henry zusammen." Sie schwieg einen Moment nachdenklich. „Allerdings weiß ich nicht, wie lange das noch gut geht. Wenn er sich weiter so gleichgültig verhält, dann werde ich wohl doch Schluss machen."

„Siehst du. Vielleicht überlegst du dir meinen Vorschlag doch noch. Wenn es mit meinem Zeitungsdate nichts wird, dann können wir zusammen gucken ob wir den passenden Typen für uns finden. Für jede von uns einen, meine ich", fügte Elisa lachend hinzu.

Nervös betrat Elisa das Café. Sie hatte mit Bedacht ein Lokal im Nachbarort ausgesucht. Somit war nicht damit zu rechnen jemand Bekanntes zu treffen. Ein Date per Zeitungsannonce, das klang ausgesprochen spießig, ja hausbacken.
Sie war etwas zu früh und steuerte einen freien Tisch in einer Ecke an, ohne sich großartig umzusehen. Hier setzte sie sich auf die Stuhlkante, schloss für einen Moment die Augen, atmete tief ein und aus um sich zu beruhigen. Annes Horrorgeschichten gingen ihr schon seit einer Weile durch den Kopf. Sie hoffte, dass der zu erwartende Mann wenigstens einigermaßen normal aussah. Schließlich hatte sie ihn noch nie gesehen. Während sie ihm ein Foto von sich geschickt hatte, musste sie sich auf seine Selbstbeschreibung verlassen.
Ein Stuhl scharrte über den Boden, Geschirr klirrte, jemand setzte sich zu ihr. „Wenn das kein Zufall ist, was machst du hier?", fragte ihr Bruder.
‚Nein, bitte nicht', dachte Elisa entsetzt und riss die Augen auf. „Ich weiß, dass wir uns ein paar Wochen nicht gesehen haben, aber so verändert habe ich mich in der Zeit nicht. Du guckst mich an, als wäre ich Jack the Ripper", erklärte Peter trocken.
„Hallo, was machst du denn hier?", hauchte Elisa matt.
„Ich habe zuerst gefragt. Egal, ich arbeite, fahre Ware aus. Das macht man so, wenn man ein Kleinunternehmer ist, weißt du. Ich bin beim letzten Kunden früher mit dem Abladen fertig geworden als geplant und genehmige mir deshalb einen Kaffee. Das ist das ganze Geheimnis." Peter schwieg, sah sie erwartungsvoll an.
„Ich will auch einen Kaffee trinken."

„Tatsächlich? Das hätte ich jetzt nicht gedacht. Das ist aber so gar nicht deine Gegend hier, oder?", fragte Peter interessiert.
Elisa zuckte hilflos mit den Schultern. „Wieso nicht meine Gegend? Ich war gerade hier in der Ecke, habe eine Freundin besucht. Überhaupt geht dich das gar nichts an, wo ich Kaffee trinke." Sie sah sich demonstrativ nach der Bedienung um und orderte einen Milchkaffee. Nach dem sie einen Schluck genommen hatte, musterte sie ihren Bruder verzweifelt. „Willst du nicht wieder los? Ich denke du arbeitest."
Peter grinste sie an. „Ich habe noch etwas Zeit. Ich bleibe bis du ausgetrunken hast, dann musst du nicht so allein hier sitzen. Weißt du was, ich geben dir den Kaffee aus."
Die Tür öffnete sich und ein Mann betrat das Café. Elisa durchfuhr es heiß. War das ... Nein! Dieser Mann setzte sich an einen Tisch, zog die Zeitung hervor und begann konzentriert zu lesen. Elisa seufzte resigniert. Sie beschloss ihrem neugierigen Bruder die Wahrheit zu sagen. Vielleicht würde er sich dann diskret zurückziehe. „Hör zu, ich bin hier verabredet. Mit einem Mann, wenn du es genau wissen willst. Und bevor du mich weiter ausquetschst: Ich habe ihn über eine Zeitungsannonce kennengelernt. Wehe du lachst, dann kannst du was erleben."
Um Peters Mundwinkel zuckte es, aber er hatte sich bemerkenswert im Griff. E „So, so. Zeitungsannonce", brummelte er. „Du bist ja bekloppt. Hast du das nötig?"
„Das geht dich gar nichts an", zischte Elisa ihn an. „Und jetzt zieh Leine, bevor er kommt."
Mit einem breiten Grinsen erhob sich Peter. „Dann will ich dir die Tour nicht vermasseln, Schwesterherz. Viel Spaß noch."
Elisa atmete auf. Doch statt das Café zu verlassen, setzte sich ihr Bruder an einen freien Tisch und bestellte ein Mineralwasser. ‚Das wird mir jetzt alles zu blöd. Ich zahle und dann gehe ich einfach', dachte Elisa. Doch bevor sie das Gedachte in die Tat umsetzen konnte, betrat ein Herr mittleren Alters das Café. Er sah sich suchend um und steuerte zielsicher ihren Tisch an.

„Hallo, ich glaube wir sind verabredet", strahlte er, stutzte aber, als er Elisas düstere Miene bemerkte. „Oder irre ich mich?"
„Nein, das stimmt schon", würgte sie heraus, während sie zu ihrem Bruder hinschielte, der interessiert in ihre Richtung schaute. Als er ihren Blick bemerkte, prostete er ihr grinsend mit dem Wasserglas zu. Elisa verdrehte die Augen und konzentrierte sich auf ihr Gegenüber. „Sie sind also Herr Ölschlegel?"
„Für Sie bitte Ludger", grinste der. „Ich dachte schon, ich wäre am falschen Tisch. Sie haben ein wenig, wie soll ich sagen, ernst geschaut. Ich hoffe es geht Ihnen gut."
„Das tut mir leid", erleichtert registrierte Elisa, dass ihr Bruder sich anschickte das Café zu verlassen. In der Tür drehte er sich noch einmal um, deutete auf Ludger Ölschlegel und wies mit dem ausgestreckten Daumen nach unten. Elisa zog eine Grimasse.
„Oh, ist Ihnen nicht gut?" fragte Ludger besorgt.
„Das ist die Aufregung. Schließlich lerne ich nicht jeden Tag einen Mann kennen, mit dem ich über die Zeitung in Kontakt gekommen bin", beeilte sich Elisa zu versichern.
Ludger lächelte, wobei er Elisa ein kleines bisschen an einen Haifisch erinnerte. „Kein Problem, meine Liebe. Ich bin von Beruf Makler. Da ist mir nichts fremd, nichts menschliches, jedenfalls. Ich werde Sie noch entspannen."
„Tatsächlich?" Mit dieser rätselhaften Bemerkung konnte Elisa nicht viel anfangen, doch sie hatte keine Zeit darüber nachzudenken, denn Ludger sah sich missbilligend um. „Ich möchte Sie zu einem frühen Abendessen einladen. Hier ist nicht das richtige Ambiente für ein angemessenes Kennenlernen."
„Mir gefällt es hier", erklärte Elisa. Nicht auszudenken, wenn ihr Bruder draußen herumlungern würde. Er würde es fertig bringen, ihr das Date komplett zu vermasseln.
„Keine Widerrede, meine Liebe." Ludger wedelte der Kellnerin mit einem Geldschein zu. „Selbstverständlich zahle ich Ihren

Kaffee. Ich weiß schon die richtige Lokalität für uns." Er schlug ein Nobelrestaurant ganz in der Nähe vor.

„Hier fühlen Sie sich viel wohler und können schön entspannt sein. Das sehe ich Ihnen an der hübschen Nasenspitze an", bemerkte er wenig später. Wirklich ging es Elisa schon besser. Beim Verlassen des Cafés hatte sie nervös nach ihrem Bruder Ausschau gehalten, doch der war offensichtlich weitergefahren. Jedenfalls konnte sie ihn zu ihrer Erleichterung nirgends entdecken. Wieso mischte er sich überhaupt in ihre Angelegenheiten? Hoffentlich würde er wenigstens den Eltern nichts erzählen. Elisa beschloss, ein ernstes Gespräch mit ihm zu führen.
Sie schrak aus ihren Gedanken als Ludger ihre Hände ergriff. „Ich muss Ihnen etwas beichten", sagte er mit einem treuherzigen Augenaufschlag und dem Elisa bereits bekannten Haifischlächeln. „Ich bin zwar sehr allein und einsam, aber so wirklich Single bin ich nicht."
„Wie meinen Sie das?" Elisa entzog sich ihm. Erst jetzt bemerkte sie, dass er einen Ehering trug. „Sie haben doch ausdrücklich geschrieben, dass Sie getrennt von ihrer Frau leben."
„Getrennt, das ist ein weiter Begriff. Ich erwäge die räumliche Trennung schon seit längerer Zeit. Formal bin ich allerdings noch verheiratet. Sie müssen wissen, dass meine Frau völlig über meine Bedürfnisse hinweggeht. Sie ist nur mit ihrem Job verheiratet. Am Morgen steht sie schon um halb fünf auf, um ihre Yogaübungen zu machen. Anschließend fährt sie zur Arbeit. Am Abend ist sie müde, geht meist um einundzwanzig Uhr ins Bett. Am Wochenende muss sie sich auf ihren Unterricht vorbereiten, hat selbst dann keine Zeit für eine kleine Entspannung. Sie ist Direktorin einer berufsbildenden Schule müssen Sie wissen." Den letzten Satz sagte Ludger nicht ohne Stolz. „Trotzdem, ein Mann sollte nicht so behandelt werden", fügte er hinzu.
„Heißt das, dass Sie mit ihrer Frau zusammenleben?"

„Noch ist das so. Zunächst suche ich eine nette Frau, die mich versteht. Alles Weitere ergibt sich dann sicherlich."
Elisa schüttelte genervt den Kopf. Erst ihr Bruder, der sich sicher auf ihre Kosten lustig machen würde und jetzt dieser Mensch, der ihr vorgemacht hatte, dass er eine Beziehung suchen würde, aber offensichtlich an einer Affäre interessiert war.
„Sie können das Kind ruhig beim Namen nennen. Sie haben gar nicht vor, sich von Ihrer Frau zu trennen. Sie kommen bei ihr nicht auf ihre Kosten und suchen jetzt etwas nebenbei", sagte sie konsterniert.
Ludger verzog das Gesicht: „Aber, aber, meine Liebe, welch eine unromantischer Ausdruck: etwas nebenbei suchen! Ich suche eine nette, hübsche, aufgeschlossene Frau, die offen für alles Neue ist und mich versteht. Ich bin nicht unvermögend, müssen Sie wissen." Wieder nahm er ihre Hände, schaute ihr tief in die Augen. „Wenn Sie mir nur die Gelegenheit geben, dann werde ich Sie von meinen Qualitäten überzeugen. Ich bin ein versierter und ausdauernder Liebhaber. Mir ist es wichtiger die Frau glücklich zu machen, als selbst zur Erfüllung zu kommen. Sie werden es nicht bereuen. Sicher haben Sie bemerkt, dass dieses Restaurant zu einem Hotel gehört. Wir könnten problemlos ein Zimmer mieten."
Zum zweiten Mal entzog Elisa sich ihm. „Das kommt mir alles zu plötzlich. Ich war davon ausgegangen, dass Sie ledig sind. Überhaupt habe ich nicht vor, schon beim ersten Treffen so weit zu gehen. Erst einmal müsste ich Sie kennenlernen und ob ich das wirklich will, das weiß ich nicht."
„Wie könnten wir uns besser kennenlernen als durch Intimität. Ich bitte Sie. Sie sind doch eine gestandene Frau! Liebe am Nachmittag, lockt Sie das denn gar nicht?" Ludger ließ nicht locker. „Bestimmt würde es Ihnen gefallen, sich von mir verwöhnen zu lassen. Lassen Sie sich fallen. Ich bin für alles offen, wirklich."

Elisa schluckte. Er mochte für alles offen sein, sie ganz bestimmt nicht. „Ich denke nicht, dass ich das möchte. Also lassen Sie es gut sein. Bestimmt finden Sie bald eine Dame, die Ihre Bedürfnisse mit Ihnen teilen will. Ich bin es definitiv nicht. Jetzt sollte ich wirklich gehen, ich habe um diese Uhrzeit sowieso keinen Hunger."

„Aber, aber, meine Liebe. Das habe ich doch nicht böse gemeint. Ich finde Sie eben attraktiv. Darüber sollten Sie sich freuen. Wir sollten unser Date nett und harmonisch beenden. Ich werde auch ganz brav sein, und ihr Nein total akzeptieren."

„Sorry, aber ich möchte jetzt gehen." Elisa stand entschlossen auf, was Ludger hektisch werden ließ. „Warten Sie bitte einen Augenblick. Ich zahle nur schnell und dann bringe ich Sie wenigstens zu ihrem Auto."

Zögernd setzte sich Elisa auf die Stuhlkante. Vielleicht reagierte sich tatsächlich über. Zu nahe getreten war Ludger ihr nicht wirklich, er hatte ihr eigentlich nur einen Vorschlag gemacht, ohne sie zu bedrängen. Sie sollte ihn kühl und gelassen abweisen und die Form wahren.

Nachdem er die Getränke bezahlt hatte, verließen die beiden gemeinsam das Lokal und steuerten den Parkplatz an. Elisa war froh, darauf bestanden zu haben, mit dem eigenen Auto zu fahren, statt auf Ludgers Vorschlag eingegangen zu sein, in sein Auto zu steigen. An Ort und Stelle angekommen, ging Ludger zur Großoffensive über.

„Überlegen Sie es sich, meine Liebe", flüsterte er drängend, während er sich an sie presste. „Ich habe einiges zu bieten, wie Sie jetzt vielleicht bemerken." Er drückte seinen Unterleib an sie, sodass sie seine Erektion deutlich spüren konnte. „Das gefällt dir doch, gib es zu", murmelte er und versuchte sie zu küssen.

Elisa tastete nach ihrem Autoschlüssel. Sie bemühte sich gleichzeitig, dem Griff seiner feuchten Hände und seinen noch feuchteren Lippen zu entgehen. Das war gar nicht so einfach, denn

dieser Mann schien seine Finger plötzlich überall zu haben. Jetzt rieb er sich auch noch an ihr. Übelkeit stieg in ihr hoch.
„Urks!" Er hatte es tatsächlich geschafft, seine Zunge in ihren Mund zu stecken. Elisa biss kräftig zu. Mit einem Aufjaulen ließ Ludger sie los, hielt sich beide Hände vor den Mund. Die Gelegenheit nutzte sie, um schnellstens in ihr Auto zu kommen. Mit fieberhafter Eile steckte sie den Schlüssel ins Zündschloss und fuhr los. Im Rückspiegel sah sie Ludger, der ihr fassungslos hinterher starrte.

„Habe ich es dir nicht gesagt! Hättest du mal auf den Rat einer erfahrenen Frau gehört, Mädel. Vergiss die Zeitung."
Elisa konnte genau hören, dass Anne von einem Ohr zum anderen grinste. Zu Hause angekommen hatte sie gleich ihr Freundin angerufen und ihr von dem misslungen Date erzählt.
„Ich gebe es ungern zu, aber du hast recht gehabt", sagte sie zerknirscht. „Wenigstens wird dieser unmögliche Kerl eine ganze Weile nur lispeln können, wenn überhaupt. Die Erfahrung mit diesem Schwachmaten werde ich verschmerzen können. Viel ärgerlicher ist, dass mein Bruder mir im Café über den Weg gelaufen ist. Er war der Letzte, dem ich zu diesem Zeitpunkt begegnen wollte. Wahrscheinlich wird er mich die nächsten hundert Jahre damit aufziehen."
„Ja, das glaube ich auch", merkte Anne genüsslich an. „Damit wirst du wohl klarkommen müssen. Dann ist es gut, dass Peter sich im Moment ziemlich rar macht."
„Stimmt, ich wünsche ihm, dass die Geschäfte bombig laufen und er wenig Zeit hat. Wie sieht es aus? Kommst du am Samstag mit in die Disco? Lara hat gefragt, ob wir zusammen ausgehen. Vielleicht läuft mir dort der Richtige über den Weg."
„Du gibst wohl nie auf, was", lachte Annerose. „Okay, das wird mich auf andere Gedanken bringen. Übrigens muss jemand auf dich aufpassen, sonst gerätst du wieder an den Falschen. Kommt

am Besten beide zu mir. Von hier aus ist es bis zur Disco ja nur ein Katzensprung."

***

„Hallo Mädels", mit diesen Worten öffnete eine gutgelaunte Anne die Wohnungstür für Lara und Elisa. „Wie wäre es mit einem Gläschen Sekt, bevor wir losgehen?" Sie steuerte unternehmungslustig den Kühlschrank in der Küche an.
„Du hast es gut, die Disco liegt um die Ecke. Aber ich muss nachher noch fahren", erklärte Elisa.
„Aber ich nicht, weil du mich mitnimmst", ließ sich Lara vernehmen. „Ich nehme gern ein Glas Sekt. Übrigens kannst du den Sekt mit Orangensaft mischen, Elisa."
„Stimmt", stellte Anne fest. „Ich schütte dir das Glas halb voll und du nimmst Saft dazu. Hast du Lara eigentlich schon von deinen letzten Erlebnissen erzählt?"
Elisa lachte laut auf. „Olle Petze. Nein, das habe ich nicht und grins nicht so hinterhältig."
„Was denn für Erlebnisse", fragte Lara interessiert, während sie an ihrem Sekt nippte.
„Na ja, ich habe dir doch erzählt, dass ich ganz gern jemanden kennenlernen möchte. Also habe ich mal in die Zeitung geguckt und bin auf eine interessante Annonce gestoßen ..."
Elisa erzählte von ihren Erlebnissen mit dem notgeilen, verheirateten Ludger und seinem Versuch, sie auf dem Parkplatz doch noch zu verführen. „Was soll ich sagen, dieser Mann grinst wie ein Haifisch und ist zu einem Kraken mutiert. Er hatte plötzlich doppelt so viele Arme als normal, mindestens. Als er mir auch noch seine Zunge in den Mund gesteckt hat, da habe ich kräftig zugebissen. Natürlich hat er losgelassen. Ich bin schnell ins Auto gesprungen und habe Gummi gegeben." Lara und Anne prusteten los, auch Elisa stimmte in das Lachen mit ein.
„Du hättest dem Typen bevor er zudringlich geworden ist sagen sollen, wo der Hammer hängt", japste Lara schließlich.

„Ich glaube wo sein Hammer hängt, das hat er gewusst", erklärte Elisa mit einer komischen Grimasse, was die Freundinnen zu einem weiteren Heiterkeitsausbruch veranlasste.
„Wer guckt denn heutzutage auch noch in die Zeitung. Omas und Opas vielleicht. Es gibt doch ganz andere Möglichkeiten", stellte Lara schließlich fest.
Ein Schlüssel, der im Schloss der Eingangstür umgedreht wurde ließ sie verstummen. Henry betrat den Raum. „Ich hätte mir denken können, dass ihr es euch erst einmal gemütlich gemacht habt und ein Sektchen schlürft." Er nahm Elisa in den Arm. „Na du, lange nicht gesehen. Wie geht es dir?"
„Gut, danke. Ja, das stimmt. Wir haben uns länger nicht gesehen. Du hast dich in der letzten Zeit ganz schön rar gemacht, mein Lieber", antwortete Elisa. Sie wandte sich der Ex Schwägerin zu. „Ich glaube ihr kennt euch noch gar nicht. Henry, das ist Lara."
„Nein, ich hatte bisher noch nicht das vergnügen", stellte Henry fest und reichte Lara die Hand. „An dich würde ich mich ganz bestimmt erinnern."
Während die Angesprochene sanft errötete, mischte sich Anne ein. „Was willst du eigentlich hier? Du weißt doch genau, dass wir Mädels heute in die ‚Alte Liebe' gehen."
„Das habe ich nicht vergessen. Ich hatte gehofft, dich noch anzutreffen, weil ich dich fragen wollte, ob ich euch nachher abholen soll. Wenn du mir eine Uhrzeit sagst, dann komme ich in die Disco, damit ihr nicht allein nach Hause gehen müsst."
Anne schüttelt verblüfft den Kopf. „Was soll das denn? Das hast du noch nie gemacht und es ist wirklich nicht nötig. Den Heimweg finde ich allein, danke. Übrigens weiß ich nicht, wie lange wir ausgehen. Lass mal gut sein."
„Ich dachte nur ..." Henry zuckte bedauernd mit den Schultern. „Dann will ich nicht weiter stören. Viel Spaß, amüsiert euch gut." Mit einem Winken verabschiedete er sich.

„Das ist dein Freund?", schnurrte Lara. „Der ist aber süß und so besorgt. Das finde ich wirklich nett. Ich wette, dass Roland schon im Bett liegt und schnarcht, wenn ich nachher nach Hause komme. Er ist froh, dass ich weg bin. Dann kann er wenigstens in Ruhe fernsehen ohne dass ständig jemand dazwischen quatscht, hat er gesagt. Er ist in letzter Zeit aber auch ein Charmebolzen."
„Lass mal, so toll ist es mit Henry auch nicht mehr. Ich weiß nicht was der heute hat. Sonst ist er überhaupt nicht so. Los jetzt, Mädels, lasst uns die Dizze aufmischen."

Die ‚Alte Liebe' war eine nette kleine Diskothek, die die Freundinnen regelmäßig besuchten. Bald standen die Drei um einen Stehtisch und schauten sich unternehmungslustig um. Anne nahm einen Nebentisch ins Visier an dem ein Junggesellenabschied gefeiert wurde. „Ich wette, dass in spätestens fünf Minuten drei der Typen hier bei uns stehen", stellte sie fest. Die Freundinnen wechselten einen amüsierten Blick, es schien ein unterhaltsamer Abend zu werden. Wirklich forderten zwei der Männer Anne und Elisa zum Tanzen auf, während ein Dritter sich neben Lara stellte und ihr etwas erzählte.
„Ich bin Bäcker", teilte Elisas Tänzer ihr mit. Damit war sein Repertoire erschöpft. Er schwieg beharrlich, ließ sich keine weitere Bemerkung entlocken. Was war bloß mit den Männern los, dachte Elisa? Wo waren die interessanten Typen? Irgendwie schienen immer die anderen Frauen tolle Männer kennenzulernen. Nach einem weiteren Tanz ließ sie den schweigsamen Bäcker auf der Tanzfläche zurück und ging wieder zum Stehtisch. Annerose war auch schon wieder da, nippte an ihrem Weinglas. Sie wies auf den Mann, der Lara jetzt einen Arm um die Schulter gelegt hatte und auf sie einredete. Vergeblich versuchte Lara von ihm abzurücken, warf den Freundinnen einen hilflosen Blick zu.

„Der labert schon die ganze Zeit", erklärte Anne der Freundin. „Was meinst du, sollen wir ihr helfen?"
Elisa nahm einen Schluck aus ihrem Wasserglas. „Lass sie ruhig noch eine Weile zappeln. Übrigens kann sie ihm doch einfach sagen, dass er sie in Ruhe lassen soll."
So betrachteten die Freundinnen Lara und den aufdringlichen Menschen aus der Distanz. Der Mann schien sich durch Laras Passivität ermuntert zu fühlen, denn er zog sie noch näher an sich, versuchte mit der Hand ihren Brustansatz zu erreichen. Das war selbst der leidensfähigen Lara zu viel. Mit einem Ruck befreite sie sich, stemmte die Hände in die Hüften, fixierte den Fummler finster. „Sag mal geht's noch? Nicht genug, dass du mich die ganze Zeit mit Müll zutextest, jetzt grabschst du auch noch", fuhr sie ihn an. „Habe ich ein Schild mit der Aufschrift unbedingt anfassen auf der Stirn, oder was? Jetzt ist es aber gut. Lass mich bloß in Ruhe."
„Genau, Hände weg von meiner Frau", erklärte Anne. „Falls du es noch nicht geschnallt hast: Wir sind lesbisch."
Lara grinste. „Ja, genau, danke mein Hase."
Der Gescholtene öffnete den Mund, schloss ihn gleich wieder. „Na dann werde ich lieber mal …", stotterte er, drehte sich auf dem Absatz herum und entfernte sich ein paar Schritte. Er schüttelte den Kopf. „Sachen gibt es", hörten die Freundinnen ihn sagen.
Sie prusteten los. „Hört mal zu, ihr Tussies. Ihr hättest mir ja auch mal helfen können. Ihr habt genau gesehen, dass ich den Typ nicht losgeworden bin und euch auf meine Kosten amüsiert", meckerte Lara mit gespieltem Ernst.
„Ich dachte, dass du das Problem mühelos selbst bewältigst, Hase. Schließlich bist du schon ein großes Mädchen und gebunden", erklärte Anne grinsend.
Lara seufzte. „Gebunden, eben. Es muss fantastisch sein, wenn man keinen Mann an der Backe hat, tun und lassen kann, was man möchte."

„Es hat natürlich seine Vorteile, wenn man solo ist. Es hat aber auch genug Nachteile. Ich jedenfalls hätte schon gerne wieder jemanden. So fürs Herz und zum Kuscheln", mischte sich Elisa ein.
„Stimmt, kein Mann ist auch keine Lösung", stellte Lara fest. „Ich meine auch nur, dass frau nicht unbedingt fest gebunden sein muss. Weißt du, man lernt einen tollen Mann kennen, verliebt sich, heiratet. Nach einiger Zeit passiert es unweigerlich: Der tolle Typ mutiert zum Ehemann. Er latscht in Pantoffeln, mit einer ausgebeulten Jogginghose und im Unterhemd herum. Kratzt sich den Hintern, schnarcht, will nur noch fernsehen und seine Ruhe."
„Mensch, Mädel, du klingst aber negativ. Obwohl ich dir grundsätzlich recht gebe", sagte Anne. „Ich möchte jedenfalls nie wieder heiraten."
„Heiraten will ich auch nicht. Mir würde es genügen, mich ab und zu mit einem netten Typen zu treffen."
„Versuch es doch über das Internet, das macht heutzutage jeder. Da geht die Post ganz schön ab. Dort kannst du Kerle ohne Ende kennenlernen: Böse Buben, Schmusekater, nette Typen, es gibt alles was das Herz begehrt", sagte Lara bestimmt.
„Meinst du?" Elisa war recht angetan, „Vielleicht sollte ich das wirklich machen. Ein Versuch kann nicht schaden. Woher weißt du das überhaupt so genau", fügte sie hinzu.
„Ich habe da schon mal nachgeschaut, aber das ist eine längere Geschichte, die erzähle ich dir ein anderes Mal."
Annerose tippte sich an die Stirn. „Mädels ihr spinnt ganz schön. Jetzt geht es ab auf die Tanzfläche!"

Wieder zu Hause angekommen traf Elisa auf ihre Söhne und Felix Freundin, die auf einer Feier gewesen waren und nun den Kühlschrank nach Essbarem untersuchten.

„Hört auf herumzukramen. Es ist noch Pasta Soße da, ich koche uns schnell ein paar Spaghetti", entschied Elisa, die selbst Hunger hatte.
Oft saßen Mutter und Söhne am Wochenende abends, oder in diesem Fall nachts, noch eine Weile zusammen, aßen eine Kleinigkeit und klönten.
„Sag mal, Julia", wandte sie sich an Felix Freundin, während sie die Nudeln ins heiße Wasser tauchte. „Ist es in Ordnung für deine Eltern, wenn du hier bei Felix übernachtest? Machen sie sich keine Gedanken?"
Die Angesprochene wechselte einen Blick mit ihrem Freund, bevor sie antwortete. „Das ist kein Problem, machen Sie sich keine Sorgen. Meine Eltern wissen Bescheid. Übrigens vertrauen sie mir, schließlich bin ich schon fast volljährig."
Elisa runzelte die Augenbrauen. „Ich dachte du bist fast siebzehn, so wie Felix. Habe ich da etwas falsch verstanden? Ich war davon ausgegangen, dass ihr beide in die Selbe Klasse geht?"
„Das hast du wirklich falsch verstanden, Mamma. Julia geht in dieselbe Schule wie ich. Sie ist eine Klasse über mir", mischte sich Felix ein. „Sie wird im nächsten Monat achtzehn." Er legte den Arm um seine Freundin. „Ehrlich, du brauchst dir keine Sorgen machen, wir passen schon auf." Zu dieser Aussage nickte Julia ernsthaft.
Elisa schluckte. Offensichtlich ließ sich diese Zeit nicht mit ihrer Jugend vergleichen. Ihre Eltern hätten es niemals toleriert, dass sie die Nacht bei einem Freund verbracht hätte. „Na gut, dann versuche ich mir keine Gedanken zu machen. Du kannst mich überhaupt duzen, wo du ja schon fast volljährig bist", lächelte sie das Mädchen an, während Felix sichtbar aufatmete. Julia räkelte sich wohlig. „Ich bin ganz schön müde, echt", stellte sie fest.
„Ein Glück, dann seid ihr gleich auch nicht so laut", meldete sich Matts zu Wort. „Unsere Zimmer haben eine Verbindungstür, daran solltet ihr mal denken."

„Das tun wir und haben uns letztens gefragt, ob du auch schon fertig bist", grinste Felix seinen Bruder an, während Julia betont uninteressiert ihre Fingernägel betrachtete.
„Arsch!" Matts war tatsächlich rot angelaufen. Verblüfft schaute Elisa von einem zum anderen. Die Zeiten hatten sich wirklich sehr geändert, stellte sie fest. Sie beneidete das Jungvolk um seine Freiheit und Unverklemmtheit.
Später kuschelte sich Elisa satt und zufrieden in ihr Bett. Vielleicht sollte sie wirklich versuchen jemanden über das Internet kennenzulernen. Mit diesem Gedanken schlief sie ein.

***

Am Sonntag besuchte Elisa ihre Eltern. Das hatte sich nach ihrer Trennung so eingebürgert. Meist kochte ihre Mutter für ihre Kinder und Enkel mit, wobei Kalle sie tatkräftig unterstützte. Heute allerdings macht sich Elisa allein auf den Weg. Wie sie es schon befürchtet hatte, traf sie ihr Bruder breit grinsend im elterlichen Wohnzimmer an. „Dass du hier heute herumhängst habe ich mir gedacht", begrüßte sie ihn.
„Ich muss doch wissen was es Neues gibt. Übrigens habe ich einen Riesenhunger auf Mutters Schmorbraten."
„Mit Klößen und Rotkohl", fügte Kalle hinzu. „Das kann sie wirklich fantastisch. Aber der Braten geht nur in einem schwarzen Topf, sagt sie. Sonst wird er nichts."
„Eben, der schwarze Topf. Den gab es schon, als wir Kinder waren. Jetzt erzähl doch mal, wie dein Treffen gelaufen ist, Schwesterchen." Wieder grinste Peter, dieses Mal mehr diabolisch.
Kalle schaute interessiert auf: „Ein Treffen mit wem? Habe ich was nicht mitgekriegt?"
Elisa wandte sich in Richtung Küche. „Ich schau dann mal, ob ich etwas helfen kann, wenn ihr hier schon so faul herumsitzt."
„Da bist du ja. Wir haben schon auf dich gewartet", begrüßte Ilse ihre Tochter. „Sind die Jungen nicht mitgekommen?"

„Sie schlafen noch. Es ist gestern ein bisschen spät geworden, du weißt ja, wie das ist." Vorsichtshalber erzählte Elisa ihrer Mutter nicht, dass Julia bei Felix übernachtet hatte.
„Nein, ich weiß nicht, wie das ist. Das habe ich schon längst vergessen", erklärte Ilse und hob vorsichtig die Klöße ins heiße Wasser. „In unserem Alter geht man früh ins Bett. Dein Vater und ich haben uns „Wetten dass ..." angeschaut. Aber diese ausländische Musik dazwischen ist nicht schön. Ich habe dann immer umgeschaltet, obwohl dein Vater sich beschwert hat. Übrigens war das die hundertste Sendung. Die hättest du dir auch mal ansehen können."
„Lass mal. Bei mir war es gestern Abend ausgesprochen nett, auch ohne Fernseher."
„So, so, nett? Du kannst den Tisch decken. Das Essen ist fertig. Ich weiß nicht, was heute mit deinem Vater los ist. Er hilft mir gar nicht vernünftig mit." Elisas Mutter schaute streng über ihren Brillenrand.
Während des Essens hielt Peter sich bemerkenswert zurück, was Elisa erleichtert zur Kenntnis nahm. Sie nahm sich vor, ihn in einer stillen Stunde zu bitten, den Eltern nichts von dem unglücklichen Date mit Ludger, dem Krakenmann mit dem Haifischlächeln, zu erzählen.
„Spatz, du musst mehr essen", stellte Kalle beim Abräumen fest. „Du bist viel zu dünn."
Elisa pustete. „Das Essen ist wie immer fantastisch, aber ich kann nicht mehr. Überhaupt bin ich gerade richtig und überhaupt nicht zu dünn."
Kalle legte den Arm um seine Frau. „Ein paar Pfündchen mehr auf den Rippen würden dir gut stehen. Schau deine Mutter an. Sie hat eine ausgesprochene Rubensfigur."
Ilse nickte. „An meinem 65. Geburtstag habe ich die Waage weggeworfen. Jetzt kümmere ich mich nicht mehr um mein Gewicht und bin dick, aber glücklich."

„Von wegen", Kalle zog sie an sich. „Du bist toll gepolstert, darauf stehe ich, Liebes." Er ließ sie los und gab ihr einen Klaps auf den Allerwertesten, was Ilse zum Strahlen brachte.
„Lass das. Jetzt wird abgewaschen und dann gibt es Kaffee und Kuchen."
Elisa stöhnte und ließ sich neben ihren Bruder auf die Couch plumpsen.
„Unterhaltet ihr beide euch mal, ich glaube das ist nötig", erklärte Kalle augenzwinkernd. „Ich helfe eurer Mutter mit dem Abwasch."
„Also, erzähl schon. Was war das für ein Typ, mit dem du dich im Café getroffen hast? Bestimmt war das ein Versicherungsvertreter. Er hatte so etwas Öliges an sich", fragte Peter neugierig, als die Geschwister allein waren. Elisa verdrehte die Augen.
„Das war ein Makler und kein Versicherungsmensch. Wir haben uns eine Weile unterhalten, aber es hat zwischen uns nicht gepasst."
„Das hätte ich dir gleich sagen können. Ich wette, dass der Typ verheiratet war. Das hat man ihm an der Nasenspitze angesehen und am Ehering natürlich."
„Sag bloß, das hast du im Vorbeigehen gesehen?", fragte Elisa überrascht. „Mir ist das erst gar nicht aufgefallen."
„Du bist ja selten dämlich", stellte ihr Bruder fest. „Klar ist mir das aufgefallen. Sag mal: hast du es so nötig einen Kerl kennenzulernen, dass du jetzt schon auf Zeitungsannoncen antwortest? Oder hast du etwa selbst eine aufgegeben? Die Welt ist voller Männer und du bist eine hübsche Frau. Da muss es doch möglich sein, auch ohne den Aufwand fündig zu werden."
Elisa holte tief Luft. „Ich möchte gern wieder eine Beziehung haben. Vielleicht auch einfach jemanden, mit dem ich meine kleinen Alltagssorgen teilen kann. Jemanden, der für mich da ist und für den ich da sein kann. Aber das ist gar nicht so einfach. Wenn das so wäre, dann hättest du sicher selbst schon wieder eine Beziehung, oder?" Mit dieser Bemerkung hatte sie den Na-

gel auf den Kopf getroffen. Peter war schon länger geschieden als Elisa und immer noch solo, obwohl er ein ausgesprochener Familienmensch war.

„Die ich will, die kriege ich nicht und die mich wollen interessieren mich nicht", erklärte Peter. „Ist ja auch schon gut. Eigentlich kann ich dich verstehen und mische mich nicht in deine Angelegenheiten, versprochen. Und keine Sorge, ich erzähle ganz bestimmt nichts."

„Es gibt auch nichts zu erzählen, ich werde das Experiment sicher nicht wiederholen. Zeitung geht gar nicht."

„Ach, ich bin mit unserer Tageszeitung ganz zufrieden", erklärte Ilse, die mit einer Kuchenplatte ins Zimmer kam. „Aber ihr jungen Leute habt es ja eher mit diesem Internet."

Elisa strahlte sie an. „Eben, Mama, da sagst du etwas!"

Am späten Nachmittag klingelte Elisa, mit einem Kuchenpaket beladen, bei ihrer Freundin Anne. „Ich habe dir etwas von meiner Mutter mitgebracht", erklärte sie und drückte Anne das Paket in die Hand. „Ich esse heute sicher nichts mehr." Sie schnurrte weiter ins Wohnzimmer, ließ sich in einen Sessel fallen.

„Mutti hat wieder zugeschlagen, was", stellte Annerose fest. „Wenn du weiterhin sonntags bei ihr isst, dann wird noch was aus dir, Süße."

„Du weißt ja, sie backt ausgesprochen gern. Das gleiche Paket habe ich für die Jungen im Auto."

„Ich werde den Kuchen an Henry weitergeben. Seit er nicht mehr so oft hier unten ist und sich bei mir durchschnorrt, weiß er so etwas zu schätzen."

Elisa lachte. „Wenigstens die regelmäßigen Mahlzeiten fehlen ihm, was. Eure Beziehung ist ganz schön festgefahren. Es hört sich nicht so an, als würde sich etwas ändern. Apropos: Ich habe mir durch den Kopf gehen lassen, was Lara gesagt hat. Warum sollte man es nicht mit der Partnersuche über das Internet versuchen? Anbieter für so etwas gibt es doch genug. Was meinst Du?"

„Na ja", erwiderte Anne nachdenklich. „Warum eigentlich nicht? Was soll schon passieren? Zunächst ist das alles unverbindlich und anonym. Ob man sich wirklich mit jemandem treffen will, kann man dann immer noch entscheiden."

Elisa nickte heftig. „Siehst du, das sage ich doch. Sieh das mal sportlich: Was hindert uns daran ein bisschen Spaß zu haben, ein bisschen zu flirten. Wir suchen ja nicht gleich einen Ehemann, nicht einmal eine richtig feste Beziehung. Eigentlich wollen wir nur jemanden fürs Herz und zum Wärmen, wenn es nachts gar zu kalt ist."

„Eine menschliche Wärmflasche meinst du?", grinste Anne. „Das wäre doch was. Ich habe immer so kalte Füße. Weißt du was, jetzt mache ich uns eine Flasche Sekt auf, dann schauen wir mal. Keine Wiederrede, du kannst heute hier schlafen. Klamotten kann ich dir leihen. Du fährst morgen früh nach Hause oder gleich zur Arbeit. Wenn schon, denn schon."

Elisa strahlte ihre Freundin an. „Ich wiederspreche ja gar nicht. Ich rufe nur eben zu Hause an und sage den Jungen Bescheid, dass sie sturmfrei haben."

So saßen die Freundinnen bald vor Annes Computer. Ein geeignetes Forum zu finden war einfach, die Partnersuche per Internet schien in zu sein. Nachdenklich tippte sich Elisa mit dem Finger an die Nase. „Was meinst du? Willst du zuerst dein Profil eingeben und ich mach das dann nach dir? Obwohl ...", hier zögerte sie einen Moment.

„Sollen wir überhaupt zwei Profile erstellen?", führte Anne den Gedanken weiter aus. „Vielleicht reicht es, wenn wir es erst einmal mit einem versuchen. Das andere können wir immer noch hinzufügen." Sie hob die Sektflasche an, schüttelte sie leicht. „Tatsächlich schon leer. Ich hole noch eine Neue. Du kannst inzwischen deiner Fantasie freien Lauf lassen, Schätzchen." Kichernd tänzelte sie in Richtung Küche.

Elisa setzte sich vor den Computer. „Mal sehen. Wir geben uns einen Doppelnamen. Unsere Haarfarbe stimmt halbwegs überein. Gut, meine Haare sind etwas mehr rot. Aber das fällt nicht ins Gewicht. Bei der Größe nehmen wir einen Mittelwert. Ich bin eins fünfundsechzig, du eins siebzig, also sind wir im Schnitt eins achtundsechzig. Das Gewicht nehmen wir Pi mal Daumen." Elisa tippte eifrig. Unter Kichern und Giggern nahm das Inserat Formen an.

Hallo Du,
ich heiße Ann-Elisa.
Ich suche einen netten Typen zum schmusen, kuscheln, lachen und lieb haben. Einen Mann, mit dem ich Pferde stehlen, albern sein und ernste Gespräche führen kann. Den ich niederknutschen und mit dem ich (vielleicht) heißen Sex haben kann. Ich bin meistens lieb, aber manchmal zickig, immer kompromissbereit, aber sehr unabhängig.
Hier ist mein Steckbrief:
Ich bin 168 cm groß und wiege 60 kg, habe rote Haare und grüne Augen. Besondere Kennzeichen musst du schon selbst herausfinden.
Interesse?
Ann-Elisa@t-inline.de

„Das habe ich fast vergessen." Elisa stand auf und drehte sich einmal um die eigene Achse, wobei sie leicht aus dem Gleichgewicht geriet. „Wie alt sind wir denn überhaupt?"
„Mädel", lispelte Anne, „wir sehen keinen Tag älter aus als dreißig. Wenn ich jetzt noch eine Flasche Sekt aufmache, dann werden wir noch jünger."
Elisa hob ihr Glas. „Das ist eine ausgesprochen gute Idee. Aber wir wollen nicht übertreiben. Wir geben an, dass wir fünfunddreißig sind. Das sind immerhin fünf geschummelte Jahre und liest sich einfach besser."

„Ganz genau, das merkt kein Mann. Die merken eh nix."
Auch in diesem Fall waren sich die Freundinnen einig.

Am nächsten Morgen wachte Elisa mit einem gewaltigen Brummschädel auf. Mühsam wälzte sie sich aus dem Bett und wankte ins Bad. In der Küche traf sie eine gut gelaunte, perfekt gestylte Annerose an. „Na, wie geht es dir heute Morgen? Hast du gut geschlafen?"
Stöhnen fasste Elisa sich an den Kopf. „Nicht so laut und nicht so munter, bitte. Ich habe ein kleines Männchen in meinem Kopf, das klopft mit einem Hammer an meine Schädeldecke."
„Du kannst nichts vertragen, Schätzchen. Versuch das Männchen mal hiermit zu beruhigen", mit diesen Worten reichte die Freundin ihr eine Tasse Kaffee. „Ich muss los, bin schon spät dran. An Klamotten kannst du dir aus meinem Schrank heraussuchen was du brauchst. Die Wohnungstür ziehst du einfach ins Schloss. Bye. Bin gespannt, ob wir heute Abend schon Post haben."
Elisa winkt der Freundin matt hinterher.

Am Abend rief eine aufgeregte Annerose an. „Du solltest deinen Computer anmachen. Wir haben jede Menge Post bekommen. Jetzt schon, stell dir das vor. Allerdings sind einige merkwürdige Mails dabei. Manche Typen haben sie nicht mehr alle. Was die sich einbilden."
„Stopp", unterbrach Elisa den Redeschwall. „Nicht so schnell und, vor allem, nicht so laut. Das Männchen ist immer noch nicht vollständig aus meinem Kopf verschwunden. Ich habe mich heute echt durch den Tag gequält. So viel trinke ich nie wieder."
Anne gluckste ins Telefon. „Du tust mir fast leid. Trotzdem musst du unbedingt die Antworten auf unser Inserat lesen. Gut, dass wir uns eine gemeinsame Mailadresse eingerichtet haben. Mach dich auf einiges gefasst."

„Ist ja gut. Wenn du dann Ruhe gibst, werde ich mir das anschauen. Vielleicht rufe ich dich nachher an."
Bewaffnet mit einem großen Glas Alka Selzer setzte sich Elisa an den Computer. Anne hatte nicht übertrieben, das Postfach quoll schier über. Es gab Angebote, die an Eindeutigkeit nichts zu wünschen übrig ließen. Mails, die vor Grammatikfehlern und abstrusen Formulierungen nur so strotzten und einfach merkwürdige Nachrichten wie: ‚Ich stehe auf Damenfüße in Highheels. Bitte schicke mir ein Foto deiner Füße'. Aber auch wirklich nette Mails waren dabei. Elisa seufzte. Sie würden aussortieren müssen, aber das hatte Zeit. Sie entschloss sich, die Freundin nicht mehr anzurufen und es sich stattdessen vor dem Fernseher bequem zu machen.
‚Eigentlich ist es doch ganz schön, allein zu sein', dachte sie, als sie sich auf ihr Sofa kuschelte.

Ein paar Tage später trafen sich die Freundinnen, um endlich die Antwortmails auf ihr virtuelles Inserat abzurufen.
„Das wird auch Zeit, es werden mehr und mehr", erklärte Anne. „Ich habe alle Nachrichten kurz überflogen, aber richtig eingelesen habe ich mich nicht. Das wollte ich mir aufheben, bis du vorbeikommst."
„Mir ging es ganz genauso. Ich hatte zudem in den letzten Tagen richtig viel zu tun. Da habe ich abends einfach nicht die Energie aufgebracht, mich damit zu beschäftigen. Heute ist der erste ruhigere Tag der Woche. Jetzt los, ich bin ganz kribbelig. Ob wohl jemand passendes dabei ist?" Elisa konnte kaum still sitzen, so aufgeregt war sie.
„Jetzt bleib ruhig." Annerose mimte die Abgeklärte. „Ich öffne ja schon das Postfach." Sie öffnete die erste Nachricht und kicherte los. „Das ist eine interessante Aussage. Der Typ schreibt, dass er sehr sauber ist, sich regelmäßig duscht. Na ja, anders ist auch schlecht."

Elisa drängelte sich vor den Computer. „Lass mich auch mal sehen. Ich glaube es nicht. Sollen wir gleich antworten? Was hältst du von folgendem Text: Weiter so, waschen ist immer gut, mein Junge. Sicher hat das deine Mutti auch gesagt." Elisa tippte gleich los. „Ich mach das schon, ich bin schneller als du. Jedenfalls beim Tippen", fügte sie hinzu.
Anne verpasste ihr einen Stoß in die Rippen. „Was soll das denn heißen? Werde nicht frech, Kleine. Och nö, lies das: Hallo, ich bin Aldo. Wie ist deine BH Größe? Was soll das denn? Da fällt mir nichts mehr zu ein, echt! Oder soll ich ihn nach seiner Größe fragen? Aber ich glaube man sagt in dem Fall eher Länge."
„Das lässt du schön sein. Der schickt uns glatt ein Foto. Ich weiß wirklich nicht, ob du eine Großaufnahme DAVON verkrafte!"
„Das fehlt mir noch. Aber die nächste Nachricht klingt super. Oliver heißt der Typ." Annerose öffnete den Anhang und seufzte beim Betrachten des Fotos wohlig. „Schau dir bloß dieses Sahnestückchen an. Der könnte glatt ein Model sein. Dass er überhaupt eine Frau über das Internet sucht kann ich nicht verstehen. Die Mädel müssten ihm scharenweise nachlaufen, so wie der aussieht."
„Vielleicht fehlt ihm schlicht und ergreifend die Zeit, um jemanden kennenzulernen. Er schreibt, dass er Architekt ist. Bestimmt ist er viel unterwegs."
„Egal, der ist genau meine Kragenweite. Er gehört mir, einverstanden?
Elisa schmunzelte. „Ja, klar. Du kannst ihn gern übernehmen. Ich stehe sowieso nicht auf zu hübsche Männer. Da hat man nur Ärger mit und schön bin ich selbst."
„Eingebildet bist du gar nicht, was. Der Nächste gefällt mir auch ganz gut." Nun war Anne in Fahrt gekommen.
„Hallo, ich heiße Paul. Ich bin im Security Bereich tätig", las Elisa laut vor. „Bodyguard, was? Den kannst du auch gleich haben." Sie betrachtete das angehängte Foto. „Stehst du auf

Muskeltypen? Gut, er sieht nicht schlecht aus, wenn man es etwas grober mag. Für mich ist das nix."

„Da habe ich aber Glück gehabt", konterte Anne. „Warum kein Kerl mit Muskeln satt. Ich schreibe ihm zurück und hänge ein sexy Bild von mir an, genau wie bei Oliver. Wie sieht es mit dir aus? Ist irgendwer für dich dabei?"

„Doch, da sind schon ein paar Männer, die ganz nett klingen. Der Polizist zum Beispiel. Bernhard heißt er. Auch dieser hier, Andrew, gefällt mir ganz gut. Aber er schreibt, dass er auf füllige Frauen steht." Elisa schaute zweifelnd an sich herunter.

„Dann ziehst du für ein Date eben einen Pushup mit dicken Silikonpolstern an, das merkt er erst einmal gar nicht." Annerose wusste offensichtlich Rat in allen Lebenslagen. „Hier haben wir einen Banker. Er sieht nicht schlecht aus und schreibt sehr nett. Ach herrje, adelig ist er auch noch. Willst du es mit ihm versuchen, sonst behalte ich ihn."

Elisa überflog die Mail des Blaublütigen und betrachtete anschließend das Foto. „Nicht übel, ich kann ihn ja mal antesten. Bei Nichtgefallen kannst du es versuchen, wenn du dann noch magst. Oder wir behalten ihn zur Reserve, falls es mit den anderen Typen nichts wird. Was machen wir mit denen, die nur zwei Worte gelesen haben, nämlich heiß und Sex?"

„Es lohnt nicht ihnen zu antworten. Löschen wir diese Mails einfach."

So verbrachten die Freundinnen einen unterhaltsamen Nachmittag, an dessen Ende einige Bewerber in die engere Wahl kamen, die sie schwesterlich unter sich aufteilten.

„Siehst du wohl", stellte Elisa mit Genugtuung fest. „Ich habe es dir doch gleich gesagt, das Internet birgt ungeahnte Möglichkeiten. Aber du musst dich auch immer anstellen. Wenn ich das Lara erzähle ... Ich muss sie gleich morgen anrufen."

***

Heute war Samstag, Annerose und Elisa hatten sich für den späten Abend verabredet, um wieder einmal in die ‚Alte Liebe' zu gehen. So vertrieb sich Elisa einmal mehr die Zeit am Computer. Sie hatte sich am Vormittag das Album ‚Abenteuerland' von der Gruppe ‚Pur' gekauft und summte das Lied vom grauen Haar gedankenverloren mit.

Als die Türglocke läutete, blieb sie ungerührt sitzen. Sie erwartete keinen Besuch und ging davon aus, dass einer der Jungen die Haustür öffnen würde. Das war auch der Fall. Mit der sich öffnenden Tür von Felix Zimmer übertönte die Gruppe ‚Die Ärzte' alle anderen Geräusche. Die Jungen befanden sich wieder einmal auf dem ‚Planet Punk'. Sie hatten beschlossen eine Band zu gründen und hörten sich in der letzten Zeit bevorzugt Punkrock an.

„Ich rede nicht mit dir, ich leide stumm, ich rede nicht mit dir, also hör mir nicht zu", gaben ‚Die Ärzte' zum Besten.

„Ja mei, nach stummem Leiden hört sich das aber nicht an", murmelte Elisa, gleichzeitig beglückwünschte sie sich einmal mehr dazu, dass die unmittelbaren Nachbarn ziemlich alt und ziemlich schwerhörig waren. Mit dem Schließen der Zimmertür reduzierte sich der Lärm beträchtlich, wie Elisa aufatmend feststellte.

„Ihr habt einen ganz schönen Lärmpegel hier. Es ist gut, dass die Zimmertüren der Jungen scheinbar einen Schallschutz haben. Mein Patenkind hat die Mucke voll aufgedreht. Ich habe ihm übrigens versprochen, dass er zum Geburtstag eine Gitarre bekommt. Deine Erlaubnis vorausgesetzt."

Überrascht schaute sich Elisa um. Lara kam grinsend in ihr Zimmer und ließ sich in einen Sessel sinken. „Ich hoffe ich störe dich nicht."

„Aber nein, ich will nachher mit Anne in die Disco und vertreibe mir die Zeit damit zu flirten. Ich hatte dir ja schon am Telefon erzählt, dass wir ein virtuelles Inserat aufgegeben haben. Das ist der Hammer, wirklich. Wir bekommen immer noch reichlich Post. Aber sag mal, hast du einen besonderen Grund vorbeizukommen oder willst du deine alte Schwägerin einfach überraschend besuchen? Wenn du Lust hast, kannst du übrigens gern nachher mitkommen. Falls du nicht schon etwas anderes geplant hast."

„Ich würde gern mit in die ‚Alte Liebe' kommen. Leider passt es heute nicht", seufzte Lara. „Ich war in der Gegend und wollte schauen ob du zu Hause bist und Hallo sagen. Bei der Gelegenheit kann ich dir gleich erzählen, dass Alfred eine neue Flamme hat. Eine Brigitte aus Kupferdreh. Die hält sich für ganz was Besonderes. Sie nennt sich auch nicht Brigitte, sondern Brischitt, wie eine Französin. Dabei hat die einen Slang drauf wie ein Püttrologe. Gip mich ma die Butter, so ungefähr. Er will bei ihr einzuziehen, dem graust auch vor nix. Ich habe die beiden letztens bei unserer Mutter getroffen. Was die Perle sich bei der Mutti einschleimt, das ist nicht normal. Mutti hinten und Mutti vorne. Das gefällt meinem Bruder natürlich."

„Dann passt Brischitt aus Kupferdreh gut zur Familie. Anwesende natürlich ausgenommen", grinste Elisa. „Von mir aus kann Alfred einziehen wo und bei wem er will. Hauptsache, ich habe ihn nicht mehr auf dem Hals. Um die Jungen kümmert er sich sowieso nicht, also ist es egal, wo er wohnt. Ich bin froh, dass er wenigstens den Mindestunterhalt für seine Söhne bezahlt. Mindestunterhalt, obwohl er in seinem neuen Job nicht schlecht verdienen dürfte. Trotzdem danke, dass du mir das erzählst. Es ist besser wenn ich das weiß, wegen der Kinder. Allerdings werde ich ihnen nichts sagen, außer sie fragen mich nach ihrem Vater, was unwahrscheinlich ist."

„Das ist auch ganz in Ordnung so. Ich verstehe meine Familie nicht. Wenn sie nach eurer Trennung mit dir nichts mehr zu tun haben wollen, dann ist das eine Sache. Aber die Jungen haben damit nichts zu tun. Meine Mutter bleibt die Oma der beiden, ob

du dich von Alfred getrennt hast oder nicht. Was meinst du, wie ich mich deswegen schon mit der Mutti gefetzt habe."
„Das musst du nicht. Es ist unnötig, weil sich deine Mutter nicht ändern wird. Sie hat mich nie leiden können und überträgt dieses Gefühl jetzt auf ihre Enkel." Elisa zuckte mit den Schultern. „Das Thema ist für mich abgeschlossen. Inzwischen interessiert mich die restlich Familie Gimpel nicht mehr. Was gibt es sonst noch neues bei dir?" Sie merkte, dass Lara zögerte und stand auf. „Was meinst du? Soll ich uns eine Tasse Kaffee kochen? Dann können wir in Ruhe quatschen."
„Ihr habt ja jetzt auch ein Inserat aufgegeben", begann Lara, als die beiden es sich mit ihrem Kaffee bequem gemacht hatten. Elisa horchte auf. Sollte ihr Gegenüber etwas genauso auf die Suche gegangen sein?
„Das habe ich vor einer ganzen Weile auch schon gemacht", erklärte Lara ein wenig atemlos. „Aber anders als Anne und du. Ihr sucht ja sozusagen offiziell einen Mann. Ich dagegen ...", hier geriet die Schwägerin ins Stocken.
„Du dagegen suchst inoffiziell?", fragte Elisa erstaunt.
„Wie soll ich das erklären? Wie ich dir schon erzählt habe, läuft es zwischen mir und Roland nicht gut oder besser gesagt: es läuft gar nichts mehr. Was ich mache interessiert ihm überhaupt nicht. Hauptsache, ich lasse ihn in Ruhe. Aber das ist noch nicht alles. Viel schlimmer ist, dass er in sexueller Hinsicht überhaupt kein Interesse mehr an mir hat. Entweder er ist müde oder gestresst von der Arbeit. Ich habe alles versucht. Wenn ich versuche ihn zu verführen, dann kriegt er Kopfschmerzen." Sie schnaubte. „Stell dir das mal vor! Kopfschmerzen wie ein Mädchen!"
Elisa schüttelte verblüfft den Kopf. Ähnliches hatte Anne über ihren Henry erzählt. „Meinst du, dass er eine Freundin hat?"
„Ach was, niemals. Er ist ja immer zu Hause oder auf der Arbeit. Und überhaupt, wenn er sich doch überwindet und mit mir schläft, dann braucht er höchstens fünf Minuten, mit an- und

ausziehen, Vor- und Nachspiel. So beeilen kann sich keine Frau, niemals. Wie sollte er also eine Freundin zufriedenstellen?" Wieder schnaubte Lara empört durch die Nase. „Wirklich, es langt mir so was von."
„Willst du dich also von ihm trennen?", fragte Elisa ratlos. „Suchst du deshalb einen Anderen?"
„Nein, das will ich auf keinen Fall! Was du immer denkst. Ich habe einen gewissen Lebensstandard, meinst du den kann ich so einfach aufgeben. Dann müsste ich ja richtig arbeiten gehen. Von den paar Stunden, die ich jetzt jobbe, kann ich nicht leben. Der Gedanke, dass ich mein BMW Cabrio vielleicht gegen ein kleineres Auto tauschen müsste richtig fertig. Ich habe lange genug darum gekämpft das Auto zu bekommen."
„Aber was hast du dir sonst vorgestellt, Lara? Willst du fremdgehen oder was? Meinst du, das ist die Lösung?"
„Vielleicht. Jedenfalls habe ich mich bei ‚Top Secret' angemeldet. Kennst du das?"
„Ich kenne das Forum aus der Reklame im Fernseher. Das ist doch eine Plattform, die für diskrete Seitensprünge, für Casual Sex wirbt, oder? Aber was dort abgeht konnte ich mir bisher nicht vorstellen. Eigentlich habe ich darüber auch nicht nachgedacht, weil ich so etwas nie in Betracht gezogen habe. Warum auch. Mit einem verheirateten Mann will ich mich gar nicht einlassen, das führt nur zu Problemen."
„Nun sei bloß nicht so selbstgerecht. Du kannst tun und lassen was du willst und bist niemandem Rechenschaft schuldig", fuhr Lara auf.
„Bin ich doch gar nicht. Aber meine Meinung werde ich dir immer sagen, ob es dir passt oder nicht. Magst du weiter erzählen? Du hast dich also dort angemeldet."
„Das ist schon eine Weile her. Übrigens ist die Anmeldung für Frauen kostenlos, deshalb habe ich es ausprobiert. Ich habe, genau wie ihr, eine Menge Nachrichten bekommen. Einige waren indiskutabel, selbst für dieses Forum. Ich weiß nicht, was man-

che Männer sich denken. Ich suche ja auch keinen One - Night - Stand, sondern etwas für länger. Jedenfalls bin ich einem Mann ziemlich nah gekommen. Er ist zwar verheiratet, aber er hat schon lange ein Bruder–Schwester Verhältnis mit seiner Frau."
„Was hat der? Ein Bruder und Schwester Verhältnis?" Elisa unterdrückte krampfhaft ein Lachen, was Lara nicht davon abhielt fortzufahren.
„Wir haben uns bislang noch nicht gesehen, aber wir telefonieren seit ein paar Wochen regelmäßig miteinander. Er ist sehr nett und sehr erotisch. Was der mir für Sachen schreibt und sagt, das habe ich bisher nicht zu träumen gewagt", schwärmte sie mit glänzenden Augen.
„Stopp, das will ich gar nicht genau wissen", erklärte Elisa resolut. „Warum erzählst du mir das? Was genau willst du eigentlich von mir?"
Lara holte tief Luft. „Ich würde ihn natürlich gern treffen. Er hat mir einen verlockenden Vorschlag gemacht. Er möchte ein ganzes Wochenende mit mir verbringen, damit wir uns gleich richtig kennenlernen können. Ist das nicht eine fantastische Idee?"
Plötzlich verstand Elisa, worauf die Freundin hinaus wollte. „Du möchtest ein Wochenende mit ihm verbringen und willst Roland weiß machen, dass wir beide zusammen wegfahren, stimmt das?"
„So ungefähr. Ich weiß nicht, wen ich sonst fragen sollte. Du hast nicht mehr viel mit Roland zu tun, siehst ihn so gut wie nie. Deshalb habe ich gedacht, dass es dir nichts ausmacht. Annerose käme auch in Frage, aber ihr möchte ich nichts sagen. Sie hält mir nachher noch eine ellenlange Moralpredigt. Was meinst du, würdest du mir den Gefallen tun?"
Elisa kämpfte mit sich. Einerseits wollte sie der Freundin den Gefallen schon tun, andererseits mochte sie Roland sehr und konnte nicht verstehen, dass seine Frau ihn betrügen wollte. Die beiden waren ihr immer wie das Vorzeigeehepaar schlechthin vorgekommen. Laras Offenbarungen überforderten sie. Schließ-

lich kam ihr ein Gedanke. „Mach was du willst, ich werde Roland bestimmt nichts sagen, aber ich werde ihn auch nicht belügen. Wenn er mich während deines Liebeswochenendes anruft und nachhakt, dann sage ich die Wahrheit, nämlich das du nicht bei mir bist. Ich muss von deinem Wochenendtrip offiziell nichts wissen, das brauche ich ihm nicht auf die Nase binden. Wäre das in Ordnung für dich?"
Lara wirkte erleichtert. „Ja, sicher. Am nächsten Wochenende dann? Falls Roland dich wirklich anrufen sollte, stellst du dich einfach dumm und schickst mir eine kurze SMS. Ich werde mir schon etwas einfallen lassen. Aber warum sollte er das tun? Er vertraut mir ja."
Der letzte Satz schockierte Elisa noch mehr. Sie fühlte sich bei dem Gedanken, den arglosen Ehemann zu täuschen überhaupt nicht wohl und fühlte sich erleichtert, als Lara plötzlich auf die Uhr schaute und ihren Kaffee austrank. „Ich muss weg. Roland wartet bestimmt schon auf mich. Er will ein langweiliges Theaterstück anschauen und hat darauf bestanden, dass ich ihn begleite. Keine Ahnung, wie das heißt. Irgendwas mit ‚Warten auf Dingens'. Danke für die Schützenhilfe, ich revanchiere mich ganz bestimmt."
„Lara, das kann auf Dauer nicht gut gehen, am besten du schaffst klare Verhältnisse. Denk wenigstens darüber nach."
Die so Angesprochene drehte sich in der Tür noch einmal um. „Mach ich, ist versprochen. Einen schönen Abend und Grüße an Anne, das nächste Mal komme ich wieder mit."

In der ‚alten Liebe' herrschte der ganz normale Wahnsinn. Annerose stieß Elisa an. „Da vorne, wäre das nicht genau deine Kragenweite?"
Elisa schaute unauffällig in die Richtung. „Wo denn?" Dann begriff sie, wen die Freundin meinte. Am Tresen stand ein Mann, der interessiert zu ihnen hinüber schaute. Er war groß,

kahlköpfig und trug einen Fleece Pullover, auf dem ein aufgedruckter Hirsch prangte.

„Annerose von der Heidt, das ist aber nicht dein Ernst, nicht wahr!" Unwillkürlich ging sie hinter Annerose in Deckung. „Hilfe, er kommt rüber! Hätte ich bloß nicht hingeguckt."
Die Freundin gab ihr einen freundschaftlichen Rippenstoß: „Nun sei nicht feige und tanz mit dem armen Kerl, wahrscheinlich bist du heute Abend die Einzige, die ihm keinen Korb gibt."
Zu Elisas Erstaunen bewegte sich der Hirschpullover richtig gut zur Musik. Sie blieb eine Weile mit ihm auf der Tanzfläche.
„Siehst du", stellte Anne wenig später fest, „tanzen kann er, das steht fest. Lass dich nicht anquatsche, Mädel, ich muss mir mal das Näschen pudern."
Sie ging hinaus und der Hirschpullover, sein Bierglas in der Hand, gesellte sich zu Elisa. „Ich bin Friseur", begann er das Gespräch, „und was machst du so?"
„Dies und das", Elisa wusste nicht, wie sie ihn abwimmeln konnte. Ein kahlköpfiger Friseur war einfach nicht ihr Typ. Dann kam ihr eine Idee. „Hör mal", sagte sie, „jetzt möchte ich mit meiner Freundin feiern. Weil, äh, sie ist hat heute Geburtstag. Das musst du verstehen. Aber ich schreibe dir meine Telefonnummer auf. Ruf mich doch einfach mal an, wenn du Zeit und Lust hast." Sie schrieb ein paar Zahlen auf den Rand eines Bierdeckels und schob ihn in Hirschpullovers Richtung. Der war ganz Feuer und Flamme.
„Ja", sagte er begeistert, während er nach dem den Bierdeckel langte. „Ich rufe dich ganz bestimmt an, versprochen! Ganz bestimmt, in den nächsten Tagen." Bierdeckel schwenkend entfernte er sich.
Anne, die gerade um die Ecke bog schaute entgeistert. „Hast du dem wirklich deine Telefonnummer gegeben?"
Elisa grinste hinterhältig. „Nein, ich habe ihm DEINE Telefonnummer gegeben."

Am Sonntag war Elisa nicht so richtig bei der Sache, wie ihre Eltern schnell feststellten. „Was ist los, Fräulein? Du machst einen verwirrten Eindruck. Hast du gestern Abend bei der Tanzveranstaltung einen interessanten Mann kennen gelernt?", fragte ihre Mutter interessiert.
Peter blickte von seinem Kuchenteller auf. „Ja, wie sieht es aus? Bist du bei deiner Suche weiter gekommen, Schwesterherz?"
Elisa streckte ihm die Zunge heraus. „Das geht dich nichts an. Du brauchst gar nicht so blöd zu grinsen. Übrigens war ich in der Disco", wandte sich Elisa an ihre Mutter. „Tanzveranstaltung, das hört sich nach Tanztee und alten Leuten an. Wenn ihr es genau wissen wollt: da war bloß ein kahler Friseur, der hatte einen Hirschpullover an."
Ihre Mutter klatschte entzückt und die Hände. „Norwegermuster, wie geschmackvoll! Solche Pullis mag dein Vater sehr gern. Ich habe ihm einige gestrickt." Sie stieß ihren Mann an. „Sag doch auch mal was."
Kalle nickte grinsend. „Eure Mutter kann gut handarbeiten. Ihre selbstgestrickten Pullover sind immer so schön warm."
Ilse nickte zufrieden. „Da hörst du es. Jemand der Norwegermuster zu schätzen weiß ist gediegen. Das solltest du dir merken."
„Eben", Kalle nahm sich noch ein Stück Torte und lächelte zufrieden. „Es wurde Zeit, dass du das mal merkst, Ilsekind."
„Weißt du was, wenn ihr das nächste Mal in die Disco geht, dann komme ich mit. Das habe ich lange nicht mehr gemacht", erklärte Peter. „Übrigens würde ich Anne gerne wieder sehen. Du hast gesagt, dass sie Schluss mit ihrem Freund gemacht hat?"
Elisa runzelte die Augenbrauen. „Das kannst du gern machen. Es war immer lustig, wenn du ganz zufällig auch in der ‚Alten Liebe' aufgetaucht bist. Jedenfalls hast du nicht gestört", fügte sie nach einer kurzen Denkpause hinzu. „Ob Anne jetzt so richtig Schluss mit Henry gemacht hat, das muss ich sie direkt mal

fragen. Jedenfalls ist sie nicht abgeneigt, sich neu zu orientieren."
„Sag ich doch. Es wird Zeit, dass ich mich um sie kümmere", stellte Peter grinsend fest.

***

„Wie sehe ich aus?" Elisa stand in der Tür zu Felix Zimmer. Sie hatte heute ihr erstes Internet Date und sich entsprechend aufgebrezelt.
„Mutter, dieser Rock ist viel zu kurz!" Felix musterte sie von oben bis unten. „Und überhaupt, musst du dich schminken, in deinem Alter?"
Elisa stöhnte theatralisch. „Du bist ja schlimmer als Oma."
„Stör dich nicht an dem Quatschkopf", lachte Julia. „Vielleicht sehen wir uns nachher noch, dann kannst du mir erzählen, wie dein Date war. Einstweilen viel Spaß."

Elisa betrat das ‚Café Extrablatt' und schaute sich suchend um. Seltsam, obwohl sie spät dran war, schien ihre Verabredung noch nicht eingetroffen zu sein. So setzte sie sich erst einmal an einen Bistrotisch. Ihr erstes Date hatte sie mit dem Polizisten, einem gut aussehenden Mann, der sich als treu, großzügig, aufgeschlossen und sehr nett beschrieb. Seine E-Mails klangen ein wenig langweilig, aber vielleicht war er einfach kein großer Briefschreiber.
„Da sind Sie ja, haben Sie mich nicht gesehen?" Der Mann, welcher sich jetzt zu ihr setzte, hatte wenig mit dem Foto gemein, das sie von ihm bekommen hatte. Eine gewisse Ähnlichkeit war schon vorhanden. Sie musste sich den Herrn nur weniger faltig, ausgemergelt, verhärmt, mindestens zehn Jahre jünger und mit vollem Haupthaar vorstellen. „Ich habe schon auf Sie gewartet", nörgelte er und schaute sie streng an. „Ich schätze eine gewisse Pünktlichkeit, das ist ja bekanntlich die Höflichkeit der Könige.

Schwamm drüber, jetzt sind Sie hier. Ich will großzügig sein. Möchten Sie etwas trinken?"

„Ja gerne, eine Cola." Das fing ja gut an.

„Coca Cola kann ich nicht vertragen. Sie müssen wissen, dass ich magenleidend bin. Ich bevorzuge Tee und stilles Mineralwasser. Zudem ernähre ich mich vegetarisch und Laktose frei, tendiere aber durchaus zu veganer Kost."

Elisa schaute sich demonstrativ die Speisekarte an. „Ich hätte gerne einen Burrito, dazu bitte eine doppelte Portion Pommes mit Majo." Die Bedienung notierte die Bestellung und Elisa wandte sich dem sichtlich entsetzten Polizisten zu. „Ich esse unheimlich gern Fleisch und Magenprobleme habe ich auch nicht."

„Ähm, ja," er nippte an seinem Tee. „Wo wir doch so nett zusammen sitzen, wollen wir uns nicht duzen? Ich bin Bernhard, wie Sie wissen. Sie haben zwei Vornamen? Wie darf ich sie nennen?"

Solange sie mit diesem ausgemergelten Meckerer keinen Bruderschaftskuss tauschen musste, war Elisa alles recht. „Ja sicher, Bernhard, oder soll ich Bernie sagen? Ich bin sowieso nicht für Förmlichkeiten. Sag einfach Elisa zu mir, das reicht."

„Bitte Bernhard, meine Liebe", wieder ein strenger Blick. „Ich halte gar nichts von dieser Unsitte, die schönen deutschen Namen zu verniedlichen."

‚Du meine Güte, was für ein schräger Vogel', fuhr es Elisa durch den Kopf. Sie suchte nach einem unverfänglichen Gesprächsthema. „Hast du schon länger Probleme mit dem Magen?"

Das war Bernhards Stichwort. Er orderte einen neuen Kamillentee, holte tief Luft und erzählte seine Leidensgeschichte. Man verstand ihn nicht. Nicht in seiner Dienststelle, nicht privat. Seine Frau hatte sich scheiden lassen, überhaupt wurde er überall verkannt. Deshalb auch die Magenprobleme. Der Burrito kam,

Elisa verspeiste ihn genüsslich, nickte ab und zu mitfühlend, hörte nicht mehr zu.

„... und deshalb suche ich jetzt eine liebe Frau, die meine Sorgen mit mir teilt und mir hilft, die Last des Lebens zu tragen. Ich war schon lange nicht mehr aus. Ist dir zweiundzwanzig Uhr recht?" Elisa erwachte aus dem Koma, denn Bernhard war am Ende seiner Leidens- und Lebensgeschichte angekommen. Er erwartete scheinbar eine Antwort, jedenfalls guckte er ziemlich erwartungsvoll.

„Ja", sagte sie erst einmal probeweise.

Bernhard strahlte, soweit ihm das bei seinem mürrischen Gesicht möglich war. „Das ist schön, ich freue mich."

„Worauf jetzt genau?", fragte Elisa vorsichtig.

„Aber, aber, meine Liebe, willst du mich foppen? Samstag! Soll ich dich abholen, oder treffen wir uns gleich im Tanzlokal?"

Verflixt, da hatte sie wieder einmal einen schönen Mist gebaut. Hätte sie lieber mal besser zugehört. Das fehlte noch, dass dieser magersüchtige Langweiler sie von zu Hause abholte. Die Knaben würden Lachkrämpfe bekommen. „Wir treffen uns lieber gleich im Lokal, wo war das jetzt noch?"

„Meine liebe Elisa, an deiner Konzentrationsfähigkeit müssen wir gelegentlich arbeiten. Es war das ‚Casablanca', dort ist mein Chef, wie ich bereits erwähnte, Stammgast."

In Elisa kochte es, wenn Bernhard noch einmal diesen salbungsvollen Ton anschlug und dazu noch meine Liebe zu ihr sagte, dann würde sie ihm seinen Kamillentee über den Kopf schütten, Polizist der nicht! „Ich muss jetzt wirklich los. Ich habe noch einen Termin, den hatte ich ganz vergessen."

„Ts-ts-ts", Bernhard wusste nicht, wie hart er am Abgrund stand. „Konzentration, meine Liebe, und nicht vergessen: Samstag, zweiundzwanzig Uhr im Casablanca."

Ungeduldig winkte Elisa der Bedienung, die auch sofort zur Stelle war.

„Zahlen sie getrennt oder zusammen?"

Bernhard musste nicht lange nachdenken: „Selbstverständlich getrennt."
„Ach lass mal, Bernhard, ich bezahle dein Teechen mit, schließlich bin ich emanzipiert", meinte Elisa und zwinkerte der Bedienung zu.

„Du bist aber früh wieder zu Hause, das war wohl nix, was?" Felix, Matts und Julia hatten den Kühlschrank geräubert und es sich in der Küche bequem gemacht.
„Kinder, ich brauche einen Schnaps. Das glaubt ihr nicht." Elisa setzte sich dazu und erzählte was ihr widerfahren war. „Jetzt habe ich mich auf Versehen in der Disco verabredet und weiß nicht, ob ich den ollen Bernhard einfach versetzen soll", klagte sie.
Matts sah sie streng an. „Mutter, es heißt Club und nicht Disco. Du bist aber auch wieder seniorenheimig."
„Du scheinst dich auszukennen, du Küken", stellte Elisa erheitert fest, was Julia zu einem Kichern veranlasste.
„Ja, klar. Club ist wie Disco, aber cooler", erklärte Matts ihr und lief, mit einem Seitenblick auf Felix Freundin, rot an. „Ist aber egal. Jedenfalls musst du dich jetzt mit diesem Polizisten treffen, versprochen ist versprochen. Wenn du ihn versetzt dann hast du für hundert Jahre Knöllchen an der Backe." Hier prustete er los.
„Nicht an der Backe, an der Windschutzscheibe", grinste Felix.
Elisa musste lachen. „Doofe Blagen", mit diesen Worten stolzierte sie aus dem Zimmer.

‚Eigentlich hat Matts Recht. Versprochen ist Versprochen', dachte Elisa, als sie ihr Auto auf dem Parkplatz der Disco abstellte. Sie würde den Abend nett hinter sich bringen, Bernhard erklären, dass ein weiteres Treffen nicht in ihrem Sinne wäre und zur Tagesordnung übergehen. Wie zu erwarten, war das Casablanca um diese Uhrzeit nicht gerade überfüllt. Dieses Mal erkannte sie Bernhard sofort. Er war nicht zu übersehen, denn er trug ein ziemlich kariertes Sakko.

„Hallo, dieses Mal bist du fast pünktlich", stellte er fest, nicht ohne noch einmal auf seine Uhr zu schauen.

„Hallo", antwortete Elisa schwach, mit diesem Sakko hatte sich nicht gerechnet. „Heute keinen Tee?"

„Nein, ich trinke Wasser, wie du ja siehst."

„Geschüttelt oder gerührt?"

„Haha, das ist witzig", Bernhard ließ sich nicht die Stimmung verderben. „Möchtest du tanzen?"

„Ja, gerne", Elisa beschloss das Beste aus dem Abend zu machen und beim nächsten Date besser zuzuhören. Auf der Tanzfläche stellte Elisa fest, dass Bernhards Tanzstil zum Sakko passte, denn auch er war ziemlich kariert.

Wieder zurück an ihrem Platz, ergriff sie die Gelegenheit: „Hör mal, Bernhard, ich muss dir etwas sagen. Es wird wohl nichts mit uns."

„Das dachte ich auch schon", antwortete Bernhard zu Elisas Verblüffung. „Du hast einige Eigenschaften, die mir nicht gefallen und mit denen ich mich nicht abfinden könnte: Du bist unpünktlich…"

„Genau", unterbrach Elisa ihn eifrig, „und ich bin so unaufmerksam, höre nie richtig zu. Unordentlich bin ich auch noch, du ahnst nicht, wie es bei mir zu Hause aussieht. Überhaupt, ich könnte niemals aufs Fleisch verzichten. Das könntest du als Vegetarier oder sogar Veganer auf Dauer bestimmt nicht ertragen."

Bernhard schaute leicht irritiert. „So ist es."

„Dann lass uns heute einfach nur Spaß miteinander haben. Ansonsten suchen wir weiter nach dem Idealpartner." Elisas Laune hob sich rapide. „Los, jetzt wird noch einmal getanzt!" Sie zog Bernhard auf die Tanzfläche.

Plötzlich machte ihr weder sein seltsames Sakko, noch sein Zappeltanzstil etwas aus. Auch Bernhard wurde lockerer. Plötzlich zog er sie eng an sich. „Würde es dir etwas ausmachen, nä-

her an mich heran zu rücken?" flüsterte er ihr ins Ohr. „Da vorne tanzt mein Chef."
„Ja und?" Elisa verstand nicht worauf er hinaus wollte.
„Na ja, der hat mich noch nie mit einer so hübschen Frau zusammen gesehen."
Grinsend drückte ihm Elisa einen Kuss auf die Wange. Irgendwie tat er ihr leid. Wie mochte seine Ex Frau bloß aussehen? Sie beschloss, ihm den Gefallen zu tun und rückte noch näher.
„Äh, so nah auch nicht, das macht mich jetzt aber nervös." Es war schwer, Bernhard etwas recht zu machen.
„Willst du jetzt Eindruck machen, oder nicht?" Sie sah ihm tief in die Augen, was ihn irritiert blinzeln ließ.
Wieder an ihrem Platz versuchte sie ein wenig mit Bernhard zu flirten, doch das stellte sich als nicht leicht heraus. Dienstgespräche lagen ihm scheinbar besser. Wenigstens schien sie auf Bernhards Chef Eindruck zu machen, denn der schaute öfter ungläubig zu seinem Mitarbeiter hinüber.

***

Annerose hatte sich mit ihrem ersten Date zum Essen verabredet und war angenehm überrascht. Oliver, der Architekt, sah im Original noch besser aus als auf dem Foto, das er ihr zugeschickt hatte. Strahlend kam er auf sie zu und begrüßte sie überschwänglich: „Hallo, es freut mich sehr, dich heute treffen zu dürfen. Der Tag war bis jetzt schön, nun wird er perfekt."
Auch Anne strahlte. „Schön dich zu treffen." Sie setzte sich, wobei er ihr den Stuhl zurecht rückte. Es würde ein toller Abend werden, in diesem Punkt war sich Anne sicher.
„Womit darf ich dich verwöhnen? Vielleicht mit einem Gläschen Champagner?"
„Gerne, ich liebe Champagner."
Oliver gab sich ganz als Mann von Welt, suchte das Menü und den passenden Wein aus, prostete ihr zu. „Auf uns, auf einen perfekten Abend mit einem wundschönen Abschluss." Er schau-

te ihr tief in die Augen. „Du bist noch schöner, als ich es vermutet hatte. Die Fotos, die du mir geschickt hast, werden dir nicht gerecht."
Das Essen war vorzüglich, der Wein richtig gut, Oliver beherrschte den Smalltalk perfekt. Annerose fühlte sich berauscht, was nicht nur am Alkohol lag. Sie schien einen Glücksgriff getan zu haben. Dieser Mann war fantastisch: gut erzogen, charmant, großzügig und er schien nicht unvermögend zu sein. Zumindest ließ das seine äußere Erscheinung vermuten. Sie würde die Gelegenheit beim Schopf ergreifen um austesten wie fantastisch er wirklich war. Nach dem Dessert und dem anschließenden Espresso kam sie zur Sache.
„Was meinst du, ich habe zu Hause noch eine Flasche ‚Pommery', auf Eis. Die habe ich für eine besondere Gelegenheit aufbewahrt."
Wieder schaute ihr Oliver tief in die Augen. „Es wäre schön, wenn das jetzt die besondere Gelegenheit wäre."
Bald darauf saßen die beiden eng umschlungen auf der Couch in Annes Wohnzimmer. Sie stellte fest, dass Oliver auch im Küssen versiert war. Plötzlich öffnete sich die Tür. Henry stand im Zimmer. „Ich hoffe ich störe nicht."
„Henry, was willst du? Sorry, Oliver, das ist ein Nachbar und Freund. Er wohnt eine Etage höher", stöhnte Annerose.
„Mein Kaffee ist alle und da wollte ich mir welchen von dir ausleihen." Henry ließ sich nicht aus der Ruhe bringen.
Annerose wedelte ungeduldig mit der Hand. „Hol dir aus der Küche was du brauchst. Und dann Tschüss!" Entschuldigend wandte sie sich wieder Oliver zu. „Ich sollte ihm wirklich den Schlüssel abnehmen."
Henry klapperte in der Küche herum. Wenig später war er verschwunden. Etwas irritiert nahm Oliver sie wieder in den Arm, küsste sie zärtlich. Annerose seufzte wohlig und erwiderte seinen Kuss.

Ein Schlüssel klapperte, Henry stand wieder in der Wohnzimmertür. „Entschuldigung, habt ihr ein paar Zigaretten? Meine sind alle."
Anne griff sich die fast volle Zigarettenpackung vom Tisch und marschierte auf den Störenfried zu: „Hier, nimm die Schachtel einfach mit hoch, sonst noch was? Ein paar Erdnüsse, Käsecracker oder Chips? Nimm dir einfach was du für die nächsten vierzehn Tage brauchst und komm heute nicht noch mal runter!"
„Bin schon weg, sei doch nicht so unfreundlich!" Im Hinausgehen wandte sich Henry an Oliver. „Danke für die Zigaretten und viel Spaß noch."
Der zog die Augenbrauen hoch. „Was war das denn? Ein Freund und Nachbar, hm?"
„Vergiss ihn. Wir waren vor langer Zeit kurz zusammen. Da läuft gar nichts mehr." Zärtlich strich sie über Olivers Oberschenkel. „Jetzt sollten wir uns um wirklich wichtige Sachen kümmern."
Das ließ sich Oliver nicht zweimal sagen. Wenig später kümmerte er sich intensiv um alle wichtigen Sachen, die Annerose zu bieten hatte. Auch das konnte er wirklich gut. Sie stöhnte laut und langanhaltend.
Plötzlich hämmerte es heftig an der Wohnzimmertür. „Um Gottes Willen Anne, ist alles in Ordnung, geht es dir gut? Soll ich den Notarzt holen?"
Das war selbst für den in allen Lebenslagen versierten Oliver zu viel. Er raffte seine Kleidungsstücke zusammen, drängte sich an Henry vorbei und lief ins Badezimmer. Einen kurzen Augenblick später erschien er korrekt bekleidet wieder im Flur. „Der Notarzt wird nicht nötig sein, aber vielleicht solltet ihr beide einen Psychiater konsultieren", mit diesen Worten verließ er die Wohnung.
„Mensch Anne, ich hab`s doch nur gut gemeint…", weiter kam Henry nicht, denn Annerose griff sich den nächstbesten Gegen-

stand, in diesem Fall war es ein Kristallaschenbecher, und warf nach ihm.

„Die Story ist noch viel besser als meine. Hat sich Oliver noch einmal bei dir gemeldet?", fragte Elisa fasziniert. „Oder hast du versucht ihm die Situation zu erklären?"
„Natürlich hat er sich nicht mehr gemeldet. Er reagiert auch auf keine meiner E-Mails. Ich komme also gar nicht dazu, etwas zu erklären. Wahrscheinlich hält er mich für eine völlig beknackte Person, die ihren Lover für die Nacht ausquartiert hat, damit sie freie Bahn hat. Ich nehme Henry sein Verhalten wirklich übel, denn ich habe ihm gesagt, dass es sinnlos ist zwischen uns. Ich habe die Beziehung offiziell beendet. Irgendwie geht er einfach darüber hinweg. Was soll ich denn noch machen? Ihm ein Kündigungsschreiben schicken? Hiermit kündige ich die Beziehung zum Ersten des Monats? Andere Leute machen per SMS Schluss und das wird akzeptiert. Henry ist einfach bescheuert", Annerose zuckte hilflos mit den Schultern.
„Er ist nicht bescheuert, sondern eifersüchtig. Er liebt dich immer noch. So viel Glück hätte ich auch gern." Lara hielt ihr Glas hoch. „Ich glaube der Rotwein verfliegt ziemlich schnell. Mein Glas ist schon wieder leer."
Die drei Freundinnen hatten sich heute bei Elisa getroffen, um einen richtig schönen Weiberabend abzuhalten. Elisa schenkte nach. „Ich glaube Lara hat Recht. Er hat eure Trennung nicht realisiert. Wie auch, er geht schließlich immer noch bei dir ein und aus. Das würde ich an deiner Stelle abstellen. So macht er sich immer weiter Hoffnungen. Er meint, du kriegst dich wieder ein und ihr setzt irgendwann eure Beziehung weiter fort."
„Es ist ganz praktisch, dass Henry bei mir ein und aus geht, wie du es ausdrückst", erklärte Anne augenzwinkernd. „Auf diese Weise erspare ich mir zum Beispiel das Einkaufen. Er hat mit seinem Studium definitiv mehr Zeit als ich. Du weißt, wie sehr mich der Job in Anspruch nimmt. Es hatte sich während unserer

gemeinsamen Zeit so eingebürgert, dass er die Einkäufe regelt und öfter etwas kocht. Das haben wir so beibehalten. Wenn er gerade bei mir unten ist, saugt er auch gerne mal Staub und putzt durch. Dafür unterstütze ich ihn finanziell. Das ist doch fair. Ich hasse Hausarbeit und ihm macht sie nichts aus. Das heißt noch lange nicht, dass ich die Beziehung fortsetzen will. Das sollte er langsam kapiert haben."
„Du bist ja lustig. Hältst dir den Ex als Hausmann. Auf die Idee muss man auch erst kommen." Lara schien fasziniert von diesem Gedanken zu sein. „Das hätte ich praktizieren müssen, als Roland und ich zusammengezogen sind. Jetzt ist der Zug abgefahren. Er macht im Haushalt praktisch gar nichts. Alles bleibt an mir hängen. Aber nicht nur das, nicht mal beim Sex komme ich auf meine Kosten."
Anne schaute sie interessiert an. „Sag bloß? Ich dachte immer, dass du eine glückliche Beziehung führst. Obwohl ich mich schon darüber gewundert habe, dass du in der letzten Zeit so oft mit uns auf die Piste gehst. Das scheint deinem Mann nichts auszumachen, was?"
„Es macht ihm wirklich nichts aus. Er sieht lieber fern, als etwas mit mir zu unternehmen. Roland kommt mir vor, als wenn er auf einen Schlag um zwanzig Jahre älter geworden wäre. Egal, ich werde schon damit klarkommen. Wie geht es eigentlich mit euren Internetbekanntschaften weiter? Habt ihr das aufgegeben oder gibt es noch mehr Treffen?"
Elisa und Anne wechselten einen verschwörerischen Blick. „Ja klar suchen wir weiter. Ich treffe mich demnächst mit einem total gutaussehenden Typen. Der sieht fast aus wie Mel Gibson."
Anne prustete los. „Ja sicher, aber nur für die Westentasche. Ich dagegen habe ein richtiges Prachtexemplar aufgetan. Er ist Bodyguard, du kannst dir vorstellen, wie gut er aussieht. Wir haben schon öfter miteinander telefoniert. Er ist richtig, richtig nett."
„Und ist der Prachtkerl verheiratet?", fragte Lara misstrauisch.

„Nein, ist er nicht. Er lebt zwar im Moment noch mit einer Frau zusammen, aber in dieser Beziehung klappt überhaupt nichts mehr. Er ist zu pflichtbewusst, um sich von heute auf morgen von ihr zu trennen. Ist das nicht süß. Aber er sucht eine Wohnung und will sich langsam von ihr lösen, damit sie nicht zu sehr leidet."
Lara verdrehte die Augen. „Das hört sich kompliziert an. Ob das alles stimmt, was der Typ dir erzählt? Ich wünsche es dir."
„Das wünsche ich mir auch. Aber so verbissen sehe ich das gar nicht." Annerose hob ihr Glas. „Ein Toast auf alle unbraven Mädels dieser Welt und auf uns drei ganz speziell: Auf dass uns alles gelingen wird, was wir uns vornehmen!"

Später nahm Elisa Lara beiseite. „Wie sieht`s mit deiner Bekanntschaft aus? Habt ihr wirklich das Wochenende miteinander verbracht?"
„Schon. Es war ganz nett, aber er ist nicht der Richtige. Das habe ich ihm auch gleich am Sonntag gesagt."
„Tatsächlich? Gleich am Sonntag? Hast du das schon am Samstag festgestellt und wolltest ihm das Weekend nicht versauen, oder was? Vor allem: wie hat er die Abfuhr aufgenommen?"
Wenn Lara die Ironie der Worte überhaupt wahrnahm, so zeigte sie es nicht. „Erst war er am Boden zerstört, hat sich dann aber eingekriegt. Schließlich ist er selbst Schuld. Stell dir bloß mal vor: Er hatte mit seinem Alter total gelogen. In seinem Profil hat er angegeben, dass er fünfundfünfzig ist. Das ist hart an der Grenze für mich. Schließlich wäre er dann über zehn Jahre älter als ich. Ich tendiere sowieso eher zu jüngeren Männern, musst du wissen. Aber er klang halt so nett, dass ich das in Kauf genommen habe. Jedenfalls hat er mir am Sonntag Morgen gebeichtet, dass er noch zehn Jahre älter ist, also fünfundsechzig! Das geht gar nicht."
Elisa schluckte. Sie konnte es sich mit ihren vierzig Jahren überhaupt nicht vorstellen, Sex mit einem so alten Mann zu haben.

„Ich glaube das nicht. Hast du tatsächlich mit ihm geschlafen? Und vor allem, hast du denn nicht gemerkt wie alt er tatsächlich ist, als du ihn so ohne Klamotten gesehen hast? Oder habt ihr es im Dunkeln gemacht?"
„Er ist gut trainiert. Besser als so mancher junge Kerl. Schließlich hat er eine Ehefrau, die auch erst siebenundvierzig ist. Da muss er schon auf sich achten, sagt er. Nur will die nichts mehr von ihm wissen, in sexueller Hinsicht, meine ich. Er glaubt, dass sie beruflich so eingespannt ist, aber ich denke, sie hat einen Anderen. Vielleicht einen Kerl, der altermäßig zu ihr passt. Egal, jedenfalls war der Sex mit ihm richtig gut. Er ist total auf mich eingegangen und kann ganz schön lange. Trotzdem will ich ihn nicht wieder treffen. Ich suche ja eine dauerhafte Affäre. Stell dir mal vor, der Opa kriegt in ein paar Jahren auf mir einen Schlaganfall oder so."
„Ja, man muss für die Zukunft planen." Diese Bemerkung konnte sich Elisa nicht verkneifen. „Also suchst du weiter? Oder hast du schon jemand neues gefunden? Ich habe letztens gelesen, dass Foren wie ‚Top Secret' total im Trend sind, dass man stündlich mit neuen Kontakten bombardiert wird."
„So schlimm ist es auch wieder nicht, aber natürlich bin ich weiter auf der Suche, genau wie ihr. Ich habe mir auch schon überlegt, ob ich in diesem Jahr nicht allein in Urlaub fahren sollte. Vielleicht würde sich sogar die Möglichkeit ergeben, ein paar nette Tage mit einer neuen Bekanntschaft zu verbringen. Das wäre ganz schön aufregend. Roland kommt wieder einmal nicht aus dem Quark. Die Arbeit hinten und vorne. Alles was ich vorschlage passt ihm nicht."
Elisa schüttelte mit dem Kopf. Sie konnte es nicht nachvollziehen, wie schnell Laras Hemmschwelle, einen Seitensprung betreffend, ins Unterirdische gefallen war. „Sei bloß vorsichtig. Ich will mir gar nicht ausmalen was passiert, wenn Roland hinter deine Aktivitäten bei ‚Top Secret' kommt. Dann ist nix mehr mit dem Halten des Lebensstandards, meine Liebe. Überhaupt,

verheiratete Männer, die mal nebenbei Sexkontakte suchen, das wäre überhaupt nicht mein Ding."
„Was wäre nicht dein Ding?" die Stimme aus dem Hintergrund gehörte Matts, der unbemerkt in die Küche gekommen war.
„Es ist überhaupt nicht mein Ding mir die Finger blutig zu arbeiten, um zwei Raupen durchzufüttern, die mir die Haare vom Kopf fressen."
Grinsend machte sich Matts am Kühlschrank zu schaffen. „Aber Mutter, du liebst uns doch. Dazu gehört auch das Füttern der Junge!"

***

Heute feierte Ilse ihren Geburtstag. Elisa hatte sich den Tag frei genommen, um ihrer Mutter bei den Vorbereitungen für die Feier zu helfen.
„Das erledigen wir Frauen alles im Handumdrehen. Dein Vater will mir immer helfen und steht nur im Weg herum. Mal abgesehen davon, dass er mir den halben Kartoffelsalat wegisst, kaum dass ich ihn fertig gemacht habe", erklärte Ilse und schickte ihrem Mann kurzentschlossen auf einen langen Spaziergang.
„Du brauchst vor dem Nachmittag nicht wieder zu erscheinen", rief sie ihm hinterher.
„Aber Mama, das kannst du doch nicht machen", sagte Elisa ein wenig schockiert. Ilse zwinkerte ihr zu. „Das hätte ich mich früher auch nicht getraut. Aber mit den Jahren ist der Tiger zahnlos geworden. Er knurrt ab und zu noch, doch seinen Biss hat er verloren. Übrigens ist schönes Wetter, mit Regen ist nicht zu rechnen, also wird die frische Luft deinem Vater gut tun."

Jetzt waren die letzten Handgriffe erledigt, Kalle wieder eingetrudelt. Er hatte seinen Sohn Peter gleich mitgebracht, die Party konnte starten. Elisas Mutter hatte sich in Schale geworfen. Sie drehte sich einmal um die eigene Achse. „Na?"

„Mama, du bist eine Schönheit. Selbst Johannes Heesters wäre entzückt von dir."
„Das ist nicht dein Ernst", Mutter machte ein paar Tanzschritte. „Der Heesters ist mir viel zu alt. Der ist ja noch viel älter als dein Vater. Da fällt mir etwas ein: Wenn du einen netten Mann kennenlernst, wo du doch immer tanzen gehst, dann frag ihn gleich, ob er handwerklich begabt ist. Ich möchte die Küche und das Badezimmer neu gemacht haben. Dein Vater schafft das nicht mehr und dein Bruder hat so viel zu tun, dass es bei einem Versprechen geblieben ist. Von meinen Enkeln will ich gar nicht erst reden."
„Ganz genau, Oma. Ich habe keine Ahnung von solchen Sachen. Dein anderer Enkel hat alle Hände voll zu tun", ließ sich Matts vernehmen. Er wies auf seinen Bruder, der sich intensiv mit seiner Julia beschäftigte und gar nicht merkte, dass über ihn gesprochen wurde.
„Ach, die jungen Leute. Was hatten wir für einen Spaß miteinander, als dein Vater jung war. Wenn er nur die Finger von den Weibern gelassen hätte", seufzte Ilse.
Kalle zog vorsichtshalber den Kopf zwischen die Schultern. „Das ist doch alles so lange her", murmelte er.
„Mama, du bist unmöglich. Das will ich gar nicht wissen und es gehört ganz bestimmt nicht hier her."
„Eben, und jetzt wollen wir auf deinen Geburtstag anstoßen und eine schöne Feier haben, Ilsekind." Kalle schenkte Sekt aus und grinste seine Frau spitzbübisch an.
Eine schöne Geburtstagsfeier wurde es dann auch. Ilse und ihre Freundinnen legten richtig los. Wenn auch zusammen 300 Jahre auf dem Sofa saßen, so waren es 300 muntere Jahre, zwischen denen Kalle sich sichtlich wohl fühlte.
Irgendwann standen Peter und Elisa zusammen in der Küche und ratschten miteinander, so wie früher. „Na, Schwesterherz, wie sieht es aus?"

„Das wollte ich dich gerade fragen. Du hast vor längerer Zeit gesagt, dass du eventuell mitkommen würdest, wenn wir ausgehen. Daraus ist nichts geworden, was?"
Peter schaute seine Schwester prüfend an. „Ich war letztens erst in der ‚Alten Liebe', aber ihr wart an dem Samstag nicht dort. Das war nicht so tragisch, ich habe mich auch ohne euch Ziegen gut amüsiert. Vielleicht gehe ich gelegentlich wieder aus. Da fällt mir etwas ein: Ich habe dort jemanden getroffen, der sich eingehend nach dir erkundigt hat."
„Tatsächlich?" Elisa nippte an ihrem Weinglas, tat betont uninteressiert. „Jemand, der sich nach mir erkundigt hat, so, so."
„Jetzt tu bloß nicht so. Du platzt gleich vor Neugierde, das sehe ich dir an der Nasenspitze an." Peter gab seiner Schwester einen liebevollen Nasenstüber. „Du warst vor ein paar Jahren ja wohl mit jemandem zusammen, mehr oder weniger. Das war ein echt netter Kerl. Ich habe nie verstanden, warum du ihm den Laufpass gegeben hast."
„Du meinst Alan, nicht wahr?", fragte Elisa verblüfft. „Ja denkt denn der überhaupt noch an mich?"
„Das kannst du aber glauben. Jedenfalls hat er sich sehr dafür interessiert wie es dir geht und ob du eine feste Beziehung hast. Das ist so weit gegangen, dass er mir ein Bier ausgegeben hat", grinste Peter.
Elisa schluckte. Diese Information brachte sie ganz schön aus dem Gleichgewicht, denn sie hatte in der letzten Zeit öfter an Alan denken müssen. Sie war einfach davon ausgegangen, dass er sie im Laufe der Zeit vergessen hatte. Schließlich waren seit ihrem letzten Treffen fast sieben Jahre vergangen. „Und wie geht es ihm? Hat er eine Frau oder eine Freundin?"
„Ach, schau mal an. Meine kleine Schwester interessiert sich plötzlich doch für den Typen. Meinst du ich habe ihn gefragt, ob er eine Freundin hat? Sehe ich so aus, als würde ich mich dafür interessieren, oder was? Jedenfalls war er an dem Abend allein. Er hat erzählt, dass er beruflich lange im Ausland war und seit

kurzem wieder im Land ist. Ich habe ein Bier mit ihm getrunken und dann bin ich meiner Wege gegangen. Ich glaube, er ist dann auch nicht mehr lange in der ‚Alten Liebe' geblieben, aber so ganz genau habe ich natürlich nicht darauf geachtet, weil ich beschäftigt war."
„Na klasse, und warum erzählst du mir das jetzt überhaupt?"
Wieder grinste Peter breit. „Ich habe ihm gesagt, er soll dich selbst fragen wie es dir geht und ob du einen festen Partner hat. Ich habe ihm einfach deine Telefonnummer gegeben. Aua!" Peter stieß einen Schmerzenslaut aus, denn seine Schwester hatte ihm kräftig vor das Schienbein getreten.

Auch Anne zeigte sich überrascht und schockiert, als die Freundin ihr von dem Gespräch erzählte. „Dein Bruder hat also einfach deine Telefonnummer herausgegeben? Ohne dich vorher zu fragen? Wie ist der denn drauf? Was machst du, wenn sich Alan tatsächlich bei dir meldet?"
„Wenn ich das wüsste. Aber wahrscheinlich ruft er mich sowieso nicht an. Warum sollte er auch, schließlich haben wir uns seit Jahren nicht mehr gesehen."
„Er hat sich nicht ohne Grund bei deinem Bruder nach dir erkundigt. Ich fand ihn total süß und habe gar nicht verstanden, warum du ihm so plötzlich den Laufpass gegeben hast ..."
Elisa unterbrach die Freundin. „Habt ihr euch jetzt alle verschworen? Das hat mein Bruder auch gesagt. Es hat damals eben nicht gepasst. Basta."
„Ich bin jedenfalls total gespannt, ob du von ihm hörst. Obwohl ich glaube, dass man eine Geschichte, die schon lange vorbei ist nicht mehr aufwärmen sollte." Anne wechselte abrupt das Thema. „Übrigens: Lara und du habt wohl recht gehabt. Henry baggert ganz schön, seit er mitgekriegt hat, dass ich wieder auf der Piste bin. Vielleicht ist er wirklich eifersüchtig."

„Wie war das mit den Geschichten, die man nicht aufwärmen soll? Ich mag Henry wirklich sehr, aber ich glaube nicht, dass ihr auf Dauer zu einander passt."
„Mach mal halblang. Ich will ihn doch gar nicht mehr. Das Miteinander ist einfach schön, wir streiten uns gar nicht mehr. Von mir aus ist das nur Freundschaft, mehr nicht."

Nicht lange nach der Unterhaltung mit ihrem Bruder bekam Elisa einen Anruf, der sie ziemlich aus der Bahn warf. Sie hatte einen anstrengenden Arbeitstag hinter sich, freute sich auf ein heißes Bad und einen ruhigen Abend, als das Telefon klingelte. Felix nahm den Anruf entgegen. Er streckte ihr das Telefon entgegen. „Da ist ein Typ, der dich sprechen will. Aber du kannst nicht so lange reden, Julia wollte gleich noch anrufen, sie ist mit ihren Eltern weggefahren."
„Ist ja schon gut, gib mal her", grummelte Elisa, nahm Felix das Telefon aus der Hand und meldete sich. Sie hörte ein leises Lachen.
„Wenn das so ist, dann müssen wir uns kurz fassen. Hallo, hier ist Alan."
„Nein!"
„Doch, ehrlich", wieder das tiefe Lachen, das ihre Knie weich werden ließ.
Elisa schluckte. „Alan, mit dir habe ich nicht gerechnet."
„Ich habe deinen Bruder kürzlich getroffen. Hat er dir das erzählt? Er hat mir deine Telefonnummer gegeben und gemeint, dass ich dich ruhig einmal anrufen könnte. Komme ich ungelegen? Ich kann mich auch in den nächsten Tagen noch einmal melden."
Elisa schüttelte heftig den Kopf. Sie kam sich im selben Augenblick ziemlich dämlich vor, denn das konnte er ja gar nicht sehen. „Nein, ich freue mich, dass du anrufst. Peter hat mir von eurem Gespräch erzählt und davon, dass du länger im Ausland warst."

„Ja, das stimmt. Ich bin für meine Firma in den letzten Jahren in den USA tätig gewesen. Das Angebot kam kurz nachdem du mir klar gemacht hattest, dass du noch nicht reif für eine neue Beziehung warst. Jetzt bin ich seit einem halben Jahr wieder im Lande und versuche Fuß zu fassen. Das ist gar nicht so einfach. Aber das ist nicht wichtig. Wie geht es dir? Was machst du so?"
„Mir geht es gut, danke. Ich bin schon lange geschieden und habe die Entscheidung keinen Moment bereut. Damals hast du von deiner Frau getrennt gelebt, bist du ..."
„... auch geschieden, auch schon lange. Ich habe wenig Kontakt zu meiner Exfrau und den Kindern, leider. Aus begreiflichen Gründen war es nicht möglich einfach mal 'rüber zu fliegen, um einen Besuchstag mit den Kindern wahrzunehmen. Die Ferien durften meine Jungen nicht bei mir in den Staaten verbringen, das hat mein Exfrau verhindert. Aber das führt jetzt alles zu weit. Wollen wir uns nicht einmal treffen und einen Kaffee miteinander trinken, uns nett unterhalten? Ganz unverbindlich?"
„Mama!" Felix lugte um die Ecke, was Elisa dazu brachte, genervt die Augen zu verdrehen.
„Hör mal, Alan, mein Sohn nervt im Moment gewaltig. Er erwartet einen Anruf von seiner Perle, das hast du vielleicht mitgekriegt. Klar können wir uns mal treffen. Auf einen Kaffee oder in der ‚Alten Liebe', meine Freundin und ich sind öfter dort. Lass uns einfach noch einmal telefonieren, ja."
„Okay, ich gebe dir meine Telefonnummer, du kannst mich jederzeit anrufen. Aber ich melde mich auf jeden Fall in den nächsten Tagen noch einmal bei dir. Dann hast du vielleicht mehr Zeit. Ich würde mich sehr freuen dich wiederzusehen, wirklich."
Später lag Elisa im wohlig - warmen Badewasser, schloss die Augen und träumte vor sich hin. Sie malte sich aus wie ein Treffen mit Alan wohl ablaufen würde. Ob es richtig war, sich mit ihm zu verabreden? Sie beschloss sich keine Gedanken darüber zu machen und alles auf sich zukommen zu lassen. Wenn Alan

sich noch einmal melden würde, so würde sie sich mit ihm treffen. Sie beschloss ihn fürs Erste nicht anzurufen.

***

Von: Tommy
An: Ann-Elisa
Betreff: Deine Kontaktanzeige
Hallo Ann–Elisa,
mit Interesse habe ich Deine virtuelle Anzeige gelesen. Du suchst also einen Mann für alle Fälle. Vielleicht komme ich in Frage? Es ist schwierig einen Anfang zu finden, gerade wenn man im Baggern ungeübt ist, so wie ich. Also schreibe ich einfach mal los:
Ich heiße Thomas, aber alle nennen mich Tommy, jedenfalls alle Freunde. Ich bin 1 Meter 78 groß, also irgendwo in der Mitte, und ich bin nicht zu dick und nicht zu dünn. Ob ich vorzeigbar bin, kann ich selbst schlecht beurteilen, hoffe es aber stark. Aber wenigstens habe ich noch alle Haare. Allerdings bin ich schon 45 Jahre alt (oder jung?) und wahrscheinlich viel zu alt für eine knackige 35-jährige.
Ich bin als technischer Angestellter tätig (oh, ha, ein Schreibtischtäter).
Nebenbei interessiere ich mich für alle möglichen Sportarten: zumeist für den Motorsport (schöne Frauen, schnelle Autos) und ich fahre leidenschaftlich gern Motorrad, habe einen Tourer. Gerne würde ich einmal ein längere Tour machen, wobei eine Sozia kein Hindernis wäre oder fährst Du gar selbst Motorrad? Hinzu kommt, dass ich das Segeln und Skifahren liebe. Außerdem mag ich Musik: von den Stones und Eric Clapton bis zu aktuellen Hits. Was ich nicht mag, ist Techno. Wahrscheinlich bin ich dafür schon zu alt. Aber das kann auch nicht sein, denn ab und an regt sich noch was...
Ich mag es auch zu kuscheln, zu lachen, Blödsinn zu machen. Dafür hassen mich einige Kollegen (wegen des Blödsinns, nicht

wegen des Kuschelns, denn streicheln und knuddeln gehört nicht ins Büro, glaube ich)!
Was noch? Wie gesagt, ich bin im Baggern ungeübt. Vielleicht möchtest du noch etwas von mir wissen? Du kannst mich gern alles fragen.
Ich hoffe sehr auf eine Antwort!
Tommy

Noch immer bekamen die Freundinnen E-Mails auf ihr virtuelles Inserat. Inzwischen antworteten sie kaum noch darauf. Hier allerdings war eine Nachricht gekommen, die Elisa neugierig machte, denn dieser Mann war auf eine unaufdringliche Art originell, klang nett und unkompliziert. Dazu kam, dass er auf die Rolling Stones stand, genau wie das auch bei Elisa der Fall war. Doch nicht nur sein Musikgeschmack stimmte mit dem ihren überein, auch, dass er ein passionierter Biker war, kam Elisa sehr entgegen. Sie liebäugelte schon seit einiger Zeit damit, den Motorradführerschein zu machen, hatte aber bis jetzt noch nicht den nötigen Antrieb gefunden, um das Projekt wirklich in Angriff zu nehmen.
‚Wenn er wüsste, dass ich nur knapp 5 Jahre jünger bin' dachte Elisa. Allerdings hatte sie nicht vor, ihn aufzuklären und schrieb eine nette Mail zurück. Anne, die inzwischen voll und ganz mit Paul, dem Bodyguard, beschäftigt war, winkte uninteressiert ab, sodass einem Kennenlernen nichts im Wege stand.

Doch zunächst wollte Elisa sich mit Andrew, dem Mel Gibson für die Westentasche, wie ihn Annerose spöttisch nannte, treffen. Der Bahnhof schien ihr geeignet, denn so konnte sie sich den Wartenden in Ruhe anschauen und gegebenenfalls direkt kehrt machen. Frau hatte aus ihren Erfahrungen gelernt.
Wie gewöhnlich kam Elisa ein wenig zu spät. Andrew hatte ihr ein Foto geschickt, so erkannte sie ihn schon von weitem. In diesem Fall war es ein aktuelles Foto, wie Elisa erleichtert fest-

stellte. „Hallo, ich bin Elisa und du bist Andrew, richtig." Abschätzend schaute er sie von oben bis unten an. „Ja, richtig. Schön das du da bist. Wollen wir einen Kaffee trinken?"
Andrew schien nicht solch ein Langweiler wie der miesepetrige Bernhard zu sein und besser aus sah er allemal. Die Unterhaltung beim Kaffee war kurzweilig und nett, bis Andrew von seinem großen Hobby erzählte. Er schien ein ausgesprochener Sportfreak zu sein: „Meine Freizeit gestalte ich nach Möglichkeit Outdoor. Ich fahre gerne Fahrrad. Wenn es geht mache ich große Touren, die letzte habe ich zum Hermanns Denkmal gemacht."
„Aber das sind doch wenigstens 150 km." Elisa war fassungslos. „ Die hast du mit dem Fahrrad zurückgelegt? Warum das denn?"
„Wie ich bereits sagte ist Bewegung mein Lebenselixier. Wenn ich nicht draußen fahren kann, dann nehme ich regelmäßig am Indoorcycling in meinem Fitnessclub teil. Beim Spinning kann ich erst richtig entspannen. Das ist für mich wie Meditation. Hinterher ein schöner Salat, ein stilles Wasser dazu, schon ist der Tag in Ordnung."
Elisa blickte ihn zweifelnd an. „Ich mache hin und wieder gerne Sport, aber das Fahrradfahren gehört nicht zu meinen bevorzugten Sportarten. Schon gar nicht das Fahrradfahren beim Spinning. Dabei kommt man so gar nicht von der Stelle und 150 km fahre ich mit dem Auto."
„Vielleicht könnte ich dein Interesse wecken. Ich stelle es mir schön vor, einmal einen gemeinsamen Ausflug zu unternehmen, um unterwegs die Natur zu genießen."
„Die Natur genießen, dagegen ist nichts zu sagen, aber das muss doch nicht unbedingt von Fahrrad aus sein. Auch kann ich mir nettere Methoden vorstellen, um in Bewegung zu sein."
Andrew ließ sich nicht von seinem Sporttrip abbringen. „Joggen ist natürlich auch eine Möglichkeit, aber das machen meine Kniegelenke nicht mehr mit."

„Ach, und das Fahrradfahren ist nicht belastend für die Kniegelenke?" fragte Elisa verblüfft.
„Man muss eben etwas für seinen Body tun. Wie ich bereits anmerkte. Sport ist mein Leben."
Elisa betrachtete den Sportfanatiker noch einmal kritisch. So toll sah er doch nicht aus und mit Mel Gibson ließ er sich auch nicht vergleichen. Wenn sie bedachte, dass sie sich auf Annes Anraten hin für dieses Treffen einen Pushup mit extra großen Silikonpolstern zugelegt hatte, so zweifelte sie inzwischen daran, ob sich die Investition gelohnt hatte. Dieses unglaubliche Teil ließ ihren Busen mindestens doppelt so groß erscheinen, als er in Wirklichkeit war.
„Kaffee habe ich genug getrunken", erklärte sie schließlich. „Vielleicht sollten wir es für heute gut sein lassen."
„Aber der Abend hat doch gerade erst angefangen, sollen wir nicht noch etwas unternehmen? Ich habe mir heute extra viel Zeit genommen." Andrew schaute enttäuscht drein.
„Na gut, in der Nähe ist ein Pub, den ich mir schon lange einmal anschauen wollte." Elisa wusste sowieso nichts mit dem angebrochenen Abend anzufangen, dann konnte sie ihn genauso gut mit Andrew verbringen. Übrigens hatte sie sich wirklich schon lange vorgenommen, den Pub einmal zu besuchen.

„Hier ist es gemütlich, nicht wahr." Das Lokal gefiel Elisa ausnehmend gut, ihre Laune hob sich.
„Ja, es ist ganz nett. Aber was ich noch erzählen wollte: Es wäre mein Traum mit dem Fahrrad durch ganz Deutschland zu fahren. Stell dir das einmal vor."
Das wollte sich Elisa nicht vorstellen. Sie versuchte das Thema zu wechseln. „Wie sieht es denn mit einem anderen Zweirad aus? Was hältst du vom Motorradfahren? Mit einer Maschine durch ganz Deutschland zu düsen, das könnte ich mir sehr gut vorstellen."

„Davon halte ich gar nichts. Das Motorradfahren ist eine gefährliche Sache. Wie schnell man damit verunglücken kann. Das Fahrrad ist im Gegensatz dazu eines der sichersten Transportmittel."
Es war hoffnungslos. Andrew ließ sich nicht von seinem Fahrradtrip herunterholen, Elisa gab es auf. Sie ließ ihn einfach reden, warf ab und zu ein paar bejahende Worte ein oder nickte zustimmend. Bald drängte sie darauf, den Abend zu beenden.
„Das war ein schöner Abend, den wir bald wiederholen sollten", sagte Andrew, als er sie zu ihrem Auto begleitete. Elisa brummelte zustimmend, nahm sich aber vor, weitere Treffen mit ihm abzuwimmeln. Er hatte sie umfassend über das Fahrradfahren informiert. Sie legte keinen Wert auf weitere Crashkurse darüber. Am Auto angekommen hielt Andrew ihr die Fahrertür auf und stieg anschließend, zu ihrer Überraschung, an der Beifahrerseite ein.
„Was gibt das denn?" fragte Elisa gleichermaßen erstaunt wie belustigt.
„Ein so fantastischer Abend sollte angemessen abgeschlossen werden", raunte Andrew und küsste sie, während er gleichzeitig die Hand in ihren Ausschnitt schob. Jetzt wurde Elisa richtig sauer. Was dachte sich dieser Typ? Erst hatte er sie den ganzen Abend mit seinen Sportgeschichten gelangweilt und jetzt gedachte er sie zu betatschen? Und das auch noch mitten auf dem Parkplatz? Für solche Kinderspielchen war sie entschieden zu alt. Doch ehe sie reagieren konnte, regelte sich diese Geschichte von allein, denn Andrew hatte, statt ihres Busens, das Silikonpolster in der Hand. Er zog die Finger zurück, als hätte er sie sich verbrannt. „Äh, ich will dann mal gehen", mit diesen Worten stieg er aus.
„Ja, besser ist es", merkte Elisa trocken an und richtete ihre verschobene Silikoneinlage.

„Gut, dass er das Silikonkissen nicht mitgenommen hat, als Polster für den nächsten Fahrradtrip. Das sähe merkwürdig aus mit nur einem Atombusen", geierte Anne und tupfte sich die Lachtränen aus den Augenwinkeln.
„Ich bezweifle, dass ich diesen Pushup noch einmal umschnalle. Frau soll wirklich nicht übertreiben. Übrigens fühle ich mich unwohl damit, weil ich nicht einmal mehr meine Schuhspitzen sehen kann. Du mit deinen merkwürdigen Tipps, Annerose von der Heidt."
Die drei Freundinnen saßen in ihrem Lieblingsbistrot. Elisa hatte gerade ihre Erlebnisse mit dem fahrradsüchtigen Andrew zum Besten gegeben und damit unbändige Heiterkeitsausbrüche ausgelöst. Anne putzte sich die Nase. „Lass mal, meine Tipps und Ideen sind ganz gut. Und überhaupt, wer ist denn auf die Idee gekommen, sich einen Kerl über das Internet zu suchen?"
„Die Idee ist gar nicht schlecht", ließ sich Lara vernehmen. „Es bietet ungeahnte Möglichkeiten, das Internet meine ich, nicht deine Ideen, Anne. Wenn man sich etwas bemüht, lernt man Männer bis zum Abwinken kennen, die zu allem bereit sind. Das ist doch eine tolle Möglichkeit sich auszuleben."
„Ach, tatsächlich", fragte Anne, hellhörig geworden. „Woher hast du diese Weisheiten denn? Aus der Bild Zeitung? Ganz so einfach ist das nicht, obwohl es sich mit Paul ganz gut anlässt."
Sie musterte Lara eingehend. „Sag mal, habt ihr euch getrennt, Roland und du? Oder bist du plötzlich Witwe geworden und suchst jetzt auch einen Mann über das Internet?"
Lara wusste plötzlich nicht, wohin mit ihren Händen. Fahrig nahm sie einen Schluck aus ihrem Weinglas. Sie beschlabberte sich prompt. Hektisch wischte sie mit einem Taschentuch an ihrem Ausschnitt herum und lief rot an.
Anne wechselte einen Blick mit Elisa. „Sag schon was los ist. Ich sehe es dir doch an der Nasenspitze an, dass etwas nicht stimmt."

„Es ist etwas passiert, etwas Tragisches, ganz aus versehen. Vor einer guten Woche war das. Ich habe es nicht absichtlich gemacht", sagte Lara. Sie gab es auf, an dem Fleck auf ihrem Shirt herum zu wischen. „Gut, dass es wenigstens Weißwein ist."
Jetzt war auch Elisa neugierig geworden. „Was hast du nicht absichtlich gemacht, außer, dass du mit dem Wein gekleckert hast? Hoffentlich nichts Schlimmes?"
Lara holte tief Luft. „Roland ist Schuld. Ich habe ja schon erzählt, dass es zwischen uns schon lange nicht mehr so ist, wie es mal war. Wir haben uns auseinandergelebt. Das kommt halt vor, wenn man länger verheiratet ist. Immerhin sind es fast fünfundzwanzig Jahre. Das muss man sich mal vorstellen."
„Ja, ich weiß, wie lange ihr verheiratet seid. Vergessen? Ich war mit deinem Bruder verheiratet? Jetzt erzähl schon was passiert ist und spann uns nicht auf die Folter."
„Also, Roland ist in der letzten Zeit einfach unausstehlich. Immer meckert er herum, nichts kann ich ihm recht machen. Da war es ja noch besser, als er sich nicht um mich gekümmert hat. Ich war dabei das Mittagessen vorzubereiten. Genauer gesagt, das Fleisch zu schneiden, weil ich Geschnetzeltes machen musste. Ich wollte Putenschnitzel mit Pommes machen und er hat herumgemosert und wollte lieber Geschnetzeltes mit viel Soße und Nudeln..."
„Lara!!!", ertönte es zweistimmig.
„Ihr müsst mich das schon erklären lassen. Das ist nicht so einfach. Ich schneide also das Fleisch in kleine Stücke. Dabei konzentriere ich mich total, weil das Messer verdammt scharf ist. Roland schleicht sich von hinten an mich heran, fasst mich an und brüllt mir ins Ohr. Was soll ich sagen, ich bin herumgeschossen, weil ich mich so erschreckt habe. Es war ein reiner Reflex, das versteht ihr doch, oder?"
Elisa schluckte. „Willst du damit sagen, dass du ihn mit dem Fleischmesser ..."
„...geschnitten hast", hauchte Annerose fasziniert.

„Geschnitten ist nicht das richtige Wort. Ich habe es ihm volle Pulle in den Bauch gerammt. Irgendwie. Das ging ganz von allein."
„Und jetzt ist er auf der Intensivstation, schwer verletzt, hängt an lauter Schläuchen", murmelte Elisa mit großen Augen.
Lara schüttelte energisch den Kopf.
„Er ist tot", stellte Anne mit Grabesstimme fest. „Wann ist die Beerdigung und warum bist du nicht im Knast?"
„Was ihr euch zusammenspinnt. Er ist zwar noch im Krankenhaus, kommt aber zum Wochenende raus. Ich habe keine lebenswichtigen Organe getroffen. Genau genommen habe ich an allen Organen vorbeigetroffen und auch an allen Arterien und was man da noch so hat, genau weiß ich das gar nicht. Komisch, dass so viel Platz im Bauchraum ist, was?" Lara leerte ihr Glas mit einem Zug, dieses Mal ohne Katastrophe. „Alles was er zurückbehält ist eine Narbe."
„Unglaublich. Hast du mit ihm gesprochen? Was hat er gesagt? Will er sich jetzt scheiden lassen? Ich weiß nicht, ob ich mich unter diesen Umständen überhaupt ins Krankenhaus getraut hätte", fragte Elisa ungläubig.
„Wieso das denn? Ich habe sofort den Krankenwagen gerufen. Eigentlich wollte ich mitfahren, aber das ging nicht, weil gleich nach dem Krankenwagen die Kripo gekommen ist. Die Beamten haben ernsthaft geglaubt ich wollte meinen Mann erstechen. So ein Blödsinn. Roland hat so schnell wie möglich richtig gestellt, dass es ein Unglücksfall war. Der wird es nie wieder wagen, sich von hinten an mich heranzuschleichen", sagte Lara zufrieden.
„Du bist ja drauf", meldete sich Anne zu Wort. „Sag mal, was hat er denn so laut in dein Ohr gesagt, dass du dich so mörderisch erschreckt hast."
„Ich liebe dich, aber in einer Lautstärke, das glaubt ihr nicht. Ich muss jetzt los, Mädels, will noch im Krankenhaus vorbei. Wenn ich ehrlich bin, dann habe ich doch ein schlechtes Gewissen, obwohl ich eigentlich nichts dazu kann. Ich habe mir schon ge-

dacht, dass ihr es genauso seht. Nämlich, dass Roland selbst Schuld ist. Über das Internet und die Männersuche müssen wir uns demnächst in Ruhe unterhalten. Vielleicht kann ich euch ein paar Tipps geben." Lara flatterte dem Ausgang zu.

„Sag mal, Anne, haben wir gesagt, dass wir auch der Meinung sind, dass Roland Schuld an der Geschichte ist?"

„Eher nicht. Ich bin auch nicht der Meinung. Ich habe zwar noch nie jemandem in den Bauch gestochen, aber ich glaube das braucht schon einen gewissen Kraftaufwand. Lara ist vielleicht eine Marke. Gut, dass Roland sie bei der Kripo entlastet hat. Er scheint sie wirklich zu lieben. Was meint sie mit den Andeutungen über das Internet und Männersuche? Das hat doch nicht ausschließlich mit unserer Suche zu tun?"

„Eigentlich wollte ich darüber gar nicht reden, aber wenn sie selbst schon damit anfängt: Sie hat sich bei ‚Top Secret' angemeldet und ist dort aktiv. Es scheint zwischen ihr und Roland schon seit längerer Zeit zu kriseln."

Anne schüttelte ungläubig den Kopf. „Das glaube ich jetzt nicht. Ist das nicht dieses Forum, das für diskrete Seitensprünge wirbt? Deshalb macht sie in der letzten Zeit so komische Andeutungen. Na ja, sie muss wissen was sie macht."

„Eben. Es ist immer schwierig eine Beziehung zu beurteilen. Mehr möchte ich gar nicht erzählen. Vielleicht fragst du sie lieber selbst. Aber wir sind durch diese unglaubliche Räuberpistole ganz vom Thema abgekommen. Du sagst, dass es sich mit deinem Paul gut entwickelt?"

Anne strahlte. „Er ist ein Herzblatt, nett, lieb, zärtlich, zuvorkommend. Zudem kommt er gut mit Henry aus. Die beiden verstehen sich wie Brüder. Oft sitzen sie zusammen und quatschen."

„Heißt das, dass Henry immer noch bei dir abhängt? Das stört Paul gar nicht?"

„Ehrlich, es passt super mit den beiden. Henry macht mir immer noch den Haushalt. Von Eifersucht ist keine Spur mehr vorhan-

den. Er scheint darüber weg zu sein, ist sehr diskret und lässt Paul und mich allein, wenn er merkt, dass wir das möchten. Alles könnte perfekt sein, wenn ...", Annerose suchte nach Worten. „Es gibt nur ein kleines Problem. Paul ist wirklich toll und genau mein Typ, aber er kommt nicht auf den Punkt."
„Ich schätz das heißt, dass ihr noch keinen Sex hattet? Vielleicht steht er auf Henry. Hast du darüber schon einmal nachgedacht?"
„Auf keinen Fall. Paul steht definitiv nicht auf Männer, das hätte ich längst bemerkt." Annerose war sichtlich empört.
„Vielleicht ist er einfach schüchtern. Hast du schon mal die Initiative ergriffen?"
„Ja, sicher. Was denkst du denn. Er hat mich auch schon ein paar Mal ganz gut befriedigt, aber wenn ich richtig mit ihm schlafen will, dann schafft er es immer ganz geschickt sich zu drücken, wenn es soweit ist. Er behauptet, dass ihm seine Befriedigung nicht wichtig ist. Was für ein Unsinn. Dabei ist er ein total heißer Typ. Stell dir vor: Er hat immer Polizeihandschellen dabei. Nicht bloß so ein nachgemachtes Zeug, sondern echte. Eine Knarre hat er natürlich auch."
Elisa runzelte nachdenklich die Augenbrauen. „Sag mal, hat er schon versucht dir die Handschellen anzulegen? Vielleicht steht er auf BDSM oder so und kommt dabei erst auf Touren?"
„Das glaube ich nicht. Er ist immer so sanft. Ein richtiger Teddybär. Er will ja auch, aber wenn ich ihn so weit habe, dann geht bei ihm gar nichts."
„Was ist nur mit den Männern los", seufzte Elisa. „Entweder sie fallen alles an, was nicht schnell genug auf die Bäume kommt oder sie wollen gar nicht. Gibt es eigentlich noch irgendwo einen ganz normalen Kerl?"

***
Von: Elisa
An: Tommy
Betreff: handwerklich begabt

Lieber Tommy,
mit jeder Mail wirst Du mir vertrauter. Vielleicht ist das so, weil wir ganz schön viele Gemeinsamkeiten haben. Ich mag, abgesehen von den Stones, die Gruppe BAP sehr. Dass Du sie auch gut findest und ausgerechnet den gleichen Lieblingssong hast wie ich, das ist unglaublich.
Ich wette, dass Du, genau wie ich, den Film Phenomenon angeschaut hast. Travolta ist echt gut, nicht wahr. Auch so ein toller Typ. Nur gehe ich davon aus, dass Du nicht zum Schluss eine ganze Packung Taschentücher nassgeheult hast ;o).
Im letzten Jahr hat mich der Film Rob Roy fasziniert. Er hat bestimmt auch Deinen Geschmack getroffen, oder? Ich glaube, Du bist ziemlich romantisch, auch wenn Du das nicht zugibst. Rob Roy hat es übrigens tatsächlich gegeben. Wusstest Du das? Er ist als der schottische Robin Hood in die Annalen eingegangen, aber eigentlich war er bloß ein Viehdieb, wenn auch bestimmt ein sehr charmanter.
Aber auch Liam Neeson würde ich nicht von der Bettkante schubsen, ehrlich. Er wäre mein Typ.
Wie geht es weiter mit uns? Ich bin gespannt auf Deine Antwort und ich freue mich sehr darauf.
Ach ja: Nicht wundern, dass ich Dir über einen anderen Account schreibe, das ist besser. Sende Deine Mails in Zukunft doch bitte an diese Adresse.

Ganz liebe Grüße
Elisa

PS: Hand aufs Herz: Wie bist du handwerklich drauf???

Von: Tommy
An: Elisa
Betreff: Duell

Hallo Elisa,
woher weißt Du, dass ich mit den Film Phenomenon gesehen habe und John Travolta total gut finde (jedenfalls als Schauspieler, wie er als Mann wirkt kann ich nicht beurteilen. Will ich auch gar nicht)?
Doch wer zum Teufel ist dieser verflixte Rob Roy und wer Liam Neeson? Sag mir wo ich die beiden finden kann und ich werde um Dich kämpfen. Du stehst auf diese Typen? Dann lerne erst mal mich kennen! Ich bin kleiner und wendiger und Whisky trinke ich mindestens so viel wie beide zusammen. By the way, da kommt mir eine gute Duellmethode in den Sinn. Ich trinke sieh unter den Tisch.
Wieso fragst Du, wie ich handwerklich drauf bin? Soll ich Dir etwas bauen? Oder einfach tapezieren? Was immer Du möchtest, meine Kleine, das kriege ich schon hin.
Für Dich und mit Dir zusammen würde ich so ziemlich alles hinkriegen, glaube ich. Ich möchte noch so viel über Dich wissen und auch ich fühle mich schon ganz vertraut mit Dir.
Tommy

Elisa lächelte. Tommy gefiel ihr immer besser. Eigentlich wurde es Zeit, sich mit ihm zu treffen und zu schauen, ob er in der Realität auch so nett war, wie er sich gab. Nachdenklich krauste sie die Nase, dann schrieb sie:

Von: Elisa
An: Tommy
Betreff: Frage

Hallo mein Kämpfer,
ich bezweifle nicht, dass Du das Whisky Duell gewinnen würdest. Doch bevor es dazu kommt und Du evtl. auf längere Sicht außer Gefecht gesetzt bist, weil Du anschließend wahrscheinlich eine Woche verkatert bist, wäre es nett, Dich kennenzulernen. Was meinst Du?

Elisa

Von: Tommy
An: Elisa
Betreff: Anwort

Liebe Elisa,
es wäre schön, wenn wir uns treffen könnten. Bisher habe ich es nicht gewagt Dich danach zu fragen, das hat einen Grund. Es ist mir wichtig, dass Du ihn erfährst, bevor wir uns begegnen, denn ich will absolut ehrlich zu Dir sein. Es fällt mir sehr schwer dies zu schreiben, denn ich habe Angst Dich zu verlieren, bevor ich Dich richtig kennen lernen durfte!!!
Du hast mich gefragt wie es mit uns weitergeht. Das liegt nun ganz bei Dir. Ich bin verheiratet! Nicht glücklich, natürlich nicht. Ich habe vor, mich von ihr zu trennen. Aber das hörst Du sicherlich öfter.
Ich wäre sehr traurig, wenn Du mir jetzt nicht mehr schreiben würdest, mir keine Chance geben könntest, um Dir einiges zu erklären, aber ich würde es akzeptieren.
Ich hoffe auf eine Antwort
Tommy

Elisa fluchte lautlos vor sich hin. Nun lernte sie schon einmal einen wirklich netten Mann kennen und der war – natürlich –

verheiratet. Was sollte sie jetzt machen? Verheiratete Männer, die ein Techtelmechtel suchten, wenn ihnen die Ehe zur Gewohnheit geworden war gab es unzählige. Sie erzählen einem alles Mögliche, von der Sehnsucht nach fremder Haut angefangen, bis zu unverstanden und frustriert. Letztendlich war kaum einer dieser Männer ehrlich und hatte wirklich vor, sich von seiner Ehefrau zu trennen. Warum sollte sie also ausgerechnet diesem Tommy über den Weg trauen.

Mit diesen Gedanken im Kopf machte sich Elisa an diesem Sonntag auf den Weg zu ihrer Freundin Anne.
„Du ahnst es nicht. Da schreibt mir mal ein netter Mann, der mir ausgesprochen gut gefällt und was ist los? Er ist natürlich verheiratet, unglücklich verheiratet, das ist ja klar. Warum passiert das eigentlich immer mir?"
Annerose hörte geduldig zu. Elisa war brummend wie eine wütende Hummel bei ihr aufgelaufen und schimpfte jetzt schon eine geraume Weile. Endlich schwieg sie, scheinbar war ihr die Puste ausgegangen.
„Nun mach mal halblang. Du weißt doch gar nicht, ob dieser Thomas nur halb so nett ist, wie du das meinst. Vielleicht wärst du total enttäuscht von ihm. Wenn er dir so gut gefällt, dann kannst du dich trotzdem unverbindlich mit ihm treffen. Ansehen ist ganz ungefährlich, weißt du. Du musst dich ja nicht mit ihm einlassen. Paul war auch noch mit einer Frau zusammen, als wir uns kennengelernt haben. Da fällt mir ein: was ist eigentlich aus der Geschichte mit Alan geworden? Triffst du dich nicht mit ihm? Nur zur Erinnerung. Er ist geschieden."
Elisa atmete tief durch. „Du hast recht, was rege ich mich eigentlich so auf. Ich überlege es mir, ob ich Tommy weiter schreibe. Wahrscheinlich werde ich es nicht machen. Er klang sowieso so, als würde er nicht damit rechnen. Alan hat sich nicht mehr gemeldet und ich rufe ihn nicht zuerst an. Nachher bildet er sich wer weiß was ein. Ich hatte mir vorgenommen, das ganz

relaxed auf mich zukommen zu lassen. Einerseits würde ich ihn schon gerne treffen, andererseits ist es wie du sagst. Man sollte eine alte Geschichte nicht wieder aufwärmen. Ich denke, wenn genug Liebe zwischen uns gewesen wäre, dann hätte ich mich damals gar nicht von ihm getrennt."
Anne musterte ihre Freundin nachdenklich. „Jetzt wirst du kompliziert. Hast du schon daran gedacht, dass er darauf wartet, dass du dich meldest, weil er dir nicht auf den Geist fallen will. Immerhin hat er den ersten Schritt gemacht. Es kommt nicht darauf an, seinen Dickkopf zu behaupten. Es kommt einzig und allein darauf an, was du willst, Mädel. Falscher Stolz bringt dich nicht weiter."
Schließgeräusche an der Wohnungstür unterbrachen die Freundin und ließen Elisa aufhorchen. „Ist das Henry? Hat er immer noch einen Schlüssel zu deiner Wohnung?"
„Das hätte ich beinahe vergessen zu erzählen: Paul wohnt vorübergehend bei mir, bis er eine passende Wohnung gefunden hat. Er hat sich endgültig dazu entschlossen, seine Freundin zu verlassen. Siehst du, so kann es auch gehen."
Annerose hatte kaum ausgesprochen, als Paul auch schon in der Zimmertür stand. Er machte einen verlegenen Eindruck, setzte sich mit einem Gruß auf die Sofakante. Auch Elisa wusste nicht was sie sagen sollte. Obwohl sie diesen Mann nur aus Annes Erzählungen kannte, war er ihr auf Anhieb unsympathisch. Sie konnte nicht einmal sagen woran das lag. So verabschiedete sie sich bald und fuhr heim, nicht ohne ihrer Freundin das Versprechen abgenommen zu haben, bald einmal wieder mit ihr in die Sauna zu gehen.
Es war ein seltsamer Tag gewesen. Elisa freute sich darauf, ihn ganz in Ruhe ausklingen zu lassen. Mit einem Glas Rotwein machte sie es sich in ihrem Lieblingssessel bequem und schlug ein Buch auf. Sie hatte ein paar Zeilen gelesen, als das Telefon klingelte.

„Hier ist Alan", die Stimme klang zögernd. „Ich hoffe nicht, dass dies wieder der falsche Zeitpunkt für ein Gespräch ist."
„Aber nein, überhaupt nicht. Ich wollte dich auch gerade anrufen", flunkerte Elisa, der Annes Worte noch im Ohr klangen.
„Tatsächlich, das trifft sich gut. Wie sieht es aus, sollen wir uns treffen und einfach ein bisschen quatschen? Was meinst du?"
Elisa schwieg verblüfft. „Wie jetzt, treffen? Sofort?", quetschte sie heraus.
Alan lachte leise. „Daran hatte ich eigentlich nicht gedacht, aber warum nicht. Wenn du gerade Zeit hast, dann könnte ich in einer halben Stunde bei dir sein. Hallo, bist du noch dran?"
Elisa hatte die Luft angehalten und atmete jetzt hörbar aus. „Warum eigentlich nicht." Je mehr sie über diese Idee, die wohl durch ein Missverständnis zustande gekommen war, nachdachte, desto mehr gefiel sie ihr. „Wir können uns in dem Bistrot hier um die Ecke treffen, wenn das in Ordnung für dich ist. Wir trinken etwas zusammen und unterhalten uns über alte Zeiten. Sagen wir in einer Stunde?"
„Das ist natürlich in Ordnung. Dann mache ich mich gleich auf den Weg. Ich freue mich auf dich. In einer Stunde also."
Langsam legte Elisa den Hörer auf. Jetzt, wo sie sich verabredet hatte, bekam sie plötzlich Herzklopfen.

Sie erkannte ihn sofort. Er hatte sich an einen Tisch gesetzt, der etwas abseits stand und strahlte sie an. Als sie sich zögernd näherte, stand er auf und nahm sie in den Arm. Wieder bubberte ihr das Herz bis zum Hals. „Hallo, das ging schneller als erwartet, was", wisperte sie.
„Das kann man wohl sagen. Es freut mich, dass unser Treffen so unverhofft geklappt hat", er stockte, sah sie aufmerksam an. „Du hast dich gar nicht verändert, weißt du das. Geht es dir gut?"
„Ja, danke. Es geht mir bestens. Das Kompliment kann ich zurückgeben, auch du hast dich kaum verändert. Es ist fast sieben Jahre her, nicht wahr."

„Stimmt. Ich habe während der Zeit oft an dich gedacht", Alan lächelte. „An deine Funkelperlenaugen und an dein Lächeln, das den Raum gleich ein bisschen heller macht. Daran, dass dir gar nicht bewusst ist, wie schön du eigentlich bist, wie unwiderstehlich. Und auch daran, dass du mich in die Wüste geschickt hast, leider."
Elisa wurde es bei diesen Komplimenten ganz heiß, sie merkte, dass sie rot wurde. „Ganz so war das nicht", erklärte sie hastig. „Ich habe Zeit gebraucht, um die Trennung von meinem Mann zu verarbeiten. Ich musste erst einmal feststellen, wie es weitergehen sollte, wo mein Platz im Leben ist. Und da waren ja auch noch die Kinder. Inzwischen sind sie älter, brauchen mich nicht mehr so wie damals. Übrigens hast du dich auch nicht mehr gemeldet", erklärt sie energischer, als es ihr zumute war.
Alan schaute sie prüfend an. „Nun, es war klar für mich, dass ich dich in Ruhe lassen sollte. Jedenfalls habe ich dich so verstanden. Ich habe lange darauf gewartet, dass du dich wieder meldest. Dann habe ich das Angebot bekommen, in die Staaten zu gehen. Weißt du, mich hat hier nichts gehalten", Alan stockte, sah ihr in die Augen, nahm ihre Hand und strich ihr nachdenklich mit dem Daumen über den Handrücken. „Wir hätten in Kontakt bleiben sollen, dann wäre vieles anders gelaufen."
Elisa wurde es heiß, gleichzeitig bekam sie eine Gänsehaut. Sie schluckte. „Aber jetzt haben wir es endlich geschafft, uns zu treffen", sagte sie leise.
„Eben, und das ist das Wichtigste. Erzähl doch mal, was treibst du so? Wahrscheinlich stehen die Männer, die mit dir ausgehen wollen, Schlange vor deiner Tür."
Elisa lachte. „Von wegen."
Die beiden saßen lange zusammen, tranken Rotwein, unterhielten sich bestens. Alan erwies sich als ein launiger Unterhalter, war witzig und amüsant. Elisa fühlte sich wohl mit ihm. Er erzählte über sein Leben und das Arbeiten in den Staaten, interessierte sich aber gleichzeitig für Elisas Alltag.

Schließlich schaute sie auf die Uhr. „Du meine Güte, es ist fast Mitternacht und wir sind wir die letzten Gäste. Ich glaube wir sollten jetzt so langsam Schluss machen."
Alan nickte bedauernd. „Das denke ich auch, der Kellner guckt schon grimmig."
Zum Abschied nahm er Elisa in den Arm: „Ich würde dich gerne küssen, aber ich traue mich nicht. Nachher fange ich mir eine Ohrfeige ein."
Elisa lächelte. „Das Leben ist Risiko, vielleicht versuchst du es einfach."
Sanft küsste er sie auf den Mund. „Bis bald. Ich hoffe es dauert nicht wieder sieben Jahre ..."

***

Annerose und Elisa schwitzten, denn sie saßen einträchtig zusammen in der Sauna. Elisa hatte ihrer Freundin vom Treffen mit Alan berichtet.
„Meinst du es könnte zwischen euch funken?", fragte Anne neugierig.
Elisa zögerte, sie war sich selbst nicht sicher. Der Abend mit ihm war schön gewesen, seine Komplimente und seine Aufmerksamkeiten hatten ihr geschmeichelt, aber trotzdem ... „Ich weiß es nicht", erklärte sie schließlich. „Er ist charmant, ohne Frage und er gibt einer Frau das Gefühl, ganz einmalig zu sein. In seiner Gegenwart bekomme ich weiche Knie, aber..."
„Aber er ist nicht der Richtige, was", komplettierte Annerose den Satz. „Du bist wirklich kompliziert, Mädel. Da hast du einen Kerl, der sich wirklich um dich bemüht und dir fehlt irgendetwas, das du aber nicht benennen kannst. Vielleicht triffst du dich noch einmal mit ihm, dann kannst du feststellen, ob etwas fehlt oder nicht." Sie verpasste ihrer Freundin einen sanften Rippenstoß. „Wir beide sind schon ziemliche Kamikaze, was. Jedenfalls, was die Männer anbetrifft. Und Lara macht das Trio Infernal perfekt. Hast du übrigens wieder einmal von ihr gehört? Sie

hält sich seit der Messergeschichte ziemlich bedeckt, finde ich."
„Das stimmt allerdings. Ich glaube sie hat einen heimlichen Lover. Jedenfalls hat sie letztens am Telefon eindeutig zweideutige Andeutungen gemacht. Scheinbar ist er wesentlich jünger als sie und sie verbringt jede freie Minute mit ihm. Wahrscheinlich wieder so ein Macker, den sie über ‚Top Secret' kennengelernt hat. Aber so genau weiß ich das nicht. Roland tut mir leid. Er ist zwar aus dem Krankenhaus entlassen worden, aber ich glaube er hat immer noch ziemliche Probleme mit der Verletzung."
„Unsere Lara. Es ist erstaunlich, wie sie sich in so kurzer Zeit vom Heimchen am Herd zur Femme fatale entwickelt hat. Das hätte ich niemals gedacht und ich bin bestimmt nicht prüde und habe viel Fantasie."
Elisa räkelte sich. „Egal, sie wird schon wissen was sie macht. Eigentlich hätten wir vor dem Saunagang noch eine Runde im Fitness-Studio machen sollen. Bewegung kann nie schaden."
Anne schaute sie an: „Muckiebude habe ich in letzter Zeit öfter. Bald werde ich ein Kreuz wie Mike Tyson haben, fürchte ich."
„Wie meinst du das? Trainierst du neuerdings regelmäßig? Warum hast du nicht Bescheid gesagt, dann wäre ich mitgekommen."
„So habe ich das nicht gemeint."
Annerose erzählte ihrer Freundin eine weitere unglaubliche Geschichte:
Da Paul seit einiger Zeit bei ihr wohnte und natürlich auch das Bett mit ihr teilte, hatte sie gedacht, dass sich seine Schüchternheit jetzt endlich legen würde. Doch sie konnte sich anstrengen, wie sie wollte, es passierte nichts. Offensichtlich war er nicht in der Lage, den Geschlechtsakt zu vollziehen.
Schließlich stellte sie ihn vor die Wahl auszuziehen, oder ihr reinen Wein einzuschenken. Nach anfänglichem Zögern gestand er ihr, dass er erst bei Anwendung spezieller Praktiken in Fahrt kam. Er bevorzugte den Sadomasochismus, wobei er sowohl austeilte, als auch einsteckte und das noch viel lieber. Fessel-

spielchen mochte er insofern, als dass er gern mit den Handschellen gefesselt und anschließend geschlagen wurde.

Annerose legte sich Dessous aus Latex zu, was Paul dazu veranlasste seine Peitschenkollektion ausgepackt. Sein Lieblingsteil war eine dünne, pinkfarbene Rute. Nach anfänglichem Zögern schlug Annerose beherzt zu und erlebte Erstaunliches.

„Je mehr ich ihn beschimpfe und je fester ich zuschlage, umso rattiger wird er. Besonders Schläge auf sein edelstes Teil machen ihn wild. Wir wollen bald auf die BDSM Messe nach Köln. Willst du mitkommen?"

Elisa schüttelte den Kopf. „Aua, nein, das ist nicht mein Ding. Ich kann mir nur schwer vorstellen was da zwischen euch abgeht. Lässt du dich wirklich von ihm schlagen?"

„Nur manchmal und nur ganz leicht, das habe ich mir ausgebeten. Das macht mich ganz schön an. Es ist eine neue Erfahrung."

„Auf die Erfahrung kann ich leicht verzichten", erklärte Elisa nach kurzem Nachdenken. „Ich verstehe dich nicht. Gerade mit deiner Vorgeschichte ...", hier verstummte sie.

„Das kannst du nicht miteinander vergleichen. Mario war ein schlimmer Sadist und ich sein Opfer. Was zwischen Paul und mir abgeht, ist einvernehmlich und beruht auf gegenseitigem Vertrauen", antwortete Anne ernst.

Elisa konnte sich dieses Szenario nicht vorstellen. Es entsprach so gar nicht ihren Erwartungen von einem erfüllten Sexleben. Aber wenn die beiden sich einig waren, stand es ihr nicht zu, über diese Praktiken zu urteilen.

Sie stand auf. „Das war so spannend, dass wir viel zu lange hier sitzen geblieben sind. Der Sand in der Uhr ist schon lange durchgelaufen und langsam bin ich weichgekocht. Gehört das auch zu deinen neuen Praktiken?"

„Nein, aber ich werde dich in das Eiswasserbecken schubsen, wenn du nicht sofort leise bist!"

Als die beiden angenehm ermattet und wohlig warm eingepackt im Ruheraum lagen, kam Elisa ein Gedanke. „Wie verhält sich Henry eigentlich, wo Paul jetzt bei dir eingezogen ist? Sind die beiden immer noch die besten Freunde?"
„Ach, Henry", antwortete Anne leise. „Er hat sich in der letzten Zeit kaum noch blicken lassen. Wahrscheinlich hat er endlich kapiert, dass es mit ihm und mir nichts mehr geben kann. Schade auch, als Hausmann war er gut zu gebrauchen." Sie überlegte einen Augenblick, bevor sie fortfuhr: „Vielleicht hat er auch eine Andere gefunden. Er ist in der letzten Zeit bemerkenswert gut rasiert, nicht schlecht angezogen und riecht immer nach einem Duftwässerchen. Wenn das keine Anzeichen für eine neue Bekanntschaft sind ..."
Die Freundinnen wurde rüde von einem glatzköpfigen Mann unterbrochen, der vor Körperbehaarung nur so strotzte: „Können Sie ihre Beziehungsprobleme bitte anderswo erörtern. Hier ist der Ruheraum. Das bedeutet, dass man still sein soll, auch wenn man eine Frau ist."
Anne wandte sich ihm zu. „Ist ja schon gut, regen sie sich bloß nicht so auf."
Sie drehte sich zu Elisa und flüsterte hörbar: „Der Typ hat bestimmt keine Beziehungsprobleme, weil er keine Beziehung hat, so wie der aussieht. Ich finde er hat alles, was in Mann nicht vorweisen sollte."
Der Glatzkopf maß sie mit einem düsteren Blick, erwiderte aber nichts.
„Bingo", grinste Anne, stand auf und zog Elisa auf die Beine. „Lass uns noch einen Saunagang machen, dann lade ich dich zum Essen ein. Irgendwie müssen die verbrauchten Kalorien ja wieder auf die Hüften kommen."

***

Von: Elisa
An: Tommy
Betreff: Frage

Hallo Thomas,
Deine letzte Mail hat mich aus den Socken gehauen. Ich habe eine Auszeit gebraucht, um die Nachricht zu verdauen. Hoffentlich ist es nicht zu spät für eine Antwort? Das würde ich sehr bedauern, denn Du klingst so unglaublich nett!
Du bist also verheiratet, das hätte ich nicht gedacht. Du hast irgendwie nicht so nach Ehemann geklungen. Na ja, bis vor einigen Jahren bin ich auch verheiratet gewesen, habe in der Trennungsfase tatsächlich jemanden kennengelernt. Nur hat sich das anders entwickelt als es jetzt mit uns der Fall ist.
Du schreibst, dass du noch viel über mich wissen möchtest. Nun, mir geht es genau so mit Dir. So einiges weiß ich jetzt und hoffe, dass die schlechten Nachrichten hiermit abgehakt sind und ich nur noch nette Sachen über Dich erfahren werde. Das wäre schön.

Ein vorsichtiger Kuss
von
Elisa

PS: Heute ist ein toller Tag, denn es ist Samstag UND mein Geburtstag. Deshalb wünsche ich mir...

Elisa hielt den Atem an, klickte auf ‚senden' und schickte so die E-Mail ab. Aus einem spontanen Entschluss heraus hatte sie sich dazu entschieden, dem plötzlich verheirateten Tommy zu antworten. Vielleicht schrieb er die Wahrheit und wollte sich wirklich von seiner Frau trennen. Jedenfalls sprach es für ihn, dass er ihr schon vor dem ersten Treffen beichtete, verheiratet zu sein.

Heute würde sie sich die gute Laune nicht verderben lassen, denn es war wirklich ihr Geburtstag. Die Freundinnen hatten sich für den Abend verabredet um ein bisschen zu feiern. Sogar Elisas Arbeitskollegin hatte sich eingeklinkt. Das war ungewöhnlich, denn die eher steife, mit einem Major der Bundeswehr verheiratete Angelika hielt sonst nicht so viel von Elisas Lebenswandel, wie sie oft und gern betonte. Das Geburtstagskind hatte sich den Ort der Feier aussuchen dürfen und so ging es in das ‚Dorf Münsterland'.

Das Dorf bestand aus einer Anzahl verschiedener Kneipen, Discotheken und einem Hotel. Für jeden Geschmack war die richtige Lokalität vorhanden. Hinzu kam, dass es ein bevorzugtes Ausflugsziel für Kegelclubs und ähnliche Vereine war. Hier war immer etwas los. In dem Hotel hatte sich schon so manches Pärchen kurzfristig gefunden.

Gut gelaunt kamen die Freundinnen auf dem Parkplatz an. Verwirrt schaute Angelika auf die vielen Wohnwagen, die dezent im Hintergrund abgestellt waren. „Wo kommen denn die vielen Wohnwagen her?"

Elisa grinste: „Du musst wissen, dass morgen früh hier eine große Caravan Ausstellung ist."

„Ach so", Angelika schien nicht zu bemerken, dass die Freundinnen in albernes Gekicher ausbrachen.

„Meinst du sie glaubt das wirklich?", wisperte Annerose.

„Klar, sie kommt nie darauf, dass die Damen des horizontalen Gewebes hier campieren." Elisa kannte ihre Kollegin gut genug. Im ‚Dorf Münsterland' angekommen ließen die Freundinnen sich treiben. „Wie geht es jetzt weiter, Geburtstagskind?"

„Lasst uns in die Tenne gehen, dort ist immer am Meisten los", schlug Elisa unternehmungslustig vor und schlenderten in den großen Saal. Die Vier gruppierten sich um einen Stehtisch, wobei Angelika von ihren ersten und einzigen Erlebnissen in dieser Lokalität erzählte. Sie hatte vor Jahren mit ihrem Strickclub einen Ausflug hier hin gemacht. „Wir hatten damals erwogen, vorher einen Kursus in Selbstverteidigung zu belegen. Das erwies sich als nicht erforderlich. Wir saßen und saßen, wir guckten und guckten. Wenigstens einer hätte uns ansprechen können, aber das war nicht der Fall. Wir hätten ruhig unser Strickzeug mitbringen können, dann wäre der Abend wenigstens irgendwie nett geworden."

„Mach dir keine Gedanken, mit uns wird es lustiger", Elisa schaute zum Nebentisch, wo sich ein Männerklübchen breit gemacht hatte. „Das nötige Material haben wir schon gefunden." Wirklich dauerte es nicht lange, bis die ersten Herren an ihrem Tisch standen und Witzchen rissen. Wie es sich herausstellt, gehörte die Truppe zu einem Fußballclub, der am nächsten Tag ein Freundschaftsspiel zu bestreiten hatte. Ein untersetzter Mann mittlernen Alters rückte näher zu Elisa und raunte ihr ins Ohr: „Die Blonde dort drüben, gefällt mir unglaublich gut. Ist das deine Freundin?"

„Genau gesagt ist es eine Arbeitskollegin. Wenn sie dir so gut gefällt, dann sprich sie doch einfach an", flüsterte Elisa zurück und blinzelte.

„Würde ich gern machen, aber sie sieht so verspannt aus, nachher haut sie mir ihre Handtasche über den Schädel. Wer weiß, ob da keine harten Gegenstände drin sind."

Wirklich stand Angelika kerzengerade da, die Handtasche fest unter dem Arm. Ihre Frisur hatte sie derart heftig mit Haarspray fixiert, dass es aussah, als ob kein Härchen wagte würde sich zu kringeln.

„Ich mache euch miteinander bekannt. Dann kannst du versuchen sie aufzumuntern. Ich wette sie braucht bloß ein paar Kurze um geschmeidig zu werden", mit diesen Worten hakte sich Elisa bei ihm unter und steuerte Angelika an. „Hier ist – wie heißt du noch mal - richtig, der Hermann. Er fragt sich die ganze Zeit, was du so Wichtiges in deiner Tasche hast und er möchte uns etwas zu trinken bestellen. Ich nehme ein Bier."

Die Angesprochene guckte irritiert auf. „In meiner Tasche? Das verstehe ich nicht."
Hermann strahlte sie an. „Das hat deine Kollegin falsch verstanden. Was darf ich dir zu Trinken besorgen? Ein Schnäpschen?"
„Oh, da sage ich nicht nein."
Hermann stürzte sich in das Thekengewimmel und war bald darauf mit den Getränken zurück. „Hast du auch die vielen Wohnwagen draußen gesehen?" Anscheinend ließ die Wagenburg Angelika keine Ruhe. „Aber wenn morgen früh gleich die Caravan Ausstellung beginnt…"
Hermann verschluckte sich an seinem Bier. Elisa zog sich dezent zurück und überließ es ihm, die ahnungslose Kollegin aufzuklären.
„Es ist wirklich schön, dass du mitgekommen bist, in der letzten Zeit hast du dich ganz schön rar gemacht, meine Liebe." Sie gesellte sich zu Lara, die sich prächtig zu amüsieren schien.
„In der letzten Zeit hatte ich ziemlich viel um die Ohren. Ich habe dir doch schon erzählt, dass ich jemanden kennengelernt habe. Das ist alles etwas kompliziert."
Elisa lächelte die Freundin liebevoll an: „Mach bloß keine Dummheiten, Mädel."
„Weißt du, ich habe alle Dummheiten schon gemacht", und mit einem kessen Augenaufschlag in Richtung Fußballer meinte Lara: „Vielleicht lasse ich mir nachher die eine oder andere stramme Wade zeigen."
„Das ist ein Angebot, aber meine Wade zeige ich nicht jeder", das kam von einem sympathischen, leicht angegrauten Typen. „Dir würde ich das ganze Bein zeigen und noch viel mehr", wandte er sich an Elisa.
„Das könnte dir so passen", lachte sie ihn an. „Aber du kannst mir dein Tanzbein zur Verfügung stellen. Wie wäre das für den Anfang?"

Wie sich herausstellte war er der Hobbytrainer der Mannschaft und hatte das Freundschaftsspiel organisiert. Allerdings schien kein Mensch die Sache ernst zu nehmen.
„Wir dopen uns mit natürlichen Stoffen", erklärte er. „Da wäre Hopfen, Malz, Korn gehört auch dazu. Da kommt mir eine Idee: Wie wäre es, wenn du morgen mit zu dem Spiel kommen und uns anfeuern würdest? Du musst auch nicht nach Hause fahren. Ich hätte eine Übernachtungsmöglichkeit hier im Hotel."
Wieder musste Elisa lachen. „Vielleicht in deinem Zimmer?"
Er schaute unschuldig. „Woher weißt du das jetzt bloß?"
„Hör mal, du Unschuldslamm, du bist doch bestimmt verheiratet." Elisa hatte in letzter Zeit ihre Erfahrungen gesammelt.
Der Mann schaute noch unschuldiger drein. „Sicher, aber ich verstehe mich nicht so besonders mit meiner Frau. Ich hätte sie schon längst verlassen, aber das ist mir einfach zu teuer."
Das waren wenigstens einmal klare Worte. Elisa beschloss, ihm genau so klar zu antworten. „Du hast jetzt zwei Möglichkeiten, entweder wir beide haben ein bisschen Spaß und einen netten Abend miteinander oder du suchst weiter, bis du eine willige Bettgenossin gefunden hast. Ich werde heute Nacht bestimmt nicht mit in dein Zimmer kommen. Mit verheirateten Männern lasse ich mich grundsätzlich nicht ein."
„Donnerwetter!", Das schien ihm zu imponieren. „Weißt du was, eine Bettgenossin finde ich alle Nase lang, aber so eine wie du ist einmalig. Jedenfalls bist du die Erste, die mir so etwas sagt." Er zog Elisa auf die Tanzfläche. „Lass uns Spaß haben, meine Süße!"
Im Laufe des Abends verfluchte Elisa ihre Grundsätze. Ihr Begleiter war ausgesprochen nett, man konnte wirklich eine Menge Spaß mit ihm haben. Dazu hatte er eine Art gerade heraus zu sein, die Elisa ansprach.
„Es ist schade, dass ich dich nicht vor einiger Zeit kennen gelernt habe", stellte er fest. „Ich hatte meine Frau kurzfristig verlassen. Dann habe ich gemerkt, was diese Ehefrau für ein eiskal-

tes Biest ist. Sie hat versucht mir das letzte Hemd auszuziehen. Bevor ich gar nichts mehr hatte, bin ich wieder eingezogen, aus wirtschaftlichen Gründen, könnte man sagen. Wenn ich in der Zeit Unterstützung von einer tollen Frau gehabt hätte …"
„Jetzt mach aber mal halblang, einen so unglücklichen Eindruck machst du nicht."
Wieder ein treuherziger Blick. „Tief in mir bin ich sehr verletzlich, sensibel und schüchtern." Er wandte sich um, und fixierte einen Fußballkollegen, der Elisa zum Tanzen aufgefordert hatte. „Pass mal auf, du, zieh Leine, sonst breche ich dir alle Knochen! Das hier ist meine, suche dir gefälligst eine eigene Begleiterin, ich teile nicht!"
„Ja, jetzt habe ich wirklich gemerkt, wie schüchtern und sensibel du bist, mein Lieber."
Lara kam Arm in Arm mit einem Mann auf sie zu. Es war kein anderer als Henry. „Henry ist ganz zufällig auch hier. Ist das nicht nett. Wir sind schon vor einer ganzen Weile aufeinander gestoßen. Aber du bist mächtig beschäftigt und kriegst nichts mit."
„Hallo Henry", stammelte Elisa verblüfft. „Das ist ein Zufall. Hat Anne schon gesehen, dass du hier bist?"
Der Angesprochene zuckte betont gleichgültig mit den Schultern. „Kann schon sein. Ich habe mich nicht versteckt, wieso auch. Anne ist mit den Fußballern zugange. Das wundert mich, wo sie doch jetzt mit Paul zusammen ist. Sie scheint es in der letzten Zeit nicht so genau zu nehmen. Ich jedenfalls kümmere mich ein bisschen um die hübsche Lara." Er strich Lara über den Rücken, wobei sich seine Hand zu ihrem Po verirrte und dort liegen blieb, was Lara kichern ließ wie ein Teenie.
Elisa schaute das Pärchen verblüfft an. Konnte es sein, dass Lara und Henry ein heimliches Verhältnis miteinander hatten? Sie entschloss sich, nicht weiter zu fragen, doch würde sie bei einer passenden Gelegenheit vorsichtig mit Anne darüber sprechen.
„Übrigens, ich fahre nachher nicht mit euch zurück. Henry hat

mir versprochen mich nach Hause zu bringen", strahlte Lara, wobei sie Henry tief in die Augen schaute.
„Das mach ich doch gern", erwiderte dieser. „Sag mal", wandte er sich an Elisa. „Hast du eigentlich mitbekommen, dass deine Arbeitskollegin schon vor einer ganzen Weile mit einem Kerl verschwunden ist? Ich habe mitgekriegt, dass der Typ mit dem Zimmerschlüssel gerappelt hat. Es wäre nicht das erste Mal, dass ein Pärchen hier schnell mal auf dem Zimmer verschwindet." Diese Worte waren wieder an Lara gerichtet.
„Meine Arbeitskollegin?" fragte Elisa ungläubig. Sie konnte sich beim besten Willen nicht vorstellen, dass die Majorsgattin mit der Betonfrisur mit einer Zufallsbekanntschaft aufs Hotelzimmer gegangen war.
Lara grinste. „Du hast wohl gar keine Fantasie, was?"
„Ich kann es mir nicht vorstellen, aber wie war das mit den Pferden und der Apotheke." Elisa schüttelte ungläubig den Kopf.
„Egal, ich hoffe die Dame taucht bald wieder auf. Ganz so lange wollte ich nicht mehr hier bleiben. Viel Spaß ihr Zwei." Sie wandte sich an ihren Begleiter, der interessiert zugehört hatte.
„Da kann man mal sehen", grinste er genüsslich. „Hermann hat heute wohl einen Glückstag. Wenigstens er."
Elisa strich ihm leicht über die Wange. „ Lass uns noch einmal tanzen. Dann wird es Zeit für mich, ich werde müde. Ich muss ja auch noch meine Freundinnen einsammeln und das kann dauern, wie du gerade gehört hast."
Nach dem letzten Tanz nahm er sie bedauernd in den Arm. „Ich kann dich also nicht umstimmen? Das ist sehr schade. So werde ich heute Nacht einsam und allein schlafen müssen."
„Das wird wohl so sein."
„Dann bekomme ich aber deine Telefonnummer, nicht wahr. Vielleicht trenne ich mich doch noch von meiner Frau und dann werde ich sofort eine Suite im Hilton für uns buchen. Dann hast du keine Ausreden mehr." Er winkte einem Rosenverkäufer und

zu Elisas Entzücken kaufte er den ganzen Strauß, den er ihr mit einem formvollendeten Handkuss überreichte.

Elisa hauchte ihm einen Kuss auf die Lippen. „Ich mag dich wirklich, das hat jetzt nichts mit den Rosen zu tun. Ich kann mich nicht daran erinnern, wann mich ein Mann so oft zum Lachen gebracht hat wie du. Klar gebe ich dir meine Telefonnummer. Wenn du solo bist, dann melde dich und wir verbringen die tollste Nacht unseres Lebens miteinander. Das verspreche ich dir", mit diesen Worten wühlte sie einen Kugelschreiber aus ihrer Tasche hervor und malte ihre Telefonnummer auf seinen Unterarm. „Falls du die Zahlen entziffern kannst!" Sie drückte ihm noch einen dicken Kuss auf. Anschließend schaute sie sich suchend nach ihren Freundinnen um.

Annerose hatten keine Einwände und so fehlte nur noch die Arbeitskollegin, um nach Hause zu fahren. Scheinbar hatte Lara recht gehabt, denn die Freundinnen suchten erfolglos alle Lokalitäten nach ihr ab.

„Da ist sie ja! London, Paris, Hotelzimmer, die Frisur sitzt", wisperte Annerose. Wirklich stand die verzweifelt Gesuchte ganz locker am Tresen in der Scheune. Hermann hatte den Arm um sie gelegt. „Sucht ihr mich", fragte sie mit einem unschuldigen Augenaufschlag. „Das ist komisch, wir waren die ganze Zeit hier."

„Ja sicher." Elisa wurde ungeduldig. „Wir möchten ganz gern nach Hause fahren. Meinst du, dass du dich losreißen kannst?"

Auf dem Heimweg schaute die Majorsgattin träumerisch aus dem Fenster. Eine blonde Locke hatte sich aus ihrer Betonfrisur gelöst und kringelte sich vorwitzig auf ihrer Stirn.

An diesem Sonntag besuchten ihre Eltern und ihr Bruder Elisa, um den Geburtstag zu feiern. Peter hatte gefragt, ob es in Problem wäre, wenn er jemanden mitbringen würde. Auf Elisas Fragen tat er zunächst geheimnisvoll. „Du wirst schon sehen. Es ist eine total nette Person."

„Aber doch wohl nicht jemand, mit dem du mich verkuppeln willst?", fragte Elisa misstrauisch.
Peter lachte laut auf. „Nein, wie kommst du denn darauf. Du wirst schon den geeigneten Mann finden, da habe ich keine Sorgen. Falls du auf Alan anspielst, ich habe ihm nur deine Telefonnummer gegeben, olle Ziege. Was du daraus machst ist allein deine Sache. Obwohl ich finde, dass ihr gut zusammen passt."
Seine Schwester verpasste ihm einen Rippenstoß. „Genau das meine ich. Wer zu mir passt, das entscheide ich immer noch allein, mein Lieber."
„Ist ja gut", Peter rieb sich die Seite. „Ich hab's kapiert."
„Dann ist alles in Ordnung. Du kannst sie gern mitbringen", antwortete Elisa spontan.
Schweigen.
„Woher weißt du das jetzt?"
„Nun, Bruderherz, ich kann zwei und zwei zusammenzählen. Willst du mir nicht lieber etwas über sie erzählen? Vielleicht ist das auch für sie leichter. Ganz nebenbei: wissen unsere Eltern davon?"
„So richtig wissen sie das nicht. Ich war mir bis vor kurzem selbst nicht klar darüber. Silke ist vor einiger Zeit nebenan eingezogen. Sie war mir gleich sympathisch und so ist eins zum Anderen gekommen."
Elisa grinste. „Dann musst du sie unbedingt mitbringen. Ich bin gespannt, was unsere Mutter dazu sagt."
„Ich auch", seufzte Peter.
Zur Überraschung der Geschwister schien Ilse Peters neue Flamme direkt in ihr Herz geschlossen zu haben. Auch Kalle, weibliche Wesen gegenüber sowieso aufgeschlossen und daher unkompliziert, mochte sie auf Anhieb.
Spät am Abend standen die Geschwister wieder einmal zusammen in der Küche. „Du scheinst Glück zu haben", stellte Elisa fest. „Deine Freundin ist nett."

Peter nickte. „Nicht wahr, das ist sie. Ich bin froh, dass wir uns gefunden haben. Ich habe lange versucht, deine Freundin Anne zu beeindrucken, bin ihr mehr oder weniger hinterhergelaufen, aber letztendlich hat es nie zwischen uns gepasst. Erst war sie verheiratet, dann ich. Anschließend hatte sie eine Beziehung nach der anderen. Es wird Zeit, dass ich zur Ruhe komme, eine normale Familie habe. Silke hat keine Kinder. Sie versteht sich super mit Marcel. Wenn der Junge bei mir ist, dann unternehmen wir eine Menge zu dritt. Sie könnte sich sogar vorstellen, noch ein Kind mit mir zu bekommen. Das passt schon. Vielleicht ziehen wir bald zusammen."
„Ich freue mich für dich, Bruderherz. Vor allem, dass sie sich mit Marcel versteht. Übrigens finde ich es gut, dass du dich um deinen Sohn kümmerst. Ganz anders als Alfred, der Gimpel. Aber eigentlich bin ich froh, dass ich meinen Exmann nicht mehr sehe. Jetzt müsste ich auch noch Glück mit der Partnersuche haben, dann ist alles in Butter."
Peter schloss sie für einen Moment in die Arme. „Irgendwann müssen wir doch beide einmal Glück in der Liebe haben. Vielleicht ist dir Mister Right schon begegnet und du hast es noch nicht gemerkt."
„Ich glaube es nicht. Wenn ich mich noch einmal auf eine Beziehung einlasse, dann muss es sich von Anfang an richtig anfühlen. Das ist bisher nicht der Fall gewesen. Weißt du, ich habe mich einmal komplett auf einen Mann eingelassen, ihn geheiratet, obwohl ich mir nicht sicher war, ob es überhaupt der Richtige ist. Die Ehe mit Alfred hat sich dann auch als ein Fehler herausgestellt. Das passiert mir nie mehr. Der nächste feste Partner muss mich komplett flashen, sonst läuft gar nichts."
„Du hast Vorstellungen", grinste Peter. „Dann wünsche ich dir auf jeden Fall viel Glück bei deiner Suche nach Superman."
Elisa lächelte ihn an. Sie hatte ihm bewusst verschwiegen, dass sie sich ab und zu mit Alan traf, um ihm nicht noch mehr Grund zu geben, ihr gut zuzureden.

Bei diesen Verabredungen ging die Initiative meist von Alan aus, denn sie war sich ihrer Gefühle immer noch nicht sicher. Alan faszinierte sie. Er gab ihr nach wie vor das Gefühl einmalig zu sein und schön. Er war aufmerksam, machte ihr Komplimente, ging auf alle ihre Launen ein. Zudem war er ein interessanter Begleiter und ein launiger Unterhalter. Dem zaghaften Kuss nach dem ersten, spontanen Treffen waren noch viele gefolgt. Alan ließ keine Gelegenheit aus, um Elisa zärtlich zu berühren, doch zögerte sie trotzdem, sich ganz auf ihn einzulassen. Im entscheidenden Moment machte sie immer einen Rückzieher, fand Gründe, die intimere Zärtlichkeit verhinderten. Wobei er ihr durchaus gefiel. Trotzdem fühlte es sich für sie nicht richtig an. Alan hatte das bisher hingenommen, ihr erklärt, er würde ihr alle Zeit der Welt geben.

***

Als Elisa an diesem Nachmittag ihr Postfach öffnete, fand sie eine E-Mail von Tommy vor. Er schrieb, dass er nicht mehr mit einer Nachricht von ihr gerechnet hätte, sich aber umso mehr freute. Er entschuldigte sich für seine späte Antwort, er wäre in den letzten Wochen auf einem Segeltörn gewesen, um seinen Kopf frei zu bekommen. Er hätte erst jetzt Gelegenheit gehabt, in sein Postfach zu schauen. Der letzte Satz der Email lautete: „Steht Dein Angebot noch? Das würde mich sehr freuen. Ich würde dich gerne persönlich kennenlernen."
Unwillkürlich rückte Elisa vom Computer ab. Sollte sie sich wirklich mit ihm treffen? Irgendetwas war in diesem Fall anders als bei ihren sonstigen Bekanntschaften. Sie hatte das Gefühl, dass ihr dieser Mann unter die Haut gehen könnte. Zudem machte er gar kein Hehl daraus, dass er verheiratet war. Ein Treffen mit ihm war gegen alle ihre Grundsätze und trotzdem, es würde sie schon reizen ihn einmal kennenzulernen. Kurzentschlossen schrieb sie eine Antwort. „Auch ich würde mich freuen dich

treffen. Schließlich bin ich eine total neugierige Person. Mal sehen ob wir uns überhaupt riechen können."

Bei ihrem nächsten Treffen mit Annerose erwähnte Elisa beiläufig ihre Geburtstagsfeier im ‚Dorf Münsterland'. Sie wollte hören, was die Freundin zu der neuen Nähe zwischen Henry und Lara zu sagen hatte.
Annerose nahm es gelassen. „Als ich die beiden zusammen gesehen habe war mir gleich klar, dass etwas im Busch ist. Lara hätte gar nicht so geheimnisvoll tun brauchen, was ihren neuen Lover angeht. Allerdings wird das nicht von Dauer sein, das kann ich mir nicht vorstellen. Henry hat nie Geld und keine Lust auf richtige Arbeit. Ich sage nicht, dass Studenten nichts leisten müssen, doch er tut nur das Notwendigste. Wahrscheinlich wird er noch als Opa die Uni besuchen. Geschichte wäre dann sein Fach, weil es dafür keine Beschränkungen gibt. Das geht auch im Alter. Ab und zu sucht er sich einen Minijob, das ist aber das Äußerste an Arbeit, was er sich zumutet. Bisher habe ich ihn mit durchgezogen, aber seit Paul bei mir wohnt, hat sich einiges geändert", sie seufzte tief. „Das ist auch so eine Geschichte."
Paul, der nur für den Übergang bei Annerose eingezogen war, dachte nämlich gar nicht daran sich eine Wohnung zu suchen. Er hatte sich bei ihr eigenistet und fühlte sich pudelwohl, was kein Wunder war. Anne sorgte weitgehend für sein leibliches Wohl, ging auf seine sexuellen Wünsche ein, stellte keine finanziellen Ansprüche an ihn. Auch war sein Job halb so aufregend, wie er es geschildert hatte. Statt Prominente zu beschützen und bei Galas und Preisverleihungen präsent zu sein, klapperte er den ganzen Tag Supermärkte ab, um die Tageseinnahmen einzusammeln. Nicht gerade ein Traumjob, der zudem schlecht bezahlt wurde. So war er am Abend oft mies drauf und frustriert.
„Wenn Paul nicht so langsam in die Pötte kommt, dann suche ich ihm eine Wohnung. Die ganze Situation geht mir fürchterlich auf die Nerven. Es ist nett sich ab und zu mit ihm zu treffen,

aber wenn man ihn immer auf dem Hals hat, dann ist er einfach nervig. Er kommt mir mittlerweile vor wie ein etwas abartiger, aber langweiliger Ehemann. Wenigstens ist er im Moment nicht da. Er hat sich kurzfristig dazu entschlossen eine Woche Urlaub in der Dominikanische Republik zu machen."
„Ach, ich dachte er ist ständig in Geldnöten?", entfuhr es Elisa.
„Das dachte ich auch", antwortete Annerose trocken. „Er hat herumgejammert, dass sein Job so stressig wäre, da habe ich ihm vorgeschlagen für eine Woche wegzufahren. Eigentlich dachte ich an einen Urlaub zu zweit. Auf die Idee ist er aber nicht gekommen und hat nur für sich gebucht."
„Unglaublich, was denkt er sich dabei?"
„Das ist schon in Ordnung, vielleicht klappt es mit etwas Abstand zwischen uns wieder besser. Bestimmt bringt er mir etwas Schönes mit. Vielleicht Schmuck aus Bernstein oder wenigstens netten Muschelschmuck. Sicherlich vermisst er mich jetzt schon und merkt, dass es so zwischen uns nicht weitergeht."
„Meinst du?" Elisa schaute sie skeptisch an, mochte aber nicht widersprechen. Sie schätzte Peitschen Päule ganz anders ein als ihre Freundin.

Auch Lara war mit der momentanen Situation nicht zufrieden, wie Elisa feststellen konnte. Wieder einmal hatte die Ex-Schwägerin sie kurzfristig besucht, vordergründig um die Jungen nach längerer Zeit zu sehen, aber in erster Linie um ihr Leid zu klagen.
„Es ist alles nur schlimm. Roland arbeitet wie verrückt und verdient richtig dickes Geld, aber er ist unaufmerksam und ignorant. Henry ist ein süßer Typ, zärtlich, aufmerksam, lieb, gefühlvoll, gerade so, wie ich mir einen Mann erträumt habe. Dafür hat er aber keine Lust, mehr als nötig zu tun. Er wird immer ein armer Schlucker bleiben. Stell dir bloß vor: Er hat mich tatsächlich angepumpt und blöd wie ich bin, habe ich ihm 500 Mark geliehen. Dabei weiß ich genau, dass ich sie nie wieder sehe."

„Wie lange geht das eigentlich schon zwischen euch?", erkundigte sich Elisa interessiert. „Sag nicht, dass ihr euch erst an meinem Geburtstag näher gekommen seid."
„Sicher nicht, ich habe Henry vor einem guten halben Jahr bei Anne kennengelernt. Weißt du noch? Als wir zusammen in der Disco waren. Er hat mir gleich gut gefallen und ich ihm auch. Wir haben ein paar Mal telefoniert, waren aber beide noch anderweitig beschäftigt, wenn ich das mal so ausdrücken darf", Lara zögerte, was Elisa die Möglichkeit zu einer Frage gab, die sie schon seit einiger Zeit beschäftigte.
„Du warst ja bei ‚Top Secret' unterwegs, wenn ich mich recht erinnere. Machst du das eigentlich immer noch? Dich mit Männern treffen, die eine Partnerin zum Fremdgehen suchen, meine ich."
„Was denkst du denn von mir?", rief Lara entrüstet aus. „Ich bin schon seit einem Vierteljahr mit Henry zusammen. Ich habe auch noch etwas anderes zu tun als permanent Männer zu treffen. Deshalb habe ich vor ein paar Wochen mein Profil gelöscht. Übrigens ist Henry ganz schön eifersüchtig, sogar auf meinen Ehemann. Dabei hat er dazu wirklich keinen Grund. Letztens kam Roland in mein Zimmer. Wie du weißt schlafen wir schon seit Jahren getrennt. Jedenfalls kommt er herein, setzt sich einfach zu mir, fängt an mich zu streicheln. Ich wusste wirklich nicht, wie ich reagieren sollte. Dann schaut er mir in die Augen und sagt: Ich hätte gern wieder einmal schönen Sex. Ehrlich, ich habe seine Berührungen nicht ertragen können. Schönen Sex hätte ich auch gern, habe ich gesagt und ihn anschließend einfach sitzen lassen."
„Das hört sich schlimm an." Elisa war entsetzt. „Lara, du musst reinen Tisch machen, Lebensstandard hin oder her. Wie soll das weiter gehen und vor allem, was passiert, wenn Roland hinter dein Verhältnis kommt? Noch etwas, ich kann Henry überhaupt nicht verstehen. Wenn er so eifersüchtig ist, wie kann er es dann mitansehen, dass du nach einem Treffen oder nach einem Schä-

ferstündchen wieder heim zu Roland fährst? Das soll Liebe sein?"

„Es ist nicht einfach für mich, das kannst du mir glauben. Immer muss ich ihn beschwichtigen, damit er keine Dummheiten macht und mich noch in Teufels Küche bringt. Ich habe mir schon überlegt, ob ich nicht mit ihm in den Urlaub fahre. Vielleicht fahre ich für ein paar Tage an den Bodensee, ich kenne dort eine verschwiegene kleine Pension. Henry kann nachkommen und wir verbringen eine nette Zeit miteinander. Das hat mein dummer Ehemann dann davon, dass er mir keinen vernünftigen Urlaub bietet."

Elisa schüttelte den Kopf. „Also wirklich, Ansichten hast du. Hast du mal überlegt, dass Roland so viel arbeitet, damit ihr ein komfortables Leben habt? Du wärst gut beraten, wenn du dir eine kleine Wohnung suchst und erst einmal versuchst, mit dir ins Reine zu kommen. So, wie ich das gemacht habe. Was nutzen dir dein tolles Auto, die Markenklamotten und die wöchentlichen Besuche bei der Kosmetikerin, wenn du unglücklich bist."

Lara ließ sich nicht überzeugen, egal welche Argumente Elisa auch anbrachte. „Vielleicht lerne ich einmal einen wohlhabenden, fürsorglichen und gutaussehenden Mann kennen, wer weiß", meinte sie. „Wir haben einen Nachbarn, der könnte mir gefallen. Er ist sehr kultiviert und besetzt eine führende Position in einem mittelständischen Unternehmen. Was der für ein tolles Auto fährt, das kannst du dir nicht vorstellen. Er hat mir schon öfter signalisiert, dass ich ihm nicht unsympathisch bin. Allerdings ist er verheiratet, aber ich glaube er ist nicht glücklich in seiner Ehe."

„Jetzt hör aber auf. Du spinnst total. Willst du mit dem auch noch ein Verhältnis anfangen? Wie willst du das denn auf die Reihe kriegen?"

„Aber nein, ich weiß gar nicht, ob er sich von seiner Frau trennen würde. Es ist nur so ein Gedanke", sagte Lara mit einem unschuldigen Augenaufschlag.
„Ich kann mir gar nicht vorstellen, dass du eine Möglichkeit findest, mit dem flotten Nachbarn anzubändeln. Schließlich hast du schon zwei Männer, die auf dich aufpassen", stellte Elisa nüchtern fest.

***

Von: Alan
An: Elisa
Betreff: Wie geht es weiter

Hallo Elisa,
Ich muss Dir einfach schreiben. Es fällt mir leichter meine Gedanken in dieser Form auszudrücken, als wenn ich Dir gegenüber sitze. Wie Du siehst, verwirrst Du mich immer noch. ;-)
Es gibt doch diese Weisheit, dass man die Dinge mehr bereut, die man nicht getan hat, als diejenigen, die man getan hat, ganz egal wie sie gelaufen sind.
Bevor mir das noch einmal passiert, möchte ich Dir schreiben, was ich für Dich empfinde. Ich mag Dich nämlich sehr und könnte mir vorstellen Dir wieder ganz nah zu kommen, wenn Du es zulässt.
Ich möchte ein bisschen in der Zeit unterwegs sein, in der wir uns kennengelernt und wieder verloren haben. Ohne Sentimentalität, aber mit schönen Erinnerungen. Es gibt vermutlich tausend Dinge, die ich schon wieder vergessen habe, aber glaube mir: Von unseren Tagen, Wochen und Monaten weiß ich noch alles. Na gut, nicht jede Kleinigkeit, aber ich kann Dich ja danach fragen, falls es nötig ist. Es war schön zwischen uns, das wirst auch Du sagen können. Es hat gefunkt und geprickelt, wir

waren von einander fasziniert. Vielleicht ich ein wenig mehr, aber das spielt keine Rolle.

Das ich letztendlich den Kontakt habe ganz abbrechen lassen war dumm von mir. Ich verzeihe mir das fast selbst nicht. Ich war arrogant, habe immer darauf gewartet, dass Du auf mich zukommst. Selbst als ich wegen meiner Arbeit ins Ausland gegangen bin habe ich nur zu oft an Dich gedacht. Letztendlich habe ich mich nie gemeldet, erst aus falschem Stolz und dann, weil ich vermutete, dass Du einen Anderen gefunden hattest. Ich hätte nicht erwartet, dass eine so tolle Frau wie Du so lange allein bleibt.

Nun sind wir uns wieder begegnet und ich werde den Fehler nicht noch einmal machen. Nach wie vor fühle ich mich zu Dir hingezogen, möchte viel öfter mit Dir zusammen sein.

Habe ich eine Chance?

Das frage ich ganz ernsthaft und erwarte eine ehrliche Antwort von Dir. Seit unserem letzten Treffen ist eine ganze Weile vergangen. Sicherlich möchte ich Dich nicht bedrängen, aber ich hätte schon erwartet, dass DU Dich meldest, dass Du meine Nähe genauso suchst, wie ich die Deine. Leider bekomme ich immer mehr das Gefühl, dass Du in Grunde Deines Herzens etwas suchst, das ich Dir nicht bieten kann, so sehr ich mich auch um Dich bemühe.

Wenn Du Dich nicht weiter mit mir treffen willst, dann lass es mich bitte wissen. Das ist besser, als hingehalten zu werden. Sich Hoffnungen zu machen, die sich letztendlich nicht erfüllen werden, das ist einfach nur frustrierend.

Auf jeden Fall wünsche ich Dir, dass alles so kommt, wie Du es Dir wünscht. Denn das habe ich gelernt: Es ist immer das Wichtigste so zu leben, wie man es sich erträumt, und nicht, wie andere es sich vorstellen.

Alan

Ungläubig las Elisa die E-Mail. Ein bisschen hatte sie ein schlechtes Gewissen, denn sie hatte Alan wirklich hingehalten. Zwar genoss sie nach wie vor seine Aufmerksamkeit, ließ ihn aber nur bis zu einem gewissen Grad an sich heran. Immer bestand eine Distanz, jedenfalls von ihrer Seite. Sie wusste, dass er sich viel mehr erhoffte, doch das würde sie ihm nicht geben können. So beschloss sie, bei der nächsten Gelegenheit mit ihm zu reden und ihm klar zu machen, dass sie ihn nicht liebte, denn darauf lief es hinaus. Wahrscheinlich würde er sehr enttäuscht, vielleicht sogar ärgerlich reagieren. Ihr grauste vor dem Gespräch. So schob sie den Gedanken weit weg und beantwortete die E-Mail erst einmal nicht.

Auch Annerose war nicht gut drauf, wie Elisa kurz darauf feststellen konnte. Eigentlich war sie zu ihrer Freundin gefahren, um über die E-Mail von Alan zu reden und über das Gespräch, das sie mit ihm führen wollte. Sie kam jedoch gar nicht dazu den Mund aufzumachen. Anne schimpfte sofort los. Paul war aus dem Urlaub zurück und noch unleidlicher als vorher. Seine Mitbringsel spotteten jeder Beschreibung: Es handelte sich um eine Flasche Rum, die er nach und nach allein austrank.

„Jetzt reicht es mir", erklärte die Freundin. „Ich will nicht, dass er weiter bei mir wohnt, deshalb habe ich ihm eine kleine Wohnung gesucht. Er ist mit allem einverstanden, wahrscheinlich hat er gemerkt, dass ich sonst explodiere. Allerdings ist er beruflich zu eingespannt, um sich neue Möbel und den anderen Kram zu kaufen. Klar, er muss ja bis in den späten Abend hinein arbeiten. Urlaub hat er gerade erst genommen. So mache ich das alles für ihn, verhandle mit dem Vermieter, richte die Wohnung ein, all das. Sonst werde ich ihn wahrscheinlich niemals los."

„Und wie schaut es mit dem Finanziellen aus? Sag nicht, dass du ihm auch noch die Einrichtung bezahlst!" Elisa ahnte was jetzt kommen würde.

„Natürlich mache ich das, auch die drei Monatsmieten, die als Kaution fällig sind. Der Urlaub muss teuer gewesen sein, Paul ist völlig pleite. Er hat mir hoch und heilig versichert, dass er alles zurückzahlt, sobald er wieder flüssig ist. Ich strecke ihm das Geld nur vor."

„Irgendwie kann ich dich verstehen, wenn du nicht die Initiative ergreifst, wirst du ihn tatsächlich niemals los. Obwohl ich glaube, dass du das Geld auf das Konto Lebenserfahrung buchen solltest. Er wird es dir niemals zurückzahlen. Aber du warst doch von seinen Praktiken so angetan? Macht dich das alles nicht mehr an oder hast du inzwischen eine Sehnenscheidenentzündung vom Schwingen der Peitsche?"

„Weißt du", druckste Annerose, „es war alles neu für mich und irgendwie auch aufregend. Die BDSM Messe, die wir besucht haben war inspirierend, das kann ich nicht anders sagen. Was ich dort alles gesehen und erlebt habe, das willst du gar nicht wissen, prüde wie du bist."

Elisa schüttelte heftig mit dem Kopf. „Keine Einzelheiten, bitte. Mir reicht schon der Gedanke an Paul mit seinen Peitschen. Dein plötzlicher Sinneswandel erstaunt mich. Was ist passiert?"

„Nichts Gravierendes. Inzwischen finde ich es einfach ätzend, immer fies sein zu müssen, ihn zu beschimpfen oder zu schlagen, damit sich bei ihm überhaupt etwas regt. Die Latexkleidung ist eng und unbequem. Ich schwitze darin wie in der Sauna. Das geht mir alles auf den Geist. Ich sehne mich geradezu nach der ganz normalen Missionarsstellung, nach einem Mann, der mir ab und zu ein paar Blümchen mitbringt statt neuer Handschellen."

„Dies ist also das Ende der Beziehung mit Paul, nicht nur eine räumliche Trennung. Sehe ich das richtig?"

„Das siehst du völlig richtig. Ich dachte wirklich meinen Traummann gefunden zu haben, aber den scheint es, jedenfalls für mich, nicht zu geben. Wobei mir ein Gedanke kommt. Was ist eigentlich mit Alan? Triffst du dich noch mit ihm?"

„Ach Alan", seufzte Elisa. „Das ist eine andere Geschichte. Ich muss unbedingt mit ihm reden, er hat mir eine Mail geschrieben..."

Nachdem Elisa ihrer Freundin erzählt hatte, was es mit Alans Nachricht auf sich hatte, legte Annerose den Kopf schief. „Ich sage es ungern, Mädel, aber wir haben beide im Moment eine schwarze Serie. Du solltest ihm reinen Wein einschenken, sonst macht der arme Kerl sich nur weiter Hoffnungen. Was meinst du, sollen wir am Samstag mal wieder in die ‚Alte Liebe' gehen? Nur zur Ablenkung und nur wir beide? Es muss ja nicht so lange sein. Wir tanzen einfach miteinander. Die Männer können uns alle gestohlen bleiben."

So kam es, dass an diesem Samstag nur Annerose und Elisa in der Disco saßen und genüsslich an ihrem zweiten Kir Royal nippten. Elisa hatte beschlossen die Nacht in Annes Gästezimmer zu verbringen, sodass sie sich in Ruhe einen Cocktail oder auch mehr genehmigen konnte.
„Sag doch mal", begann Annerose das Gespräch. „Wie schaut es eigentlich bei deinem Bruder und seiner neuen Freundin aus? Ist wenigstens dort alles im grünen Bereich?"
„Aber ja, sie ist kürzlich bei ihm eingezogen."
Anne runzelte verwundert die Augenbrauen. „Tatsächlich, aber die beiden kennen sich doch noch gar nicht lange. Die trauen sich etwas."
„Das ist noch gar nichts. Stell dir nur vor, meine Bruder und sie wollen ein Kind zusammen. Gut, Silke ist fünf Jahre jünger als mein Bruder, also in unserem Alter, trotzdem ist es ein ganz schönes Risiko, das sie eingehen. Ich würde mir das ein paar Mal überlegen. Überhaupt sollten sie sich erst einmal richtig kennenlernen ...", Elisa stockte. Ihr Blick war zum Eingang gewandert, durch den gerade ein gutaussehender, blonder Mann in die Disco geschlendert kam. Annerose folgte ihrem Blick. „Wenn das kein Zufall ist. Du wolltest doch sowieso mit Alan reden. Das kannst du jetzt in aller Ruhe machen", sagte sie nicht ohne Schadenfreude. „Übrigens brauchst du dich weder hinter

mir noch hinter dem Tresen verstecken. So klein, dass er dich nicht sieht bist du auch wieder nicht."
Wirklich war Elisa hinter dem Rücken ihrer Freundin in Deckung gegangen. „Vielleicht geht er gleich wieder", murmelte sie undeutlich.
„Sei nicht so feige. Jetzt ist die beste Gelegenheit, um ihm zu sagen, was immer du sagen willst. Siehst du, er kommt schon her."
Elisa blinzelte in Alans Richtung. Er hatte sie gesehen und steuerte auf sie zu. „Hallo ihr zwei Hübschen. Es freut mich sehr euch hier anzutreffen", strahlte er. „Das ist ja wie in alten Zeiten. Magst du mit mir tanzen." Diese Frage war an Elisa gerichtet. „Du entschuldigst uns", wandte er sich an Anne.
Ehe Elisa es sich versah, hatte er ihre Hand genommen und zog sie in seinen Arm. Mit ein paar Schritten waren sie auf der Tanzfläche, wo gerade ein langsamer Titel gespielt wurde.
„Strumming my pain with his fingers, singing my life with his words. Killing me softly with his song, " klang die einschmeichelnde Stimme von Lauryn Hill, der Leadsängerin der Fugees. Alan nahm sie wieder in die Arme und tanzte eine Weile schweigend mit ihr. Seine Hand lag locker auf ihrem Rücken, streichelte sanft. Elisa schloss die Augen, ließ sich von der Musik tragen, fühlte sich eigenartig willenlos. Lag es nun am ungewohnten Alkohol oder an der besonderen Situation? Sie fühlte sich wohl in Alans Armen, schmiegte sich enger an ihn. So tanzten sie eine Weile traumverloren miteinander. Schließlich beugte er sich nahe an ihr Ohr. „Hast du meine Nachricht bekommen? Wir müssen unbedingt in Ruhe reden."
Elisa öffnete die Augen. „Ja, das müssen wir. Aber bitte nicht heute. Ich würde den Abend gern genießen, mit dir genießen."
Der Song war zu Ende, doch Alan ließ sie nicht los, sondern führte sie in den nächsten, ebenso langsamen Tanz. Als diese Musik verklungen war, küsste er sie zärtlich. Elisa bekam eine Gänsehaut. „Dir ist doch nicht etwa kalt?", lächelte Alan.

„Nein, mir ist ziemlich heiß. Lass uns zurück zum Tresen gehen, bitte."

An ihrem Platz stellte Elisa zu ihrem Erstaunen fest, dass Henry in der ‚Alten Liebe' aufgetaucht war. Er unterhielt sich angeregt mit Annerose. Elisa zwinkerte der Freundin zu. „Hallo Henry, das ist ja eine Überraschung. Hast du plötzlich einen Termin frei?"

Henry zuckte nicht mit der Wimper. „Das könnte man so sagen. Zurzeit habe ich ziemlich viele Termine frei. Das ist aber in Ordnung, so habe ich wieder mehr Zeit für das Wesentliche." Er strich Anne leicht über den Handrücken, was diese sich mit einem maliziösen Lächeln gefallen ließ. „Henry braucht offensichtlich eine neue Einkommensquelle", stellte sie fest.

„Zeit für das Wesentliche, das hört sich interessant an. Du musst es mir gelegentlich erläutern, aber jetzt hätte ich gerne noch einen Kir Royal. Was ist mit dir, Anne?"

Die Freundin schüttelte den Kopf. „Ich habe genug getrunken und du solltest auch lieber vorsichtig sein, Elisa. Du bist so viel Champagner-Cocktails nicht gewohnt. Nachher machst du nur Dummheiten, die dir hinterher leidtun", fügte Anne mit einem Seitenblick auf Alan hinzu.

„Ach was, ich habe hier einen Aufpasser, falls mir nach Dummheiten ist", erklärte Elisa beschwingt, nachdem sie einen großen Schluck aus ihrem Glas genommen hatte. Alan legte ihr den Arm um die Hüfte. „Falls dir nach ganz großen Dummheiten ist: Ich wohne ganz in der Nähe. Wir können nachher noch einen Kaffee bei mir trinken oder einen Absacker, falls du das lieber möchtest", raunte er ihr zärtlich ins Ohr.

„Ja, warum nicht." Elisa war es ganz leicht zumute. Sie genoss die aufregende Situation, wollte jetzt nicht an das Morgen, an die Konsequenzen ihres Handelns denken, sondern einmal leichtsinnig sein.

„Ich glaube, ich brauche den Kaffee jetzt schon. Wenn es dir recht ist, dann gehen wir sofort zu dir", lispelte sie und schaute ihm tief in die Augen. Unter den verstörten Blicken ihrer verblüfften besten Freundin verließ sie die ‚Alte Liebe' um mit Alan in seine Wohnung zu gehen.

Elisa öffnete die Augen, war mit einem Schlag hellwach. Sie lag in Alans Bett, er schnarchte leise neben ihr. Jetzt drehte er sich um, legte im Schlaf seinen Arm um sie, zog sie an sich. Ganz vorsichtig befreite Elisa sich, stand leise auf, sammelte ihr Zeug zusammen und schlich ins Badezimmer. Zögernd schaute sie in den Spiegel. Eine ziemlich verschlafene, etwas verkaterte und trotzdem entspannte Elisa lächelte zurück.
Die Nacht mit Alan war aufregend gewesen und geil, sie bereute sie nicht. Aber das war es nicht, was sie suchte.
Eigentlich hatten beide gewusst, dass dies ein One–Night-Stand bleiben würde. Spätestens nach seiner E-Mail und der ausbleibenden Antwort war es Alan klar gewesen, dass Elisa nicht das gleiche für ihn empfand, wie er es für sie fühlte. Trotzdem, oder gerade deswegen, hatten sie und er die Liebesnacht aus vollen Zügen genossen. Jetzt meldete sich das, von Anne prophezeite, schlechte Gewissen. Elisa wollte die Wohnung so schnell wie möglich verlassen, bevor Alan aufwachte. Auf Zehenspitzen schlich sie zur Ausgangstür. Sie hatte bereits die Klinke in der Hand, als sie von hinten in den Arm genommen wurde. „War es das? Willst du dich wirklich wegschleichen?", sagte er leise und vergrub das Gesicht in ihrem Haar.
„Bitte, Alan, ich möchte gehen", murmelte sie.
„Bye, die Nacht war wunderschön. Du bist etwas ganz Besonderes, Engel", flüsterte er und ließ sie los.
„Bye", flüsterte sie zurück. Ohne sich umzudrehen verließ Elisa die Wohnung.

***

Heute Nachmittag wollte Elisa sich vor dem Haupteingang des Cinemaxx Kinos mit Tommy treffen. Nach einigem hin und her

hatten sich die beiden darauf geeinigt, ganz unverbindlich einen Kennenlernkaffee miteinander zu trinken. Auf der Fahrt zum Kino wurde Elisa ganz aufgeregt. Tommy gefiel ihr sehr. Sie hatten in der Zwischenzeit, Fotos gewechselt, miteinander telefoniert und auch hier klang er einfach nur nett, ja, fast vertraut. Sie beschloss noch diesen einen Versuch zu starten und, falls er sich wieder als ein Flop herausstellen sollte, die Männersuche per Internet einzustellen. Aufgeregt stellte sie ihren Wagen etwas weiter weg auf einen Parkplatz, ging das letzte Stück zu Fuß, um sich zu beruhigen. Was war heute nur mit ihr los? Schließlich hatte sie schon einige solcher Treffen hinter sich. Wenn es nicht passen sollte, so würde sie nach dem Kaffee einfach einen vergessenen Termin vorschieben und das Weite suchen. Scheinbar begann oder endete gerade eine Vorstellung, denn auf dem Kinovorplatz wimmelte es von Menschen. Trotzdem erkannte sie ihn sofort. Er hatte eine Hand leger in der Hosentasche, sah genau so aus, wie sie ihn sich vorgestellt hatte.
„Hallo, du bist Tommy, nicht wahr?", mit diesen Worten fiel ihm Elisa um den Hals. Ein wenig verlegen nahm er sie in dem Arm und drückte sie kurz an sich. „Ja, und du bist Elisa. Ich habe dich schon auf der anderen Straßenseite gesehen, du bist mir sofort aufgefallen."
„Oh, ich hoffe doch positiv?"
Auf diese ziemlich direkte Frage hin musste Tommy schmunzeln. „Um ehrlich zu sein habe ich gedacht: Das kann sie nicht sein, so ein Glück hast du nicht. Jetzt sollten wir einen Kaffee trinken und uns ein wenig näher kennen lernen, was meinst du?"

Elisa lächelte vor sich hin. Sie konnte ihre Aufregung und Befürchtungen vor dem Date mit Tommy gar nicht mehr verstehen. Schon als sie ihm um den Hals gefallen war, hatte sie das Gefühl gehabt, als ob sie ihn schon ewig kennen würde. Dieses Gefühl verstärkte sich mit jeder Minute, die sie mit ihm zusammen war. Zuerst hatten sie sich beim Kaffee über Gott und die Welt unter-

halten. Später waren sie mit Tommys Auto planlos umher gefahren. Einfach froh, zusammen zu sein, und die Gegenwart des Anderen genießend. Als er das Auto an einer roten Ampel anhielt, geschah etwas Merkwürdiges. Elisa dachte: ‚Jetzt müsste er mich küssen, der Augenblick wäre perfekt.'
Im gleichen Augenblick beugte sich Tommy zu ihr hinüber und küsste sie auf den Mund. „Kriege ich jetzt eine Ohrfeige?", fragte er lächelnd.
Elisa lächelte zurück. „Nein, ganz bestimmt nicht."
Später, als es dunkel wurde fuhr er unter eine Kanalbrücke und die beiden knutschten wie die Teenager. Alles passte und war wie es sein sollte.
„Ich möchte ein paar Tage mit dir wegfahren. Was würdest du davon halten, wenn wir ein Wochenende auf Rügen verbringen?" fragte Tommy, als sie auf dem Weg zu ihrem Auto waren. Elisa strahlte. „Ja, sehr gerne!"
Wieder zu Hause angekommen ließ sie die Geschehnisse Revue passieren. Sie hatte sich bisher mit einigen Männern getroffen, aber solche Gefühle hatte keiner von ihnen bei ihr hervorgerufen. „Tommy", probehalber sprach sie seinen Namen aus. Entschlossen fuhr sie ihren Computer hoch. Während der Wartezeit überlegte sie, was sie Tommy schreiben wollte.

von: Elisa
an: Tommy
Betreff: Gedanken

Hallo Du,
hast Du Dir unser erstes Date so vorgestellt?
Ich habe mir vorher ganz schön viele Gedanken gemacht, war auf dem Weg zu unserem Treffpunkt nervös und aufgeregt. Dabei war das gar nicht nötig. Die Chemie hat von Anfang an gestimmt.

Schon in dem kleinen Café hätte ich Dir über den Tisch weg einen dicken Kuss aufdrücken können. Dazu ist es halt später gekommen (ein Glück, sonst hätte ich heute sehnsuchtsvoll und ungeküsst schlafen gehen müssen. Obwohl – sehnsuchtsvoll bin ich).
Jetzt sitze ich mitten in der Nacht zu Hause vor der verflixten Maschine, warte auf eine Nachricht von Dir und bin ziemlich unsicher...

Elisa

von: Tommy
an: Elisa
Betreff:

Hallo Elisa,
es tut mir leid, dass ich Dir nicht sofort geschrieben habe. Bin ziemlich durcheinander.
Auch ich habe in Vorfeld unserer Verabredungen die verschiedensten Szenerien durchgespielt, habe mit allem gerechnet. Nur nicht mit dem, was geschehen ist!
Ja, das war schon etwas ganz Besonderes, was da zwischen uns passiert ist, ich bin noch ganz überwältigt.
Noch schöner ist, dass Du es ganz genau so empfunden hast.
Ich freue mich auf ein Wiedersehen, denn wir sehen uns doch wieder, nicht wahr?
CU
Tommy

PS: Ich bin doch genauso unsicher wie Du.

von: Elisa
an: Tommy
Betreff:

Wie schön, dass Du mir doch noch geantwortet hast. Jetzt geht es mir besser und ich werde langsam müde. Morgen ist ein langer Tag für mich.
Ich nehme Dich ganz lieb in den Arm und gebe Dir ein sehr braves Küsschen. Die unbraven werde ich mir für unser Wiedersehen aufheben.

Elisa

von: Tommy
an: Elisa
Betreff: gute Nacht

Schlaf gut, meine Kleine, ich rufe Dich morgen gleich an! Freue mich auf ein Wiedersehen und Deine unbraven Küsse!
Tommy

***

„"…und stell vor, er hat mich auf ein Wochenende nach Rügen eingeladen", beendete Elisa ihre Erzählung. Wie häufig saßen die Freundinnen in ihrer Ecke im Lieblingsbistrot.
Nachdenklich fuhr Annerose mit dem Finger an ihrem Glas auf und ab. „Das hört sich toll an, aber hast du ein gutes Gefühl dabei? Er lädt dich zwar über das Wochenende ein, trotzdem hat er eine Frau und einen Sohn. Hast du ihn darauf angesprochen?"
„Um ehrlich zu sein, nein. Es ist alles so schön gewesen, dass ich einfach nicht daran denken wollte."
„Was ist überhaupt mit Alan? Hast du endlich mit ihm geredet? Oder willst du jetzt ein Verhältnis mit ihm und diesem Thomas

zugleich? Ich bin immer noch baff erstaunt, dass du neulich mit ihm gegangen bist, obwohl du mir vorher groß und breit erzählt hast, dass er nicht der Richtige ist."
Elisa spürte, dass sie rot wurde. „Ich hatte zu viel getrunken, das weißt du genau. In dem Zustand macht man schon mal unüberlegte Sachen. Es war schön, aber eine Beziehung will ich nicht mit ihm."
„Das bringt mich wieder zu der Frage, ob du ihm das gesagt hast."
„Noch nicht, vielleicht rufe ich ihn einfach an."
„Hallo ihr Zwei. Wen musst du anrufen?", Lara war gerade eingetroffen und setzte sich zu den Freundinnen.
„Na ja, Alan." Elisa erzählte noch einmal die Geschehnisse der letzten Zeit in Kurzform. „Aber jetzt musst du erst einmal sagen, wie es bei dir läuft", beendete sie den Bericht. „Ich habe letztens etwas gehört, das ich nicht einsortieren kann."
„Henry ist in der ‚Alten Liebe' aufgetaucht. Er scheint plötzlich wieder Zeit zu haben", erläuterte Anne Elisas Worte.
Lara rutschte unruhig auf ihrem Stuhl hin und her. „Du bist doch nicht sauer, dass ich etwas mit Henry angefangen habe, oder? Schließlich wolltest du ihn nicht mehr. Übrigens war er es, der mir hinterhergelaufen ist."
„Schon gut, Mädel, das ist für mich kein Problem. Du musst wissen, mit wem du dich einlässt. Henry kann verdammt charmant sein, aber er ist jemand, der sein Leben niemals auf die Reihe kriegen wird. Du kannst dich gut mit ihm amüsieren, aber das war es dann auch schon." Anne zwinkerte den Freundinnen zu. „Es hat mich nur gewundert, dass er so plötzlich aufgetaucht ist und bei mir herumgebaggert hat. Hattet ihr Streit?"
„Wenn es nur das wäre", seufzte Lara. „Es ist eher mein Ehemann, der Probleme macht, nicht mein Liebhaber …"
Lara war tatsächlich allein in den Urlaub gefahren. Sie hatte ihren Lover nachkommen lassen. Fatal, dass ihr Ehemann nicht so ahnungslos war, wie es schien. Während Lara und Henry am

Morgen nach Henrys Ankunft gemütlich beim verspäteten Frühstück saßen, klingelte Laras Handy. Nichtsahnend nahm sie den Anruf entgegen. Zu ihrem Entsetzen war Roland am anderen Ende der Strippe. Er teilte ihr mit, dass er es geschafft hätte, sich für ein paar Tage frei zu nehmen und auf dem Weg zur ihr wäre. Eigentlich habe er sie überraschen wollen, sagte er, wollte sie aber nicht überfordern, sondern ihr Zeit geben sich auf sein Eintreffen vorzubereiten. Allerdings wäre der fast am Bodensee angekommen und würde sie Kürze in die Arme schließen. Panisch packte Henry seine Tasche. Da er mit dem Zug gekommen, nahm er sich einen Leihwagen und verließ so schnell wie möglich das Gefahrengebiet. Wenig später traf tatsächlich der Ehemann ein.

„Es war alles extrem peinlich für mich. Schließlich musste ich die Wirtsleute der Pension einweihen, sonst hätten sie sich wohlmöglich verplappert. Sie haben mich anschließend ziemlich kühl behandelt. Das ist sogar Roland aufgefallen", beendete Lara ihr Geschichte.

„Da hast du noch einmal Glück gehabt. Nicht auszudenken, wenn Roland unangekündigt angekommen wäre." Elisa schauderte es bei dem Gedanken.

Anne grinste in sich hinein. „Wenigstens hätte er dann gewusst was abgeht. Also deshalb hatte Henry plötzlich Zeit, alles klar. Ich habe schon gedacht, er würde sich wieder anschmusen wollen."

„Von wegen, ich bin noch nicht fertig mit ihm. Schließlich habe ich mich seinetwegen bei ‚Top Secret' abgemeldet. Obwohl ich ehrlich sagen muss, dass man dort auch jede Menge Ausschussware kennenlernt. Aber manchmal ist der eine oder andere interessante Kerl dabei, mit dem man eine Menge anfangen kann."

Anne und Elisa wechselten einen Blick, was Lara zu bemerken schien, denn sie wechselte abrupt das Thema. „Schluss jetzt damit. Meinst du, dass dieser Tommy es ehrlich mit dir meint, wo er doch verheiratet ist?"

„Ich weiß es nicht, aber ich möchte es riskieren, vielleicht ist er es wert?!"
Elisa hatte sich dazu durchgerungen mit Alan zu sprechen und sich nach Feierabend mit ihm verabredet.
„Ich bin ein bisschen zu früh und habe ich gedacht, dass ich dich von der Arbeit abhole." Alan stand in der Eingangstür zur Boutique. Elisa zögerte, doch dann zuckte sie mit den Schultern. Es waren keine Kunden mehr im Laden, in fünf Minuten würde sie sowieso Feierabend haben. „Ist gut, ich schließe den Laden gleich. Es ist ganz schön, dass du hier bist. Du kannst mich zur Bank begleiten. Dort muss ich die Geldbombe einwerfen. In der letzten Zeit treibt sich einiges an Gesindel herum. Ich fühle mich, gerade wenn es früher dunkel wird, nicht sicher. Aber das gehört zum Job", fügte sie hinzu.
„Das mache ich gern. Ich kann mich schon einmal nützlich machen", meinte Alan und begann die Kleiderständer von draußen in den Laden zu ziehen.
Elisa musste lachen. „Du bist ein richtiges Naturtalent, weißt du das?"
„Ich kann noch eine Menge mehr als dies, aber ich glaube das weißt du inzwischen", war die augenzwinkernde Antwort. „Du musst nicht rot werden." Elisa merkte, wie ihr heiß wurde, wandte sich hastig ab und begann schnell die Einnahmen zu zählen.
„So, jetzt eben noch zur Bank. Zum Glück befindet sie sich gleich gegenüber. Zur Pizzeria, in der wir uns eigentlich verabredet hatten, ist es auch nicht weit.", Elisa hakte sich bei Alan unter.
Im Vorbeigehen sah sie ein bekanntes Auto. Jemand saß im Innenraum und schaute sie entgeistert an. Nach einem Moment der Schockstarre erkannte sie Tommy. Starr vor sich hin schauend ging sie weiter bis zur Bank, wobei sich ihre Gedanken überschlugen. Bravo, das hatte sie wieder einmal prima hingekriegt. Der erste Mann seit langem, an dem ihr wirklich etwas lag woll-

te sie von der Arbeit abholen und sie spazierte Arm in Arm mit einem anderen herum. Mechanisch warf sie die Geldbombe ein.
„Ist irgendetwas?", fragte Alan befremdet.
„Ähm, nein, alles gut. Mir ist nur gerade etwas eingefallen. Sei doch so nett und geh schon mal vor. Ich komme gleich nach. Ich muss schnell noch etwas erledigen", erklärte sie hastig, ließ Alan einfach stehen und lief zum Auto.
Tommy öffnete die Wagentür, schaute sie zweifelnd und unsicher an. „Hallo du, eigentlich wollte ich dich zum Essen einladen, aber ich komme wohl ungelegen."
Einen Moment lang war sie versucht einfach in den Wagen zu steigen und Tommy zu veranlassen wegzufahren. Doch so schnell wie er gekommen war, verwarf sie den Gedanken. Sie schüttelte den Kopf. „Sorry, aber ich habe schon eine Verabredung ... zum Essen ... wenn man es genau nimmt ... und zum Reden."
Kaum waren die Worte heraus, so bedauerte sie sie. ‚Was rede ich da für einen Schwachsinn? Verabredung zum Essen und Reden!', dachte Elisa.
„Also was ich sagen wollte ... ein alter Bekannter ... ich habe ihm versprochen ... ein andermal vielleicht ...", begann sie erneut, bekam aber außer einem unverständlichen Stammeln nichts heraus, ihre Gedanken purzelten nur so durcheinander.
„Ist schon in Ordnung. Du musst dich nicht bei mir entschuldigen. Ich will dich nicht länger stören." Tommy schloss mit einem Ruck die Autotür, gab Vollgas und brauste los. Elisa schaute ihm fassungslos hinterher.
Eine Hand legte sich auf ihren Arm. „Besuch?", fragte Alan, der die Szene beobachtet hatte.
„Ja", antwortete sie knapp.
„Du, hör mal", sagte er.
„Hör mal", sagte Elisa gleichzeitig. „Du zuerst", entschied sie nach einer verlegenen Pause.

„Okay, wir müssen nicht Essen gehen, wenn du das nicht möchtest. Ich kann dich auch einfach nach Hause bringen und dann heimfahren."
„Weißt du was, Alan, Essen gehen möchte ich wirklich nichts. Was hältst du davon, wenn wir zu mir gehen. Ich mache uns eine Flasche Rotwein auf, wir unterhalten uns in Ruhe. Ich denke, dass es nötig ist. Mein Besuch hin oder her."
Zu Hause angekommen stellte Elisa erleichtert fest, dass die Jungen unterwegs waren. Sie hatte noch nie einem Mann mit nach Hause gebracht und wollte sich keine Kommentare ihrer Söhne anhören. Als sie und Alan vor ihren Gläsern saßen, schaute er sie prüfend an. „Wir hatten eine tolle Nacht miteinander. Von mir aus könnten noch viele solche Nächte folgen. Aber ich glaube, das willst du nicht."
„Ach, Alan, du bist ein toller Mann. Du bist sensibel, aufmerksam, zärtlich und dazu noch super nett. Ich glaube, dass du auch ein richtig guter Kumpel wärst", begann Elisa zögernd. „Aber ..."
„Du musst nicht weiterreden. Nett, das ist die kleine Schwester von ... oder wie war das. Nett und ein richtig guter Kumpel, das ist es nicht, was ich für eine Frau sein möchte. Bedeutet dir denn unsere Nacht gar nichts?"
„Doch, sie war wunderschön und einmalig. Ich werde sie niemals vergessen. Es tut mir so leid. Ich liebe dich einfach nicht. Vielleicht wäre alles anders gekommen, wenn wir vor sieben Jahren zusammen geblieben wären. Ich glaube, dass ich mich mit der Zeit verändert habe. Es passt nicht und ich kann nicht einmal sagen, woran das liegt." Jetzt, wo Elisa ihm die ungeschminkte Wahrheit gesagt hatte, fühlte sie sich viel besser.
Alan hob sein Glas, machte einen tiefen Zug. „Eigentlich habe ich das gewusst. Ich bin dir jetzt seit einem halben Jahr hinterhergelaufen. Immer war ich es, der sich zuerst gemeldet hat, du hast ausschließlich reagiert, nie ist eine Verabredung von dir aus gegangen." Er schaute sie einen Moment versonnen an. „Es wä-

re schön gewesen, aber du gibst uns keine Chance. Das muss ich wohl akzeptieren. Als du vorhin zum Auto gespurtet bist, hast du mich einfach stehen lassen, bist ganz aufgelöst gewesen. Das war jemand, an dem dir wirklich etwas liegt?"
„Ja! Ehrlich gesagt habe ich das vorhin zum ersten Mal in aller Deutlichkeit gemerkt."
Alan musterte sie mit einem schiefen Blick. „Dann kannst du mir dankbar sein und er auch. Es ist dir sehr ernst mit ihm, nicht wahr?"
„Sehr ernst, aber ich will nicht drüber reden." Sollte er ruhig glauben, dass sie fest mit diesem Mann zusammen war. Eigentlich schwindelte Elisa nur ein kleines bisschen. Tommy ging ihr unter die Haut, mehr, als es ihr lieb war.
„Na dann. Ich sollte jetzt nach Hause fahren, habe noch eine Flasche Vodka auf Eis. Ich glaube, heute werde ich mich betrinken." Beim Abschied nahm er sie noch einmal in die Arme. „Falls du es dir anders überlegen solltest, lass es mich wissen. Ich bin immer für dich da. Aber ich will dich ganz oder überhaupt nicht."
Wenig später bekam Elisa weiche Knie, denn Tommy rief an. Seine Wut war verraucht, stattdessen gab er sich niedergeschlagen, bitter und enttäuscht. „Kennst du den Song ‚Fallen' von der Gruppe ‚Pur'?", fragte er. „Darin heißt es: Mein Kartenhaus ist wieder eingestürzt. Genauso fühle ich mich. Ich weiß, dass ich nicht unangemeldet bei dir erscheinen sollte, aber dass du gerade heute mit einem Andere ausgehst ist schon ziemlich heftig. Das kann doch kein Zufall sein. Du hast mir gesagt, dass es zurzeit keinen Mann für dich gibt. War das gelogen?"
Elisa wusste nicht, wie sie ihm die Situation erklären sollte. ‚Ich habe mich mit einem Mann getroffen, um ihm zu erklären, dass ich ihn nicht will', das klang einfach nur bescheuert, wenn es auch der Wahrheit entsprach. So blieb sie ruhig, ließ Tommy erst einmal reden.

Immerhin war er unangemeldet bei ihr aufgetaucht, nachdem sie sich einmal getroffen hatten. Er konnte doch nicht von ihr erwarten, dass sie auf Abruf bereit stand. Im Übrigen war sie eine erwachsene Frau und kein Teeny. „Weißt du", sagte sie schließlich zu ihm, „du bist derjenige von uns, der verheiratet ist. Nach unserem ersten Date bin ich nach Hause in meine eigene Wohnung gefahren. Du hingegen bist heimgefahren zu deiner Frau. Das habe ich so hingenommen, weil ich dir glaube. Meinst du, dass du mir Vorwürfe machen solltest."
Das hatte gesessen. Er schwieg einen Moment, dann antwortete er: „Du hast recht. Ich sitze selbst im Glashaus und werfe mit Steinen. Das ist nicht richtig. Aber bitte versteh mich. Ich habe mich so auf dich gefreut, auf einen schönen Abend mit dir. Dann habe ich dich mit dem Typen gesehen und dachte: das war's, sie will dich gar nicht. Jetzt bin ich einfach frustriert und geschockt."
Das wiederum konnte Elisa gut verstehen, ihr wäre es in seiner Situation ähnlich ergangen. Tommy missverstand ihr Schweigen. „Ich verstehe, du willst mich jetzt nicht mehr treffen."
„Oh doch", antwortete sie schnell. „Ich würde mich freuen, dich wieder zu sehen. Ich habe mich zusammen mit dir sehr wohl gefühlt."
„Dann würde also nichts dagegen sprechen, wenn wir eines der nächsten Wochenenden auf Rügen verbringen?"
Elisa strahlte den Telefonhörer an. „Überhaupt-gar-nichts! Ich freue mich auf dich!"
„Ich freue mich auf dich, Mädchen", sagte Tommy erleichtert. „Nachdem ich verstanden habe, dass du immer noch mit mir zusammen sein willst, werde ich mir einen netten Tullamore Dew genehmigen. Vielleicht auch zwei oder mehr. Besondere Tage erlauben besondere Getränke."
Da war er wieder, der Tommy, den sie kennengelernt hatte. Die beiden verabschiedeten sich von einander.

Elisa goss Wein in ihr Glas, prostete sich im Spiegel zu. Wenn sich heute zwei Männer ihretwegen betrinken würden, so konnte sie auch den Rest des Weins trinken. Was hatte Tommy gesagt: Besondere Tage erlauben besondere Getränke. „Schlaf gut, du Dummer", flüsterte sie und nippte an ihrem Glas.

***

„Bestimmt kommt er gar nicht", dachte sie. Es war ein ganz unbestimmtes Gefühl, doch rechnete sie nicht damit, dass er sein Versprechen halten würde. Elisa stand ein wenig verloren an der Straßenecke. Sie hatte extra darauf bestanden, dass Alan sie nicht von zu Hause abholte, denn sie wollte sich eventuelle Kommentare ihrer Söhne ersparen. Fröstelnd verschränkte sie die Arme vor der Brust, schaute zum wievielten Mal auf ihre Armbanduhr.
Wie hatte Annerose am letzten Sonntag so treffend angemerkt: „Wenn du dich mit einem verheirateten Mann einlässt, dann bleibst du in der Regel zweiter Sieger. Die Wochenenden verbringt er mit Mutti und den Kinderchen, dich besucht er heimlich nach Feierabend. An allen Feiertagen sitzt du allein zu Hause. Wenn er irgendwann vor die Wahl gestellt wird, dann entscheidet er sich für seine kleine, heile Familienwelt. Vergiss das bloß nicht."
Solche und ähnliche Gedanken gingen Elisa durch den Kopf. Sie nahm frustriert ihre Reisetasche auf, um wieder nach Hause zu gehen, als das Auto neben ihr hielt. Tommy stieg aus, nahm ihr wortlos die Tasche ab. Auch er wirkte bedrückt.
„Um ein Haar wäre ich gar nicht gekommen", sagte er leise, als sie im Auto saßen. Elisa sah ihn von der Seite an. „Das dachte ich mir schon und ich habe gar nicht mehr mit dir gerechnet. Es ist wegen deiner Frau, nicht wahr?"
„Ja, aber anders als du meinst. Ich komme mir vor wie ein richtiger Mistkerl. Ich betrüge sie, aber vor allem betrüge ich dich. Nicht, dass du jetzt denkst, ich würde mit ihr schlafen", sagte er

schnell. „Das Thema Sex gibt es seit Jahren nicht mehr zwischen uns. Wir schlafen getrennt, das habe ich dir aber auch schon in einer der ersten Mails geschrieben. Es ist einfach nicht fair dir gegenüber. Ich will dich nicht ausnutzen. Nicht, dass du so etwas von mir denkst."
Elisa war wie vor den Kopf geschlagen. Dieser Mann machte sich Vorwürfe, weil er sie mit seiner Frau betrog, mit der er aber nicht schlief? Eine merkwürdige Logik war das. Er schien völlig anders zu ticken, als die Meisten seiner Geschlechtsgenossen. „Das kannst du beruhigt mir überlassen, ich bin schon groß. Ich habe mich freiwillig für ein gemeinsames Wochenende mit dir entschieden. Und ich fühle mich überhaupt nicht ausgenutzt, sondern einfach nur froh und glücklich." Sie streichelte seinen Nacken. „Ich mag deine Stachelhaare hier."
Das Eis war gebrochen, Tommys Laune hob sich sichtlich. „Dann mal los, auf nach Rügen."
Es wurde eine kurzweilige Fahrt. Elisa konnte feststellen, dass Tommy an alles gedacht hatte. Bei der ersten Rast förderte er aus einer Box eine gefüllte Thermoskanne und alle nötigen Utensilien zum Kaffeetrinken zutage. „Falls du müde wirst, habe ich hier ein Kissen und einen Schlafsack. Wenn du möchtest, so kannst du deinen Kopf auf meinen Schoß legen. Du kannst mir vertrauen. Ich bringe uns sicher an die Ostsee."
Bei so viel Fürsorglichkeit hätte Elisa am liebsten geschnurrt wie eine Katze. Wirklich hatte sie nicht gut geschlafen und kuschelte sich bald in das Kissen. „Nur eine Minute, ich will ganz bestimmt nicht einschlafen."
Als sie wieder aufwachte war es dunkel. „Ich glaube, ich bin eine Minute eingenickt."
Tommy lachte leise, „ja, das bist du wohl. Du siehst wunderschön aus, gerade wenn du schläfst. Weißt du das? Ich hab' mich kaum auf die Straße konzentrieren können." Er hüstelte, als wäre es ihm peinlich, das zu sagen und wies verlegen nach

vorn. „Schau mal, wir fahren schon über die Brücke nach Rügen. Jetzt sind wir fast da."
„Und wir fahren nach Binz, nicht wahr."
„Ja, wie ich dir schon sagte, hat einer meiner Arbeitskollegen dort eine kleine Ferienwohnung, die er vermietet. Ich bin auch zum ersten Mal dort."
Elisa überlegte: Ob der Arbeitskollege Bescheid wusste oder davon ausging, dass Tommy das Wochenende mit seiner Frau verbrachte? Das hätte sie zu gerne gewusst, traute sich aber nicht zu fragen. Ob er überhaupt mit seiner Frau in Urlaub fuhr? Schluss mit den trüben Gedanken. Schließlich war sie jetzt mit ihm hier und wollte ein tolles Wochenende verbringen.
Die kleine Wohnung zeigte sich ganz neu und schnuckelig. Kaum angekommen nahm Tommy sie in die Arme. „Herzlich willkommen, meine Schöne." Er küsste sie zärtlich. Elisa erwiderte seinen Kuss mit wachsender Leidenschaft.

„Das geht gar nicht!"
Elisa räkelte sich wohlig, dann kuschelte sie sich noch näher an.
„Was geht nicht? Bis jetzt ging alles perfekt."
„Wir können nicht die ganze Zeit im Bett liegen bleiben, obwohl…wenn du darauf bestehst… Mal sehen, ob es immer noch perfekt geht …"
Viel später raffte sich Tommy dann doch auf. „Jetzt aber raus aus den Federn", er zog ihr die Decke weg. „Los, Faulpelz, wir schauen uns jetzt ein bisschen auf der Insel um."
Elisa brummelte glücklich vor sich hin, stand aber auf. „Sehr wohl, mein Herr. Was steht auf dem Programm?"
„Ganz klar das Kap Arcona, die Seebrücke hier müssen wir uns auch unbedingt angucken und ein kleines Jagdschloss in der Nähe, das hat einen Turm, von dem aus man fast die ganze Insel überblicken kann. Jetzt sorge ich erst einmal für ein spätes Frühstück und dann geht es los."

Elisa strahlte ihn an. „Das wäre schön, ich habe nämlich einen Bärenhunger."

Nun fuhren sie schon wieder Richtung Heimat. Das Wochenende war wie im Flug vergangen. Alles stimmte zwischen ihnen. Elisa hätte sich das Zusammensein nicht schöner vorstellen können. Tommy hatte, was seine Ehe anbetraf, kein Blatt vor den Mund genommen und ihr erklärt, dass er sowieso dabei war, sich von seiner Frau zu trennen. „Sei mir nicht böse wegen dieser ungeschminkten Worte, aber ich würde sie mit dir oder ohne dich verlassen. Es hat schon lange keinen Sinn mehr, diese Ehe fortzusetzen."
Damit konnte Elisa leben, wenn sich auch ganz hinten, im letzten Regal in ihrem Kopf leichte Zweifel eingeschlichen hatten. Sie hatte schon so viele Sprüche von verheirateten Männern gehört. Doch Tommy war in so vielen Dingen aufrichtiger und ehrenhafter als alle Männer, die sie bisher kennengelernt hatte.
Je mehr sie sich der Heimat näherten, umso trauriger wurde Elisa. Bald würde er sie zu Hause absetzen. Das war nicht richtig, eigentlich hätten sie zusammen in ihr gemeinsames Zuhause kommen müssen. Tommy schien ähnlich zu fühlen, denn er hielt alle Nase lang an, nahm Elisa ganz fest in die Arme, küsste sie zärtlich. Das verzögerte die Fahrt zwar um einiges, trotzdem kamen sie irgendwann vor Elisas Haustür an.
„Das war ein wunderschönes Wochenende, danke", sagte sie leise.
„Das wollte ich gerade sagen. Danke für das Wochenende. Sehen wir uns bald wieder?"
Elisa fiel ein Felsbrocken vom Herzen. „Das würde mich sehr freuen!"
„Wie wäre es mit einem Kinobesuch? Wir könnten zur Abwechslung reingehen, statt uns nur davor zu treffen. Außerdem", fuhr er grinsend fort, „ist es im Kino dunkel und ich kann dich ungestört befummeln."

„Mensch, das tut mir so leid, mein Junge!" Elisa schaute hilflos zu ihrem Ältesten auf, der in einem ziemlich desolaten Zustand vor ihr stand. Sie war in einem leicht schwebenden Zustand zu Hause angekommen, doch der Alltag holte sie gleich wieder ein. Wie es aussah, hatten Felix und Julia sich am Wochenende ganz furchtbar gestritten und sich als Folge davon getrennt. Felix war am Boden zerstört und litt sichtlich.
„Wenn dir so viel an ihr liegt, dann ruf sie an. Bitte sie, zurück zu kommen", riet ihm seine mitleidende Mutter.
Störrisch schüttelte Felix den Kopf. „Auf keinen Fall, sie muss wissen was sie tut. Außerdem habe ich schon länger den Verdacht, dass sie einen Anderen hat."
„Ach du grüne Neune, ja dann…", in diesem Fall wusste Elisa auch nicht mehr weiter. Die Probleme in und mit der Liebe blieben immer die Gleichen, egal, wie alt man war.
Matts hieb seinem Bruder auf die Schulter. „Alter, sei froh, dass du sie los bist. Mach es in Zukunft wie ich, such dir ab und zu eine Tagesfreundin und nichts Festes. Eine feste Freundin macht nur Probleme."
Felix seufzte schwer und ging stumm leidend in sein Zimmer.
Schockiert musterte Elisa ihren Sohn. „Was hast du damit gemeint, eine Tagesfreundin, du Küken?" Sie war näher an Matts herangetreten und sog vernehmlich die Luft ein. „Sag mal, hast du geraucht?"
Der Angeschnüffelte trat vorsichtshalber einen Schritt zurück. „Nein, habe ich nicht", erklärte er mit Nachdruck. „Und sag nicht immer Küken zu mir", fügte er hinzu.
Seine Mutter stemmte die Hände in die Hüften. „Ach, tatsächlich nicht? Warum riechst du dann nach Qualm, mein Lieber?"
„Na ja, das ist … Mama, das ist peinlich, wirklich. Ich habe nicht geraucht, ehrlich nicht."
„Was sollte so peinlich sein, dass du es mir nicht erzählen kannst, Matts? Warst du bei jemandem, der geraucht hat, oder

was?" Elisa musterte ihren Sohn aufmerksam. Er war rot geworden und trat von einem Bein auf das andere.
„Sag schon, ich kriege das sowieso irgendwann heraus."
Matts war inzwischen tomatenrot angelaufen. „Das ist wirklich voll peinlich." Er holte tief Luft. „Ich war bei Ann-Kristin und sie raucht, jedenfalls heimlich. Ehe du weiter bohrst, es ist die Ann-Kristin, die früher mal neben uns gewohnt hat. Wir haben aber nur geknutscht, in ihrem Zimmer. Ihre Eltern waren nicht zu Hause."
Elisa ließ sich auf einen Stuhl sinken. „Junge, Ann-Kristin ist fast siebzehn. Darf ich dich daran erinnern, dass du fünfzehn Jahre alt bist. Mal abgesehen davon, dass du lieber an deine schulischen Leistungen, als an Mädchen denken solltest, ist sie viel zu alt für dich."
„Von wegen, sie steht auf jüngere Männer, sagt sie. Übrigens ist Julia auch ein Jahr älter als Felix und dazu hast du nichts gesagt, obwohl sie immer hier geschlafen hat. Das ist nicht fair. Sex ist nicht eine Frage des Alters, sondern der Reife. Das kannst du mal googlen. Du brauchst dir keine Gedanken machen. Wenn ich wirklich Sex mit Ann-Kristin haben sollte, dann werde ich verhüten. Aber ich glaube eh, dass es dazu nicht kommt. Ich will mich für die Frau aufheben, die ich wirklich liebe. Schließlich bin ich kein Mann für eine Nacht", nach diesem Aufklärungsvortrag nickte Matts entschlossen mit dem Kopf. Seine Mutter hatte ihm mit offenem Mund zugehört. Ihr fehlten die Worte, was nicht oft vorkam.
„Und wie war dein Wochenende so", fragte Matts, nicht aus wirklichem Interesse, sondern um abzulenken. „Hast du etwas Interessantes erlebt?"
Elisa merke zu ihrem eigenen Erstaunen, dass nun sie die Tomatenfarbe annahm. „Och nö, alles easy, nix besonderes", erwiderte sie matt.
„Und deshalb wirst du rot. Ich glaube, ich will lieber gar nichts wissen. Sag rechtzeitig Bescheid, wenn es mal ernst wird. Ich

will dann mal ...", mit diesen Worten schlenderte er betont locker auf seine Zimmertür zu. „How deep is your love", hörte seine Mutter ihn leise singen, bevor sich die Tür sacht hinter ihm schloss.

***

„Es war traumhaft, Mädels." Elisa biss in eine Erdbeere und nahm anschließend einen Schluck Sekt. „Er ist lieb, rücksichtsvoll und zuvorkommend."
„Jetzt sag bloß noch, er sieht aus wie Mel Gibson", fragte Annerose belustigt.
„Nicht so richtig, aber er sieht gut aus."
„Ich glaube unsere Elisa hat´s erwi-hischt. Du hast ganz glänzende Augen. Der Knabe muss gut sein", Lara nippte an ihrem Sektglas. Heute fand der Weiberabend anlässlich ihres Geburtstages in ihrer Wohnung statt.
„Kein Kommentar."
„Hey, das ist unfair, echte Freundinnen haben keine Geheimnisse vor einander." Anne puffte ihrer Freundin in die Seite, was Elisa demonstrativ ein Stück von ihr abrücken ließ. „Von wegen. Alles werde ich auch der allerbesten Freundin nicht erzählen. Was ich sagen kann ist, dass er nicht nur gut aussieht, sondern auch gut ist. Das muss reichen. Sag du mal lieber, ob du noch etwas von Paul gehört hast."
Anne verzog das Gesicht. „Nein, seit ich ihm die Wohnung besorgt und eingerichtet habe herrscht Funkstille. Nicht, dass ich auf Kontakt mit ihm Wert legen würde, aber mein Geld hätte ich schon gern zurück."
Lara horchte auf. „Du hast ihm Geld geliehen? Das wusste ich gar nicht. Hast du dir das wenigstens schriftlich geben lassen?"
„Eben nicht. Um ehrlich zu sein war ich so froh, ihn endlich los zu werden, dass ich daran gar nicht gedacht habe."

„Schön dumm. Das Geld wirst du nicht wiedersehen. So etwas könnte mir nicht passieren. Ich hätte mich gegen alle Eventualitäten abgesichert", sagte Lara im Brustton der Überzeugung.
Anne musterte sie kalt. „Wenn ich das richtig sehe, machst du weiter mit Henry 'rum. Glaub mir, es dauert nicht mehr lange, dann wird er versuchen dich anzupumpen, falls er das noch nicht gemacht hat. Wenn du ihm etwas leihst, dann gehst du am Besten direkt zu einem Notar und lässt das beurkunden. Andernfalls wirst du keinen Pfennig davon zurückbekommen. Glaub mir, ich spreche aus Erfahrung."
Lara öffnete den Mund um etwas zu erwidern, doch Elisa kam ihr zuvor. „Mensch, Mädels, wollen wir uns jetzt streiten? Wegen eines Mannes? Das kommt gar nicht in Frage. Auf dich, Lara. Ich wünsche dir, dass du glücklich wirst und findest, was immer du suchst." Sie hob ihr Glas. Anne tat es ihr gleich. „Es tut mir leid. Ich wollte gar nicht so pampig werden. Auf dich. Vielleicht finden Roland und du wieder zu einander. Er liebt dich nämlich wirklich."
Zur Verwunderung der Freundinnen brach Lara in Tränen aus. Während Elisa ihr ein Taschentuch reichte, Anne tätschelte ihr hilflos den Rücken. „Es tut mir wirklich leid, das wollte ich nicht."
„Jaha", schluchzte Lara in ihr Taschentuch. „Deswegen ... heule ich ... gar ... nicht."
Elisa nahm sie in den Arm. „Ist schon gut. Das ist wegen Roland oder Henry oder wegen allen beiden, nicht wahr? Deswegen lässt du dich in der letzten Zeit so selten blicken. Willst du erzählen was passiert ist?"
Lara putzte sich entschlossen die Nase. Sie holte tief und schluchzend Luft. „Es ist alles so kompliziert. Das ewige Versteckspiel hängt mir zum Hals heraus. Am Liebsten würde ich Henry gar nicht mehr treffen. Aber das traue ich mich nicht. Übrigens habe ich ihm Geld geliehen, 500 Mark." Sie schluchzte auf.

„Wieso traust du dich nicht, Henry den Laufpass zu geben? Das verstehe ich nicht. Er ist leichtsinnig und ein Hallodri, aber ich denke schon, dass er das akzeptieren würde", sagte Anne ungläubig. „Oder meinst du, dass er sich an dich hängen würde. Hast du mit ihm darüber gesprochen? Hat er etwas Derartiges gesagt?"
„Nein, ich habe natürlich nicht mit ihm gesprochen. Ich weiß nicht wie er reagiert, wenn ich ihn in die Wüste schicke. Er hat eine Menge verfänglicher Fotos von mir geschossen. Ich habe Angst, dass er sie Roland schickt. Das würde ihn sehr verletzen und das möchte ich nicht."
„Das fällt dir verdammt früh ein", merkte Annerose trocken an. „Du bist doch sonst immer so vernünftig, wie konntest du zulassen, dass Henry die Fotos überhaupt macht?"
„Das weiß ich auch nicht mehr so genau, wahrscheinlich bin ich verwirrt gewesen und ziemlich verliebt. Jedenfalls wimmle ich ihn zurzeit möglichst ab."
„Und wenn du ihn bittest, dir die Fotos auszuhändigen? Oder ihm einfach die Wahrheit sagst, nämlich dass du ihn nicht mehr sehen möchtest? Du kannst die bittere Pille doch nett verpacken und ihm sagen, dass du mit deinem Roland einen Neuanfang wagen willst", überlegte Elisa laut.
„Richtig", nickte Anne. „Ich kenne Henry gut genug. Ich traue ihm nicht zu, dich so in die Pfanne zu hauen. Du musst nur vernünftig mit ihm reden."
Lara rang verzweifelt die Hände. „Das ist alles nicht so einfach. Ich will keinen Neuanfang mit Roland, da fängt es schon mal an. Im Gegenteil! Ich habe jemanden kennen gelernt, mit dem ich zusammen sein möchte."
Elisa schwante, um wen es sich handelte: „Der Nachbar!"
„Ich glaube das nicht. Du hast einen Ehemann, einen Geliebten und dazu treibst du's mit dem Nachbarn?" Annerose glaubte nicht richtig zu hören. „Du bist wirklich fleißig, dass muss der

Neid dir lassen. Machst du sonst noch was, außer Männer aufreißen?"
Lara funkelte die Freundin böse an. „Was soll das denn wieder heißen? Ich habe es nicht nötig, mich vor dir zu rechtfertigen. Fass dir mal an die eigene Nase."
„Aber, aber, so kommen wir nicht weiter. Jede von uns hat in letzter Zeit genug Mist gebaut und keine muss sich rechtfertigen", fuhr Elisa einmal mehr dazwischen. „Hier wird kein Zickenkrieg angefangen! Also hört schon auf. Magst du erzählen, wen du kennen gelernt hast? Ich verspreche dir, dass wir uns alle Kommentare bis zum Schluss aufzuheben und Anne ihre Zunge im Zaum hält."
„Du liegst richtig, es ist der Nachbar von dem ich dir erzählt habe. Er hat schon lange signalisiert, dass er mich gerne näher kennen lernen möchte. Letztens hatten wir ein Straßenfest, an dem Harald mit seiner Frau und auch wir beide, Roland und ich, teilnahmen. Ich habe mich den ganzen Abend mit Harald unterhalten, wir stellen eine Menge Gemeinsamkeiten fest. Irgendwann war seine Frau dann verschwunden. Auch Roland verabschiedete sich frühzeitig, nicht ohne Harald zu bitten, mich nach Hause zu bringen. Das hat er getan. Auf dem Weg zu unserem Haus gestand er mir seine Liebe. Ich muss sagen, dass ich mich sehr zu ihm hingezogen fühle", hier seufzte Lara theatralisch. „Er ist ein sehr kultivierter Mann mit fabelhaften Umgangsformen. Zudem hat er einen tollen Job, besitzt einige Immobilien und auch seine Eltern sind nicht unvermögend."
Elisa warf Annerose einen warnenden Blick zu, was diese dazu veranlasste, die ironische Bemerkung herunterzuschlucken, welche ihr auf der Zunge lag. „Wie soll es jetzt weiter gehen", fragte sie stattdessen.
„Jetzt muss ich zuerst Henry loswerden und das ohne Komplikationen. Zurzeit treffe ich mich heimlich mit Harald. Er hat natürlich keine Ahnung, dass Henry auch noch da ist. Er glaubt, dass ich mit Roland unglücklich bin und tröstet mich sehr lieb."

So viel Abgebrühtheit verschlug den Freundinnen für einen Moment die Sprache. Lara fuhr fort. „Harald hat mit seiner Frau gesprochen und ihr erklärt, dass er auszieht. Er sucht eine kleine Wohnung. Ein Nest, wo wir uns ungestört treffen können. Dieses ewige herumgemache im Auto, das ist nicht unser Stil."
‚Warum kann dein reicher Harald dann kein Hotelzimmer mieten', fragte sich Elisa, hütete sich aber, die Frage laut auszusprechen.
„Stellt euch vor, letztens haben wir uns auf einem Parkplatz getroffen. Ich bin zu Harald in sein Auto gestiegen und wir sind an eine einsame Stelle gefahren. Als er mich später wieder an meinem BMW absetzte, steckte tatsächlich ein Zettel an meiner Windschutzscheibe. Suche Partnerin für gelegentliche sexuelle Abenteuer stand darauf und eine Handynummer. So eine Unverschämtheit. Als ob ich eine billige Schlampe wäre."
„Nö, billig bist du nicht", entfuhr es Annerose. Zum Glück hatte Lara den Ausspruch nicht mitbekommen. „Würdest du denn deinen Mann verlassen, um mit diesem Harald zusammenzuziehen?" fragte Elisa schnell.
„Ich weiß gar nicht, ob er das möchte. Er sucht eine Wohnung, aber für sich allein. Wenn ich ausziehe, dann muss ich alles allein bezahlen und das kann ich mir nicht leisten, es sei denn, Roland zahlt mir einen ausreichenden Unterhalt."
„Das macht er glatt, da bin ich mir ganz sicher", meinte Anne lakonisch. „Also lässt du alles erst einmal laufen wie es ist. Vertröstest Henry, wenn es geht, triffst dich mit deinem Harald und bleibst bei Roland. Sehe ich das richtig?"
Lara rutschte unruhig auf ihrem Stuhl hin und her, schaute dann demonstrativ auf die Uhr. „Ja, so ist es. Aber können wir jetzt vielleicht das Thema wechseln? Roland wollte heute einen Kumpel besuchen, damit er uns nicht stört. Er kommt bestimmt bald nach Hause. Nicht, dass er unbeabsichtigt etwas mitbekommt."

„Das ist ein Argument. Ich wollte sowieso gleich gehen. Sag mal Anne, hast du eigentlich in unser Postfach geschaut? Gibt es Neuigkeiten?", wandte sich Elisa an ihre Freundin.
„Yep, ich habe mich mit dem Herrn von Adel verabredet. Du hast ja wohl im Moment kein Interesse an weiteren Internetbekanntschaften?"
„Ich weiß nicht, ob ich überhaupt noch Interesse daran haben werde. Das war der Bankier, nicht wahr. Eigentlich wollte ich ihn ausprobieren, das war der Plan, aber Tommy ist perfekt. Wenn es mit ihm nicht passt, dann mit keinem", lächelte Elisa versonnen. „Ich glaube, ich habe mich ziemlich verknallt."
Lara verdrehte die Augen. „Ihr seid mir schon ein paar Hühner. Schachert euch die Typen gegenseitig zu und auf mir hackt ihr herum!"

***

„Was ich dich schon die ganze Zeit fragen wollte, Hexchen, vermisst du die kleine Diddlmaus gar nicht?", fragte Tommy betont harmlos. Elisa zuckte gekonnt und genauso harmlos mit den Schultern. „Ich weiß überhaupt nicht, was du meinst."
„Das weißt du ganz genau. Als ich nach unserem Wochenende auf Rügen zu Hause meine Reisetasche öffnete, um sie auszupacken, guckte mich eine Stoffmaus an. Sie lag erstaunlicher Weise obenauf. Du hast natürlich nichts damit zu tun? Hm, dann muss die Maus von ganz alleine in die Tasche gekrabbelt sein."
„Ach DIE Maus meinst du? Das ist mein Maskottchen, ich habe ich mich schon gewundert, wo es abgeblieben ist. Es ist also in deine Tasche geraten? Hoffentlich hast du keinen Ärger mit deiner Frau bekommen." Elisa schaute ihm gespannt in die Augen. Sie hatte die Diddlmaus spontan in Tommys Reisetasche geschmuggelt. Wenn er sich sowieso von seiner Frau trennen wollte, so würde ihn die Maus im besten Fall amüsieren oder er würde sie mit einem Schulterzucken beiseite legen. Hatte er sie

angeschwindelt, dann bekam er mächtigen Ärger mit seiner Frau und das geschah ihm recht.
„Ich packe meine Reisetasche grundsätzlich allein ein und aus. Jetzt habe ich mich so an die Maus gewöhnt, ich denke, ich werde sie behalten. Sie ist fast so süß wie du." Tommy schien einfach nur belustigt zu sein und ging nicht weiter darauf ein. Etwas Anderes schien ihn zu beschäftigen. „Ich frage mich schon die ganze Zeit, wie es möglich ist, dass wir so viele gemeinsame Kindheitserinnerungen haben, wo du doch zehn Jahre jünger bist als ich. Das ist wirklich erstaunlich."
Elisa schluckte. Sie hatte es bis jetzt immer noch nicht über sich gebracht, Tommy zu beichten, dass sie in der Internetannonce geschwindelt und sich jünger gemacht hatte.
„Das kommt sicher daher, dass mein Bruder auch zehn Jahre älter ist als ich. Von ihm habe ich eine Menge aufgeschnappt", erklärte sie spontan. Auch das war glatt gelogen, denn der Altersunterschied zwischen den Geschwistern betrug gerade einmal fünf Jahre. Zum X-ten mal nahm sie sich vor Tommy ihr wahres Alter zu sagen, denn je besser sie sich kennen lernten, desto mühsamer wurde das Jonglieren mit dem Alter.
Es fing mit den Kindern an. „Du hast deine Kinder früh bekommen", bemerkte er. Sie musste erst einmal nachrechnen, wie geschwindelt alt sie bei der Geburt der Kinder gewesen war, um die Geschichte nicht auffliegen zu lassen. Andererseits fürchtete sich vor seiner Reaktion. Immerhin war seine Ehefrau ein Gutteil jünger als sie. Also improvisierte sie weiter und verschob das klärende Gespräch auf das nächste Treffen.
 Tommy schien sich mit ihrer Antwort zufrieden zu geben, jedenfalls hakte er nicht weiter nach. Verstohlen schaute Elisa ihn von der Seite an. Sie hatten sich inzwischen einige Male getroffen und kannten sich schon ganz gut. Je öfter sie sich trafen, umso klarer wurde es Elisa, dass sie diesen Mann haben wollte, umso größer wurde das Zusammengehörigkeitsgefühl für sie. Sie hoffte, dass es ihm genau so ging. Bis jetzt hatte er noch

keine konkreten Pläne für einen Auszug aus der ehelichen Wohnung geäußert. Elisa wollte ihn nicht drängen, aber gar zu lange würde sie nicht die heimliche Geliebte spielen, selbst bei aller Verliebtheit nicht. Energisch schob sie die trüben Gedanken von sich, denn die beiden waren auf dem Weg zu einem Konzert von Bryan Adams.

„Ich war seit ewigen Zeiten nicht mehr auf einem Konzert", stellte Tommy fest, als sie sich durch das überfüllte Foyer kämpften.

„Dann wird es Zeit", Elisa strahlte ihn an. „Ich freue mich unheimlich auf Bryan Adams zusammen mit dir."

Die Zeit verging wie im Flug. Bei allen langsamen Titeln nahm Tommy sie in den Arm. Elisa wäre am liebsten in seinen Armen festgewachsen. Als die letzte Zugabe verklungen war und sie sich wieder durch das Foyer gekämpft hatten, sagte er: „Ich kann so nicht mit dir auseinander gehen. Eine Trennung fällt mir nach jedem Treffen schwerer."

Genau so ging es Elisa auch. Nach jedem Treffen hatte sie das Gefühl, dass etwas nicht stimmte. Eigentlich hätten sie sich nicht trennen dürfen, sondern zusammen nach Hause gehen müssen. „Lass uns noch etwas trinken. Da vorn ist ein ganz nettes Lokal", schlug sie vor.

Als sie die Gaststube durchquerten, blieb Tommy plötzlich abrupt stehen. An einem Tisch vor ihnen saßen zwei Pärchen. Er nahm Elisa bei der Hand und steuerte auf den Tisch zu. „Guten Abend", grüßte er leicht verlegen. „Seid ihr auch auf dem Konzert gewesen?"

Die Leute musterten Elisa interessiert. „Ja, das war eine klasse Vorstellung", antwortete einer der Männer.

„Eben, aber wir wollen gar nicht weiter stören. Einen schönen Abend noch."

Der Mann grinste breit. „Ebenso, einen schönen Abend auch für euch."

„Was war das denn?", fragte Elisa, als sie an ihrem Tisch saßen.
„Nicht was, sondern wer. Das waren zwei Arbeitskollegen mit ihren Frauen", antwortete er kurz.
„Ah-ha, und die Herrschaften kennen deine Frau?"
„Jedenfalls wissen sie, dass du nicht meine Frau bist", mit diesen Worten küsste Tommy sie auf den Mund.
„Na dann!", murmelte Elisa und erwiderte seinen Kuss.

„Schön das ich dich auch wieder einmal zu Gesicht bekomme Fräulein." Elisas Mutter begrüßte ihre Tochter leicht verschnupft, denn die hatte sich in der letzten Zeit ziemlich rar gemacht. „Wenigstens hast du die Kinder heute mitgebracht." Ilse umarmte Felix, was putzig aussah, denn der Enkel überragte sie inzwischen um einiges. „Mein armer Junge, ich habe schon gehört, dass dich deine Freundin verlassen hat. Dabei war sie so ein nettes Ding. Aber die Männer in unserer Familie haben eben Pech mit ihren Frauen."
Ehe Elisa einhaken konnte, meldete sich ihr Vater zu Wort. „Nicht alle, Liebes. Ich habe ein verdammtes Glück gehabt, dass du es so lange mir mit ausgehalten hast und immer noch aushältst."
Ilse warf ihm einen strengen Blick über den Brillenrand zu. „Das hast du, mein Lieber."
„Ich weiß", Kalle schlug seinem Enkel kameradschaftlich auf die Schulter. „Mach dir nichts draus. Du bist noch jung. Mach es wie ich, bevor ich deine Großmutter kennengelernt habe: Such dir ab und zu eine Tagesfreundin. Wenn sie dich erst einmal am Haken haben, dann machen sie nur Ärger. Anwesende natürlich ausgenommen", fügte er sicherheitshalber hinzu.
Elisa grinste. Fast dieselben Worte hatte sie letztens von ihrem Jüngsten gehört.
Felix wandte sich verlegen. „Alles gut. So schlimm ist das gar nicht. Sag mal lieber, was es zum Essen gibt, Oma." Er hatte sich erstaunlich schnell von seinem Liebeskummer erholt. Nach

ein paar Leidenstagen, an denen er wie das personifizierte Elend herumgelaufen war, ging Felix zur Tagesordnung über. Allerdings vermied er es, über Julia zu sprechen.

„Genau, ich habe einen Mordhunger. Lasst uns lieber essen, statt zu reden!" Matts saß bereits am Mittagstisch und schaute seine Großmutter erwartungsvoll an.

„Kommt Onkel Peter heute gar nicht", fragte er nach dem Essen neugierig.

„Wahrscheinlich wird er zu Hause essen, mit seiner Silke", vermutete Elisa. „Ihr wisst doch, dass er eine Freundin hat, die bei ihm eingezogen ist und mit der er eine Familie gründen möchte."

Ihre Eltern wechselten einen Blick, was die Tochter hellhörig werden ließ. „Stimmt etwas nicht? Sag schon, Papa. Mutter hat vorhin sowieso eine komische Bemerkung gemacht. Vor wegen, die Männer in unserer Familie haben Pech mit ihren Frauen."

Kalle schaute seine Frau fragend an, die zustimmend nickte. „Du wirst es sowieso erfahren, also kann ich es dir auch erzählen. Es ist ein wenig kompliziert. Silke ist schon wieder ausgezogen, vor genau einer Woche."

„Nein!" Elisa riss erstaunt die Augen auf. „Aber die beiden wollten doch ein Kind. Überhaupt sah es zwischen ihnen aus wie die große Liebe."

„Das hatten wir auch gedacht", nahm Ilse den Faden auf. „Sie hat uns allen etwas vorgemacht, diese impertinente Schlange. Stellt euch vor. Peter war für ein paar Tage zu einer Routineuntersuchung im Krankenhaus. Ihr wisst ja, dass er öfter Probleme mit der Luft hat. Sein Arzt hat ihm schon lang geraten das einmal im Krankenhaus untersuchen zu lassen."

Wirklich hatte sich Elisas Bruder auf Drängen seiner neuen Freundin ins Krankenhaus einweisen lassen. Sie schien sehr besorgt um seine Gesundheit zu sein, bestand sogar darauf, dass dies noch vor dem anstehenden Wochenende geschah. Da Peter wirklich nicht gut Luft bekam, ließ er sich darauf ein, obwohl

die Untersuchungen erst am Montag starten sollten. Silke besuchte ihn am Samstag, blieb längere Zeit bei ihm, gab sich zärtlich und besorgt. Mit den Worten: „Ich habe deinen Eltern Bescheid gesagt, sie besuchen dich morgen, das haben sie mir versprochen. Ich komme dann erst zum späten Nachmittag", verabschiedete sie sich mit einem innigen Kuss.
Am nächsten Tag wartete Peter vergeblich auf den Besuch seiner Eltern. Auch Silke ließ sich nicht blicken. Stattdessen schickte sie ihm eine Kurznachricht mit der Information, dass sie ihn verlassen würde und dabei wäre, ihre Sachen aus der gemeinsamen Wohnung zu räumen. Anschließend tätigte sie noch einen Anruf. Danach stellte sie ihr Handy aus. Peter war zunächst wie vom Donner gerührt. Er fasste den Entschluss, das Krankenhaus auf eigene Verantwortung zu verlassen und sofort nach Hause zu fahren. Als er sich anschickte seinen Kram zusammenzupacken, wurde er rüde unterbrochen. Ein Arzt in Begleitung einiger kräftiger Pfleger hinderte ihn tatkräftig an seinem Tun und daran, sich selbst zu entlassen. Wie es sich herausstellt, hatte Silke im Krankenhaus angerufen. Sie erzählte schluchzend, dass sie die Beziehung mit Peter beendet hätte und er ernsthaft damit gedroht habe sich umzubringen. Sie versicherte, dass Peter geistig sehr labil wäre, seine Drohung ganz bestimmt in die Tat umsetzen würde.
Unter diesen Umständen war an eine Entlassung aus dem Krankenhaus nicht zu denken. Im Gegenteil drohte der Arzt damit, den inzwischen wirklich total aufgelösten Patienten in die geschlossene Abteilung verlegen zu lassen, falls er sich nicht beruhigen würde. Diese Aussage des Arztes und der Blick in die entschlossenen Gesichter der Pfleger brachten Peter einigermaßen zur Vernunft. Er erklärte sich bereit, bis zum nächsten Tag im Krankenhaus zu bleiben. Dann würde der Hausarzt attestieren können, dass er weder seelisch labil, noch übergeschnappt wäre, erklärte er. So rief er lediglich seine Eltern an und bat sie, in der Wohnung nach dem Rechten zu schauen.

„Sie hat alles mitgenommen, sogar die fest eingebauten Badezimmermöbel", erklärte Ilse mit einem resignierten Seufzer. „Peter ist am Montag nach Hause gekommen, aber das hat auch nichts mehr genutzt. Sie und die Einrichtung sind wie vom Erdboden verschluckt."
„Die Einbauküche, die sie sich neu gekauft haben hat sie auch herausgerissen. Die Nachbarn haben erzählt, dass sie mit ihrem ganzen Clan angerückt ist, und das sind nicht wenige Personen. Die haben alles eingepackt was nicht niet- und nagelfest war", fügte Kalle hinzu. „Wir haben am Abend noch die Polizei gerufen, aber der zuständige Polizist hat abgewunken. Die beiden haben in einer eheähnlichen Gemeinschaft gelebt, wenn auch erst kurz. Da gibt es keinen Diebstahl, wenn es auch genaugenommen einer war. Peter und die Schlange haben so viele Möbel neu gekauft, davon hat sie alle Rechnungen mitgenommen. Er müsste also sowieso erst einmal beweisen, dass es überhaupt seine Möbel waren. Das ist alles ziemlich verwirrend und zeigt einmal mehr, dass Frechheit immer siegt. Dein Bruder hat sich inzwischen von einem Rechtsanwalt beraten lassen, der sagt das auch. Es ist kein Diebstahl, weil die beiden zusammengelebt haben."
Elisa und ihre Söhne hatten mit offenen Mündern zugehört. Jetzt meldete sich Matts zu Wort. „Ich ziehe niemals mit so einer Bitch zusammen. Das gibt es doch gar nicht." Sein Bruder nickte bekräftigend zu dieser Aussage.
„Das hätte ich niemals gedacht. Silke hat einen so netten Eindruck gemacht. Haben die beiden sich denn gezankt?", fragte Elisa verblüfft.
„Gar nicht. Ich glaube das hat sie schon länger geplant. Bestimmt hat sie einen Anderen. Mein armer Junge. Jetzt muss er sich alles neu kaufen. Ich habe ihm schon einen Satz Töpfe und Geschirr mitgegeben. Sogar das hat sie mitgenommen", jammerte Ilse.

Kalle legte ihr begütigend den Arm um die Schulter. „Der Junge hat noch Glück im Unglück gehabt. Stell dir nur vor, er hätte die Schlange geheiratet und ein Kind mit ihr gehabt. Das wäre viel schlimmer gewesen."
„Da hast du recht, Papa", stellte Elisa fest. „Was ist denn jetzt mit Peter? Soll ich ihn anrufen oder will er erst einmal für eine Weile allein sein und seine Wunden lecken? Ist er deshalb heute nicht zum Essen erschienen?"
„Das musst du selbst wissen, Kind. Aber vielleicht tust du so, als ob wir dir nichts erzählt hätten. Falls ihm die ganze Geschichte peinlich ist. Jetzt koche ich erst einmal einen schönen Kaffee und dazu gibt es ein Stück Kuchen."
„Das ist eine gute Idee, Oma!" In diesem Fall waren sich Felix und Matts einig.

Wie so oft klingelte Elisa mit einem Kuchenpaket beladen an Anneroses Wohnungstür. Henry öffnete. Elisa drückte ihm das Paket in die Hand. „Hier mein Lieber, mit einem schönen Gruß von meiner Mutter."
„Danke, das ist nett. Ich werde gleich in meine Wohnung gehen und nachschauen, was deine Mutter leckeres gebacken hat. Geh durch, Anne ist im Wohnzimmer. Wir sehen uns vielleicht nachher noch."
Wirklich saß Annerose in ihrem Wohnzimmer vor dem Computer. „Schau dir das an", sie winkte Elisa zu sich und wies auf den Bildschirm. Hier prangte das Foto eines muskelbepackten Mannes, der, nur mit einem Tanga Slip bekleidet, auf den Knien lag. „Henry und ich haben uns köstlich amüsiert. Der Typ hier hat uns eine verspätete Mail auf unsere Annonce geschickt. Ich habe ihm aus Jux geantwortet. Jetzt hat er dieses Foto an seine Antwort gehängt. Er fragt an, ob wir uns treffen könnten. Er würde gern meine Stiefel lecken, meint er. Auch gegen eine Tracht Prügel hat er nichts einzuwenden."

„Ich habe lange nicht mehr in unser Ann-Elisa Postfach geguckt. Eigentlich seit ich mit Tommy zusammen bin. Es schreiben immer noch Männer?" Interessiert schaute Elisa sich das Foto an. „Hallo Paul, dieser Typ sieht deinem Exbodyguard ein wenig ähnlich. Wie sieht es aus? Müssen deine Stiefel geputzt werden? Brauchst du wieder einmal ein bisschen Training für die Armmuskulatur?"
„Lass mal, ich bin für mein Leben geheilt von solchen Praktiken. Dieser Blödmann wohnt, so ganz nebenbei bemerkt, in Hamburg. Ich habe ihm gemailt, dass es zu mir eine nicht unbeträchtliche Entfernung ist, wir uns also gar nicht oft treffen könnten. Rate was er geantwortet hat."
„Keine Ahnung. Vielleicht, dass er dich immer besuchen kommt?"
„Nein, er hat geantwortet, dass man sich nicht so oft treffen müsse. Es würde ihm schon reichen, alle Vierteljahre richtig rangenommen zu werden. Ist es zu fassen, die Welt ist voller Irrer."
„Bezieht sich das jetzt auch auf den Herrn von Adel, den du treffen wolltest?", fragte Elisa neugierig.
„Der scheint einigermaßen normal zu sein. Ich habe ihn auf einen Kaffee getroffen. Der erste Eindruck ist ganz in Ordnung. Er ist natürlich entzückt davon, dass ich auch ein ‚von' im Namen habe. Er heißt übrigens Gottlieb Ehrenfried Ludwig Freiherr von Arnswiede. Lach nicht, er kann nichts dazu. Wir haben uns auf Ludo geeinigt, klingt zwar auch abartig, ist aber nicht so lang."
Elisa schaute die Freundin prüfend an. „Du klingst nicht gerade begeistert. Sieht er wenigstens so gut aus wie auf dem Foto, das ich von ihm gesehen habe?"
„Er sieht schon gut aus, aber er ist ein wenig langweilig und konservativ. Es kann natürlich sein, dass er noch auftaut und nur beim ersten Treffen gehemmt war. Wir haben uns jedenfalls gleich noch einmal verabredet. Er hat mich zum Essen eingeladen. Vielleicht wird es ein richtig schöner Abend."

„Eben, vielleicht entpuppt er sich als Charmebolzen, wenn er aufgetaut ist. Wenn ich dir noch einen Tipp geben darf: Lass dir den Abend bloß nicht wieder von Henry vermiesen. Am Besten du nimmst ihm die Wohnungsschlüssel ab bevor du deinen Freiherrn mit nach Hause nimmst."

„Du spielst auf das Date mit Oliver an? Ich glaube das war eine andere Situation. Jetzt würde Henry so etwas nicht mehr machen. Er ist nicht mehr auf Männer eifersüchtig, die ich treffe und mir ist es egal, dass er ein Verhältnis mit Lara hat oder mit sonst wem. Wir sind inzwischen nur noch gute Freunde und werden es auch bleiben."

Elisa nickte. „Das freut mich für euch. Schön, dass ihr die Kurve gekriegt habt. Oft können ehemalige Partner nicht vernünftig miteinander umgehen. Das bringt mich auf meinen Bruder. Stell dir nur vor, seine Bekannte ist wieder ausgezogen."

Nachdem Elisa die leidige Geschichte erzählt hatte, war auch Anne für einen Augenblick sprachlos. „Das ist so was von abgebrüht", brach es schließlich aus ihr heraus. „Dein Bruder tut mir leid. Eigentlich sollte ich mich mit ihm zusammentun. Minus mal Minus ergibt bekanntlich ein Plus."

„Das solltest du wirklich, Anne. An ihm liegt es nicht. Du weißt, dass er dich gut findet. Er hat mir erzählt, dass er lange hinter dir her gelaufen wäre und das nicht mehr tun würde. Vielleicht solltest du die Initiative ergreifen. Bei meinem Bruder weißt du wenigstens, wo du dran bist. Ihr würdet richtig gut zu einander passen."

Anne hob die Hände. „Stopp, verkuppeln gilt nicht. Wahrscheinlich hat Peter sowieso erst einmal die Nase voll von Frauen, Beziehungen und allem was damit zusammenhängt." Sie schaute Elisa nachdenklich an. „Aber andererseits..."

***

Die Wochen vergingen wie im Flug, das Weihnachtsfest rückte näher. Elisa fragte sich, ob Tommy es mit seiner Familie ver-

bringen würde. Sie hatte ihn bisher nicht danach gefragt, denn sie hatte Angst vor seiner Antwort. Er hatte immer noch nicht mit seiner Frau gesprochen, erzählte Elisa häufig, dass der Zeitpunkt nicht günstig wäre, versprach ihr bald ein klärendes Gespräch zu führen. Gab es überhaupt einen günstigen Zeitpunkt dafür? Elisa wusste es nicht. Sie und Tommy trafen sich immer nur für ein paar Stunden.
Häufig rief er sie unvermittelt an, wenn er Zeit hatte. Sie ließ dann alles stehen und liegen, um ihn zu treffen. Nach solchen Aktionen war Elisa oft traurig und niedergeschlagen. Was wäre, wenn er sich mit seiner Frau aussprechen würde? Es würde ihr das Herz brechen, ihn zu verlieren. Sie kam sich furchtbar hilflos vor. Genau das war die Situation, in die sie niemals kommen wollte: verliebt in einen verheirateten Mann, der nie wirklich Zeit für sie hatte. Annerose war ihr keine große Hilfe. Sie unkte herum, wenn Elisa ihr das Herz ausschüttete. „Ich habe es dir prophezeit. Hände weg von einem verheirateten Knilch. Dein Tommy hat einen Sohn. Das allein ist ein Grund für ihn, bei seiner Frau zu bleiben."
Annerose hatte sich ein paar Mal mit dem Freiherrn von Arnswiede getroffen, doch blieb sie nach wie vor distanziert. Ludo war nett, höflich und zuvorkommend, aber ein wenig langweilig. „Der geht zum Lachen in den Keller", stellte sie fest.

Die Freundinnen hatten sich in letzter Zeit nicht so häufig getroffen. Jede kochte ihr eigenes Süppchen. Heute, am Samstagvormittag hatte sogar Lara Zeit. So traf man sich zum Brunchen im Bistro.
„Was meinst du, ob Lara noch einen Lover gefunden hat", mutmaßte Elisa, als sie mit Anne zusammen auf Lara wartete, die sich wie immer verspätete.
„Aber höchstens einen mit Geld an den Hacken. Der Freiherr scheint übrigens auch ganz gut bei Kasse zu sein. Die Familie hat einen ausgedehnten Grundbesitz."

„Na dann, nix wie ran. Den musst du dir an Land ziehen. Verheiratet ist er auch nicht, was hält dich also ab? Wenn er auch ein bisschen langweilig ist, du hast Temperament für Zwei, das sollte reichen." Annerose druckste herum. Elisa merkte ihr an, dass sie etwas erzählen wollte. „Sag schon, was ist nicht richtig? Ist irgendetwas passiert?"
„Ich erzähle es dir nur, weil du meine allerbeste Freundin bist. Aber wehe du lachst, dann kannst du was erleben! Wir sind nach einem wirklich schönen Abend zusammen im Schlafzimmer gelandet. Ludo hatte sich richtig Mühe gegeben, witzig und spontan zu sein. Ich wollte sowieso testen, ob er wenigstens im Bett nicht so langweilig ist. Also habe ich ihn mit nach Hause genommen. Henry drohte ich im Vorfeld schon mit einem eingeschlagenen Schädel wenn er sich blicken ließe, obwohl das eigentlich nicht nötig war."
„Das klingt vielversprechend. So seid ihr ungestört geblieben", Elisa schaute Annerose gespannt an, „oder nicht???"
„Nein, nein, Henry hat es nicht gewagt zu stören. Der Champagner hatte die richtige Temperatur. Ich habe meine Lieblings Kuschelrock CD aufgelegt, mich langsam zur Musik ausgezogen und Ludo richtig heiß gemacht. Dann öffnete ich ihm die Hose und - was soll ich sagen … es war nicht der Rede wert. Nun, dachte ich, man soll niemanden wegen eines körperlichen Gebrechens diskriminieren. Mach mal weiter, vielleicht wird es noch mehr. Das wurde es aber leider nicht. Mein kleiner Finger ist groß dagegen."
Elisa schaute sie verblüfft an. „Das kann ich mir gar nicht vorstellen. Der Mann ist über eins achtzig groß, hast du gesagt. Das geht doch gar nicht."
„Wieso soll es so etwas nicht geben. Es gibt ja auch kleine Ohren und kurze Beine. Aber das war nicht das Schlimmste. Also gut, denke ich, machst du halt das Beste draus und setzte mich auf ihn, um überhaupt etwas zu spüren. Nun legt der Freiherr los, nimmt meine Hüften rechts und links und schreit hüpf-

Häschen, hüpf-Häschen. Ich rechne es Henry groß an, dass er nicht doch runter gekommen ist. Er hat am nächsten Tag so dreckig gegrinst! Hey, ich habe gesagt du sollst nicht lachen. Eine schöne Freundin bist du."
Elisa konnte nicht mehr an sich halten und brach in schallendes Gelächter aus. „Tut mir leid. Wie lange ist das Puschelhäschen gehüpft", prustete sie und wischte sich die Lachtränen aus den Augenwinkeln.
Annerose grinste schief. „Es dauerte vielleicht zwei Minuten, bis der Freiherr ausgehüpft hatte. Ich kann wirklich nicht sagen, dass es ein befriedigendes Erlebnis war. Ludo hat das völlig anders gesehen. Er ist hin und weg, möchte mich heiraten, auch weil ich, wie er meint, eine standesgemäße Partie bin."
„Was wirst du machen? In den deutschen Hochadel einheiraten und dir einen Lover zulegen, oder den hüpfenden Freiherrn in die Wüste schicken?"
„Ich tendiere zu letzterem. Wenn ich mir vorstelle, dass ich den Rest meines Lebens mit einem unterentwickelten Rammler verbringen soll…"
„Aber dann kommst du in eine Hüpfburg…aua…"
Annerose hatte ihrer Freundin einen Rippenstoß verpasst. „Mach dich nicht auf meine Kosten lustig. Ich werde dem Freiherrn den Laufpass geben. Auf eine Wiederholung habe ich keine Lust."
Die Freundinnen wurden unterbrochen, denn Lara war endlich eingetroffen, sie wirkt fahrig und unausgeschlafen. Annerose und Elisa wechselten einen Blick.
Anne fragte: „Ist alles in Ordnung mit dir? Du hast schon mal besser ausgesehen."
Die Angesprochene ließ sich auf einen Stuhl plumpsen. „Jetzt brauche ich einen Kaffee. Ich habe die ganze Nacht nicht geschlafen. Eigentlich kann ich mich überhaupt nicht daran erinnern, wann ich das letzte Mal vernünftig durchgeschlafen habe."
Elisa schüttete ihr Kaffee ein. „Wir haben uns direkt eine große Kanne Kaffee kommen lassen." Sie musterte die Freundin kri-

tisch. „Kann es sein, dass deine Schlaflosigkeit mit deinen Männergeschichten zu tun hat?"
Lara nahm einen großen Schluck aus ihrer Tasse. Ihre Augen füllten sich mit Tränen, die Mundwinkel zogen sich herab. Sie kramte in ihrer Handtasche herum, zog schließlich einen Zettel hervor, den sie zögernd und mit spitzen Fingern auf den Tisch legte. „Was haltet ihr davon? Den Zettel habe ich vor ein paar Tagen hinter meinem Scheibenwischer geklemmt vorgefunden."
Elisa nahm das Blatt Papier und las laut vor: „Du Schlampe, weiß dein Roland eigentlich, dass du es mit deinem Nachbarn Harald treibst? Man sollte es ihm einmal erzählen."
„Au Backe, das sitzt. Du treibst es immer noch mit deinem Nachbarn, richtig?", fragte Anne, während auch sie den Zettel hin und her drehte.
„So würde ich das jetzt nicht direkt nennen." Lara wurde tatsächlich rot. „Wir treffen uns regelmäßig, das stimmt allerdings. Harald hat sich eine kleine Wohnung gesucht. Ich habe ihm sogar geholfen sie einzurichten und sauber zu machen."
Annerose schaute Elisa vielsagend an. Wenn die sonst so pingelige, um ihre perfekt manikürten Fingernägel besorgte Lara freiwillig eine Wohnung putzte, so musste das Liebe sein. Ihre eheliche Wohnung wurde schon lange von einer Putzfrau gereinigt.
„Was ist denn mit Henry, triffst du den auch noch?", die Frage konnte sich Annerose nicht verkneifen.
„Ich halte ihn so weit es geht auf Abstand. Meist gelingt mir das ganz gut. Ab und zu allerdings treffe ich mich mit ihm. Aber nur, wenn das nicht zu vermeiden ist."
Elisa gingen ganz andere Gedanken durch den Kopf. „Von wem könnte der Zettel sein? Hast du nicht gesagt, dass dein Harald eine Ehefrau hat? Meinst du, sie ist euch auf die Schliche gekommen und dir den Zettel ans Auto geklemmt hat?"

„Ja", sagte Lara nachdenklich. „Auf die Idee bin ich auch schon gekommen. Was mache ich jetzt? Ich habe nicht mehr geschlafen, seit ich den Zettel gefunden habe."
Das konnten die Freundinnen gut verstehen. „Hättest du bloß auf mich gehört. Du wirst jetzt Schadensbegrenzung betreiben müssen", sagte Elisa trocken. „Wenn du es Roland nicht sagst, dann wird es die Exfrau tun oder wer auch immer für den Zettel verantwortlich ist. Du wirst auch mit Henry reden müssen und das möglichst schnell. Dein Harald weiß doch sicher nichts von ihm, oder?"
Lara schüttelte den Kopf.
„Dann sieh zu, dass du endlich einmal zu dem stehst, was du da verzapfst. Kannst du bei diesem Harald wohnen?"
Wieder schüttelte Lara den Kopf. „Ich möchte ihn nicht fragen. Wenn er gewollt hätte, dass ich früher oder später bei ihm einziehe, dann hätte er eine größere Wohnung genommen und mit mir darüber gesprochen. Aber du hast Recht, ich muss die Sache regeln, je schneller desto besser. Das habe ich mir in den letzten Nächten auch schon überlegt. Ich werde heute mit Roland reden, sobald er nach Hause kommt. Dann muss ich mir eine Wohnung suchen und mit Henry reden. Wenn der durchdreht, dann kann ich es nicht ändern."
„Das wird er sicher nicht", meldete sich Anne zu Wort. „Ich kenne ihn gut genug. Übrigens habe ich letztens vorsichtig mit ihm über eure Affäre gesprochen. Er sieht die Sache ziemlich realistisch." Lara schaute ungläubig. „Was, du hast mit Henry über mich gesprochen? Der Scheißkerl hat mit dir über mich geredet?"
„Was regst du dich auf? Henry und ich sind gute Freunde. Warum sollte ich nicht mit ihm reden, auch über Beziehungsschwierigkeiten. Ich will dir doch nur helfen", erklärte Anne selenruhig.
„Aber er hat sich doch in der letzten Woche noch mit mir getroffen. Wir haben ...", die sonst so taffe Lara wirkte erschüttert.

„Vielleicht hat er das als Abschiedsgeschenk betrachtet. Wer weiß schon genau, was sich in einem Männerhirn abspielt. Wenn du ihm jedenfalls den Laufpass geben willst, dann kannst du das unbesorgt machen. Sei froh, dass ich dir geholfen habe. Jetzt bist du ihn los und musst keine Angst haben, dass er irgendetwas ausplaudert. Die Fotos hat er, nebenbei bemerkt, alle vernichtet."
„Also das ist doch ..." Lara winkte der Bedienung und orderte einen Cognac.

***

Tommy und Elisa standen zusammen in der Musikabteilung des Media Marktes. Elisa nahm eine CD in die Hand. „Schau mal", sagte sie, „die besten 20 Hits von 1970." Sie studierte begeistert die Titelangabe. „Mensch das war'n Beat, was! ,Venus' von den ,Shocking Blue', das war eine meiner ersten Singles. Der Titel auf der Rückseite hieß ,Ink-pot', den fand ich fast noch besser. Oder hier, ,Creedence Clearwater Revival' sind gleich ein paar Mal vertreten." Sie summte ein paar Takte, „erkennst du das? ,Lookin` Out My Back Door'!"
Tommy schaute sie nachdenklich an. „Ich mochte besonders ,Lola' von den ,Kings'. Ich habe das Album, auf dem der Titel ist, das muss ich dir bei Gelegenheit vorspielen. Ich verstehe nicht, dass du dich so gut an die Titel erinnerst. 1970 konntest du ja nicht einmal lesen."
Elisa schaute ihn betroffen an. Verflixt, jetzt hatte sie schon wieder vergessen, dass sie für ihn erst fünfunddreißig Jahre alt war. Sie musste ihn endlich über ihr wahres Alter aufklären. Aber was, wenn er dann nichts mehr mit ihr zu tun haben wollte? Wenn er ihr gar nichts mehr glaubte, weil sie ihn so lange angelogen hatte? Sie holte tief Luft: Jetzt oder nie! „Du, Thomas, ich muss dir was sagen…"

Tommy unterbrach sie ganz aufgeregt. „Hier habe ich eine CD gefunden, die ich schon lange gesucht habe. Das ist ja klasse! Möchtest du die 70-er CD auch mitnehmen, Hexchen?"
Elisa klappte den Mund zu.
„Was ist los, du guckst so komisch? Wenn du die CD doch nicht willst…" Er steuerte schon auf die Kasse zu, die Gelegenheit war vertan. So war es Elisa in der letzten Zeit häufig ergangen. Sie fing an, ihm ihre Lüge zu beichten und er vereitelte das unbeabsichtigt immer wieder.
Im Auto gab sie sich einen Ruck. „Bitte, Thomas, fahr noch nicht los. Ich muss dir etwas sagen. Wenn du mich dann nicht mehr haben willst, dann steige ich sofort aus, kein Problem."
„Nanu, warum so förmlich? Was ist los?" Tommy drehte sich verblüfft zu ihr und schaute sie abwartend an.
Elisa schluckte. „Ichbinkeinefünfunddreißig", nuschelte sie.
„Was, bitte, ich habe dich nicht verstanden", Tommy guckte ziemlich ratlos drein.
Also noch einmal, wieder schluckte Elisa trocken. „Ich-bin-überhaupt-nicht-so-jung-wie-du-denkst. Es tut mir schrecklich leid, aber meine Freundin und ich haben in der Internetannonce mit dem Alter geschummelt. So um ein Jährchen oder zwei."
„Ah-ha", Tommy schaute sie weiter erwartungsvoll an. Elisa hätte sich am liebsten in das nächstbeste Mäuseloch verkrochen.
„Also, ich bin ein wenig älter als du denkst."
„Ah-ha", konnte dieser Mann auch noch etwas anderes sagen?
Elisa holte tief Luft. „Ich bin einundvierzig Jahre alt", sagte sie laut und deutlich. Dann kniff sie die Augen zu.
Schweigen
…immer noch Schweigen…
Elisa blinzelte. Tommy saß immer noch da wie vorher, nur dass er sie belustigt musterte. „Tatsächlich? Das hätte ich mir denken können, da bist du eine ganz schön alte Hexe, was. Wenn das alles war, dann kann ich jetzt wohl losfahren."

„...und dann hat er gesagt, wenn es weiter nichts wäre, dann könne er jetzt ja wohl losfahren."
Annerose war ganz Ohr. Sie grinste ihre Freundin an. „Wenigstens hat das Internet einer von uns Glück gebracht. Wenn er sich jetzt auch noch von seiner Frau trennt, dann bist du an der Sonne."
Gerade hatte Elisa noch gestrahlt, jetzt wurde sie ernst. „Das ist eine ganz andere Geschichte. Wir werden uns zu Weihnachten nicht sehen. Er möchte die Feiertage mit seiner Familie verbringen."
Tommy hatte lange mir ihr darüber gesprochen, trotzdem war sie traurig und unsicher. Seine Frau hatte ihn gebeten, dem gemeinsamen Sohn das Fest nicht zu verderben und die Fassade zu wahren, erzählte er ihr. Deshalb würde er mit der Familie Verwandte besuchen, Elisa also nicht sehen können. Er sah unglücklich aus, als er ihr das erzählte und sie hatte ihn zärtlich in die Arme genommen. Aber im Grunde ihres Herzens war sie misstrauisch geworden. Was, wenn er ihr alles nur vorspielte und zu Hause den treuen Familienvater mimte.
Annerose hob die Augenbrauen. „So, er will die Weihnachtstage im trauten Heim verbringen? Er hat nicht mal eine Minute zwischendurch, um dich in den Arm zu nehmen? Das klingt nicht gut, das klingt gar nicht gut, Mädel."
„Meinst du", Elisa zuckte erschrocken zusammen.
„Sei vorsichtig, er bricht dir sonst das Herz."
Elisa wollte jetzt nicht darüber nachdenken und wechselte das Thema. „Sag einmal, hast du noch etwas von dem kleinen Hoppel-Freiherrn gehört?"
„Aber ja. Er gibt keine Ruhe. Letztens hat er mich angerufen und mir seine Vorzüge angepriesen. Er meinte, dass er ein richtiger Goldfisch wäre und ich ihn doch nicht von der Angel lassen solle. Er fragte, ob ich mir schon überlegt hätte, dass wir unser blaues Blut vereinigen könnten. Er will Kinder mit mir. Aber ich will keine Bälger von ihm. Wenn schon Zeugung, dann

will ich dabei die Engel singen hören. Das wird mit Ludo nicht möglich sein."
„Wie sieht es aus, suchst du weiter über das Internet? Ich für meinen Teil bin geheilt davon. Wenn es mit Tommy nichts wird, dann brauche ich sowieso eine Auszeit und werde mich vorerst nicht wieder auf jemanden einlassen."
„So richtig Bock habe ich auch nicht mehr darauf. Es ist zeitaufwendig, anstrengend und bringt wenig. Es gibt einfach zu viel Gestörte. Ich glaube, dass viele Leute, die sich im Internet herumtreiben gar nicht wirklich eine Beziehung suchen, sondern einfach ein bisschen ferkeln wollen. Und wir haben uns in einem seriösen Forum angemeldet. Ich mag mir nicht ausmalen, wie es bei ‚Top Secret' abgeht. Lara ist wirklich abgebrüht. So etwas ist gar nicht mein Ding."
„Dann sind wir uns wieder einmal total einig. Eigentlich war es ja nur ein Versuch und Versuch macht bekanntlich klug."
„Hast du in letzter Zeit eigentlich etwas von Lara gehört?", erkundigte sich Annerose.
„Schon, aber sie hält sich im Moment auch mir gegenüber ziemlich zurück. Jedenfalls hat sie mit ihrem Mann geredet. Sie hat ihm gestanden, dass sie sich in einen anderen verliebt hat. Allerdings ahnt Roland nichts von ihrer Affäre mit Henry und auch nicht, dass sie schon länger ein Verhältnis mit Harald hat. Von ihren Bekanntschaften über ‚Top Secret' mal ganz abgesehen. Er ist aus allen Wolken gefallen. Männer! Er scheint wirklich nichts bemerkt zu haben oder er wollte nichts wissen. Sie sucht fieberhaft eine Wohnung und trifft sich jetzt offiziell mit Harald. Wenn wir das nächste Mal ausgehen, dann will sie ihn vielleicht mitbringen."
„Den müssen wir uns genauer anschauen", meinte Annerose und grinste diabolisch.

Die Gelegenheit ergab sich schon bald, denn die Freundinnen trafen sich am nächsten Wochenende in der ‚Alten Liebe'.

Tommy hatte an diesem Wochenende keine Zeit für ein Treffen. So freute Elisa sich auf den Abend in der Disco. An ihrem gewohnten Platz angekommen, schaute Lara sich nervös um, was sie im Laufe des Abends noch einige Male tat.
„Nun sei nicht so aufgeregt", versuchte Annerose sie zu beruhigen. „Er wird schon noch kommen und wenn er es nicht mehr schafft, dann machen wir drei uns einen netten Abend."
Wieder schaute Lara zur Eingangstür. „Er hat mir versprochen noch vorbei zu kommen. Oh, der Typ da vorne ist auch nicht schlecht."
Die Freundinnen schauten zur Tür und Elisa überlief es heiß, denn Alan bewegte sich schnurstracks auf sie zu.
„Hallo", grüßte er in die Runde und wandte anschließend sich an Elisa. „Du hast dich ganz schön rar gemacht. Wie geht es dir? Bis du immer noch in den mysteriösen Besucher verliebt?"
Elisa lächelte ihn an. „Danke, gut geht es. Ja, es ist immer noch der gleiche Typ. Wir sind jetzt fest zusammen und ich bin sehr glücklich mit ihm." Sie wollte gleich klare Verhältnisse schaffen.
„Das habe ich mir schon gedacht", seufzte er. „Da habe ich einen Fehler gemacht. Ich hätte dich nicht gehen lassen sollen. Jetzt ist es zu spät." Ein Blick in ihre Augen, dann: „Ist es zu spät?"
Elisa nahm seine Hand. „Jedenfalls ist es zum Tanzen niemals zu spät. Komm schon mit, du."
Auf der Tanzfläche zog Alan sie in seine Arme. Elisa protestierte. „Falls du es noch nicht bemerkt hast, 'Cant´ t Get You Out Of My Head' ist ein schneller Titel!"
„Das macht gar nichts", Alan dachte nicht daran, sie los zu lassen. „Wir passen doch wunderbar zusammen, auch beim Tanzen."
„Meinst du?" Elisa ließ sich einfach fallen. Sie tanzten eine ganze Weile schweigend miteinander.

„Du fühlst dich gut an. Was meinst du, bekomme ich noch eine Chance?", fragte Alan nach einer Weile.
„Du gibst wohl niemals auf. Es tut mir wirklich leid, aber ich meine es ganz ernst mit meinem neuen Partner. Überhaupt: Wer weiß, ob es wirklich mit uns gepasst hätte." Elisa zögerte kurz. „Das Zusammensein mit dir war schön, die Nacht traumhaft, aber ich möchte keine Wiederholung."
„Ich verstehe. Schade!" Alan ließ sie los. „Ich werde jetzt nicht sagen lass uns Freunde bleiben, von solch einem Schwachsinn halte ich nichts." Er nahm sie mitten auf der Tanzfläche fest in den Arm und küsste sie zärtlich auf den Mund. „Ich würde gerne mehr als dein Freund sein, aber ich akzeptiere deine Entscheidung ein für allemal."
Elisa lächelte ihn wehmütig an. „Du bist total süß."
„Das hat wir gerade noch gefehlt. Jetzt musst du nur noch sagen, dass ich nett bin und lieb. Los, einmal abzappeln und dann möchtest du sicher wieder an deinen Platz zurück."
Als sie nach einiger Zeit zurück an den Stehtisch kam, fand Elisa ihren Bruder in ein Gespräch mit Annerose vertieft. „Hey, großer Bruder. Das ist eine Überraschung. Find' ich gut, dass du wieder unter Menschen gehst."
Elisa hatte mehrfach mit Peter telefoniert und sich angeboten ihn zu besuchen, doch er hatte sie immer abgewimmelt und sich auch nicht sonntags bei den Eltern blicken lassen.
Peter war ein bisschen verlegen. „Irgendwann muss ich ja mal wieder raus. Anne hatte mir gesagt, dass ihr heute hier seid, da bot es sich an, dass ich mich einklinke." Er nahm Anneroses Hand und streichelte sie vorsichtig, was ihr offensichtlich nicht unangenehm war.
Verblüfft schaute Elisa von einem zum anderen. „Meine Freundin verabredet sich mit meinem Bruder und das offiziell? Das glaube ich jetzt nicht. Jetzt fehlt nur noch, dass ihr miteinander tanzt."

„Gute Idee", mit diesen Worten zog Peter Anne auf die Tanzfläche. Elisa schaute den beiden nach. „Ich fasse es nicht. Schau bloß mal, Lara." Sie drehte sich zu ihrer Freundin um und bemerkte erst jetzt, dass diese ihr überhaupt nicht zuhörte. Lara strahlte einen Mann an, der auf sie zu schlenderte.
„Harald, nehme ich an?", fragte Elisa.
Lara nickte mit dem Kopf, während sie den Typen weiter anhimmelte. Elisa musterte ihn. Das war also der große Zampano, der ihrer Freundin so sehr den Kopf verdreht hatte? Abgesehen davon, dass er wesentlich älter als die Freundinnen war und auch so aussah, hatte er nichts Besonderes an sich. Bis auf sein Bankkonto vermutlich. Doch wenn Lara darauf abfuhr, dann sollte das für sie in Ordnung sein.
„Hallo", grüßte er knapp, wandte sich dabei gleich seiner Freundin zu. Unhöflich war er also auch noch.
‚Dieser Harald wird mir mehr und mehr unsympathisch', dachte Elisa, nippte an ihrer Cola und schaute weiter Annerose und Peter beim Tanzen zu.
„Schöne Frau", raunte es hinter ihr. „Dich kenne ich doch."
‚Was für eine dämliche Anmache', dachte sie und drehte sich zu dem Flüsterer um. „Nein, nicht dass ich wüsste."
„Doch, ganz bestimmt, wir haben uns schon einmal hier unterhalten, damals hast du aber blonde Haare gehabt." Er ließ sich nicht davon abbringen.
Elisa musterte den farbenblinden Romeo belustigt. „Ich habe wirklich schon einige Haarfarben ausprobiert, aber blond war ich noch nie. Du musst dich irren."
Romeo ließ sich nicht beirren, sondern erzählte Elisa seine Lebensgeschichte. Er wäre geschieden und allein, er suche eine nette Frau, er hätte sich gleich von ihr angezogen gefühlt. Genervt verdrehte Elisa die Augen.
Plötzlich legte sich ein Arm um ihre Schulter. Alan war wie aus dem Nichts aufgetaucht. „Hallo, meine Süße. Amüsierst du dich gut oder wird hier gerade jemand aufdringlich?"

Romeo kam ins Stottern. „Ach so, sie gehört zu dir? Das wusste ich nicht. Entschuldige! Ich bin dann mal weg…", und schon suchte er das Weite.

„Danke, manche Typen merken nichts", Elisa strahlte Alan dankbar an.

„Guck mich nicht so an, ist schon gut. Wenn du mich auch hast abblitzen lassen, so kann ich doch ein Auge auf dich haben. Viel Spaß noch, ich bin dann auch mal weg. Das ist heute nicht mein Abend."

Inzwischen waren und Anne und Peter wieder aufgetaucht. Elisa stellte fest, dass ihre Freundin hübsche rote Apfelbäckchen bekommen hatte. Peter wirkte mit sich und der Welt zufrieden.

„Überleg es dir, dieser Alan ist ein wirkliches Sahnetörtchen. Nebenbei ist er nicht verheiratet", flüsterte Annerose ihrer Freundin zu.

„Ein Sahnetörtchen, wie es mein Bruder auf einmal für dich ist?" flüsterte die zurück.

Annerose plinkerte verschwörerisch mit einem Auge. „Ich bin mir noch nicht im Klaren darüber. Wir reden in den nächsten Tag darüber. Sag mal, wer ist DAS denn???"

Sie hatte Laras ältlichen Verehrer entdeckt. „Och nö, das ist der sagenhafte Harald? Der muss eine Menge Geld haben."

Elisa gab ihr Recht. „Stimmt, mein Typ wäre er ganz und gar nicht. Dazu ist er auch noch unhöflich. Vielleicht grüßt er das Fußvolk nicht."

„Das wollen wir doch mal sehen", wieder plinkerte Anne und tippte Lara auf die Schulter. „Möchtest du uns deinen Bekannten nicht einmal vorstellen?", und an Harald gewandt: „Hallo, ich bin Annerose von der Heidt, schön Sie kennen zu lernen. Mit wem habe ich das Vergnügen oder auch nicht." Sie schaute Harald, dessen Gesicht einen noch missmutigeren Ausdruck annahm, erwartungsvoll an.

„Ja, ähm, ich bin Harald."

Annerose musterte ihn von oben herab. „Ah, ja, Harald. Von Ihnen haben wir schon eine Menge gehört."
Lara griff ein. „Sie hat nur Gutes von dir gehört, mein Lieber. Lass uns tanzen." Die beiden verschwanden auf der Tanzfläche, während Annerose über das ganze Gesicht grinste. „Siehst du, so arrogant wie der Schnösel bin ich schon lange."
„Allerdings", merkte Peter an. „Aber du hast Klasse, er nicht. Ehrlich gesagt hätte ich Lara einen besseren Geschmack zugetraut. Sie sieht doch gut aus, warum hängt sie sich an diesen alten Sack?"
Annerose rieb Daumen und Zeigefinger aneinander. „Money, Money, Money", sang sie. "Den Titel kennst du doch, oder. Jetzt habe ich Durst. Möchtest du auch einen Kir Royal, Mädel?"
Elisa schüttelte den Kopf. „Nein danke, ich muss noch fahren und du weißt, was mir beim letzten Mal danach passiert ist."
„War doch wohl nicht schlecht, oder? Jedenfalls hast du ganz schön glänzende Augen gehabt."
„Ach, tatsächlich? Ist mir etwas entgangen? Erzähl doch mal, Schwesterchen. Es hängt wohl nicht mit Alan zusammen? Ich habe euch gerade tanzen gesehen", fragte Peter interessiert.
„Das geht dich gar nichts an, großer Bruder. Kümmere dich um deinen eigenen Kram. Wenn du es genau wissen willst: Ich habe jemanden kennengelernt, mit dem es mir ernst ist. Ziemlich ernst."
„Ach, wirklich, ist dir Superman doch noch begegnet? Und stellst du mir den Wunderknaben einmal vor?"
Anne mischte sich ein. „Wenn du zu Silvester nichts vor hast, so komm doch auf meine Fete. Du bist herzlich eingeladen. Dort kannst du den Bekannten deiner Schwester kennenlernen. Ich bin selbst ganz gespannt auf ihn. Bisher hat sie ihn unter Verschluss gehalten."
„Olle Ziege", giftete Elisa, lächelte aber dabei. „Es hat sich einfach noch keine Gelegenheit ergeben, das ist alles."

Inzwischen hatten sich Lara und Harald wieder zu ihnen gesellt. Harald schaute sich um. „Mal ganz unter uns, das ist hier wirklich nicht so toll. Ich bin ein anderes Ambiente gewöhnt."
„Dann solltest du dir keinen Zwang antun", entfuhr es Elisa. Dieser Harald rutschte auf der Skala der unsympathischen Typen auf einen der ganz vorderen Plätze. Abrupt wandte der sich ab und nahm wieder Lara in Beschlag, was diese nicht unangenehm zu finden schien.
Annerose drehte dem Pärchen den Rücken zu. „Bitte, ich kann mir nettere Gesprächspartner vorstellen."
„Lass sie einfach", meinte Elisa. „Die kriegt sich schon wieder ein. Ich kann mir nicht vorstellen, dass sie mit dem Flachbrettbohrer glücklich wird."
Die Freundin unterdrückte ein Gähnen und schaute auf ihre Uhr. „Schon halb drei."
Elisa ging auf den Wink mit dem Zaunpfahl ein. „Ja, ich bin auch müde. Wie schaut´s aus? Wollen wir so langsam?"
Peter legte seinen Arm um Anneroses Schultern. „Dann mal los. Zuerst bringen wir meine Schwester zu ihrem Auto. Anschließend kann ich dich ins Bettchen bringen, wenn du das möchtest. Ich decke dich auch schön warm zu."
Annerose kuschelte sich in seinen Arm. „Ich glaube ins Bett bringe ich mich alleine. Aber wir können noch einen Absacker bei mir trinken. Nur du und ich. Wie klingt das."
Elisa trottete mit offenem Mund hinter den beiden her. Hier bahnte sich etwas an, das sie ganz und gar nicht erwartet hatte.

Zu Hause fand Elisa ihre Söhne wie so oft bei einem kleinen Mitternachtsimbiss vor.
„Hallo Raupen, ist für mich was übrig?"
„Klar Mama, hock dich zu uns." Matts schaute sie prüfend an. „Sag mal, ist da was im Busch? Du triffst dich doch noch immer mit diesem Tommy, nicht wahr?"

Elisa zögerte. Sie wollte den Kindern noch nichts erzählen. Jedenfalls nicht, bis sie selber sicher war, dass Tommy zu ihr gehörte. „Ich treffe mich öfter mit ihm. Wieso?"
„Na, ja", mischte sich jetzt auch Felix ein. „Wir haben uns nur überlegt, ob der nicht irgendwann hier einziehen will. Es funktioniert ja so ganz gut mit uns…"
„…und ihr macht euch Gedanken, dass er sich hier einnistet und neue Regeln aufstellt, stimmt's? Das kann ich gut verstehen. Keine Sorge, so weit ist es noch lange nicht. Ich sage euch schon rechtzeitig Bescheid."

***

Heute war der 20. Dezember. Elisa nutzte den Nachmittag, um die letzten Geschenke einzupacken, als es plötzlich an der Eingangstür klingelte. Zu ihrem Erstaunen stand ein ziemlich verlegener Tommy auf der Matte, der ein kleines Päckchen in der Hand hielt.
„Hallo, das ist aber eine Überraschung. Komm doch herein. Waren wir nicht für den Abend verabredet?"
„Ich weiß, aber ich muss die Verabredung für den Abend leider absagen. Bitte sei nicht sauer. Ich kann beim besten Willen nicht anders."
Elisa war zutiefst enttäuscht, ließ sich aber nichts anmerken. „Wenn es nicht anders geht. Dann gebe ich dir aber deine Weihnachtsgeschenke statt heute Abend jetzt schon. Leider sehen wir uns über die Feiertage ja nicht."
„Bitte, ich habe sowieso schon ein schlechtes Gewissen. Ich verspreche dir, dass im nächsten Jahr alles anders wird. Großes Indianerehrenwort", mit diesen Worten gab er ihr das kleine Päckchen. „Möchtest du es erst zu Weihnachten auspacken oder sofort?"
„Was glaubst du? Natürlich öffne ich das Päckchen jetzt, wo du dabei bist." Vorsichtig packte Elisa eine kleine goldene Schachtel aus, die sie noch vorsichtiger öffnete. Drinnen befand sich

ein Paar wunderschöner Ohrringe. Elisa war sprachlos und fiel Tommy um den Hals.

„Ich hoffe, sie gefallen dir?", lächelte er sie an.

„Sie sind wunderschön, danke. Jetzt musst du deine Geschenke aber auch auspacken."

Tommy blieb den ganzen Nachmittag bei ihr. Elisa war glücklich, sie genoss das Zusammensein mit ihm. An später wollte sie jetzt nicht denken.

Aber auch die schönsten Momente gehen vorbei, irgendwann schaute er auf seine Uhr. „Es tut mir unendlich leid. Ich muss jetzt wirklich los. Bitte glaub mir, ich würde viel lieber hier bei dir bleiben."

‚Warum tust du es dann nicht', hätte Elisa am liebsten zu ihm gesagt, verkniff sich die Bemerkung aber im letzten Moment. Als sie Tommy zur Tür brachte begegnete ihnen Felix. „Hi, ich bin der ungeratene Sohn, Felix mein Name", stellte er sich vor.

„Hi, ich bin Thomas, für meine Freunde und für dich Tommy. Ich glaube wir werden uns in Zukunft öfter sehen."

Felix grinste. „Soll das eine Drohung sein?"

Tommy wandte sich Elisa zu. „Nein, das ist ein Versprechen", sagte er leise.

Von: Elisa
An: Tommy
Betreff: fast glücklich

Hallo mein Tommy,
es ist schon spät, aber ich kann wieder einmal nicht schlafen. Also setzte ich mich an meinen zweitbesten Freund, den Computer und schreibe Dir. Vielleicht bekomme ich sogar noch eine Antwort, das wäre toll.

Wir haben uns jetzt seit vier Tagen nicht gesehen und ich sehne mich so sehr nach Dir. Trotzdem hatte ich einen schönen Heiligen Abend. Die Jungen und ich haben den Nachmittag und Abend bei meinen Eltern verbracht.
Erstaunlicherweise hat mein Bruder sich entschuldigt: Er wolle am heutigen Abend mit jemand ganz besonderem zusammen sein, hat er gesagt. Mit wem genau, das hat er der Familie verschwiegen, was uns natürlich alle neugierig macht. Jedenfalls den weiblichen Teil des Clans. Ich habe den Verdacht, dass sich zwischen meiner besten Freundin und ihm etwas anbahnt. Morgen besuche ich Anne und werde ihr mal vorsichtig auf den Zahn fühlen. Es würde mich freuen, wenn es so wäre. Die beiden passen richtig gut zu einander. Aber wie das manchmal so ist im Leben, haben sie immer den richtigen Zeitpunkt verpasst. Einmal war er gebunden, dann wieder sie und so fort.
Uns wird das nicht passieren, nicht wahr!
An Silvester wirst Du beide kennenlernen. Du brauchst keine Bedenken haben, mein Bruder und auch meine Freundinnen sind völlig unkomplizierte Personen. Du wirst sie mögen.
Jedenfalls war dieser Heilige Abend sehr harmonisch, nur hat etwas Entscheidendes gefehlt, Deine Anwesenheit. Mit Dir wäre der Tag perfekt gewesen. Aber ich weiß ja, dass wir irgendwann das Weihnachtsfest miteinander verbringen werden!

Vielleicht schon das nächste?
?
Bis bald

Elisa

von: Tommy
an: Elisa
Betreff: leider

Hi Elisa,
ich freue mich, dass du einen schönen Heiligen Abend verbracht hast. Meiner war nicht so besonders. Mit bissigen Bemerkungen meiner Frau und auch von mir. Jedenfalls nicht so, wie ich mir den Abend gewünscht hätte
Viel lieber hätte ich dich im Arm gehabt und mit einem guten Glas Wein mit deinen Lieben angestoßen. So wäre es ein schöner Abend geworden.
Doch ich muss noch einiges regeln. Ich weiß, dass ich deine Geduld strapaziere, aber es geht nicht anders. Es tut mir leid, dass ich so negativ klinge, aber es ist schwer für mich, alles hinter mir zu lassen. Ich werde versuchen am 2. Weihnachtstag zu dir zu kommen. Doch bitte sei nicht sauer, wenn das nicht klappt.
Ich küsse dich!
Tommy

PS: Ich kann Deinen Bruder gut verstehen, dass er erst einmal den Ball flach hält. Nach den Erfahrungen, die er gemacht hat. Sei nicht so neugierig, er wird Dir schon erzählen, mit wem er zusammen war... ;-)

Auch am ersten Weihnachtstag besuchten Elisa und ihre Söhne die Großeltern. Dieses Mal trafen sie einen gutgelaunten Peter an, der entspannt auf dem elterlichen Sofa herumlümmelte. „Da schau an", entfuhr es Elisa. „Du siehst tiefenentspannt aus, mein Lieber. Hattest du gestern einen schönen Abend? Ist es immer noch ein Geheimnis, wo du gewesen bist?"

Ihr Bruder grinste sie gutmütig an. „Das möchtest Du gern wissen, was? Sei nicht so neugierig, Schwesterchen."
„Wirklich, wenn du eine Frau kennengelernt hast, dann hättest du sie heute mitbringen sollen", mischte sich Ilse ein. „Kuchen ist genug da. Schließlich möchte man wissen, mit wem sich die Kinder abgeben."
Kalle, dem sie gerade Kaffee einschenkte, legte ihr den Arm um die Hüfte. „Das Kind ist sechsundvierzig Jahre alt, Liebes. Es wird schon wissen was es macht". Er blinzelte seinem Sohn zu. „Seid ihr mal nicht so neugierig, ihr Weiber. Das ist wieder einmal typisch für euch."
Ilse stemmte die Hände in die Hüften. „Was heißt hier ihr Weiber und typisch für uns? Kalle Jollenbeck, ich bitte mir etwas mehr Respekt aus." Doch sie sah nicht so aus, als würde sie ihrem Mann seine Worte übel nehmen.
Elisa winkte ab. „Ich werde es sowieso herauskriegen, wer deine neue Flamme ist, Peter. Ich habe auch schon eine Vermutung und wenn sie richtig ist, dann würde ich mich sehr freuen."
„Dann freu dich ruhig", lächelte ihr Bruder.
Nach dem Kaffeetrinken verabschiedeten sich Felix und Matts. Sie besuchten eine dubiose Weihnachtsparty. Man zahlte zehn DM Eintritt und konnte trinken was man wollte und so viel man vertrug.
Elisa ermahnte die Partylöwen, wandte sich dabei vor allem an den jüngeren Sohn: „Bitte, meine Herren, nicht, dass ihr mir auf allen Vieren nach Hause kommt. Dann wäre es die erste und letzte Party dieser Art, die ihr besucht. Haben wir uns verstanden."
„Ist ja schon gut, Mama, wir wissen was wir tuen. Schließlich sind wir keine Kinder mehr." Diese Bemerkung kam natürlich von Matts.
„Ist klar, ihr knutscht auch nicht mit älteren Mädels herum. Trotzdem nehmt euch ein bisschen zusammen, ja."

„Versprochen, mach dir keine Gedanken", sagte Felix und wandte sich zur Tür, während Matts verlegen hinter seinem älteren Bruder her trabte.
„Was heißt das jetzt wieder? Die Kinder knutschen mit älteren Mädchen?", erkundigte sich Ilse.
Ihre Tochter grinste in die Runde. „Na ja, der Bengel hat neulich so nach Zigarettenrauch gerochen ..."

Auch Elisa verabschiedete sich bald. Sie hatte Annerose eine Kleinigkeit gekauft und wollte sie damit überraschen. Natürlich wollte sie sich bei der Gelegenheit vorsichtig erkundigen, ob Peter den Heiligen Abend bei Anne verbracht hatte und war nicht wenig erstaunt, als Henry die Wohnungstür öffnete. „Frohe Weihnachten, meine Liebe. Anne ist im Wohnzimmer."
Dort fand Elisa eine total entspannte und barfüßige Annerose vor. „Wenn Henry etwas wirklich kann, dann sind es Fußmassagen."
Elisa wandte sich dem Hobbymasseur zu. „Mensch Henry, das sind ja ungeahnte Qualitäten. Kannst du sonst noch etwas so gut?"
Er grinste sie an. „Alles, was gewünscht wird. Jedenfalls von einer schönen Frau. Aber jetzt lasse ich euch Mädel alleine." Er schaute Elisa hoffnungsvoll an. „Hast du heute gar kein Kuchenpaket von deiner Mutter mitgebracht?"
„Gut, dass du mich daran erinnerst, den Kuchen habe ich glatt im Auto vergessen, einen Moment mal." Elisa spurtete zu ihrem Wagen und war wenig später mit einem Riesenpaket wieder da. „Ich hoffe das ist genug."
Henry begutachtete den Kuchen. „Deine Mutter würde ich glatt heiraten."
Elisa lachte laut auf. „Das gebe ich ihr gerne weiter und wenn du auch noch tapezieren kannst, dann wird sie dein Angebot in Erwägung ziehen. Aber verheiratet ist sie schon, doch das hält dich sicher nicht ab."

Henry räumte das Feld, allerdings nicht ohne den Kuchen mitzunehmen. Elisa sah ihm nach. „Empfindlich ist er nicht gerade. Hat er dir wirklich nur die Füße massiert?"
„Er ist ein Nachbar und ein guter Freund, mehr nicht. Wie oft soll ich dir das noch sagen."
„Dann bin ich beruhigt." Elisa überreichte ihrer besten Freundin ein Päckchen. „Ich hab' da was für dich."
„So ein Zufall, ich habe auch etwas für dich", mit diesen Worten deutete Annerose auf ein fast identisches Päckchen, das auf dem Tisch lag. „Ich dachte mir schon, dass du vorbei kommst."
Elisa nahm das Geschenk in die Hand. „Wir öffnen auf drei, ja. Eins-zwei-und-drei."
Die Freundinnen öffneten ihre Päckchen gleichzeitig, schauten sich verblüfft an und brachen in Gelächter aus, denn beiden hielten den gleichen Seidenschal in der Hand.
„Lass mich raten: Hermes", sagte Elisa. „Der Schal hat dir sofort gefallen und du wolltest ihn eigentlich für dich kaufen. Dann hast du gedacht: Das wäre doch etwas für meine Freundin. Komm her, lass dich drücken." Sie nahm die Freundin in den Arm. „Willst du mich heiraten? Wir pfeifen einfach auf alle Männer."
Annerose kicherte. „Das wäre die Ideallösung, allerdings fehlt dir ein entscheidendes Attribut. Darauf möchte ich nicht verzichten, nicht einmal wegen dir."
Das war ihr Stichwort, Elisa machte es sich in ihrem Sessel bequem. „Wo wir gerade davon sprechen. Stell dir nur vor: Mein Bruder war zum ersten Mal seit er geschieden ist am Heiligen Abend nicht bei meinen Eltern. Er hat vorhin ganz schön herumgedruckst, weil ich ihn gefragt habe, wo er gewesen ist. Aber ich kann es mir denken. Was meinst du? Liege ich richtig mit meiner Vermutung?
Annerose machte runde Augen und spielte die Unschuldige. „Was vermutest du denn? Mit wem könnte er sich getroffen ha-

ben? Das muss eine ganz besondere Verabredung gewesen sein, wenn er nichts verraten hat."
„Hör schon auf, Perle. Die Unschuld vom Lande nimmt dir sowieso niemand ab. Läuft da was zwischen meinem Bruder und dir? Und keine Ausreden bitte."
„Ja und nein", Annerose machte ein nachdenkliches Gesicht. „Du kennst doch den Song ‚Tausendmal berührt', nicht wahr. Ob das jetzt platt klingt oder nicht, genau so geht es mir mit deinem Bruder. Wir kennen uns schon so lange und haben uns immer ganz prima verstanden. Das daraus einmal mehr werden würde, das habe ich mir nicht träumen lassen." Hier zögerte Anne.
„Was heißt das, ja und nein? Du weißt schon, dass mein Bruder immer ein bisschen in dich verknall war. Ich habe mir oft gedacht, dass ihr ein super Pärchen wärt. Also sag, seid ihr nun zusammen oder nicht." Elisa war fest entschlossen, sich nicht abwimmeln zu lassen und bohrte weiter nach.
„Wenn du es genau wissen willst: Dein Bruder war gestern tatsächlich bei mir. Er ist in der letzten Zeit, genauer gesagt, seit wir das letzte Mal in der ‚Alten Liebe' waren, häufiger hier. Es ist toll mit ihm. Bevor du weiter dumme Fragen stellst, er hat auch schon hier übernachtet. Es liegt an mir, dass er ein Geheimnis daraus macht. Ich möchte unsere Beziehung, nicht an die große Glocke hängen. Jedenfalls nicht, bevor ich mir wirklich sicher bin. Das bin ich inzwischen, glaube ich wenigstens", wieder stockte Anne, fuhr aber fort, ehe Elisa etwas sagen konnte. „Es ist alles ziemlich verwirrend für mich. Erst das Theater mit Henry, dann die Internetsuche, in die du mich mehr oder weniger hineingequatscht hast. Dann Paul und plötzlich ist da jemand, den ich schon unendlich lange kenne. Ausgerechnet in diesen Typen verliebe ich mich!"
Elisa fiel der Freundin um den Hals. „Das freut mich. Endlich verliebst du dich in den Richtigen."

Anne erwiderte lachend die Umarmung. „Hey, jetzt ist es aber mal gut. Erst willst du mich heiraten, dann knutschst du mit mir herum. Aber wenigstens bleibt es in der Familie. Bestimmt kommt er nachher noch vorbei, dann sage ich ihm, dass du mich gefoltert hast, damit ich die Wahrheit sage. Aber erzähl doch mal, wie läuft es mit deinem Tommy? Hat er sich überhaupt nicht blicken lassen?"
„Schon, er hat ein paar Tage vor Weihnachten einfach vor meiner Tür gestanden. Mit einem Weihnachtsgeschenk. Das war toll, weil ich gar nicht damit gerechnet hatte, aber viel lieber hätte ich ihn zu Weihnachten gesehen. Vielleicht hat er morgen Zeit für mich, das wusste er nicht so genau. Es ist alles schwierig. Zu unserer Silvesterfeier kommt er zwar, schwindelt seiner Frau aber irgendetwas vor und kann auch nicht die ganze Nacht bleiben. Ich komme mir so etwas von abgeschoben vor, das glaubst du nicht." Unwillkürlich traten Elisa die Tränen in die Augen.
„Vielleicht ist er genau so unsicher wie du, was eure Beziehung angeht. Du musst unbedingt mit ihm darüber reden. Sieh es als gutes Zeichen an, dass er Silvester mit uns feiert", tröstete Anne sie.

Den zweiten Weihnachtstag wollte Elisa ganz relaxed verbringen. Sie hatte immer noch gehofft, dass Tommy sich melden würde, aber seit dem Mailwechsel vom Heiligen Abend herrschte Funkstille. Sie wollte ihn nicht drängen und hielt sich deswegen zurück. So rechnete sie nicht damit, dass er heute Zeit für sie finden würde. Sie beschloss nach dem Mittag ein ausgedehntes Bad zu nehmen. Anschließend wollte sie es sich mit einem Buch bequem machen. Felix und Matts hatten sich in ihren Zimmern eingeigelt. Die Party vom Vortag schien anstrengend gewesen zu sein, obwohl beide in einem akzeptablen Zustand nach Hause gekommen waren.

Elisa hatte sich gerade in das Buch vertieft, als das Telefon klingelte. Tommy war am Apparat und fragte, ob er sie kurzfristig sehen könne, er habe gerade Zeit. Elisa überlegte einen Moment. Eigentlich hatte sie nichts vor und wäre glücklich ihn zu treffen. Andererseits ärgerte es sie maßlos, dass er sich offensichtlich für eine Stunde von seiner Familie wegstehlen wollte und der Meinung war, dass sie jederzeit für ihn verfügbar wäre. So fertigte sie ihn nicht gerade freundlich ab und versuchte weiter zu lesen. Nach einer Weile gab sie seufzend auf und schaltete den Fernseher ein. Sie zappte von einem Programm zum anderen, konnte sich aber nicht konzentrieren. Schließlich beschloss sie, einen langen Spaziergang zu machen. Jetzt bereute sie es, sich nicht mit Tommy getroffen zu haben. Sie nahm sich vor, ihn gleich nach dem Spaziergang anzurufen. Vielleicht würde er jetzt auch noch für sie Zeit haben.
Wieder zu Hause angekommen hängte sie sich gleich ans Telefon, aber zu ihrer Enttäuschung hatte er das Handy abgestellt. Heute schien nicht ihr Glückstag zu sein und so griff Elisa wieder zu ihrem Buch. „Bestimmt ruft er mich morgen an und wir können uns treffen", mit diesen Gedanken tröstete sie sich.

***

Elisa mochte den letzten Tag des Jahres. Sie freute sich immer aufs Neue auf den Jahreswechsel und hoffte jedes Mal, dass das neue Jahr ihr nur schöne Momente bescheren würde.
Heute gab Annerose eine Silvesterparty. Darauf freute sich Elisa sehr, weil Tommy ihr versprochen hatte mitzukommen, um endlich ihre Freundinnen kennenzulernen. Allerdings hatte er von vornherein klar gestellt, dass er nicht bei Elisa übernachten wollte. Insgeheim hoffte sie allerdings, er würde sich das noch einmal überlegen, wenn sie ihn darum bat. Tommy holte sie von zu Hause ab. Die Jungen waren bereits auf dem Weg zu ihrer eigenen Silvesterparty.

„Hallo", grüßte Matts ihn. „Gut, dass wir uns noch sehen. Hier ist die versprochene CD. ‚Striking Matches' ist der Titel."
Die Brüder hatten vor einiger Zeit eine Band gegründet, die sie ‚Daily Reason' nannten und tatsächlich ein Album aufgenommen, das sie jetzt in Eigenregie verkauften. Tommy zeigte sich sehr interessiert an ihrer Musik, was ihm einige Pluspunkte einbrachte. Er verstand sich gut mit den beiden, wohingegen er es vermied, Elisa mit seinem Sohn zusammentreffen zu lassen.
Auf dem Weg zu Anneroses Party warnte er Elisa vor. „Ich bin etwas schüchtern, wenn ich in eine Gesellschaft gerate, in der ich niemanden kenne. Sei also nicht sauer, wenn ich nicht so viel sage. Das ist keine böse Absicht."
„Du kennst doch mich und überhaupt sind dort nur nette Leute", beruhigte ihn Elisa. „Ich freue mich total darüber, dass du endlich einmal meinen Bruder kennenlernst. Du wirst dich gut mit ihm verstehen."

„Kommt doch herein und hängt euch auf", begrüßte Annerose die Neuankömmlinge. „Du bist also Thomas, herzlich willkommen, fühl dich wie zu Hause."
„Das fehlte gerade noch", murmelte der Angesprochene. „Ich will mich doch wohlfühlen." Er legte einen Arm um Elisa, die amüsiert grinste.
Anne hakte sich bei ihm unter. „Den Witz kannst du ruhig laut erzählen. Los, ich stelle dir die anderen Gäste vor, damit du weißt, worauf du dich eingelassen hast."
Wie Elisa vermutet hatte, verstanden sich Peter und Tommy auf Anhieb. Bald war von Tommys Schüchternheit nichts mehr zu merken. Er schien sich richtig wohl zu fühlen, witzelte mit ihrem Bruder herum.
„Ich habe dir doch gesagt, dass es eine tolle Fete wird und dass die Leute hier total in Ordnung sind", flüsterte sie ihm ins Ohr. Er nickte. „Du hast völlig Recht. Ihr seid eine nette Truppe."

Die Gastgeberin gesellte sich einen Moment zu ihnen. „Ich habe Lara auch eingeladen, aber sie ist heute verhindert. Sie besucht mit Harald eine Silvestergala. Wie es scheint, ist die Gute im Moment etwas abgehoben."
„Dann wollen wir hoffen, dass der Absturz und die anschließende Bruchlandung nicht zu hart für sie werden."
Peter zog Anne an sich. „Hört schon auf zu lästern. Vielleicht ist dieser Harald genau der Richtige für sie. Ich jedenfalls habe die Frau fürs Leben gefunden und es hat mich verdammt viel Überzeugungskraft und Zeit gekostet bis sie endlich bemerkt hat, wer gut für sie ist."
„Tja, mein Lieber, die Anstrengung hat sich doch wohl gelohnt", entgegnete Annerose.
Elisa schaute sich suchend um. „Sag mal, Anne, ist Henry heute nicht hier", fragte sie die Freundin leise.
„Nein, er hatte schon etwas anderes vor, allerdings habe ich mir auch keine Mühe gegeben, um ihn zu überreden, dass er an dieser Fete teilnimmt. Ich glaube, er hat schon wieder eine neue Flamme. Ich habe letztens zufällig durch den Spion geguckt und gesehen, dass er mit einer deutlich älteren Frau durch das Treppenhaus geschlichen ist. Er ändert sich niemals. Ich kann gar nicht verstehen, dass ich einmal auf ihn abgefahren bin."
Elisa schaute sie prüfend an. „Keine Fußmassagen mehr?"
„Doch, aber ausschließlich von mir", sagte Peter in entschiedenem Tonfall.
Bald schlug die Uhr Mitternacht. Tommy nahm Elisa zärtlich in die Arme. „Auf uns. Das nächste Jahr wird anders, das verspreche ich dir. Gib mir nur noch etwas Zeit."
Elisa wollte ihm nur zu gerne glauben und stieß mit ihm an. „Auf uns."
Kurz nach Mitternacht drängte Tommy zum Aufbruch. Zu Elisas Enttäuschung ließ er sich nicht umstimmen, er wollte zurück in die eheliche Wohnung fahren. Sie konnte ihn nicht verstehen. Erst versprach er ihr, dass sich alles ändern würde und wenig

später fuhr er wieder zurück zu seiner Ehefrau. Ihr war zum Heulen zumute.
Später, als sie sich schlaflos im Bett hin- und her wälzte, beschloss sie, sich nie wieder so abspeisen zu lassen. „Entweder er steht zu mir, oder nicht", dachte sie, als sie gegen Morgen einschlief.

Die Konfrontation kam früher, als Elisa es erwarte hatte. Sie und Tommy waren im Kino gewesen. Eigentlich hatten sie verabredet den Abend bei Elisa ausklingen zu lassen, doch nun entschloss sich Tommy einmal mehr nach Hause zu fahren.
„Ich habe ein ungutes Gefühl, was meine Mutter anbetrifft", versuchte er zu erklären. „Sie ist in der letzten Zeit ziemlich verwirrt. Ihr Arzt hat eine Demenz festgestellt und ist wie ich der Meinung, dass sie bald nicht mehr allein leben kann. Es wird mir nichts anderes übrig bleiben, als nach einem Platz in einem Seniorenheim zu schauen, wobei meine Mutter durchaus damit einverstanden ist. Jetzt kann sie sich noch aussuchen, wohin sie gehen möchte. Allerdings war sie heute sehr verwirrt, da ist es besser, wenn ich auf dem Heimweg noch einmal bei ihr vorbeischaue. Bitte, mach nicht so ein Gesicht, es tut mir wirklich leid. Ich habe mir den Abend auch anders vorgestellt", fügte er nach einem Seitenblick hinzu.
In Elisa rumorte es. „Weißt du, Tommy", brach es aus mir heraus, „auf jeden gottverdammten Menschen auf dieser Erde nimmst du Rücksicht, bloß nicht auf mich. Ich habe die Nase voll davon."
Er lenkt das Auto an den Straßenrand, schaute sie einen Augenblick lang schweigend an. „Wie kannst du das sagen. Ich komme mir im Moment vor wie auf einem Drahtseil. Ja, sicher, ich versuche es jedem recht zu machen und dir ganz besonders, denn ich habe Angst, dass du mich verlässt, weil dir alles zu kompliziert wird. Weil ich es immer noch nicht fertig gebracht habe auszuziehen. Nachts liege ich in dem verflixten breiten Ehebett

und wälze mich hin und her weil ich nicht schlafen kann. Ich suche verzweifelt nach einer Lösung mit der alle leben können." Elisa sah nicht, wie niedergeschlagen er war, hörte nicht, wie verzweifelt er klang. Einzig, dass er im Ehebett übernachtete nahm sie zur Kenntnis. Ihre Gedanken überschlugen sich. Tommy hatte ihr mehrfach versichert, dass er nicht mehr mit seiner Frau zusammen schlief. So war sie davon ausgegangen, dass er im Gästezimmer übernachten würde. „Und deine Frau schläft also im Gästezimmer?", fragte sie mühsam beherrscht.
Tommy stutze einen Moment. „Was soll das denn", rief er aufgebracht. „Ich versuche dir meine Lage zu erklären und du machst dir Sorgen darüber, wo die Dame schläft. Wir haben kein Gästezimmer. Sie schläft auf der Wohnzimmercouch und das schon seit Jahren."
„Und in der Nacht, wenn es ihr unbequem wird, dann krabbelt sie zu dir in das breite Ehebett, was?" Im Innersten wusste Elisa genau, wie unfair diese Bemerkung war, doch das war ihr in diesem Augenblick egal. Sie ließ dem Frust der letzten Wochen freien Lauf. „Ständig speist du mich ab, erzählst mir was von kranken Müttern und sensiblen Kindern. Von Problemen wo gar keine sind. Was ist das alles für ein Scheiß! Ich kann es nicht mehr hören. Wahrscheinlich schreibst du mir auch noch SMS, während du und deine Tussi nebeneinander im Bett liegen. Dann habt ihr wenigstens was zu lachen."
„Ich kann mir vorstellen, dass das alles ein bisschen komisch für dich klingt", bemühte sich Tommy um Sachlichkeit. „Aber du musst mir glauben, da ist schon lange nichts mehr zwischen ihr und mir. Was denkst du denn von mir. Wir schlafen seit Jahren nicht einmal neben-, geschweige denn miteinander."
Elisa wollte ihm nicht mehr zuhören. Die Tränen rollten ihr über das Gesicht.
„Hey", sanft berührte Tommy ihren Arm, doch sie schüttelte seine Hand ab. „Ich will sofort nach Hause", schluchzte ich.

„Und ich will nichts mehr über Bettgeschichten hören und deine blöde Frau. Und auch nichts über deine Mutter und überhaupt."
Tommy versuchte sie zu umarmen, was ihm nicht gelang, denn sie schob ihn unsanft weg. „Lass das, sonst verschmiere ich dir die Klamotten noch mit Schminke. Wie willst du das erklären?", schluchzte sie.
Hilflos zuckte Tommy mit den Schultern und fuhr los. Zu Hause angekommen hatte sich Elisa einigermaßen beruhigt. Trotzdem stieg sie schweigend aus, schlug die Autotür zu und stolzierte ins Haus, ohne sich noch einmal umgesehen zu haben. Schon in der Haustür hörte sie, wie Tommy Gas gab und mit quietschenden Reifen abfuhr.
Niedergeschlagen machte sie sich bettfertig, wobei sie darauf achtete, den Jungen aus dem Weg zu gehen, die sie prüfend musterten, sich aber jeder Bemerkung enthielten. Doch obwohl sie sich wie zerschlagen fühlte, kannte Elisa nicht einschlafen.
Schließlich setzte sie sich an den Computer und schrieb Tommy eine E-Mail. Sie schrieb sich den ganzen Frust von der Seele, schrieb davon, wie unsicher sie war. Wie schwierig es für sie wäre, ihm zu vertrauen, wenn er sie nicht an seinem Leben teilnehmen ließe. Das sie zutiefst enttäuscht war, weil sie nicht geahnt hatte, dass er immer noch, wie sie vermutete, mit seiner Ehefrau im selben Zimmer schlief. Das sie nicht mehr glaubte, dass er sich wirklich aus dieser Ehe lösen würde. Dass sie sich ganz und gar auf ihn eingelassen hatte und sich benutzt vorkam.
Einen Moment zögerte sie. Sollte sie die E-Mail wirklich so abschicken?
„Was soll's!"
Kurzentschlossen klickte sie auf den ‚Senden'-Button. Wenn Tommy sich nicht mehr melden würde, dann wusste sie wenigstens, woran sie mit ihm war. Alles war besser als dieses ständige Wechselbad der Gefühle. An Schlaf war nicht mehr zu denken. So nahm Elisa sich ein Buch und versuchte sich auf den Inhalt zu konzentrieren.

Sie war wohl eingeschlafen und träumte, dass Tommy sie im Arm hielt. Sie fühlte sich unendlich wohl bei ihm, versuchte noch näher zu rücken. Jetzt streichelte und küsste er sie zärtlich. Elisa öffnete die Augen.
Moment!
Sie hatte die Augen aufgeschlagen, er war immer noch da. Sie schloss die Augen, öffnete sie wieder - er war nicht verschwunden. Sie kniff sich in den Arm. „Aua", das tat weh, sie war offensichtlich wach. „Tommy", murmelte sie überwältigt.
„Pscht, Hexchen, nicht reden." Er nahm sie noch fester in die Arme und Elisa vergaß, was sie sagen wollte.
Sie drehte sich vorsichtig um. Es war früher Morgen. Tommy lag tatsächlich neben ihr. Sie wagte es nicht sich zu bewegen, nachher handelte es sich um eine Fata Morgana, die beim leisesten Hauch verschwand. Allerdings war diese Luftspiegelung sehr lebendig, denn sie/er griff, ohne die Augen zu öffnen nach ihr und überzeugte sie ganz schnell vom Gegenteil.

Später, beim Frühstück fragte Elisa: „Wie bist du überhaupt herein gekommen?"
„Das war kein Problem, Ich hatte schon so eine Ahnung. Zu Hause habe ich gleich den Computer angestellt und deine Nachricht gelesen. Anschließend bin ich sofort hier her gefahren. Von Unterwegs rief ich Felix auf dem Handy an. Er erklärte sich sofort bereit, mich in die Wohnung zu lassen. Wir Männer müssen schließlich zusammen halten." Er sah sie ernst an. „Deine Mail hat mich erschreckt. Ich dachte du vertraust mir."
Mit einem Mal kam sich Elisa kindisch vor. „Das tue ich doch", murmelte sie schließlich verlegen.
„Das musst du unbedingt, denn ich liebe dich und möchte nicht mehr ohne dich sein. Aber du musst mir noch ein wenig Zeit geben. Du weißt doch aus Erfahrung, dass es nicht so leicht ist, sich aus einer Ehe zu lösen, die über zwanzig Jahre gedauert hat, egal wie schlecht sie ist. Das wäre nicht einmal so schwierig,

denn meine Frau und ich haben uns schon lange nichts mehr zu sagen. Sie schläft seit ein paar Jahren auf der Wohnzimmercouch, das musst du mir glauben. Aber da ist noch meine Mutter, die mich im Moment braucht. Hinzu kommt, dass mein Sohn gerade dabei ist auszuziehen. Er nimmt sich mit seiner Freundin zusammen eine eigene Wohnung. Seine Mutter ist dagegen, sie macht es ihm schwer genug. Ich möchte ihm beim Umzug helfen, ihm zur Seite stehen, soweit ich kann." Er nahm ihre Hände. „ In ein paar Wochen sieht schon alles anders aus! Versprochen!"

***

„Ich muss unbedingt mit dir sprechen, es ist wirklich wichtig. Wenn es dir recht ist, dann hole ich dich nach Feierabend ab. Wir können Essen gehen und miteinander reden."
Tommy hatte Elisa auf der Arbeit angerufen und um ein Treffen gebeten. Er hatte es entschieden abgelehnt, mit ihr am Telefon über die so dringliche Angelegenheit zu reden. Als er sie abholte, erschien er ihr seltsam angespannt, umarmte sie kurz und zerstreut.
Jetzt saßen sich die beiden in ihrer Lieblingspizzeria gegenüber. Tommy zerbröselte ein kleines Brötchen zwischen seinen Fingern, schien nicht zu wissen, wie er einen Anfang finden konnte. Elisa nahm seine Hände. „Was ist so wichtig, dass du sofort darüber reden musst?"
Tommy sah sie aufmerksam an. „Ich habe ein Problem, bei dem du mir helfen musst. Es ist wichtig, dass du mir deine ehrliche Meinung sagst, ohne Rücksicht auf mich zu nehmen. Versprich mir das, bitte", er verstummte, schien Angst davor zu haben weiter zu reden.
„Wenn du mir nicht sagst, was dein Problem ist, dann kann ich dir nicht helfen. Aber was immer es ist, wir kriegen das zusammen hin, das verspreche ich dir. Hängt es mit deiner Frau zusammen oder mit deinem Sohn?"

Tommy schüttelte energisch den Kopf. „Nein, ausnahmsweise nicht. Ich habe dir nach unserem großen Crash versprochen, dass ich in ein paar Wochen alles in Ordnung bringe und das habe ich auch getan, aber das weißt du ja. Mein Sohn ist in seiner neuen Wohnung und mit seiner Freundin glücklich. Ich denke, dass wir sie in der nächsten Zeit einmal besuchen werden, wenn dir das recht ist. Für meine Mutter bahnt sich eine akzeptable Lösung an und mit meiner Noch-Frau habe ich gesprochen, die Trennung ist perfekt. Ich glaube sogar, dass sie schon seit einiger Zeit ein Verhältnis mit ihrem Chef hat. Jedenfalls ist sie plötzlich sehr vertraut mit ihm, auch offiziell. Ich Trottel habe mir viel zu viele Gedanken gemacht und kann von Glück reden, dass du immer hinter mir gestanden hast." Er lächelte Elisa an. „Aber jetzt ..."
„Sag schon, was ist jetzt? Bitte mach es doch nicht so spannend."
Tommy holte tief Luft. „Würdest du gegebenen Falls mit mir nach München ziehen?"
Elisa starrte ihn mit offenem Mund an. „Wie ... was ... München ... warum", stammelte sie.
„Nun, ich habe mich bei einem Autobauer beworben. Die Firma sitzt im Münchener Raum. Das ist schon einige Zeit her, die Vorstellungsgespräche sind positiv verlaufen. Jetzt habe ist die Einladung zu einem letzten Gespräch bekommen. Es müssen noch Einzelheiten geklärt werden. Ich denke, dass ich den Job habe, wenn ich das will. Falls alles passt, wäre das eine große Chance für mich. Allerdings würde ich auf Dauer nicht ohne dich dort leben wollen. Wir haben uns gerade erst gefunden. Ich will und kann nicht mehr ohne dich sein. Also: Würdest du es überhaupt in Erwägung ziehen, mit mir in München zu leben? Falls du das nicht möchtest, dann sag mir das bitte ehrlich, denn dann kann ich das Gespräch absagen. Ich würde es akzeptieren, ehrlich."
Nachdenklich hatte Elisa ihm zugehört. Tausend Gedanken schwirrten ihr durch den Kopf. Sie hatte mit allem möglichen

gerechnet, aber nicht mit dieser Frage. Hilflos hob sie die Arme. „Ich würde jetzt gern einfach ja sagen. Das wäre mein Bauchgefühl. Grundsätzlich würde ich mit dir überall hin gehen. Aber es wäre leichtfertig, dir das jetzt zuzusagen. Ich muss darüber nachdenken und auch mit den Jungen sprechen. Das ist alles nicht so einfach. Bitte nimm den Termin für das Gespräch war. Dann schauen wir weiter."

***

„Hallo und herzlich willkommen!" Strahlend öffnete Elisa die Haustür.
„Happy Birthday", Annerose drückte ihr ein Päckchen in die Hand. „Alles Gute von uns."
Hinter ihr stand Peter mit einem Blumenstrauß bewaffnet. „Ja, und viel Glück im neuen Heim."
„Danke, es ist schön, dass ihr gekommen seid", sagte Elisa, während sie neugierig das Päckchen hin und her drehte.
„Hallo, da ist ja meine Lieblingsfreundin", Tommy war hinzugekommen. Er begrüßte Annerose mit einem Wangenkuss.
„Hey, Kumpel, das ist mein Mädchen und ich gebe sie nicht mehr her", erklärte Peter entschieden und nahm die über das ganze Gesicht strahlende Annerose in den Arm.
Nach einiger Überlegung hatte sich Elisa dazu entschieden, den Sprung ins kalte Wasser zu wagen und mit Tommy nach München zu gehen, denn das Vorstellungsgespräch war erwartungsgemäß positiv verlaufen. Trotz ihrer Bedenken und zahlloser schlafloser Nächte ging alles problemlos über die Bühne. Sie fand erstaunlich schnell einen neuen Job. Felix zog es vor, die Schule nicht mehr zu wechseln, zumal er sich neu verliebt hatte. Er bezog das Gästezimmer im Haus der Großeltern.
Matts zeigte sich begeistert. „Cool, in München gibt es bestimmt jede Menge toller Frauen", stellte er fest, was ihm einen missbilligenden Blick seiner Großmutter einbrachte.

„Das hast du von deinem Opa", stellte sie gnadenlos fest. „Der war in seiner Jugend ein ganz schöner Schubiak."

„Aber Ilsekind, verwirre den Jungen nicht", merkte Kalle milde lächelnd an. „Der weiß gar nicht, was du meinst und ich, ehrlich gesagt auch nicht. Letztendlich bist du immer meine große Liebe gewesen."

Zu Elisas Geburtstag waren die Eltern mit Felix angereist. Auch Annerose und Peter ließen es sich nicht nehmen, dem Geburtstagskind persönlich zu gratuliere.

„Wie geht es eigentlich Lara?", erkundigte sich Elisa bei ihrer Freundin.

„Ich habe sie letztens getroffen. Sie ist immer noch mit dem merkwürdigen Harald zusammen, aber sie scheint nicht besonders glücklich zu sein", antwortete Anne. „Sie hat zunächst beklagt, dass er zu viel arbeiten würde und keine Zeit für sie hätte. Aber dann meinte sie, so lange er ihre Wohnungsmiete zahlen würde, störe sich das nicht wirklich, weil sie dann genug Zeit für sich hätte. Wer weiß, vielleicht ist sie wieder mit Henry zusammen."

„Stopp", Elisa unterbrach sie. „Das will ich gar nicht wissen. Lara wird niemals den Richtigen finden. Jedenfalls kann ich mir das nicht vorstellen."

„Ich denke, jetzt sollten wir auf das Geburtstagskind anstoßen!" Tommy hatte den Champagner geöffnet und reichte die gefüllten Gläser herum.

Annerose hob ihr Glas. „Ja dann, ein Toast auf das Geburtstagskind, auf alle unbraven Mädels dieser Welt und auf uns beide ganz speziell: Auf dass uns alles gelingen wird, was wir uns vornehmen…"

„… und dass letztendlich immer ein Happyend dabei herauskommt", fügte Elisa hinzu.

Ende

Halt, noch nicht ganz! Es bleibt noch etwas nachzutragen.

Viel später, als die Gäste in ihren Zimmern untergebracht waren, nahm Tommy seine Elisa fest in den Arm.
„Ich habe mir lange überlegt, ob ich dich das frage, denn ich weiß wie du zu der Sache stehst. Aber glaube mir, ich würde dich nie verletzen, würde dir nie wissentlich weh tun und dich immer respektieren. Ich liebe dich."
Er ließ sie los und zauberte hinter dem Sofa eine rote Rose hervor. „Willst du mich heiraten?"
Elisa zögerte, tausend Gedanken schossen ihr durch den Kopf.
Plötzlich öffnete sich die Tür einen Spalt breit. Felix steckte seinen Kopf ins Zimmer und brummelte:
„Du meine Güte, was gibt es da so lange zu überlegen. Sag schon ja, wir wollen endlich ins Bett. Tommy ist ein klasse Typ, wenn du ihn nicht heiratest, dann mache ich´s halt!!!"

So, jetzt ist endgültig

ENDE

„Elisa hat ihr Glück gefunden, das hat allerdings fast 40 Jahre gedauert, denn sie hat sich öfter im Lebenslabyrinth verirrt, ist zuweilen in einer Sackgasse gelandet, hat aber immer ein Stück Schnur abgewickelt gehabt, an dem sie sich zurücktasten konnte."

Diese Zeilen habe ich vor Jahren an den Schluss des ersten Romans der Ruhrpottsaga gesetzt. Sie haben sich bewahrheitet. Elisa ist auch nach über 10 Ehejahren mit ihrem Tommy noch immer glücklich.

Doch sie hat gelernt, dass das Glück nicht einfach vorhanden ist, man muss es sich ein Stück weit erarbeiten. Sie hat Kompromisse geschlossen, hat zuweilen ihren Stolz heruntergeschluckt, sich wehrlos gemacht. Wohl wissend, dass jemand da ist, der sie auffängt, so wie auch sie ihn hält und vor dem Straucheln bewahrt. Denn Liebe funktioniert nur mit gegenseitigem Vertrauen, mit Achtung und Respekt vor einander.

Dafür und für noch so vieles mehr danke ich Dir.

Deine Angie

Home: angie-pfeiffer.com

Angie Pfeiffer, wurde 1955 in Gelsenkirchen geboren. Sie schreibt Unterhaltungsliteratur in Form von Romanen und Kurzgeschichten für Erwachsene sowie Kinderbücher. Sie hat Romane, E-Books und zahlreiche Kurzgeschichten in Anthologien, Literaturzeitschriften und der Tagespresse veröffentlicht.

Bücher:

Die Ruhrpottsaga:

Ruhrpottklüngel
Kindheit und Jugend im Herzen des Ruhrgebiets

Ruhrpottliebe
Leben und lieben zwischen Emscher und Rhein-Herne-Kanal

Ruhrpottherzen
ein Roman über Macker und Tussis, Döppken und Blagen, Hallas und Halligalli.

Ruhrpottabschied
Männersuche per Internet

Liebesbriefe
Briefe für ganz besondere Menschen

@Mail Verkehr
Eine humorvolle Liebesgeschichte in E-Mail Form

Relativ verliebt - Liebe online
Liebe per Internet

Wie lange ist für immer?
30 Kurzgeschichten rund um das Ver - und Entlieben.

Dackel Murphys Abenteuer
Ein Roman für große und kleine Tierfreunde

Ein Dackel namens Murphy
Ein Roman für Dackelfans, Hundefreunde, Katzenliebhaber und tierliebe Menschen

Insel über dem Wind
Spannende, wissenswerte und amüsante Kurzgeschichten rund um das Verreisen

Lustig bei heiter
22 Kurzgeschichten, die zum Schmunzeln, Lächeln oder Lachen verleiten.

Das Buch des Lebens
In der Kürze liegt die Würze, Gedichte, Gedanken, Kurzgeschichten

Küsse niemals einen Frosch
Märchenhafte Geschichten

Menschen(s)kinder
Geschichten über große und kleine Kindern. Von großer Freude und kleinen Kümmernissen. Von mittleren Katastrophen und bewegenden Momenten.

Sieben Leben
Krimis und fantastische Geschichten

Kinderbücher

Wim, der Wumpel
... oder der Kobold aus der Schublade

Flockes Abenteuer
Flocke sucht das Land über dem Regenbogen

Kein Weihnachtsgeschenk für Tim und Kathi
Tim und Kathi besuchen die Märchenwiese

Wer rettet den Wald
Der Hüter des Waldes wird krank,
kann die kleine Fee Lichtlein helfen?